SIDRAK AND BOKKUS
VOL. II

EARLY ENGLISH TEXT SOCIETY
No. 312
1999

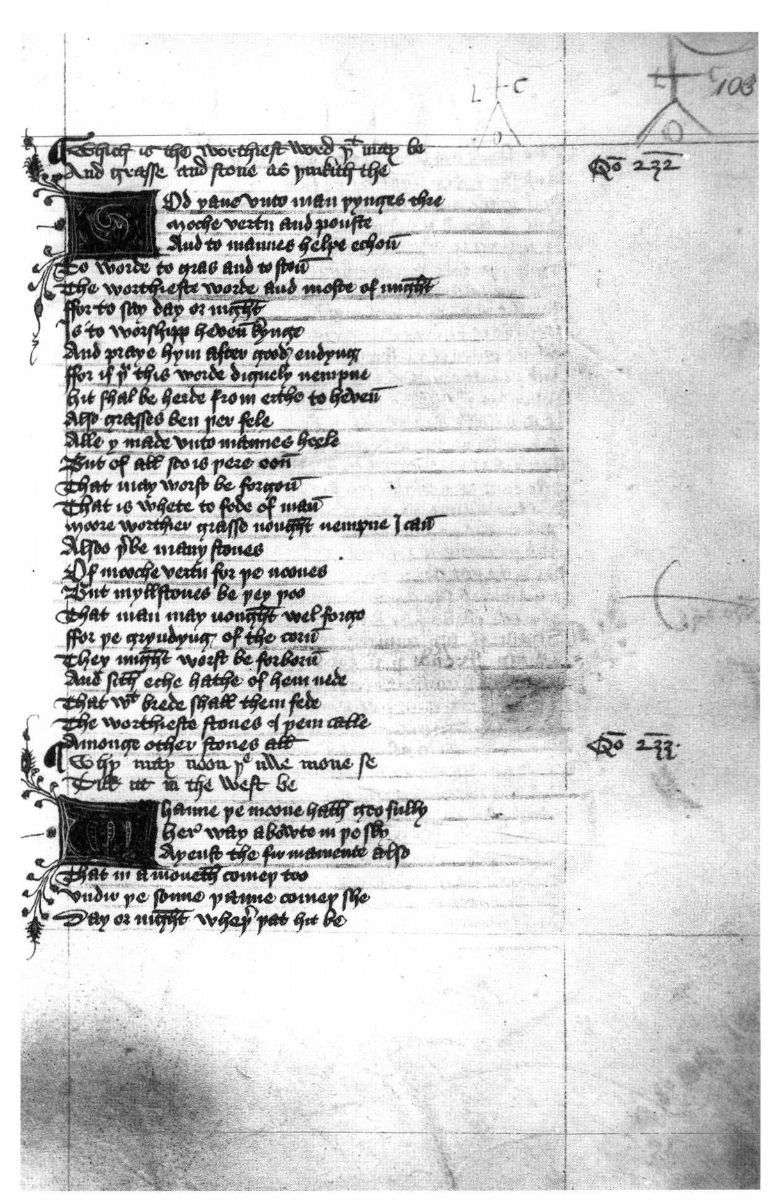
103

Qo 232

Which is the worthiest word þt may be
And grasse and stone as prevyth the

God yaue unto man þynges thre
Moche vertu and pouste
And to mannes helpe echon
To worde to gras and to ston
The worthieste worde and moste of might
For to say day or night
Is to worshipp heven kynge
And praye hym after good endyng
For if þu this worde digneli nempne
Hit shal be herde from erthe to heven
Also grasses ben þer fele
Alle y made unto mannes hele
But of alle þo is þere oon
That may worst be forgon
That is whete to fode of man
More worthier grasse nought nempne I can
Also þer be many stones
Of moche vertu for þe nones
But mylstones be þey þoo
That man may nought wel forgo
For þe gryndyng of the corn
They might worst be forborn
And sith eche lyve of hem nede
That wt brede shall them fede
The worthieste stones of þem calle
Amonge other stones alle

Qo 233

Why may noon þe fulle mone se
Til it in the west be

Whanne þe moone hath go fully
Her way abowte in þe sky
Ayenst the firmamente also
That in a moneth comeþ too
Under þe sonne þanne comeþ she
Day or night wheþer þat hit be

Bodleian Library MS Laud Misc. 559, f. 103r

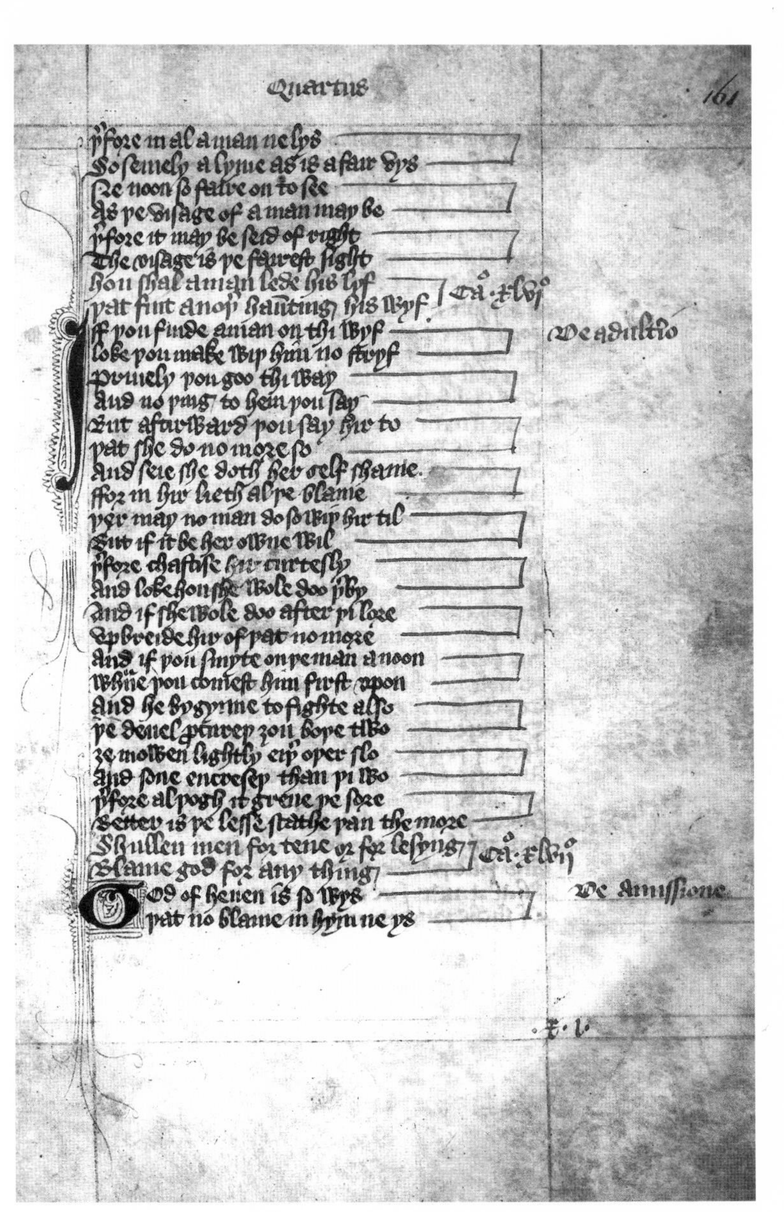

Quartus 161

þerfore in al a man ne ys
So semely a lyme as is a fair vys
Ne noon so faire on to see
As þe visage of a man may be
þerfore it may be seid of right
The visage is þe fairest sight
Thou shal a man sle his lyf
þat fint anoþer hauntinge his wyf. | Ca° xlvi°
If þou finde a man on thi wyf | De adulterio
loke þou make wiþ him no stryf
Priuely þou goo thi way
And no þing to hem þou say
But afterward þou say hir to
þat she do no more so
And seie she doth her self shame.
ffor in hir lieth al þe blame
þer may no man do so wiþ hir til
But if it be her owne wil
þerfore chastise hir curtesly
And loke hou she wole doo þerby
And if she wole doo after þi lore
Upbreide hir of þat no more
And if þou smyte on þe man anoon
Whanne þou comest him first upon
And he bygynne to fighte also
þe deuel parteþ zou boþe two
ze mowen lightly eiþer oþer slo
And sone encreseþ therin þi wo
þerfore al þough it greue þe sore
Better is þe lesse scathe þan the more
Shullen men for tene or for lesyng | Ca° xlvii°
Blame god for any thing
God of heuen is so wys | De Amissione
þat no blame in hym ne ys

· x · l ·

British Library MS Lansdowne 793, f. 161r

SIDRAK AND BOKKUS

A parallel-text edition from Bodleian Library, MS Laud Misc. 559 and British Library, MS Lansdowne 793

EDITED BY

T. L. BURTON

With the assistance of
Frank Schaer, Bernadette Masters,
Sabina Flanagan, Robin Eaden,
and Christopher Bright

VOLUME TWO
BOOKS III–IV
COMMENTARY, APPENDICES,
GLOSSARY, INDEX

Published for
THE EARLY ENGLISH TEXT SOCIETY
by the
OXFORD UNIVERSITY PRESS
1999

Oxford University Press, Great Clarendon Street, Oxford OX2 6DP
Oxford New York
Athens Auckland Bangkok Bogota Bombay
Buenos Aires Calcutta Cape Town Dar es Salaam
Delhi Florence Hong Kong Istanbul Karachi
Kuala Lumpur Madras Madrid Melbourne
Mexico City Nairobi Paris Singapore
Taipei Tokyo Toronto Warsaw
and associated companies in
Berlin Ibadan

Oxford is a trade mark of Oxford University Press

Published in the United States
by Oxford University Press Inc., New York

British Library Cataloguing in Publication Data
Data available

Library of Congress Cataloging in Publication Data
Data applied for

ISBN 0-19-722316-8

1 3 5 7 9 10 8 6 4 2

Typeset by Joshua Associates Ltd., Oxford
Printed in Great Britain
on acid-free paper by
Print Wright Ltd., Ipswich

CONTENTS

VOLUME I

VOLUME II

PLATES

TEXT
BOOKS III–IV

Qo. 204[a] *'Yitt wold Y wete more* (208)
Why slepe was made and wherfore.'

'Slepe is moder of mannes reste, 6485
Of all thynge oon of the beste,
For hit easeþ þe herte oonly
And might yeveth to all þe body.
And if a lorde aw[a]ked be,
W[a]ked [be] all his mayne: 6490
There ne may slepe noon of all
For to be redy yf he call:
Till he slepe, [than slepe] all his;
They ben þe lighter in seruice.
The herte of a man þe lorde call I 6495
For hit mastreþ all þe body
And whanne hit is aslepe anoon,
The lymes reste euerichon;
And þanne all þe kynde hete
Of manne begynneþ to mete 6500
Abowte þe stommak, for to brenne
And to defye þat is þerinne;
And thanne þe kynde to hym taketh
That to hym shall, or that he wakeþ,
And pourgeþ hym of þat other deell 6505
As kynde foryeveþ hy[m] full well:
f. 94[r] Thus gadereth the body might
And is after strange and light
For to do þat hit shall do—
That, ne were slepe, hit sholde not do soo. 6510
Therefore hathe God þe night wrought
To mannes reste and elles nought

6483–532] *om.* S. 6485 moder of] made for T. 6487 oonly] namelye T. 6489 awaked] a wyked B, wakynge T. 6490 Waked be] Wyked B, Wakynge is T. 6493 than slepe] *from* T, *om.* B. 6494 seruice] hur seruice T.

[LIBER TERCIUS]

Ca.° Primo

'Now wolde I wite more (208)
Why sleep was made and wherfore.' 7530
'Sleep was made for manis rest,
Of alle þinges oon of þe best,
For it eseth þe herte namely
And ȝeueþ might to al þe body.
For [if] a lord awakid be, 7535
Awakid be alle his meyne:
Ther ne may slepe noon of alle
But forto be redy if he calle:
While he sleepiþ, slepith alle hise
And þei ben þe lighter in his seruise. 7540
Þe herte of man þe lord calle I
For it maistreþ al þe body
And whan he asleep is anoon,
Þe lymes resten euerichoon;
And þanne al kyndely hete 7545 f. 111v
Of þe body begynneþ to mete
Aboute þe stomak, forto brenne
And to defie þe mete þat is þerynne;
And þan þe kinde to him he takeþ
Þat to him longeþ, or he wakeþ, 7550
And purgeþ him þat oþer del
As kynde forȝeueþ him ful wel:
Þus gadreþ þe body might
And he is after strong and light
Forto doo þat it shal do— 7555
And if sleep nere, it were not so.
Þerfore haþ God þe night wroght
To mannes reste and elles noght

6498] The body is aslepe and euerychon T. 6500 manne] the bodyes T.
6506 hym] *from* T, hyll B.

7535 if] *from* H, *om.* L.

For payne is noon ne noo mornyng
Vnto man ayens wakyng.'

Qo. 205[a] *'The holsomest place, which is itt* (209) 6515
Off all the world, affter thy witt?'
'The holsomest place vnto man
Is there he beste [hym] yeme can
That noo sekenesse with hym mete,
Ne noon outerage of cold ne hete, 6520
Ne moche slepe, ne moche wake;
Of mete and drynke noon outerage take;
In hote c[o]ntre n[oo]n hote mete,
Ne colde in colde shall he not ete.
And þerfore whoo woll hole be 6525
Doo as I shall telle þe:
Oones ete a day and nyght
And oones chambir mirthe in þe sevennyght
And oones in a moneþ lete blode
And oones purge he hym in yere goode: 6530
Thus may he hym kepe in hele—
But of this men fynde not fele.'

Qo. 206[a] *'Which ffolke be tho, as þou wenys,* (210)
Thatt the world most sustenys?'
'Fowre maner of folke þer are 6535
That, were hit soo þat þey ne ware,
The worlde might not vpholden be
Ne fare soo well as we now see.
Oon is these men of crafte,
That techeþ other þat ben dafte 6540
Konnyng here lyvelode with to wynne
And God to serue withoute synne.
f. 94[v] And other ben tho þat tiele þe lande
To wynne vs mete and drynke to hande.
The iij ben lordes, þat the pease kepe, 6545
For in pease may men seker slepe:
Yf peace ne were, hit were grete dowte

6518 hym] *from* T, *om.* B. 6523 contre] centre B; noon] ne in B, noo T. 6528 chambir mirthe] swyve T. 6530 goode] is goode T. 6532 fynde] finde I T. 6533 S *begins again.*

For þere nis no peyne ne morning
To a man aȝenst wakyng.' 7560

Ca.º ijº *'The holsommest stede, whiche is it* (209)
Of al þe world, after þi wit?'
'The holsomest stede for a man
Is þere þat he best lyue can
Þat no sikenesse by him mete, 7565
Ne noon outrage of colde ne hete,
Ne miche sleep, ne miche wake;
Of mete and drinke none outrage take;
In hoot cuntre no hote mete,
Ne colde in cold shal he noon ete. 7570
Þerfore whoso wole hole be
Do as I shal teche þee:
Oones ete in a day and night
And oones swy[ue] in seuenight
And ones in a monthe lat þe blood 7575
And oones purge him in þe ȝere is good:
Þus may a man him kepe in hele—
But of þise men fynde I not fele.'

Ca.º iijº *'Whiche folke ben þei, as þe semeth,* (210) f. 112ʳ
Þat the world most susteneþ?' 7580
'Foure manere of folke it are
Þat, were it so þat þei ne ware,
Þe world might not vp yholde be
And fare so wel as now do we.
Some ben crafti men 7585
And besily her seruantes ken
Wherwiþ þei may her lyflode wynne
Þe bettir to kepe hem out of synne.
Anoþer ben þei þat tillen þe land
And wynneþ vs mete and drynk to hand. 7590
The þridde ben lordes, þat þe pees kepe,
For a man in pees may siker slepe;
And if pees ne were, it were grete doute

7570 he] be H. 7574 swyue] swy + *erasure* L, swymme H. 7578 not] but H.

To lyven [oþ]er owhere to walke abowte.
The iiij[the] maner of folke þere are—
Chapmen, þat aboute fare 6550
Fro fayre to fayre, fro londe to londe,
And bryngen thynges to mannes honde,
And sholde defaute haue alsoo
Ne were chapmen yaue hem þerto;
Forwhy þe worlde withoute þese 6555
Might be kepte on noo wyse.'

Qo. 207[a] *'Wheþer is hyer, to thy vndirstondyng—* (211)
Lawe off londe or the kyng?'
'Lawe is of more auctorite
Thenne kyng or any prynce may be; 6560
And yif þou wolte wete why,
I shall þe telle apertly.
The name of kyng or of emperoure
Is yoven for worldly honour
And hit falleþ to his myght 6565
The lawe for to kepe aright;
Thenne is þe kynge for lawe set
To kepe þat lawe be not lette:
Thanne is lawe moore þenne he
For to do lawe is in his pouste. 6570
For if a thyng ordeyned is
For another, þan semes þis
That he that hit is dight fore
Of tho twhayn þanne is þe moore;
And þe kynge for lawe be, 6575
Thanne is lawe more þanne he.
Yet shall I say þe anoþer sawe:
Yf þe kyng doo ayenst lawe,
f. 95[r] Lawe shall hym deme with skyll and right—
Thanne is lawe aboue his might. 6580
And breke he lawe in onythyng,
He is not worthy to be a kynge;
Forwhy hereafter shall come oon,

6548 oþer] euer B, or TS; walke] bere T. 6552 to mannes honde] that men shulde (shulde men S) wante TS. 6557–88] *follow* 6208 S. 6557 to thy vndirstondyng] as the thynke TS. 6570 in] *om.* TS.

To loue or owhere to walke aboute.
Þe iiij manere of folke þan are 7595
Marchauntes, þat aboute fare
Fro faire to faire, fro lond to londe,
To bringe marchaundise to oure honde,
Wherof we shulde haue defaute also
Ne were chapmen ȝaf hem þerto; 7600
Wherfore þe world in no wise
May be kepte wiþouten þise.'

Ca.º iiijº *'Wheþer is best, to þi semyng—* (211)
þe lawe of þe lond or þe king?'
'Lawe is of more auctorite 7605
Þan þe king or any prince may be;
And if þou wilt wite why,
I shal þe telle apertly.
Þe name of kyng or emperour
Is ȝeue for wordly honour 7610
And it falliþ to his might
Þe lawe forto kepe aright;
Þanne is þe kyng for lawe isett f. 112v
To kepe þat lawe be not lett:
Þanne is lawe more þan he 7615
Forto do lawe is his pouste.
For if a þing ordeined is
For anoþer, þanne seme[þ] þis
Þat he þat is it dight fore
Of hem two is þe more; 7620
And if þe king for lawe be,
Þanne is lawe more þan he.
Ȝit shal I seie þe anoþer sawe:
If þe king do aȝenst þe lawe,
Lawe shal him deme wiþ skile and right 7625
And þanne is lawe aboue his might.
And he breke lawe in anyþing,
He is not worthi to be a king;
Þerfore hereafter shal come oon,

7604 or] or of H. 7606 þe . . . any] any kynge or H. 7616 is] as is H. 7618 semeþ] seme L.

A kynge þat hight shall Salamon:
In his sawes say shall he, 6585
"Blessed mote þey all be
That shall in þis worlde rounde
Do doom and right in euery stounde."'

Qo. 208[a] *'May a man yn any manere* (212)
Any worldly good haue here 6590
Thatt he ouerall may with hym bere
And þe weight not hym dere?'
'A man may in þis world have
Goode hym owher to save
And to helpe hym in euery nede 6595
And euer he may with hym hit lede:
That is connyng of somme arte
And þat wol not from a man parte.
Whoosoo hath hym dare not drede
That it ne woll hym cloþe and fede: 6600
Better treso[r] neuer noone he wanne
Thanne is connyng vnto man
And whedir soo a man woll goo,

He may hit bere withowten woo

And here vnto noon of his. 6605
Forwhy shall Salamon þe wyse
Say, as a man woll be taught,
That "Wit and wisdam is worldis aught."'

Qo. 209[a] *'Iff two togedre haue loue stronge* (213)
And sith be they in sondre longe 6610
And come togedre effte owhere,
May they loue ageyn as þey did beffore?'

6589–608] *follow* 6556 S. 6600 That it ne] For that T. 6601 tresor] treson B, tresour TS. 6605 here] ihere T, greve S. 6607 woll be taught] wel ytaughte T, well taȝt S. 6609–42] *om.* S.

A king þat shal hote Salamon: 7630
In hise sawes seie shal he,
"Blessid mote þei alle be
þat shal in þis world rounde
Do dome and right in euery stounde."'

Ca.º vº

'May a man in any manere (212) 7635
Any worldly good haue here
þat he may wiþ him oueral bere
And þerwiþ noþing him ne dere?'
'A man in þis world may haue
Good oueral him forto saue 7640
And to helpe him in euery nede
And euere he may it wiþ him lede:
It is kunnynge of som art
And þat wole not from a man part.
Whoso haþ it, him þar not drede 7645
þat it ne wole hym cloþe and fede:
Better tresour neuere man wan f. 113r
þan is kunnyng vnto man
And whider so a man wole goo,
It wole him kepe out of woo; 7650
He may it bere and greue him noght,
For it is but an esy þoght
And hirte none of lymes hise.
þerfore seith Salamon þe wise,
"Seie he is a man wel ytaghte, 7655
þat suche wisdom haþ so caghte,
þat can so wel him saue and kepe:
Where he bicome in toun or strete
It is grete worship to suche men
þat can hem saue and suche ken."' 7660

Ca.º vjº

'If tweine togidre loued haue stronge (213)
And aftir ben asondre longe
And come togidre aȝein faire and wel,
May þei loue togidre truly and lel?'

7637 þat] If H.

'Love betwene frendes twey
That oones is ne sholde not deye;
f. 95[v] And if þat they ysonder be 6615
That eyther oþer longe not see
And they come togeder efte,
The loue þat ere was lefte
For þat they ysondre were
May come ayen and ȝit wel more. 6620
As þou in a yeerde may see
Stondyng a wel lykyng tree:
And the gardynere haue soo
þat he take noo tente vnto
To donge hit and tiele hit and ellis hit dight, 6625
Hit mislikeþ anoon right
And wasteþ all his well lykyng
For as hit shullde be keppte is nothyng;
But whanne þe gardynere hit seeth
That amonge other trees walkeþ, 6630
Kepe þerto ayen he takeþ
And þe erthe abowte hit better makeþ
And þanne begynneþ hit to sprynge
And take ayen to his lykynge.
Soo hit fareth of ffrendis twoo: 6635
Yff þat oon fro þat other goo
And efte togeder come ayen,
Either wol be of other fayn
And þe love þey hade byfore
Er þat they in sonder wore 6640
For n[e]w may be hem betwene
As þe tree þat efte was grene.'

Qo. 210[a] *'How may a man love a woman right* (214)
And she hym ffor the sight?'
'Somtyme falleþ a man to mete 6645
A fayre woman in þe strete:
His eyen well he on her caste
And beholdeþ here right faste

6625] *written as two lines divided after* tiele hit B. 6627 wasteþ] tynys T. 6628 as . . . keppte] it yemeth T. 6630] That it welkith amonge othur trees T. 6641 new may be] now may þy be B, newe make they T. 6643–72] *follow* 6588 S.

'Loue bitwene frendes tweie 7665
þat oones is shal not deie;
And if þat þei departid be,
It shal be strenger by suche þre:
And þei come togidre efte,
þe loue þat was raþer bilefte 7670
For þat þei in sondre wore
May come aȝein and wel more.
As þou in a ȝerde may see
Stonding a wel likyng tree:
And if þe gardener happe so 7675
þat he take none hede þerto
To donge and tille and it dighte,
It myslikeþ elles anoon righte
And weloweþ al for mislikyng
For he tentiþ to it nothing; 7680
But whan þe gardener it sees f. 113v
þat it wexith among þe trees,
Good hede þerto þanne he takith
And þe erthe þereaboute better makeþ
And þanne bigynneth it to springe 7685
And takeþ aȝen to his likynge.
So it fareþ of frendes two:
If þat oon fro þat oþer goo
And efte togidre come ageyn,
Either of other shal be ful feyn 7690
And þe loue þei hadde bifore
Or þat þei asondre wore
Newe it may be hem bitwene
As þe tree þat efte wexeþ grene.'

Ca.o vijo *'Hou may a man loue a womman right* (214) 7695
Or she him tofore þe sight?'
'Somtyme falleþ a man to mete
A faire womman in þe strete:
On hire his eighen he wole caste
And biholdeþ hir ful faste 7700

6648 right] wonder S.

7688 þat (2)] *repeated* L.

And þe eyen presenten anoon right
Vnto þe brayn þat same sight; 6650
f. 96[r] The brayn þan sendeþ þe herte vnto
And in delite he falliþ soo
And as soone as he falleþ in delyte,
Hym behoveþ to love as tyte.
The brayn sendeþ to þe eyen 6655
That they of þat sight be feyn
And þe[m] delites to beholde þenne moore
Also þat þe herte þerfoore
Fallith in a fowle lokyng;
And soo begynnyþ the love to sprynge. 6660
But the herte þat were of might,
Stronge to holde hym in þat sight
And say, "Lorde, I thanke hit þe,
The sight þat I yonder se,
That þou woldest after þy figure 6665
Make soo fayre a creature,"
Temptacion shold he be noon inne
Ne falle in noo delite of synne,
Ne his herte sholde haue noo meuyng
Another tyme of suche a thyng; 6670
Noo more shulde woman on here side
Forwhy she thanked God eche a tyde.'

Qo. 211[a] *'A man þat light conciens berith* (215)
And he by his god ffalsly swerith
Off x ffals þinges for þe nonys, 6675
Is he ouȝtt fforswore but onys?'

6650,1 brayn] harnys T, braynes S. 6653 as soone as] so S. 6654 Hym behoveþ] þat (*om.* T) he bigynnes ST. 6655 brayn] harnys T, braynes S; eyen] eyn ageyn S, love agayne T. 6657 þem] þe B, hem TS; þenne] wel TS.

And þe eyghen present anoon right
To þe eeris þat same sight;
þe eeris sendith it þe herte to
And in delite he falleþ so
And þanne contynueth þat delite 7705
And he bigynneþ to loue as tite.
þe eeris sendith to þe eighen aȝein
þat of þat sighte þei ben ful fein
And deliteþ hem to biholde wel more
And so þat þe herte anoon þerfore 7710
Falleþ into foule likyng;
And so bygynneþ þe loue to spring.
But and þe herte were strong of might
To wiþstonde þat tempting sight,
To seie, "Lord, I thanke þee 7715 f. 114r
þe sighte þat I ȝonder see,
þat þou woldest formen þi figure
To make so faire a creature,"
Temptacioun shulde he noon be ynne
Ne falle in no delite of synne, 7720
Ne his herte shulde haue no meving
Another time after suche þing;
No more shulde womman in hir side
Desire man in ony tide.
þerfore I rede boþe man and womman 7725
In þe best manere þat þei can
To preie to God wiþ al her herte
To kepe hem boþe sounde and querte
From al manere yuel of synne,
þat þei be neuere founde þerynne; 7730
And þat þei may hem so gouerne,
Come to þat ioye þat is eterne.'

Ca.º viijº *'A man þat lighte conscience beriþ* (215)
And by his god falsely sweriþ
Of ten false þinges for þe nones, 7735
Is he oght forswore but oones?'

6659 fowle] fulle S; lokyng] likynge TS. 6672 eche a] þat S.
6673–88] *om.* S.

7703 it] it to L. 7708 þat] And H.

'He þat swhereþ an othe amys
By his god—whatsoo he is—
For x fals þynges all in oon,
And hit soth be, he swhereþ for ichon; 6680
And yf eueriche of þem fals be,
Ten sithes forswhoren is he—
An hundred þynges þogh hit were,
Soo ofte forswhoren is he þere.
And whoosoo assentith þerto 6685
That he made þe othe alsoo,
f. 96v Also ofte is he forswhoren
As he þat made þe othe biforn.'

Qo. 212a *'Tho þat any good knowe here* (216)
And tech itt ffolke þat will itt lere, 6690
Shall any grace come hem vnto
More than itt shall to oþer do?'
'Right hit is þat yche man
That trauayleþ in suche as he can
That hit be yoven hym soo 6695
Alle his trauayll amounteþ soo,
And he þat travayleþ here
Any goode other to lere
Or precheth hem hogh þat þey shall
Heven blisse wynne withall, 6700
God shall hem in heven save
And dowble mede shall þey have
For þat þey haue techid right
That way vnto heven light.
But twoo maneres of techers þer be 6705
In þis worlde, as þou maist see:
Vnto þe sonne is lykened þat oon,
That yeveþ his light euer oon

6680 And . . . be] Sothe T. 6689–728] *follow* 6608 S. 6690] Vnto folke hem forto lere TS. 6693 Right] Yee T. 6694 suche] swynke S. 6695 yoven] ȝolden S, yildynge T. 6696 Alle] As TS; soo] too TS. 6708 oon] in one S, anon T.

'He þat swerith an ooth of mys
Bi his god—whatso he is—
For ten fals þinges alle in oone,
He sweriþ þanne for echone; 7740
And if euery of þe ten fals be,
Ten sithes forsworn is he—
An hundrid þinges þogh it were,
So ofte is he forsworn þere.
And whoso assentiþ þerto 7745
þat he made þat ooth also,
As ofte [i]s he þere forswore
So [a]s he þat made þat ooth bifore.'

Ca.º ixº

'He þat any good techiþ here (216) f. 114v
To þe folke, hem forto lere, 7750
Shal any grace come hem to
More þan it shal to other do?'
'Right it is þat euery man
þat trauailleþ in such as he can
þat it be ȝolden hem [s]o 7755
As his trauaille amounteth to,
And also he þat trauailleþ here
Any good anoþer to lere
Or preche hem hou þat þei shal
Heuene blisse to wynne wiþal, 7760
God shal hem in heuene save
And double mede shul þei haue
For þat þei haue itaght right
þe weie to God in heuene light.
But two maners of techers þer be 7765
In þis world, as we may see:
To þe sonne is like þat oone,
þat ȝeueþ his light stedfaste as stoone—
þat is his preching þat he preches
And hise werkes to vs teches 7770
þat he is stedfast and trewe
And chaungeþ not for no fantasies newe

7747 is] as L. 7748 as] is L. 7755 so] fo *marked for correction* L.

And euer aliche his light lasteþ
For ought þat he doun casteþ; 6710
They been þe goode, þat techeth here
And do hem[se]l[f]e as þey lere.
But somme ben þat techeþ well
And wykked doon hemselue euerydele:
Vnto þe candell I liken þoo, 6715
That oþer leneþ his light hym froo
And wasteþ hymselfe hastely—
He þat is noo grace worthy.
For if a man were set to dele
Tresoure amonge feele 6720
And he might haue echon well
And holden hymselue a grete dell,
f. 97[r] If he dele soo in his delyng
That to hymselue he leveþ nothyng,
Or yef ought leve hym wikked hit were, 6725
Is noȝt riȝt he evel fare?
Skylle hit is þat he fare ille
That cheseþ hit of his owne wille.'

Qo. 213[a] *'Thought þat a man þinkith ech day,* (217)
Off whatt þing come itt may?' 6730
'Thoght comonly in herte woll sprynge
Of cleere herte and of connyng
For euer þe more þat a man
Of arte in þis world can,
The moore þought he hath þerfore 6735
And ymageneþ more and more.
The wisdam þat these wyse have soo
Of pure corage hit comeþ hem too
And þat is of pure blode and noȝt ellis
That aboute þe herte dwelles; 6740
And þe purete of that blode
Clereþ þe braynes and makeþ hem goode;
And þat clerte þat in þe braynes dure

6709 his light] his life T, hit S. 6712 hemselfe] hem folke B, hemself TS. 6720 feele] peple fele T, oþere fele S. 6721 might haue] not paye T, paye hem S. 6722] And hymself neuer a dell S. 6724–925] *page missing* T. 6725 wikked] will S. 6729–88] *follow* 6672 S. 6730 Off whatt

And euere yliche his lijf lasteth
For oght þat aȝenst him any man castiþ;
These ben þe goode, þat techen here 7775
And done hemself as þat þei lere.
But some ben þat techen wel
[And done hemself mochell yuell]:
To þe candel light likned be tho,
þat ȝeueþ anoþer his light him fro 7780
And wasteþ himself hastely—
He is þerfore no grace worthi.
For if a man were yset to dele f. 115r
Tresour among peple fele
And paieth not euerychone wel 7785
But holdeþ himself a greet del,
But if he dele so his deling
þat himself bileue noþing,
Or if oght lefte him yuel it ware,
Is he not worthi yuel to fare? 7790
Skille it is þat he fare ille
þat chesiþ it at his owne wille.'

Ca.º xº *'þoght þat a man þinkeþ alday,* (217)
Wherof euere it come may?'
'Thoght comounly in herte wole spring 7795
Of clere herte and of comynyng
For euere þe more þat a man
Of art in þis world can,
þe more þoght he haþ þerfore
And ymagineth euere more and more. 7800
þe wisdom þat þise wise men haue so
Of pure corage it comeþ hem to
And þat is of pure blood and noght elles
þat aboute þe herte dwelles;
And þe purte of þat blood 7805
Cleereþ the eeres and makeþ hem good;
And þat cleerte þat in þe eeres dure

þing] Wherof euer S. 6743] And ȝif þat clarite in þe herte dure S.

7776 lere] were H. 7778] *from* H, But holdeþ himself a gret del (*cf.* 7786) L. 7789 Or] ffor H.

Yeveþ to þe corage moistoure
And vnto þe eyen yeveþ clerete 6745
And to the lymes light to be
And þe herte hit yeveþ to
Blythenesse and lykyng alsoo;
And þis makeþ a man connyng
And to have thought of many þyng. 6750
But for his connyng shall he nought
Smyten into an evel þought
But his þought shal be holly
To worship his God principally
And sith to werke at his might 6755
Thynke þat hit is goodenesse and right.'

f. 97v *Qo. 214a* *'Why than ffall þe ffolke also* (218)
Off wikkid evill, as men se hem do?'
'For iij thynges principally
Fayleþ oþerwhyle mannys body: 6760
Oon is for colours and humours wyk
That steren in þe body thyk
And þe [ille] humours day and night
With þe goode in þe body fight;
And yf the wyk maistres are, 6765
Tho hertes somtyme þey turne yare
And a blaste to þe brayne caste
That a man falleþ at þe laste
And for þat eche [v]anyte
With fote and hande travayleþ hee 6770
And doþe fome at his mouþe oute fall
And his wittes to forlese all.
Another þanne is dedely synne
That a man is combred inne
And Goddis comaundement dothe nought 6775
But in synne is all his þought:
Suche pouste hathe þe devell in hym
That he sheweþ hym to hym full grym;
The aungell þat hathe hym in kepyng

6744 Yeveþ] It ȝeves S. 6760 Fayleþ] Falles S; oþerwhyle] *add* to S.
6763 ille] *from* S, *om.* B. 6769 vanyte] sanyte B, vanite S.

Ȝeueþ to þe corage moisture
And to þe eiȝen it ȝeueþ cleerte
And to þe lymes light to be 7810
And þe herte it ȝeueþ too
Bliþenesse and liking also;
And þis makiþ a man kunnyng
And to haue þoghte on anyþing.
But for his kunnyng shal he noght 7815
Smite him into an yuel þoght
But his þoght shal be holly f. 115v
To worshipe God principally
And sith to worship at his might
þing þat is goodneesse and right.' 7820

Ca.o xjo *'þe wikkid yuel þat folke ouerþrowe,* (218)
Wherof comeþ it?—Canst þou knowe?'
'For þre þinges principaly
Somtime falleþ a mannes body:
Oone is for colours and humour wicke 7825
þat sterith in þe body þicke
And þilke humours day and night
In þe body with þe good fight;
And if þe wicke maistres are,
Somtime in herte þei tourneþ ȝare 7830
And abaisshing to þe eeris caste
So þat a man falleþ at þe laste,
And for þat same vanite
Wiþ foot and hoond trauailleþ he
And lat fome out of his mouth falle 7835
And hise wittes he lesiþ alle.
Anoþer þanne is deedly synne
þat a man is combred ynne
And Goddes heste doth he noght
But in synne is al his þoght: 7840
Suche power haþ þe deuel of him
þat he him sheweþ to him ful grim;
þe aungel þat haþ him in kepyng

7814 anyþing] many a þing H.

Rekkes neuer of hym then noothyng, 6780
Wherefore þenne [þ]e devel fully
Trauayleþ hym dispitously.
The þridde skele þenne is fantasyes
That comeþ to the herte som wyse
Wherfor hit fayleþ and coward is 6785
And waxith adrad and lesit blis;
Wherfore somtyme men fallen smerte
And cometh of the fantesye of his herte.'

Qo. 215[a] *'Which is the pereloust lym* (219)
Thatt mannys body hath in hym?' 6790
'Off all þe lymes of the body
The perelousest þenne holde I
f. 98[r] The eyen, þat sholde þe body wysse
That hit not shulde goo amysse
For in perell bothe put they 6795
Soule and body euery day:
The eyen shewe þe brayn anoon
Tho þynges þat þey se vppon
And þe brayn also smerte
Sheweþ forthe vnto þe herte; 6800
The herte hathe lykyng in þe sight
And falleþ in synne anoone right
And hadde þe eyen seyn nooþynge,
The herte hadde falle in noo lykyng.
Also perleous þey are 6805
For they ben tendre and ethe to deare
And pride, ire, and coveytyse
And other synnes moo þenne þyse
Many tymes were vnsought
And mannes eyen sawe right nought; 6810
And þerfore of euerychon
A perlouser lym is þer noon.'

Qo. 216[a] *'Which is the sikerest artt off all* (220)
And þeroff most perell may in ffall?'

6780 neuer] *om.* S. 6781 þe] *from* S, de B; fully] fouly S. 6783 fantasyes] fayntise S. 6785 fayleþ] falles S. 6788 fantesye] fayntise S. 6789 ff.] *follow* 6728 S. 6811–12] *written as one line* B.

Rekkeþ of him þan nothing,
Wherfore þanne þe deuel vgly 7845
Trauailleþ him despitously.
The þridde skille þanne is feintise
þat comeþ to þe herte in somme wise
Wherfore it faileþ and coward is
And waxeþ adrad and lesiþ blis; 7850
Wher[fore] whan men falleþ smerte f. 116r
It cometh of feintise of þe herte.'

Ca.o xijo *'Whiche is þe perilousest lym* (219)
þat manis body haþ in hym?'
'Off alle lymes of þe body 7855
þe perilousest lym holde I
The yȝe, þat shulde þe body wisse
þat it dide not goo amisse
For in perell euere putte þay
Soule and body euery day: 7860
þe yȝen shewen þe eeris anoon
þe þing þat þei seen vpon
And þe eeres also smerte
Sheweþ it vnto þe herte;
þe herte haþ likyng in þat sighte 7865
And falleþ in synne anoon righte
And hadde þe yȝen yseyh noþing,
þe herte hadde ifalle in no likyng.
Also ful perilous is þe eere
For þei ben tendre and ethe to dere 7870
And pride and wratthe and couetise
And oþer synnes mo þan thise
Many time shulde haue ben vnwroght
And mannes yȝe sawe it noght;
And þerfore of euerichone 7875
A perilouser lym is þer none.'

Ca.o xiijo *'Whiche is þe sikerest craft of alle* (220)
And þat most peril may in falle?'

7851 Wherfore] *from* H, Wher L; men] men sometyme H.

'Clerkes, þat in þis world prechen 6815
And Goddis will to hem techyn
And how þey shull here soules yeme

And to þe devell from hym fleme,
The sekereste arte haue þey þoo
And þe moste perelous alsoo: 6820
For of þe worlde þey are þe light
As to þe body [i]s eyesight:
The eyen lightenen þe body
And ledeþ hit by þe way and sty
Withoute hurte and hit woll be, 6825

That hurte shulde take, miȝt hit not se.

Also þo þat conne þis arte
And techet forþ therof som parte,
The right way þe folke þey lede
And here soules gostly fede; 6830

f. 98v And ȝif hymselue noght ne do
As they other kenne vnto,
Foulle þey hemsilf swyke
And the candell brenneþ þen like,
That lighteþ me and the right well 6835
But hymselfe he wasteþ eche deele.'

Qo. 217a *'How is a man sometyme ioliff* (221)
And light off body all his liff?'
'Somtyme begynneþ iolite
In mannes body to stere and be 6840
And þat comeþ right kyndely
Of yonge blode in þe body
That he of his modre nam
Or he into þis world cam.

6816 to] to do S. 6822 body is] *from* S, bodyes B. 6825 and] þere S.
6830/1 *add* And ȝif þai doo as þat þai say / Hemself gos als þe riȝt way S.
6834 brenneþ þen] ar þai S. 6836 wasteþ eche deele] neuer a dell S.

'A clerke, þat to þe peple prechith
And Goddis wil to hem techiþ 7880
And hou þei shullen her soules saue
And what þei shullen þerfore haue
And also God wel to queme
And so þe deuel from hem fleme,
þe sikerest crafte haue alle tho 7885 f. 116v
And perilousest also:
For þe worlde þei ben þe light
As to þe bodi is þe sight:
þe yȝe lighteþ to þe body
And ledeþ it be weie and sty 7890
Wiþouten scaþe þere it wole be,
þat shulde, if it might not see,
Cacche scathe and harme tite
But þe yȝe euere it respite.
Also þoo þat kunnen þis art 7895
And to þe peple teche her part,
þe right weye þe folke þei lede
And goostly her soules þei fede;
And if þei doo as þei seie,
Hemself goon þe right weie; 7900
And if þei hemself ne do
As þat þei techen oþer to,
Fouly hemself þei beswike
And to þe candel þei ben like,
þat lightneþ me and þe right wel 7905
And wastiþ himself eueridel.'

Ca.º xiiijº

'Hou is a man somtime iolyf, (221)
Light of body, and iocunde of lyf?'
'Somtime bigynneþ ielouste
In manis body to stere and be 7910
And þat comeþ right kindely
Of a ȝong blood in þe body
þat he of his moder nam
Or he into þis world cam.

6837–910] *om.* S.

7880 hem] heuen H. 7882 what] *add* mede H. 7896 her] no H.

But þan after his beryng 6845

Gaderith he of mete and drynkyng

A newe blode, and þat stereth hym
Somtyme in euery lym
And the yonge blode therwith
Sterith into eche a lith: 6850
The herte reuerteth withall
As þat it of kynde shall.
Soo cometh in hym iolyte
Ay till þat blode soo stirand be;
But whan hit begynneþ to sease, 6855
The herte all smertly hathe relese
Of iolite and fallith soore
In sadnesse as hit was bifore.'

Qo. 218[a] *'May a man a child nott gete ryff* (222)
Ech tyme þat he touchith his wiff?' 6860
'Manne is in this worlde noon
That might gete his wyff vppon
A chylde at euery tyme and ay
Whanne he flesshly by her lay;
Ne soo ofte may noo woman 6865
Conceyue of the seede of man
f. 99[r] A childe forth for to brynge
As he might gete hit in playynge,
For she is coldere in nature
And colde of seede is not sure. 6870
A lecherous man somtyme also,
That gothe and worchyth moche vnto
And trauayleþ hym ouer right,
Of his reynes he leseþ might;
Thanne is þe seede feble and vayn 6875
And the engendure hathe noo mayn.
As a woman hathe vij chamberes

But sone after þat he was born, 7915
And lest þat he shulde be lorn,
After þe sowking of milke drewes
To strengþe him in good þewes
He falleþ þanne to mete and drinke f. 117r
þe strenger to be forto swinke: 7920
A newe blood þan stereþ him
Somtime in a priue lym
And þe ȝonge blood þerwiþ
Steriþ him in euery lith
And þe herte refresshiþ wiþal 7925
As þat it of kynde shal.
So comeþ in hym iolifte
Euere while þat blood stering be;
But whan it byginneþ to ceese,
þe herte also haþ smerte relese 7930
Of iolyfnesse and falleþ þore
In sadnesse as it was bifore.'

Ca.o xvo *'May a man gete a child, bi þi lijf,* (222)
Euery tyme þat he toucheþ his wijf?'
'Man þer is in þis world noon 7935
þat mighte gete his wif vpon
A childe at euery time and ay
Whan he fleschely by her lay;
Ne so ofte may no womman
Conseyue of þe seed of man 7940
A childe forth forto bringe
As he might gete it in pleienge,
For sche is colde of nature
And coolde to seed is no norture.
A leccherous man is blynde also 7945
þat goþ to þat werk miche vnto
And he trauailleþ him aȝeinst right:
Of his reynes he leseþ þe might;
þan is þe seed feble and veyne
And to engendre haþ no mayne. 7950
For a woman [vij] chaumbres has

7916 shulde] *add* nat H. 7917 drewes] dewes H. 7945 is blynde] sometyme H. 7951 vij] *partially erased* L.

And echeon of thoo, percaas,
May she conceyue oon childe, no moo,
And ȝit hath shee inowe of þoo; 6880
And were a man of suche powere
To gete oon whanne he comyth here nere
At euery tyme, where sholde þat wyff
Spere soo many in here liff?
Alsoo, if ther be geten oon, 6885
The modre spereth vp anoon
And no mo conceyueth she
Vnto the tyme þat that born be.'

Qo. 219[a] *'Whatt is itt and how gadrith itt so,* (223)
Mannys kynde whan itt goth hym fro?' 6890
'Kynde of man þat goth from hym
Gadereth oute of yche lym
For whanne a man aboute his mynde
With a woman to don his kynde,
The hete of hym and þe grete will 6895
That he hathe his dede to fulfille
[D]othe his body swhete þerwith
Blode inwarde fro euery lith;
And þat blode becomeþ white
And to his membris gothe hit as tyte 6900
And froo thens hit isseueth soo
Whan hit cometh thervnto.
f. 99[v] Another skele þanne is playyng

Of man to wyff with grete lykyng.

Longe reste also a skele is why 6905

And fulfillyng of the body.

For a man somtyme [for] oon of tho
In his slepe [hit] goth hym froo;
But bodely trauaill and fastyng
Soo woll beneme hym suche a thyng.' 6910

6897 Dothe] Bothe B. 6907 for (2)] *om.* B. 6908 hit] *om.* B.

And in eche of tho, percas,
She may consceiue a child and no mo f. 117v
And ȝit she haue inow of tho;
And were a man of suche powere 7955
To gete, whan he comeþ her nere,
And euery tyme a child, where shulde she
Spere so many in hir bode?
Also, if þere be geten oon,
þe modir closeþ vp anoon 7960
And no more consceyueþ she
Til þat same yborne be.'

Ca.o xvjo

'What is it and hou gadreþ it so, (223)
Mannes kinde whanne it goþ him fro?'
'The kinde of man þat gooþ from him 7965
Is gadred out of euery lym
For whan a man wiþ al his mynde
Wiþ a womman doþ his kynde,
þe herte of him and þe greet wille
þat he haþ his dede to fulfille 7970
Makeþ his body to swete þerwith
Blood inward from euery a lith;
And þat blood comeþ ful swiftly
And to þe ballockes goþ ful hastifly
And fro þenne it issueth so 7975
Whan it cometh þe pintile vnto.
Anoþer skile þan is frotyng
As whan a man haþ greet liking
Bitwene him and his wif in bedde,
Whiche leccherous lust is forbedde. 7980
Longe reste also a skile is why
And wiþ mete and drinke þe body
Fulfillyng it ouer mesure
þat it may no while endure.
From a man somtime for oon of tho 7985 f. 118r
It mote sleping goo him fro;
But bodily tr[a]uaile and fasting
Wole byneme him suche þing.'

7957 And] At H. 7959 be geten] *one word* L, be goten H. 7987 trauaile] truaile L.

Qo. 220[a] *'Is a man holden þerto* (224)
To love his children and good hem do?'
'A man shall loue ouer all thyng
God þat is of heven kyng
And hymself aftyr þat 6915
And his children þat he gatte,
For they ben frewte of his body
And hem to love ought he forwhy.
But he shall not love hem soo
Vnwysely as many doo, 6920
For some love here chyldren yoonge
Moore þan hemsilf in somme þynge;
For if þou l[e]ue now noo synne
Worldly goode for to wynne
And reccheþ nought where þou hit take 6925
Thy children riche to make,
In also moche þou louest hem more
Thanne thyselue—herken þerfore:
Thy wronge takyng makeþ þe
That þou shalt dampned be, 6930
And me þynkeþ he loueth ille
That his soule þerfor woll spille.
Forwhy of thy treuly swhynke
Shalt þou fynde hem mete and drynke
And som crafte teche them þow shall 6935
That they may leve after withall;
And whanne þey conne hit, lete hem goo
And purchase hem goode þerwith moo.'

f. 100[r] *Qo. 221[a]* *'Enchauntementes or sorcerie,* (225)
Availe they ouȝtt or be they ffolye?' 6940
'The body may þey somdele availle
But the soule they doon grete travayle;
And he þat hem werke shall,
Thre þynges he hathe withall:
First hym behouith to knowe right 6945
Iij oures of the poyntes of day and night

6911 S *begins again.* 6923 leue] loue B, leves S; now] for S. 6926 T *begins again.* 6933 treuly] trewe S, travell T. 6938 hem goode þerwith] hem with othur T, þerwiþ oþer S. 6939–7108] *om.* S. 6939 or] ande eke T. 6946 Iij] The T; of (1)] ande T.

Ca.º xvijº

'Is a man holden therto (224)
To loue his children and good hem do?' 7990
'A man shal loue al þing:
First God þat is heuen king
And himself after þat
And next his children þat he gat,
For þei ben þe fruit of his body 7995
And hem to loue oght he truly.
But he shal not loue hem so
Folily as many men do,
For some loue her children ȝing
More þan hemself in som þing; 8000
For if þou l[e]ue not for no synne
Worldly good forto wynne
And reckest not wher þou it take
þi children þerwiþ riche to make,
In so moche þou louest hem more 8005
þan þiself—reck[ne] wherfore:
Thi wrong taking makeþ the
þat þou shalt ydampned be,
And me þinke he loue himself ille
þat his soule þerfore wil spille. 8010
þerfore of thi truly swinke
þou shalt fynde hem mete and drinke
And som crafte teche hem þou shal
þat þei after mowen lyue wiþal;
And whenne þei kunne it, lete hem go 8015
And purchace hem good as þou hast do.'

Ca.º xviijº

'Enchauntementz and sorcerie, (225)
Availe þei oght or be folie?'
'The body may þei somdel availe f. 118v
But þe soule þei doo greet trauaile; 8020
And he þat hem worche shal,
þre þinges he muste haue wiþal:
First behoueþ him to knowe aright
þe houres and þe pointes of day and night

8001 leue] loue LH. 8006 reckne] recked L, rekne H. 8016 þou hast] þei haue H.

For goo he onythyng theragayn,
All his werkes is in vayn.
That oþer is þat he moste nede
Yeve grete treuthe vnto his dede 6950
And have stedfaste in his þoght
That þe devell shall faille hym nought.
Yet he houeþ to conne astronomye
Hym to helpe the mooste party;
And yif he lakke ony of þese iij[e], 6955
His werke is noght but vanyte.'

Qo. 222[a] *'Which is the wighttest best þat is* (226)
And most off savour?—Tell me þis.'
'Hounde is þe wittiest beste þat is of all
And the trewest vnto call; 6960
Lighter noo beste renne ne can
Ne noon kyndelokere to man;
And þe smellyngeste þynge is he
Sauffe if hit þe myre be
For of all bestis þe myre, [yw]is, 6965
Sauourith moste þat he [after] is.'

Qo. 223[a] *'Wheþer off the two may be* (227)
Hyer—the londe or the see?'
'The lande is higher of the twoo,
Ellis sholde þe see hit ouergoo. 6970
Lete a vessell with water be fille
Even by þe bordis stondyng stille,
Yet shall þe borde þe water holde;
But wheþer moore vp gete wolde
f. 100[v] That it ouer þe vessell were, 6975
Soone isholde hit spille there.
Alsoo hit fareth by þe see:
But if the erthe might here be,
The se sholde hit ouerrenne
That all the world sholde well kenne.' 6980

6959 wittiest] wightest T. 6963 smellyngeste þynge] moste sauerest T.
6964 myre] pissemyre T. 6965 myre] pissemyre T; ywis] is B, ywisse T.
6966 after] *precedes* þat B. 6978 here] higher T.

For if he doo oght þeraȝein, 8025
Al his werke is in vein.
Þat oþer is þat he moste nede
Ȝeue greet trist to his dede
And haue stedfast in his þoght
Þat þe deuel shal faile him noght. 8030
Ȝit bihoueþ him to kunne astronomye
For þat must helpe him þe most partie;
And faile him any of þese þre,
Al his werke is but vanite.'

Ca.° xix°

'Wheþer of þe lond or of þe see (227) 8035
Is hier?—Now telle þou me.'
'The londe is hyer of þe two
And elles þe see shulde it ouergo.
Lat a vessel wiþ water fille
Euene by þe brerdes stonding stille, 8040
Ȝit sholde þe brerdes þe watir holde;
But whoso more vpon held wolde,
It shulde renne ouer þe vessel
And spille þat þou puttest on euery del.
Right þus it fareþ by þe see: 8045
But if þe erthe moche hier be,
Þe see shulde it sone ouererenne
Þat al þe world shulde wel kenne.'

8034/5 *q.* 226 *om. in error (cf. table* 1489–90*)* LH. 8035–207 *q. nos.* xix–xxvij *for* xx–xxviij *(cf. table* 1491–1510*)* L.

Qo. 224[a] *'Off whens snayles come wete I wold* (228)
And why they to the grasse hem hold.'
'Off the hete and of þe swote
Comen þey of grasse þat is hote
And for moistour holde þey hem soo 6985
Vnto þe grasse þat they goo.
And albe hit lothly to sight,
Hit is a worme of moche might
For whosoo knoweth well þe kynde,
Of grete vertu he may hit fynde: 6990
Be encombered þe breste of man
That he his bre[th] drawe ne can,
Whosoo take þe snayles þan
And fryed hem well in a pan
With oyle of olyve, where men hit gete, 6995
And with hony yeffe hem hit to ete
Ten dayes at even and at morn,
To amende hym or he were lorn.
And ȝiff a white spot were
In his eye, þe sight to dere, 7000
And toke snayles and lete hem brenne
Of þat þat is hem withynne,
And whenne hit were brente to cole also
The tenthe parte soo moche doo þerto
Of rosted leke and also moche yet 7005
Of ybernus, a tre is hit,
And braye hit all togeder weell
And after farced hit iche a dell
And vse hit twyse or tryse on a day,
The white spotte shall wende away.' 7010

f. 101[r] *Qo. 225[a]* *'How slepe thes old men also* (229)
As thes younge children do?'
'Yonge childe slepith for þe grennesse
Of the brayn and of the swhetnesse,
For tender and light hit ought to be 7015
As yf a floure vppon a tree:

6986 þat they goo] as that thei doo T. 6992 breth] brest B, onde T.
6996 to ete] atte mete T. 6998] Hit shulde delyuer hym of that sorow T.
7008 farced] sarce T. 7010 wende] dwyne T. 7016 yf] is T.

Ca.° xx° *'Wherof comeþ snailes, wite I wolde,* (228)
And whi þei to gresse hem holde.' 8050
'Off þe hete and of þe swoote
þei comen and of grasse þat is hote
And for moisture holde þei hem so f. 119r
To þe gresse as þat þai do.
And alþogh it be lothly to sight, 8055
It is a worme of miche might
For whoso knoweþ wel þe kinde,
Of greet vertu þei may it finde:
For if þe brest be encombred of man
þat he his hond drawe ne can, 8060
And whoso took þe snailes þanne
And fried hem wel in a panne
And oyle of oliue, and it might be geten,
And wiþ hony ȝaf it him to eten
Ten daies at euen and at morwe, 8065
It shulde deliuere him of þat sorwe.
And if a wight ispotted were
In his yȝe, his sighte to dere,
And he toke snailes and lete brenne
Of þat þat is hem wiþynne, 8070
And whanne it were brente to colle also
þe ten part do so moche þerto
Of roostid lyke and also miche ȝit
Of ybenus, þat a tree is it,
And braie al togidre wel 8075
And after sarce it eueridel
And vse it two sponful or þre eueri day,
þe spotte in the eyȝe shulde vanisshe away.'

Ca.° xxj° *'Hou slepe þise olde men now so* (229)
As þise ȝonge children here do?' 8080
'Children slepen for grenesse
Of her eeris and þe swetnesse,
For tender and light he oweþ to be
As is þe flour vpon a tree:

8071 colle] coolde H.

Yf a wynde þeron blowe,
Hit falleþ lightly in a throwe;
Also is of a childe, ywys—
Whanne hit of mete fulfillid is 7020
And e[y]er smyteth þeruppon,
Hit enclyneth vppon oon
And slepith thenne and restith soo,
And þat is norishyng therto.
And an olde man alsoo slepe well 7025
As a chylde but by other skyll:
For febilnesse of brayn slepeth he
As a ripe appull on the tree—
Whanne a wynde hit towcheþ aught,
Hit fallith vnto grounde for naught. 7030
An oolde man, as in þat eche caase,
A lityll ease whan he it hase,
He fallith vpon slepe as tite
And þat is gretly his delite;
For feble reynes and hevy bones 7035
That makeþ hym slepe for þe noones.'

Qo. 226[a] *'Iff God had a man so moch wrouȝtt* (230)
As all þe world, myȝtt he nouȝtt
Haue stonde ayens God aright
Through vertu off his myȝtt?' 7040
'Hadde he made soo grete a man
As ony tonge reken can,
As all þe worlde, dale and downe,
Wode and water, feld and towne,
Ayens God hadde he no mayn 7045
More þanne a myre hadde hym ayeyn
f. 101v And yet a thousand tymes lasse
Thenne hathe þe myre in his gretnesse;
For God with word oonly wrought
Heuen and erthe and all of nought 7050
And wolde he hem bidde boþe synke,
Anoon soo were do his biddyng.
Sith he heven and erthe may fordo

7021 eyer] euer B, eyre T. 7025 And] And if B. 7036 slepe] slepe faste T. 7038 nouȝtt] ought T. 7049 oonly] euenly T.

If a winde þeron do blowe, 8085 f. 119v
It falleþ lightly on a þrowe;
And þus it is of a childe, ywis—
Whanne it of mete fulfilled is,
An eyre smyteþ thervpon
And it enclineþ þerto anon 8090
And slepeþ þanne and resteþ so,
And þat is norisshing þerto.
And also olde men slepen wel
As a child but by anoþer skel:
For feblenesse of hernes slepeþ he 8095
As a rype appul vpon a tree—
Whan a winde it toucheþ oght,
It falleþ to þe grounde for noght.
An olde man also, parcas,
A litel ese whan þat he has, 8100
He falleþ vpon sleep als tite
And þat is gretly his delite;
For feble reines and heuy bones
Þat makeþ him slepe for þe nones.'

Ca.o xxijo *'If God had man so miche wroght* (230) 8105
As al þe world, might he oght
Haue ystonde aȝenst God aright
Þorgh þe strengþe of his might?'
'Hadde he ymade so grete man
As any wight here might reken þan, 8110
As al þis world, dale or downe,
Woode and watir, feelde and towne,
Aȝeinst God had he no mayn
More þan an ampte had him aȝayn
And ȝit a þousand sithes lesse 8115
Þan haþ an ampte in hir gretnesse;
For wiþ word God only wroght
Heuene and erþe and al þing of noght
And if he wolde bidde hem bothe sinke, f. 120r
Anoon he shulde do his biddinke; 8120
And sithe he may heuene and erthe fordo

8105 had] had made L. 8106 As . . . he] And . . . be H. 8114 an ampte] a myte H. 8116 an ampte] a myte H. 8120 he shulde do] schuld be done H.

Oonly with his wordis alsoo—
And is but a poynt of his might— 7055
Moche more þan with right
Is the remenaunte of his pouste.
Forwhi to hym may nooþyng be.'

Qo. 227[a] *'Whatt shold this world haue be and howe* (231)
Had God nott dight itt as itt is nowe?' 7060
'The world sholde haue be no moore ne lasse

Thenne as a foule dale of derkenesse

Or as a derke preson pitte
And sholde haue hadde but sympell light;
The elementes þat we now call 7065
Sholde haue ben trowbeled all
And God sholde neuerthelesse in blisse
Haue ben and þought noþyng of this.
But for the creatures sake
That God wolde afterwardes make 7070
The elementes clarified he
And sette eueriche of þem as þey shold be
And dight all thynges to mannes prowe
Alsoo as þey be now.'

Qo. 228[a] *'Wheþer the angellis off Goddes breth cam* (232) 7075
As did the soule ffirst off Adam?'
'Adams soule so was wrought
Of Goddes brethe but aungell nought:
They were of Goddes worde alone—
He badde hem be and þey were echon— 7080
But God blewe vppon Adam
Goste of lyff and he forthcam.
f. 102[r] Forwhy Adam and his ospryng,
That stedfastly ouer all thyng
Trowe in God and trowe shall 7085
And his byddyng doo withall,

7054 Oonly] Evynli T. 7064] Ande nothynge shulde haue lighted itt T. 7074/5 *add* Another question yutt pray I the / Good sur for to tellen me T. 7083 and] in T.

Oonly wiþ his worde also—
And þis is but a pointe of his mighte—
Hou moche more þan wiþ right
Is þe remenaunt of his pouste? 8125
þerfore to him may noþing rekened be.'

Ca.º xxiijº *'What shulde þe world haue ben and how* (231)
Nad God ymade it as it is now?'
'[T]he world shulde here neuere haue ben
More ne lesse, as ȝe mowen seen, 8130
But as a foule dale of derknesse
Wiþouten light more or lesse
Or as a derke prisoun pitte
þat no light shineþ in itte;
þe elementes þat we now calle 8135
Shulde haue ben trouble togidre alle
And God shulde neuereþelesse in blisse
Haue ben and roghte noþing of þisse.
But for þe creatures sake
þat God wolde worldes make 8140
þe elementis clarified he
And sette eche þere it shulde be
And dighte al þing for manis sake,
Heuene or helle wheþer he wole take.'

Ca.º xxiiijº *'Wheþer þe aungels of Goddes oonde cam* (232) 8145
As dide þe soule of Adam?'
'Adames soule so was wroght
Of Goddes onde but aungel noght:
But þei were of Goddis worde allone— f. 120v
He bad hem be and þei were echone— 8150
But God blew vpon Adam
Goost and lijf and he forþcam.
þerfore Adam and his ospringe,
þat stedfastly ouer al þinge
Bileeue in God and lyue he shal 8155
And his bidding do wiþal,

8129 The] he (*gap for rubricator, not completed*) L. 8130 ȝe] we H.
8143/4 *lines* 8140–3 *repeated* L. 8152 and (1)] of H.

Worthyere bifore God shall he be
Thanne aungell by skeles iij:
First he hathe lyff þat may not wonde
Of the spirite of Goddes onde 7090
And that was nere God, me þenke,
Thanne aungell þat comith of spekyng.
Also a man hath enemyes
To tempte hym where he goth or lies
And aungell in no fondyng is, 7095
Why he dare not do amys;
And he þat temptacion withstandis
And comeþ nought in þe develes bandes,

He is well worthyer þanne he
That in noo temptacion may be. 7100

The iij skele þenne is alsoo
That God hathe sette aungell þerto
To kepe man bothe ferre and hende
And fro all evell hym to defende
And from euery combrement, 7105
But if hymselue þerto assente;
And if aungell mannes seruant be,
Thanne is goode man worthyer þanne he.'

Qo. 229[a] *'Now wold Y blithely be wys:* (233)
Whatt þing is hevenly paradys?' 7110
'Heuenly paradise þan is
Nothyng but all þe same blisse
þat a man hath of þe sight
Of Goddis face, þat is soo bright;
For he þat seith hym face to face, 7115
He hathe all maner of grace,
Ioye and delite endeles to be,
Heele, feyrehede, strengthe, and beaute,
f. 102v Witte and connyng, richesse also:
God for his might brynge vs þerto.' 7120

7091 nere] hender to T. 7103 ferre] faire T. 7109 S *begins again.*
7118 beaute] lewtee TS. 7120 might] mercy S.

Worþier bifore God shal he be
þan aungel bi skilles þree:
Firste he haþ lijf, to vnderstonde,
Of þe spirit of Goddis oonde 8160
And þat was nerrer God, as me þinke,
þan aungel þat cam of spekinge.
Also a man haþ many enemyes
To tempte him where he goo or lyes
And aungel in no tempting is, 8165
Wherfore he þar not do amys;
And he þat temptacioun wiþstandys,
He comeþ not in þe deuels bandis:
He is wel worþier in ioye to be,
As experience telleþ to me, 8170
þat temptacioun wiþstondith here,
þan he þat suffreþ none in no manere.
þe þridde skille þanne is also
þat God haþ sette an aungel þerto
To kepe man boþe faire and hende 8175
And fro al yuel him to defende
And from euery encombirment,
But if hymself þerto assent;
And if aungel mannes seruant be,
þan is a goode man worþier þan he.' 8180

Ca.º xxvº *'Now wolde I bleþely wite þis:* (233)
What þing is heuenly paradis?'
'Heuenly paradys þan is f. 121r
Noþing but þat same blis
þat a man haþ of þe sight 8185
Of Goddes face, þat is so bright;
For he þat seeth him face to face,
He is replete of alle grace,
In ioye and delite endeles to be,
Hele, fawnesse, strengþe, and beute, 8190
Wit, cunnyng, and richesse also:
God for his might bringe vs þerto;
þanne shullen we haue, þe soþe to telle,
Euere endeles ioye inne to dwelle.'

8160 Of] And H. 8190 fawnesse] feirenes H.

Qo. 230[a] *'The ffeirest þing in this world to se* (234)
Thatt God made, which may itt be?'
'Manne þanne is þe fayreste þynge
That is in erthe of Goddes makynge
And þe louelieste of visage, 7125
For he hym made after his owne ymage;
And for man made he sonne and moone
And all thynges þerinne to wone;
And also as he wolde make
All thynges for mannes sake 7130
Seruice vnto man for to do,
Soo woll he man serue hym to.'

Qo. 231[a] *'Wheþer ought þou loue more for thy prowe—* (235)
Thatt lovith the, or thatt þou louest nowe?'
'Thow shalte loue þat loueþ the 7135
And þat þou louest som let be
For þou louest somme, perauenture,
That of þe takeþ litell cure;
And but þou loue with all þy mayn
Hym þat loueþ þe ayeen, 7140
Thanne woll I saye [thou] loue[st] nought
God [that at] his likenesse þe wrought.
And whosoo loveþ synne here,
He loueþ þe devel to haue to fere;
And he ne loueþ here noo man 7145
But to shende all þat he can
And to putte in payne and woo.
Loo, what wyse he loveþ þoo:
The goode he hatith day and night
But hem to dere he hathe noo myght 7150
For God defendith them and yemes
And loueþ alle þat hym qwemes;
Forwhy þat grete loue hath [t]he tyll
Love hym ayen, for þat is skyll.'

7128 þerinne to] that vndur TS. 7132 man serue] *reversed* T. 7133–54] *om.* S. 7141 thou louest] *from* T, he loueþ B. 7142 that at] *from* T, of B. 7153 the] *from* T, he B.

Ca.º xxvjº

'The fairest þing in þis world to se (234) 8195
þat God made, whiche may it be?'
'Man þan is þe fairest þing
þat is in erþe of Goddis making
And þe loueliest of visage,
For God made him after his ymage; 8200
And for man made he sunne and mone
And al þing þat þerevnder wone;
And also he dide make
Alle þinges for manis sake
And serue to man for euermore, 8205
So þat he wole serue him þerfore.'

Ca.º xxvijº

'Wheþer shalt þou loue more for þi prow— (235)
Him þat loueþ the, or þat þou louest now?'
'Thou shalt loue þat loueþ the
And þat þou louest some lat be 8210
For þou louest somme, perauenture,
þat of þe takeþ litel cure;
And but þou loue wiþ al þi mayn
Him þat loueþ the aȝayn,
þanne wole I seie þou louest noght 8215
God þat to his liknesse þe haþ wroght.
And whoso loueþ synne here, f. 121v
He loueþ to haue þe deuel to fere;
And he ne loueþ here no man
But to shende hem in al þat he can 8220
And to putte hem in peyne and wo.
Lo, in what wise þe deuel loueþ tho:
þe goode he hateth day and nyght
But hem to dere haþ he no might
For God hem defendeþ and kepith 8225
And loueþ hem alle þat h[ym] seruith
And for þe greet loue he haþ þe tille
Loue him aȝein, and þat is skille.'

8226 hym] *from* H, he L.

f. 103[r] *Qo. 232[a]*

'Which is the worthiest word þat may be (236) 7155
And grasse and stone, as þinkith the?'
'God yaue vnto þynges thre
Moche vertue and pouste,
And to mannes helpe echon:
To worde, to gras, and to ston. 7160
The worthieste worde and moste of might
For to say day or night
Is to worshipp heven kynge
And praye hym after good endyng
For if þou this worde dignely nempne, 7165
Hit shal be herde from erthe to heven.
Also grasses ben þer fele,
Alle ymade vnto mannes heele,
But of all soo is þere oon
That may worst be forgon— 7170
That is whete to fode of man:

Moore worthier grasse nought nempne I can.

Alsoo þer be many stones
Of mooche vertu for þe noones
But myllstones be þey þoo 7175
That man may nought wel forgo:
For þe gryndyng of the corn
They might worst be forborn
And sith eche hathe of hem nede
That with brede shall them fede, 7180
The worthieste stones I þem calle
Amonge other stones all.'

Qo. 233[a]

'Why may noon þe nwe mone se (237)
Till itt in the west be?'
'Whanne þe moone hath goo fully 7185
Here way abowte in þe sky
Ayenst the firmamente also
(That in a moneth comeþ too),

7155 S *begins again.* 7157 vnto] vnto man B. 7165 dignely] worshipfulli T. 7183–212] *om.* S.

Ca.º xviijº *'Whiche ben þe worþiest þinges þre?* (236)
I preie þe tite, telle þou me.' 8230
'God ȝaf to þinges thre
Right miche vertu and pouste:
To worde, to grasse, and to stone,
And to mannes help euerychone.
Þe worthiest worde and moste of might 8235
Forto seie here day and night
Is to worshepe heuene kyng
And preie him for good ending
For if þou þise wordes worþily neuene,
It shal be herd fro erthe to heuene. 8240
Also gresses þer ben fele
(Alle God made to manis hele)
But of alle ȝit þer is oon
Þat may werst be forgoon—
Þat is whete to foode of man: 8245
A worþier herbe no man can
Neuene in þis world þat ben
For a better neuer was seen.
Also þere ben many stones
Of miche vertu for þe nones 8250
But mylne stoones ben here þo f. 122r
Þat man may not wel forgoo:
For þe grynding of þe corne
Þei mighte werste be forborne
And sith euery man haþ to hem nede 8255
Þat wiþ brede shal hem fede,
The beste stones I hem calle
Among oþer stones þat beeþ alle.'

Ca.º xxxº *'Why may a man þe newe mone not see* (237)
Til she in þe west be?' 8260
'Whanne þe moone haþ goo fully
Hir weie aboute on þe sky
Aȝeinst þe firmament also
(Þat in a monthe cometh to),

8229 *q. no.* xviij *for* xxviij *(*xxix *in table* 1511–12*)* L. 8259 *correct q. nos. resume* L.

f. 103[v]

Vndir þe sonne þanne comeþ she,
Day or night wheþer þat hit be: 7190
The sonne his leme letith on here glide
And she takeþ light by þe syde
And gothe ay forthe, as she is woone,
And is clepid a newe mone.
If hit were withynne night 7195
That she toke a newe light,
We may haue of here noo sight
For hit is by tyme of night—
For she is þanne down wente
With þe cours of þe ffirmamente 7200
And þe erthe, þat is rounde,
Reveþ vs þat sight þat ilke stounde.
If her light by day taken be,
For þe sonne we may not here see;
For ȝif twoo lightes togeder were, 7205
The lasse is nought sey for þe more.
But whanne þe mone is in þe weste,
Thenne is þe sonne soo to reste
And þe moone is ȝit on hye;
Forwhy þat clereþ by þe skye 7210
Thanne is she sey, and noo tyme elles,
By the skelis þat bifore telles.'

Qo. 234[a]

'Shaltt þou thy councell tell ech dele (238)
To thy ffrende þat þou lovest wele?'
'Counsaill ought to be tolde 7215
To hym þat hath all in holde—
That is God—and noo man ellis,
For he woll heale þat þou telles.
If þou thy frende telle hit vnto,
Hit may after befalle soo 7220
That ffrenshipp may ouergoo
And thy ffrende become þy foo;
Thanne maiste þow say, if þat þou liste,
"Now wote my [f]oo þat my frende wist."

7204 A *begins again.* 7208 soo] go A, goon T. 7210 clereþ] clere TA. 7211 noo tyme] nothynge T. 7213–50] *follow* 4852 S. 7215 be tolde] behold A. 7216 holde] wolde S. 7224 foo] *from* TAS, woo B.

Vndre þe sunne þanne comeþ she, 8265
Day or night wheþer it be:
þe sunne leteþ hir leme on hir glide
And she takeþ light by þat oþer side
And euere gooþ forth, as she is wone,
And is clepid a newe mone. 8270
And if it were wiþynne night
þat she toke a newe light,
We mowen haue of hir no sight
For it is bi time of þe night—
For she is þan doun went 8275
Wiþ the corse of þe firmament
And þe erthe, þat is rounde,
Binemeth vs þat light þilke stounde.
If hir light bi day itake be,
For þe sunne we may not hir yse; 8280
For [if] two liȝtis togidre wore,
þe lasse is not iseyn for þe more.
But whan þe mone is in þe west,
þanne is þe sunne goon to rest
And þe mone is ȝit on hy; 8285 f. 122v
And if þat clere be þe sky,
þanne is he seen and no time ellis,
By þe skille þat bifore tellis.'

Ca.o xxxjo *'Shalt þou þi counseil telle eueridel* (238)
To þi frende þat þou louest wel?' 8290
'Counceile oght to be holde
To him þat haþ al in wolde—
þat is God—and no man ellis,
For he wole heele þat þou tellis.
If þou þi freende telle it to, 8295
It may after bifalle so
þat þilke frendshipe may ouergoo
And þi freend bicome þi foo;
þanne may þou seie, if þat þou list,
"Now wote my foo þat my freend wist." 8300

8281 if] *from* H, *om.* L. 8291 be holde] *from* H, *one word* L.

Or, yf thow thy ffrende it seye 7225
And weneth he shall þe noȝt wrey,
f. 104[r] And he telleþ hit priuely
Vnto another frende hym by,
And he soo forthe, as well may be,

This may not longe be privete: 7230

For þat many tonges wote
On somme tonges hit lithe hote;
Thus might þou come in blame þerfore,
For þou were better vntolde þat hit woore.
Yf þow a priveyte have [w]rought 7235
And þy herte may hele hit nought,
The thinkeþ hit bolneþ in þe right
Tille þou have tolde hit to summe wight:
Goo froo þe folke by þe alone,
That noo man here þe make þy moone, 7240
And telle hit thanne þyselue vnto
As þou woldest hit to another doo;

Whanne þou haste tolde, þyn herte shall kele
And non angwissh more shalt þou fele.

Yf þou no wyse may hit holde 7245
Tyll þou haue anoþer tolde,
Looke þou telle hit to suche oon
That þou may well truste oon
That he woll telle hit in noo syde
For noo wratthe þat may betyde.' 7250

Qo. 235[a] *'Which be women off most proffite* (239)
Man to haue with his delite?'
'Unto þe soule profight is noon
But a mannes wyf alon;
But of þe body, if þou say, 7255
In the yeere ben sesons twey

7229 soo fòrthe] þe ferþe ST. 7234 For þou] Forthi TS. 7235 wrought] *from* TAS, brought B. 7237 The] Me T, Butt A. 7240 þy] no TAS. 7250 noo wratthe] noþinge S. 7251–436] *om.* S.

Or, if þi frende to som man it seie
And wenest he shal þe not wreie,
And he telle it priuely
To anoþer frend him by,
And he to þe fourþe, as wel may happe, 8305
Telle forthe þat sory clappe,
þus may it not longe be kepte priue
þat is telde to manye, as I seie the:
For þat manye mouthes woote
On somme tunge it lieth ful hoote; 8310
þus may þou come in blame þerfore—
þanne were better þat vntolde it wore.
If þou a priuete haue ywroght
And þyn herte may hele it noght,
The þinke in the it boileþ right 8315
Til þou haue telde it to some wight:
Go fro þe folke by þiself allone,
þat no man here þe make no moone,
And þanne telle it to þiself so f. 123r
As þou woldest telle it anoþer to; 8320
And whanne þou hast telde þin herte al,
It shal asswage and downe fal
And angwisshe shalt þou no more fele
But al þi swelling shal akele.
And if þou be no way may it holde 8325
Til þou to anoþer haue it tolde,
Loke þou telle it to suche oon
þat þou maist wel truste vpon,
And þat he telle it on no side
For no wraþþe þat may betide.' 8330

Ca.º xxxijº *'Whiche bi þe wymmen of moost profite* (239)
To man to haue wiþ his delite?'
'To þe soule profiteþ noon
But a manis wyf aloon;
But for þe body, I þe seie, 8335
In the ȝeere ben sesouns twe

After whiche man loke shall
What woman he shall dele withall:
In wynter, whanne þe eyre is colde
To his bed cloþes behove many folde, 7260
A yonge woman and browne also
Profiteth man þan vnto;
f. 104[v] For broune wymen ben of hote onde
And of hote guttes for to fonde,
And hire hete heteth man alsoo 7265
And grete profite dothe hym vnto.
In somer, whanne þe aire is hote
And heteth bothe drye and wote,
Thenne is a yonge white woman
Beste of profite vnto þe man 7270
For she is colde of kynde to fele
And man of grete hete may she kele.

But olde wymmen do noo profight
Vnto man, noþer browne ne white,
For stynkyng breth abowte she bereþ 7275
And moyste guttes þat grefly dereþ:
She makeþ a man pure hevy
And greueþ eche dele his body
And dothe hym chaunge his faire colour,
Forwhy is hire is noo socoure.' 7280

Qo. 236[a] *'The quakyng þat a man is yn* (240)
Sometyme, wheroff may itt begyn?'
'Qwakyng þat somtyme lightly
Falliþ in mannys body,
That comeþ of flewmes þat ben colde 7285
That the moistour in his body holde
For þey ouercome, of here pouste,
Alle þe colours þat in hym be.

Whanne þe flewmes brenne all in welde,

7260] And his kilthe yeldith manyfolde TA. 7263 of hote onde] hote we ffynde A. 7264] And hote guttes they haue off kynde A. 7275 stynkyng breth] grte onde T. 7276 grefly] gretely T, evill A. 7289 brenne] haue T, hath A.

Aftir whiche a man loke shal
What womman he shal dele wiþal:
In winter, whan þe eyr is colde
And his colde ʒildeþ manyfolde, 8340
A ʒonge womman and broun also
Profiteþ thanne man vnto;
For broun womman is of hote oonde
And hote guttes haþ, to vnderstonde,
And hir hete hetiþ man also 8345
And greet profite dooþ him to.
In somer, whan þe eyr is hote
And heteþ bothe drie and woote,
Þanne is a ʒonge white womman
Best to þe profite of a man; 8350
For she is colde of kinde to fele
And of grete hete she may kele
A man þat is of grete corage f. 123v
And of nature haue outrage.
But olde womman doþ no profite 8355
To man, noþer broun ne white,
For greet oonde aboute she bereþ
And moiste guttes þat gretly dereþ:
She makeþ a man pure heuy
And greetly greueþ al his body 8360
And makeþ him chaunge his fair colour,
Þerfore in hir is no socour.'

Ca.º xxxiijº *'Þe quaking þat a man somtime is ynne,* (240)
Wherof comeþ it or may it bigynne?'
'Quaking þat somtime liʒtly 8365
Falleþ to a man in his body,
It comeþ of flewmes þat ben colde
Þat þe moisture in his body holde
For þei ouercomen, of her pouste,
Alle þe colres þat in him be; 8370
And whanne þe flewmes haue al
In her welde, þan þer shal

8355 doþ] *repeated* L. 8364 bigynne] blynn H. 8370 colres] colours H.

A grete colde in þe man þey yelde: 7290

That colde rekeþ forþe þerwith
To senewes, veynes, and yche a lith—
That dothe hym qwake to begynne
And þe body sha[ke] withynne,
As þe brethe of a colde ayre woll make 7295
A thynne yclaad man for to qwake.'

Qo. 237[a] *'Whan a man seeth a þing* (241)
Wheþer yevith the eye ouȝtt in seyng
f. 105[r] *Or itt receyvith ynward þerto*
The shappe þat itt seeth also?' 7300
'Nothynge may come oughte oughwhore
But there hit yede in byfore,
Ne eye may yeve nothyng oughtward
But that hit firste hathe take inwarde.
Forwhy vnderstande aright 7305
Thre þynges goth vnto þe sight:
First þat þyng þat þou shalt se;
That other þat hit colourd be—
For of all þynges [is] se nooþyng
But oonly þe coloryng; 7310
The iij ben bemes of the sight
That vpon þat þyng shall alight
That shal be seyn. And after þis
The moystour þat in þe eyen is
Drawe vnto hym þe shapyng 7315
And þe faccion of þat þyng
And þat shap yeldes þe braynes vnto
And þe braynes to the herte also:
The herte sendeþ to hym at þe laste
And in memorye holdeþ faste; 7320
And for þat sendyng woll þe herte
Thynke another tyme as smerte
Of thyng that eyen hadde somwhore
Seyen somtyme þerbefore.'

7294 shake] *from* T, shall BA. 7295 brethe] ondynge T. 7309 is] *from* T, *om.* BA.

A greet cooldnesse in þe man arise,
Whiche shal him peyne in diuerse wise.
And þat colde strecchiþ forth þerwiþ 8375
To synewes and veynes in euery lith:
þat makeþ him to quake bigynne
And þe body to shake wiþynne,
As a grete colde wole make
A þynne cloþed man forto quake.' 8380

Ca.º xxxiiijº *'Whan a man seeth a þing,* (241)
Wheþer ȝeueþ þe yȝe out in seing
Or it resceiueþ inward þerto
þe shappe þat it seeþ so?'
'Noþing may come out owhere 8385
But þere it ȝede in bifore,
For ye may noþing ȝeue outward f. 124r
But it haue firste ytake inward.
þerfore vndirstande aright
þre þinges goon to þe sight: 8390
First þe þing þat þou shalt see;
þe secounde þat it ycoloured be—
For alle of þinges is seen noþing
But only þe colourynge;
þe þridde ben beemes of þe sight 8395
þat vpon þat þing shal alight
þat be seen shal. And after þis
The moisture þat in þe yȝen is
Draweþ to him þe shaping
And þe facioun of þat þing 8400
And þat shap ȝildeþ it þe beam to
And þe beam to þe herte also:
þe herte resceiueþ it him at þe laste
And memorie it holdeþ faste;
And for þat wole þe herte 8405
þenke anoþer time als smerte
Of þing þat þe yȝen had somwhore
Seyne somtime þerbifore.'

8399 shaping] schakyng H. 8401 beam] brayne H. 8402 beam] brayne H. 8403 him] in hym H. 8404 And] And in H.

Qo. 238[a] *'How may a man spekyng be* (242) 7325
By hymselff and sey "we"?'
'A man is made, moore ne lasse,
But after Goddes owne lykkenesse
And also as in þe Godhede be,
Reconyng rightly, persons iij, 7330
Soo hit ben in yche a man
Iij thynges þat I recon can:
Body, sowle, and þe witt—
These iij[e] ben togeder knytt.
f. 105[v] The tonge an instrument is right; 7335
To speke the soule yeueth might;
The witte gouerneþ above all
Whatsoo þe tonge speke shall.
And sith iche man hathe these thre,
In speche may he well say "we".' 7340

Qo. 239[a] *'Tell me þis—iff þat the see* (243)
With offten takyng off may ylassyd be.'
'Thyng þat men alday of take
Behoveþ be lassid and nedely slake.
Now is no water of all þat be— 7345
Fressh ne salt—owte of þe see;

And euery day men take þerto
Bothe man, beste, and foule alsoo
And all þat is fette yche a day
Ayeen to þe see hit ne may, 7350
There goith ofte to most waste somdele,
And euery man may wete hit wele.
But the erthe sendeth water here froo
That vnto þe see goo
And þe see restoreþ efte 7355
Of all þat men have hit refte;
And hit is soo longe and wyde
And soo grete, depe, and syde

7335–6] *om.* T. 7341–2] May ther with takynge of the see / Onythynge amenyshid bee T. 7344 be lassid and nedely] to mynyshe ande nedelynge T. 7346 owte] but T. 7349 fette] noted T. 7351 ofte] þerof T;

Ca.° xxxv° *'Hou may a man speking be* (242)
Aloone by himself, as þinkeþ the?' 8410
'A man is imade, more ne lesse,
But after Goddis owne liknesse
And also as in þe Godhede be,
Rightly rekened, persones þre,
So þer be in euery man 8415
þre þinges þat I reken can:
Body and soule and þe witt—
þise þre ben togidre knitt.
þe tunge an instrument is right;
To speke þe soule ȝeueþ might; 8420
þe wille gouerneþ aboue al f. 124v
Whatso þat þe tunge speke shal.
And sithen euery man haþ þise þre,
Wel gouerned oght he be.'

Ca.° xxxvj° *'May þe watir in þe see* (243) 8425
Anyþing yvenquisshed be?'
'Thing alday þat men of take
Byhoueþ nedely forto slake;
And if no water were of alle þat be—
Freisshe ne salt—but of þe see 8430
Ne nowhere noon men miȝt finde
And nedely þei must haue watir of kinde
And euery day men take þerto
Boþe man and beest and foule also
And al þat vs nedeþ euery day 8435
Aȝein to þe see goo ne may,
þer gooþ to waast þerof somdel,
As euery man may wite wel.
But þe erthe sendiþ hir watris fro
þat to þe see aȝein doþ go 8440
And þe see restoreth efte
Of al þat men it birefte;
And it is so longe and wide
And so greetly deep and side

most] *om.* TA. 7353 sendeth] voideth T. 7358 grete] gretely T.

8426 yvenquisshed] ymynusched H.

That men may aperceyue nooþyng
That therof goothe to wastyng.' 7360

Qo. 240[a] *'Which shall þou loue best, þat oon or þat oþer—*
The child off thy suster or els off thy broþer?' (244)
'Bothe ought þou loue hem even
After Goddis right of heven
But of the worldis lawe 7365
Som men were leuer to hym drawe
The brotheres childe and love hym more
Thanne þe susteres—herken wherfore:
The childe takeþ mater of the wyff
And of the fadre shapp and liff, 7370
f. 106r And shapp of euerythyng, ywys,
Is worthyer þen the mater is;
Wherefoore þat som men woll say
The brotheres childe is ner of þe tway.
But gyle is on þat other syde 7375
As men have wiste hit ofte betyde:
My brotheres wyfe may be a fyle
And may doo here husband gyle
And wyte a childe on hym lightly
That he no more gate þan I; 7380
But a chylde þat my suster bare,
Therof am I wisse and ware
That behoveþ be sibbe me nede—
But of my brotheres childe is drede.'

Qo. 241[a] *'Tell me now, iff þat þou can,* (245) 7385
The perelous þing þat is in man.'
'Foure colours hathe a man hym withynne
That of iiij complexions begynne:
The firste is blode, þat may not mysse;
That other blak colour, ywysse; 7390
That other is flewme, white on to se;
A yelow colour þe iiij[the] is he;
And wantid a man of þis oon,
His body were dede anoon.

7377 a fyle] off mysfame A. 7378 gyle] shame A. 7391 white on] withowten T.

þat men mowen perceiue nothing 8445
þat þerof gooþ to any wasting.'

Ca.º xxxvijº

'Wheþer shullen men loue oon or oþer— (244)
þe childe of þe sister or of þe broþer?'
'Bothe oghtest þou to loue euene
Aftir Goddis bidding of heuene 8450
But aftir þe worldes lawe
Som man were leuere to him drawe
þe broþers child and loue hem more
þan þe sistres—herken wherfore:
þe childe takeþ mater of þe wijf 8455 f. 125r
And of þe fader shappe and lijf,
And shap of eueryþing, iwis,
Is more worth þan mater is;
Wherfore some man wole seie
þe broþers child is nerrer of þe tweie. 8460
But gile is in þat oþer side
þat ofte haþ falle and may betide:
Mi broþers wijf may be a file
And may doo hir housbonde gile
And wite a child on him lightly 8465
þat he ne gat no more þan Y;
But a child þat my sister bar,
þerof am I bothe wise and war
þat bihoueþ be ysibbe me nede—
But of my broþers child I am in drede.' 8470

Ca.º xxxviijº

'Telle me now, if þat þou can, (245)
þe perilousest þinges þat ben in man.'
'Foure colours a man haþ him ynne
þat of foure complexiouns bigynne:
þe firste is blood, þat may not misse; 8475
The seconde blak colour is, ywisse;
þe þridde is flewme, white on to se;
And ȝelow colour þe fourþe is he;
And if a man of þise wantid oon,
His body were deed anoon. 8480

And eueryche behouith to be 7395
At his seson in his pouste;
And ȝif ony maister of hem alle
Oute of tyme þat hit sholde hym falle,
In sekenesse þe body falleth:
Perilous forþy men hym calleth. 7400
And ichon hath his power
In diuerse quarteres of þe yeere:
Thre thynges þe furste quarter chese—
Capricorne, Aquary, and Pisses;
And of flewmes have þey might 7405
And wete and colde is theyre right:
f. 106v In Decembre they do begynne
And in middes of Marge they blynne—
That is the coldest tyme of all
For þat is þat that þe wynter men calle. 7410
The seconde quarter nexte þerby
Hathe Aries, Taurus, and Geminy;
Blode in man haue they might vnto
A[nd] been hote and moiste alsoo:
In Marche is theyre begynnyng 7415
And in Iune is theyre levyng—
Veer hight þat season þat I mene;
Alle thynges therinne wax grene.
The iij quarter hathe hym vnto
Cancer, Leo, and Virgo 7420
And they ben bothe hote and drye;
Of yelowe colours is theyre maistrie:
In Iune is theyre begynnyng ay
And in Septembre þey wende theyre way—
And that is þe somertyde, 7425
The merieste tyme that men abyde.
The iiij hathe signes thus—
Libra, Scorpio, and Sagittarius;
They ben bothe colde and drye
And of blak colour haue s[eignior]ye: 7430
Her begynnyng is in Septembre
And here partyng is in Decembre.

7403 thynges] signes A. 7414 And] *from* AT, As B. 7430 seigniorye] soiournye B, seigniorie T, poustie A.

And eueriche bihoueþ to be
At his sesoun in his pouste;
And if any maister hem alle
Out of time þat it shulde him falle,
To þe sikenesse þe body falleþ: 8485
Perilous þerfore men him calleþ.
And eueriche haþ his powere
In diuerse quarters of þe ȝere:
Capricorne, Aquarie, and Pisses— f. 125v
þre þinges þe firste quarter ches; 8490
And of flewmes haue þei mighte
And wete and colde is her righte:
In Decembre þei begynne
And in þe midle of Mars þei blynne—
þat is þe coldeste time of alle 8495
For þat is þat we winter calle.
þe secounde quarter nexte þerby
Haþ Aries, Taurus, and Gemini;
Ouere mannes blood haþ þei might
And ben hote and moiste ful right: 8500
In Marche is her bigynnyng
And in Iune is her ending—
Ver hat þe sesoun þat I mene;
Alle þinges þerynne wexen grene.
þe þridde quarter haþ him to 8505
Canser, Leo, and Virgo
And þei ben boþe hote and drie;
Of ȝelowe colour is her maistrie:
In Iune is hir byginning ay
And in Septembre þei wende away— 8510
And þat is þe somers tide,
þe meriest time þat men abide.
þe fourþe haþ þise signus—
Libra, Scorpio, and Sagittarius;
þei ben boþe colde and drie 8515
And of blak colour do signifie:
Her bigynnyng is in Septembre
And her departing is in Decembre.

8503 hat] hath H. 8516 do] haue H.

And whoso þese tymes knowe yeme
And serue his kynde in hem to qweme,
Fro perolous myght they kepe longe 7435
And in hele holde his lymes stronge.'

Qo. 242[a] *'Off all the ffleyshis þat men may gete* (246)
Which is the holsomest to ete?'
'That flessh þat is of moste substaunce
And yeveth a man moste sustinans, 7440
That flessh is þe moste holsomeste
And vnto mannis nature beste.
f. 107[r] But whosoo a goode stomak might gete,
That might well defye his mete,
To hym is beste, þogh hit be grete, 7445
Flessh of bugle and of neete
For grete might to man they yeve;
But vnto seke men woll hit greue.
For a syk man is ffeble right
And his stomak is of noo might; 7450
Forwhy moton is best hym vnto
And yonge chikenes ben goode also
For tendirhede þat men in hem fynde
And moche [charge] noȝt þe kynde:
For sik men may suffre noo dele 7455
Of that that an hole man may right well.'

Qo. 243[a] *'The mete þat a man shall leve by,* (247)
How departith itt in his body?'
'Mete þat a man ete shall
Габereþ vnto þe stomak all 7460
And with drynke synkeþ þerynne
And thanne to sethe woll hit begynne;
And whanne hit is soden well
And defied euerydeell,
In five parties deled hit is 7465
And iche a parte goith to his.
The furste partie wol befalle

7433 yeme] verely A. 7434 to qweme] wisely A. 7437–56] *follow* 7182 S. 7442 nature] nurture T. 7454 charge] *from* AS, chargen T, *om.* B. 7457–554] *om.* S. 7461 synkeþ] swikith T.

And whoso þise foure times couþe him ȝeme
And serue his kinde in him to queme, 8520
From perelles he miȝte kepe him longe,
And in hele holde his lymes stronge.'

Ca.º xxxixº

'Of alle þe flesshis þat men may gete (246) f. 126ʳ
Whiche is þe holsommest forto ete?'
'Fatt flesshe, þat is of most substaunce 8525
And ȝeueþ to man most sustinaunce,
Þat flesshe is þe holsomest
And to man norisshing best.
But who a good stomak miȝt gete,
Þat mighte wel defie his mete, 8530
To him is best, þogh it be greet,
Þe flesshe of bugle and of neet
For greet might to man þei ȝeue;
But to þe sike men it wole greue.
For a sike man is feble right 8535
And his stomak is of no might;
Þerfore motoun is best to him þo
And ȝonge chikenes ben goode also
For tendirheed þat men in hem fynde
And chargeþ noght to miche þe kynde: 8540
For a sike man may þole no del
Of þat an hole man may right wel.'

Ca.º xlº

'Þe mete þat a man lyue shal by, (247)
Hou departeþ it in his body?'
'Mete þat a man ete shal 8545
Gadreþ to þe stomak al
And wiþ drinke sinkeþ þerynne
And þanne to sethe it wole bigynne;
And whanne it is soþen wel
And defied eueridel, 8550
In fiue parties delte it is
And euery partie gooþ to his.
Þe firste partie wole bifalle

8520 kinde] tyme H.

To the clennest and pureste of all
And þat parte also smerte
Draweþ hym rightly vnto þe herte. 7470
That other parte drawith hym also
To the braynes, eyen, and hede þerto.

The iij vnto lymes shall
And vnto the blode withall.

The iiij[the] gothe þere hit is not spilt, 7475
To the lunges, lyuer, and mylte.

The fifthe þan is as brayn of all,
That woll vnto þe guttes fall;
f. 107[v] And men casteth hit owte forwhy
That hit helpith not the body. 7480
And drynke departeth alsoo in man
As I of mete to telle began.'

Qo. 244[a] *'How shall a man off his þrote wyn* (248)
A bone or a þorn stekyng þeryn?'
'With brede or licoure taken fully 7485
And swholowed inward hastyly.
And if it for suche a note
Will not falle þorogh þe trote,
Take of rawe flessh a morsell
And with a small þrede bynde hit well: 7490
That morsell swolow þou with goode spede
But in þy honde holde þe þrede:
Whanne hit is downe, pluk faste
And hit shall þat bone oute caste;
And if the threde breke, do hit efte 7495
To tyme þat hit be oute refte.'

7472 braynes] harnes T. 7477 brayn] worst A. 7493 pluk] cough T.

To þe clennest and purest of alle
And þat partie als smerte 8555
Draweþ him right to þe herte.
þe secounde partie draweþ him also f. 126v
þe brain and yen and heed vnto
And strengþe eche in his degree
þat þei alle þe bettir be. 8560
The þridde to þe lymes shal
And norissheþ the blood þerwiþal
And it encresith and multiplieþ
And so it man nourissheþ and gieþ.
þe fourþe gooþ þere it is not spilt, 8565
To lunge, lyuere, and to milt,
And norisshed hem ful tendirly.
And þus is al þe body
Kepte in quarte and in hele,
þe man þat mesureþ wel his mele. 8570
þe fifte is as brenne and laste of alle,
þat into þe guttes dooþ falle;
And man casteþ it out ful priuely
For it helpeþ noght þe body.
And drinke departeþ also in man 8575
As I of þe mete telle bigan.'

Ca.º xljº *'Hou shulde a man out of his þrote wynne* (248)
A bone or a þorne stiking þerynne?'
'With breed or licour ytake fully
And swolowe it inward hastily. 8580
And if it nil for suche a noote
Falle doun þorgh þe þroote,
Take of rawe flesshe a morsell
And wiþ a smal þreed binde it wel:
þat morsel swelowe þou good spede 8585
But in þin honde holde þe þrede;
And whan it is doun, drawe it fast
And it shal þat boone out cast;
And if þe þrede breeke, do it efte
Til þat it be out refte.' 8590

8571 as . . . laste] a bryn and salt H.

Qo. 245[a] *'The muk þat euery man goth ffro,* (249)
Tell me why itt stynkith so.'
'Stynkyng hit is for thynges twey
And which they been I shall þe say. 7500
That oon for speryng of þe body
Soo þat noon ayre may come þerby—
I shall the sette ensample how:
If a man toke right nowe
A pece of flessh neuer soo fayre 7505
And stoppe hit þer hit takeþ noon eyre
And it lye hote, soone shuldest þou see
That hit shulde nedely stynkyng be.
For humours is another skyll
That þe stomak draweþ vntill, 7510
That full bitter be and ful sowre,
Salte and of full euel sauoure:
With þe mete þey menge hem all:
Whanneso man ete shall,
f. 108r Grete stynk the mete of hem takes; 7515

Forwhy þereas a man hit layes it smakes.'

Qo. 246[a] *'Tell me now, I pray the, this:* (250)
Why mannys vrine saltt is.'
'By iij thynges comith hit soo
Why that hit is salt also. 7520
On is for þat that a man drynkeþ:
In hym þorogh þe mete hit synkeþ
And stepes þerinne ought to gete
All the salt þat was in þe mete.

Another skyll also forwhy 7525
Is for the swhete of the body:
The body swheteth inward for hete
And kyndely salte is eche a swote

7506 stoppe] spere T. 7512 Salte . . . full] Salter . . . more T. 7514 man] *from* TA, many B. 7516] Forthi that a man lays hym smakyth T, That is þe cause þat itt evill smakis A. 7522 synkeþ] swynkith T.

Ca.º xlijº *'Þe mukke þat gooþ euery man fro,* (249) f. 127ʳ
Telle me whi it stinkeþ so.'
'Stinking it is for þinges tweie
And whiche þei ben I shal þe seie.
Þat oone for shitting of þe body 8595
So þat noon air come therby—
I shal þe sette ensample how:
As if a man took right now
A peece of fleisshe neuere so fair
And shutte it þat it toke noon air 8600
And it ligge hote, sone shalt þou see
Þat it shal stinking be.
For þe humours is anoþer skille
Þat þe stomak draweþ vntille,
Þat ful bitter beeþ and soure, 8605
Salt and of yuel sauoure:
With þe mete þei menge hem alle
As whan a man eten shalle,
Grete stinche of hem þe mete takeþ;
And whan a man it forsakeþ 8610
(As purging him, where he be),
Stinche come þerof greet plente.'

Ca.º xliijº *'Telle men now, I preye þe, þis:* (250)
Whi a mannes vrine so salt is.'
'Thre þinges comen þerto 8615
Whi þat it salt is so.
Oone is for þat a man drinketh:
In him þorgh þe mete it sinketh
And sterith þerynne out to gete;
Þanne al þe salte þat was in þe mete 8620
Wiþ þat drinke discendiþ doun
And so it salt bicom.
Anoþer skile also forwhy
Is for þe sweting of þe body:
Þe body swetiþ inward for hote 8625 f. 127ᵛ
And kindely salt is euery swote

And þat swhote myngith with þe pisse;
Forwhy also salt hit is. 7530
The þridde skyll ffor þe hete withynne,
To sethe and boyle þat woll not blynne
In the body bothe swote and drynke
Or they may to þe bledder synke;
And for þese skeles iij 7535
Behoueþ vryne salt to be.'

Qo. 247[a] *'Wheroff euer wormys brede* (251)
In man and how they hem fede?'
'Suche wormes ben noreshid and bredde
And in a mannes body fedde 7540
Of the mukke of the grettest metes
That a man other woman etes,
And of þy fil[þ] lyve þey well
Of the venemousest dell.
For as þe adder and þe tode 7545
And other wormes þat in erthe wode
Clenseþ þe erthe right clenly
Of the venem þat þey lyve þerby,
Alsoo þe wormes þat in vs lye
Clenseþ vs of grete partye 7550
f. 108v Of evelys þat sholde in vs make
Venemous metes þat we take.
Neuerthelese enn[u]y þey doo
There men hath þe[m] longe alsoo.'

Qo. 248[a] *'How many crafftes, and which be tho,* (252) 7555
Thatt man myȝtt in no wise fforgo?'
'Foure craftes in erthe are
That men might not wel forbere:
Oon is a smyth, anoþer a wright,
That to men may þynges dight; 7560
The iij crafte soo is sowyng
And þe iiij soo is weuyng.

7539 noreshid] formed T. 7543 þy filþ] þy filf B, the ffilth A, the selven T. 7546 wode] stere (*rh.* addere) A. 7553 ennuy] e *five minims* y B, ennoye T, harme A. 7554 þem] þe B, hem TA; alsoo] or they goo A. 7555–84] *follow* 7250 S. 7560 That to] Thoo twoo T; may] many S.

And þat swoot mengeþ wiþ the pisse;
And þerfore also salt it isse.
Þe þridde skille for þe hete withynne,
To sethe and boile þat wole not blynne 8630
In þe body bothe swote and drinke
Or þat þei mowen in to þe bladder sinke;
And for þise skilles thre
Byhoueþ vrine salt to be.'

Ca.° xliiij° *'Wherof comeþ wormes and brede* (251) 8635
In a man and hou do þei hem fede?'
'Sith wormes beþ yfostrid and fed
And in mannes body bred
Of þe muk of þe grettest metis
Þat a man or a womman eetis, 8640
And of þe selue lyue þei wel
And of þe venymest euerydel.
For as þe addres and þe toodes
And oþer wormes þat in erthe wodes
Clenseþ the erthe right clenly 8645
Of þe venym þei lyuen by,
Also þe wormes þat in vs ly
Clenseþ vs a greet party
Of venymous metis þat we take,
Þat greet yuel in vs ellis wolde make. 8650
Neuerþeles anoye þei do
To hem þat han hem here so.'

Ca.° xlv° *'What crafty men ben tho* (252)
Þat man might werst forgo?'
'Foure craftes in erthe ere 8655
Þat man might yuel forbere:
Oone is smyth, anoþer write,
Þat to man many þinges dite;
Þe þridde arte is weyving f. 128r
And þe ferþe is sewing. 8660

8641 selue] silf life H.

After the tyme þat was Adam
Smethyng þe first arte þat cam;
Forwhy is hit lorde of all, 7565
For noþyng þat to man shall falle
Of werke lomes to werke withalle
That it þroghe smethes handis [ne] shalle.
Wright craft also is connyng
That may nought be forborn, me þynke; 7570
For as for þe yron stereth þe tree,
Soo moste þe tre helpe to þe iren be,
For withoute tre may no man well
Dight nothyng with iron and stell.

Of sowyng as þe worlde haue nede— 7575
With sowyng is made mannes wede:
Thogh men in lether shulde be cladde,
Yet were hit withoute sowyng badde.
Alsoo cloþyng is made right noon
But if [weuyng] be þeron. 7580
Other maner misteres there are
But these iiij were þe firste þat ware
And of alle þey been þe beste
And to mannys lyff nedefuleste.'

Qo. 249[a] *'Wheþer shall in heven haue more blis—* (253) 7585
Children, thatt couth nott do amys,
f. 109[r] *Or they þat ffor God off her will*
Toke the good and leffte the yll?'
'Childryn yonge, þat did noo synne,
Grete ioy shull in heven wynne: 7590
Ye, here ioye shall be moche more
Thanne þey had done here wherfore.
But he þat is of elde parfitee
And knoweth þis worldely delyte

7568 ne] *from* T, *om.* BS. 7570 me þynke] for noþing A. 7580 weuyng] *from* AST, sowyng B. 7581 maner] many T. 7584 nedefuleste] nedelokest T. 7585 ff.] *follow* 7456 S. 7586 couth nott do] done noþinge S.

Smithes crafte was þe firste þat cam
Aftir þe makinge of Adam;
And þerfore it is lorde of alle,
For noþing þat shal to man falle
Of werke lomes to worche wiþal 8665
Þat it þorgh smithes hondes ne shal.
Writes craft also is a kunnyng
Þat may be forbore for noþing;
For as fyre þe yren kutteþ þe treen,
So muste þe tree helpe to þe yren aȝen, 8670
For wiþoute tree may no man wel
Dighte nouther yren ne steel.
Also clothe is made noon
But if weyving be þeron,
Neiþer wollen ne linnen: 8675
Al it must be ywouen
In whiche men ycloþed ben
Or elles vncomely it wolde sen.
Of sewinge also þe worlde haþ nede
For þerwith is dighte mannes wede: 8680
Þogh man in lether shulde be clad,
Ȝit were it wiþoute sowyng bad.
Manye mo craftes men here seen
But þise iiij ben þe best þat ben
And of alle þei ben þe best 8685
And to mannes lijf nedefullest.'

Ca.º xlvjº

'Wheþer shal in heuene haue more blisse— (253)
Children, þat kowden [not] do amisse,
Or þei þat for God with good wille
Diden here good and lefte þe ille?' 8690
'Children, þat neuere dide no synne,
Greet ioye in heuen shullen wynne:
Her ioye shal be þere miche þe more f. 128v
Þan þei haue disserued herefore.
But he þat is of age parfite 8695
And knoweþ here þis worldes delite

8667 Writes] Writers L, Wriȝte H. 8688 not] *from table* 1548 *and* H, *om.* L. 8691 neuere] *om.* H.

And might take all to his behove 7595
And liveþ all for Goddis love
And takeþ penans in his body
There he might live easely,
A hundredfolde shal be his blisse
More thenne ony childes, ywys; 7600
For a childe noon evel can do
Ne noo goode can it þerto.
Mede is not ordeyned all to þoo
That wykked dedes ben keped froo;
But þoo þat with goode will doon goode dede, 7605
[To] them is ordeyned goode mede.'

Qo. 250[a] *'How may a man, and on whatt manere,* (254)
Ouercome the will off this world here?'
'Manne þat woll may euerydele
Ouercome hit lightly and wele. 7610
If a thyng falle in thy þought
That þou wost well hit is nought
And þou haue therto grete will
Hit in dede to fulfill,
Turne þy thought in that temptyng 7615
And fonde to thynke on other thyng:
The first thought shall falle þe froo
And þat wykked will thow shalt forgoo.
But holde þou þeron þy þought soore,
Thow shalte delite þerinne moore and moore 7620
And kendeles euer as a glede
Vnto þat þou come to þe dede;
f. 109v And thenne fallist thow in synne
For thy thought ne cowde not blynne.
Therfore payne the all þat þou may 7625
To turne þy ill thought away:
Anoon shall hit in þe kele
And noo more therof shalt þou fele.'

7595 might take] not takeþ S. 7601 For] For as TAS. 7602] As (So A, Als S) can it noo goode thertoo TAS. 7605 with goode] of hur TAS. 7606 To] *from* TAS, Tho B. 7609 þat woll may] may wel þat S. 7611–13] *reduced to* If thou be temptid to don ylle T. 7612 well] *add* good AS. 7626 ill] *om.* AS.

And may take al to his byhoue
And leueþ al for Goddes loue
And takeþ penaunce on his body
þere he mighte liue esily, 8700
An hundred folde shal be his blisse
More þan any childes, ywisse;
For as a childe noon yuel can do,
Also can it no good þerto.
Mede is not ordeyned to alle tho 8705
þat wicked dedes ben kepte fro;
But to hem is ordeyned mede
þat dooth all her owne wille good dede.'

Ca.º xlvijº *'Hou may a man, ȝit wolde I lere,* (254)
Wiþstonde his wille in þis world here?' 8710
'Man þat wole may euery del
Ouercome it lightly and wel.
And if a thing falle in þi þoght
And þou woost þat it is noght
And þou haue þerto greet wille 8715
In dede it to fulfille,
Torne þi þoght in þat tempting
And fonde to þinke som good þing:
þanne shal þe firste þoght falle þe fro
And þat wicked wille þou shalt forgo. 8720
But and þou holde þi þoght þeron sore
And delite þeron more and more,
þanne kindeleþ it euere as a glede
Til þat þou come to þe dede;
And þanne fallest þou in greet synne 8725
For of þi þoght þou kowdest not blynne.
þerfore peine þe al þat þou may f. 129r
Forto torne þi þoght away:
Anoon shal it in þe kele
And no more shalt þou þerof fele.' 8730

8708 all] at H.

Qo. 251[a] *'How longe affter made was Adam* (255)
Thatt Lucifer ffro heven cam?' 7630
'Pride was þat encheson
Why that Lucifer fill adown;
And afterward a thowsand yeere
Was Adam made in erthe here,
And as moche efte fynde wee 7635
Was betwyxe Adam and Noe.
But in the tyme of Goddes Soone,
Thenne shall clerkes in erthe wone;
And in here tyme shull they se
That [vij] generacions shal be 7640
In this worlde aboute to goon,
A thousand yeere in ichon;
And trewly soth hit is.
But they shull reken all amisse
For þo þousand yeere þat cam 7645
Betwixe Lucifer and Adam
Reken þey oon of þem,
And þat is nought for to nempne;
For aungell, þat a spiright is, may noȝt
Of generacion be forth brought— 7650
For generacion is noon
But of that thyng þat hath flessh and boon.'

Qo. 252[a] *'Which is the ffeirest lym and why* (256)
Thatt a man hath in his body?'
'A man hathe lymes many oon 7655
And forgo well might he noon;
But forsothe þe nose holde I
The fayreste lyme of the body.
f. 110r The nose is on the body dight
And the sonne of heuen bright 7660
Yeveth to all þe world light,
Soo dothe the nose to alle þe body sight.
For and þe face shulde noselese be,

7630 Pride] *add* so TAS. 7639] In hur sawes sey shall hye (they A, he S) TAS. 7640 vij] *from* AS, seven T, en B. 7643 trewly] fforsoth AS, so forth T. 7647 þem] the seven TAS. 7653–926] *om.* S. 7660 And] As is A; of] on TA; bright] riȝtt A, light T. 7661 Yeveth] The sonne

Ca.º xlviijº

'Hou longe was it after þat Lucifer fel (255)
þat Adam was made?—Canst þou me tel?'
'Pride so was þat enchesoun
Whi þat Lucifer fel adoun;
And aftirward a þousand ȝere 8735
Adam was made in erthe here,
And also moche efte finde we
Was bitwene Adam and Noe.
But in þe tyme of Goddes Sone,
þann shullen clerkes in erthe wone; 8740
In her lawes seie þei shullen
þat vij generacioun here shal comen
In þis world aboute to goone,
And a þowsand ȝere in euerychone;
And forsoþe sothe it is. 8745
But some reken al amis:
Bitwene Lucifer and Adam
þilke þousand ȝere þat cam,
þat rekene þei oon of þe seuene,
And þat is not forto nevene; 8750
For aungel, þat spirit is, may noght
Of generacioun be forþ broght—
For generacioun is ther noon
But of þing þat haþ flesshe and boon.'

Ca.º xlixº

'Whiche is þe fairest lym, and why, (256) 8755
þat man haþ in his body?'
'Man haþ lymes many oon
And he may wel forgoo noon;
But forsoþe the nose holde I
þe fairest lyme of þe body. 8760
þe nose is on þe bodi dight f. 129v
As þe sonne of heuene light:
þe sunne ȝeueþ al þe world light
And þe nose to al þe bodi sight.
For þogh a man might noseles be, 8765

gevith TA. 7663] For nere thatt the visage should be A; and . . . shulde] a wighte T.

A lothly thyng hit were to se
And well better men might want 7665
Eye or ere, fote or hand,
Than he might the nose mys,
For of a man in moste sight hit is.'

Qo. 253[a] *'How may the wynde be ffeltt so wele* (257)
And yseye neuer a dele?' 7670
'Wynde is like to God somdell,
Forwhy hit is felde right well
For therof haue we noo sight
No more thanne of God almight.
Euerythynge þat wee here fynde 7675
Feleþ God in his kynde
For withoute hym may noght
Lyve in þis world ne forth be brought;
Alsoo euerythyng that lyf is on
Moste fele þe wynde but se hit noon. 7680
Late man in a stede doo
There noo wynde may come hym to:
Thogh he of all thyng haue plente,
Longe on lyve might he not be;
But for hit is a goostly thyng 7685
Ther may noon eye se þe steryng.'

Qo. 254[a] *'How may we se ffire men make* (258)
And no man may itt hold ne take?'
'Tvrfe nor tre is not þe fire
Though they brenne neuer so clere; 7690
But the right fyre þat is þe lowe,
That men see abouen glowe.
And þat fire, where men hit fynde,
Hathe of the sonne his kynde;
f. 110v And whanne þat fyre slakyth, 7695
The sonne to hym ayen hit takeþ.
And þe sonne well se men can
But take hit in holde may no man:
No moore may men þe fyre doo

7664 hit were] on A. 7666 or . . . or] and . . . and A. 7677 may] may he A. 7681 doo] be do A. 7687 we] men T; men] þei T. 7698 hit in holde] ne holde it TA. 7699 doo] ondo T.

A loþely þing it were to see
And wel better might men wand
Heer eere, foot, or hand
Þan he mighte þe nose misse,
For of a man in þe most sight it isse.' 8770

Ca.º lº *'Hou may þe wynde be felt so wel* (257)
And may not be seen neuere a del?'
'The winde is like to God somdel,
Þerfore it is felte right wel
For þerof haue we no sight 8775
No more þan of God almight.
Eueryþing here þat we fynde
Feleþ God in his kynde
For wiþoute wynd man may noght
Alyue into þis worlde be broght; 8780
Also eueryþing þat lijf is on
Moote fele þe wynd but see it may noon.
Late a man in a stede be don
Þere no wynd may to him com,
And þogh he haue of al þing plente, 8785
Longe alyue he may not be;
But for it is a goostly þing
May none yȝe see it stering.'

Ca.º ljº *'Hou may men a fire make* (258)
And noon may it holde ne take?' 8790
'Tree ne turf is not þe fire
Þogh þei brenne neuere so shire;
But þe fire þat is þe lewme,
Þat men seen aboue so glewme.
[And þat fire, where men it fynde, 8795
Of the sunne haþ his kynde;]
And þat fire, whan it slakith, f. 130r
Aȝeyn to him þe sunne it takith.
And þe sunne men se wel can
But take it ne holde may no man: 8800
No more mowen men þe fire do

8768 or] and H. 8791 not] none H. 8795–6] *from* H, *om.* L.

For the sonne takeþ hit hym too.' 7700

Qo. 255[a] *'Wheþer shall beffore God digner be—* (259)
Maydynhode oþer virginite?'
'Uirginite is for to mene
She that is of body clene
And þat synne non hath wrought, 7705
Nothir in werke, will, ne thought,
Spokyn nor seen in all here liff,
Ne with none of here wittes fyue—
That is right virginite.
But a mayde þanne is she 7710
That hathe kepte here for drede
For the loue of heuen mede
But sumtyme in þought or will
Hathe she be temptid ill
And in likyng of sumþynge, 7715
All were she not in dede doyng.
And þat no corupcion is inne
Ne noo kynnes [f]ondyng of synne

Worthyer ought to be right well
Thanne she þat is brente somdell.' 7720

Qo. 256[a] *'Wheþer off lecherie may more—* (260)
Man or woman, and wherfore?'
'A womman may more of þat play
Thenne ony man fynde may
And I shall telle þe forwhy: 7725
The ha[t]test woman, sekerly,
Is well colder yet of kynde
Thanne the coldest man me may fynde;
And for the grete hete of man,
Hathe he ofte wille to womman 7730
f. 111[r] For of hete comeþ þe appetite
And bringeþ hym vnto delite;

7711 for drede] from the (*om.* A) dede TA. 7718 fondyng] stondyng B, fondynge T, knowyng A. 7726 hattest] hastiest B, hottest TA. 7730 ofte] grete T. 7732 bringeþ] cacches T, encresith A.

For þe sunne takiþ it him to.'

Ca.° lij° *'Wheþer shal bifore God worþier be—* (259)
Maydenheed or virginite?'
'Virginite is forto mene 8805
She þat is of body clene
And þat no synne haue wroght,
Nouþer in werk, ne wille, ne þoght,
Ne speke ne seem al her lyue,
Ne wiþ noon of hir wittes fyue— 8810
þat is clene virginite.
But a maide þanne is she
þat haþ ikept hir fro dede
For þe loue of heuene mede
But somtime in þoght or wille 8815
She haþ be temptid to ille
And in likyng of someþing,
þogh she were not in dede doing;
And þat is no corrupcioun ynne
Ne no consenting of synne. 8820
þerfore virginite oghte to be
þe worþier, as I seie thee,
þan she þat is brent somdel:
þis is soth, as clerkes knowen wel.'

Ca.° liij° *'Wheþer of leccherie may more—* (260) 8825
Man or womman, and wherfore?'
'Womman may more of þat play
þan any man hir fynde may
And I shal telle þe now why:
The hattest womman, sikerly, 8830
Is wel colder ȝit of kynde f. 130v
þan þe coldest man þat men may finde;
And for þe grete hete of man,
Wommen haþ ofte wille to ham
For of þe mannes hete comeþ her appetite 8835
And makeþ wymmen in greet delite;

8809 seem] by in H.

And whanne he doth as he hadde mente
And his nature be from hym wente,
His hete slakeþ and goth away 7735
And at þat tyme noo more he may.
Wymmen not so soone ben hote
Whanne þey come vnto þat note:
As man hathe wrought þat he woll doo,
Thanne comeþ theyre delite vnto; 7740
And as of colde is sleckyng hete
With water þat men theron gete,
Soo is þe hete of man anoon
Sleknyd whan he hathe his dede doon.
Woman as soone enchafeþ nouȝt 7745
Whanne a man hathe with her wrought
Nor her nature passith not as tite,
Forwhy is lenger hir delite
And why is she more of might
Thanne man, þat slekneth anoon right.' 7750

Qo. 257[a] *'A woman with child hevy,* (261)
What norishith itt in hir body?'
'God hit noreshith and maynteneth
And by fedyng in her body hit lyveth;
But all the fode þat doth hym goode 7755
Takeþ hit of the modres blode,
That it is of vaynes sowkyng
That to the navill is comyng.
For if the foode of suche thyng were
That nought disg[e]s[t]ed be bifore, 7760
Thanne behouith the childe nedely
Digestion make in her body;
But that blode þat hit leueth by
Is digested or all redy.
And that blode is þe begynnyng 7765
That here floures in here spryng;
f. 111v Forwhy if woman with [child] be,

7741] And as cold is slekyng off hete A, And as a cole is slekked the hete T. 7742 gete] lete A. 7743] So is (must A) mannes hete nede (be nede A) TA. 7744 his dede doon] don his dede TA. 7745–948] *page missing* T. 7748] Butt is lenger in hir delite A. 7749 why] fforthy A 7760] Nott

But whanne he haþ done as he haþ ment
And his kinde be from him went,
His hete slakeþ and goth away
And at þat tyme no more he may. 8840
Wymmen ben not so sone hote
Whanne þei come to þat note:
Whanne he haþ wroght þat he wole do,
þanne comeþ delite hir vnto;
And as wiþ colde is slekned hete 8845
Of watir þat men þerto may gete,
So is mannes hete nede
Slakinge whanne he haþ done his dede.
Womman so sone enchaufed is noght
Whanne a man haþ wiþ hir wroght 8850
Ne hir kynde passith not as tite;
þerfore þe lenger is hir delite
And þerfore is she of more might
þan man, þat slakeþ anoon right.'

Ca.° liiij° *'A womman wiþ childe greet and heuy,* (261) 8855
What norisshiþ it in hir body?'
'God it norissheþ and mainteneth
And in hir wombe feding it leneþ;
But al þe foode þat dooth hit good
It takiþ of þe modris blood, 8860
þat is of a veine parteyninge
To þe navel fastenynge.
For if þe fode of suche þing wore
þat it were not deuyed þerbifore,
þanne bihoued þe child nedly 8865 f. 131r
Make digestioun in hir body;
But þat blood þat it lyueþ by
Is defied bifore redy.
And þat blood is bigynnyng
þat in hir [floures] doþ spryng; 8870
þerfore if a womman wiþ childe be,

degestid in hir beffore A; disgested] disgised B. 7767 child] *from* A, *om.* B.

8845 slekned] sliked H. 8858 leneþ] *possibly* leueþ LH. 8870,2 floures] *partially erased* L.

Noo floures that while hath she,
Elles euery moneth come þey hem too
But if other evell hit fordoo.' 7770

Qo. 258[a] *'Shall a man his wiff shende þerfore* (262)
Iff she do amys owhere?'
'Iff thow wote thy wyff misdo,
Thy doughter, or thy nese alsoo,
Thow shalte noo shame to hem say 7775
Byfore folke ne in the way;
For þou mayste not sklaunder hem and blame
But if þou doo thysylff shame,
And to sklaunder hem is synne.
For if thy wyff goode fame is inne, 7780
Men woll hire goode and honour say;
And if þou hire discrye and wray,
Hir shall rule bothe lowe and hye
And to the shall be þe vilonye.
Blame hire betwen yow privelye 7785
And [sey] hyr wherefore and whye
And fonde from vilonye hir saue,
But lete hir to longe rope not have.'

Qo. 259[a] *'Is itt good to mannys liff* (263)
To be ielous off his wiff?' 7790
'Off gelowsye comeþ endeles wykkednesse
Whether the wyff be goode or ille, I gesse.
And if thy wyff a goode woman be
And þe soo gelous ouer here see,
Shee ne may nother goo ne sitte 7795
But there þat þe pleasith hitte:
As soone as þou seeste here nought,
Wikkednesse falleþ in thy thought;
She teneþ þat þou farest ssoo,
Sith þou knewest here noȝt misdoo, 7800
And peraventure for they gelowsye

7784 þe] shame and A. 7786 sey] *from* A, *om.* B. 7792 ille I gesse] wik (*rh.* wik) A.

No [floures] þe while haþ she,
Ellis euery monthe þei comen hir to
But if any other yuel it fordo.'

Ca.° lv° *'Shal a man shende his wyf þerfore* (262) 8875
If she do mys bifore men thore?'
'Iff þou wite þi wijf mysdo,
þi doghter, or neese, wheþer of tho,
þou shalt not shame to hem seie
Bifore folke in the weie; 8880
For þou maist hem not blame
But if þou doo þiself shame,
Forto slaundre hem þen were synne.
For if þi wijf good fame be ynne,
Men wole good and honour hir seie; 8885
And if þou hir discouere and wreie,
þanne wole hir repreue lowe and hie
And to þe shal be þe vilanye.
Blame hir bitwene ȝow priuely
And seie to hir wherfore and why 8890
And fonde fro vilanye hir saue,
But lat hir not to longe roop haue.'

Ca.° lvj° *'Is it good to mannes lyf* (263)
To be ielous of his wyf?'
'Off ielousie comeþ yuel þicke 8895
Wheþer þe wijf be good or wicke.
And if þi wijf good womman be,
Ielousie is yuel to the:
She may neither goo ne sitte f. 131v
But þere þat the paieþ itte: 8900
Als sone as þou seest hir noght,
Wicked demyng falleþ in þi þoght
And þanne þou spekest vnwisely
Wordis ful of foly;
þanne teneþ hir þat þou farest so, 8905
Sith þou woost hir not mysdo,
And perauenture for þi gelousie

8881 hem not] *add* þan H.

She putteth here to doo folye;
f. 112[r] And for thy nysehede makest þou þore
Wykkyd wyff þat was goode byfore.
Yff she be a wykked wyff 7805
And þow vpbroyde [he]r of here liff
For gelowsye þat þou art ynne,
Thow whettest here vnto moore synne,
For she shall thynke in his dispite
To haue moore of hir delite; 7810
Or she shall fonde night or day
To shorte þy dayes if she may,
For thanne may she hire wikked wyll
Withoute vpbroydyng fulfille.
Thus [hath] the gelous man noon other fare 7815
But chydyng, drede, sorow, and caare.'

Qo. 260[a] *'Shall a man trowe off anoþer eche dele* (264)
Thatt he þinkith off hym, evill or wele?'
'All that falleþ in þy þought
Of other men trowe shalt þou noght: 7820
To trowe þy thought shall þe begyle
That þou trowest of thyselue vmwhyle,
And better ought þou thyselue to knowe
Thanne ony other, hye or lowe.
Thow trowest well goode man to be, 7825
Wyse, or fayre, or of grete bounte,
And peraventure may befall
That þou art right noon of all;
And sithyn thy thought thynkeþ amys
Of þat the thynkes þysiluon is, 7830
How shalt þou of other trowe,
Whos lyff þou mayste not knowe?
Mannes herte is as a tree
That newe in erthe planted be:
Howsoo þe wynde bloweth abowte, 7835
The tree woll þerafter lowte.
Alsoo woll mannes herte doo
Whan diuerse humours comeþ þerto:

7806 vpbroyde her] vpbroyder B, vpbraidist hir A. 7810 To] Shall I A; hir] my A. 7815 hath] *from* A, *om.* B.

She putteþ hir to do folie;
And for þine yuel demynge makest þou þore
A wicked wyf þat was good bifore. 8910
And if she be a wicked wijf
And þou vpbreide hir of hir lijf
For ielousie þat þou art ynne,
þou eggist hir to do more synne,
For she shal þenke, "In his despite 8915
Now wole I haue more of my delite";
Or ṣhe shal fonde night or day
To shorte þi daies if she may,
For þanne may she hir wicked wille
Priuely his rebuking fulfille. 8920
þus haþ þe ielous noon oþer fare
But al his lijf drede, sorwe, and care.'

Ca.º lvijº *'Shal a man leeue [of] anoþer eueridel* (264)
þat he þinkeþ of him, yuel or wel?'
'Al þat falleþ in þi þoght 8925
Of oþer men leeue shalt þou noght:
To leue þi þoght shal the begile
To þinke þiself often vile;
þe bettir þan oghtest þiself to knowe
þan any other, hye or lowe. 8930
þou leuest wel good man to be,
Wise, or faire, or of greet bounte,
And perauenture so may bifalle f. 132ʳ
þat þou art none of þise alle;
And sith þi þoght þinkeþ amis 8935
Of þat þou þinkest of thiself, iwis,
Hou shalt þou of other trowe
Whanne þou his lijf maist not knowe?
Mannes herte is as a tree
þat now in erþe plaunted is he: 8940
Houso þe winde blowe aboute,
þe tree þerafter wole aloute.
So wole a manis herte here do
Whanne diuerse humours comeþ þerto:

8923 of] *from* H, *om.* L.

f. 112[v]

The geer on thynketh on many thyng
Whereof nedely som be lesyng; 7840
And þerfore trowe þou not all
That thy herte on þynke shall.'

Qo. 261[a] *'How may younge men greyherid be* (265)
And old nott, as men sometyme se?'
'Off the mone comeþ here kynde 7845
That men yonge grey here fynde,
And in here birthe hit comeþ to
That they greyhered becometh alsoo.
Whanne they ben born, þe mone then is
In a sygne þat men calle Pissis, 7850
That of water hathe his nature;
And water is gray and full pure,
And þerfore all þoo þat thenne ben born
Shull ben grayhered, had þey hit swhorn,
But summe ben or summe shull be. 7855
Fro þo þat ben born in þe entre,
Whanne in þat signe entreth þe moone,
They shall be greyhered soone;
In þe myd signe shall latter falle;
And in þe endyng laste of all.' 7860

Qo. 262[a] *'Wherby euer comth itt to* (266)
Thatt some men be ballid so?'
'Tyme of mannes birth makeþ all
That he after balled be shall.
Yf that planete of the yeere 7865
Whanne he born is be soo nere
A signe þat men calle Leo,
And be comen right therto
And thereinne haue ony entre
And the s[onn]e ayens hym be, 7870
All þat ben born thanne with reason
Shull be of hote complexion
And hottere stummak shull þey bere
Thanne ony other men þat are;

7846 grey here] grayherid A. 7851 nature] noreture A. 7852 and full pure] off nature A. 7856 Fro] For A. 7870 sonne] *from* A, same B.

þei make him þinke on many þing 8945
Wherof nedly somme ben lesing;
And þerfore leue þou noght al
þat þin herte þenke on shal.'

Ca.º lviijº

'Hou mowen ȝonge men greyhored be (265)
And olde men not, as we some see?' 8950
'Off þe mone comeþ her kynde
þat ȝonge men greyhored we fynde,
And in oþer birthe it comeþ hem to
þat þei greyhored bicome also.
Whanne þei ben bore, þe mone þan is 8955
In a signe þat men calle Pissis,
þat of watir haþ his norture;
And watir is grey of nature,
And þerfore alle þat ben þen yborne
Shullen ben greyhored, had þei it sworne, 8960
For some raþer þan other here shullen be.
For þilke þat ben iborne in þe entree,
Whan in þat signe entreþ the mone,
þei shullen be greyhorid ful sone;
In þe middel of þe signe it wole falle; 8965
And in þe ending most of alle.'

Ca.º lixº

'Telle me ȝit, I aske, þis [skil]: (266) f. 132v
Whi some ben ballid wite I wil.'
'Tyme of manis birþe makeþ al
þat he aftir balled be shal. 8970
If þat planet of þat ȝere
Whanne he is born is so nere
In a signe þat men calle Leo,
And it bicome right þerto
And haue þerynne any entree 8975
And þe sunne aȝenst him be,
Alle þat ben bore þenne wiþ resoun
Shullen be of hote complexioun
And hatter stomak shullen þei bere
þan any other man þat þer ere; 8980

8967 skil] *from table* 1575 *and* H, *om.* L.

f. 113[r]

And the stomak yeldeþ hote right harde 7875
To the braynes and to þe hedwarde,
And whanne þe hete in the hede begynneþ,
The rootes of þe here hit brenneth
And makeþ hem to drye and fall faste;
Thus is he balled at þe laste. 7880
For Leo is hote kyndely
And whanne þe sonne passeþ hym by,
Alle the worlde enc[haf]eth he;
And all þat thenne shall born be
Shal be ballid by þat skyll 7885
That I haue tolde here þe till.
But som latter and som ere,
Shall all thus lese his here
After the issu or the incomyng
Of the planete at his beryng.' 7890

Qo. 263[a]

'How be planetes in signes ay (267)
And off what compleccion be thay?'
'God of his might ordeyned in heuene
Signes xij and planetis vij[ne].
The firste planete Saturnus hight 7895
And hathe ij signes vnder his might,
Aquarius and Scorpio,
And ben colde and moist alsoo.
Iubiter is þat other planete
That tweie signes hym mete 7900
And þat he gothe by, and hight thus,
Pisses and Sagittarius:
Pisses is colde and moiste of kynde,
Sagittarius colde and drye we fynde.
Mars, þe iij planete God chese, 7905
Hath Capricorn and Aries:
Aries moiste and hote we holde
And Capricorn drie and colde.
The iiij planete þe sonne is hye
And hath Leo, hote and drie. 7910

7883 enchafeth] encloseth B, enchaffith A.

And þe stomak ȝeldeþ hete right hard
To þe brain and to þe heuedward,
And whan þat hete in þe heed bigynneth,
þe rootis of þe heer it brenneth
And makeþ hem drie and falle faste 8985
And þus is he balled atte laste.
For Leo is hote kindely
And whan þe sunne passiþ him by,
Al þe worlde enchaufiþ he;
And alle þat þanne shullen born be 8990
Shullen be ballid by þat skille
þat I haue here ytolde þe tille.
But some latter and some eer,
Shullen alle þus lese her heer
Aftir þe issewe of þe yncomyng 8995
Of þe planetis at his beryng.'

Ca.º lxº

'Hou ben þe planetes in signes ay, (267)
And of what complexioun be þay?'
'God of his might ordeined in heuene
Signes xij and planetes seuene. 9000
The firste planet Saturnus hight *f. 133r*
And he haþ ij signes vnder his might,
Aquarius and eke Scorpio,
And beþ colde and moist also.
Iubiter þat is þe oþer planet 9005
And haþ ij signes þerin met,
þat he gooþ by, and hiȝten þus,
Pissis and Sagittarius:
Piscis is colde and moist of kynde
And Sagittarius coolde and drie we fynde. 9010
The þridde planet, Mars, also God chees,
He Capricorne and also Aries:
Aries hoot and moist we holde
And Capricorne drie and colde.
The foureþe planet is þe sunne hy 9015
And haþ Leo, hote and dry;
She lightneþ the world here vs to
And vnder vs it lightneþ so
On niȝtis, whan it is derk and dym,

f. 113[v]

The fi[f]te planete soo hite Venus
And hath Libra and Taurus:
Libra is hote and drye, Y wote,
Taurus is bothe moiste and hote.
The vj, Mercurius, hath hym too 7915
Twhoo signes, Gemyny and Virgo:
Gemyny is hote and wete
And Virgo is drye and hete.
The moone is þe vij[the] þat wee see,
Thatt in Cancer is wonte to be; 7920
And Cancer is hote and drye:
In him hath þe mone þe maistrye.
Whoosoo be born in oon of thyse,
His kynde shall in all wyse
After his planet begynne 7925
And after þe signe þat he is inne.'

Qo. 264[a] *'How go good soulis to heven to dwell* (268)
And wikkid vnto þe peyn off hell?'
'Every man after his dede
In other worlde shall have his mede. 7930
A man þat liveþ here aright
And honoureþ God with all his might
And doo his neighbour vnto
As he woll þat he hym doo,
That man liueþ in right way; 7935
And forwhy whanne he shall deye,
The goode aungell shall nooþyng want
To be redy at his hande—
He þat was his keper here—
And resceyue hym with noble chere; 7940
To God he shall presente hym þere
And of his goode dedes wytnesse bere:
God shall resceyve hym amonge his
And his seruice yelde hym in blisse.
He þat wykked werke wroght 7945
Biforn the devell shall be brought

7911 fifte] firste B, v[te] A. 7920] *misplaced after* 7922, *marked for correction* B. 7927 S *begins again.*

And on þe morwe aȝein shewiþ hym. 9020
The fifte planet also hatte Venus
And haþ bothe Libra and Taurus:
Libra is colde and drye, Y woote,
Taurus is bothe moyst and hoote.
The sixte, Mercurius, haþ him to 9025
þat beeþ signes, Gemini and Virgo:
Gemini is hoote and also wete
And Virgo is drye and ful of hete.
The mone is þe seuenþe þat we see
And but oo signe, Canser, haue she; 9030
And Cancer is hoote and drye:
In him haþ the mone þe maistrie.
Whoso be bore in oone of thise,
His kynde shal in al wise
Aftir his planet bigynne 9035 f. 133v
And after þe signe þat it is ynne.'

Ca.º lxjº

'Hou goon soules to heuene to dwelle (268)
And somme to þe peine of helle?'
'Euery man aftir his dede
After his deth shal haue his mede. 9040
A man þat lyueþ here aright
And honoureþ God wiþ al his might
And doþ his neiȝbore vnto
As he wolde þat he dide hym also,
þat man lyueþ in right weie; 9045
And þerfore whan he shal deie,
þe good angel shal not want
To be redy at his hant—
He þat was his keper here—
And resceiue him wiþ noble chere; 9050
To God he shal presente him þere
And of hise gode dedes witnesse bere:
God shal resceiue him among hise
And in blisse ȝilde him his seruice.
And he þat wicked werkes wroghte 9055
Byfore þe deuel shal be broght

f. 114[r]

With tho þat ben of his meane,
That of his lyff his witnesse shal be;
And shall be put in payne þore
For his wykked dedes byfore, 7950
But if he doo amendement
Or he oute of this worlde be went.'

Qo. 265[a]

'Angrith itt the good angell ouȝtt (269)
Whan a man a syn hath wrouȝtt?'
'Ye, hit angrith hym wel moore 7955
And I shall telle þe wherfore:
Yf thy lorde betake þe here
His sone for to kepe and lere
For his truste is euery a deell
In þe, þat þou shalt kepe hym well, 7960
And þou travaylest day and niȝte
To teche hym well with all þy might;
And he thanne for wykked eggyng
Forlete all thy techyng
And drowe hym vnto wykkednesse, 7965
Thy ioye were thanne all þe lesse
And full soore wolde hit angre þe,
All may hit noo better be.
Alsoo in þat eche manere
God, þat hath man soo dere, 7970
Betake hym an aungell for to yeme
And to teche hym God to queme;
And if he þanne forlete Goddes lawe
And to dedely synne hym drawe,
Forsakyng the aungell and his loore, 7975
The aungell angreth it full soore;
And also moche ioye and blisse
Hath he whanne man doþe not amysse.'

Qo. 266[a]

'Shall tho that be dede any more (270)
Come ayen to this world here?' 7980
'Body with þe soule his fere
Shall after deth come neuer here

7949 T *begins again*; þore] sore A. 7955 moore] sore TS. 7964 Forlete] Forȝete S. 7979–8466] *om.* S. 7980 here] oughwher T.

Wiþ þilke þat ben of his meyne,
þat of his lijf witnesse shal be;
And shal be putte in peyne thore
For hise wicked dedis byfore, 9060
But if he do amendement
Or he out of þis world be went.'

Ca.º lxijº *'Greueþ it þe good aungel oght* (269)
Whan a man a synne haþ wroght?'
'Sire, it angriþ him ful sore 9065
And I shall telle þe wherfore:
If þi lord bitake þe here
His sone forto kepe and lere
For his trist is euerydel f. 134r
In the, þat þou shalt kepe him wel, 9070
And þou trauaillest day and night
To teche him wel wiþ al thi migh[t];
And he þan for wicked egging
Leueþ al thi teching
And drawe him into wickednesse, 9075
þi ioye þanne were al þe lesse
And ful sore it wolde angre þe,
Alþogh it might no better be.
And also in þat same manere
God, þat haþ boght man so dere, 9080
Bitakeþ him aungel for to ȝeme
And to teche him God to queme;
If he þanne leue Goddis lawe
And to dedly synne him drawe,
Forsaking þe aungel and his lore, 9085
þan angreþ þe aungel him ful sore;
And als miche ioye and blisse
Haþ he whan he doth not amisse.'

Ca.º lxiijº *'Shullen þei þat ben deed heretofore* (270)
Come into þis world any more?' 9090
'Body wiþ the soule is fere
After deeth shal neuere come here

9072 might] migh L, myȝt H.

f. 114[v]

But if hit on þat day befalle
That Goddes Sone shall deme vs alle,
That of a mayden born shal be; 7985
And many a seruant have shall he
That in this world hym shull serue here,
And tho shull be to hym wonder dere.
And whenne þey have wente hym to,
Other shull serue hym alsoo 7990
Helpe to God of hem to have;
And somme þynges þey shull hem craue
Whiche þat they shull fynde and take
That God shall graunte hem for here sake.
And som shull þynke þat they anight 7995
Shall hem shewe vnto here sight
But I warne þe, witterly,
That they in soule and in body,
As they in the worlde here wente,
Shall neuer ayen be to hem sente; 8000
But God may sende an aungell well
In lykenesse of hem euerydell
For [to] graunte to men here bede;
But dede men comeþ noon in þat stede.'

Qo. 267[a] *'Tho that to paradis or hell go,* (271) 8005
Shall they euer come oute þerffro?'
'Alle þat ben in paradys
Wolde gladly owte, be þou wyse,
But the soules þat ben in helle
Wolde neuer oute but still dwelle; 8010
And I shall telle þe forwhy.
I[f] a lord woned hereby
And hadde dwellyng in a cite
Twoo seruantes of his meane;
That oon serued hym soo aright 8015
That the lord waryson hym hight
Sone soo þat he com ayen;
That other were a wykked swayn

f. 115[r]

And for falshede taken were

7986 a seruant] sargeauntes T. 8003 to] *from* TA, *om.* B. 8005 go] wende *ruled through* go B. 8008 owte] that T. 8012 If] *from* TA, I B.

But if it on þilke day befalle
þat Goddes Sone shal deme vs alle,
þat of a maide shal born be; 9095
And many seruauntes haue shal he
þat shal serue him in þis world here,
And þilke shullen be to him wonder dere.
And whan þei ben iwent him to,
Oþer shullen serue hem also 9100
For help of God hem to saue;
And sommeþing þe shul him craue
Whiche þat þei shulde fynde and take f. 134v
þat God shal hem graunte for her sake.
And some shullen þinke þat þei mighte 9105
Shewe hem here vnto oure sighte
But I warne þe, witterly,
þat in þe soule and þe body,
As þei here in þe worlde wente,
Shal neuere aȝein to hem be sente; 9110
But God may sende an aungel wel
In liknesse of hem euerydel
Forto graunte to hem her bede;
But deed men comeþ noon in þat stede.'

Ca.o lxiiij o

'Tho þat to paradys or to helle go, (271) 9115
Sullen þei euere come out þerfro?'
'Alle þat ben in paradys
Wolde out bleþely, be þou wys,
But þe soules þat ben in helle
Wolde neuere out but stille dwelle; 9120
And I shal telle þe forwhi.
If a lord woned hereby
And hadde dwelling in a citee
To seruauntes of his meyne;
And þat oon serued him so aright 9125
þat his warisoun þe lord him hight
As sone as he come aȝein;
And þenne were a wicked swein
For his falshede itake were

9113 hem] men H.

And in prison holden soore 8020
And aboode [a]n euyll endyng
At the lordis home comyng:
The goode seruant wolde he come tyte
In truste of the moore profight;
The wykked wolde he dwellid longe 8025
For at his comyng shold he be honge,
And euer in prison leuer were he
Than to come owte and hanged be.
All tho that in paradise woone
Hem longith after Goddis Soone, 8030
The verry profyte þat come shall
That the worlde shall deme after all,
For thanne shall here blisse be moore
An hundredfolde thanne was befoore,
For þanne shall body and sowle wende 8035
Into heuen withouten ende.
But soules that to helle nam

Wolde þat Goddes Soone neuer cam;

For at his dome þe body shall
Come and dwelle the soule withall 8040
And bothe into helle fare
And an hundrydfolde have care
Moore thenne he hadde furste:
Forwhy to dwelle styll hym luste,
For better with oon care withynne 8045
Thanne to come owte and have tweyne.'

Qo. 268[a] *'Why go the good nott that be wys* (272)
Vnto erthely paradis?'
'Skyll were noone, durste I hit say,
That they thedyr toke þe way. 8050
Erthly paradise was wroght
To body and to sowle nought:
It is seluen bodyly.
Forwhy whanne þe soule is fro the body,

8021 an] *from* T, in BA. 8029 All] Also TA. 8032 after] ouer T, *om.* A. 8037 to helle nam] in hell be þan A. 8047–10464] *om.* T.

And in prisoun iholden þere 9130
And abood an yuel ending
At þe lordis home comyng:
þe good seruant wolde come tite
In truste of þe more profite;
þe wicked wolde dwelle longe 9135
For at his comyng he shulde be honge,
And euere be in prisoun leuere were he f. 135r
þan come out and yhan[g]ed be.
Also þei þat in paradys wone
Hem longen after Goddes Sone, 9140
þe verre prophete þat come shal
þat shal deme þe world al,
For þanne shal her blesse be more
And hundred fold þan was bifore,
For þan shal body and soule wende 9145
Into heuene wiþouten ende.
But soules þat in helle be
Wolden neuere Goddes Sone [se]
For þei wolde þat he here neuere cam
Forto deme none erthely man; 9150
For at þe dome the body shal
Come and dwelle þe soule wiþal
And boþe into helle fare
To haue an C folde more care
More þan he hadde firste: 9155
þerfore to dwelle stille him list,
For better were oo care and no mo
þan to come out and haue two.'

Ca.o lxvo *'Whi goon not þe soules þat ben wys* (272)
Vnto erthely paradys?' 9160
'Skille were it noon, þat dar I seie,
þat þei thider toke þe weie.
Erþely paradys was wroght
To body and to þe soule noght:
It is himself bodily. 9165
þerfore whan þe soule is fro þe body,

9138 yhanged] *from* H, yhanded L. 9145 wende] *follows* body, *marked for correction* L. 9148 se] *from* H, *om.* L. 9149 wolde] wende H.

f. 115v

Hit may nowhere haue dwellyng 8055
But if hit be in gostly thyng
For gostly reioieth hym nought
In stede þat bodyly is wrought;
Goste to goste, þat is his right,
And body in bodely thyng hathe might: 8060
Sowle may no man fele nor see,
Forwhy in his kynde most he be.'

Qo. 269[a]

'Wheþer is soule hevy or light, (273)
Grete or small, derke or bright?'
'Were a thousand soules here 8065
Lyyng on a leff of paupere,
Heuyer were þe pauper nought
For they ben light and swhifte of thought:
Vnder þy nayle might þou spere
A thousand and be neuer the wer 8070
And ȝif a thousand thousand wore
Thyn eyen and þy sight befoore,
Sholde neuer þe lasse þy sight bee
To see þe [þ]yng þat þou woldest see
Noo moore thenne þou hast lettyng 8075
Of the wynde to se a thynge.
And in þe worlde is not soo white
As is of hewe a goode spiright;
But a synfull sowle, synfull and wyke,
Is also blak as ony pyk, 8080
Grete, lothely, and hevy,
And falleþ downward redely:
There is noo man ne woman noone
That euer a synfull sowle sawe oon,
But if þe moore wonder were 8085
Oute of his witt he shold fare.'

f. 116r *Qo. 270[a]*

'Good soulis that fro the body goon, (274)
Wheþir go they þan anon?'
'Aall thatt euer liff han

8055 may] *repeated* B. 8068 of] as A. 8071 thousand (2)] *om.* A. 8074 þyng] kyng B, þing A. 8077 not] nouȝtt A. 8089 Aall] *rubricated initial* A *placed beside* 8090–1 B.

It may nowhere haue dwelling
But if it be in som goostly þing
For goost reioyseth him right noght
Til þe body aȝein to hit be broght; 9170
For goost to goost, þat is his right, f. 135v
And body in bodily þing haþ might:
þe soule may no man fele ne see;
þerfore in his kynde muste he be.'

Ca.° lxvj° *'Wheþer is þe soule heuy or light,* (273) 9175
Greet or smal, derk or bright?'
'Were a þowsand soules here
Ligginge on a leef of paupere,
Heuyer were þe pauper noght
For þei ben light and swift of þoght: 9180
Vnder þi naile þou might spere
A þousand soules and be neuer þe wer
And if a þousand soules wore
þin yȝen and þi sight bifore,
þi sight shulde neuere þe lesse [be] 9185
To see a þing þat þou woldest see
No more þan þou hast lettyng
Of þe winde forto see a þing.
And in þe worlde is noþing so white
Of colour as is a good spirit; 9190
But a synful soule and wicke
Is als blak as any picke,
Greet, loþely, and heuy,
And euere dounward sikerly:
þer nis man ne womman noon 9195
þat if he a synful soule loked on,
But if þe more wondre ware
Out of his wit he shulde fare.'

Ca.° lxvij° *'Goode soules þat fro þe body goon,* (274)
Whider wende þei so sodeinly anoon?' 9200
'Alle þat euer þe lijf nam

9169 goost] goostly H. 9180 of] as H. 9183 soules] þousand H.
9185 be] *from* H, *om.* L.

Fro the firste tyme of Adam, 8090
Yonge and oolde, goode and qwede,
Till Goddis Sone on rode be dede,
Holly into helle flye,
Some to lowe and soome to hye.
But after his dethe on þe rode 8095
Soo shullen the sowles of the goode,
Whanne þy fro the bodyes shede,
Wende into clensyng stede;
And whenne they clensid ben aright,
Vnto the blisse of heuen light. 8100

The wykked shall withoute dwellyng
Anoon into helle synke;

And soome shull haue here do also
That grete clensyng thare þem not doo,
But also soone as þat they deye 8105
Wende to heven the hye wey;
But neuerthelese at here ende
By purgatorye shull they wende.'

8104 thare . . . doo] shall þey nott to A.

From þe firste time of Adam,
3onge and olde, good and quede,
Til Goddes Sone on rode be deed,
Swifly into helle þei flie, 9205 f. 136r
Some to þe lowe and some to þe hye.
But aftir his deeth vpon þe roode
þanne shullen þe soules of þe goode,
Whanne þei fro þe body schede,
Wende into a clensinge stede; 9210
And whan þei ben clensid aright,
To þe blisse of heuene light
þei shullen be take wiþ ioye and mirþe
And þere worshippe Cristes birþe.
But whanne Crist oure Lord shal come 9215
Al sodeinly vnto þe dome
And eche man shal þere appere
þat euere in þis world were,
þanne shullen þe goode to heuene wende
Wiþ Crist to ioye wiþouten ende; 9220
For þei þat wel here haue do
Greet clensing shal noon suffre þo,
But als sone as þei die
þei wende to heuene þe right weie;
But neuerþelesse at her ende 9225
To purgatorie þei shullen wende.
And oo þing I telle þe 3it þerto:
Whanne Crist his dome fully haþ do
And to his Fader a3ein is went
þorgh his might omnipotent, 9230
Wiþ aungels and al ioye and blesse
And alle chosen soulis of hisse,
And þere eternally to dwelle
Wiþ more ioye þan tunge may telle,
And þan shal þis world lowe 9235
Sinke into helle in a þrowe,
Wiþ [þe] deuel and alle hisse,
Where is neiþer ioye ne blisse
But ful of sorwe and of care: f. 136v

9237 þe] *from* H, *om.* L.

Qo. 271[a] *'May no man in heven be* (275)
Butt he purgatorie ffirst se?' 8110
'Man ne woman shall neuer be noon
Ne was in the tyme þat is goon
That shall to heven whenne he shall dye
But by purgatorie be his way.
Neuerthelese þer shal be twoo 8115
That therby ne dare noȝt goo:
The profete þat shall men saue
For noo clensyng noo nede shall haue;
That other shal be þat mayden bright
That Goddis Soone shall ynne light 8120
(For full clene shall he be of synne,
The body that he shal be withynne);
f. 116v Forwhy shall she withoute care
With soule and body to hym fare.'

Qo. 272[a] *'Sith God sendith some to hell* (276) 8125
And some to heven for to dwell,
Wherto shall he the dome queme
And whom shall he þan deme?'
'Goode sowles shull in heuen dwelle
Byfoore the dome and wycked in helle 8130
And all þat the aungell calle

8114 be] *repeated* B. 8121 he] itt A.

Ful woo is him þat shal wone þare. 9240
Alle dampned soulis þider shullen wende,
þat here to God weren ful vnkende;
And of his face, þat is so bright,
þei shullen neuere haue ioye ne sight
For if þei þerof might haue a glem 9245
þere shulde no peyne drede hem;
þerfore her peyne is endelesly
For þei to synne weren so redy.
For wheþer a man loued more
Of vertue, of vice, here tofore 9250
So shal he haue whan he is deed,
Wheþer it be good or queed.'

Ca.º lxviijº *'May no man in heuene be sen* (275)
But he þat in purgatorie firste haue ben?'
'Man ne womman shal neuere ben noon 9255
Ne was þe time þat is agoon
þat shal to heuene whan he shal deie
But bi purgatorie be first his weie.
Neuerþeles þer shal be two
þat þerby þar hem not go: 9260
þe prophete þat shal men saue
þer of clensing no nede shal haue;
þat other shal be þat maide bright
þat Goddes Sone shal in light:
Ful clene shal she be of synne 9265
And of al goodnesse shal neuere blynne,
þerfore schal she wiþouten care
Wiþ body and soule to him fare.'

Ca.º lxixº *'Sithen God sendiþ some to helle* (276)
And some to heuene forto dwelle, 9270
Wherto shal he þe dome deme
And whom shal he þan queme?'
'Gode soules shullen in heuene dwelle f. 137r
Bifore þe dome and þe wicke in helle
And alle þat þe aungels calle 9275

9240/1 *add* Alle dampned soules þider shullen ware *ruled through* L.
9242 vnkende] vnkynde H. 9246 drede] dere H. 9262 þer] þat H.

Vnto the doome come þey shall
In soule and body as þey were
In this worlde here þerebefore,
And bothe togeder shull þey wende 8135
There they shull be withoute ende.
Glorefied shull be þe wyse
Of hym þat is the high iustise
And travaille þanne shall be here blisse,
That hem neuer ne shall misse, 8140
And brighter shall thanne þe body be
Thanne is þe sonne in his clerete.
The wykked shull to helle goo,
Soule and body, to dwelle in woo:
The payne þat he hadde furste in wolde 8145
Shall thenne be eked to hym iij[c] folde.
For right is þe body, þat was here

In ille and goode þe soules fere,
That it with þe soule suffre alsoo
Ioye other payne, whether hit goo to, 8150

For the dome whanne hit shall be sette,
Eyther to fare wors or bette.'

Qo. 273[a] *'Yonge childre, þat can no reason,* (277)
Shall they ouȝtt suffre dampnacion?'
'Shall no man dampned be but he 8155
That grauteþ well he worthy be
For ayensay may he nought
Alle þe dedes þat he hath wrought;
f. 117[r] But childeryn, that noo goode can
Ne noo wit hadde of man, 8160
Dampnacion shull noone come ynne
Bycause they wrought noo dedely synne.
But if ony be, perchaunce,
That sholde have come to creaunce

8139] And for her travaile shall have blis A. 8145 wolde] hold A.
8151] Forwhy shall the dome be sett A.

To þe doome come þei shalle
In body and soule as þei wore
In þis world here bifore,
And bothe togidre shullen þei wende
þere þei shullen be wiþouten ende. 9280
Glorified shal be þe wise
Of him þat is þe hye iusticie
And trebled shal be her blisse,
Of þe whiche þei shullen neuer misse,
And brighter shal þenne þe bodi be 9285
þan is þe sunne in his cleerte.
þe wicked shullen to helle goo,
Soule and body, to dwelle in woo:
þe peyne he hadde in þis worlde
It shal be eked manyfolde; 9290
For as þe body, þat was here,
Lyued in wicked manere
Or to good lyf if it felle,
It shal suffre, as I the telle,
Ioye or peyne wheþer it go to. 9295
Body and soule togidre also
þanne shal þe dome be set
Eiþer for oþer to fare werse or bett:
þerfore if þou do wel here,
þou shalt haue wel elleswhere.' 9300

Ca.º lxxº *Ȝonge children, þat kunne no resoun,* (277)
Shullen þei haue dampnacioun?'
'Shal no man dampned be but he
þat graunteþ wel he worþi be
For aȝeinseie may he noght 9305
Alle þe dedis þat he haþ wroght;
But children, þat no good ne can f. 137v
Ne no wit had of man,
Dampnacioun shal none come ynne
For þei wroght no dedly synne. 9310
But if any, by sodein chaunce,
þat shulde haue come to creaunce

9297 þanne] Therfore H.

And hit be dede or hit be born, 8165
Ioye for ay hit hathe forlorn
But payne shall hit noon suffre:
Dwelle shall hit in a derke lu[ff]re
There þey shall fele neuer a deell,
Nowther of woo ne of well.' 8170

Qo. 274[a] *'Wheþer in thatt oþer world may be* (278)
Any hous, toun, or citee?'
'A ffull fayre cite God firste dight
Of his connyng and of his might
Bothe to aungell and to man 8175
Er that man to synne cam;
But after the synne of Adam
Euery man vnte helle cam
And that is a full wikked cite,
Made to þe devell and his mayne. 8180
But whanne Goddis Soone is come
And dethe for mankynde hath nom,
Thenne shull men fynde wayes iij,
Echon to diuers citee:
The goode to heven the way shull take; 8185

The wykked to helle to devell blake;

8168 luffre] luttre B, littre A.

And be deed or it be borne,
Ioye for euere haþ it lorne
But peine shal it noon þole, 9315
But dwelle in a derke hole
þere þey shullen fele neuer a dele,
Neiþer of woo, neiþer of wele.'

Ca.° lxxj° *'Wheþer in þat oþer world may be* (278)
Any hous, toun, or citee?' 9320
'A fful faire citee God first dighte
Of his kunnyng and of his mighte
Bothe to aungel and to man
Or þat man to synne bigan;
But after þe synne of Adam 9325
Euery man vnto helle nam
And þat is a ful wicked citee,
Made to þe deuel and his meyne.
But whanne Goddes Sone shal come
And deeth for mankynde ynome, 9330
þanne shal men fynde waies þre,
Euerichone to dyuers citee:
þe goode to heuene þe weie shullen take,
Where ioye and merþe shal neuere slake—
To þat ioye shal no man come 9335
But if he bileue in Goddes Sone
And in þe Fader and in þe Holy Goost,
þat ben þre persones of might moost;
And eche of þise is God allone,
But oo might is to hem echone. 9340
The secounde weie is to helle, f. 138r
Where dampned soules euere shal dwelle
þat here lyueden delicatly
And of hemself had no mercy
But folowid her lust al her fille, 9345
Whiche caused hem her soules to spille;
þerfore to flee þis loþely place
Eche man desserue here to haue suche grace
þat he neuere come þerynne

9320 citee] tree H. 9345 al] and all H.

That repente hem here shull bedene
To purgatory to make hem clene:

Wonyng stedes be there no moo
That man or woman shall goo to.' 8190

Qo. 275[a] *'Shall þey be dampned, canst þou me sey,* (279)
Children off hethen men that dey?'
'Children of hethen in youthe noom[e]n
That to here fatheres lawe shold haue comen,
f. 117[v] Alle shulle they dampned be: 8195
Noo blisse shull they neuer see.
But yonge children dar haue noon awe
That sholde have be of Goddis lawe:
In a derkenesse shull they dwelle
But of payne thar noon hem telle.' 8200

Qo. 276[a] *'Iff no syn had done Adam,* (280)
Should all the ffolke thatt off hym cam
With ffleysh and ffell as they are seen
Euer in paradis haue been?'
'Had Adam so hym beþought 8205
That he hadde noo synne wrought,
Of his osprynge sholde neuer noon
Ought of paradis have goon
But leued there oute of turnement

8193 noomen] noo man BA. 8200 thar noon hem] shall they nott A.

þorgh doyng of any deedly synne. 9350
The þridde way is purgatorye
Where synful soules iclensid shul be:
There shal þei be til þei be clene
þat here repentaunt were sene;
Suche men hereafter shal come to grace 9355
þat of her synne haue no solace
But euer ben sory whanne it hem mynne
And þe better þerafter kepe hem fro synne.
Wonynge stedes ben þer no moo
þat man or womman shal to goo.' 9360

Ca.º lxxijº *'Shal þei be dampned, canst þou me seie,* (279)
Heþen menis children þat done deie?'
'Childre of heeþen in ȝouþe nomen
þat to hir fadres lawe shulde haue comen,
Alle shullen þei ydampned be: 9365
Neuere more blisse shullen þei see.
But ȝonge children þat knowe non awe
þat shulde haue ben of Goddis lawe,
In a derknesse shal þei dwelle
But of no peyne shul þei smelle. 9370
þus God his rightwisnesse can dele:
As men han hunger, sende hem mele.
Some ben clad in cloþes þynne
And ȝit litel colde comeþ hem withynne;
So þise children noon harme dide 9375 f. 138v
Ne noon goodnesse to hem was kide.'

Ca.º lxxiijº *'If no synne hadde ydo Adam,* (280)
Shulde alle folk þat of him cam
Wiþ flesshe and fel as þei be seen
Euere in paradys haue been?' 9380
'Hadde Adam so him byþoght
þat he hadde no synne wroght,
Of his hospring shulde neuere noone
Out of paradys haue goone
But lyued þere out of torment 9385

9351 is] is to H. 9362 þat] *add* he (*om. in table* 1604) L, heere H.

And fro thens to heuen have wente 8210
Right as on heuene hye to shyne
Withoute ende or ony pyne.
Sholde noo synne ne noo lykyng
Have ben thenne in childe getyng;
Sholde noo man have þoght shame 8215
Amonge oþer of his likame

No more than now is vilonye
For to loken a man in þe eye.'

Qo. 277[a] *'Whan water helid the world ech dele,* (281)
Helid itt paradis as wele?' 8220
'God sente þat flode in erthe alsoo
The moste deell of folke to be fordo
And for to wasshe þe moste synne
That the worlde that tyme was ynne.
And in paradise comeþ it nought 8225
For ther was noo synne wrought
Tyll þat Adam the appull ete;
And þe synne lay not þerinne yete—
It laye all oon the brekyng
Of the comaundement of heven kyng. 8230
f. 118[r] And for the synne that he did thore
Might he therinne dwelle no moore:
With all his synne he was owte caste
Vnto this worlde here at þe laste;
And whanne noo synne was noowhere abowte 8235
In paradise whanne he was oute,
What sholde þe flode thanne doo þerinne?—
For þerinne was bele[f]te no synne.'

Qo. 278[a] *'Off what age made God Adam* (282)
Whan he into this world cam?' 8240
'God made Adam and his fere
At his lykenesse, for þey be hym dere;
And yoonge, right as aungell wyse,

8211] Riȝtt as any lyne A. 8216 likame] likenes (*rh.* shamefulnes) A.
8228 þerinne yete] in þat A. 8238 belefte] beleste B, leffte A.

And from þennes to heuene haue went
Right as oone of heuene hyne
Wiþouten deth or any pyne.
Shulde no synne ne no likyng
Haue be þenne in childe getyng; 9390
Shulde no man haue þoght shame
Among other of his game,
Ne none shulde shamed haue ben
Naked to haue ben seen
No more þan now is vilenye 9395
Forto loke a man in the yȝe.'

Ca.º lxxiiijº *'Whan water hilled þe world eueridel,* (281)
Dide it hille paradys as wel?'
'God sente þat flood in þe erthe also
þe moost parte of þe folk to fordo 9400
And forto wasche awey þe greet synne
þat þe worlde þat time was ynne.
But in paradys come it noght
For þerynne was no synne wroght
But oone—þat Adam þe appul at; 9405
And þe synne lay not in þat
For it lay al [on] þe brekyng
Of þe heest of heuene kyng.
And for þe synne he dide þore f. 139r
He might þeryn dwelle no more: 9410
Wiþ al his synne he was out cast
Into þis world here atte last;
And whanne no synne was founde
In paradys at þat stounde,
What shulde þe flood þenne do þerynne?— 9415
For þerynne was bilefte no synne.'

Ca.º lxxvº *'Of what eelde made God Adam* (282)
Whan he into þis world cam?'
'God made Adam and his fere
To his liknesse, leef and dere; 9420
And right ȝonge, as aungels wise,

9407 on] *from* H, *om.* L.

For the loue þat he and hise
Sholde the orderes of aungell ffulfille 8245
That Lucifer beganne to spille.
But whanne they mysdede at the laste
And of paradise were oute caste,
Here heere began to waxe and sprede
And to here heles downe hit yeede; 8250
And after þat oon to see
Hem semed of xxx[ti] yeere to be.'

Qo. 279[a] *'Tho thatt at þe dome shall dye* (283)
And have not serued to heven the weye
Ne to hell anon may nott go, 8255
Hou shall itt beffall off tho?'
'Men þat soo longe here live shall
Til God the world deme ouerall,
And behoueþ on all wyse
Anoon vnto þe dome aryse, 8260
And hath not seruid here to dwelle
With euell in the payne of helle
Ne nought worthy as sone þey are
Vnto heven for to fare
Vntill theyre soule clensed is 8265
Of that they did here amys,
f. 118[v] God shall sende hem, sothe to say,
Soo sharpe a payne or they dey
That shall clense hem ouerall
And for alle þe dedes stande hem shall 8270
That they hadde be worthy to take
In purgatory hem clene to make;
Also in here vptakyng
Shall hem come a sharpe clensyng:
And soo shall they clene vpwende 8275
Vnto blisse withouten ende.'

Qo. 280[a] *'Why may men the soule not se* (284)
As men may do the and me?'
'A gostly thyng the soule is oon:
A goste may be sey of noon. 8280
Body, though hit be neuer soo bright,

For þe loue he hadde to him and hise
Shulde þe ordres of aungels fulfille
þat Lucifer þorgh pride gan spille.
But whan þei mysdede at þe last 9425
And out of paradys weren cast,
Her heer bigan to wexe and sprede
And to her heelis doun it ȝede;
And aftir her heer vpon to see
Of xxx ȝeere hem semed to be.' 9430

Ca.º lxxvjº *'þo þat at þe dome shal deie* (283)
And haue not to helle serued þe weie
Ne to helle as tite mowen not goo,
Hou shal it falle of alle tho?'
'Men þat so longe here lyue shal 9435
Til God þe world deme oueral,
And bihoueþ on al wise
Anoon to þe doom arise,
And haþ not serued here to dwelle
Wiþ the wicked in þe peine of helle 9440
Ne not worþi so sone are
Into heuene forto fare
Til her soule yclensid ys f. 139v
Of þat þei here dide amys,
God shal sende hem, soþe to seie, 9445
So sharpe a peine or þei deie
þat shal clense hem oueral
And for alle þe daies to hem stonde shal
þat þei had ben worþi to take
In purgatorie hem clene to make; 9450
And also in her vptaking
To hem shal come a sharpe clensyng;
And so shullen þei clene vp wende
To þe blisse wiþouten ende.'

Ca.º lxxvijº *'Whi may men þe soule not see* (284) 9455
As man may doo þee and me?'
'A goostly þing þe soule is oon
And goost may not be seen of noon.
Bodily, þogh it be neuere so bright,

Of gostely þyng may haue noo sight,
Ne gost ne may no soule see
But hit oute of the body be.
Som man somtyme hathe might 8285
Aungell [to se] þat from hevene light:
That is for they take hem too
A body of the aire whanne þey come soo;
But were hit that they come gostly
And toke vnto hem noo body, 8290
Sholde noo man may se where they wore,
þogh a thousand stode hem bifore.'

Qo. 281[a] *'Wheþer to make God ffirst began—* (285)
Soule or body off the man?'
'God allemighty, heven kyng, 8295
Made all thyng at the begynnyng—
That is to say, þat alle saw he
Fro the firste, how þey sholde be;
And he yave to eche an engendure
Other forthe to brynge of here nature. 8300
Forwhy whan man and woman knoweþ
And his sede withynne here soweth,
f. 119[r] The seede shapith þat mater þore
That hit fyndith it before;
And all hit is of Goddes might, 8305
That euery a thyng hathe yooven his right,
And þe vij planetis, as we fynde,
To shape of [eche] lym his kynde.
Saturnus shapith first bifore
As a pece of fflesshe it woore. 8310

Iubiter, þorogh Goddes grace,
Shapith the hede and þe face.

Mars shapith the body alsoo;

8283 gost] gost *ruled through with* body *inserted above* A. 8286 to se] *from* A, *om.* B. 8308 eche] *from* A, *om.* B.

Of goostly þing may haue no sight, 9460
Ne goost may þe soule see
But it out of þe body be.
Somme man somtime haþ might
To se an aungel from heuen light:
þat is for þei take hem to 9465
A body of þe eir whann þei come so;
But were it þat þei come gostly
And þat þei toke to hem no body,
Shulde no man see where þei wore
þogh a þowsand stoode him bifore.' 9470

Ca.º lxxviijº *'Wheþer to make God first bigan—* (285)
þe soule or body of þe man?'
'God almighti, heuene kyng,
Made al þing at þe bigynning—
þat is to seie, þat al sawe he 9475
Fro þe firste, hou þei shulde be
And ȝaf to ech an engendrure f. 140r
Forto bringe forth oþer of her nature.
þerfore a man, whan he a womman knoweþ
And his seed in hir he soweþ, 9480
þat seed shapeth þe mater þore
As God ordeyned it bifore;
And al it is of Goddes might
For by him eueryþing is dight.
And þe vij planetes ȝeueþ, as we fynde, 9485
Shappe to euery lyme his kynde.
Saturnus shapiþ first bifore
As a pece of flesshe it wore
And so it lieth and multiplie
Til God of his grace it remedie. 9490
Iubiter, þorgh Goddis grace,
Shapeþ the heed and þe face,
þat is þe fairest of þe body
þat may be seen here vtwardly.
Mars shapeþ the body also 9495
And proporcioneþ it wel þerto
Wiþ diuers entrailes þat it must haue
þe whiche helpith þe body to saue.

Venus þe lymes þervnto;

Mercurius the membris and þe sight; 8315

The mone þe nayles, heere, and hyde bright:

These noreshyn and forthe brynges
In here waxing all these thynges.
And whanne þe lemys of þe body
Been þus shapyn all fully, 8320
A sowle sendith God þerinne
And thanne to stere may hit begynne.
Also was Adam furst wrought
But lyff ne soule was in hym nought;
And afterwarde God on hym blewe, 8325
Soule and lyff bothe in hym threwe.

Forwhy the body is byfore

And after a soule God sendeþ þoore.'

Qo. 282[a] *'Wheþer the soule be made kyndely* (286)
Off engendure as is the body?' 8330
'Were the soule in þat manere
Engendered as þe body is here,
Thenne were þe sowle also dedly
As þat nowe is þe body;
But for the soule of Goddis onde cam 8335

8315 membris] balokkis A. 8317 These noreshyn] The sonne norisshith A.

Venus þe lymes shapeþ she
For wiþouten hem may it not be 9500
And beren vp the body
By Goddis ordinaunce wonderfully.
And Mercurius þe ballokkes and þe pintil
For þise ben principal membris þertil
And ben instrumentis to w[or]che wiþal 9505
Here in þis world oueral;
And also it ordeyneþ sight
To goo and ryde by day and night.
The mone þe nailes and þe heer,
And þat bicomeþ man wel to beer, 9510
And a faire skyn him in to wynde, f. 140v
Whiche bicomeþ him wel of kynde.
þe sunne him fostriþ and him forþ bringes
In her wexinge wiþ al other þinges.
And whanne þe lymes of þe body 9515
Ben shapen þus al fully,
A soule sendiþ God þerynne
And þanne to stere it doth bigynne.
But whan Adam was first wroght,
Lyf ne soule in him was noght; 9520
And afterward God on him blew
And soule and lyf into him þrew.
And þerfore þe body is first wroght
Or ony oþer þing þerto be broght;
And whan it is al þus fully made 9525
As God tofore ordeyned and bade,
Soule and lyf þerynne puttiþ he
And þanne is it made as it shulde be.'

Ca.º lxxixº *'Wheþer þe soule be made kindely* (286)
Of engendring as þe body?' 9530
'Were þe soule in þat manere
Engendred as þe body is here,
þen were þe soule also dedly
As þat here now is þe body;
But for þe soule of Goddis onde cam 9535

9505 worche] *from* H, whiche L. 9509 mone] e *inserted above line* L.

Whanne he blewe first on Adam,
Therfore may hit nought deye.
And if I the soothe shall seye,
f. 119v That soule was or the body, me thynk,
For hit was withoute begynnyng; 8340
And Adam was sithen wrought
Dedly but his soule nought:
And if the soule engendred were,
It behoueþ to deye þerfore.'

Qo. 283[a] *'Were soulis made att onys for ay* (287) 8345
Or be they made yitt euery day?'
'God of heven wiste well beforn
All that sholde in world be born:
Froo the begynnyng of the worlde wist he
Soules and bodyes all þat sholde be. 8350
But whanne a childe is therto comyn
And he his full shappe hath nomen,
Anoon God makeþ a soule þerto
And sendith it theryinne alsoo;
And þanne haþe hit bothe sowle and lyff 8355
And may stere þanne in the wyff.
But made ne be þe soules nought
Or þe body þerto be wrought.'

Qo. 284[a] *'Whan soule comth to the body also,* (288)
On which halff goth ytt yn þerto?' 8360
'Wille of God ne may nought misse:
Whatsoo he will, anoon hit is.
God, whenne a soule shall make
To a body that hit shall take,
Of his might he makyþ hit all 8365
Withinne þe body it haue shall;
As þou seist vpon a tre—
Peere other appull whether hit be—
Whenne hit to waxe shal begynne,
The kyrnell brediþ þerwithynne 8370
And waxith in þe frute holly:

8336 D *begins.* 8370 kyrnell] kernelis D.

When he blew first on Adam,
þerfore may it not deie.
And if I the sothe shal seie,
þe soule was or þe body, me þinke,
For it was bi þon, no blinke; 9540
And Adam was siþen iwroght
Deedly but his soule noght;
And if þe soule engendrid wore,
It byhoued to die þerfore.'

Ca.º lxxxº *'Weren soules made at oone for ay* (287) 9545 f. 141r
Or ben þei made ȝit euery day?'
'God of heuene wist wel bifore
Alle þat shulde in þe world be bore:
Fro þe bygynnynge of þe world wiste he
Soules and bodies alle þat shulde be. 9550
But whan a childe is þerto icome
þat he haþ his ful hap nome,
Anoon God makeþ the soule þerto
And sendith it þerynne also;
And þanne haþ it bothe soule and lyf 9555
And þanne may it stere ful ryf.
But made ben þe soules noght
Or þe body first be wroght.'

Ca.º lxxxjº *'Whan þe soule comeþ to body also,* (288)
Whiche weie gooþ it in þerto?' 9560
'The wille of God wole not misse:
Whatso he wole, anoon it isse.
But whan God a soule shal make
To a body þat it shal take,
Of his might he makiþ it al 9565
Wiþynne þe body it be shal;
As þou seest vpon a tree—
Peere or appul wheþer it be—
To wexe whan it shal bigynne,
þe kirnels breden first wiþynne 9570
And wexen in þe fruyt holly:

9540 no blinke] *om.* H. 9552 hap] schappe H.

Soo dothe þe soule in þe body.'

Qo. 285[a] *'A wiff with child þat deth goth to* (289)
And the child dye in hir also
f. 120[r] *And oute off hir not ne may,* 8375
Wher goth the childis soule away?'
'Iff a wyff with childe to dye begynne
And þe childe dye here withinne,
There the wyfes brethe goth oute before
The childes anoon goith oute right thore 8380
For noo breth, as is well couthe,
Goith oute of man but at the mouth.
This preve þou nought by sawes
But by a wyf that to deth drawes:
Firste þenne here fete do kele 8385
And þe legges after by skele
And sith all aboue þe knees
And euer as þe soule vp flees.
Sith drawith hit to þe breste
And þanne to þe throte it neste; 8390
And whanne hit to þe mouthe is brought,
Hit goth forthe and dwellith nought.
And whanne here sowle is þus her froo,
The childe behoveth soone after goo;
And at hir mouthe it goith alsoo— 8395
Other issu is þer noon therto.'

Qo. 286[a] *'Who namyd ffirst all þing* (290)
And tauȝtt hem her connyng?'
'God, whanne he had made Adam,
Yafe hym strengthe, fairehede, and wisdam 8400
And he yafe vnto thynges all
The names as þat men hem calle.
And he knewe euery mannes connyng alsoo
As behoueþ here lyff vnto
Of Goddes grace and of his will; 8405

8380 anoon] ownne D. 8383 nought] nouȝt alone D. 8385 here . . . kele] kele off (*om.* D) hir the ffete AD. 8386] And the legges also tite A, And þe schankes after sket D. 8387 aboue] aboute A. 8390 it neste] is nextt A. 8394 childe] childes D. 8403 knewe euery mannes] kenned ilk a man D.

So doþ þe soule in þe body.'

Ca.º lxxxijº *'A wif wiþ childe þat deþ gooþ to,* (289)
And þe childe deie in hir also
And out of hir noght ne may, 9575
Where gooþ þe childes soule away?'
'Iff a wyf wiþ childe to deie biginne
And þe child deieþ hir withynne,
þe wyfes onde gooþ out bifore f. 141v
And þe childes gooþ out right þore 9580
For þe onde of man, as wel is couth,
Gooþ out of þe man at his mouth.
þis maist þou preue faire and wel
By a womman þat þe deth i[s] tel:
Firste hir feete bigynneþ kele 9585
And aftir her legges faire and wele
And sithen also aboue þe knees
And euere as a soule vp flees.
þenne draweþ it to þe breest
And to þe þrote it gooþ neest; 9590
And whan it to þe mouth is broght,
It wendith forþ and dwelleþ noght.
And whan her soule is her gon fro,
þe childes sone after bygynneþ to goo;
And at her mouth it gooþ out also— 9595
Oþer weie is ther noon þerto.'

Ca.º lxxxiijº *'Who named first al þing here* (290)
And taughte men her vertues sere?'
'God, whan he made Adam,
Ʒaf him strengþe, fairhed, and wisdam; 9600
And he ȝaf to þinges alle
þe names as þat men hem calle.
And euery man by kinde haþ kunnyng also
As byhoueþ best her lyf vnto
Of Goddis grace and of his wille; 9605

9584 is] it LH. 9585 kele] gele H. 9594 sone] sone *with* le *inserted above* L, soone H.

And þenne belefte they soo styll
Froo þe tyme þat they began to be
Vnto ooure secounde fadre, Noee:
He newed and teched all thynges
As Adam did at the begynnes. 8410
f. 120v Oure secunde fadre we hym calle
For the delyuy drenchyd alle
But Noe and his soones iij
And here wyfes: of hem came we.
Neuertheles Noe cam 8415
Of the engendure of Adam;
But that tyme lefte noo moo alyffe
But they iiij and her iiij wyffe
And or þey dyed cam of hem tho
Xxiiij[ti] thowsand and moo.' 8420

Qo. 287[a] *'Howeuer itt be and wherfore* (291)
Thatt some be lasse and some more?'
'Comenly a mannys wexing
Is after the tyme of his beryng
And otherwhile man more is 8425
After þe vessell þat he lay in, iwys.
He þat is planete of þat yeere
Whanne a childe is born soo [h]ere,
If he in tyme of the birthe be
Of his signe in the entre, 8430
That childe soo shall be kyndely
But lityll man of his body;
And if he be þe signe amydde,
For a more man shall be kydde;
And if it in the endyng falle, 8435
Thenne is h[e] more þenne þe oþer alle.
And for þe planetis of moore might wore
In the tyme herebefore
Thanne now, forwhy men þey were
Of greter might þan they now are; 8440
And euermore the worlde shall stande,

8419–20] *om.* D. 8425] And some while is man more þan oþer been A, And sumtyme is man more or mynne D. 8426 lay] is A; iwys] *om.* AD. 8428 here] *from* AD, dere B. 8436 he] *from* AD, hit B. 8439 þey] þanne D.

And so þei abood stille
Fro þe time þat þei bigunne to be
Til oure secounde fader, Noe:
He newed and taght al þing
As Adam dide at þe biginning. 9610
Oure secounde fader we him cal
For þat flood drenchid al
But Noe and his sones thre: f. 142r
Of hem and of her wifes come we.
Neuerþeles Noe cam 9615
Of þe engendring of Adam;
But þat tyme lefte noon alyues
But þe foure and her foure wyfes
And or þei deide come of hem þoo
Xxiiij þowsand and no moo.' 9620

Ca.o lxxxiiijo *'Whi euer it be and wherfore* (291)
þat some men ben litile and some more?'
'Comounly a mannes wexing
Is after þe time of his bering
And somtime is a man no more or mynne 9625
þan þe vessel þat he lay ynne.
And if þe planet of þat ȝere
Whan a childe is borne so here,
If he in þe time of þe birþe be
Of his signe in þe entre, 9630
þat child so shal be kindely
But a litel man of his body;
And if he be þe signe amidde,
For a more man he shal be kidde;
And if it in þe ending falle, 9635
þanne is he more þan þe other alle.
And for þe planetes of more might wore
In þe time herebifore
þan now, þerfore men þan were
Of gretter might þan þei now ere; 9640
And euere þe lenger þe world be stonding,

9620 no] eke H. 9622 men] *om.* H.

The moore shall euerythyng be lassande.'

Qo. 288[a] *'Wheþer is pereloser to have—* (292)
Hete or cold thy liff to save?'
'Colde and hete ouer mesure 8445
Been full harde to endure.
f. 121[r] If thow haue colde and clotheles be,
Yet may þou somwhile helpe the
For to stere and goo fastly
Or som wyse trauaille þy body. 8450
Travayle in colde þenne is goode:
Hit woll soone achaufe þy blode
And whenne þe blode in hete is brought,
All the lemes enchaufe here ought.
But if thow have an outerage hete, 8455

Hit is euell for to bete:

There may þou helpe þyself nought soo
As þou in þe colde may doo.
The hete woll gadre moore and moore
And greve a man al to soore 8460
But if he ony drynke may feele
Or with som oþer þynge hym keele;
Full drye hit woll his body make
And grete evell do hym take.
Therfore is more payne to haue 8465
Hete þanne colde and worse to saue.'

Qo. 289[a] *'Esiest ffolke oute off woo* (293)
In this world, which be tho?'
'Men þat God loueþ aldirmoste
And grace haue of the Holy Goste 8470
To forsake dedely synne
And Goddes seruice woll lyve inne
And forsake this worldes blisse
And all þe vanyte þereinne is

8444 cold] kilþe D; liff] selue D. 8445–660] *illegible* D. 8450 wyse] while A. 8454 here ought] here nought B, hem ouȝtt A. 8456 bete] lete A. 8467 S *begins again.*

þe lesse of stature shal be al manere þing.'

Ca.º lxxxvº

'Wheþer is it perilouser to haue— (292)
Hete or colde þiself to saue?'
'Colde and hete ouer mesure 9645
Ben ful diuerse forto endure.
And if þou haue colde and naked be, f. 142v
On som wise maist þou helpe the
Forto stere and goo hastily
Or somme wise trauaile þi body. 9650
To trauaille in colde it is good:
It wole sone enchaufe þi blood
And whanne þe blood in hete is broght,
Alle þe lymes enchaufeþ for noght.
But if þou haue an outrage hete, 9655
To greue þe it wole not lete;
It is euel forto be ouerhote:
It wole putte þe into greet swote
þere þou thiself maist not helpe so
As in þe coolde þou maist do. 9660
þe hete encreseþ euere more and more
In man and greueþ him wonder sore
But if he any drinke may fele
þat wiþynne hym may him kele;
Ful drye it wole his body make 9665
And greet yuel make hym take.
þerfore hete is more peyne to haue
þan þe colde and werse hym to saue.'

Ca.º lxxxvjº

'þe esiest folke out of woo (293)
In þis world, whiche ben thoo?' 9670
'Men þat God loueþ alþermoost
And han grace of þe Holy Goost
To forsake dedly synne
And Goddes seruice wole lyue ynne
And forsake þis worldis blisse 9675
And al þe vanite þat in hir isse

9673 dedly] bodily H.

And is apaied in all manere 8475
Of þat þat God sendeþ hym here
And entirmeteth hem right nought
Of that þey see aboute hem wrought
But lyveth here in goode entente
With suche as God hym hath sente 8480
And thynkeþ for to haue mede
At the laste for his goode dede,
f. 121v These men ben of the esiest
And that leve here aldirbest.'

Qo. 290[a] *'Dereth a man ouȝtt vnto* (294) 8485
That wikkid ffadir and modir hath also?'
'Thogh fadre and modre wikked be,
And þe childe may live and the
And doo as he ought to doo
Ayens God and man alsoo, 8490
Hit hym noothyng shall dere
That his auncetours wikked were
Noo more thenne hit greveþ whete to growe
Thogh a thefe or a wikked man hit had sowe.
And be his fadre neuer soo goode 8495
Ne his moder neuer soo milde of mode,
And hymsilf be a file,
It may enmure hym all his while;
And fareþ as whete þat first men brynne
And seþ þe erthe soweth hit ynne: 8500
That shall neuer in erthe sprynge
Ne froyte shall hit noon forth brynge.'

Qo. 291[a] *'Shall a man helpe his frende vnto* (295)
Or his neyghbour that hath to do?'
'Iff that þou thy neighbour fynde 8505
Or of thy [frende or of þi kynde]
And he haue of thy helpe nede
Eyther with worde, eyther in dede,
Thow shalt helpe hym at þy might—

8485–502] *om.* S. 8497 a file] off evil condicion A. 8498] Itt may hym turne to distruccion A. 8503 S *begins again.* 8506 frende or of þi kynde] *from* SA, neighboure *partially erased* B.

And is paied in al manere
Of al þat God sendith him here
And entirmeteþ him right noght
Of þat þei sen aboute iwroght 9680
But lyuen here in good entent f. 143[r]
Wiþ suche as God haþ to hem sent
And þinken þerfore to haue mede
At þe laste for her good dede,
þise men ben þe esiest 9685
þat here lyuen and alþerbest.'

Ca.º lxxxvijº *'Shal it any harme to a child do* (294)
þat haþ wicked fader and moder also?'
'[T]hogh fader and moder wicked be,
And þe childe may lyue and þe 9690
And doo as he oghte to do
Aȝeinst God and man also,
It ne shal him noþing dere
þat hise auncetres wikked were
No more þen it dereþ whete to growe 9695
þogh a þeef or wicked man it sowe.
And by his fader neuere so good
Ne his moder so mylde of mood,
And himself here be noght,
He may lese þat his frendes boght; 9700
He fareþ as men þat whete first brenne
And sithen sowe it þe erthe wiþynne:
þat shal neuere in þe erþe springe
Ne no fruit shal it forþ bringe.'

Ca.º lxxxviijº *'Shal a man helpe his freende* (295) 9705
Or his neighebore þat he fynt keende?'
'Iff þou þi neighebore fynde
Or þi frende or of þi kynde
And he haue of þin help nede
With word or any oþer dede, 9710
þou shalt helpe him at þi might—

9680 sen] sithen L, se H. 9689 Thogh] hogh (*gap for rubricator, not completed*) L.

Yf þou wete þat he hathe right. 8510
Yf þou wete þat he hathe wronge,
Medele the nothynge þat amonge
But say, as with wroþfull chere,
That he amende his manere:
Chastise hym bytwen yow twoo 8515
And saye hym he do noo more soo.
Yf þou in wronge with hym holde,
Of evel name shalte þou be tolde,
f. 122r Vilonye, blame, and synne,
And þat is to the but litill wynne.' 8520

Qo. 292a *'Wheþer is better and lasse to spill—* (296)
A man to speke or hold hym still?'
'Speke and leue is bothe to doo
A[s] man seith tyme þerto.
Thow maiste somtyme a worde say 8525
That may cause þe for to deye,
And somtyme may þou holde þe stille
That may turne þe vnto ille;
Forwhy yf þou shalt speke oughwhere,
Avise þe þerupon before 8530
Also well as þou can
That hit be harme to noo man
And þat thy wordes may avayle,
Elles lesest þou þy travayle.
Yf þou ony word say shall 8535
For to plese thy frende withall
And hit be ayenst ijo or iije,
Vnseide were hit better be.
A man shold have in many poyntes
A cranes nekke with many ioyntis 8540
That he not speke to rathe
That shulde other turne to skathe
But þat he may his worde withcalle
Er it passe þe ioyntes alle.'

8517 holde] gos SA. 8518] þou getes þerof but euel loos SA. 8524 As] *from* S, Whan A, A B.

If þou wite þat he haue right.
And if þou wite he wole do wrong,
Medle þe noþing þereamong
But seie him, as wiþ wrethful chere, 9715 f. 143v
þat he amende his manere:
Repreue him wel bitwene ʒow two
And seie him he do no more so.
If þou wiþ wrong wiþ him goos,
þou getest þerof but shamful loos, 9720
Vilonye, blame, and synne,
þat shal to þe greet repreef wynne.'

Ca.o lxxxixo

'Wheþer is better and lesse ille— (296)
A man to speke or holde hym stille?'
'Speke and leue is boþe to do 9725
As a man seeþ his time þerto.
þou maist somtime a worde seie
þat may haste þe forto deie,
And somtyme þou maist holde þe stille
And þat may torne þe ille; 9730
þerfore if þou shalt speke aywhore,
Avise þervpon byfore
As wel as þou can
þat it be scathe to no man
And þat þi wordes may availe, 9735
Elles þou shalt lese al þi trauaile.
And if þou any worde seie shal
Forto paie þi frende wiþal,
And if it be aʒenst two or þre,
It were better vnseid to be. 9740
A man shulde haue in many poyntis
A crowes hals wiþ many ioyntis
þat he speke not to rathe
þat shulde turne oþer to scathe
But þat he may his word withcalle 9745
Or it passe þe ioyntes alle.'

9730 ille] to ille H.

Qo. 293[a] *'Wheþer ouȝtt wiser to be—* (297) 8545
Younge man or old, as þinkith þe?'
'Me þynkeþ hit were agayn kynde
That men yonge men shulde fynde
That of all thyng wysere were
Thanne olde men and of connyng moore, 8550
For of the braynes of the man
Is moche of þe witt þat he can
And the brayn of the olde
Ben sadder and more may beholde
f. 122v Thenne of yonge men þat ben light— 8555
To withholde bene of noo might.
All the older þat a man is,
The moore tyme of lore hathe be his;
And þe moore a man may here and see,
The more ought his connyng be. 8560
In xl[ti] yeere more cunnyng men
Thanne in viij yere or ten;
Therfore ought olde to be wysere
Thanne ony yonge man by fer:
The olde may me ouerrenne well 8565
But ofreede neuer a dell.'

Qo. 294[a] *'Tell me, I prey the:* (298)
What maner þing may delite be?'
'Bodely delite is hele
And for to haue richesse fele 8570
And the body at ease to make
And many yeftes for to take.
For yif þat þou in hele be,
In sommeþyng þou delitest þe:
Be þou riche and faste may wynne, 8575
Thy delite is [þan] þerinne;
And he þat woll curtays be holde
And yeveþ yeftes manyfolde
For to gete hym worshipp and prise,
His delite þerinne hit lyes. 8580

8545–92] *om.* S. 8562 yere] or ix A. 8564 by fer] þat are A.
8576 þan] *from* A, not B. 8579 worshipp] loys A.

Ca.º lxxxxº *'Wheþer ought wiser forto be—* (297)
ȝonge men or olde men, as semeþ the?'
'Me þinketh it were aȝeinst kynde f. 144r
þat men shulde ȝonge men fynde 9750
þat of al þing wiser wore
þan olde men and of kunnyng more,
For of þe brain of þe man
Is miche of wit þat he can
And þe brain of þe olde 9755
Ben sadder and more may withholde
þan of ȝonge men þat ben light
And to wiþholde ben of no might.
Also þe eldre þat a man is,
þe more time of lore haþ ben his; 9760
And þe more a man may here and see,
þe more bihoueþ his kunnynge to be.
In xl ȝere more kunnyng han men
þat in viij, nyne, or ten;
þerfore oolde oghte to be wiser 9765
þan any ȝonge men to fer:
þe eelde may men ouercome wel
But ouer þe ȝonge neuere a del.'

Ca.º lxxxxjº *'Telle me now, I preie the,* (298)
What þing þat delite may be.' 9770
'Bodily delite is here hele
And forto haue richesses fele
And þe body at ese to make
And many ȝiftes forto take.
And if þat þou in hele be, 9775
In somþing þou delitest þee:
Be þou riche and miche mowe wynne,
þou delitest the þenne þerynne;
And he þat curteys wole be tolde
And ȝeue ȝiftes many folde 9780
Forto gete him loos and prys,
His delite þerynne it ys.

9757 ȝonge] a ȝonge *with a marked for deletion* L. 9766 to fer] to fore H.
9767 ouercome] ouerrenne H. 9777 mowe] wol H.

A coveytous deliteþ hym soore
For to gedere moore and moore,
And þat he to gedyr hathe delite
Comeþ somtyme oþer to profight.
Another delite is þer yit 8585
And gostely delite is it,
Whanne a man delityþ hym nooþyng
But in þe seruice of heuen kyng,
Nother in catayll, childe, nor wyff
But in holynesse of lyff: 8590
f. 123[r] Of alle delites the beste þat is
For it yeveþ endeles blis.'

Qo. 295[a] *'Which is the delectablist sight* (299)
That is vndir sonnelight?'
'The delectabelest þyng that may be 8595
Thanne is to heuen for to see
And thynke on hym þat all hathe wroght,
Heuen and erthe and all of nought,
Sonne and moone and sterris bright—
That is delectable and gostly sight. 8600
Delectabele sight is þere alsoo
That bodyly thynge longeþ vnto,
As to se breme delites many oon
That he loveþ and longeþ to se vppon;
For man deliteþ hym to beholde 8605
Thynge þat he loueþ and haue wolde
Though hit lothly be and blak,
For "Loue," men sayne, "ne hath no lak."
And be it as fayre as ought,
And a man ne loue hit nought, 8610
In the sight hathe he noo likyng
Ne delite therinne hym þynke.'

Qo. 296[a] *'Why made God, as þou mayst se,* (300)
On mannys body here to be?'
'Mater þat man is of, eche lym, 8615

8583 to] toke to BA. 8589 childe] *om.* A. 8592 yeveþ] wynneth A. 8593 S *begins again.* 8603 breme] hym A, *om.* S. 8605 man] many S. 8609 ought] þouȝtt (*with* þ *partially erased*) A. 8612] Ne delytes

A coueitous man deliteþ him sore — f. 144[v]
For to gadre more and more,
And þat he to gadre haue delite — 9785
Comeþ somtyme oþer to profite.
Anoþer delite is þer ȝit
And a goostly delite is it,
Whan a man deliteþ him noþing
But in þe seruice of heuene king, — 9790
Neiþer in catel, childe, ne wyf
But in holynesse of his lyf:
Of alle delites þe best þat is
For it ȝeueþ to þe endeles blis.'

Ca.° lxxxxij° *'Which is þe confortablest sight* — (299) 9795
Þat is vnder þe firmament bright?'
'The gladsomest þing þat may be
It is to heuene forto see
And þenke on hym þat al haþ wroght,
Heuene and erthe and al of noght, — 9800
Sonne and mone and sterris bright—
Þat is þe fairest gostly sight.
Delictable sight ther is also
But bodily þing it longeþ to,
As to see deliteþ him many oon — 9805
Þat he longeþ to loke vpon;
For man deliteþ him to biholde
Þing þat he loueþ and haue wolde
Þogh it loþely be and blak,
For "Loue," men sein, "haue no lak." — 9810
And be it als fair as may be oght,
And a man loue it noght,
In þe sight haþ he no liking
Ne deliteþ him þerin noþing.'

Ca.° lxxxxiij° *'Whi made God, as þou maist see,* — (300) 9815
On manes body heer to be?'
'Mater þat man is of, euery lym, — f. 145[r]

hym þerynne noþinge S, Ne to behold no delityng A. 8613–72] *om.* S.

9802 gostly] goodly H.

Toke furst God of erthe slym;
And comparisouned to erthe he was
For as on erthe waxith grasse,
Soo waxith heere vpon þe man—
Other froyte not yeve he can. 8620
And on þe firste man here gan sprynge
In the stede of his cloþynge;
And whanne he clothyng of grace hadde lorn
For he hym to God had misborn,
He was naked, ashamed soore 8625
On alle þe lymes þat on hym woore,
f. 123v That sente God heere on hym waxand
That to here heeles were growand:
Therewith was his body cladde
And Eue noon other clothyng hadde.' 8630

Qo. 297a *'What maner apple was þat* (301)
That oure fforeffadir Adam yatt?'
'Adam ete an appull right
Suche as we se now in sight;
And that appull, for his synne, 8635
Token of deth bare therwithynne:
For that was furste swhettest of all
Becam bitter as ony gall
In token þat he that first hadde grace
Was put therfroo and froo solace 8640
And vnto woo and sorow nam—
Forwhy þat appull soure becam.
And the synne was not for that
That he þe appull ate;
But for he brak the comaundement 8645
Of his maker, þat made hym shente;
And all that euer came of hem twoo
For here synne wente into woo.'

Qo. 298a *'Why come some this world vnto* (302)
Dombe born and deeff also?' 8650
'Longe beforn þat God began

8616 slym] skym A. 8641] And grete woo and sorowe wan A.

Toke God firste of þe erþe slym;
And likened to þe erthe he is
For as on erþe wexiþ gres, 9820
So wexith heer vpon þe man—
Oþer fruit he ne ȝeue can.
And on þe firste man heer gan springe
In the stede of his clothinge,
Whan he cloþing of grace had lore 9825
For he him to God had mysbore:
He sawe him naked and shamed sore
On alle þe lymes þat on him wore;
þo sente God on hem heer wexing
þat to hise heles was hanging: 9830
þerwiþ was his body clad
And Eue anoþer clothing had.'

Ca.º lxxxxiiijº *'What kynnes appel þanne was þat* (301)
þat oure forme fader Adam at?'
'Adam eet an appel right 9835
Suche as we see now in sight;
And þat appul, for his synne,
Token of deth bar þerwiþynne:
For þat was swettest first of alle
Bycam bitter as any galle 9840
In token þat he þat firste had grace
Was put þerfro and had solace
And into woo and sorwe nam—
þerfore þat appul soure bicam.
And þe synne was not for þat 9845
þat he so þe appul at;
But for he brake þe comaundement
Of his maker, þat made him shent;
And alle þat come of hem two
For her synne wente into wo.' 9850

Ca.º lxxxxvº *'Whi come some þis world vnto* (302) f. 145v
Dombe iborne and deef also?'
'Longe bifore þat God bigan

9826] *om.* H. 9842 and] þat H.

This worlde to make er man
Wiste he well þat man shulde synne
And Goddis heste to breke begynne;
And þan stabeleshed he forwhy 8655
The turnyng aboute of the sky
And the planetis in here goyng
For to gouerne all thyng
And the signes there they in goo
For to worke bothe weele and woo. 8660
And in som poynt of thoo

Been som born deff and dowme also,

f. 124[r] Somme crokid and somme blynde,
As men may many oon fynde.
And all for Adams synne is þat 8665
Whanne þat he the appell ate;
And for he synned in his assent
In alle þe wittes þat God hym lente,
For[why] in sum witt þat man hase
Falleth suche auenture percaas, 8670
In token þat Adam forsoke
God in hem alle and þe appell toke.'

Qo. 299[a] *'Proffiteth ouȝtt the ffolke vnto* (303)
The almysdedys that þey here do?'
'A man þat dothe here almesdede, 8675
He is worthy moche mede
Iff he for God hit doo oonly
And he trowe on hym stedfastly:
Fro moche payne hit woll hym saue
In purgatory þat he sholde haue. 8680
And he þat trowith not in God
But in Mahount, and trowith hym lord,
Noone almesse doon he ne may
Though he þe poore yeue all day;
For almessedede may hit not prove 8685

8652 er] or any A. 8661–775] *legible in* D. 8666 Whanne] *repeated* B. 8669 Forwhy] *from* A, For B, Forþy D; sum] ech A, ilk a D. 8671–2] *om.* A. 8673 S *begins again.* 8682] But in mawmetrie has (haues it

þis worlde forto make or man
He wiste wel þat man shulde synne 9855
And Goddes heste to breke bigynne;
And þanne stabled he truly
þe tornynge aboute of þe sky
And þe planetis in her goyng
Forto gouerne al thing 9860
And þe signes þere þei yn goo
Forto worche boþe wele and woo.
And in somme point of tho
þat in þis world born ben to,
Some ben dombe and deef also 9865
And mowen not here as oþer do,
Somme croked and some blynde,
As men mowen many oon fynde.
And al for Adams synne is þat
Whan þat he þat appul at; 9870
And for he synned in his assent
In alle þe wittes þat God him lent,
þerfore in euery wit þat man has
Falleþ þis auenture percas,
In token þat Adam forsook 9875
God in hem alle and þe appil took.'

Ca.º lxxxxvjº *'Profiteþ ought þe folke vntoo* (303)
Almesdedes þat þei here doo?'
'A man þat doth here almesdede,
He is worthi miche mede 9880
If he doo it for God only
And he bileue on him stedfastly:
From miche peyne it wole him saue
þat he in purgatorie shulde haue.
And he þat bileueþ not in God 9885 f. 146r
But in mawmetis fully haþ trowed,
None almesdede do he ne may
þogh he ȝeue þe pore alday;
For almesdede may noon it proue

D) troede SD; and . . . lord] is all his þouȝtt (*rh.* nouȝtt) A.

9855–957] *page missing* H.

But hit be yoven for Goddys loue;

And yefe for hym and trowe hym nought
These may nought be togeder brought.

For if a man now weere
With a spere wounded soore, 8690
Lechecrafte might doo hym noo wynne
Whiles þe iron steked þerinne;
Neuertheles a man in synne
May sonner haue grace for to blynne
And þorow s[hrift]e make hym louse 8695
For almesdede þat he dose.'

Qo. 300[a] *'A domisman synneth he ouȝtt* (304)
That demyth hem þat evill haue wrouȝtt,
f. 124[v] *Or synneth he ouȝtt also withall*
That the dome ffulffyll shall?' 8700
'Bvt if domesmen were sette
The foles somtyme for to lette,
An evell worlde shulde soone begynne
And p[e]rell were to lyve þerinne.
Therefore hit is [God] to queme 8705
Euell dedes for to deme
For he þat workeþ here amysse
In as moche as in hym is,
He wraþþeþ God of heven soore;
Than his domesman þerefore 8710
Wreker of Goddis tene to be
And wrange to deme in euery contre;
Thanne if he deme hym þat doþ ille,
Me thynkeþ he dothe Goddis wille.
And he þat the dome shall doo 8715
Vnto hym þat demed is soo,
He ne hathe noo perell þerinne
But wassheþ þe hande in blode of synne.
Noght thanne whosoo in dome shall sitte,

8689 weere] here D. 8690 soore] were D. 8695 shrifte] *from* SAD, synne B. 8697–766] *om.* S. 8702 foles] mysrulid A. 8704 perell] *from* AD, prell B. 8705 God] *from* D, goode BA.

But if it be done for Goddis loue; 9890
For loue it may noon be founde,
þogh þou ȝeue a þowsand pounde
To pore men þat ben nedy,
But þou bileue in him stedfastly.
But if a man now here 9895
Wiþ a spere iwounded were,
Lechecrafte mighte do him no wynne
While þe yren is stikynge þerynne;
Neuerþeles a man in synne
May sonner haue grace to blynne 9900
And þorgh shrifte make him loos
For almesdede þat he doos.'

Ca.º lxxxxvijº *'A domesman synneþ he oght* (304)
þat demeþ hem þat yuel han wroght,
Or synneþ he oght also wiþal 9905
þat þe dome fulfille shal?'
'But if domesmen weren set
þe fooles somtime forto let,
An yuel worlde shulde sone bigynne
And perille it were to lyue þerynne. 9910
þerfore it is gode God to queme
Euel dedis forto deme
For he þat worchiþ here amys
In as myche as in him is,
He wraþþeth God of heuen sore; 9915
þanne is domesman þerfore
Venger of Goddes tene to be
And wrong to deme in eche contre;
þanne if he deme him þat doþ ille, f. 146v
Me þinke he doþ Goddis wille. 9920
And he þanne þat dome shal do
To him þat is dampned so,
He ne haþ no perille þerynne
But vengiþ and fordoþ synne.
But he þat in dome shal sitte, 9925

Loke he þat fro noo right he flitte 8720
For to yeve fauour ne for no mede
For he wrothes God in þat dede;
But in þat he demes right
Synneth he noothyng, I þe plight.'

Qo. 301a *'Tho that be dome and folis born* (305) 8725
And do evill, shall þey be fforlorn?'
'Foles þat noo goode canne
Ne noo witte have of manne
And be born of here moder soo,
Men tellith of hem, whatsoo þey doo, 8730
As a childe þat hathe noo wit
But dothe all þat likeþ hit—
Be hit goode, be hit ille,
Him thynkeþ hit is at his wille—
f. 125r And better do ne can it nought 8735
But as hit fallith in þe thought;
And for here witt ne was noo moore,
Dampned be þey nought þerefoore.
But thoo in witt were born
And afterward hit han forlorn 8740
And did evell herebefore
Whiles þat they in witt woore
And noo mercy God ne bad
Of þat de[d]e till þey witt hadde
And sithen knewe nouther goode noo ille, 8745
Tho shull be at Goddis wille.'

Qo. 302a *'Why lern þes younge children so* (306)
Wele more than thes old men do?'
'Children ben hatter of kynde
Thanne ony olde man þat men fynde 8750
And corious þey been alsoo
To thyng that men setteþ hem to,
Lightly takyng and holdand,
For here witt is ay waxand.
Olde men have well sadder witt 8755

8721 to yeve] gyfte D, no yeffte A. 8733–4] *om.* AD. 8744 dede] *from* AD, dethe B. 8751 corious] corageus A.

Loke þat he fro þe right not flitte
For ȝifte, fauour, ne for mede
For he wraþþeþ þan God in þat dede;
But in þat he demeþ right
He synneþ not in þe plight.' 9930

Ca.° lxxxxviij° *Þo þat ben foles and dombe borne* (305)
And done ille, shulle þei be lorne?'
'Fooles þat no good ne can
Ne no wit haue of man
And of her moder ben borne soo, 9935
Men recche not of hem what þei do:
As a childe þei ben, þat han no wit
But done al þing þat likeþ it,

And bettir do can it noght noght
But as it falleþ in the þoght; 9940
And for her wittes weren no more,
Dampned be þei not þerfore.
But þei þat in witt were bore
And aftirward it haue forlore
And dide yuel þerbifore 9945
Þe while þat þei in wit wore
And no mercy of God ne bad
Of þat dede þe while þei wit had
And sith knewe neiþer good ne ille,
Alle þo shulle be at Goddes wille.' 9950

Ca.° lxxxxix° *'Hou lerne þise children so* (306)
More þan þise olde men do?'
'Children ben hotter of kynde f. 147r
Þan any olde man þat men may fynde
And curiouser þei ben also 9955
To þing þat men hem sette to,
Lightly takyng and holding,
For her wit is euer wexing.
Oolde men han wel sadder wit,

9958 H *begins again.*

Forwhy harde takyng is hit.
Of longe tyme hathe he seyn
Many thynges þat haue been
Whereof he hath [sene] befoore,
Forwhy takeþ he nought moche moore. 8760
And mannes witt is moore þenkand
In other thynges þat he hathe an hand:
A childe but of here lesson
Hathe noon ocupacion,
Forwhy here wytt is þeron sette 8765
For they ben of nought elles le[t]te.'

Qo. 303[a] *'Angellis þat with God be dere,* (307)
Kepe they mannys soule here?'
'Every man, whatsoo he be,
That trowith on þe Trinite 8770
f. 125v Hathe an aungell hym to [yeme]
And to teche hym [God] to [qweme];
And all his goode thoughtes and dedes
Puttith hym his aungell þat hym ledes.
A wykked aungell hathe he also 8775
Wikkid dedes to putte hym to.
But for his witte is lente hym free,
Goode and evell knoweþ he;
Forwhy is hit his owne skyll
Whether aungell he folowe will. 8780
And þe goode aungell is full woo
Whanne he seith his man misgoo
And his ioye is well the moore
But whanne men do after his lore;
For of hymselue hath man right noȝt 8785
But wikkednesse in dede and þought.'

8759 sene] *from* A, *om.* BD. 8762 an hand] in mynde (*rh.* þenkyng) A. 8766 lette] lefte B, lett A, let D. 8767 S *begins again.* 8771 yeme] *from* 8772 *and* SAD. 8772 God] *from* SAD, goode B; qweme] *from* 8771 *and* SAD. 8776 ff.] *missing* D.

þerfore of hard takynge is itt; 9960
And of longe time þat þei haue sen
Many þinges þat haue ben;
For of þat he haþ seen tofore
Lernyng to him it is neuer þe more;
þerfore a mannes wit is more þenking 9965
In oþer þinges þat he haþ to doing.
For children þenken but on her lessoun
For þei han noon oþer occupacioun,
þerfore her witt is þeron sett
For þei ben wiþ noght elles lett.' 9970

Ca.º C^mo *'Aungels þat ben wiþ God dere,* (307)
Kepe þei mannes soule here?'
'Euery man, whatso he be,
þat leeueþ in the Trinite
Haþ an aungel him to ȝeme 9975
And to teche him God to queme;
And alle hise goode þoghtis and dedes
His aungel techeþ him þat he ledes.
A wicked aungel he haþ also
Wicked dedis to putte him to. 9980
But for his witt is lente hym fre
And good and yuel knoweþ he,
þerfore it is in his owne skil
Wheþer þe aungel he folowe wil.
And þe good aungel is ful wo 9985
Whan he seeþ his man mysdo
And his ioye is wel þe more f. 147^v
Whan men doon after his lore;
For of himself man haþ noght
But wickednesse in dede and þoght.' 9990

9966 þat] þan H.

Qo. 304[a] *'How may angell, þat is no body,* (308)
Shewe hym to man opynly?'

'Avngell, þat is in Goddis sight,
To see all thynge hathe he might 8790
But hym ne may noo body see
For a gostely thynge is he.
And þorow mannys orison
Aungell is sumtyme sente here adowne
And he may come also smerte 8795
As ony þought in mannes herte:
Of the ayre he takeþ a body
And is seyn openly
And a man þanne here hym come
And se hym as another man; 8800
But were þat body noȝt to lye,
H[ym] might see noo bodely eye.'

Qo. 305[a] *'Be devillis spiers euermore* (309)
Off that the ffolke mysdo owhere?'

f. 126[r] 'Deuell ben euermore redy, 8805
Wheresoo a man dothe wykkedly;
And fele mynistres haue þey,
That been walkyng night and day
And þat neuermore ne blynne
Men to tempte and brynge to synne; 8810
And whanne man hathe do soo,
Anoon his maister he telleþ hit to.
But if þat hit soo befalle
That ony of the develis alle

8787–802] *om.* S. 8799] And a man may here hym þan A. 8802 Hym] *from* A, He B. 8803 S *begins again.* 8812 Anoon his maister] His maister of hell S.

[LIBER QUARTUS]

Ca.º Primo

'Hou may an aungel, þat is no body, (308)
Shewe him to man here opunly?'
'An aungel, þat is in Goddes sight,
To sette al þing he haþ might
But him ne may no body see 9995
For a goostly þing is he.
And þorgh mannes orisoun
Is aungel somtyme sente adoun
And he may come hider als smertly
As any þoght in mannes body: 10000
A body he takeþ of the air,
þanne is he seen opounly and fair
And þan a man him here se may
Eche time of þe day.'

Ca.º ijº

'Telle me ȝit oo þing, I the preye: 10005
If deuels awaiten on men alweie (309)
Forto reherse al her blame
þat þei herafter may worche hem shame.'
'Deuelis ben euermore redy,
Whereso a man dooth wickidly; 10010
And fele mynistres haue þay,
þat ben walking night [and day],
And neuere more þei ne blynne
Men to tempte and bringe to synne;
And whan a man haþ al do, 10015
Anoon his maister he telleþ it to.
But if þat it so bifalle
þat any of þe deuels alle

9997 orisoun] resoun H. 10012 and day] *from* H, *om.* L.

With soume goode man be downe caste, 8815
His power will noo lenger laste:
Amonge his felowes he shal be shente
And be caste in grete turnement,
So soore teneth hem that he spedde nought
Of thynges þat he after wrought.' 8820

Qo. 306[a] *'How is that ffire, and on what manere,* (310)
Purgatorie thatt men call here?'
'Fyre of purgatory is
There moche woo is and no blis.
Theder shull fare all þoo 8825
That shal be saved and noo moo:
They that ben here of repentauns
And do not fully here penaunce,
There shull they ffulfille hit bedene
For to make hem fully clene. 8830
But there shewes to hem in þat woo
Aungeles and other halowes moo
For whos love they dide goode here
And they amende hem all here chere:
Sight of hem and trust alsoo 8835
Of blis þat they shull after to,
That shall be þe comforte all,
For they wote to blisse þey shall.
But that shall after þat tyme be
That Goddis Soone is dede on tree.' 8840

f. 126[v] *Qo. 307[a]* *'How many soulis shall þer wende* (311)
Vnto heven affter the worldes ende?'
'Also many and noo moo
As þat aungelis felle therfroo.
Fulfillid were þe orderes ix[en] 8845
And for pryde þe aungellis fell to payne;
Tha[n] made God man at his wille
The ordre ayeen to fulfille.
And wanne þey fulfillyd are
As þat they before ware, 8850

8846] Thatt for pride ffell to pyne A. 8847 Than] *from* AS, That B.

Wiþ some good man be doun cast,
His power wole no lenger last: 10020
Among hise felawes he shal be shent f. 148r
And caste into grete tourment;
þenne teneth he sore he sped noght
Of þe þinges he wolde haue wroght.'

Ca.o iijo *'Of purgatorie telle me ȝit:* 10025
What is it, by thi witt?' (310)
'Purgatorie a fire is
þere is moche woo and no blis.
Sal al tho þider goo
þat shal be saued and no moo: 10030
þei þat ben here of repentaunce
And han not fully doon her penaunce,
þere shal þei fulfille it bidene
Forto make hem fully clene.
But þer sheweþ to hem in her wo 10035
Aungels and other seintis mo
For whos loue þei dide good here
And þei amendith þan al her chere:
Sighte of hem and triste also
Of blisse þat þei sholen after to, 10040
þat shal be þe comforte al,
For þei wote to blesse þei shal.
But þis shal after þat time be
þat Goddis Sone is deed on tree.'

Ca.o iiijo *'Hou many soules shal wende* 10045
To heuene after þe worldes ende?' (311)
'Als manye and no mo
As þat aungels fel þerfro.
Fulfilled weren þe ordres nyne
And for pride aungel fel to pyne; 10050
þo made God man of his wille
þe nyne ordres aȝein to fulfille.
And whann þei fulfilled are
As þat þei bifore ware,

10033 bidene] in dede H.

Lenger shall not þe worlde stonde
Ne noo man þerinne dwellande.'

Qo. 308[a] *'Whatt þing is itt men call hell* (312)
And how comth soulis þer to dwell?'
'Helle is a stede of payne and woo 8855
And ȝit ben ther hellis twhoo,
The nether and the vpper helle;
And [the] nother of hem the wors we telle
For there is the moche payne.
And principall been ther neyne: 8860
The first payne is fyre, I woote,
That aboue ooure fire is hote
As þat ooure fire is of nature
Aboue fire wrought of peynture.
That other payne is grete colde 8865
Suche þat noo man, yonge ne olde,
May suffre it, soo streynyng hit is;
And þere is nother ioy ne blis.
The iij payne þat is in þat helle
Ben addres and dragons felle, 8870
That in þe fuyre live alsoo
As fisshes in þe water doo.
The iiij[the] stynk in þat hoole is
That nooþyng ne may hit suffere, ywys.

The v[the] scourges sowles to bete 8875
As a smyth doith iron with hameres grete.

f. 127[r] The vj payne þat there is dight
Is grete derkenesse withoute light.

The vij is the confusion
Of alle þe synnes þat man hathe doon, 8880
For euery man shall knowe and see

8858 the] *from* AS, *om.* B. 8873] The iiij[th] (iiij S) is (is sich S) stynke in þat hole AS. 8874] þat noþing ne (*om.* S) may itt thole AS. 8876 hameres] handes S.

Lenger shal þe world not stande 10055 f. 148v
Ne no man be þerynne dwellande.'

Ca.o vo *'What þing is it þat men calle helle* (312)
And hou come soules þere to dwelle?'
'Helle is a stede of peyne and woo
And ȝit ben þere helles two, 10060
þe nether and þe ouer helle;
And þe nether þe wers we telle
For þere is þe michel pyne.
And principally þer ben nyne:
The firste peyne is fire, Y wote, 10065
þat aboue oþer fires is so hoote
As þat oure fire is of nature
Aboue fire ywroght with peynture.
þat other peyne is greet colde
Whiche þat no man, ȝonge ne olde, 10070
May suffre it, so strong it is;
And þere is neiþer ioye ne blis.
The þridde peyne þat is in helle
Ben dragouns and addres felle,
þat in þat fire liuen so 10075
As fisshes in þe water do.
þe fourþe is stinche in þat hole,
þat no wight it may thole:
It is so peynful and endelesse
þat no tunge it can expresse. 10080
The fifte peyne is soules to bete
As a smyth wiþ hamers grete
Beteþ the yren it to dresse:
So ben soules peyned, more and lesse.
þe sixte peyne þat þere is dighte 10085
Is grete derknesse wiþouten lighte:
þat derkenesse is palpable, þicke,
And to þe soules endeles wicke.
þe seuenþe peyne is confucioun— f. 149r
Alle þe synnes a man haþ doun, 10090
For euery man shal knowe and see

His dedes, þough hym lothe be.
The viij payne shall be þe crye
That the dragons soo grisely
And þe addres soo grete woon 8885
Shull crye vpon hym euerychon.
The ix[the] is þat he shall forgoo
The sight of God for euermoo.
A wykked man shall haue all þis payne
For he forsooke þe orders ix[e] 8890
Of aungelles þat in heven wore
Ne wrought not after Goddis lore.
But þoo þat wende now to helle
Shull not all þe netherest dwelle:
In þe [hyer] shal be þeyre dwellyng, 8895
As Adam is and his ospryng,
Vnto the tyme of the prophete
That here synne with his dethe shall mete.'

Qo. 309[a] *'Tho thatt in hell haue her dwellyng,* (313)
Wote þey or knowe þey anyþing?' 8900
'Rightwous soules knowe well
All men and here werkes everydele
And þey wote all þat euer is,
Bothe in sorow and in blisse.
Wikked soules þat be in helle 8905
Knowith all þat with hem dwelle
But of heuen wot þey nought
Ne of noo goode dede þat is wrought.
The goode prayeth euermore
For hem þat did goode before 8910
And þey presente to God alsoo
The goode dedes þat we doo;
f. 127[v] And the sight in the Trinite
Makeþ hem al thyng to knowe and see.'

Qo. 310[a] *'The good that wende hens as tite,* (314) 8915
Come they now to ioye perffite?'

8895 hyer] *from* AS, eyre B. 8898 mete] bete S. 8902 werkes] werke dedes S. 8915–9024] *om.* S.

Hise ille dedis, þogh him loth be.
þe viij peyne shal be þe cry
þat þe dragouns so grisely
And of addres so grete wone 10095
Shullen crie on hem oon and one.
The nynþe is þat he shal forgoo
þe sighte of God for euermoo.
A wicked man shal haue þis pyne
For þat he forsook þe ordres nyne 10100
Of aungels þat in heuene wore
Ne wroghte not after Goddis lore.
But þilke þat wende now to helle
Shal not alle in þe neiþer dwelle:
In þe hyer shal be her dwelling, 10105
As Adam is and his ofspryng,
To the tyme of þe prophete
þat wiþ his deth her synnes shal bete.'

Ca.º vjº *'þei þat in helle haue her dwelling,* (313)
Woote þei or knowe þei anyþing?' 10110
'Rightewise soules knoweþ wel
Alle men and her werkis eueridel
And þei witen al þat euer is,
Boþe in sorwe and in blis.
Wicked soules þat beeþ in helle 10115
Knowen alle þat wiþ hem dwelle
But of heuene wote þei noght
Ne of goode dede þat is wroght.
þe gode seintes preien euermore
For hem þat dide hem good bifore 10120
And þei presenten to God also
þe goode dedis þat we here do;
And so þe sighte in Trinite f. 149ᵛ
Makeþ hem to knowe al þing and see.'

Ca.º vijº *'þe goode þat wendith to heuene tite,* 10125
Come þei anoon to ioye perfite?' (314)

'Unto ioye they be brought—
Perfite ioye haue þey nought
As they shull afterwarde come till,
And why I shall seye þe skyll. 8920
If thow come vnto a feste
There riche metes be and honeste
And þou be sette alone to mete,
The homeloker shalt þou ete;
If a goode felow come to þe shall 8925
That þou desirest to ete withall,
Thow etest blither þen be[f]ore
And þy mete doþe the þe more goode þerfore.
Also the sowle þat is in blis
Hathe moche ioye þer hit is 8930
But perfight ioye hathe hit nought
Till the felowe be þerto brought—
That is þe body þat hit in lay;
And forwhy at domesday
Whenne they togedyr shall come ayen, 8935
Eyther of other shull be fayn
And haue eyther of oþer grete delite
And þenne shall þer be ioye perfight;
And þo þat shull to helle fare
Shull alsoo þen haue per[f]ite care.' 8940

Qo. 311[a] *'May soulis ouȝtt shewe hem till* (315)
Her ffrendis ech tyme whan þey will?'
'Goode soules þat ben in blisse
May iche tyme there here will is
Shewe hem to frendes þat wolde hem see, 8945
Slepyng other wakyng, wheþer hit be;
But þe soule þat is in helle

8927 before] he be sore B, þou did beffore A. 8928 þe more] *om.* A.
8940 perfite] pertite B, perffite A.

'To ioye now þei ben broght—
Perfite ioye ne haue þei noght
As þei shullen aftirward til,
And why I shal seie þe the skil. 10130
If þou come til a feeste
þere riche metis ben and honeste
And þou be sette aboue to mete,
þe homeloker shalt þou ete;
If a good felawe come to þe shal 10135
þat þou desirest to ete wiþal,
þou etist murier þan bifore
And þi mete doth þe good þe more.
Also the soule þat is in blisse
Of miche ioye it may not misse 10140
But perfite ioye haþ it noght
Til þe felowe þerto be broght—
þat is þe body þere it in lay;
And þerfore at domesday
Whan þei shal come togidre aȝeyn, 10145
Either of other shal be ful feyn
And haue of other greet delite
And þan shal her ioye be perfite.
And þo þat shullen to helle fare
Shullen haue þere endeles care: 10150
Ful of woo þere shal þei be,
As I tofore haue telde þee;
Ende þerof shal neuere be none
For peyne welleþ þere euere vpon
And þe moste peyne is of alle 10155
þat þei ben from Goddis sight falle.'

Ca.º viijº *'May soules oght shewe hem til* (315) f. 150r
Her frendes whan þei wil?'
'Goode soules þat ben in blisse
Mowen euery tyme þat her wille isse 10160
Shewe hem to frendes þat wole hem se,
Sleping or waking, wheþer it be;
But þe soule þat is in helle

10158 Her] To her L.

Behoueþ euermoore fol to dwelle.
f. 128[r] Tho that in purgatory be, be leue
That the goode aungell may hem yeve, 8950
They may shewe þem here frendes to
To pray hem that they goode doo
Or that they prayer for them make
That here payne may soone aslake.
But if ony shewe hym to þe 8955
And saist þat he dampned be,
Trowe it nought neuerthelesse:

It is a deuell in his likenesse.'

Qo. 312[a] *'Dremys þat men dreme anyȝtt,* (316)
Wheroff comth they to mannys sight?' 8960
'Some comeþ of heuen kyng
For to shewe ony man þyng;
And of þe deuell they coome som þrowe
Hem to begyle þat on hem trowe;
Somtyme of humerous sterand 8965
Aboute þe herte of man slepand;
Somtyme wofull wombe it make,
Ouermoche mete and drynke to take;
Somtyme of hem men sen alday
And canne nought lete hit away 8970
Of thyng þat he hathe of grete thought,
In slepe hit is before hym brought.'

Qo. 313[a] *'Whan God made first treis ffor man,* (317)
Was any ffrute tho hem vppon?'
'As God made Adam fully man 8975
And Eue of hym fully woman
Of here sede moo forthe to brynge,

8948 fol] still A. 8962 ony man] man any A. 8967 wofull] the ffull A.

Bihoueþ stille þere euere to dwelle.
þo þat ben in purgatorie, bi leeue 10165
þe good aungel may hem ȝeue,
þei mowe shewe hem her frendes to
To preie hem þat þei for hem good do
Or þat þei prayer for hem make
þat her peyne moote sone slake. 10170
But˙ if any shewe him to þee
And seiþ þat he idampned be,
Leeue him not for he is fals
And so is al suche feynyng als:
It is a deuel of helle wicke, 10175
Loþely and blak as any picke.'

Ca.º ixº *'Dremes þat men dremen anight,* (316)
Wherof comeþ it to mannes sight?'
'Some comeþ from God oure king
Forto shewe to man somþing; 10180
And of þe deuel þei come some þrowe
To begile hem þat on hem trowe;
And somtyme of humours stering
Aboute þe herte of man sleping;
Somtime wole ful wombe it make, 10185
Oueremiche mete and drinke to take;
Somtime whan þei seen oon deie
And can [nat] liȝtly putte it aweie
Or þing þat he haþ of grete þoght,
In sleep it is bifore him broght. 10190
þus is man broght ofte in tourment f. 150v
þorgh diuerse sightes here present
þat annoyen him ofte in þe night
And ofte makeþ him sore aflight.'

Ca.º xº *'Whan God made first trees for mankynne,* 10195
Was any fruit þat tyme þerynne?' (317)
'As God made Adam fully man
And Eue of him fully womman
Of her seed moo forþ to bringe,

10188 nat] *from* H, *om.* L. 10195 God made] *written as one word, marked for correction* L.

Soo did he of all oþer thynge.
Amonge all other treis he wrought,
That frute in here seson forthe brought 8980
And euery tre þat men fynde
Hathe his frute in hym and his kynde;
And eche another seede alsoo
Brought þer frute as þey now doo.'

f. 128v *Qo. 314a* *'Whatt day and what tyme was itt* (318) 8985
That Adam was made?—Tell me itt.'
'Adam was made, as olde men tolde,
Whanne þe moone was iij dayes olde
And hadde litell take of light:
Guabrigab þan it hight. 8990
The first mone was hit of þe yeere
And on a Friday þat was clere:
Adam saw it þat eche tyme
And anoon he called hit pryme,
But sithen chaunged all Noe 8995
And þe mone stabelesshed he.
On a Friday Adam was wrought;
Noe þat day on lyf was brought;
And on suche a day shall born be
The verry prophete, and died on þe tree; 9000
And he shall, as he well may,
Worke many wondres on þat day.'

Qo. 315a *'Which was the man þat alþerffirst* (319)
Dranke wyne or wyne wist?'
'Froo þe furste tyme of Adam 9005
Vnto þe tyme þat Noes floode cam

Flessh and ffysshe ete neuer oon
Ne noo wyn dranke, for they knewe noon.
But the aungell come after þe flode
And taught Noe where wyn stode: 9010
He bad hym gadre and blithe be;
And þe firste þat dranke wyn was he.'

So dide he of al oþer thinge. 10200
Among alle oþre trees he wroght,
Þat fruit in her sesoun forþ broght
And euery tree þat men fynde
Haþ his fruite in him by kynde;
And eche oþer seed also 10205
Broght forþ fruite as þei now do.'

Ca.º xjº

'What day and what time was it (318)
Þat Adam was made?—Telle me ȝit.'
'Adam was made, as oolde men tolde,
Whan þe moone was þre daies oolde 10210
And hadde litel time of light:
Quabrigab tho it hight.
It was þe firste moone of þe ȝere
And on a Friday þat was clere:
Adam sawe it þat ilke tyme 10215
And anoon he callid it prime,
But alle suche chaunged Noe
And þe monthes stabled he.
On a Friday Adam was wroght
Noee þat day to ship was broght; 10220
On suche a day iborne shal be
Þe verray prophete, and dye on a tree;
And he shal, also as he wel may,
Worche many wondres on þat day.'

Ca.º xijº

'Whiche was þe man alþerferste þat knewe 10225 f. 151r
Wyn and dranke it?—Telle me trewe.' (319)
'Fro þe firste time of Adam
To þe time þe flood cam
Þat Noee wente to shippe thoo
(Viij soules in al and no moo) 10230
Flesshe ne fisshe ete neuere no man
Ne dranke wyn, as I telle can.
But þe aungel come after þe flood
And taughte Noee where wyn stood
And bad him gadre and bliþe be; 10235
And þe firste þat dranke wyn was he.'

10211 time] ytake H. 10212 Quabrigab] Guabrigab H *and perhaps* L.

Qo. 316^a *'Whan the flode ouer all þe world ran,* (320)
Made God than nwe ffrute to man?'
'God made frute and all thyng 9015
To mannes behoffe at the begynnyng.
Trees he made and frute theron
And tho felle in þe floode echon;
The rotis stode in þe erthe stille
And after þe flode wexe to wille 9020
f. 129^r And they were soo fayre as they first weere
And bare frute as þey did before.
So ne was no frute made newe
But of the trees þat furste grewe.'

Qo. 317^a *'Wher toke Noe is shippe londyng* (321) 9025
Whan the fflode was withdrawyng?'
'Sone soo the flode it withdrough,
The shipp set it softe ynogh
Vpon a grete hill and an hye
That hight þe Hill of Ermonye. 9030
And also soone as Noe
Was goon oute with his meane
And the bestes euerychon,
The trees toke rote vp anoon
That vpon the shipp wore 9035
And shall there stonde euermore.
God sette þe likenesse on þe sky
Soo þat men sholde wete þerby
That neuermore ne sholde be noon
Suche a flode as þat was oon.' 9040

Qo. 318^a *'Whan Noe wentt the shippe fro,* (322)
Came he þis world straunge vnto?'
'God made neuer creature
Ne neuer shall here endure
That he ne shall, þat warne I the, 9045
To this worlde right straunge be.
For porely we cam and baare
And froo hens soo shull wee fare—

9025–40] *follow* 7584 S. 9031 soone] smertly S. 9035 shipp] grounde A. 9036] And bare ffrute as þey did before A. 9041–54] *om.* S.

Ca.º xiijº *'Whan þe flood ouere þe world ran,* (320)
Made God þan newe fruit to man?'
'God made fruite and al þing
To mannes note at þe bigynnyng. 10240
Trees he made and fruit þervpon
And þilke fel in þe flood euerychon;
þe rootes stood in þe erthe stille
And after þe flood wexe bi Goddes wille
And weren so faire as þei first wore 10245
And bar fruit as þei dide tofore.
þus was þer no fruit made newe
But of trees þat first grewe.'

Ca.º xiiijº *'Where sat Noes ship on londing* (321)
Whan þe flood was wiþdrawing?' 10250
'As sone as þe flood wiþdrow,
þe shippe was set softe ynow
Vpon a greet hiland an hy
þat hatte þe Mounte of Hermony.
And als smertly as Noee 10255
Was goon out wiþ his meyne
And þe beestes euerychone,
þe trees tooke rootes anoone
þat vpon þe shippe wore f. 151v
And þere shal stonde euermore. 10260
God sette þe liknesse of þe sky
So þat men shulde wite þerby
þat neuere more shulde be noon
Suche a flood as þat was oon.'

Ca.º xvº *'Whanne Noee fro þe ship wente þo,* 10265
Came he þis world straunge to?' (322)
'God made neuere creature
Ne neuere shal here forto dure
þat he ne shal, warne I the,
To þis world right straunge be. 10270
For pouerly he come and bare
And pouerly he shal hens fare—

10263 noon] done H. 10269 ne] *om.* H. 10271 For] Ful H.

Today born, tomorow on bere—
Oure heritage is nought here. 9050
And ȝif we haue heritage noon,
Thanne be we straunge euerychon;
And straunge was Noe also
Whanne he of the arke com þe worlde vnto.'

Qo. 319[a] *'Wheroff euer may itt be* (323) 9055
That a man hath in hert pite?'
f. 129[v] 'Piete cometh of a ffre blode
And of a naisshe herte þat is goode.
Pietee to God may lykened be
For of hym is mercy and piete; 9060
And he þat woll noo piete haue,
He may neuer piete craue;
And God hath piete of thoo
That hath piete of other moo.
Piete tenderith mannes herte 9065
And woll do hit swhete and smerte:
The herte þerwith in swhete is brought
And for other trauailleþ noght.

Wanne herte hath pite of a thyng,
Anoon hit falleþ in meltyng 9070
And to swhete hit woll begynne
For tenderhede þat þanne is inne.'

Qo. 320[a] *'Tho that loue delite and rest,* (324)
Wheþer do they—worst or best?'
'Delite and reste ben þynges tweye 9075
That to helle ordeyn þe way.
He þat hathe here all his delite,
He foryeteth God also tyte
For þe delite þat he is ynne
And reste þanne woll norissh synne. 9080
Well he seruith þe deuell to wylle
That of delites here takeþ his ffille

9055 ff.] *follow* 8914 S. 9062 He may] Hym þar SA. 9066 and] as S.

Today borne, tomorwe on bere—
For oure heritage is not here.
And we haue here heritage noon, 10275
þanne ben we straunge euerychon;
And straunge was Noee also
Whanne he fro þe ship þe world came to.'

Ca.° xvj°

'Wherof euere may it be (323)
þat a man haþ pitee?' 10280
'Pite comeþ of a free blood
And of a nesshe herte þat is good.
Pitee to God may likned be
For of him is mercy and pitee;
And he þat wole no pitee haue, 10285
For no mercy þar him not craue;
And God haþ pitee vpon tho
þat haþ pitee on oþir mo.
Pite tendriþ mannes herte
And wole make it swete ful smerte: 10290
þe he[r]te þerwith in swoot is broght
And trauailleþ for þo þat shal be boght
Wiþ the precious deth of Crist Ihesu, f. 152r
þat to mankynde shal shewe greet vertu.
For whan þe herte haþ pitee of a þing, 10295
Anoon it falleþ into meltyng
And to swete it wole bigynne
For tenderhed þat is þerynne.'

Ca.° xvij°

'þilke þat louen delite and rest, (324)
Wheþer done þei—werst or best?' 10300
'Delite and reste ben þinges tweie
þat to helle ordeyneþ þe weie.
He þat here haþ al his delite,
He forȝetith God ful tite
For þe delite þat he is ynne 10305
And reste þat wole norisshe synne.
Wel he serueþ þe deuel to wille
þat here of delite takeþ his fille

10279 euere] *from* H *and table* 1701, euery L. 10291 herte] heete L, hert H. 10297 swete] schewe H.

For hit rewith hym the knowlechyng
Of God, þat maade all thyng,
And of his owne sowle alsoo 9085
And of the dethe þat he shall too;
And here God foryeten is,
There is noo truste vnto blis.
Therefore grete delite and reste
To mannes behoue þey be not beste.' 9090

f. 130[r] *Qo. 321[a]* *'Shall men haue pite off all þo* (325)
That lye in peyne and in wo
And delyuer hem also
Iff that þey may so do?'
'Iff that þow in payne [s]e 9095
Manne oþer beste, whether hit be,
Thanne shalt þou haue pite of þe sight
And deliuere hem if þou might.
Neuerthelese men may well sloo
Diuerse bestes and fowles alsoo 9100
Mannes mete of forto make
Whanne tyme is hem to take.
But shull þey doo þe noo seruice,
Nother for mete ne for otherwyse,
As it cam, soo lete hit goo: 9105
Doo hit nother payne ne woo.
Be hit a worme þat venym beris
And it the ne noon other deres,
Thow ne shalte noo skathe hit doo
For þou ne haste noo skele therto; 9110
God hit made not for nought
Forwhy lete hym þat hit wrought
Fordo hit at his owne will
And nought þou with wronge it spille.'

Qo. 322[a] *'Wheþer is better, as þe þink—* (326) 9115
Wyne or water ffor to drink?'
'Wyne is a thyng well precious
That many ben after couetous

9088 vnto] to heuen S. 9094 so do] come þerto S. 9095 se] *from* AS, be B. 9113 Fordo] *from* AS, For to do B.

For it reueþ him þe knowleching
Of God, þat made al manere þing, 10310
And of his owne soule also
And of þe deth þat he shal to;
þerfore to forȝete God here nys
Neiþer triste ne hope vnto blis.
þerfore greet delite and reste 10315
To mannes bihoue beþ not þe beste.'

Ca.º xviijº *'Shullen men haue pitee of alle þo* (325)
þat liggen in peyne and in woo
And deliuere hem also
If þat men may come þerto?' 10320
'Iff þat þou in peyne here see
Man or beest, wheþer it be,
þou shalt haue pite of þe sight
And deliuere hem if þou might.
Neuerþeles men mowen wel sle 10325
Diuerse bestes and foules þat here be
Mannes mete þerof to make f. 152v
Whan time comeþ hem to take.
But and þei shullen do þe no seruise,
Neiþer for mete ne for oþer wise, 10330
As it cam, so late it goo:
Do it neiþer peyne ne woo.
Be it a worme þat venim beriþ
And it þee ne noon oþer dereþ,
þou shalt it no scathe doo 10335
For þou ne hast no skille þerto;
God it made not for noght
þerfore late him þat it wroght
Fordoo it at his owne wille
And þou not wiþ wrong it spille.' 10340

Ca.º xixº *'Wheþer is better, as þe þinke—* (326)
Wyne or water forto drinke?'
'Wyn is a þing ful precious
þat men ben after coueitous

And somtyme hit hoole maketh
Vnto somme man þat hit takeþ, 9120
For hit is not to euery man
To drynke alyche þat drynke can.
Wyse men drynke wyn wel ofte
At mesure and bere hem softe;
Th[ai] noo man myssey ne misdoo: 9125
Them is wyn profite vnto.
f. 130v But folys that wyne drynke shall
That drynken here witt withall
And whanne þe witte dronken is
Thanne wolle þey gladly doon amys 9130
Men to bete other to sloo
Or vnto hordom for to goo,
Vnto men of suche couien
Were better þe water þanne þe wyn.
But he þat mesurabely 9135
Drynkeþ wyn and not forthy
Lesith his witte, hym doith hit goode
And makeþ hym goode body and blode.
Forwhy shall wyne to gode be preste
And vnto foles is water beste.' 9140

Qo. 323[a] *'Whan a man is fiers to fight* (327)
With some þat stondith in his sight,
How than may he hold hym still
And ouersett þat wikkid will?'
'A man may tempre hym if he wyll 9145
And he woll lede his witte with skyll.
If that he in wratthe be brought
For somthynge þat hym lykeþ nought;
If he be in will to fight,
Withstande his will at his might 9150
And thynke to fonde elleswhere.
And may his blode nought kele þerfore,
Oute from folke he drawe hym faste
And allone in his herte he caste

9125 Thai] Though B, þai S, Thatt A. 9128 withall] all A. 9133 couien] condicion A. 9141–346] *om.* S. 9151–2] And he may nott his blode kele þerfore / Thenke to ffounde itt elswhore A.

And somtime hele it makeþ 10345
To som man þat it takeþ,
For it is not holsom to euery man
To drinke yliche þat it drinke can.
Wise men drinken wyn ful ofte
In mesure and bereþ hem faire and softe; 10350
þei no man misseie ne misdo:
To al suche is wyn profite vnto.
But fooles þat wyn here drinke shal
þat drinken her wit þerwiþal
And whanne her wit drunken is 10355
þanne wole þei gladly done amys
Men to bete or to slo
And to harme make oþer with hem to go,
To men of suche kunnyng
Water were bettir þan wyn to dryng. 10360
But he þat mesurably f. 153r
Drinkeþ wyn and vertuously
Lesiþ not his witte—it dooþ hym good
And makeþ him good body and blood.
þerfore shal wyn to good be preest 10365
And to fooles watir þe best.'

Ca.o xxo *'Whan a man is willy forto fighte* (327)
Wiþ some þat stondeþ in his sighte,
Hou may he þanne holde him stille
And ouercome þat wicked wille?' 10370
'A man may tempre him if he wil
And he wole lede his witt wiþ skil.
If þat he in wraþþe be broght
For somþing þat him likeþ noght;
If he be in wille to fighte, 10375
Wiþstonde his wille at his mighte
And fonde to þenke elleswhere.
And he may not his blood kele þere,
Out fro folke he drawe him faste
And in his herte anone he caste 10380

10347 not] *om.* H. 10380 anone] alone H.

That man may doo whan he is wroth 9155
That all his liff may be hym loth;
And by hymsilfe there chyde and fight
As hit were in otheres sight.
And with his brethe þat he lete goo
Shall his grete hete wende hym froo, 9160
And vnbolne soo shall hee
And become attempre.'

f. 131[r] *Qo. 324[a]* *'Why han women all the wo* (328)
Off this world and ioye also?'
'Lightly woo and lightly wele 9165
Haue these wymmen euerydele:
Ful lightly take they ioy hem vnto
And ful lightly woo also.
Lightnes of her brayn maketh this,
Ther noo saddenesse inne ne is: 9170
Lasse they ben þen men of witt,
Forwhy here thought lightly woll fflitte.
They fare as leef doth on the tree
That turnith where the [w]ynd woll bee.
Were here witt sadde as man, 9175
Men sholde of hem, for that they can,
Domesmen and iustices taken;
But noo lawe woll hit hem now maken.
Lyghtly they trowe þat men hem say
And as soone hit is away; 9180
And for they mowe trowe and now lete goo
Haue þey soo holly wele and woo.'

Qo. 325[a] *'Shall a man that cu[r]teis be* (329)
Offte go his ffrende to se?'
'A man þat hathe a goode freende, 9185
He shall hym holde in his hende
With seruice and with fayre dede
At euery tyme þat he hathe nede.
But to often shall he not goo

9174 wynd] kynd B, wynde A. 9177 taken] make A. 9181 mowe] so sone A. 9182 holly] sone A. 9183 curteis] *from* A, cuteis B. 9186 hende] hande hende B, honde A.

þat a man may doo whann he is wrooth
þat al his lyf may be to him loth;
And bi himself þere flighte and fighte
As it were in other menis sighte.
And wiþ his hond þat he lat goo 10385
His grete hete shal wende him froo,
And leue his wrathþe so shal he
And bycome in good tempre.'

Ca.º xxjº *'Why haue wommen al þe woo* (328)
Of þis world and þe ioye also?' 10390
'Lightly woo and lightly wele
Han þise wymmen ech dele:
Ful lightly take þei ioye hem to
And ful lightly eke woo also.
Lightnesse of þe brayn makeþ this, 10395 f. 153v
þere no sadnesse ynne ne is:
Lesse þei ben þan man of witt,
þerfore her þoght wole lightly flitt.
þei fare as leef vpon a tree
þat tourneþ there þe wynde wole be. 10400
Were her wit sad as of a man,
Men shulde of hem, for þat þei can,
Domesmen and iustices make;
But no lawe wole it now hem to take.
Lightly þei trowen þat men hem saye 10405
And as smertly it is awaye;
And for þei now trowe and now lat go
þei haue þe sonner wel and woo.'

Ca.º xxijº *'Shal a man þat curteis is* (329)
Go visiten his frend ofte siþes?' 10410
'A man þat haþ a good frende,
He shal helde him in his [hende]
Wiþ seruice and wiþ good dede
At euery time þat he haþ nede.
But to ofte shal he not goo 10415

10383 flighte] stryve H. 10412 hende] *from* H, *om.* L.

To see his frende þat he loueth soo; 9190
For þogh he neuer soo leiff hym hadde,
He might make hym of hym sadde;
For hit is a mannes velonye
To moche on his frende to lye.
Noght [for]thanne shall he somtyme wende 9195
To see his ffrende, if he be hende;
But at mesure goo shall hee
Soo that his frende not greved be,
f. 131[v] For somtyme may be þat a brother
To oftyn come vnto þat other 9200
There he may tome hym of his come:
Moore honoure were he lefte at home.
Therfore after mesure goo þou the
Vnto thy frende hym for to see.'

Qo. 326[a] *'Is itt holsom for to ete* (330) 9205
All þing þat a man may gete?'
'Al þat euer [God] hathe wrought
And in this worlde here forth brought—
As for to say to mannes mete—
A[l] is holsom for to ete 9210
Soo þat in mesure he it take
And to his kyn noon outerage make.
All metes þat men clepe sekly
Is for the sekenesse of the body
But an hole man and fires alsoo, 9215
All metes ben hym holsom too;
And syke man somtyme woll dere
For to ete a lytill there.'

Qo. 327[a] *'Which be tho þat bostith hem most* (331)
Off all the men thatt þou wost?' 9220
'Maner of men þere ben iij[e]
That bosteth mooste of all þat be.
An oolde foole at the begynnyng,
Whanne he sitteth in his clothyng,

9194 moche] offten A. 9195 for] *from* A, *om.* B. 9201 tome hym] wery be A. 9203 goo þou] þou shaltt gyde A. 9207 God] *from* A, *om.* B. 9210 Al] As B, All A. 9212 kyn] kynde A. 9224 clothyng] talkyng A.

To see his frende þat he loueþ soo;
For þogh he neuere so leef him had,
He mighte him make of him ful sad;
For it is a mannes vilenye
To þicke on his frend to lye. 10420
ȝit shal he somtyme wende
To see his frende, if he be kynde;
But at mesure goo shal he
So þat his frend not greued be,
For somtyme may þat oon broþer 10425
To þicke come to þat other
þere he may greue him of his come:
More honour were him to be at home.
þerfore in mesure gouerne þou thee f. 154r
Whan þou þi freende goo to see.' 10430

Ca.o xxiijo *'Is it holsom forto ete* (330)
Al þing þat man may gete?'
'Al þat euer God haþ wroght
And in þis worlde here forþ broght,
Al it was for manis mete 10435
And al is holsom for to ete
So þat it in mesure be take
And it to his kynde noon outrage make.
Alle þe metes men calle sekely
Is for þe siknesse of þe body 10440
But an hole man and fers also,
Al metes ben holsom him vnto;
And a seke man somtime wole dere
Forto ete a litel pere.'

Ca.o xxiiijo *'Whiche ben tho þat bosten moost* 10445
Of alle men þat þou woost?' (331)
'Suche manere of men þere ben thre
þat bosten hem most of alle þat be.
An oolde fool at þe bigynnyng,
Whanne he sitteþ in his glading, 10450

10416 see] *om.* H.

Tonge begynneþ to waxe biglye 9225
And of his youthe he bosteth an hye
How stalworth he was and wight
And how bolde to walke anight
For that he sooth saide men sholde wene—
And skarsly was he worth [a] beane 9230
Sith furste þat euer he beganne;
But "It was neuer olde manne,"
As men saye in olde sayyng,
"That he ne was wight whill he was yyng."
f. 132r Anothyr boster thanne is he 9235
That cometh straunge to a contre
There noo man woote whens he is
Ne whether he seith sothe or amys,
And he shall preyse hym how þerbefore
He had be riche or he cam thore— 9240
How many poundes he hath hadde
And for a grete caase was he ladde;
And if there of hym troue iij men,
Ther weneþ that he lieth tenne.
The iij soo is a yonge man 9245
That late to waxe riche began
And is come vp of noght:
And he in drynkyng be brought,
He preysyth hym of his havyng.

And þoo þat by hym sitte and drynke, 9250

They bere wittenesse of more þan þat
For they of hym wolde haue somwhat:
His preysyng to helpe make þey adoo
And makeþ hym a glasyn hoffe alsoo.
These ben iij þat preysyn hem moste 9255
And somme men scorne hem for here boste.'

9225 biglye] lowis A. 9226 bosteth an hye] makith his rowis A. 9229 saide] *followed by partially erased* d *or abbreviation* B. 9230 a] *from* A, *om.* B. 9232 It] Yitt A. 9239 þerbefore] þerfore A. 9250 sitte and drynke] be sittyng A.

His tunge bigynneþ to wexe loos
And of his ȝouþe he makeþ roos
Hou stalworþe he was and white
And hou bolde to walke anight
For þat he sothe seide men shulde wene— 10455
And scarsly euere was he worþ a bene
Sith þat he man first bigan;
But "It was neuere noon oolde man,"
As men sein in oolde ȝedding,
"But þat he was strong in his ȝing." 10460
Anoþer boster þan is he
þat comeþ into a straunge cuntre
þere no man woote whens he is f. 154v
Ne wheþer he seith sooth or mys,
And he shal boste hou þerbifore 10465
He had be riche or he come þore—
Hou manye þowsand he haþ hadde
And for a greet caas was so bistadde;
And if þere him leue þre men,
Ȝit þer weneþ he lieþ xx[ti] and ten. 10470
þe þridde þanne is a ȝong man
þat late riche to wexe he bigan
And is ycome vp of noght:
And he in drinkyng be broght,
He bosteþ him of his hauing 10475
And it is more þan half lesyng.
And somme þat sitte by him and drinke
Of hise lesinges merueilously þinke
And wote wel he lieþ miche
Of þat he bosteþ opunliche; 10480
And some beren witnesse of more þan þat
For þei of him wolde haue sumwhat:
To flatren him þei make adoo
And maken him a glasen howue þerto.
þise ben thre þat bosten hem moost 10485
And som men scornen hem for her boost.'

10453 white] wiȝt H.

Qo. 328[a] *'Why may nott men cloudis in somer se* (332)
So þik as they in wynter be?'
'Alsoo thykke be cloudes ay
In somer as in wynter day 9260
And alsoo grete and also merke
And alsoo redy rayn for to werke—

All be hit nought in this contre,
Hit is elliswhere it be
For they ne fayle neuermoore 9265
Eyther here or elliswhoore.
After the sonne goith on þe skye,
Somtyme lowe and somtyme hye,
Therafter haue wee somer here
And wynter after woll hym stere; 9270
f. 132[v] And whanne somer here is us to,
Wynter is in anoother stede alsoo.
Forwhy though somer be here all clere
As falleþ þat tyme of þe yeere,
Cloudes on þe sky full thykke cleuen 9275
There that water is þat tyme full even.'

Qo. 329[a] *'Why be childre whan þey born are* (333)
So vnkonnyng as bestis are?'
'Childe þat tendre is and yonge
May of this worlde knowe noothynge 9280
For he is bothe tendre and grene
And of this worlde hathe noothyng seene
Vnto he come to grete age
That he may hymselue wage:
Thenne may he se and vnderstande 9285
And of all thynge be knowande.
Vnconnyng is a childe alsoo
Vnto þe devell shame to doo
That he þat soo litell boren shal be
And þat a beste can moore þanne he 9290
That he shall have the heritage

9275–6] Cloudis be þik the skie yn / Ther thatt wynter is þat tyme A. 9278 So . . . as] More . . . þan A. 9287 Vnconnyng] And connyng A.

Ca.º xxvº *'Whi mowen men clowdes not see* (332)
In somer as þicke as þei in wynter be?'
'As þicke ben clowdes ay
In somer as in winter day 10490
And als greet and as derke
And als redy to her werke
(þat is to reyne and make fair
þe clowdy wedre and þe air)—
Alþogh it be noght in þis cuntre, 10495
It is elleswhere so it be
For þei ne faile neuermore f. 155r
Ouþer here or elleswhore.
After þe sunne gooþ on þe sky,
Somtime lowe and somtime hy, 10500
þereafter haue we somer here clere

And falleþ þat time of þe ȝere;
Clowdes on þe sky ful þicke clime
þere þat winter is þat time.'

Ca.º xxvjº *'Whi ben children whan þei borne are* 10505
More vnweldesome þa[n] beestis are?' (333)
'A childe þat tendre is and ȝing
Of þis world may knowe noþing
For he is boþe tendre and grene
And of þis world haþ noþing sene 10510
Til he come to gretter elde
þat he may himself welde:
þanne may he see and vnderstande
And of alle þinges be kunnande.
Vnkunnynge is a childe also 10515
To þe deuel shame forto do
þat he þat shal so litel borne be
And þat a beest can more þan he
þat he shal haue þat heritage

10506 þan] *from table* 1726 *and* H, þat L.

That the devell for his owterage
First forloste all for his pryde:
This is his sorowe in euery tyde.
For feblenesse of brayne is it 9295
Why children yonge haue noo witt:
Whanne Adam was maade and his wyff
And God hadde yoven hem gost of liff
Alsoo to knowe all thynge
For they were of Goddis makyng; 9300
But that ffader and moder hathe here
For feblenesse of the matere
Whenne hit is born, hit canne noo goode
Lasse þanne a beste lepyng in a woode.'

Qo. 330[a] *'Tell me now, iff þat þou can:* (334) 9305
Wheroff comth naturall witt in man?'
f. 133[r] 'Off pure braynes it comeþ vnto,
Pure herte and pure bloode alsoo;
And by the twhoo pure of these iij[e]
And the iij noght soo ne be, 9310
Right cliere witt may noght be there
As all iij togedre were.

Be herte and brayne neuer soo goode
And derke be moore hym þe bloode,
Herte and brayn it drynkeþ tille 9315
And makeþ þe witt derke and dulle;
Be the herte goode and þe bloode bright
And the brayn derke and light,
Gretely woll light brayne greue
All þat other twoo wolde yeue. 9320
And the planetes in her goyng
Workyþ in a man all thys thyng.'

9295 brayne] mater A. 9311 cliere] *perhaps* clere B. 9314 moore] in A.

þat þe deuel for his outrage 10520
Lost first and for his pride:
þis is his sorwe on euery side.
For feblenesse of state is it
Whi þat ȝonge children haue no witt:
Whan Adam was made and his wyf 10525
And God ȝaf hem þe goost of lyf,
As tite knewe þei al þing
For þei were of Goddis makyng;
But þo þat fader and moder han here
For feblenesse of þat matere 10530
[Whan it is borne, it can no good
Lesse þan a beest skipping in wood.
Diuerse beestes may hem helpe and stere
But a childe may nat so on no maner]
Til it haue age and wexing 10535 f. 155v
And so to come to vnderstonding.'

Ca.o xxvijo *'Telle me now, if þou can:* (334)
Wherof comeþ naturel wit of man?'
'Off pouere hernes it comeþ vnto,
Pure herte and pure blood also; 10540
And be þe tweie pure of thise þre
And þe þridde noght so ne be,
Right clere witt may not be þore
As þogh al þre togidre wore,
For wiþoute yȝe seeþ no man so 10545
As þat he may wiþ tweie do.
Be herte and hernes neuere so good
And derke in him bi þe blood,
Herte and hernes it drinkeþ tul
And makeþ þe witt derke and dul; 10550
Be þe herte good and blood bright
And þe hernes merke and light,
Greetly wole light hernes greue
Al þat þe oþer two wolde ȝeue.
And þe planetis in her going 10555
In man worchiþ al þis þing.'

10531–4] *from* H, *om.* L. 10542 þridde] *om.* H; so ne] *from* H, sone L.
10543 witt] *om.* H.

Qo. 331[a] *'Wheroff may itt come to,* (335)
The ffnesyng þat men fnese so?'
'A ffnesyng falleþ, soothe to say, 9325
Vnto man for thynges twey.
Furste of humours þat vp be weued
Into the brayn of the heved:
The brayn suffereth hem not blithely
To caste hem f[ro] hem hastely 9330
And in þe downe fallyng of þoo
Vnto þe nasestrelles they goo
For they be redy opyn with ay,
And þerfore goo they þat way away.
Another is to loke an high 9335
Vnto þe sonne vpon the sky
And the hete of the sonne anoon
Fulfilleth of the hede þe veynes echon
And dryveth oute the colde thore
That in the brayne was before. 9340
And yif þow wille withholde fnesyng,
Opyn þy mouthe at the begynnyng
f. 133v And drawe thy brethe to and froo
And fnesyng shall the ouergoo,
For the noose stoppith therwithall 9345
And to þe mouthe oute goo shall.'

Qo. 332[a] *'Which elementt off all þat are* (336)
Might a man best fforbere?'
'Foure elementes there be, noo moo,
And euery man is made of thoo 9350
And his complexion men calle
After þat he hathe mooste of all
But neuer of all might be forbore
But it anoon his lyf sholde dore.
Withoute erthe waxeth noo frute 9355
That man hathe of his deduyte;
Ne in the erthe may noothyng sprynge,
But it of water haue moystyng;

9330 fro] *from* A, for B. 9338 of the hede] the hede of B, off the hede A. 9347–64] *follow* 9040 S. 9354] Butt anon his liff were lore A. 9356 deduyte] delyte S, proffite A.

Ca.° xxviij° *'Wherof may it come also,* (335)
þe fnesing þat men fnesen so?'
'Fnesyng falleþ, soth to seie,
Vnto a man of þinges tweie. 10560
For of humours þat beeþ vp weued
Into þe hernes of þe heued:
þe hernes þoleþ hem not bleþely
And casteþ hem from hem hastifly
And in þe dounfalling of tho 10565
Vnto þe noseþrilles þei goo
For þilke be redy vp an hy,
And þerfore go þei þere awey.
Anoþer is to loke vp an hy f. 156r
To þe sunne vpon þe sky 10570
And þe hete of þe sunne anoon
Filleþ the veines of þe heed echoon
And driueþ out þe colde þore
þat was in þe heed bifore.
And if þou wolte wiþholde fnesyng, 10575
Opene thi mouthe at þe byginning
And drawe faste þin oonde to and fro
And fnesing shal þe overgoo,
For þe nose stoppeþ þerwithal
And at þe mouth it goo out shal.' 10580

Ca.° xxix° *'Which elementis of alle þat ere* (336)
Might a man best forbere?'
'Foure elementis þer beþ and no mo
And euery man is made of tho
And his complexioun men calle 10585
Aftir þat he haþ moost of alle
But noon of alle mighte he forbere
But anoon it shulde his lijf dere.
Wiþoute erþe wexeþ no fruit
þat a man haþ of his refuit; 10590
Ne in þe erthe may noþing spring,
But of watir it haue moisting;

10561 weued] heued H. 10590 of his refuit] to his delite H.

Ne noo man might have helpe of mete,
But he hete of fyre might gete; 9360
And sholde a man of ayre wonde,
He sholde not now drawe his oonde:
And [fforwhy] mannes liff were lorn
Were ony of hem alle forborn.'

Qo. 333[a] *'Wynde blowyng ffast with all his mayn,* (337) 9365
Why dieth itt for a shoure off rayn?'
'Water and wynde togedre are
As hit moder and doughter were:
Doughter of moder hath noreshyng
And wynde of water is begynnyng; 9370
And whanne þe cloude þat wynde hathe wroght,
He is hymseluen down brought.
The wynde is full anoon right
For his mater hath lorn sight
For knyffe ne shall noo man make well 9375
If he haue nowther iron and steill.'

Qo. 334[a] *'Why haue ffoulis in hem no nature* (338)
As bestes to make engendure?'
f. 134[r] 'Hadde foules kynde in hem also
As þat other bestes doo 9380
Yonge to bere in here body,
They sholde not mowe fle on hygh:
The hevynesse of here beryng
Sholde reve hem of here fleyng
And þanne might take hem euery man 9385
Whanne they grete to wax began.
And they be made by the ayre to flee
And not ay by the grounde to be;
And forwhy they ordeyned were
Of Goddis will as þey now ere.' 9390

9359 have helpe of] wele diȝt S. 9361–2] And what man aiere fforgeth / He shall nott long drawe his breth A. 9362 now] mowe S. 9363 fforwhy] *from* A, forþi S, ȝiff B. 9365–404] *om.* S. 9373 full] ffall A. 9374 sight] myȝtt A.

Ne no man may haue helpe of mete,
But if he hete of fire mighte gete;
And if a man shulde þe eir wante, 10595
His lyf sone shulde be scante:
And þerfore mannes lyf were lore
Were any of hem alle forbore.'

Ca.º xxxº *'Wynde blowing wiþ al þe main,* (337)
Whi deieþ it wiþ a shour of rayn?' 10600
'Watir and winde togidre are
As it modir and doghtir ware:
Doghtir of moder haþ norisshing f. 156v
And winde of watir is biginning;
And whan þe wynde haþ the clowde wroght, 10605
He himself is doun broght.
þe winde is stille anoon right
For his mater haþ lore sight
For knyf shal no man make wel
But if he haue yren and steel; 10610
For winde wiþoute water is noon,
þerfore it stauncheþ it sone þervpon.'

Ca.º xxxjº *'Why haue foules in hem no nature* (338)
As haþ bestes to make engendrure?'
'And foule had kinde in hem also 10615
As þat othir beestis here do
Ȝonge to bere in her body,
þanne þei shulde nat flee an hy:
þe weighte of here beryng
Shulde reue hem of her fleyng 10620
And þanne take hem mighte euery man
Whan þei grete wexe bigan.
And þei ben made bi þe eir to flie
And not euere on þe grounde to lie;
And þerfore þei ordeined ware 10625
Of Goddis wille as þei now are.'

10610 and] or H.

Qo. 335[a] *'Which is the strenger, þou me sey—* (339)
Wynde or water?—I the prey.'
'Grounde [of] euerythyng, of right,
Is strenger and moore of might
Thanne the croppe þat aboue is caste, 9395
Elles might hit noo whyle laste;
And strenger is þat þynge, iwis,
That steres thanne þat that stered is.
N[o]w is the wynde at the begynnyng
Sterid ayre and noone other thyng 9400
And cours of [water] makith hit all
That the ayre soo stere shall;
And if wynde with water sterid be,
Thanne is water strenger þanne he.'

Qo. 336[a] *'Why dieth some man smertly* (340) 9405
And anoþer peyneth ouerlongly?'
'A man may shorte his dayes well
But longe hem he may neuer a dell.
And som man hastely is nome
For he vnto the poynte is come; 9410
[Some] payne longe and canne not be qwytte
For here tyme ne come not yet,
Er for God woll he brynge to ende
His penance or he hens wende
f. 134[v] Soo that he may come to blis 9415
The sonner whenne he dede is.
And kyndely euery mannes dede,
Be hit goode, be it quede,
Is ordeyned at the begynnyng
Of the planet at his beryng 9420
But with ffoule lyff or faire
He may his state amende and payre.'

Qo. 337[a] *'Wheþer ffelith the sorowe and the wo—* (341)
Soule or body whan they deparat atwo?'
'Betwyx the soule and the body 9425
Ben iiij thynges redely

9392 the] *from* A, they B. 9393 of (1)] *om.* B, off A. 9395 caste] *om.* A.
9396 laste] lest iwis A. 9399 Now] *from* A, New B. 9401 water] *from* A, all

Ca.º xxxijº *'Whiche is þe strenger of þe tweie—* (339)
Winde or watir?—þou me seie.'
'Grounde of euery þing, with right,
Is strenger and of more might 10630
þan þe croppe aboue wiþ winde caste,
And elles it wolde not laste;
And strenger is þat þing, ywis,
þat steriþ not or sterid is.
Now is winde at þe bigynnyng 10635
And air it stereþ and oþir þing
And cours of watir makeþ it al f. 157r
þat þe eir so stere shal;
And if wynde wiþ watir sterid be,
þan is watir strenger þan he.' 10640

Ca.º xxxiijº *'Whi deieþ a man so smertly* (340)
And anoþir pyneþ so grevously?'
'A man may shorte hise daies wel
But he ne may lengþe hem neuere a del.
And some man hastily is ynome 10645
For þat he to þe pointe is come;
Some peine longe and kunnen not be quit
For her time come not ȝit:
Fulfille he muste to þe ende
His penaunce or he hens wende 10650
So þat he may come to blisse
þe smertloker whanne he deed isse.
And kindely euery manis dede,
Be it good or be it quede,
Is ordeyned at þe bigynnyng 10655
Of þe planet at his beryng
But wiþ foule lyf or wiþ fair
He may his state amende and pair.'

Ca.º xxxiiijº *'Wheþer feliþ sorowe and woo—* (341)
Soule or body whan þei parte atwo?' 10660
'Bitwene þe soule and þe body
Ben foure þinges redily

B. 9405 ff.] *follow* 9104 S. 9411 Some] *from* AS, And B. 9413 Er] Or S, Or els A. 9416 sonner] smertloker S. 9420 at] *repeated* B.

Whanne þat they departe shall:
Drede and mournyng withall,
Sorow and payne ther is also.
Whanne þat oon shall þat oþer froo, 9430
Grete drede hath þe soule and mournyng
For hit ne wote his tocomyng;
The body hathe the sorowe and payne
For that hit shall þe soule tene
And sith in erthe shall rote awaye 9435
That here was wonde game and playe.
All þe sorowe and the paynes [ar] soo fell
That noo tonge ne may hit telle;
And ligge a body neuer soo still
Withoute playnyng of ony ille 9440
In dyyng, whanne þat he shall dye,
The moste payne can noo man seye.'

Qo. 338[a] *'Tell me now on what manere* (342)
A man shall leve in this world here.'
'A man shall live in þat manere 9445
Soo þat whanne he dieth here,
That he afterwarde may ryse
Bodyly to goo byfore the iustice.
That is to say, all his thought
Be vppon hym þat hym wrought 9450
f. 135[r] And worshipp hym all þat he canne,
And sith in God loue euery man;
And of that truly he may wynne
Of his trauaille withoute synne
Shall he live withoute pride, 9455
Envie and coueytyse lete glyde.
Thus may he bothe well lyve and deye
And rise and goo to blisse þe weye.'

Qo. 339[a] *'Shall a man ouȝtt drede gretely* (343)
Hym þat is his enemy?' 9460
'Iff þow haue an enemy,
Thogh he all day goo the by,

9436 game and playe] to goo ful gay S. 9437 ar] *from* S, *om.* BA.
9448 Bodyly] Boldly S. 9458 to blisse þe] þe blisfull S. 9459–504] *om.* S.

Whanne þat þei departe shal:
Drede and mornyng þerwiþal,
Sorwe and peine þer is also. 10665
Whanne þat oone shal þat oþer fro,
Drede haþ the soule and greet mournyng
For it ne knoweþ where it is tocomyng;
Þe body haþ the sorwe and pyne
For þat it shal þe soule tyne 10670
And sithen in erthe shal rote away f. 157v
Þat was wonte to game and play.
And þe sorowe and pyne beþ so fel
Þat no tunge it may tel;
And be a body neuere so stille 10675
Wiþouten pleyninge of any ille
In deieng, whann þat he shal deie,
Þe grete payne can no man seie.'

Ca.º xxxvº *'Telle me now in what manere* (342)
A man shal lyue best in þis world here.' 10680
'A man shal lyue in þat manere
So þat whan he deieþ here,
Sauely after he may arise
To come tofore þe hye iustice.
Þat it to seie, al his þoght 10685
Shal be vpon him þat him wroght
And worshipe him al þat he can,
And sithen in God loue euery man;
And of þat he may truly wynne
Of his trauaile wiþoute synne 10690
He shal lyue wiþoute pryde,
Envie and couetise sette aside.
Þus may he wel lyue and die
And rise and to blisse goo þe weie.'

Ca.º xxxvjº *'Shal a man ought drede greetly* 10695
Him þat is his enemy?' (343)
'Iff þou haue an enemy,
Þogh he alday goo þee by,

10680 best] *om.* H.

To moche drede hym noght þerfore;
For if that þou drede hym soore,
Gladnesse in thy herte is noon 9465
Tille þou þynke hym vppon;

And soo leuest þow with vnwynne
For the drede þat þou arte ynne.

And he þat ouercome [is] today,
Tomorowe ouercome y[itt] he may; 9470
And men se somtyme with a liste
A man caste hym þat caste hym firste.
Alsoo to bolde be nought to goo
Full hardely vppon thy foo
For foolehardynesse som stounde 9475
Bryngeth a man soone to grounde.
Mete þou þy foo by the way,
Kepe the well and noght ne say;
If he to the noght ne seyes,
Goo forthe boldly and holde þy peas. 9480
Drede to haue is vilonye
And foolehardynesse soo is folye,
Forwhy before tyme haue noo drede
Ne to folysshely nought forth þe bede.'

Qo. 340[a] *'Shall a man ouȝt vigorously* (344) 9485
Bere hym ayens his enemy?'
f. 135[v] 'Uigorously þou shalt þe bere
Ayens thy foo þat woll þe deere
And be ay full glad of contynauns,
Thogh þow be dradde of hy[m] perchauns; 9490
For if þou be noothyng aferde
But goo boldely in his berde,
He shall perchauns be drad of the,

9469 is] *from* A, *om.* B. 9470 yitt] yff B, be A. 9474 Full hardely] Folehardely A. 9483 tyme] hym A. 9490 hym] *from* A, hy B.

To miche drede him not þerfore;
For if þat þou drede him sore, 10700
Gladnesse in þin herte is noon
þe while þou þynkest þe vpon;
And so lyuest þou wiþouten ioye
For the grete drede and anoye
þat þou contynuest ynne, 10705 f. 158r
And lesest þe mirþe þat þou shuldest wynne.
For he þat is ouercome today,
Tomorowe ouercomen be he may;
And men seen somtyme wiþ a list
A man caste him þat caste him first. 10710
Also to bolde be þou not to goo
Foolhardy vpon thi foo
For foolhardynesse somme stounde
Bringeþ a man soone to grounde.
And if þou mete þi foo bi þe weie, 10715
If he to þe noþing seie,
Go forþ boldely and holde þi pees
And vpon him make noon arees.
Drede to haue is vilenye
And foolhardynesse is folye, 10720
þerfore tofore haue no drede
Ne not to folily þe forþ bede:
Be alwey manly and of good chere
So shalt þou best ouercome him here
For good wisdom and prouidence 10725
Most be chef parcel of thi deffence.'

Ca.o xxxvij^o *'Shal a man oght feersly* (344)
Bere him aȝenst his enemy?'
'Irously þou shalt þe bere
Aȝeinst þi foo þat wole þe dere 10730
And be euere of glad contynaunce,
þogh þou be adrad of him perchaunce;
For þou noþing be aferde
But goo boldely in his berde:
He shal perchaunce drede the, 10735

10702 þe] hym H. 10733 For] For if H.

Thogh þysilfe a coward be.
And þou for hym skorne nought, 9495
Thanne he shall so þou arte right nought;
Therfore þou boldely goo hym byfore:
He shall drede þe well the moore.
Thogh þou be stoute and he be badde,
For thy bakke is he noȝt dradde; 9500
But for thy visage woll he stynte
To do perchaunce þat he hadde mente.
And forwhy, þogh þou drede þy foo,
With stoute visage come and goo.'

Qo. 341[a] *'Which be more worthier of þe tweye—* (345) 9505
Rich or poore?—This me seye.'
'Worthynesse þenne ben þer two:
Gostly and bodily alsoo.
The bodyly worthynesse,
That is neither moore ne lesse 9510
But after þat a man hath here:
Therafter is he holden dere.
And as moche as þou haste now,
Also moche worthy art þou:
Haue þou but a peny in all, 9515
No moore worthy men holde þe shall.
Gostly worthynesse is not soo
But whoo ayenst God best may do
And serue hym altherbeste,
He with God is moste worthyeste. 9520
Moche worthy here to be
Is nought but a vanyte;
f. 136[r] But þat worthy is to God to wende,
That worthynesse hath noon ende.'

Qo. 342[a] *'Shall a man þat in good place be* (346) 9525
To seke a better remeve his see?'
'Iff þou in a goode stede be now
That þou fyndest to thy prow,
There þou goode lif may lede

9495 skorne nought] abaish the ouȝtt A. 9505 S *begins again.* 9525–42] *om.* S.

þogh þou þiself a coward be.
If þou for him þe weie spare oght,
Sone shal he seie þou art right noght;
If þou boldely goo him bifore, f. 158v
He shal drede þe wel þe more. 10740
þogh þou be stoute and he be badde,
For þi bak is he not adradde;
But for þi visage wole he stinte
To do perchaunce þat he had mente.
And þerfore, þogh þou drede thi foo, 10745
Wiþ stoute visage bi him come and goo.'

Ca.o xxxviijo *'Whiche ben more worþi of þe tweie—* (345)
Ricchesse or pouert?—þou me seie.'
'Worthinesse þere ben two:
Goostly and bodily also. 10750
The bodily worþinesse,
þat is nouþer more ne lesse
But after þat a man haþ here:
þerafter is he holden dere.
And as miche as þou hast now, 10755
So miche worthi art þow:
Haue þou but a peny in al,
No more worthi men holde þe shal.
Goostly worthinesse is not so
But whoso aȝeinst Goddes heste may do 10760
And serue him here alþerbest,
He is wiþ God þe worþiest.
Miche worth here to be
Is noþing but vanite;
But þat worþinesse is to comende 10765
þat tofore God haþ noon ende.'

Ca.o xxxixo *'Shal a man þat in good stede dwelle* (346)
Go seke a bettir?—þou me telle.'
'Iff þou in a good stede be
þat þou findest good for the, 10770
þere þou good lyf may lede

10760 Goddes heste] God best H. 10761 here] *om.* H. 10763 Miche] More H. 10767 man] *from table* 1751 *and* H, good man L.

With worshipp the to cloþe and fede, 9530
Holde þe stille—renne þou nought
Ne for better haue noo thought.
To seke a better þou maist be in mynde
But þou ne woste hit for to fynde
And there þou comest to, percaas, 9535
Shal be wors þanne þat other was.
Suche wenes to fynde hym before
Baken brede whanne he comeþ thore:
He shall perauenture fynde þe corn
Stande in the felde yet vnshorn. 9540
Therfore if þou in goode stede be,
Holde the þerinne, by rede of me.'

Qo. 343[a] *'Shall a man loue and haue hym by* (347)
Hym þat evill spekith communely?'

'He þat hym loveþ [þat] ay saith ille, 9545
He loueþ þe deuell and doith his wille;

For he þat evill tonge heres,
Many oon therwith he deres
For foes of frendes makeþ he
And haterede there loue sholde be; 9550
And where þat men suche oon see,
Men ought his companye to flee.
If ony goode men sholde come too,
Wykked tongis hit may fordo;
And of wykked tonges, ywys, 9555
Hathe þe deuell mooche blis.
He þat deliteþ hym forthy
To speke evell comonly,
f. 136v The develis gleman he hym maketh
For he vnto solace hit takeþ; 9560
And suche oon noo man love shall
But hate his felowhede ouerall.'

9531 renne þou] remeve the A. 9534 for] where A. 9537 wenes] wendith A. 9543 S *begins again.* 9545 þat] *from* AS, and B. 9547 heres] beres S.

Wiþ worship the to cloþe and fede,
Holde þe stille and remeve noght f. 159r
And for no better haue þou no þoght.
Seche a better þou may and be bihinde: 10775
But if þou wiste it where to fynde,
Þou maist come in some stede, percas,
Shal be wers þan þat oþer was.
Suche weneþ to finde hem bifore
White breed whan þei come þore: 10780
He shal perauenture finde þe corne
Stonding on þe feeld ȝit vnshorne.
Þerfore if þou in good stede be,
Holde þe þerynne, by þe rede of me.'

Ca.o xlo *'Shal a man loue and haue him by* 10785
Þat vse to speke yuel of him comounly?' (347)
'He þat loueþ to speke ille
Of him þat loueþ him with herte and wille,
He loueþ the deuel and him serveþ
And at þe laste in his seruice sterveþ; 10790
For he þat yuel tunge so bereþ,
Manye one þerwith he dereþ
For foos of frendes makeþ he
And hate þere þat loue shulde be;
And where þat men suche oon may se, 10795
Men oughte his companye forto flee.
If any good men shulde come to,
Wicked tunge it might fordo;
For of a wicked tunge, iwis,
Þe deuel haþ miche ioye and blis. 10800
He þat deliteþ him comounlye
To speke shame and vilanye,
Þe deuels gleman he him makeþ
For al to solace þe deuel it takeþ;
But suche one no man loue shal 10805
But hate his felaship ouere al.'

10803 gleman] gleme H.

Qo. 344[a] *'May any man forgete wele* (348)
His owne contre ech dele?'
'A manne þat is born in a contre 9565
And he may þerinne nought the
But liueth poorly therinne
With grete pouerte and vnwynne,
Wherefore he anoother seketh
There he fyndeþ his blis ekeþ, 9570
If he live well better þoore
Thanne he did euer before,
He may ful well þat stede forgete
There hym lakked drynke and mete.
And there may noone of vs alle 9575
Lightly his owne contre calle;
But there his mooste dwellyng shal be,
That is beste called his contre.
Oure dwellyng here is but a stounde:
Now we come and now we founde, 9580

As a straunge mannes right

That herberewith [in] an ynne anyght

And on þe morow wendith his way;
And for þat night may he nought say
It was his owne þere he lay, 9585
Whanne he forgoith it oon þe day.
And þat soo soone is forborn
May soone foryete be þerforn.'

Qo. 345[a] *'Wheþer is better to haue in dede—* (349)
Sleight or strengþe att a nede?' 9590
'Whoso spekeþ ouerall
In euery werke a man doo shall,

9563–680] *om.* S. 9576 Lightly] Riȝtly A. 9582 in an] *from* A, man B.

Ca.º xljº *'May any man forȝete þe cuntre* (348) f. 159v
Where he was borne?—Telle þou me.'
'A man þat is borne in a contre,
And he may not þerynne the 10810
But lyueþ pouerly þerynne
And worldly good can not wynne,
Wherfore he anoþer seketh
þere he findeþ his ricchesse eketh,
If he lyueþ wel better thore 10815
þan he euere dide bifore,
He may ful wel þat stede forȝete
þere him wantid drinke and mete.
And þerfore may noon of vs alle
Truly þis oure cuntre calle; 10820
But þere his moste dwelling shal be,
Wel may men calle it her cuntre.
Oure dwelling is here but a stounde:
We drawen anoon to þe grounde.
Whan we into þis world ben borne, 10825
Good is to worche so we ben not lorne:
As a straunger we comen hidre
þat shal goo and woot not whidre,
þat is herborowed here anighte
And on þe morwe remeueþ him tite 10830
And sodeinly so wendiþ his way;
And for þat night may he not say
It was his cuntre þere he lay,
Whan he forgooþ it in a night or day.
And þat cuntre þat is sone forbore 10835
May soone be forȝete þerfore;
þerfore doo thi besynesse
To gete þe cuntre of al ricchesse,
Of whiche no man faile may
þat pleesiþ God at his deth day.' 10840

[*'Wheþer it is bettir to a dede—* (349)
Sleight or strengþe at nede?']
'The man þat sekeþ ouere al f. 160r
In euery werk þat he do shal,

10841–2] *from table* 1757–8, *om.* L.

Stre[n]gthe it helpeth forth be brought
There here feblenesse ne may noght.
f. 137[r] But whanne manne alle his strenkthe hathe wrought,
Thenne is strengthe to ende brought; 9596
Thanne may strengthe noo firther reche
And þanne woll sleighte a man teche,
Withynne an oure of þe day,
To doon þat strengthe ne may. 9600
Thanne is sleyte worth wel more
Than is strengthe, payne a man hym neuer soo soore.'

Qo. 346[a] *'Iff a man axe anoþer a skill,* (350)
Shall he anon answere þertill?'
'He that is wyse man 9605
And in right answhere can,
He shall answhere noo[n] right,
Whatsoo hym askeþ ony wight.
Thanne dare þe axer drede noo moore
Of that he hym ofdred before; 9610
And for his answhere þanne shall he
A full wyse man holde be.
Canne he noght answhere anoon,
Holde hym stille as ony stoone;
For yff he saye and speke folye, 9615
Hit may hym turne to vilonye.
Forwhy canne he nought als tyte,
To answhere to take respyte;
Thanne may he answhere þeretill
Anothyr tyme with right and skyll. 9620
Forthey als tyte answhere noo deele,
But ȝif þou woote þou conne right wele.'

Qo. 347[a] *'Shall a man anyþing lett* (351)
Off anoþer to axe his dett?'

9593 Strengthe] Stregthe B. 9607 noon] noo man B, a man A.

Strengþe it helpeþ to be forþ broght 10845
þere þat feblenesse may noght.
But whan a man al his strengþe haþ wroght
And his strengþe to ende be broght,
þanne may strengþe no ferþer reche;
þanne shal sleiþe a man teche, 10850
Wiþin an hour of a day,
To do þat strengþe ne may.
þanne is sleiþe worþi more,
þogh a man pyne him neuere so sore,
þan any strengþe availe may 10855
In som cas, as I the say.'

Ca.° xliij°

'If a man axe anoþer a skille, (350)
Shal he answere anoon him tille?'
'He þat is a wys man
And a right answere can, 10860
He shal answere anoon right,
Whatso him axeth any wight.
þanne þar þe axer drede no more
Of þat þat him dredde bifore;
And for his answere þan shal he 10865
A ful wise man holden be.
If he can not answere anoon,
Holde him stille as any stoon;
For if þou speke folily,
It may torne þe to vilany. 10870
þerfore he þat can not as tite
Answere, late him take respite;
þanne may he answere þertille
Anoþer time wiþ right and skille.
þerfore anoon answer no del, 10875
But if þou wite þou kunne right wel;
So maist þou thi worship wel saue, f. 160v
What questioun men of þe craue.'

Ca.° xliiij°

'Shal a man anyþing lette (351)
Of anoþer to axe his dette?' 10880

'A manne þat oweþ the onything, 9625
And he come in thy metyng,
Curteysly vnto hym say:
Lete noo man here hit but yee twaye.
For suche a man hit might be
That he ne wolde not for suche iij[e] 9630
f. 137[v] That þou hit axest vilonesly,
That other herde þat stode hym by.
And wolde he not soo curteys be
With fayre speche þat he paye the,
Playne þe there þow may haue right; 9635
And þanne blame þe noo wight.
And euer may he well wytte
That "Well shall borow þat well will quytte."'

Qo. 348[a] *'Wheþer is to man more semely—* (352)
Feire visage or ffeire body?' 9640
'A fayre body to man, ywys,
A semely thynge hit is
But whatte þe naked body be
Noo man wote ne may hit see:
Be hit shapen euell or well, 9645
The clothes heleþ hit euerydell.
But þat þat euer is in sight
And may not be hid by right—
The visage, þat man is knowen by—
Yf that be fayre and semely, 9650
A stourne man men woll hym calle
And loue his other lemes alle;
And in a fayre visage and whyte
Hath a man all his delite.
Forthy in alle þe man ne lis 9655
Soo fayre a lym as þe visage is.'

9651 stourne] ffeire A.

'A man þat oweþ the anyþing,
And he come in thi meting,
Curtesly þou to him seie,
þat no man here but ȝe tweie.
For suche a man might it be 10885
þat he ne wolde for suche þre
þat þou it axe him vileynsly,
Leste anoþer it herde þat stood by.
And if he wole not so curteys be
Wiþ faire speche to paie þan þee, 10890
Pleyne þe þere þou may haue right;
And þanne wole blame þe no wight.
And þan may he right wel wite
þat "Wel shal borwe þat wel wole quite."'

Ca.º xlvº *'Wheþer is it to men more semely—* 10895
Faire visage or faire body?' (352)
'A ffair body to man, ywis,
A ful semely þing it is
But what þe naked body be
No man wel ne may it see: 10900
Be it shape ille or wel,
þe cloþes helpiþ it eueridel.
But it þat is euere in sight
And may not be h[i]d wiþ right—
þe visage, þat man is knowen [by]— 10905
If it be fair and semely,
A faire man men wole him calle
And leue hise oþer lymes alle;
And in a faire visage and white
A man haþ al his delite. 10910
þerfore in al a man ne lys f. 161r
So semely a lyme as is a fair vys
Ne noon so faire on to see
As þe visage of a man may be;
þerfore, it may be seid of right, 10915
The visage is þe fairest sight.'

10904 hid] *from* H, had L. 10905 by] *from* H, *om.* L. 10910 haþ] happe H.

Qo. 349[a] *'How shall a man lede his liff* (353)
That ffyndith anoþer hauntyng his wiff?'
'Fynde þou a man on thy wyff,
Loke þou make with hym noo stryfe: 9660
Pryuely þou goo þy way
And noothynge vnto hem say.
But afterwarde þou say here too
That she noo moore ne do soo
And ȝif she doo heresylf shame, 9665
Thereinne þanne lith all þe blame:
f. 138r But if no man þerto tille
Moore thenne hit be hir owne will.
Forthy chastyse here curteysly
And thenne loke how she woll doo þerby; 9670
And if shee woll doo after thy loore,
Of þat vpbroyde here noo moore.
If þou smyte on þe man anoon
Where þou comest hym first vppon
And begynne to fight alsoo, 9675
The devell procureth þe þertoo
That oon may lightly oþer sloo
And soo ekeþ soone þe woo.
Forthy, all þat dereth þe soo soore,
Better þe las skathe þanne þe moore.' 9680

Qo. 350[a] *'Shall a man ffor tene or lesyng* (354)
Blame God off heven in anyþing?'
'God of heven is soo wys
That in hym noo blame ne is
But thankynge, worshipp, and honoure 9685
As to hym þat he is ooure creatoure.
And ȝif þou for þy folye
Falle in ony malencolye,
Blame þou God þerfore nothyng:
Blame þyselue and þyne vnconnyng. 9690
Haue þou not as þy will wore,
Why shalt þou blame God þerfoore?—
Thogh þou pray God sende þe,

9665 And ȝif] Sey hir A. 9679 all þat] allþough itt A. 9681 S *begins again.* 9684 ne is] lys S.

Ca.° xlvj° *'Hou shal a man lede his lyf* (353)
þat fint anoþer haunting his wyf?'
'Iff þou finde a man on thi wyf,
Loke þou make wiþ him no stryf: 10920
Priuely þou goo thi way
And noþing to hem þou say.
But aftirward þou say hir to
þat she do no more so
And seie she doth herself shame, 10925
For in hir lieth al þe blame:
þer may no man do so hir til
But if it be her owne wil.
þerfore chastise hir curtesly
And loke hou she wole doo þerby; 10930
And if she wole doo after þi lore,
Vpbreide hir of þat no more.
And if þou smyte on þe man anoon
Whanne þou comest him first vpon
And he bygynne to fighte also, 10935
þe deuel procureþ ȝou boþe two:
Ȝe mowen lightly eiþer oþer slo
And sone encreseþ than þi wo.
þerfore, alþogh it greue þe sore,
Better is þe lesse scathe þan the more.' 10940

Ca.° xlvij° *'Shullen men for tene or for lesyng* (354)
Blame God for anything?'
'God of heuen is so wys
þat no blame in hym ne ys
But þanking, worshipe, and honour 10945 f. 161v
As to him as is þi creatour.
And if þou for thi folye
Falle in any malencolie,
Blame þou God þerfore noþing
But blame þyne vnkunnyng. 10950
If þou haue not as þi wille wore,
Whi shalt þou blame God þerfore?—
þogh þou preie God sumwhat sende þe,

10927 hir] wiþ hir LH. 10936 two] þerto H.

Hit may not all þy will be.
But wolde þou trauayll for to live, 9695
God shall helpe þe for to þryve.
Were a man now by a brymme
That d[epe] were and cowde well swhymme
And he cried on God faste
And were pereshid at þe laste 9700
For defaute of steryng
That he wolde helpe hymselue noothynge,
Herefore blame God noo man sh[olde]:
He wolde haue holpen and hymselue wolde.'

Qo. 351[a] *'Shall a man serue ech man* (355) 9705
Off such þing as he can?'
'A man shall fonde lowde and stylle
Euery man to serue at his wille.
If he do hit for seruice,
He wote where his hire shall ryse; 9710
Yf he for Goddis loue hit doo,
Hit be nought vnyolden soo
For did yit neuer man goode dede
But hym [y]olden were his mede:
If men quyte hym noȝt þerfore, 9715
God shall yelde hym elleswhore
And for his goode wyll may befalle
That oon shall come and paye for alle.

9694 all] at S. 9698 depe] *from* S, doith B, connyng A. 9703 sholde] *from* SA, shall B. 9706 þing] seruyce S. 9714 yolden] *from* AS, holden B.

It may not at þi wille be.
But wilt þou trauaile forto lyue, 10955
God shal helpe þe forto [þriue].
Were a man by a water brymme
þat depe were and cowde wel swymme
And he cried on God fast
And he were perisshed at þe last 10960
For defaute of swymmyng
þat he nolde helpe himself noþing,
Herfore blame God no man sholde:
If he himself haue holpen wolde,
It wolde him haue holpen fro pershing 10965
And from sodein perill to him falling.
þus faren some peple þat here now dwelle:
þei nole not labore, as I the telle,
To gete hem mete and drinke and cloth;
To swete and swynke þei ben ful loth. 10970
þerfore if þou here pouere be
And ofte time hast scarsete
Of suche þing as þou hast nede,
Labore þe oftener wiþ good spede;
And miche þe bettir þou shalt fare 10975
And fille þi nede þat erst was bare.'

Ca.° xlviij° *'Shal a man serue euery man* (355)
Of suche þing as þat he can?'
'A man shal fonde loude or stille f. 162r
Euery man to serue at wille. 10980
If he do it for seruise,
He wote where his hire shal rise;
If he for Goddis loue it do,
Vnȝolde it shal not be þe vnto
For neuere ȝit dide man good dede 10985
But it were ȝolde at his nede:
If a man quite him not þerfore,
God shal ȝelde him elleswhore
And for his good wille may befalle
þat one shal come and quite for alle. 10990

10956 þriue] *from* H, *om.* L. 10962 þat he nolde] Can H.

Forwhy shall noo man say nay
To serue euery man there he may.' 9720

Qo. 352[a] *'Which is the saveroust þing* (356)
Off all þat be, att thy wenyng?'
'Off alle þynges that euer be oure
[And best to likyng and to savoure]
Vnto man, beste, foule alsoo 9725
[Is] slepe, whanne tyme is therto:
There is nother mete ne drynke
That sauoureth a man onythyng
As slepe, whan a man wolde fayn:
Noo delite is þereayen. 9730
Withoute slepe may nooþyng thryve
Of all þat euer be on lyve;
Forwhy God ordeyned the [n]ight
Therinne to slepe and reste euery wight.
Slepe noreshith mannes kynde 9735
And bestes bothe, as þat men fynde.
Man ne beste ne foule is noone
Soo iolyff ne soo wel begone,
f. 139[r] Holde hym fro slepe ayens his wille,
Thenne þou may hym soone spille 9740
And doo hym forlese flessh and blode,
Be he neuer so wilde ne wode.
Forthy is slepe, God hit wote,
The saueroust þyng þat I wote.'

Qo. 353[a] *'Off whatt maner and of what bounte* (357) 9745
Ouȝtt kynges and lordis to be?'
'Kynges [and] lordes ought right well
To be trewe as ony stele
In wordes, in werke, at all here might
And in domes deme aright; 9750
Wys hem ought also to be,
Curteys, meke, and of piete,
And to misdoers neuerþeles

9721–44] *om.* S. 9724] *from* A, That is there men se ooure savioure B. 9726 Is] And B, As A. 9728 onythyng] as me þink A. 9733 night] right B, nyȝtt A. 9745 S *begins again.* 9747 and] *from* S, *om.* BA.

þerfore shulde no man seie nay
To serue eche oþer þer þei may.'

Ca.º xlixº *'Which is þe sauourest þing* (356)
To man or beest, to þi wening?'
'Off alle þinges þat euer be 10995
þan is þer noon so sauoure
Vnto man, beest, and foule also
As sleep is whan time come þerto:
þer is noþer mete ne dring
þat sauoureþ a man anyþing 11000
As slepe, whan a man wolde fayn:
No delite is þeraȝain.
Wiþoute sleep may noþing þrive
Of alle þinges þat here beren live;
þerfore God ordeyned þe night 11005
þerynne to slepe euery wight.
Sleep norissheþ mannes kinde
And eke bestis, as we wel finde.
Man, beest, ne foule is noon
So iolyf ne so wel begoon, 11010
Holde him from sleep aȝeins his wille
þat þou ne maist him sone spille
And make him to lese flesshe and blood, f. 162v
Be he neuer so fers of mood.
þerfore is sleep, God it woote, 11015
þe sauouriest þing þat I can noote.'

Ca.º lº *'On what manere and bounte* (357)
Oght kinges and lordes forto be?'
'Kynges and lordes oght right wel
To be trewe as any steel 11020
In werke and worde with al her might
And her domes to deme aright;
Wise hem oghte also to be,
Courteis, meke, and of pitee,
And to misdoers neuereþelesse 11025

11010 iolyf] ioiefull H.

Stowte to deme here wyckednesse—
For he may neuer God well queme 9755
Ne his lordshipp in honour yeme
That spareth wyckednesse to shende
Ne to God ne is nought hende.
They ought also to be doughti,
Vigorous, and fers of here body, 9760
Large, and yevyng curtesly—
Here astate may þey mayntene þerby.
To poore þey ought to be merciable
And to the riche stable
And aboue all thyng 9765
To worche þe wyll of heuen kyng
For he hath hem lordis sette
Goode to doo and evell to lette.'

Qo. 354[a] *'Kynges and lordes, shall they faile* (358)
To kepe hemselff in batayle?' 9770
'Kynges and pryncis ought with right
Here landes to defende in fight
And other lande to wyn alsoo,
If that he haue right þerto.
f. 139[v] In felde his folke ordeyne he shall 9775
And hymsilf be withall
And comforte hem and hote hem mede
For to make hem bolde to dede.
The first ooste shall he nouȝt be ynne,
There þe strokes shall begynne; 9780
For ȝif he ware hymselue before
And befell þat he slayn woore
Or taken and away soo born,
All togedre were þan lorn.
In the laste ende shall he be 9785
And his piople all ouer to see
Soo þat, if nede hym be,
That he may lightly away flee:
For if he sauffly fle awaye,
He may on another day 9790

9769–854] *om.* S. 9783 born] lorn A. 9785 ende] host A.

Stoute to deme her wickednesse—
For he may neuere God wel queme
Ne his lordship in honour [ȝeme]
þat spareþ wickednesse to shende,
Ne to God is he no frende. 11030
þei oghte also to be doghti,
Sterne, and fers of her body,
Large, and ȝeving curtesly
Her state to maintene þerby.
To pouere þei oghte be merciable 11035
And vnto þe riche right stable
And aboue al manere þing
To worche þe wille of heuen king.'

Ca.º ljº *'Kinges and lordes, mowen þei faile* (358)
To be hemself in bataile?' 11040
'Kynges and princes oght with right
Her londes to deffende with fight
And other londes to wynne also,
If þat he haue right þerto.
In feelde ordeyne his folk he shal 11045
And himself be þerwiþal
And comforte and byhote hem mede f. 163r
To make hem bolde in her dede.
þe firste hoost shal he not be ynne,
þere þe strokes shal bigynne; 11050
For if he were himself bifore
And bifel þat he slain wore
Or take away or ybore,
Al togidre þan were ilore.
In þe best ende houe shal he 11055
And his folk oueral see
So þat, if it nede be,
Awey he mighte lightly fle:
For if he sauely fle away,
þanne he may anoþer day 11060

11028 ȝeme] *from* H, preue L.

Gete hym helpe and wynne well moore
Tha[n] that he forloseth befoore;
Soo may he yit saue his honoure
And haue þe fayrest of þe stoure.'

Qo. 355[a] *'Swete þat comth off the body,* (359) 9795
How comth itt, wheroff, and why?'
'Kyndely swhote comeþ comonly
Of wykked blode in þe body
That stereþ vnwhile and hath noo roo
And other humours mengeth hym too; 9800
And whanne þey togedre take,
Grete hete in the body þey make.
And þat hete þat is withynne
Makeþ þe body as hit sholde brenne;
And þat body þat is soo hoote 9805
Casteþ owte anoone þe swhoote.
The kynde causith it withall;
But ouermoche dere shall.'

Qo. 356[a] *'Which be the best colours þat are* (360)
Off cloþing men for to were?' 9810
f. 140r 'The beste hewes þat may be
To mannes clothyng þan is iij[e]:
That ben rede, white, and grene;
And by this skele woll I mene.
The rede supposeth regalte 9815
And is hewe of grete dignite;
Hit yeveþ the werere menske and blis
And to þe sonne ylekened is.
White wede is digne thyng
And of aungelis hit is clothyng; 9820
Hit makeþ somme mylde þat hit werith
And hew of þe mone hit bereth.

9792 Than] *from* A, That B. 9807 causith] chaffith A. 9808 dere] nott dere it A.

Gete him helpe and wynne wel more
Of þat he loste þertofore;
So may he ȝit saue his honour
And haue þe fairest of þat shour.
For þogh a prince haue som day 11065
A rebuke, peraunter he may
Anoþer day his worshipe saue
And of þat retorne honour haue.'

Ca.º lijº *'Swoot þat comeþ of þe body,* (359)
Hou comeþ it, wherof, and why?' 11070
'Kyndely swoot comeþ comenly
Of wicked blood in the body
Þat stiren somtyme hidre and þidre
Of þe humours whan þei come togidre;
And whanne þei togidre take, 11075
Greet hete in þe body þei make.
And þat hete þat is wiþynne
Makeþ the body as it shulde brenne;
And þat body þat is so hoot
Casteþ out anoon þe swoot. 11080
Þe kinde clensith it wiþal; f. 163v
But ouermiche hete dere it shal.'

Ca.º liijº *'Whiche are þe best colours þat ben* (360)
Of clooþ forto were, men to sen?'
'The best hewes þat may be 11085
To mannes cloþing be thre:
Þat ben white, reed, and grene;
And by þis skille wolde I mene.
Þe reed signifieth realte
And is hewe of grete dignite; 11090
It ȝeueþ þe werrier mirþe and blisse
And to þe sunne likned isse.
White wede is worthi þing:
Of aungel it is þe cloþing;
It makeþ him mylde þat it weriþ 11095
And hewe of þe mone it bereþ.

11084 men to sen] for men H.

Grene is a precious colour
And sholde be hadde in honour:
Of all other moste is hit born 9825
For grasse, tree, and also corn
And all þat waxeþ in erthe, bydene,
All than is hit cladde in grene;
And þat moste þynge be clad withalle
Digniest hewe men holde shall.' 9830

Qo. 357[a] *'Sith a man grene a good hwe call,* (361)
Which is the grenest þing off all?'
'Water is the grenest þyng, I wene,
For water makeþ all thyng grene
And ne were of water þe moistyng, 9835
Sholde noo grene thyng sprynge.
Gras þat on hilles stande
There noo water is rennande,
With raynes and dewes of þe ayre
Waxe þey bothe grene and fayre; 9840
And somme grennes cometh þorow wateres myght

Thanne is hitsilf grennest with right.'

Qo. 358[a] *'Sey me now, so haue þou blis:* (362)
Which is þe ffeirest þing þat is?'
'The fayrest thyng þat is of kynde 9845
Thanne is erthe, that men fynde.
f. 140v For trees and all other thynges
Of the fatnesse of the erthe sprynges:
And fatnesse of the erthe ne wore,
Sholde þey neuer growe more— 9850
Of the fatnesse of the erthe cometh all
That they sprynge and waxe withall:
Of the erthe take þey here nature
And ellis might þey noo whyle endure.'

9849 wore] *perhaps* were B.

Grene is a precious colour
And shulde be holde in honour:
Of al oþer most it is borne
For gresse and trees and also corne 11100
And alle þat wexeþ in erþe, bydene,
Al þanne is cloþid in gresse grene;
And þat most þing is cloþed wiþal
Worþiest hewe men holde it shal.'

Ca.º liiijº *'Sithen men grene a good hewe calle,* 11105
Whiche is þe grennest þing of alle?' (361)
'Watir is þe grennest þing, I wene,
For watir makeþ al þing grene
And nere of watir þe moisting,
þere shulde noþing grene spring. 11110
Gresse þat on hilles is stonding
þere no watir is rennyng,
With reynes and dewes of þe air
þei wexen boþe grene and fair;
And sithen grennesse comeþ tite 11115 f. 164r
þorgh rennyng of watir righte,
þanne is it þe grennest þing
And to þis world most norisshing.'

Ca.º lvº *'Seie me now, so haue þou blis:* (362)
Whiche is þe fairest þing þat is?' 11120
'The fairest þing þat is of kynde
þanne is it erthe, þat man fynde.
For trees and al other þing,
Of þe fattheed of þe erthe þei spring;
And if fathed of erthe ne wore, 11125
Shulde þei neuere springe more—
Of þe fathed of þe erthe comeþ al
þat þei wexe and springe shal:
Of erthe takeþ þei her nature
And elles might þei no weies dure.' 11130

11098 be holde] *from* H, beholde L.

Qo. 359[a]

'Wheþer is better att thy deth day— (363) 9855
Repentaunce or hope to blis ffor ay?'
'Bothe be goode, the soothe to say,
Vnto man whan he shall dey:
Repentaunce is goode to haue
But [good hope] shall moore a man saue; 9860
For euery man þat dye shall
May not repente hym of all,
Forwhy behoueth hym nedely
Truste hym all in Goddis mercy.
But he þat in noo hope ne is 9865
For to come to heuen blisse,
Shall he neuer come þerinne,
Be he neuer soo clene of synne;
But he þat hathe all his truste
That God is of mercy mooste, 9870
That truste shall saue hym at þe laste
Whanne other shull be outecaste.'

Qo. 360[a]

'Shall men wepe or make evill chere (364)
For a man þat dieth here?'
'Kynde woll me [w]epe and make caare 9875
Whenne here frendis from hem fare;
Neuertheles þe man þat ay
Hath levid here in Goddis lay,
Of his dethe no doill ne is
For he wendeth vnto blis 9880
There for to be for euermore:
For hym sholde noo man wepe soore.
f. 141r But he þat God ne troueþ nought
Ne his comaundementes hathe noȝt wrought
And dyeþ soo in þat entent 9885
And is to helle iwente,
For hym is sorow for to make
That he suche lyff nolde forsake.'

9860 good hope] *from* AS, god B. 9875 me wepe and] me kepe and B, cause men to wepe and S, men cause to A. 9877 ay] may S. 9878 Hath] þat S. 9881 for to be] ioye is ynne S.

Ca.º lvjº

'Wheþer is better at þi deeth day— (363)
Repentaunce or hope of blisse for ay?'
'Bothe ben gode, sooth to say,
To a man whan he shal day:
Repentaunce is good for to haue 11135
But good hope shal a man more saue;
For euery man þat deie shal
May not repente him of al,
þerfore bihoueþ him nedely
Triste him al in Goddes mercy. 11140
But he þat in no hope ne ys
For to come to heuene blis,
Shal he neuere come þerynne,
Be he neuere so clene of synne;
But he þat haþ al his trist here 11145
þat he shal to God be leef and dere,
þat triste shal saue him at þe last
Whanne oþer shullen be outecaste.'

Ca.º lvijº

'Shal a man wepe and make yuel chere (364) f. 164v
For his frende whan he deieþ here?' 11150
'Kynde wole men wepe and make care
Whanne her frendes from hem fare;
Neþelesse the man þat ay
Haþ lyued here in Goddis lay,
Of his deeth no dole þer is 11155
For he wendiþ vnto blis
þere to be for euermore:
For him shulde no man wepe sore.
But he þat God troweþ noght
Ne hise comaundementis haþ wroght 11160
And deieþ so in þat entent
And is so to helle went,
For him is sorowe forto make
þat he suche lijf wolde not forsake.'

Qo. 361[a] *'Came ffro þat oþer world yitt anyþing* (365)
Thatt off heven or hell told any tydyng?' 9890
'Ynowe haue ther come here
Goode men þat with God were deere
Thoo folke for to wisse and telle
Bothe of heven and of helle,
That were goode men herebefore 9895
Of whom þat we haue of lore.
They wrote in bokes þat they wrought
(For men sholde forgete hit nought)
The grete ioye þat is in heuene,
That noo tonge in erthe may mene, 9900
Of the grete p[eyn] of helle
That þey haue þat þerinne dwelle.
This tolde Adam his soone, Abell,
Seith and Ennok also well,
Noe and Melchisedek alsoo 9905
And other profetes set þerto;
Thorow Goddes comaundement
They be þat hider ay[en] went—
That is to say here techyng,
Thorogh whiche we haue knowlechyng 9910
Of heuene and of helle bothe:
Well hym is þat dothe after here rothe.'

9889–912] *om.* S. 9900 mene] neven A. 9901 peyn] *from* A, pride B. 9908 ayen] ay ony B; ayen went] vs knowlech sentt A. 9912 dothe . . . rothe] affter hem doth A.

Ca.º lviijº

'Come euere any man here to dwelle 11165
þat of heuene and helle cowde telle?' (365)
'Anowe þere haþ ycome here
Goode men þat wiþ God weren dere
þe folke forto wisse and telle
Boþe of heuene and of helle, 11170
þat weren good men here bifore
Of whom ȝit we haue good lore.
þei wroote in bokes þat þei wroghte
(For men shulde forȝete it noghte)
þe grete ioye þat is in heuene, 11175
þat no tunge in erþe may neuene,
And also þe grete peyne of helle
þat þei haue þat þerynne dwelle.
Adames sone telde vs, Abel,
And Seeth and Ennok also somdel, 11180
Noe and Melchisadek also
And oþere prophetis many mo;
þorgh Goddis comaundement f. 165r
þei weren hidre aȝein sent—
þat is to seie her teching, 11185
Wherþorgh we haue knowleching
Of heuene and of helle boþe:
Wel is him þe oone can loþe—
þat is, þat he may heuene wynne
And in helle come neuere wiþynne. 11190
For he þat þerynne come,
Shal he neuere out by nome;
Ne he þat in heuene may dwelle,
Shal he neuere of peyne smelle.
þus wheþer a man deserue here, 11195
Ioye or peyne, wiþoute were,
He shal haue, wiþoute mys,
Wheþer it be peyne or blis.'

11192 by nome] bynome L, be nome H.

Qo. 362[a] *'Shall a man anyþing sey* (366)
Whan he to slepe doth hym ley?'
'A man þat troueth in God aright 9915
And kepeþ his comaundement at his might,
Whanne he to slepe shall leye hym downe,
He shall say this orison:
f. 141[v] "Lord God of mightis mooste,
To the teche I my goste; 9920
Thow kepe hit, Lorde, in þyn honde
Froo encomberauns of the fende;
Fro hym, Lord, þou me were
That he neuer me ne dere.
Haue mercy on me, Heven Kyng, 9925
And graunte me, Lord, myn axyng."
And sith slepe he hardely
Withoute drede of enemy.'

Qo. 363[a] *'Why may nott younge men gete also* (367)
Stronge childre as eldre men do?' 9930
'Children that ben smale and yonge
That nought be come to waxonge,
They be yet feble of nature
To make ony engenderewre:
Heere sede is to grene therto 9935
Forwhy may hit noo goode doo;
And the passage in the body
There the nature sholde passe by
Is to straite, for where the kynde
Noo kyndely issu may fynde. 9940
And if þat þ[ey] ony childre gete,
They shull nother be stronge ne grete
For it fallith in euerythyng,
Feble seede, feble spryng—
And nought soo of man allone 9945
But of bestis euerychone.'

9913–28] *follow* 9364 S. 9923 were] shende (*rh.* deffende) A. 9928 drede] encombraunce S. 9929–46] *om.* S. 9941 þey] þou B, they A.

Ca.º lixº

'Shal a man anyþing seie (366)
Whan he to sleep shal him leie?' 11200
'Man þat bileeueþ in God aright
And holdiþ his bidding at his might,
Whanne he to sleep shal leie him doun,
He shal seie þis orisoun:
"Lord God of mightes moost, 11205
To þee I beteche my goost;
þou kepe it, Lorde, in þin hende
From encombraunce of þe fende;
From him, Lord, þou me were
þat he neuere me drecche ne dere. 11210
Haue mercy on me, Heuen King,
And graunte me, Lord, myn axyng."
And þanne may he slepe hardily
Wiþouten drede of his enemy.'

Ca.º lxº

'Whi may not ȝonge men gete also 11215
Strong children as olde men do?' (367)
'Children þat ben smale and ȝing f. 165ᵛ
þat beeþ not icome to wexing,
þei ben ȝit feble of nature
To make any engendrure: 11220
Her seed is ȝit to grene þerto
And þerfore may it no good do;
And the passage in the body
þere þat þe nature shal passe by
Is to streite, wherfore þe kinde 11225
No kindely issew may it finde.
And if þat þei any children gete,
þei shal neuere be strong ne grete
For it falliþ in eueryþing,
Feble seed, feble al þe spring— 11230
And not so of men allone
But of beestis eueryche one.'

11228 neuere] neþer H.

Qo. 364[a] *'Off all bataylis þat be in londe* (368)
Which is the strengest to withstonde?'
'Strenger batylle wote I nought,
Whanne that I am all bethought, 9950
Thanne is temptacion of the devell,
Ne that doith a man moore evell.
Other bataill seis som day
But the devell fondyng lasteth ay:
f. 142[r] Slepe men or wake men or where they be, 9955
That bateille may he evell flee;
And be he neuer [so] stedfaste,
Yet woll the devell caste hym a caste.
That man may not fle oute of the stede
But with ffastyng or with hooly beede. 9960
And ffor þat warre is euer on and on,
A strengere bataill þanne wote I noon.'

Qo. 365[a] *'All that in this world born are,* (369)
Shall they all to the deth ffare?'
'Alle þat haue be vs beforn 9965

And all þoo þat yet shull be born,

All shull they deie, knyght and swayn;
May þey nought be thereayeen:
Thogh he his herte þe worlde in leye
Neuer soo moche, yet shall he deye. 9970
And Goddis Soone shall come here
And be born of a mayden dere;
Yet shall he dye vppon a roode
But that shal be for mannes goode.
May noo man ascape þat dede 9975
For noo powere ne for noo reede.'

9947 ff.] *follow* 9888 S. 9952] The worlde þe flessh þat is vnhende (*rh.* fende) S. 9953 seis] þou seis B; som day] by some way A. 9956 evell] not S. 9957 so] *from* SA, *om.* B; stedfaste] wise ne þro S. 9958] Ȝet wole þe fendes tempte euermo S. 9959] And man may wiþstand hit in no manere (*rh.*

Ca.º lxjº *'Of alle batailes þat ben in londe,* (368)
Whiche is þe werste to wiþstonde?'
'Strenger bataile woote I noght, 11235
Whanne þat I am al biþoght,
þan is temptacioun of þe deuel,
þat makeþ a man to do yuel.
Other batailles sesith som day
But þe deuelis temptacioun lastiþ ay: 11240
Slepe man or wake, wheþer it be,
þat bataile may he yuel fle;
And be he neuere so stidfast,
Ȝit wole þe deuel caste him a cast
And man may it not fle of þe stede 11245
But wiþ fasting or wiþ holy bede.
And for þat werre is euere in oone,
þerfore no strenger woote I noone.'

Ca.º lxijº *'Alle þat in þis world born are,* (369)
Shullen þei alle by deeþ fare?' 11250
'Alle þat haue ben vs bifore f. 166r
Or now into þis world be bore
Or shal hereafter born be—
Triste me truly, as I seie thee—
Alle shullen þei deie, knight and swain, 11255
And þei mowen not be þereaȝain:
þogh he to þe world his herte leie
Neuere so miche, ȝit shal he deie.
And Goddes Sone, þat shal come here
And be borne of a maide dere, 11260
Ȝit shal he die on a rode
But þat shal be for manis goode.
þere shal no man ascape þe deede
For no power ne for no rede.'

praiere) S. 9961 on and on] in oon S. 9967 deie] *perhaps* dere B.
9975 þat] þe S, to be A. 9976 reede] mede S.

11233 wiþstonde] vnderstonde H.

Qo. 366[a] *'How lith a child, tell me this,* (370)
In the modris wombe wher itt is?'
'A childe þorough Goddis grace
Hathe in þe modres wombe a space 9980
In a chambour, oon of the seuene
Of the matrice þat wee neuene;
And þe fistis, soth to say,
Lye before þe eyen twey.
And grete ioye they have, hem thynke, 9985
There they lye in grete lykyng
And they wolde neuermoore
Come in other stede þan þoore;
But whanne þey be here comen
And the ayre of this world haue nomen, 9990
f. 142v Thenne wolde noȝt they be ayen
Soo been they of this worlde fayn.'

Qo. 367[a] *'How shall a man shewe his skill* (371)
Whan he shall domysmen itt tell?'

'That shall shewe his reason 9995
Byfore men of discrecion,
Telle hit shortly and wisly alsoo
And that he have bolde herte therto.
If thow telle þy tale shortly,
Thy domesmen shull þenne lightly 10000
Conceyve þy tale and bere away
And remembre hit another day;
And iff þou wissly by skill hem lere,
They shull þe blitheloker hire.
If þou with bolde herte telle thy thynge, 10005

Thow shalte nought be abasshed in tellyng.

Many men in plee me see
That to telle here tale abasshed be
And forleseth, whan all is tolde,
That might wynne, were they bolde.' 10010

9977–10010] *om.* S. 9985 hem thynke] ouer all þing A. 9991 Thenne] Ther A.

Ca.º lxiijº *'Hou lieth a childe, telle me þis,* 11265
In þe modres wombe, iwis?' (370)
'A childe þorgh Goddis grace
Haþ in the moderis wombe a place
In a chaumbre, oone of þe s[euene]
Of þe matrice þat we neuene; 11270
And hise fistes, soth to seie,
Ligge bifore hire yen tweie.
Grete ioye þei han, hem semyng,
þere þei ligge and greet likyng
And þei wolde neueremore 11275
Come in oþer stede þan þore;
But whan þei ben hidre ycome
And þe eir here haue ynome,
þanne wolde þei not be þere aȝein
Of þis worlde þei beþ so fein.' 11280

Ca.º lxiiijº *'Hou shal a man shewe his wil* (371)
Whan he shal his tale tel
Afore wise men and grete
Or iugges þat in doom sete?'
'He þat shal shewe his resoun 11285 f. 166v
Bifore men of discrecioun,
Telle it shortly and wisely also
And haue a bolde herte þerto.
If þou telle þi tale wisely,
þi domesman shal þanne lightly 11290
Conseyue þi tale and bere it away
And remembre it anoþer day;
And if þou shortly þi skile hem lere,
þei shullen it þe sonner here.
If þou wiþ bolde herte telle þi tale, 11295
It shal deliuere þe of miche bale
And deliuere þee of thyn heuynesse
þat pined þyn herte wiþ bitternesse.
Many men in pleting ȝe mowen see
þat to telle her tale abaisshed be 11300
And leseþ her cause, whann it is tolde,
þat þei mighte wynne, if þei were bolde.'

11269 seuene] *partially erased* L.

Qo. 368[a] *'Shall his witt a wise man* (372)
Amonge symple shewe þat litill can?'
'A wyse man of moche wytte
That amonge foles sheweth it,
Hit fareth as he þat lereth a swhyn 10015
To rede and worche in parchemyn
For he forleseþ all his payne
As well as other his trauaille teyne.
For telle a fole a wys[dom] vnto,
He shall sey hit was neuer soo: 10020
For vnderstandyng hathe he noon,
Forwhy woll he not live þeron.
Yf þou vnto wyse men it shewe
That of skill and wisdam knowe,
They shull vndirstande þe well 10025
And ayensey þe neuer a dell.
f. 143[r] Forwhy to a man wyse shewe þou þy þoȝt
And amonge fooles shewe right noȝt.'

Qo. 369[a] *'Tell me now off wynys tyte* (373)
Why some be rede and some white.' 10030
'Noe was þe furste man
That euer wyne plante began.
Xl plauntis he gadered and fette
That were in certeyn daies sette:
Euery day twoo in erthe he dight— 10035
That oon aday, þat other at night.
Thoo þat aday were set vppon
Vnto the sonne hit shone,
For hete of sonne þat þey nam
Of Goddes grace þoo rede becam; 10040
And þat he anight on erthe gan leye
Whanne þe sonne was away,
For nightis colde þat felle þeron
Tho became whyte euerychon:
Therefore are the rede hatter well 10045
Thanne þe [white] be by a grete dell.'

10011 S *begins again*; witt] *add* telle S. 10012 shewe] men S; litill] he S. 10016 worche] write AS. 10017 payne] lore A. 10018] And lewder is he þan he was beffore A. 10019 wysdom] wyse man B, wisdom A,

Ca.º lxvº

'Shal his witt telle a wise man (372)
Among hem þat no good can?'
'A wyse man of miche witt 11305
þat among fooles sheweþ it,
It fareþ as he þat hereþ a swyn
To write and rede in parchemyn
For he forleseþ al his tyme
As þat oþer his trauaile doþ tyne. 11310
For þogh a wise man speke a fole vnto,
He shal seie it was neuere so:
Vnderstonding haþ he noon,
þerfore he nyl leue þerevppon.
If þou to wise men it showe 11315
þat beþ of wisdom and skil knowe,
þei shul vnderstonde þe wel
And aȝeinseie the neuere a del.
þerfore amonge þe wise shewe thi þoght f. 167r
And amonge foles shewe [it nouȝt].' 11320

Ca.º lxvjº

'Telle me now of vines tite (373)
Whi som is rede and some white.'
'Noee was þe firste man
þat euere vines plaunt bigan.
Fourty plantes he gadred and fett 11325
þat weren in xxti dayes sett:
Euery day two in erþe he dighte—
þat one in þe day, þat oþer in þe nighte.
þilke þat weren sette in þe day
And þe brighte sunne overshone alway, 11330
For hete of þe sunne þat þei nam
Of Goddis grace þoo reed bicam;
And þat he by night in þe erthe gan leye
Whanne þat þe sunne was aweye,
For nightes coolde þat fel þeron 11335
þilke bicome white euerichon:
þerfore ben the rede hatter wel
þan þe white by a greet del.'

wisdome S. 10022] Ne no witt off discression A. 10029–62] *om.* S.
10039 nam] had þan A. 10046 white] *from* A, rede B.

11307 hereþ] bereþ H. 11320 it nouȝt] *from* H, þi þoght L.

Qo. 370[a] *'Haue ffoulis and bestis any spekyng* (374)
Or vndirstondyng off anyþing?'
'Of beste ne foule shalt þou not fynde
That hath langage in her kynde: 10050
Of all bestis þat men reken can

Hath non no langage but man.

Foules and bestes crie, bedene,
But they neuer wote what þey mene:
Whanne þat oon makeþ a crye, 10055
That other hereth redily
And crieth hym ayen fote hote
But what þey mene þey ne wote.
All þat euer þey crie and doo
Of kynde is and vsage alsoo: 10060
Suche kynde hath God to hem dight
For man shall ouer hem haue might.'

f. 143[v] *Qo. 371[a]* *'Wheþer helpith the soule more—* (375)
That a man doth here beffore
Or thatt man doth affter ffor hym 10065
Whan that he is dede and dym?'
'Bothe helpeth man in nede
But bothe be not of oon mede.
For if a man goyng be
In derkenesse, there he may not see, 10070
And a lanterne goo hym before,
Thereof hath he light wel moore
Than þogh behynde hym folowed twoo
And for the light of them he might misgoo.
Alsoo a man that goode doothe here 10075
Vnto he may hymselfe stere,
Therfore hath þe soule moore mede
Thenne for suche twoo after dede.
But many a man hath rede

10063 S *begins again.* 10073 þogh] þou A; folowed] brouȝttist A.
10074 And . . . them] Forwhy for þe S, For as ffor tho A. 10078 twoo] twoo of B.

Ca.º lxvijº *'Haue foules and beestes any speking* (374)
Or vnderstonding of anyþing?' 11340
'Off beest ne foule shalt þou none fynde
þat haþ langage in her kynde:
Of alle þe beestis men reken can
Or creatures in þis world þan
þat God haþ made or make shal 11345
Langage haþ noon at al
But oonly man þat last made he
To worshipe here þe Trinite.
Foules and beestis crieþ, bydene,
But þei ne witeþ what þei mene: 11350
Whanne þat oone make a cry,
þat other hereþ it redily
And crieþ to him aȝein foot hoot f. 167v
But what þei mene þei ne woot.
Al þat euer þei crie and doo 11355
Of kinde it is and vsage also:
Suche kinde haþ God to hem dighte
For men shulde haue ouer hem mighte.'

Ca.º lxviijº *'Wheþer helpiþ þe soule more—* (375)
þat a man doth here bifore 11360
Or þat a man dooþ after him
Whan he is deed and dim?'
'Bothe helpeþ man in nede
But boþe ben not of oon mede.
For if a man goyng be 11365
In derknesse, þere he may not see,
And a lanterne be him bifore,
þerof haþ he light wel more
þan þou behynde him folowed tho—
For al þilke light he might mysgoo. 11370
Also a man þat good dooþ here
þe while he may himself stere,
þerof haþ the soule more mede
þan for suche two aftir his dede.
Many man haþ counseil þerto 11375

11361 him] for him *Table* 1813.

To doo for hym, whenne he is dede, 10080
Thenne hymselue may haue hit noo moore—
The lasse thanke he is worthe þerfore:
Wolde he for Goddis loue it dele
Vnto þat he were in goode hele,
Thanne yede before hym þe light 10085
To lede hym þe way aright.'

Qo. 372[a]

'Fysshis þat swym here and þer (376)
In water, slepe they neuermore?'
'Fisshes þat ben in þe see
Or in ryuer, whether hit be, 10090
Haue here eyen as bright as þe sonne
And to and froo allway þey swymme:
Is hit noght of her kynde þe right
That þey slepe or day or night.
If they be wery, þey woll reste 10095
Awhiles where hem þynkeþ beste;
And if they felte þe ayre also
As we or beste or foules doo,
f. 144[r] That aboute erthe woone,
Of kynde shull þey slepe soone.' 10100

Qo. 373[a]

'Off all þat in the world be (377)
The ffeirest foule which þinkith þe?'
'Iff alle þe foules þat God wroght
Were into oon place brought
And stoode alle vpon a flok, 10105
The fayrest of alle were þe cokke;
And he hathe þyngis thre
That in noon other men may see:
On his hede he bereth a crowne
And a spore vppon his shanke adowne 10110
And God hathe yoven hym þe might
To knowe þe owres day and night.
The cok is gelows ouer þe wyff
And often for hem makeþ striffe
And he sholde haue defaute of mete 10115

10087–164] *om.* S. 10115–16] *om.* A.

Whanne he is deed, almesse to do
When he may haue it no more—
þe lesse þank he is worþ þerfore:
Wolde he for Goddis loue it dele
The while þat he were in hele, 11380
þanne ȝede him byfore þe light
To lede him þe weie aright.'

Ca.° lxix° *'Fisshes þat swymme here and þore* (376)
In watir, slepe þei neueremore?'
'Fisshes þat beeþ in the see 11385
Or in þe riuer, wheþir it be,
Han her yȝen brighte as brymme f. 168r
And euere to and fro þei swymme:
To her kinde it longeþ noght
To slepe day or night oght. 11390
If þei ben wery, þei wole rest
A while where hem þinkeþ best;
And if þei felte þe eir also
As we or bestes or foules do,
þat aboute þe erthe doþ wone, 11395
Of kinde shulde þ[ei] slepe ful sone.'

Ca.° lxx° *'Of alle þat in þe worlde be* (377)
þe fairest foule whiche þinkeþ the?'
'If alle þe foules þat God wroghte
Weren alle into oon place broghte 11400
And stoden alle vpon a flocke,
þe fairest foule were þe cokke
F[or] he haþ þinges thre
þat on no noþir men may se:
On his heed he beriþ a crowne 11405
And spores on hise shankes þere downe
And God haþ ȝoue him þe might
To knowe þe houres of day and night.
þe cok is ielous ouer his wyf
And ofte for hir he makeþ stryf: 11410
Defaute he wolde haue raþer of mete,

11396 þei] *from* H, þou L. 11403 For: or *obscured by defect in MS* L.

Or his wyff, if he might ought gete.

And if he dwelled in felde alsoo
Or in woode as other doo,
All the foules þat by hym were
Reuerence sholde bere hym there 10120
And for his fairnesse have of hym awe:
Thanne is he þe fairest with lawe.'

Qo. 374[a] *'Which is the ffeirest best thatt is* (378)
And thatt a man myȝt not mys?'
'Hors is þe fairest beeste in lande 10125
And strengest and moste helpande:
With hors often lordes gete
Lande, lyff, drynk, and mete;
Hors in harrowe and in ploghe,
In carte and ouerwhere goode ynoghe; 10130
Hors beren men to and froo
There þey on fote myght noȝt goo:
Therfore he is the beste and þe fairest
And vnto mannes behoffe þe beste.'

f. 144v *Qo. 375*[a] *'Tell me now yitt þinges moo:* 10135
The ffeirest hors, which be tho?' (379)

'Hors in þe worlde be many oon
But not all shapen after oon.
He þat wel shapen shall be
Behoveþ to haue this properte: 10140
Foure thynges longe behoveþ hym too
And foure thynges shorte alsoo
And foure thynges large somdell,
Thanne is the hors shapen full well.
Longe shankes and longe hals, 10145
Longe taille and longe ribbes als;
Foure short thynges may not lakke—
Hede, eris, pastrons, and bakke;

If he mighte anyþing gete,
þan his wyf wiþoute shulde be—
Suche is þe cockes propurte.
And if he dwellid in feld also 11415
Or in þe wode as oþer foules do,
Alle þe foules þat bi him wore
Shulde do him reuerence þerfore
And for his fairhede haue of him awe
As it is preued bi oolde sawe.' 11420

Ca.º lxxjº *'Which is þe fairest beest þat is,* (378) f. 168[v]
As þinkeþ the, wiþouten mys?'
'Hors is þe fairest beest in land
And strengest and most helpand:
Wiþ horsis lordes ofte gete 11425
Londe and lyf, drinke and mete;
Hors in harowe and in plow
And in carte is good inow;
Hors beren men to and fro
þat elles on foote shulden goo: 11430
þerfore is he þe beest fayrest
And to manis bihoue þe best.'

Ca.º lxxijº *'Telle me ȝit oo þing moo:* (379)
þe fairest horses, whiche ben tho,
And semeliest eke on to ride 11435
By dale or downe in eche tide?'
'Horses ben many oone
But not alle shape after one.
þilke þat wel yshape be
Bihoueþ to haue his propurte: 11440
Foure longe þinges him bihoueþ to
And foure shorte þinges also
And foure large þinges somdel,
þanne is an hors shapen wel.
Longe shankes and longe hals, 11445
Longe taile and longe ribbis als;
Foure shorte þinges is no lak—
Heed, eeris, pastrouns, and bak;

11431 beest] best and H. 11435 semeliest] surest H.

Foure large cometh þere nexte—
Mouthe, nosethrilles, crope, and nekke; 10150
And grete eyen falleþ well:
Thanne is he shapen well euerydeell.'

[*'Whiche are the bestis, so God the saue,* (380)
That most vndirstandyng haue?']
'Bestis þat vndirstandyng be 10155
Mooste of all othir be
Ape, bere, and hounde also:
These woll be buxom men vnto;
Mannes techyng woll they lere
And vnderstande moste þat þey here. 10160
Whanne Noe in þe arke was in þe floode,

These iiij bestis next hym stoode

And laste þey wente hym froo
For noon vndirstode as moche as thoo.'

[*'When Goddes Sonne shal borne be,* 10165
By what token shal men hit see?'] (381)
'Many tokenes shull befalle
Whanne Goddes Sone, lorde of all,
Shall be born of hir þat he chees:
Ouer all the worlde þanne shall be peas; 10170
A grete sterre shall shewe þat day,
That all the worlde it se may;
A serkele of goolde purfoile withall
Abowte þe sonne shewe hym shall;
f. 145r A welle of oylle in grete tokenyng 10175
Oute of the erthe þan shall spryng;
And the chyueuache shall take be
Ouer all þe worlde in eche contre;
A doumbe beste, as þat we fynde,
That day shall speke ayenste kynde; 10180
Beeste, foule, and fissh alsoo

10153–4] *from* P *table, om.* BA. 10165 ff.] *follow* 9928 S. 10165–6] *from* S, *om.* BA. 10173 purfoile] purprid A, purpured S. 10177 And the chyueuache] A tribute S.

Foure large þinges comeþ nest—
Mouthe, noseþrilles, cropoun, and breest; 11450
And grete yȝen falleþ wel:
þanne is he wel shape euerydel.'

Ca.º lxxiijº *'Whiche ben þe beestes, so God þe saue,* (380)
þat of vnderstonding moost haue?'
'Beestis þat vnderstonding be 11455 f. 169r
Moost of alle oþere þanne ben thre—
Ape and bere and hound also:
þise wolen be buxum men vnto;
Mannes teching wole þei lere
And vndirstonding most þei ere. 11460
Whan Noe was in þe shepe
On þe flode þat was so depe,
þise foure beestis next him stood
þe while he was on þe flood
And alþerlast þei wente him fro 11465
For noon vnderstode so miche as þo.'

Ca.º lxxiiijº *'Whan Goddes Sone shal here bore be,* (381)
Bi what token shal men it see?'
'Manye tokenes shal bifalle
Whanne Goddis Sone, lord ouere alle, 11470
Shal be borne of hir þat he chees:
Ouere al þe world þan shal be pees;
A grete sterre shal shewe þat day,
þat al þe world it see wel may;
A cercle of golde þerwiþal 11475
Aboute þe sunne shyne shal:
A welle of oyle in greet tokening
Out of þe erthe þan shal spring;
And tribute shal itaken be
Ouere al þe worlde in euery cuntre; 11480
A dombe beest, as we fynde,
þat day shal speke aȝeinst kynde;
Beestis and foules and fisshes also

That day shal be in reste and roo;
The deuell in helle dwelland
Shull be full sory and mornand.
The viij day þat he is born 10185
He shall be circumsised and shorn
And that in tokenyng be shall
That he is God and man withall.'

[*'Tell men now, as shall bifalle:* (382)
What signyfye þe tokenes all.'] 10190
'Peas it shall be ouerall
For he is peace þat thenne come shall;
That sterre þat thenne shall shewe an highe
As þe Godhede shall signefie;
Abowte þe sonne þe goldyn rynge 10195
That shall betoken þat he is kyng;
And þe purpre shall betoken alsoo
Of the passyon þat he shall too;
The welle of oylle telleþ, wyttyrly,
That he shal be welle of mercy; 10200
The chyueuacle þat shall taken be
Tokenes þat ouer all lorde is he;
The dombe beste speken[g] als
That þey þat in þe lawe were fals
And were but as bestis tolde 10205
Shall turne to hym and of hym holde;
Beste and foule shal be in blis
And þey wote Goddis Soone he is;
And the deuelles shull be sory
For they dreden hem wonderly 10210
That he is þat that shall breke helle
And reven hem þat withynne dwelle.'

f. 145v [*'When [he] is borne a childe, shal [h]e* (383)
Be kunnynge more þen anoþer shal be?']
'As soone as he was born and began, 10215
Moore cowthe [he] þan ony man

10189–90] *from* S, *om.* BA. 10198 too] suffre þo S. 10201 chyueuacle] chyueuache A, tribute S. 10203 spekeng] speken B, spekyng A, spekande S. 10212 hem] *add* fele S. 10213–14] *from* S (*corrected against* P table), *om.* BA. 10213 he (1)] *om.* S; he (2)] be S. 10215 he] he born as he

þat day shal be in reste al þo;
And þe deuel in helle dwelling 11485
Shullen be ful sory and morning.
þe viij day þat he is borne
He shal be circumcised and shorne
And þat tokenynge be shal f. 169v
þat he is God and man wiþal.' 11490

Ca.o lxxvo *'Telle me now, I preye the,* (382)
What þilke tokenes shal signefe.'
'Pees it shal be oueral
For he is pees þat þanne come shal;
þe sterre þat shal shewe on þe sky, 11495
His Godhed hit shal signefy;
Aboute þe sunne þe golden ryng
Shal betoken þat he is king;
þe purpure bitoken shal also
þe passioun þat he here shal to; 11500
þe welle of oyle telleþ, witterly,
þat he shal be welle of mercy;
þe tribute þat shal taken be
Bytokeneþ þat oueral lord is he;
þe doumbe beest speking als 11505
þat þei in þe lawe weren fals
And weren but as bestes tolde
Shullen turne to him and of him holde;
Beest and foule shal be in blisse
For þei witen þat Goddis Sone he isse; 11510
And þe deuelis shal be sory
For þei shal drede him wonderly
For he is þilke þat shal breke helle
And byneme hem þat wiþ hem dwelle.'

Ca.o lxxvjo *'Whan he is borne, shal not he* 11515
Of kunnyng more þan other be?' (383)
'As sone as he is bore he can
More þan cowde euere any man

B; and began] he canne S, be þan A. 10216 cowthe he þan] þen euer couþe S; he] *from* A, *om.* B.

11506 þei] þei þat H.

For þogh he be a childe þanne yonge,
The Godhede in hym wote all thynge;
The Sone of the Trinite,
The Fatheres wysdam eke is he: 10220
The tresour of wysdam forwhy
Soo is closed in hym oonly.
Forthy shall he conne wel moore
Thanne ony after or before;
Nought [ffor] þanne, for all þat he canne, 10225
He woll fulfille the kynde of man
In alle thynges þat falleþ hym to
Sauffe synne—þat shall he neuer doo.'

[*'When he is borne, as þat we telle,* (384)
In what cost and with whome shall he dwelle?'] 10230
'[W]ith his moder whiles he is yonge
Soo shall [b]e all his dwellyng.
Intoo Egipte she lede hym shall
And þere a whyle to dwelle withall;
Sithen ayen shall he goo 10235
Vnto þe lande þat he come froo
And begynne þe folke to teche
And openly for to preche;
And all his lyff shall be alsoo
As he techeth other vnto. 10240
To many synner he shall foryeve—
Tho þat woll vppon hym beleue—
And colde water hem cristen ynne
In foryevenesse of here synne
For water, as þat men woote, 10245
Sleckeþ the fuyre þat is hoote
And clenseth filthe and makeþ clene
And þat is drye it makeþ grene
And it slekeneth alsoo thrist
Vnto man þat drynke list. 10250
Forwhy in water baptised was he
For vertu of these þynges iij^e:

10221 forwhy] truly S. 10225 Nought ffor þanne] Neuerþeles S; ffor] *from* A, *om.* B. 10229–30] *from* S, *om.* BA. 10231 With] *from* AS, Sith B. 10232 be] *from* AS, he B. 10234 to dwelle] dwelle hym S. 10240 vnto] to

For þogh he be þen a child ȝing,
þe Godhede in him wote al þing; 11520
For he is þe Sone of þe Trinite,
þe Fadris wisdom þan is he:
þe tresour of wisdom forwhy f. 170r
So is yshitt in him only.
þerfore shal he kunne wel more 11525
þan any man after or bifore;
And ȝit, for al þat he can,
He wole fulfille þe kynde of man
In alle þinges þat falleþ him to
Saue synne shal he neuere do.' 11530

Ca.o lxxxviijo *'Whan Goddes Sone is borne, þou me telle,* (384) f. 173v/9
In what cuntre shal he dwelle?'
'With his moder while he is ȝing
Shal be al his dwelling.
Into Egipt she him lede shal 11535
And þere a while dwelle him wiþal;
Sithen aȝein shal he goo
To þe londe þere he com froo
And bigynne þe folke to preche
And openly hem forto teche; 11540
And al his lyf shal be also
As he techiþ other forto do.
To synners he shal forȝeue—
þilke þat wolen on him bileue—
And colde watir cristen hem ynne 11545
In forȝeuenesse of her synne
For water, as þat men wel woot,
Quenchiþ the fire þat is so hoot:
It clensiþ filþehede and makeþ clene
And þat is drie it makeþ grene 11550
And it quenchiþ also þrist
Vnto man þat drinke list.
þerfore in watir baptize shal [he]
For vertu of þise mightes þre:

do S. 10241 synner] syn A, þair synne S. 10251 baptised was] baptize shal S. 10252 þynges] myȝtes S.

11531–750] *follow* 11988 LH. 11553 he] *from* H, *om.* L.

f. 146[r]

Firste it slekkyth hete of synne
And clenseth þe fuylthe þat manne is ynne
And drie soules grene shall make 10255
Thorogh þe bapteme þat they shull take.
And in this lyff shall he dwelle
Ay till he dye and breke helle.'

[*Ȝett walde I witt more of þe:* (385)
Shal Goddes Sonne a faire man be?'] 10260
'He shall with right and nature
Be the fairest creature
That euer was and euer shall be:
Sshall noon be soo fayre as he;
And hit is right þat he be fayre 10265
That of heven is soone and heyre.
And he shall vppon an hill
His dissiples hym shewe vntill
And he shall seme vnto here sight
As hit were the sonnelight 10270
And his clothes white of hue
As hit were ffallyn snow newe:
Forthy is noo man alyve
That his fayrehede may discryve.'

[*'Tell me now ȝitt, if þou can seye,* 10275
Why it is þat he wil deye.'] (386)
'For obedience and for loue
Heuene to ordeyne to oure behoffe.
For obedyente shall he be
Vnto þe dethe vppon a tree 10280
Soo þat eche þat was [l]orn
Thorogh þe tre þerebeforn
Shull be wonne ayen alsoo
Thorogh þe tre þat he shall to.
And for he loueþ mannes kynde 10285
That to his seruice woll haue mynde,
Thanne is hym leuer dethe to take
Thanne he mankynde wolde forsake:

10254 þe fuylthe] *om.* S. 10259–60] *from* S, *om.* BA. 10275–6] *from* S, *om.* BA. 10278 ordeyne] diȝtt AS. 10281 lorn] born BA, lorne S.

Firste it quenchiþ þe filþe of synne 11555
And wrecchidnesse þat man is ynne;
And drie soules grene shal make f. 174r
þorgh þe bapteme þat þei shul take.
And in þis lyf shal he dwelle
Euere til he deie and breke helle.' 11560

Ca.º lxxxixº *'I wolde wite ȝit more of the:* (385)
Shal Goddis Sone a faire man be?'
'He shal wiþ right and nature
Be þe fairest creature
þat euer was or euer shal be: 11565
Shal noon be so faire as he;
And it is right þat he be fair
þat of heuene is sone and air.
And he shal vpon an hil
Hise disciples shewe him til 11570
And he shal seme to h[er] sight
As it were þe sunnelight
And hise cloþes white of hewe
As þogh it were al bisnewe
þerfore is no man on lyue 11575
þat his fairhede may descriue.'

Ca.º lxxxxº *'Telle me ȝit, I the preye:* (386)
Whi shal Goddis Sone deie?'
'For obedience and for loue
To dighte heuene for our bihoue. 11580
For obedience shal he be
Broghte to þe deeþ vpon a tree
So þat alle þat were forlore
þorgh þe tree þerebifore
So shullen þei be wonne aȝein also 11585
þorgh þe tree þat he shal to.
And for he loueþ mankinde
þat to his seruice wole be kinde,
þanne is him leuere deeþ to take
þan mankynde be forsake: 11590

11571 her] *from* H, his L.

His dethe shall ayen man bye
And reue the devell his maistrye— 10290
The Fadre shall his Soone yeve
For his seruantes þat hym beleue.'

f. 146v [*'Who shal hym sle and by what rede* (387)
And how lange shal he be dede?']
'A maner of folke shall hym sloo 10295
That hight Iues, and noon but þoo:
A fals counsaill take þey shall
And a felle wytnesse withall
To brynge hym to the dethe alsoo
And knightes shull to dethe hym doo. 10300
Hym þey shull graue be nightis twoo:
Therewhiles shall þe Godhede goo
To helle to fette oute all his;
And þe iij day he shall aryse.
To paradys þanne wende shall he 10305
Xl dayes there to be:
Intill suche tyme he shall bodyly
Ten sithes sh[ew]e hym opynly.
Firste he shall shewe hym certeynly
To hym þat [hym] in graue shall lye, 10310
Sith vnto his moder dere
For to amende here mornyng chere.
And he shall shewe hym alsoo
Mary Magdalene vnto
And hire synnes foryeve shall hee. 10315
The iiij^the^ tyme to Maries iij^e^;
The v tyme to Petre, soth to seey;
The vj tyme to pilgrymes twey
That to a castell shall with hym goo
And þere shall [b]e with hym and noo moo. 10320

10292 beleue] are leve S. 10293–4] *from* S, *om.* BA. 10298 felle] fals S. 10301 Hym . . . graue] Igrave (In grave S) shall he AS. 10308 shewe] *from* AS, shake B. 10309 certeynly] I seye S. 10310 hym (2)] *from* S, *om.* BA. 10312 amende] glad AS. 10320 be] *from* A, he B; be . . . moo] he with hem lende S.

His deeþ shal man aȝeinbie f. 174^v
And bireue þe deuel his maistrie—
þe Fader shal hem his Sone ȝeue
For hise seruantis þat weren him leue.'

Ca.^o lxxxxj^o *'Who shal him slee and bi what rede* 11595
And hou longe shal he be dede?' (387)
'A manere of folk shul him slee
þat malicious Iewes be:
A fals counseil take þei shal
And a fals witnesse wiþal 11600
To bringe [him] to þe deth also
And knightes shullen to deth him do.
Buried he shal be nightes two
And þilke while shal þe Godhed goo
To helle to fette out alle þat ben hise; 11605
And þe þridde day he shal arise.
To paradys þanne wende shal he
Fourty daies þere for to be,
In whiche tyme he shal bodily
Shewe him ten times opounly. 11610
Firste he shal shewe him, I seie,
To hem þat in graue him shal leie,
And þan to his moder dere
Forto glade hir mornyng chere.
þan he shal shewe him also 11615
þe blessid Mary Magdeleyn to
And hir synne forȝeue shal he.
And þe fourþe time to Maries þre;
þe fifte to Petir, soþe to seie;
þe sixte time to pilgrimes tweie 11620
þat shullen wiþ him to a castel wende
And he shal at þe weies ende
Make to hem contynaunce and chere
As he wolde goo ferþere;
Neuerþeles þei him constrened 11625 f. 175^r
Wiþ hem al night forto lened.

11601 him] *from* H, *om.* L.

And þe vij tyme in a halle
Amonge his dissiples alle:
There shall he bidde hem grope and see
Vtterly þat it be he.
The viij day till oon þat shall 10325

Grope his woundes his handes withall;

And [on a ful] digne hull

The ix day he shall hym shewe hym tyll;
The x amonge his discipeles openly
Whanne he styeþ to heuen oonly.' 10330

f. 147[r] *Qo. 374[a]* *'Shall he into hevene stye* (388)
Allone withoute ony companye?'
'Alle þoo þat with hym ryse shall
To heven shall stye hym withall
And in þat likenesse shall he faare 10335
That he was in byfore his caare
But whanne he is an high
Aboue þe clowdys by þe sky,
In that lykenesse he shal be þore
That he shall shewe hym [ynne] before 10340
Vnto his disciples twoo
On an hill þere they shull goo.'

[*'Shal Goddes Sonne, þat hym is dere,* (389)
Any hows in erþe haue here?']
'An hous in erthe shall he haue 10345

10321 tyme] *from* AS, tymes B. 10324 Vtterly] Witterly AS. 10325 day] tyme S. 10327] And off verey knowlech hym to ffulfill A; on a ful] *from* S, to fulfill B. 10329 his discipeles] *om.* A, þe folke S. 10330] When he shall to heuen stye S. 10331–2 *q. no.* 374 *repeated from* 10123–4 B.

þe vij time in an halle
Amonge hise disciples alle
þere he shal bidde hem grope and see
To knowe witterly þat it is he. 11630
þe viij day ȝit þer shalle
Sodeinly to one bifalle
þat he shal hise woundes grope
And þat shal fully voide his hope
Of his resurexioun þat he had 11635
And of his sorowe make him glad.
And after to hem in a ful digne hil
Shewe him to hem he wil—
To hise disciples one and alle
þe nynþe day, as it shal falle. 11640
þe tenþe day ful openly
þanne shal he stie to heuen on hy
Amonge his disciples right,
Ascending in her alþer sight
To þat ioye þat he come fro: 11645
God graunte vs to come þerto.'

Ca.º lxxxxijº *'Shal he into heuene stie* (388)
Aloone wiþouten companye?'
'Alle þilke þat wiþ him rise shal
To heuene shullen stie him wiþal 11650
And in þat liknesse shal he fare
þat he was ynne bifore his care;
But whan he is vp an hy
Aboue þe clowdes in þe sky,
In þat liknesse he shal be þore 11655
As he shewid him tofore
Vnto hise disciples twoo
On an hil as þei gunne goo.'

Ca.º lxxxxiijº *'Shal Goddes Sone, þat is him so dere,* (389) f. 175v
Haue castel or hous in erþe here?' 11660
'An hous in erthe shal he haue

10340 ynne] *from* S, *om.* BA. 10343–4] *from* S, *lines blank* B, *om.* A.

11639–40] *om.* H. 11649–60] *om.* H.

That many afterward shall saue
And þat shall his spouse be
For all shal be oon, [hit] and hee,
Thorogh þe sacrament of his body
That he shall make solempny 10350
To his apostolys at mete
And euerychon shall therof ete.
And þat sacrament þat I the telle
Shall in his hows devoutly dwelle;
And all of goode conuersacion 10355
Shall come vnto saluacion
Thorogh the vertu and þe might
Of þat sacrament soo idight.
And all þo þat ben outfous
And ben spered oute of þat hous 10360
In payne of helle shull be shente
But they come to amendemente.'

Qo. 375[a] *'Shall his body euer dwellyng be* (390)
In erthe þat men may hit see?'
'His body shall ay be dwelland 10365
All þe whiles this worlde shall stande.
f. 147[v] Vppon a day as hee shall
His appostolys soupe withall,
He shall the brede take and blesse
And say, "Eteþ hit, for my body hit is." 10370
Thanne shall he take þe cuppe in handes
That with [wyn] before he[m] standis
And blesse hit and say hem vnto,
"Haueth, drynke it: this is my blode alsoo;
The silf blode is þat I here make 10375
That shal be shedde for mannes sake";
And þorow þe vertu and þe might
Of his wordes is þere anon right
His verry body, God and man,
As þat he to seye began. 10380
And if þat sacramente ne wore

10348] For þat shall be oon and he A; hit] *from* S, *om.* B. 10363–4 *q. no.* 375 *repeated from* 10135–6 B. 10366 All þe] In erþe S. 10372 wyn] *from* SA, hym B; hem] *from* AS, he B.

þat shal after many saue
And þat shal his spouse be
For al shal be oone, it and he,
þorgh þe sacrament of his body; 11665
For he shal make it solempnely
To hise apostles at þe mete
And echone shullen þerof ete.
And þat sacrament þat I of telle
Shal in his hous devoutly dwelle; 11670
And alle of good conuersacioun
Shullen come to sauacioun
þorgh þe vertue and þe mighte
Of þat sacrament so idighte.
And alle þat ben shitte out of þat hous 11675
þat is callid Cristes spous
In peyne of helle shullen be shent
But þei come to amendement.'

Ca.º lxxxxiiijº *'Shal his body euer dwellinge be* (390)
In erþe so þat men mowen it se?' 11680
'His body euer shal be dwelling
In erþe while þe world is stonding.
Vpon a day as he shal
Hise disciples soupe wiþal,
He shal take brede and it blisse 11685
And seie, "Ete ȝe: my body þis isse."
þan shal he take þe cuppe in hande
þat wiþ wyne bifore him shal stande
And blisse it and seie hem to,
"Haue and drinke: þis is my blood also; 11690
þe silf blood þat I here take
Shal be shed for manis sake";
And þorgh þe vertue and þe mighte f. 176r
Of his word is þere anoon righte
His verre body, God and man, 11695
As þat he to seie bigan.
And if þat sacrament wore

11678 amendement] a comaundement H.

His fflesshe oonly and noo moore
Withoute blode þerto wrought,
His verry body were hit nought:
Flesshly leuand man to be 10385
Withoute blode can noo man see.
And þere shall his disciples take
Might þat sacramente to make:
With wordis he shall þanne lere hit soore
As hymsilf said before. 10390
And þat body shall dwellyng be
Soo þat men iche day may hit see.'

Qo. 376[a] *'Shall euery man haue might þerto* (391)
His body for to make alsoo?'
'Nay, þere shall noon þerto have might 10395
But þoo þat þerto be ordeyned right,
That of his holy hous shall be
Kepers and haue þe dignite.
And þoghe þat kepere bere hym ille
And woll not fulfille Goddis wille, 10400
Neuer þe worse is þat flessh and blode,
Ne neuer þe better þogh he be goode.
f. 148r And whoosoo takeþ it dignely
His soule hele he takeþ þerby;
And vnworthely þat hit takeþ, 10405
His owne dampnacion he makeþ
For he etith not Goddis body
But brede he takeþ in oonly:
The Godhede þat þere was ynne
God takeþ hit to hym for his synne 10410
For so digne a þyng as he
In a fowle vessell woll not be,
And no moore empeire ne can
þat same body noo wykkyd man
Thanne is empeyred þe sonnes light 10415
Of a warderobe þat here is dight.'

10385 Flesshly leuand] Flesshe in lyuand (levyng A) SA. 10389 þanne . . . soore] hit lere hem þore S. 10408 in] all AS.

His flesshe only and no more
Wiþoute blood þerto ywroght,
His verre body were it noght: 11700
Flesshe in lyving man to be
Wiþoute blood can no man see.
And þere shullen hise disciples take
Power þat sacrament to make:
Wiþ wordes he shal it hem lere þore 11705
þat he himself seide bifore.
And þat body shal dwelling be
So þat men mowe it euery day see.'

Ca.º lxxxxvº *'Shal euery man haue might þerto* (391)
His body forto make also?' 11710
'Nay, þerto shullen none haue might
But þei þat þerto ben ordred right,
þat of his holy hous be
Preestis and haue þe dignite.
And þogh þat preest bere him ille 11715
And wolle not fulfille Goddis wille,
Neuere þe werse is þat flesshe and blood,
Ne neuer þe better þogh he be good.
And whoso it takiþ worþily,
His soule hele he wynneþ þerby; 11720
And he þat vnworþily it takiþ,
His owne dampnacioun he makeþ
For h[e] etith not Goddis body
But breed he takiþ alonly:
þe Godhede þat was þerynne 11725
God takiþ to him for his synne
For so worthi a þing as he f. 176v
In a foule vessel wole not be,
And no more empeire ne can
þat ilke body a wicked man 11730
þan is empeired here þe sunnes light
þat on a toord shyneþ bright.'

11723 he etith] hetith L, eteþ H. 11732 toord] towre H.

Qo. 377[a] *'Tho þa[t] have might þerto* (392)
þat body for to make alsoo,
Shall þey before þe Trinite
Ought more þanne oþer worshipped to be?' 10420
'No man shall þere worshipped be
For honoure ne for dignite
But with God he shall be dere
After þat he hath doon here.
Thogh Goddis house wolde hym chese 10425
Her keper to bynde and lese,
His worshipp shal be neuer þe more

But if he have doon wherefore;

And do he noght aright alsoo
As hym falleþ for to doo, 10430
He shall have blame and payne withall
Well more þanne anooþer sshall.
For he þat is made an hierde
In Goddis howse, forsoþ hym [b]erde
His shepe well kepe and knowe 10435
And by his owne lif ynne sowe
Hough þat þey here lyffe shall lede
And hem kepe from misdede;
f. 148v For[þi] if that he misdo,
The more payne shall he goo to.' 10440

Qo. 378[a] *'Why shull þey eche day be wone* (393)
To make þe body of Goddis Sone?'
'For þre thynges principally
Shall a prest make Goddis body:
For God and for hymsilf also 10445
And for tho folke þat see þerto.
That hit seith hathe mede þerfore;
And þat hit takeþ moche more;
But he þat hit takeþ vnworthily,
Hymsilf he dampneth sekerly 10450

10417 þat] *from* S, þanne B, *om.* A. 10425 house] Son S. 10426 Her] Hys S. 10434 forsoþ hym berde] he ouȝtt wele þan (*rh.* herd man) A; berde] *from* S, verde B. 10436 ff.] *pages missing* A; ynne sowe] hem showe S.

Ca.° lxxxxvj° *'þilke þat haue might þerto* (392)
þat body forto make also,
Shal þei bifore þe Trinite 11735
More þan othre worshiped be?'
'No man shal þere worshiped be
For honour ne for dignite
But wiþ God he shal be dere
Aftir þat he haþ done here. 11740
þogh preestis here wolde him chese
Goddis viker to binde and lese,
His worshipe shulde þere be
Neuere þe more, as I seie thee,
But if he haue do þerfore— 11745
þanne shal his mede be þe more;
And do he not aright also
As him bifalleþ forto do,
He shal haue blame and pyne wiþal
Wel more þan anoþer shal. 11750
For he þat an herde made is f. 170r/9
Oþer peple to teche and wis,
His shepe to kepe and to knowe,
And by his owne lyf hem showe
Hou þat þei her lyf shal lede 11755
And hem to kepe fro mysdede—
þerfore if þat he mysdo,
þe more peyne he shal go to.'

Ca.° lxxvij° *'Shullen preestes euery day be bone* (393)
To make þe body of Goddis Sone?' 11760
'For þre þinges principaly
A preest shal make Goddes body:
For God and for himself also
And for þe folk þat see þerto.
þat is to haue mede þerfore; 11765
And he þat it takiþ miche more;
And he þat it takiþ unworþily,
Himself he dampneþ sikerly

10439 Forþi] *from* S, For B.

11751–988] *follow* 11530 L. 11759 be] do H.

And þe body ne doth hit nought
But he þat full hedely hathe wrought.
In paradise apples many oon
Made God and wycked was þer noon
And for an appell þat Adam ete 10455
Dryven oute was [he] alskete;
And þat ne was nought for that
That þe appull was ille þat he atte,
But for þat Goddis heste brak he
That hym defended þat tree. 10460
Alsoo shall fare þat sacrament:
Hit shall make noo man be shent;
Ayens þe devell strengthe shall hit make:

Loke he be clene þat hit shall take.'

Qo. 379[a] *'Telle me now: what thynge is synne,* 10465
That many shull be lorn ynne?' (394)
'Synne, forsothe, ne is right nought
For þat God hit neuer wrought.
God of heven made all thyng
And all þat was Goddis makyng 10470
And for his werkes goode wore,
Synne [is] none of hym þerfore;
And for he made hit nouȝt, sothly,
In substaunce hit is not forwhy.'

f. 149r *Qo. 380*[a] *'By what signe shall men see* 10475
Whanne Goddis Sone shall dede be?' (395)
'Atte his dethe shal befalle
Signes many oon withall:
For þe sonne shall lose his liȝt

10452 full hedely] foly S. 10456 he] *from* S, *om.* B. 10465 T *begins again.* 10466 many] man S. 10470 þat] *om.* TS; Goddis] good his S. 10472 Synne is] *from* TS, Synneþ B. 10474] *written in right margin* B.

And þe body dooþ it noght
But he þat folily haþ wroght. 11770
God made apples many oone
In paradys and wicked neuere oone
And for an appel þat Adam eet
He was dryue out also skeet;
And þat was not for þat 11775
þat þe appel was wicked þat he at,
But for Goddis bidding brak he f. 170v
þat hadde defendid him þat tree.
þus fareþ it by þe sacrament:
For it shal no man be shent; 11780
Aȝeins þe deuel it shal make
A clene man good þat it take
And strengþe him in al fonding
Aȝeins þe deuel and his tising.
þerfore loke þat þei be clene 11785
þat it wole take al bidene,
Or elles þei shal truly
Be in peyne eternally.'

Ca.o lxxviijo

'Telle me now: what is synne, (394)
þat man shal be lorne ynne?' 11790
'Synne, forsothe, is right noght
For þat God it neuere wroght.
God of heuene made al þing
And al was of Goddis making
And for hise werkes good wore, 11795
Synne is noon of hem þerfore;
And for he made it not, soþely
It is noght in substaunce truly.'

Ca.o lxxixo

'By what signe shullen men see (395)
Whanne Goddis Sone shal deed be?' 11800
'At his deeth shal bifalle
Signes manye oone wiþalle:
For þe sunne shal lese his light

11790 lorne] borne H.

And bycome derke as þe night; 10480
The erthe euerydele shall qwake
That the folke grete drede shall make;
Goode bodyes shall rise hym withall
The þridde day whanne he rise shall;
[A]n astromyen þenne shal be 10485
In þe weste and say shall he,
By the derkenesse þat he shall fynde,
That þanne dieþ God of kynde.'

Qo. 381[a] *'Whanne Goddis Sone in erthe shall dwelle,* (396)
Of [wh]at vertu shall men hym telle?' 10490
'Off moche vertu shall he be
By his werkys þat men shull see.
Of his vertu he shall with right
Ouercome þe devell and his myght—
His glotenye, coueytise, and pride, 10495
That þe devell hadde spredde wyde;
And all his might distroye he shall
That he Adam begyled withall.
Fro fyre and other e[u]eles ffeele
Many a man þanne shall hee heele. 10500
With ffyve looves and ffisshes twoo
Fyve þowsand shall be fedde and moo
And xij lepes shall [ȝ]it mon fill
Of þe relef þere þat leue shall stylle.
The prince of his appostell shall he 10505
Sauff, goynge vpon þe see;
He shall comaunde þe wynde to lythe
And hit shal be stille as swhithe.
To blynde shall be yoven þe sight;
The croked sett to goo light. 10510
f. 149[v] A woman þat shall with here grete
And with here teeris wasshe h[is] fete
And with hir heere þanne wype and drye,
He shall foryeue here here foly.
A dede man þat in graue hathe leyn 10515

10483 Goode] Dede TS. 10485 An] *from* TS, In B. 10490 what] *from* TS, þat B. 10499 fyre] the feuer T, feueres S; eueles] *from* S, endeles B, feuers T. 10502 be fedde] he fede TS. 10503 ȝit] hit B, yutte T, ȝett S.

And bycome derke as night;
þe erthe euery del shal quake 11805
þat to folk grete drede shal make;
Dede bodies shal rise him wiþal
The þridde [day] whanne he arise shal;
An astronomer þan shal be
In þe west and seie shal he, 11810
By þe derknesse þat he shal fynde, f. 171r
þat þanne deieþ God of kynde.'

Ca.o lxxxo *'Whanne Goddes Sone in erþe shal dwelle,* (396)
Of what vertu shal men him telle?'
'Off miche vertue shal he be 11815
By hise werkes þat men shullen see.
Of his vertu he shal wiþ right
Ouercome þe deuel and his might—
Couetise, glotenye, and pride,
þat þe deuel haþ spred ful wide; 11820
And al his might destroye he shal
þat he Adam begiled wiþal
For euere and oþre yuels fele.
Manye men þanne shal he hele.
Wiþ fyue loues and fisshes two 11825
He shal fede fyue þowsand and mo
And xij lepis men shal fille
Of þe releef þat shal be stille.
þe prince of apostles eke shal he
Se him goyng vpon þe see; 11830
He shal comaunde þe winde to lithe
And he shal be stille as swiþe.
þe blinde he shal ȝeue sighte
And þe croked hise lymes righte.
A womman shal wiþ her wepyng 11835
Wasshe his feet, mekely knelyng,
And wiþ her heer wipe hem and drie:
He shal forȝeue her folie.
And he þat shal be deed and buried to,

10510 sett] on fote TS; light] full riȝt S. 10512 his] *from* TS, here B.

11808 day] *from* H, *om.* L.

Foure dayes he shall ryse ayen.

Oon of his dissiples shall bere
A swhyrde and reve a manne [his] ere:
The eere in his hande he shall take
And ayen hit hoole make. 10520
Alle þe princis in helle þat are
Shall [he] do quake and make hem care
Whan he her yates shall com vnto
And comaunde hem to vndoo:
That his [b]en shall [he] take þore 10525

And sende to blis for euermore.'

Qo. 382[a] *'Shall his dissiples ouȝt alsoo* (397)
Doo miracles as he shall doo?'
'His dissiples, þorough his grace,
Shall doo to many sike solace 10530
For he shall euer by hem be:
They shull speke and worche shall he.
Many oon with here techyng
To Goddis lawe shull þey brynge.
A wikked man þat tyme shal be 10535
And saye þat Goddis Soone is hee
And begynne for to stye
As he wolde to heven flye:
Oon of þe appostelis shall þerby stande
And se where he is fleande; 10540

He shall comaunde hym, þorogh þe might

10518 his] *from* TS, *om.* B. 10522 he] *from* TS, *om.* B; make hem] eche here S, ethe (*for* eche) ther T. 10525 That his ben] That his men B, Ande that

As men vsen wonte to do, 11840
Whanne he iiij daies fully haþ leyn,
Ȝit shal he reise him aȝein.
And one of hise disciples shal bere
A swerde and byreue a man his ere:
Þe eere in his hond he shal take 11845 f. 171v
And aȝein it hole make.
Alle þe deuels þat in helle are
He shal make quake and eke her care
Whanne he þe ȝates shal come to
And comaunde hem to vndo: 11850
Þo þat ben hise he shal take oute
And wiþ hem lede a ioyful route
And sende hem anoon into blisse
In endeles ioye to ben, iwisse,
Þere is ioye and mirþe inowh— 11855
Þe leest I cannot telle ȝow.
Þerfore is good þat we so do
Þat to þat ioye we may come to.'

Ca.o lxxxjo *'Shullen hise disciples also* (397)
Do miracles as he shal do?' 11860
'Hise disciples, þorgh his grace,
Shal do to manye sike solace
For he shal euere by hem be:
Þei wole speke and worche shal he.
Manye one wiþ her teching 11865
To Goddes lawe þei shul bring.
A wicked man þat time shal be
And seie þat Goddis Sone is he
And byginne forto stie
As he wolde to heuen flie: 11870
Oone of þe apostles shal þer be
Where to fle he wolde see
And whan he is flowen so hye
Þat he may no hyer stie,
He shal comaunde him anoone, 11875
Þorgh þe vertu of Goddis Sone

ben his T, þo þat his are S; he] *from* TS, *om.* B. 10530 sike] men S.
10533–4] *om.* S.

[Of] Goddes Sone, þat he adowne light;

And he shall falle down anoon
Thanne tobreke his nekke boon.
Of many baales þey shull be bote 10545
And many seke brynge on fote;
f. 150[r] And all shall of his might be
That shall yeve hym that pouste.'

Qo. 383[a] *'Wheþer hopest þou eche day be moo* (398)
Born to þe worlde or dye þerfroo?' 10550
'[Shall there] euery day moo lye on beere

Thanne in this worlde ben born heere,

Soo shall þe worlde ay be wanand
And euer þe las folke in lande.
Now sith eche day here and þore 10555
The folk waxeng moore and moore,
Therby semeth well eche day
That mo be born þanne goon away.'

Qo. 384[a] *'Shull þey neuer haue noon ende* (399)
Ne noo woo þat to heven wende?' 10560
'Soules þat ben in heuene blis
Shull neuer of ioye mys:
Woo ne shull þey neuer be
Ne olde, forsoth, I say the;
They shull be euer light and yonge 10565
As a childe is in his beste likyng
And hoole as ff[i]sshe in his delite,
Swhifte as wynde and as snowe whyte,
Bright as þe shynyng sonne
And conne all þat aungels conne, 10570
True as dethe in all þynges
And worsshepid shull they be of kynges.
A thousand yeere for game and play

10542 Of] *from* TS, As B. 10551 Shall there] There shall B, Shulde TS. 10555 Now sith] Now (þen S) seen men TS. 10563 be] see TS. 10564] Ne olde shall thei neuer bee TS. 10567 ffisshe] fflesshe B,

And þorgh þe vertue of Goddis might,
þat he sodeinly þere alight;
And he shal falle doun anoon — f. 172[r]
And tobreke his nekke boon. 11880
Of miche bale þei shul hem boote
And manye seke bringe on foote;
And al shal of his might be
þat shal ȝeue hem þat pouste.'

Ca.° lxxxij°

'Wheþer hopest þou euery day be mo 11885
Borne in to þe world or gon þerfro?' (398)
'Shal euery day deie here mo
Of peple þat on þe erþe go
þan shulde into þis world borne be,
Soone shulde it ende, as I seie the; 11890
þan shulde þe world euere be wantand
And euere shulde þe folke be fewand.
Now seeþ men euery day here
Childern borne euerywhere:
þerby it semeþ euery day 11895
þat mo ben borne þan wende away.'

Ca.° lxxxiij°

'Shullen þei neuere haue none ende (399)
Ne no woo þat to heuene wende?'
'Soules þat ben in heuen blis
þei shal neuere of ioye mys: 11900
Woo shullen þei neuere see
Ne febled wiþ aage shal þei neuere be;
þei shal euere be light and ȝing
As a childe is in best likyng
And hoole as fisshe in his delite, 11905
Swift as winde and as snow white,
Brighte as is þe shynyng sunne
And kunne al þat aungel kunne,
Trewe as deeþ in alle þinges
And ben yworshiped as kinges. 11910
A þousand ȝere for game and play

fisshe TS. 10571–2] *om.* T. 10572 of] as a S.

11892 fewand] peiryng (*rh.* wantyng) H.

Thenke hem noȝt oon houre of a day;
And þat delite þat they be withall 10575
Withouten ende hem laste shall.'

Qo. 385[a] *'Tho þat be in helle faste,* (400)
Shull þey noo mercy haue ne reste?'
'Thoo þat shull to helle wende,
They ben dampned withouten ende: 10580
Reste shull þey noon haue ne mercy

For þat þey ben noon worthy—

f. 150[v] He þat letteþ of his fre wylle
The goode and takith þe ille,
Hit is right þat he haue alsoo 10585
As þat he hym chees vnto;
And to praie for hym, lowde or stylle,
Hit is alle ayens Goddis wille.
He þat in purgatory is
To be clensid and sith to blis, 10590
Hym his pryer for to make
Of his grete paynes for to slake;
But he þat dampned is to helle,
He shall euer in sorowe dwelle
Withoute reste and withoute roo 10595
And withoute mercy alsoo.'

Qo. 386[a] *'Tho þat ar in heuene and haue her see,* (401)
Shull þey be cladde or naked be?'
'They shull be naked of enuye,
Of pryde, and of leccherye, 10600
And cladde also, neuertheles,
With grace, blis, and brightnesse.
Shame of hemsilf shull þey þynk noon,

Thogh þey ne haue noo clothes on,

No more þenne Adam of hym thoght 10605

10577] þai þat ar to helle refte S. 10578 ne reste] neuer efte S. 10594 in sorowe] þerinne S.

þei þinke it not an hour of a day;
And þat delite þei be wiþal f. 172[v]
Wiþoute ende hem laste shal.'

Ca.[o] lxxxiiij[o] *'þo þat ben in helle fast bounde,* 11915
Shullen þei mercy ne reste haue no stounde?' (400)
'Thilke þat shal to helle wende,
þei be dampned wiþoute ende:
Mercy þei shullen haue noon—
Her hope þerof shal al be goon 11920
For þei ben worþi none to haue
For þei nolde betime it craue;
For he þat leueþ of his fre wille
þe goode and take him to þe ille,
It is right he haue also 11925
As he þat chees him vnto;
And to preie for him, lowde or stille,
It is aȝeinst Goddis wille.
And he þat in purgatorie is
To clense him shal haue blis: 11930
For him is preier forto make
Of hise peynes forto slake;
But he þat dampned is to helle,
He shal euere in sorwe dwelle
Wiþouten rest, wiþoute mercy, 11935
þere to abide eternally.'

Ca.[o] lxxxv[o] *'þei þat in heuene shullen haue her see,* (401)
Shal þei cloþid or naked be?'
'Thei shullen be naked of envie
Of pride, and of leccherie, 11940
And cloþid also, neuerþelesse,
Wiþ grace, blisse, and brightnesse.
Shame of hemself shullen þei
þinke þere by no wey,
þogh þat þei naked be— 11945
þei shulle haue ioye so greet plente—
No more þan Adam on him þoghte f. 173[r]

11912 not] *om.* H. 11926 he þat] *reversed* H.

Or þat he þe synne wroght.
Whanne he hadde of þe appull take
Thanne shamed hym he sawe hy[s] make;

Noo more þanne shameþ [t]he
That men vppon þy visage se.' 10610

Qo. 387[a] *'Whanne God to deme come shall* (402)
Quyk and dede and þe worlde all
And all shall be dede, which is he
That shall þanne on lyue be?'
'Lif and dethe of for to say 10615
May be sayde on maners tway:
Dethe of body þat goith here he to
And dethe of soule in payne alsoo.
f. 151[r] He þat God hathe serued here
And his comaundement had here, 10620
He shall noght be dede þat day
For he shall leve in blis ay;
And he þat Goddis wylle ne wroght
And he þat trowed on hym noght,
He shall be dede withoute ende 10625
And to þe payne of helle wende.
And þoo þat Antecryste shall turne
Fro þe feythe, þey may well morne:
They were better he were vnborne
For many shull for hym be lorn.' 10630

Qo. 388[a] *'Where shall be bore þat fals prophete* (403)
That all þat woo in erthe shall bete?'
'Antecriste shall born be
In Babylonye, þat grete cite:
A wykked woman hym bere shall 10635
And þe devell shall entre in hym all
And wycches shall noresshe hym

10608 hys make] hym make B, his make T, hym naked S. 10608/9 *add* It shame hit riȝt noȝt / For þat hit is clene wroȝt S. 10609 the] he B, thee TS. 10612 and þe worlde] to dome S. 10613–14] *reversed* B. 10620 had here]

Or he þe synne had wroghte.
Whan he þat appul hadde take,
þo shamed him he sey his make; 11950
But þo þat in heuene shal dwelle,
Of her shame can no man telle
No more þan it shameþ the
þat men vpon thi visage see.'

Ca.º lxxxvjº *'Whan God to þe dome come shal* 11955
Quike and deed and þe world al (402)
And alle shullen be deed, whiche is he
þat shal þanne alyue be?'
'Lyf and deeþ is forto seie
And may be on maners tweie: 11960
Deeþ þat þe body gooþ here to
And deeþ of soule in peyne also.
He þat to God haþ serued here
And his comaundementis holden dere,
He shal not be deed þat day 11965
For he shal lyue in blis for ay;
And he þat Goddis wille ne wroghte
Ne on him bileued noghte,
He shal be deed wiþouten ende
And to þe peyne of helle wende. 11970
And þoo þat Antecrist shal torne
Fro þe feith, þei mowen wel morne:
He[m] were bettir þei were vnborne
For manye shullen bi him be lorne.'

Ca.º lxxxvijº *'Where shal Anticrist borne be,* 11975
þat trouble shal eche cuntre?' (403)
'Anticrist shal borne be
In Babiloyne, þe grete citee:
A wicked womman him bere shal
And þe deuel shal entre in him wiþal 11980
And wicches shullen norisshe him f. 173ᵛ

had dere T, kepte there S. 10629 he] þai S; he were] to be T.
10636] And þe fende cure him withall S.

11973 Hem] He ne L, Thei H. 11976 cuntre] citee *table* 1876 *and* H.

In a toun hatte Corozayn.
Verrey prophete he shall hym calle
And many wondres shall on hym falle. 10640

All þo folke shall he drawe
To his assente and to his lawe:
The riche shull on hym beleve
For the yiftes þat he shall yeve;
The pore shall to hym turne also 10645
For grete awe þat he shall set hem to;
And for þat he wyse shall be
And alle clergy conne shall he,
The clerkys shall he to hym allye
Thorogh wysdom of his clergy; 10650
The goode men and stedfaste
That in Goddes lawe wolde laste,
Many shall he drawe hym to
For miracles þat he shall doo.
f. 151v He shall do þe fire to falle 10655
From hevene and his fois brenne all;
Dede men he shall do vprise
To bere wittenesse of werkes hyse—
Noo dede man but þe devell oonly
Shall arise in a dampned body 10660
And bere witnesse of his werke
Amonge lewde men and clerke.
Moche folke shall to hym drawe,
Namly folke of þe furste lawe.
Thre yeere and an halfe shall he 10665
Reigne with moche dignite.
Twelffe apostelis chese he shall
With hym to walke ouerall.
He shall feyne hym for to dye
And twoo dayes shall he be awaye; 10670
The iij day shall he come with blisse
And sey þat he vpresyn is.

10638 Corozayn] Corosayme T, Corozaym S. 10640 on] of TS.
10647 shall] walde S. 10648] þis shal be doo þat men shal se S.
10658 hyse] wise T.

In þe towne of Carasim.
A verre prophete he shal him calle
And manye wondres shal falle
By him and hise ministres als— 11985
Noon trewe but alle fals.
He shal to him miche folk drawe
To his assent and to his lawe.'

11982 Carasim] Corasim H.

Thenne shall come Ennok and Ely
And shall preche ayens his foly:
Grete folke shull þey turne hem fro 10675
But he shall hem bothe sloo.
Noo lenger þere dwelle he woll
But [he shall drawe hym to an hille]
For to swholow and to doo shame
[Tho that] have hyndrid his name. 10680
Sodeyn deth shall he dye þore
For God woll þat he regne noo moore;
And full soore may grise all his
Whan he shall to þe dome ryse.'

Qo. 389[a] *'What day shall [hit on] befall* 10685
That Goddis Soone shall deme vs all?' (404)
'On suche a day shall he vs deme
As he fro d[e]ith lyff shall yeme—
That shall be on a Sonday,
That now is Sabot in oure lay. 10690
f. 152[r] Off heuene thanne the orderes nyne
That neuermore shall the heuenes tyne
Shall be fulfilled as þey were alle
Or Lucifer beganne to falle;
Lyuyng men shull thanne echon 10695
Dye for drede and rise anon:
There shal be none of soo grete mede
That at þat day he shall haue drede.'

Qo. 390[a] *'What tyme shall he turne þerto* (405)
For to deme þe world also?' 10700
'At mydnyght, forsothe, I telle:
Suche tyme as he shall harowe helle
That same tyme he ledde oute þore
All thoo þat his frendes woore
And at þat tyme out shall he lede 10705
His of this worlde to yeue hem mede.'

10678 he . . . hille] *from* TS, hym to amende he shull B. 10679 swholow] folow TS. 10680 Tho that] That tho B, Thoo that T, Hem þat S; hyndrid] nycked T, denyed S. 10684 he] thei TS. 10685 hit on] *from* ST, on hit B. 10687 vs deme] deme his TS. 10688 deith] doith B, deth TS; lyff shall yeme] to live (lif S) shall rise TS. 10698 he] ne S. 10699 turne]

Ca.º lxxxxvijº *'What day shal it on bifalle* (404) f. 176v/25
þat Goddis Sone shal deme vs alle?' 11990
'On suche a day shal he deme hise
As he fro þe deth to lyf shal rise—
þat shal be on a Sonday,
þat now is Saboth in oure lay.
Of heuene þanne þe ordres nyne 11995
þat neueremore shal heuen tyne
Shal be fulfilled as þei weren alle
Or þat Lucifer fro heuen gan falle;
Living men shullen þan a[non] f. 177r
Dye for drede and ryse echoon: 12000
þere shal be noon of so grete mede
But al þilke day he shal haue dred[e].'

Ca.º lx[xxxviij]º *'What time shal he come þerto* (405)
For to deme þe world also?'

come TS. 10703 he ledde] shall he lede TS.

11989 ff.] *follow* 11750 LH. 11999 ff. *pages damaged* L, *readings in brackets to* 12224 *from comparison with* H, *readings in brackets in questions from* L *table.*
12002 al] at H.

Qo. 391[a] *'How shall he com, and in what manere,* (406)
Whanne he shall come to deme vs here?'
'As a kynge to a cite
That woll þerynne haue entre 10710
And men before hym shull bere
His crowne, his shelde, and his spere,
Wherby may men have knowlechyng
That there comyng is þe kyng:
Soo shall he come to þe doom 10715
But neyther with knyght ne with grom
But with the orderes of aungellis all,
That bodyes of her graves shall call;

And they shull dele and sette on twynne
The gode þat died fro hem in synne.' 10720

Qo. 392[a] *'Shall his crosse be þere presente* (407)
Whan he shall yeve his iugement?'
'Nay, his croys shall noȝt be there,
But the semblauns as þat hit were;
And þat shal be of mo[r]e clerte 10725
Thanne men in þe sonne see.
f. 152v And whenne þe dome is doon all,
In blis to heuene wende he shall.'

10711 men] angels S. 10720 þat . . . hem] from hem that dyed TS.
10725 more] *from* TS, moche B. 10728 In blis] With his TS.

Ca.º lxxxxixº *'Hou shal he come and in what manere* 12005
Whanne he shal come to deme vs here?' (406)
'As a kyng to a citee
þat wole þerynne haue entre
And men shal bifore him bere
His crowne, his sheeld, and his spere, 12010
Wherby men may haue knowing
þat þere is comyng þe king:
So shal he come to þe dome
But nouþer wiþ knight ne with grome
But with þe nyne ordris of angelis, 12015
þat schal calle alle þe dede bodies
Out of her graues and bidde hem rise
And come tofore þe hie iustice
þere to resceyue—if þei haue
Deserued wel, þei shullen be saue; 12020
If þei þe contrarie haue doo,
To eternal peine þei goo;
And so þere shal be sett atwynne
þe goode from hem þat dide synne.'

Ca.º Cº '*[Shal his] crosse be þere present* 12025
[Whanne he] shal ȝeue iugement?' (407)
'Nay, his croys shal not be þere,
But þe liknesse þerof as it were;
And þat shal be of m[or]e cleerte
þan men here þe sunne may se. 12030
And whan þe dome is done al,
Wiþ hise to heuene wende he shal;
þere shullen þei haue for her peyne here
Endeles ioye, wiþouten were:
[That ioie can no m]an specify 12035 f. 177v
[That is e]uere so endelesly;
[To that ioi]e shal noon wynne
[That heere] deieþ in deedly synne.'

12005–6] *misplaced after* 12024 L. 12025–6] *misplaced after* 12038 L.
12029 more] *from* H, myche L.

Qo. 393[a] *'Whanne he þe folke shall deme alsoo,* (408)
Thanne shall he shewe [hym] hem vnto?' 10730
'As he shall his dissiples tille
Disfigure hym vppon an hille
He shall shewe hym vnto hem
Brighter þanne ony sonnebeme:
So shall he shewe hym to the goode 10735

And to the wycked hangyng on roode.'

10730 Thanne] How TS; hym] *from* S, *om.* B.

Ca.º Cjº

'Whanne he þe folke shal deme also, (408)
Hou shal he shewe him hem to?' 12040
'[As h]e dide hise disciples tille
[B]y figure him shewed vpon an hille
[He scha]l shewe him to hem
[Bri]ghter þan any sunnes bem:
[So h]e shal shewe him to þe gode 12045
[þat] for his loue weren mylde of mode.
[Whan] men to hem dide eny peyne
[Hem] þat shal þinke for synne medicyne
[An]d so it shal to hem be
[þ]e medicine of most pouste 12050
For þat oignement made shal be
Wiþ his blood mildely and free
þat out of his side ran
In sauacioun of many a man:
Go[d] graunte vs to be of þe noumbre of þo 12055
And in oure lyf here so to do
þat we may last and lende
In þat ioye wiþouten ende.
For to þe wicked he shal hange þere
Semynge to hem to deie right þere 12060
But deie he ne may noght
For deeþ by deeþ he haþ [b]oght.
þanne wolde þe dampned þat þere shal be
Be hidde in caues pryve
Or þat hulles wolde hem hille 12065
For þei shal be so ful of ille
þei shal be glad forto sinke
Into þe erthe if it wolde hem drinke
For þei shall fere so forto [see] f. 178r
þe Lord þat deide vpon [þe tre] 12070
For he shal be to hem so grym
þei shal not mowe loke on hym.'

12039–40] *misplaced after* 12072 L. 12055 God] *from* H, Go L.
12062 boght] wroght L, wrouȝt *ruled through* bouȝt H.

Qo. 394[a] *'Shall mynystres with hym be* (409)
In þe doom to here and see?'
'His mynystres shal be þere,
Tho þat with hym before were; 10740
And all þat lived on his lore
And kepers of his hows wore

And all þat live in chastite
Or þat dede for his love shall be,
All shull þey be of his wille 10745
Synfull wrecches for to spille:
Forwhy shull þey be þere present
To here and se þe iugement.'

Qo. 395[a] *'How shall he þe dome doo* (410)
And what shall he seye hem to?' 10750
'Goode departed shall he see
Fro þe wykked þat þere shall be;
Thanne shall he to þe goode say:
"Ye þat in erthe had of m[e] eye,
I hungred soore and ye me fedde; 10755
I thrusted and yee me drynke bedde;
I was naked: yee me cladde;
In sekenesse Y helpe of yoow hadde;
I lay in prisoun and might not see:
Thedir yee came and visited me; 10760
And for yee were to me so [bri]che,
Cometh vnto my Fadres riche.
f. 153[r] And yee þat of me ne rought
But all þat yoow lyked wrought,
With the devell and his yee goo 10765
Vnto payne for euermoo
For yee nooþynge did me fore
Whanne yee in yooure lykyng woore."
This shall echon here and see—
Why he shall saved or dampned be.' 10770

10740 before were] walked (welke S) before TS. 10741 lived] belevid T, levede S. 10742] *om.* T. 10754 had of me eye] stood of me aye TS; me] myn B. 10755 I hungred soore] Me hongred see S. 10761 briche] *from* TS,

Ca.° Cij°

'Shal hise mynistres wiþ him be (409)
In þe dome it to here and see?'
'Hise mynistres shullen be þor[e] 12075
þilke þat walkid wiþ him bifo[re];
And alle þat lyued on his lore
And in his hous preestes wore
And here lyued after his lay,
þilke shal be in ioye for ay; 12080
And alle þat lyuen in chastite
And for his loue deed shal be,
Alle shullen þei be of his wille
Synful wrecchis forto spille:
þerfore shullen þei be þere present 12085
To here and see þe iugement.'

Ca.° Ciij°

'[Hou shal h]e þe doome do (410)
[And wh]at shal he seie hem to?'
'The goode departid he shal see
Fro þe wicked þat þere shal be; 12090
þan shal he to þe goode saie
Wordes of comfort to hem for aye:
"I hungred sore and ȝe me fedde;
I thristed and ȝe drink me bedde;
I was naked and ȝe me cladde; 12095
In sikenesse helpe of ȝow I hadde;
I lay in prisoun, I mighte not see:
þidre ȝe come to visite me;
And for ȝe weren to me so kynde,
Comeþ to þe ioye wiþouten ende. 12100
And ȝe þat of me ne roght
But al þat liked ȝow ȝe wroght,
[Wiþ þe deuell and h]ise ȝe go f. 178v
[To þe peyn] of helle for euermo
[For noþing ȝ]e dede me fore 12105
[Whan ȝe in] ȝoure likyng wore."
[þus schul] echone heere and see
[Whi he scha]l saued or dampned be.'

heche B. 10768 lykyng] kyngdome S. 10769 This] Thus TS.

12073–4] *misplaced after* 12086 L. 12087–8] *misplaced after* 12108 L.
12097 see] fle H.

Qo. 396[a] *'Shall eche man þanne knowe well* (411)
That he hath doon here euery a dell?'
'All þat euer a man hath wrought
Goode and ille in dede or thoght
All shall on hym wreken be 10775
And all þe world shall now hit see.
But if ony were of repentauns
That toke his shrifte here in penans
Of his misdede with herte contrite,
That synne foryeven is as tyte. 10780
The goode shall God þanke þere
That they of suche lyff were;
Wherfore þat þey shall þenne wende
To the blisse withouten ende.
And the wykked shull se efte 10785
What goodenesse þey haue lefte
And what wykkednesse þey toke
Whenne þat they þe goode forsooke:
Full sory be they þanne in þought
But all shall avayle them nought 10790
That they ne shall anoon be sente
With the devell vnto turnement.'

Qo. 397[a] *'Whanne all is doon þat dome soo hard,* (412)
What shall be doon afterwarde?'
'Afterwarde the devell shall 10795
Take all tho þat with hym shall
And wende to helle withoute moore,
The wykked men to payne thore.
f. 153[v] Goddes Sone shall his take,
That here did well for his sake, 10800
And lede hem to his Fadres rike,
There euer is ioye and blis ilike.
And all shall here blisse be

10775 wreken] ywreton T, writen S. 10776 now] mowe T, may S.

Ca.° Ciiij° *'Shal eche man knowe eueridel* (411)
þat he haþ done here, yuel or wel?' 12110
'[All þ]at euery man haþ wroght,
[G]ood and ille in dede and þoght,
[All schal] on him writen be
[That all þ]e world it shal se.
[But if a]ny weren of repentaunce 12115
[þat w]eren shriue or took penaunce
[Of hi]se misdedes with herte contrite,
[That s]ynne is forȝeuen als tite.
[As]e þilke shal wiþ God go þore
[Tha]t of good lyf here wore; 12120
Wherfore þei shal wende
Into blisse wiþouten ende.
And þe wicked shal se eft
What goodnesse þei haue left
And what wickednesse þei toke 12125
Whan þat þei þe good forsoke:
Ful sory ben þei al in þoghte
But al shal availe hem noghte
þat þei shal anoon be sent
Wiþ the deuel to torment. 12130
þere shal be peyne, withoute lesyng,
Medled wiþ al wicked þyng:
þat peyne shal neuere sese
Ne þei þerof haue relese.'

Ca.° [Cv]° *'Whan al is done þat dome so hard,* 12135
What shal be done afterward?' (412)
'Afterward þe deu[el schal] f. 179r
Take his parte wiþ hi[m al]
And wende to helle wiþoute[n more],
þe wicked men to peyne þore. 12140
Goddes Sone shal hise take,
þat dide wel for his sake,
And lede hem to his Fader riche,
þere euere is ioye and blisse liche.
And al shal her blisse be 12145

12109–10] *misplaced after* 12134 L. 12127 al] þan H. 12135–6] *misplaced after* 12154 L.

That they euer God shall see;
And neuermore ne shull þey dye. 10805

For shull they chese þat oon of twaye,

They shull leuer in helle be
God eche day in his blisse to se
Thanne be in heuene and se hym noȝt,
For thanne were all nought worth, hem þoȝt.' 10810

Qo. 398[a] *'What shall þanne betyde and howe* (413)
Of this worlde there we be nowe?'
'As water firste it fordid alsoo,
Shall hit fuyre þanne fordo:
Alle togedre shall it brenne; 10815
Shall noothyng beleve þereynne.
The elementis shall thanne slake
Of here figure and a newe take;
Sonne and mone shall brighter be
Seven sithes þan men hem now see; 10820
Erthe, water, fire, and aire,
They shull þenne be thryse soo fayre
Thanne þey were euer therbefore
And soo beleue shull euermore.
All travaille in erthe shull blynne: 10825
Shall noo payne be þerynne.'

Qo. 399[a] *'Shall þe gode haue leue þertille* (414)
For to doo all þat they wylle?'
'The goode shall þanne be of þat will
To doo but goode and nooþyng ill; 10830
Forwhy shull they now eche þyng doo
That euer here will standeþ vnto.
And in what stede þey wolde þey were
Anoon as thoght þey shull be there;

10810 þoȝt] noȝt S. 10816 beleve] leve S. 10820 now] mow T.
10826 payne] *add* after TS. 10831 now] mow TS.

þat þei shal euer God see;
And neuere after shal þei deie,
Truly to telle, by no weie.
For and þei shulde chese,
Raþer þan þei wolde God lese 12150
þei wolde raþer in helle be
God euery day forto se
þan be in heuen and see him noght,
For of þat ioye þanne noght þei roght.'

[*'What shal betide þanne and howe* 12155
Of þis worlde þere we be now?'] (413)
'As watir it firste fordide þo,
So schal fire hereafter do:
Al togidre shal it brenne;
Shal noþing bileue þerynne. 12160
þe elementes shal þan slake
Of her figure and an ende make;
Sonne and mone shal brighter be
Vij folde þan now we see;
Erþe, watir, fire, and aire, 12165
þei shal be þanne þre so faire
þan eeuer þei were bifore
And so [s]hal þei be eueremore.
Al traueil in erþe shal blynne:
Shal no peyne after be þerynne 12170
[But endeles mirthe] in to dwelle— f. 179v
[The leste ioie ca]n no man telle.'

Ca.º Cvijº *'[Shullen þe gode l]eue þer stille* (414)
[Forto do a]l þat þei wille?'
'[The go]ode shal be þan of þat wille 12175
[To d]oo euer good and noþing ille;
[þerfore þei] shal eueryþing doo
[That her] wille stondeþ to.
[And in] what stede þei wolde þei wore,
[Anon a]s þoght þei shullen be þore; 12180

12155–6] *from table* 1895–6, *om.* L. 12156 þere we be] tell me H. 12161 slake] schake H. 12162 an ende make] a newe take H. 12168 shal] hal L, schal H.

f. 154[r]

An[d] other werke shull they have noon 10835
But Goddis visage to see vppon
And þanke hym þat Lorde is
That they be come to that blis.'

Qo. 400[a]

'Shull þey þanne remembre ought (415)
Of wykkednesse þat þey here wrought?' 10840
'They shull remembre hem eche dell
Of þat they wrought here, ille and well,
And grete ioye haue þey shall
That they þe wykkednesse ouercome all.
As a knyght is blithe and gladde 10845
That a straunge batille hath hadde
And hathe boore the pryce away
For all his enemyes þat day:
Grete ioye hit is his ffrendes to
That he þat day bare hym soo. 10850
And also sory be they thoo
That for here shame goo þanne to woo.'

'Sidrak, God foryelde hit the,
The techyng that þou haste taught me:
Fro derkenesse þou haste me brought 10855
Vnto light þat fayleþ nought;
Now þanne I wote moche þyng
That I hadde after grete longyng
And now wote I what God may doo
To lyff and to sowle alsoo. 10860
Forwhy it is goode to þynke now
Vpon what maner and how
That we shall oure toure fulfill
Therto first had we grete will,
For that was þe skyll why we wende— 10865
Com first into þis contre ende.'

10835 And other] Another B, Ande othur T, But oþer S; noon] anoon B, non TS. 10836 Goddis visage] God hymselfe T. 10837 þat Lorde is] euermore ywis T. 10852 shame] synne TS. 10861–917] *om.* S. 10865 wende] *om.* T. 10866 ende] *om.* T.

[And oþer w]erk shal þei haue noon
[But Goddi]s visage to loke vpon
[þan þanke] him þat Lord is
[That þei be] come to þat blis.'

Ca.º Cviijº *'[Shullen þei þ]anne remembre hem oght* 12185
[Of wicke]dnesse þat þei here wroght?' (415)
'[The]i shullen remembre hem eueridel
[Of] þat þei wroghte here, yuel or wel,
[And gr]et ioye haue þei shal
[That þ]ei þe wickednesse ouercome al. 12190
[As a] knight is bliþe and glad
[That] a strong bataile haþ had
[And] haþ bore þe prys away
[Fr]om alle hise enemyes þat day:
[G]reet ioye it is his frendes to 12195
þat he þat day bare him so.
And als sory be þei tho
þat for her synne goo to woo.'

Ca.º Cxixº *Hou king Bokkus þanked Sidrak*
For al þat he to him spak. 12200
'Sydrak, God forȝilde it the,
þe lore þat þou hast taght me:
Fro merkenesse þou hast me broght
To þe light þat faileþ noght
For now I wote moc[he þing] 12205 f. 180r
þat I had after greet longi[ng]
And now woot I what God [may do]
To þe lyf and to þe soule also.
þerfore is good to þenke now
Vpon what manere and how 12210
þat we shal oure tour ful[fille]
þat we to bilde hadde greet w[ille],
For þat was þe skille why we
Come firste into þis cuntre.'

12199 ff. *section headings numbered as questions* L.

Forwhy the Kyng Boctus anoon
Toke his hors and worthe vppon
And his maister Sydrak before
And all his folke beganne to ryde þore. 10870
f. 154[v] They came vnto the incomyng
Of Gaarab lande þe kyng
There þey beganne þe toure to dight
That sank fro hem eche night.
The kynge lete brynge hym a stoon 10875
And made masons come anoon
And Sidrak, þe kyng present,
Devysed hem þe fundement
In þe name of the Trinite,
Oo God and persoones thre. 10880
Boldly thervppon þey wrought
And þat hem erst dered fonde þey nought
And in dayes six and twenty
Was þe toure vpmade fully
And all thynge þat þerto sholde, 10885
After þe kynge it ordeyne wolde.

Whenne þat Garab hit herde
Of the tow[r]e how it ferde,
How it was to ende ybrought,
He was full sory in his thought 10890
And foule abasshed he was alsoo
For he wist it shulde hym fordo.
In herte might he haue noo reste:
He counseilled hym what hym was beste.
A messanger anoon he sent 10895
That vnto Kyng Boctus wente
And prayde hym pur charite
Of hym to haue mercy and piete.

10869 before] beforetide T. 10870 þore] *om.* T. 10875 hym a] lyme ande T. 10882 þat . . . dered] thei dred T. 10888 towre] *from* T, towne B.

[Ca.° Cx°] *Hou King Bokkus wiþ alle his m[en]* 12215
To his cuntre torned home aȝe[n].
Forþe þanne Kyng Bockus an[on]
Tooke his hors and rood forþ [upon]
And his maister Sidrak bifore
And alle hise folk, lesse and more. 12220
And whan þei come home aȝei[n]
To King Garabbis lond, certein,
þere þei begunne þe tour to dighte
þat sanke from hem euery nighte,
þe kyng made bringe lyme and stoon 12225
And made masouns to come anoon
And Sidrak in þe kynges present
Deuised hem þe foundement
In the name of þe Trinite,
Oone in Godhede and persones thre. 12230
Boldely þerevpon þei wroghte:
Noþing to lette hem fonde he noghte
And in dayes sixe and twenty
þe tour was made vp fully
And al þing þat þerto sholde, 12235
As þe king it ordeine wolde.

Ca.° Cxj° *Hou King Bokkus made vp his tour,*
To Garabbis sorowe and dolour.
. . . . . . ar[aa]b of Bokkus herde f. 180v
. . . e tour hou it ferde 12240
. . . . ende broght
. . . . his þoght
. . . . le abasshed also
. . . . ulde him fordo
. . . . hte haue no rest 12245
. . . . . l what him was best
. . . . gere anoon he sente
. . . . . . g Bokkus wente
. . . . . e him for charite
. . . . e mercy and pitee. 12250

12225 ff.] *page missing* H.

The Kyng Boctus answered and spak
By the counsaill of Sidrak 10900
That if Garab good man wol be
And trowe in the Trinite,
That may bothe dampne and saue,
Yet he shall of mercy haue.

Kyng Garab sent to hym ayen 10905
That what he woll he shall do fayn:
f. 155r Kyng Garab lete breke anon
All fals ydoles euerychon
And trowed in God of heuene light
And served hym with all his might. 10910
In many lande thereaboute
Made Boctus God to love and loute;
And whanne the Kyng Boctus was dede
And Sidrak, þanne was þere noo rede
But they anoon God forsoke 10915
And to þeyre fals ydole[s] þey toke
Thorogh þentysement of þe wykked goste:
He þat is of myghtes moste
Save vs from his wycked wyles,
For many oon þat shrewe begiles, 10920
And brynge vs to þat blis
Where þat noon ende is. Amen.

Praye we now with all oure might
Vnto God of heuene light
That he leve vs soo to do 10925

10908 All] His T. 10911 In] Ande T. 10916 ydoles] ydolell B, ydols T. 10918 S *begins again*; He þat is] God lorde S. 10918/19 *add* Fader

Ca.º Cxijº . . . . us answerde to Garaab þe kyng
. . . . . haue pees do his bidding
. . . . . okkus answerd and spak
. . . counseil of Sidrak
. . . . [a]ab wolde gode man be 12255
. . . . e vpon þe Trinite
. . . . boþe dampne and saue
. . . . . . him mercy haue
. . . . . e on him bileue
. . . le hise false goddes leue 12260
. . . . gere retorned anoon
. . [o] Garaab faste gan goon
. . seide to him as Bokkus bad
. . is wille wisely and sad
. . n Garaab herde his tale al 12265
. . e to Bokkus obeie shal
. . essagere he sente aȝain
. . t Bokkus wole he do wole fayn
. . Garaab dide tobreke anoon
[H]ise false goddes euerychoon 12270
And bileeued on God right
And serued him wiþ al his might.
And manye a lond þereaboute f. 181r
Vnto God sone gan loute;
But whan King Bokkus was de[e] . . 12275
And Sidrak eke, þere was no reed
But anoon God þei forsook
And to her ydols aȝein hem took
þorgh tisement of þe wicked goost:
Now he þat is of mightes moost 12280
Saue vs from hise wicked wiles,
For manye oon he begiles,
And bringe vs into þat blisse
Where þat none ende þerof isse;
And þat it so be, 12285
Amen, Amen, for charite.

Explicit Sydrak

and Sone and Holy Goost S. 10919 his wycked] þe fendes S. 10921 to þat] Lorde vnto þi S. 10923–34] *om.* S. 10925 leve] graunte T.

That we heven may come vnto,
That we shall to alle, Y wene;
And þat Hughe of Campedene,
That þis boke hath þoroghsought
And vnto Englyssh ryme hit brought, 10930
Leve in ioye withoute synne
And þat he Goddis love here may wynne
Soo þat he, at his lyves ende,
Vnto the blis of heuene to wende. Amen.

10927 to] *om.* T. 10928 Hughe] Hewe T. 10934 to] *om.* T; Amen] *om.* T. *After* 10934 *add* Ande that it mutte so bee / Seith alle amen for charite. Amen / Explicit Sydrak T; Here endeþ Sydrak / Explicit quod Robertus Wakefelde / In vigilia ascensionis Domini iiij° die *4 minims* / Anno Domini M° CCCCC^{mo} ij° S.

COMMENTARY

Comparisons with the French are made throughout this commentary in order to indicate marked differences in meaning between the French and English versions; to show where one of the English versions is closer to the French than the others; or to clarify the meaning of obscure pasages in the English. No attempt is made to indicate the innumerable minor differences that must arise when one language is translated into another and when prose is versified. Where the English versions are similar to one another in general sense and no reference is made to the French, it may be assumed that they reproduce the sense of the French reasonably closely; where they differ from one another significantly and no reading is given from the French, it may be assumed that there is nothing in the French to support one of the English versions rather than another. Where L is longer than B (as is frequently the case) it may be assumed, unless otherwise stated, that there is nothing in the French to support the additional lines in L. The shorthand formulas 'B correct', 'L closer', and vice versa are intended to imply not that the scribe of B or L had access to a French MS, but that the reading preserved in the MS described as 'correct' or 'closer' is more likely to have been the reading of the archetype of the English versions, since it is a direct translation of the French, or a reasonably close rendering.

The French text used (F) is that of BN MS fr. 1160, which is generally agreed by French scholars to be the earliest surviving text. Readings are taken from a microfilm of the manuscript, checked against the original where necessary. All quotations from the French are from F unless otherwise stated. In places where F is lacking or obviously garbled, or where there is doubt for some other reason, readings are given from one of the longer French manuscripts, BN MS fr. 24395 (F2), supported, where that in turn is doubtful, from the later printed edition of Anthoine Verard (V). Occasional readings are given also from Brussels, Bibliothèque Royale Albert Ier, MS 11110 (F3), the text of which is generally closer to that of F than is that of F2. Where no reading is given from F3, it may be assumed that F3 agrees substantially with F.

Line numbers of the English versions are given in the order B/L. Where readings are present in only one of the base texts, the appropriate siglum is given before the line number.

References to Shakespeare's works are (unless otherwise stated) to *William Shakespeare: The Complete Works*, ed. Stanley Wells and Gary Taylor (Oxford, 1986). Proverbial matter is cross-referenced to Whiting; passages that appear proverbial but that are not entered in Whiting are given an asterisked entry number (see, for example, 670/728 n, and see further Burton, 'Proverbs', where references to other proverb collections are given for a number of these asterisked entries).

1–6/1–14 Not in F.

7/15 *Boctus/Bokkus*: the form in F is *Boctus*; the L spelling with *-kk-* doubtless derives from an antecedent with *-cc-*, for which *-ct-* could easily have been mistaken. The origin of the name is not known. Steinschneider suggests that it may be intended to call to mind *Bokht-an-Nasar*, the Arabic form of Nebuchadnezzar (p. 241); Renan and Paris that, if the form *Boetus* (which, however, appears only in V) were acceptable, the name might be taken as a reference to Boethusim—synonymous in Talmudic writings with epicureanism (p. 294). Neither of these suggestions is convincing, especially given the commonness of the name in writings on Eastern countries: two kings with the name *Bocchus* (a father and his son) ruled successively in Mauretania in the second and first centuries BC; Pliny notes that Mauretania Caesariensis (equivalent to modern Algeria) was named, after its kings, the Land of Bocchus (*Nat. Hist.* V. i. 19); in Geoffrey of Monmouth's *History of the Kings of Britain*, and in works deriving from it, such as Wace's *Roman de Brut* and Laȝamon's *Brut*, Sir Bedevere is killed by one *Boccus* or *Bokys*, King of the Medes (see *HRB*, §171 [X. ix]; *Le Roman de Brut de Wace*, ed. Ivor Arnold, 2 vols. (Paris, 1938–40), lines 12627–34; *Laȝamon:* Brut, ed. from British Museum MS. Cotton Caligula A. IX and British Museum MS. Cotton Otho C. XIII by G. L. Brook and R. F. Leslie, Vol. ii, EETS 277, 1978, line 13774); and a *Bocchus*, King of Libya, was numbered among the followers of Mark Antony at the Battle of Actium (see *Plutarch's Lives Englished by Sir Thomas North*, The Temple Plutarch, 1898–9, V, 345; *Antony and Cleopatra* III. iii. 69).

9/17 *be . . . Inde*: 'entre l'Ynde et Perse la grant'. MED, s.v. *Inde*, *n.*(1), (b), suggests that *grete Inde*, Greater India, may be synonymous with *heigh Inde*, i.e., northern India; OED, s.v. *Ind*, 1.c., takes it as a term for the East generally.

B10 *Bectorye*: 'Boctoriens'; cf. 'Bettoriennes' F2, 'Rectoriens' F3, 'Bectorcenne' V. This country is generally taken to be Bactria; see Ward, p. 903; Renan and Paris, p. 294.

13/21 *The/Thus*: 'cist'—L presumably an error for *This.*

15/23 Not in F. Why are the Jews described (in the type II manuscripts) as red? See Andrew Colin Gow, *The Red Jews: Antisemitism in an Apocalyptic Age*, Studies in Medieval and Reformation Thought, 55 (Leiden, 1995), pp. 7–11, 66–9, 91–2; also Ruth Mellinkoff, 'Judas's Red Hair and the Jews', *Journal of Jewish Art*, 9 (1982), 31–46. Gow, who believes that the term 'Red Jews' is found only in German-language texts (p. 70), points out that 'in Middle High German, *rot* (red) had an important secondary meaning: duplicitous, wicked, faithless, cunning' (p. 67); he notes also that in manuscript illuminations Jews were stereotyped as red-haired. (I am indebted to Frank Schaer and Christoph Cluse for these references.)

21/29 For analogues to the episode of the falling tower see Introduction, p. xlvi.

36/44 'de nuit s'abatoit tout'—B closer.

49/57 *with þe beste/with chere prest*: 'a grant ioie et a grant honor'—L marginally closer.

50–1/58–9 *iiij dayes . . . The v^the^ day/þre dayes . . . The fourþe day*: 'les laissa reposser iij iors. Le quart ior'—L correct.

56/64 *sonnerysyng/sunne living*: 'de Leuant'. L's *living* qualifies *kyng*, giving the sense 'the greatest king alive'. The sense in B may be much the same, with the phrase *vnder þe sonnerysyng* meaning 'anywhere in the world' (see MED, *sonne-rising(e, n.*, (a), where this example is cited). Given the reading in F, however, the B reading may equally belong under sense (c), meaning 'in the east'.

76/84 *citee/tour*: 'tor'—L correct (also TAP).

83/91 *name of all þe worlde*: 'tout le remanent dou monde'—*remanent* 'remainder' perhaps mistaken for *renom(m)e(e)* 'renown'.

91/101 The request for time to think: see Introduction, p. xlvi.

97–9/107–10 In F these lines describe the place where the counsellors were quartered for the forty days: 'li rois . . . comanda a mettre les en vn leu plains de uerdures et d'aigues'; they follow immediately after the request for the forty-day respite: 'nos uolons auoir terme xl iors por nostre art aourer et volons estre tous en vn leu'. The two occurrences of *en vn leu* in such close proximity suggest haplography as a probable source for the misplacement of the garden in the English.

104/118 *eldest . . . of loore/owhere*: 'saiges astronomiens'—B closer.

144/166 *werste/furst*: 'primiera'—L correct (also P).

176/198 *all/half his tresour*: 'la maite de son tressor'—L correct.

180/202 ff. The old man who solves the problem: see Introduction, p. xlvi.

195–6/219–20 Noah's book of astronomy: see Introduction, p. xlvi.

203/229 For a discussion of the name *Sydrak* see Introduction, pp. l–lii.

232–9/261–9 Such verse letters between kings and their supporters, or between opposing kings, are a common element in medieval romances, as in *The Wars of Alexander* (ed. Hoyt N. Duggan and Thorlac Turville-Petre, EETS SS 10, 1989), lines 1844–915, 1964–2031, 2036–55, 2060–75, 2084–119, 2132–51, etc., or almost the whole of *Alexander and Dindimus* (ed. W. W. Skeat, EETS ES 21, 1878).

234–5/264–5 'nos, nostre terre, et quanque nos auons sommes en uostre comandement'—B closer.

247–9/277–9 'nulle forteresce no si poira faire sour elle', i.e., no fortress can be built in it. The translator appears to have taken *forteresce* in the sense 'power'.

B254 *mynde*: to be construed with *fynde* (253) and *That* (255) in an unusual sequence of enjambed lines: 'We find . . . mention that an angel came . . . from God'.

266–8/300–4 The dove episode: not in F.

271–4/307–10 The dog-faced people: see 2895–6/3783–4 n.

275–6/311–12 *the londe of Femenyne*: not in F2. See 2997–3018/3885–906 n.

277/313 ff. The mountain with magical herbs: see Introduction, p. xlvi.

297–8/333–4 Not in F.

302/338 'au quart iour se mistrent a monter' F2 (om. F)—B closer; no basis for the herb-gathering in L.

325/361 *þe Trynyte*: 'Dieu, son creator'.

377–8/415–16 'kar dieus qui [sont] fais de main d'omes ne se doit mie aourer', i.e., gods made by the hands of men should not be adored—a sense quite different from that in both B and L.

380/418 'ains que nuls de uos dieus doie aourer'—L closer.

390–4/428–32 Not in F.

L439 *aungel*: if not an error, this uninflected pl. (not listed in MED) perhaps shows the influence of the uninflected form of the pl. of OE *engel*.

417/455 *sette hem on kneys*: 'lor firent afflictions'—the translator has taken *afflictions* as 'genuflexions' rather than as 'acts of humility' (either is possible).

418/456 *god*: plural in F.

419/457 *sawe*: 'enchantement'.

421/459 *to hym/withynne him (spak)*: '(parla) dentre celle ydoule'—the reading *to* is peculiar to B; all the other witnesses have the clearly superior reading *withynne*.

423/461 *do hym shame*: a considerable watering down of the French demand to have him publicly quartered—'entallies le en iiij pieces uoiant tous ciaus de l'ost'.

424/462 Not in F.

428/466 *day and nyght*: 'ciel et terre'.

430/468 *Abraham*, *Isaac*: '(Diex) d'Adam et d'Eue'.

441/479 *þoo men*: specified as 50 in F.

443/481 *and moo/eke*: L closer—no justification in F for B's *moo*.

448–50/488–92 Both versions considerably expanded (L even more so than B) from the simple statement, 'fist tel cri qu'il espauenta touz ciaus qui la furent'.

457–60/499–500 'sur ce demoura il et sa gent en celle plasse vij iors qui ne sauoient que faire come ciaus que veoient la clarte dou monde'. Much confusion here: only T and P, among the English versions, follow the French in making the lines refer to Bokkus and his men (see variants), although it is not clear whether their near-blindness is metaphorical, as in F (expressing their uncertainty as to what to do), or literal (implying either that they have been dazzled by the fire from heaven or that they have been shrouded in a supernatural darkness). In B the lines refer to Sidrak, who appears to be imprisoned in a dungeon so dark that he can barely see—that, at least, seems more likely to be the sense of 459–60 than that Bokkus's men have tried to blinḍ him.

467–8/507 *wisest . . . Of his hoste/of his londe*: 'les saiges gens de son ost'—B correct.

496–8/536–8 'puis le ferons ardoir et de male mort morir ansi com il fist a nostre dieu': the substitution of *(To)drawe* for *ardoir* creates a discrepancy in the English, since Bokkus's gods have been burnt, not drawn (438–40/476–8).

506–8/546–8 'qu'il gardast qu'il otroiast au roi tout son comandament et qu'il li pardon[r]oit toute sa faute qu'il li auoi[t] fait'. The English versions look rather garbled here: there is no basis in F for L546 or for the mention of Bokkus's god in 508/548; it is not clear from B506 who should do whose will, or whether *shulde* is simple future (in indirect speech) or has imperative force, whereas in F the king's pardon is apparently contingent upon Sidrak's acceding to his commands.

B507 *even and odde*: proverbial: Whiting, O18.

540/580 Not in F.

543/585 *The nedis/Al þing*: 'uostre besoigne'—B closer.

555/599 Not in F.

561/607 *clerte/charite*: 'resplendor'—B correct; L doubtless miscopied from *clarite*.

581/627 *herde/ygraunted*: 'otroie'. B's *herde* appears at first sight to be an error (by dittography from 580), but it is in fact a normal synonym for 'granted' (MED *heren*, *v.*, 4c).

601–2/657–8 'tu verras la uertu de Dieu dedins l'aigua et la mostreras a ce mescreant'—B closer.

618/674 *The noumbre of/Almighti God in*: 'l'ombre de (la sainte trinite)'. The reading *noumbre*, here and in 695/753 (cf. the P reading in both places) may be an error for *oumbre* 'shadow', i.e., 'reflection' (MED *ombre*, *n.*, 1.(e), one example only), or possibly a previously unrecorded form of *ombre*, through misdivision of *an ombre* (cf. *nickname* and *newt*). But the ostensible sense 'number' has some justification in the context of Bokkus's amazement at the mathematical problem posed by the Trinity (see 638/694).

624/680 *Praysyng/lowting*: '(les angles . . .) loant'—B (and other short versions) closer. The reading in L may derive from *lowsing* or *lousing* in an earlier MS; see MED *losen*, *v.*(1) 'to praise'.

642/698 ff. The Trinity likened to the sun: cf. *Elucidarium* i. 3; the English, however, elaborates the parallel.

661/719 'cria a haute uois'—B *high spake* closer.

670/728 Proverbial?—Whiting, *W563.5 (As) wroth as one were Wood (*mad*).

671/729 *swhore/seide*: 'jurerent'—B correct.

673/731 'si se conseillerent vne partie ensamble'—the phrasing *Somme . . . by ther oon/some by hem alone* suggests that the translator has taken *vne partie* 'a short time' as 'a part of them'.

682/740 The P variant *god so gode* is supported by F 'ton bon dieu'.

L744 *fire him brent*: supplied on the strength of 'si a ars ton bon dieu'.

689/747 'i'ai lasse la longaigne et la pulentie'—closely reproduced in L 'I have forsaken the false latrine (i.e., the cesspit of false belief)' but bowdlerized in B.

695/753 *noumbre*: not directly paralleled in F at this point, which reads only 'Sydrac m'a mostre la uerite et la clarte . . .' (cf. 618/674 n).

704/762 *wroþe/wo*: 's'encorroucerent'—B closer.

734/792 Proverbial: Whiting, B82 (two examples only).

756/820 *þat wee hadde se/he might not fle*: 'il ne fust achapes'—L closer.

758/822 Followed in F by the conversion of most of Bokkus's followers: 'la haute gent partie s'en conuer[t]ierent et li plus de la menue gent'.

759–62/823–8 'li dyaubles . . . se mist, lui et les sieus, ens autres ydoles qui n'estoient pas destruites encorres'—the somewhat padded version in L is much complicated by its being made part of the speech of Bokkus's followers.

763–4/829–30 *þey alle/alle þei*: who are 'they'? In F it is the devils, who, having taken up residence in the as yet undestroyed idols (see preceding note), 'crierent a haute vois'; in both English versions, because of the omission of the section describing the conversion of Bokkus's followers, together with the verbal echo of 754/818, 'they' appear to be Bokkus's men, the speakers of 755–8/819–28. This creates an anomaly in which Bokkus's men, having just expressed belief in Sidrak's God in 755–6/819–20, proceed with a curious volte-face to threaten dire consequences for Bokkus unless he renounces his belief in the same Deity (765/831 ff.)

773/839 *forsake*: if the false gods are the speakers, the sense must be 'reject', as in F ('Tes offrandes iamais ne receurons'); if Bokkus's followers, it is rather 'we shall stop sacrificing to you'—as if Bokkus were a god—or perhaps 'we shall give up sacrificing in the way that you do', which represents no kind of threat to a king who is himself giving it up.

780/844 *kynne/kingdom*: '(tes) parens'—B closer.

785/853 'desdi ce tu as dist'—B correct.

837/906 *sydes/corneris*: 'cantons'—L closer.

840–1/908–9 'prenes ij des fus et battez l'un sus l'autre par herberge'. Some confusion in the English versions here: both have three stakes for two; L gratuitously adds two idols, to be beaten together after the stakes; B's *to* seems rather to be 'too, in addition'—'And then, in addition, beat the three stakes firmly together', which is closer to F.

850/920 *That . . . afoore/þat . . . nere*: ambiguous relative clauses: if defining, they suggest that some of Bokkus's followers have already been converted, i.e., that the omission of a section to that effect from the surviving English versions (see the notes to 758/822 and 763–4/829–30) is accidental—that the section was present in an earlier English version and was lost through scribal error, damaged pages, or something of the kind; if non-defining, the clauses imply that no one has been converted apart from Bokkus, and that the omission of the lines dealing with the conversion of a part of his host was a conscious decision on the translator's part.

851/921 *herde of/isen (þat sight)*: 'uirent (ceste miracle)'—L correct.

867–70/937–46 'le vaissel senefie le monde lequel sustient le pooirs de la sainte trinite': B remains close to F but spells out clearly the implied connection between the earthen pot and the world made of earth and that between the three stakes and the Trinity; L falls into error by making the pot signify God (938), adds five lines with no basis in F (939–42, 946), and misses the link between the stakes and the Trinity (944).

L939–42 Awkward syntax: as punctuated 941–2 must have some such sense as 'in its fruits grow those things that relieve mankind's hunger'; removal of the editorial semicolon in 940 and insertion of a relative pronoun after *þerof* in 941 would give the whole passage the sense 'God made the world . . . to cheer and satisfy mankind with its fruits, which should grow in order to relieve his hunger'.

876/952 *with/and (his might)*: ambiguous in B—whose might, the Son's or the devil's? In L as in F clearly the devil's: 'dyable et . . . son pooir'.

878/954 Not in F.

880/956 The reference to the Resurrection replaces F's explanation of the connection between Christ's burial and the water in the pot: 'et sera mis en terre autresi com l'aigue fu mise ou vaissel de terre'.

883/959 Not in F.

885–8/961–3 The English versions conflate the water and the four corners; in F the water signifies baptism and the four corners the four evangelists: 'l'aigue . . .

senefie que le filz de Dieu sera baptizees en aigue et fera nouele foi. Les iiij cantons senefient quatre bons homes qui seront au tens dou bon prophete'.

894/972 *dene/dole*: not in F, which has only 'Les ij fus ie bati l'un sur l'autre par les herberges senefient les sains homes qui seront disciple dou filz dou Dieu, le urai prophete, car il iront pardiuers monde et appelleront las gens qui deuront estre perdus'; yet the addition in B makes excellent sense: the noise made by the beating together of the stakes betokens the sound of the preaching that will spread throughout the world (895–902). Here, as in B867–70 above, it looks as if the English translator felt that the implications of the French needed to be spelled out in full (or had access to a French manuscript in which they were so expounded). L takes a different line in 971–5, with no basis in F, but one that makes sense in the context of the summoning of the apostles from their families.

899/977 *voys/noise*: L *noise* may in fact be *uoise*, but this scribe normally writes *v*- for initial *u*- and *v*-. Both words (neither of which is paralleled in F) make sense in the context; *noise* would perhaps be a slightly better reading in B (where *voys* may well have been copied from a manuscript that had *noise*, *n* and *u* being indistinguishable), since it would make the link with *dene* in 894 more evident. The probable source is Ps. 19: 4 (Vulgate 18: 5, 'in omnem terram exivit sonus eorum/et in fines orbis terrae verba eorum'), used as part of the Propers at the Masses for several apostles and evangelists.

903–4/981–6 No wailing or torment in F—B closer (see the passage from F in 894/972 n).

915–24/997–1006 Much expanded from F's straightforward statement, 'et commenca a demander les chapitres questions auant nomes au commencement'.

L1007–900 The list of questions is not found in BAT. There is a summary Table of Contents in S and in Godfray's printed edition, but in both of these it precedes the Prologue. Only P, of the type II MSS, has a list of questions like that in L (but placed before the Prologue): the first 84 questions from the list in P are lost on pages missing at the beginning of the MS; the remainder are reproduced here (in the place of B) parallel with L1169 ff. In the list as reproduced here the numbering of the questions in the left margin is that found in the MSS (complete with errors); editorial numbers are supplied in parentheses at the right of the page to facilitate referencing. Minor differences between the wording of the questions in the Table and that when they recur in the text are ignored.

P8 (Q. 88) *in his honde*: contrast B3430 *to his ende*.

P9 (Q. 89) *loue his frende so*: contrast B3463 *his profet do*.

P20 (Q. 93) *whiche*: contrast B3600 *whens*.

P22–4 (Q. 94) *fyre to wyrche with . . . furst . . . stocke*: contrast B3620–2 *for to worke . . . hit . . . styth*.

P26 (Q. 95) *that is so dere*: contrast B3642 *whatsoo he were*.

P46 (Q. 105) *spekyn foly*: contrast B3872 *foly doone*.

P64 (Q. 114) *or ageyns*: contrast B4174 *of all*.

P68 (Q. 116) *holdis*: contrast B4220 *olde is*.

P72 (Q. 118) *riche*: contrast B4276 *thik*.

P79–80 (Q. 122) *shouris . . . When*: contrast B4371–2 *stones . . . Whens*.

P101 (Q. 133) *deuyl*: contrast B4569 *deluuye*.

P108 (Q. 135) *is in mannys hold*: contrast B4620 *makeþ many a man soo olde*.

P109 (Q. 136) *Charboklis*: contrast B4635 *Perlis*.

P117–18 (Q. 139) *gan rente/At*: contrast B4729–30 *wente/Into*.

P134 (Q. 145) *where become*: contrast B4916 *whens come*.

P140 (Q. 148) *may they*: contrast B4968 *might may hit*.

P145 (Q. 151) *of the se*: contrast B5127 *of the*.

P155 (Q. 156) *the erthe ouȝt grettir*: contrast B5237 *erthe greete*.

P180 (Q. 166) *hathe hem*: contrast B5454 *he hath*.

P191–2 (Q. 170): the second couplet of the question is omitted at B5572/3.

P209–10 (Q. 179) *ought in werre/Put hym a riche man*: contrast B5761–2 *owhere/Putt a rich man hym*.

P222 (Q. 184) *or here*: contrast B5882 *to here or*.

P250 (Q. 195) *other*: contrast B6160 *and drinkith*.

P273 (Q. 206) *mannys dethe*: contrast B6435 *man þat is dede*.

P291 (Q. 213) *as they efte wore*: contrast B6611 *effte owhere*.

P297 (Q. 215) *Often*: contrast B6675 *Off x*.

P312 (Q. 221) *as the*: contrast B6838 *all his*.

P339 (Q. 234) *fre*: contrast B7121 *to se*.

L1512 (Q. 236): contrast L8230 *I preie the tite, telle þou me*.

P346 (Q. 237) *est*: contrast B7184 *west*.

P354 (Q. 241) *hit geue*: contrast B7298 *yevith*.

P358 (Q. 242) *as thynkith the*: contrast B7326 *and sey "we"*.

P370 (Q. 248) *row thyng*: contrast B7484 *þorn*.

P443 (Q. 282) *erthe*: contrast B8239 *age*.

P446 (Q. 283) *helle*: contrast B8254 *heven*.

P454 (Q. 286) *of*: contrast B8330 *as is*.

P503 (Q. 309) *Has the deuelis peris ay euerwere*: contrast B8803 *Be devillis spiers euermore*.

P513 (Q. 314) *to heuene*: contrast B8915 *hens*.

L1726 (Q. 333) *vnkunnynge*: contrast L10506 *vnweldesome*.

P558/1728 (Q. 334) *nature*: contrast B9306 *naturall witt*/L10538 *naturel wit*.

P562 (Q. 336) *hire worst or best*: contrast B9348 *best*.

P577 (Q. 344) *rygourously*: contrast B9485 *vigorously*.

L1754 (Q. 347) *yuel*: contrast L10786 *yuel of him*.

L1771 (Q. 356) *souerinest*: contrast L10993 *sauourest*.

L1785 (Q. 363) *aftir synnyng ay*: contrast L11131 *at þi deeth day*.

P623–4 (Q. 367) *barnes . . . yong*: contrast B9929–30 *younge men . . . eldre*.

L1796 (Q. 368) *vnderstonde*: contrast L11234 *wiþstonde*.

P632 (Q. 371) *do medisyne hit tille*: contrast B9994 *domysmen itt tell*.

L1813 (Q. 375) *for him*: contrast L11361 *him*.

P644 (Q. 376) *euermore*: contrast B10088 *neuermore*.

L1823 (Q. 379) *surest*: contrast L11435 *semeliest eke*.

P658 (Q. 383) *commendid*: contrast B10214 *kunnynge*.

P668 (Q. 388) *into*: contrast B10332 *withoute ony*.

P675 (Q. 392) preceding couplet of question omitted: contrast B10417–18.

P680 (Q. 394) *man*: contrast B10466 *many*.

P700 (Q. 403) *the worlde*: contrast B10632 *þat woo*.

L1876 (Q. 403) *citee*: contrast L11976 *cuntre*.

P710 (Q. 408) *How*: contrast B10730 *Thanne*.

925–54/1901–36 Q. 1, God's timeless existence and foreknowledge: cf. *Elucidarium* i. 13; *Image du monde* i. 1 (Caxton's *Mirrour* i. 1, pp. 8–11).

950–3/1926–30 For a fuller treatment of the three heavens see Q. 146, 4933–52/5915–34.

954–6/1930–6 Expanded from 'illuec le verront li iuste uisiblement'.

959/1939 *Visebyll*/*Visible*: the meaning, as is clear from 961/1941, is not 'able to be seen' (passive) but 'able to see, all-seeing' (active), a sense not elsewhere recorded although the suffix *-(i)ble*/*-(a)ble* had originally an active sense 'tending to, able to' as well as a passive one. See further OED, s.v. *-ble*; Burton, 'Drudgery', p. 23.

959–62/1939–42 Proverbial: Whiting, G232 God sees through every bore ([*hole*], each miss, all).

969–70/1949–50, 974/1954 Not in F.

978/1958 'sera touchies et ois et veus'—L *fele* correct (also S).

981–2/1963–4 Q. 3, God's ubiquity: the answer is omitted in all the English versions; they jump straight to the answer to the following question ('Toutes choses que Dieus fist le sentent?'), which they omit.

983–1008/1965–90 These lines answer the omitted question (see preceding note); cf. *Elucidarium* i. 21.

B997–8 'La terre l[e] sent car chascun an rent son fruit': om. L (or included in 1971–2).

1002/1982 *þat is skyll/holden hem stille*: 's'apaient'—L correct.

1005/1987 *bestis*: as in F2, whereas F has 'Li iors, la nuis'.

1009–26/1991–2026 Q. 4, the chronology of the creation: cf. *Elucidarium* i. 23. For occurrences of a similar question in other dialogues see Cross and Hill, pp. 65–6, commentary on *SS* 5. B here stays quite close to F; L is much expanded.

1029/2029 *noo word but oon/a word*: 'soit fait lucerne'.

1031–46/2033–46 Lucifer's pride and his expulsion from heaven: cf. *Elucidarium* i. 32–4.

1041/2043 *place/palys*: 'palais'—L correct, similarly SP; B doubtless miscopied, similarly AT.

1042/2044 'si ne fu pas vne hore en gloire'—B close; no warrant for the mention of hell in LP. F's comment on how Lucifer's appearance changed is omitted in the English.

1047–52/2049–54 The fate of Lucifer's followers: cf. *Elucidarium* i. 40.

1050/2052 A difficult line, not paralleled in F. B 'That oo ioye is noon dispaire' seems meaningless, and no other type II MS has any form of *despair*. I follow S in emending B.

1051–2/2053–4 Proverbial: Whiting, M506 He is worthy to have Mercy that will crave mercy (*varied*) (cf. 6229–32/7263–6).

1053–102/2055–140 Q. 6, the functions of angels. The orthodox nine-order hierarchy adopted by the Church (following Dionysius the Areopagite) is, in descending order: 1. Seraphim; 2. Cherubim; 3. Thrones; 4. Dominations; 5. Virtues; 6. Powers; 7. Principalities; 8. Archangels; 9. Angels: see 'The Orders of the Celestial Hierarchy According to Various Sources and Authorities', in Gustav Davidson, *A Dictionary of Angels Including the Fallen Angels* (New York, 1967), Appendix, pp. 336–7. The French gives more or less the same hierarchy (in ascending order), but omits Virtues and puts Angels above Archangels (though neither are named) and Principalities above Powers, yielding the sequence: 8. [Archangels]; 7. [Angels]; 6. Powers; 5. Principalities; 4. Dominations; 3. Thrones; 2. Cherubim; 1. Seraphim. The English restores Virtues (1079–80/2081–6), but follows these two reversals (see 1061–78/2063–80).

1066/2068 *connyng folke vnto/the comoun peple to*: 'as menues creatures communes, ce est as homes'—L *comoun* correct.

B1068 *bodyes*: no spellings of *bod* 'command' with final *-i/-y* have previously been recorded but this is evidently a genuine variant, occurring at this point in AT as well as B and recurring at B1266P and B4589.

1072/2074 'et les seignorent'—B closer.

1079–80/2081–6 Virtues: not found in F, F2, F3, or V (see 1053–102/2055–140 n above). They are not normally given the function described here.

L2082–3 *to arighte . . . to gouerne*: *arighte* may be an infinitive with the sense 'act rightly'; but since all examples of the verb *aright(en)* in OED and MED are transitive, it is perhaps more probable that it is the adverb 'rightly', qualifying *gouerne*, and that one of the instances of *to* in these two lines is superfluous.

1081–4/2087–96 Dominations: 'Il li a manieres d'angles qui ont nom dominations qui sormontent les deuandis degres des angles car il sont lor subies par obedience'—the ambiguous wording of the final clause has evidently been taken to mean that Dominations, by surpassing the other orders in obedience (1083/2093), are subject to them; but this contradicts the immediately preceding statement in F (the basis of L2090) that Dominations are superior to the orders already named. They are not normally given the function of L2091–2.

1087–8/2099–100 'par lesquels il use espouentablement ses iugemens'—most closely reproduced in the TSP variants for B1088.

1103–26/2141–64 Q. 7, the limits of devils' knowledge and power: cf. *Elucidarium* i. 48–9.

B1109–11 *þerfore . . . Therfore*: apparently meaning 'since . . . then', cf. L *for . . . þerfore* ('just as . . . so') and F 'autant com . . . de tant'. The construction is similar to the correlative use of *forþon . . . forþon* or *forþy . . . forþy* in OE; but although *therefore* is occasionally found as the second of the correlatives (see OED, s.v. *Forthy that*), its use here as the first of the pair has not previously been noted.

1112/2150 Not in F.

1117/2155 The word 'evil' is not in F.

1122/2160 *goode/God*: 'li bien ne voldront il ia'—B correct.

1129–32/2167–70 The shape of angels: cf. *Elucidarium* i. 54–5.

1129/2167 *oo/no*: 'une (maniere)'—B correct.

1133–8/2171–6 The extent of angels' knowledge and power: cf. *Elucidarium* i. 56. After 1138/2176 F adds that man was made in order to fill the ranks of good angels (cf. 4207–14/5169–76), and continues with a long section (treated as a separate question in F2) on the composition of man's bodily and spiritual substances.

1139–76/2179–216 Q. 9, how and why man was created: cf. *Elucidarium* i. 62–3.

1140/2180 'Fist Dieus l'ome a ses mains?'—the B reading *his hand so hende* makes sense as it stands (with *hende* as an adj., 'gracious', qualifying *hand*) but is no doubt descended from an earlier *his hende* (with *hende* as the pl. 'hands', as in S).

1155–76/2195–216 Why animals were created: cf. *Elucidarium* i. 65–7.

1177–80/2217–20 Where Adam was created: cf. *Elucidarium* i. 68; also Wyntoun, C5263–6/W5287–91.

1181–94/2221–34 The location of paradise; the fruits that grew there: cf. *Elucidarium* i. 69

1195–202/2235–42 The creation of Eve: cf. *Elucidarium* i. 70–1.

1201–2/2241–2 'les fist [t]els qu'il peuissent pechier por grengnor merite auoir': the English obscures the point that Adam and Eve were made capable of sinning in order (by desisting from sinning) to have greater merit.

1203–10/2243–50 Nakedness without shame: cf. *Elucidarium* i. 79–80.

1210/2250 *clothyng and/cloþing of (grace)*: 'uesture de (grace)'—L correct; cf. 1584/2632.

1211–18/2251–8 How long Adam and Eve stayed in paradise: a popular subject in dialogue literature, with a variety of different answers. Cf. *Elucidarium* i. 90–1 (seven hours); Wyntoun (C5270–2 seven hours after sinning/W5293–8 seven hours before sinning); *SS* 16 (answer partially erased); *AR* 1 (thirteen years); *MO* 16 (seven years); *AE* 13 (nine hours). See further Cross and Hill, pp. 127–9, commentary on *AR* 1, *AR* 2, and *SS* 16.

1229–58/2269–98 Q. 11, Adam's life after his expulsion from paradise: cf. *Elucidarium* i. 93; also (1231–2/2271–2 only) Wyntoun, C5267–9.

1254/2294 'ne ne buuoient pas vin'—B correct.

1259–304/2299–344 Q. 12, Adam's sin: cf. *Elucidarium* i. 94–101.

L2324 *bade*: supplied on the strength of F 'qui trespassa le commandement de son creatour'.

1286/2326 *more . . . geve/aȝenst Goddes leue*: 'plus que Dieus li auoit autreie'—B correct.

1289–90/2329–30 'que il preist en soi ce que Dieus li auoit defendu'—B correct.

1303–4/2343–4 Not in F but close to F2: 'en ce mengier pecha il en toutes manieres'.

1305–22/2345–66 Q. 13, what Adam took from God: cf. *Elucidarium* i. 105–8.

1309–10/2349–50 'tout ice que il devoit faire de ciaus qui deuoient naistre de lui'—B closer, though not entirely clear; L has no relation to F.

1316/2360 *alle þe worlde/in any oþer man tofore*: 'tout le monde'—B correct; L is of course impossible.

1317/2361 'si deuoit rendre tel chose qui fust graindre que tout le siecle'—B closer.

B1321P *yete*: see B8632 n.

1321–2/2365–6 Proverbial: Whiting, S940 In the Sweat of one's face shall he eat bread (*varied*) (cf. 1466–8/2512–14).

1323–52/2367–96 Q. 14, why Adam was not damned for ever: cf. *Elucidarium* i. 109–12.

1327–30/2371–4 'Dieus auoit estaubli que il parferoit le nombre des esliz dou lignage Adam'—the sense of *esliz*, lost in B and L, is preserved in the SP variant for B1329, *Goddis chosen*.

B1330 *owte losen*: possibly an error for *nowte losen* 'not lost', which gives the same sense as L2374 *noght forlorne* (*losen* in that case being *pp.* of *lesen*, a form of the *pp.* not uncommon in northern texts—see MED *lesen*, *v.*(4)). But the B reading is supported by three other type II MSS, TSP, and makes sense if *losen* can be taken as a strong form of the *pp.* of *losen* 'to praise': 'That from Adam and his offspring the order(s) of angels should be chosen, filled, and celebrated widely' (MED *out(e*, *adv.*, 4.(b), and *losen*, *v.*(1), (b)). There is no equivalent in F.

1353–72/2397–418 Q. 15, why none but Christ could redeem man: cf. *Elucidarium* i. 115–18; also Wyntoun, C5283–98/W5309–25.

1370/2414 *manhode/maidenhede*: neither is precisely paralleled in F but B is clearly correct in the immediate context of 1367–9—'God's son . . . through his manhood [i.e., by becoming man, taking manhood upon him] will get the better of the devil for ever as the devil did of man before'. L *maidenhede* (i.e., 'celibacy'), though evidently a copying error, makes sense in its own right, contrasting Christ's purity with the devil's (implied) filth, and perhaps alluding forward to Christ's sinlessness in L2418.

L2417–18 Not without foundation in F: 'l'autre maniere il deuenra home et fera quanque home deura faire sans pechie'.

1373–94/2419–40 Why Christ was born of a virgin: cf. *Elucidarium* i. 120. F's answer is much reorganized in the English (see below).

1378/2424 'il n'ot pere ne mere que Dieu': God's parenthood om. in the English. F continues: 'Ausi quant Dieus naistra de la uirge il sera le filz et soi meismes le pere et de sa fille fera sa mere', a section re-located in the English at 1393–4/2439–40.

1379/2425 *oonly*: F indicates that this is an adj. qualifying *man*, Adam being Eve's single parent—'La seconde maniere de seulement home si come Eue qui naissi de la coste de l'ome et deuint fame ausi le filz de Dieu naistra de la uirge de l'esperit dou pere et ce sera il meismes et deuenra home'.

1381–4/2427–30 'La tierce maniere par sa puissance et par sa volente'. This corresponds only to the *pouste* of 1382/2428; but the third manner in the English incorporates material from the second manner in F (see preceding note, 'ausi . . . il meismes').

1385/2431 Preceded in F by 'La quarte maniere por confondre le deauble et deliurer l'ome de son pooir'.

1386–7/2432–3 'Si garda Dieus cil qui plus l'ameroit' F; 'regarda Diex ceulz qui plus l'ameront' F2: B is closer to F2, L to F.

1393/2439 For a collection of examples of this popular paradox in Latin, French, Anglo-Norman, Italian, and English (in which last examples are described as being 'extraordinarily rare'), and for suggestions as to its probable source, see Rosemary Woolf, *The English Religious Lyric in the Middle Ages* (Oxford, 1968), pp. 131–2.

L2440 Awkwardly worded: the sense must be 'from his daughter she will be made into his mother'—see the second quotation under 1378/2424 n above.

1395–412/2441–58 The conception and birth of Christ: cf. *Elucidarium* i. 126–7.

1395/2441 'le saueour entera en son cors et la porte sera close'—L closer.

1397–400/2443–6 'por qu'il complira les ix ordes d'angles des gens qui naistront en cest siecle'—L2443 and B1399–400 respectively closer.

1405–12/2451–8 Sunlight passing through glass was a common image for the conception and birth of Christ in medieval lyrics, especially those addressed to the Virgin Mary: see *English Lyrics of the XIIIth Century*, ed. Carleton Brown (Oxford, 1932), 4.34–6, p. 10, and *Religious Lyrics of the XIVth Century*, ed. Carleton Brown, 2nd edn., revised by G. V. Smithers (Oxford, 1957), 32.73–6, p. 49. For other examples in ME and later poetry see Douglas Gray, *Themes and Images in the Medieval English Religious Lyric* (London, 1972), p. 258, note 23. For representations of the idea in the visual arts and for possible sources in theological writings see Gray, p. 101 and pp. 258–9, notes 24 and 25.

L2452 *hool and fast*: proverbial?—Whiting, *W234.6 Whole and fast (*unimpaired, undivided*) (cf. 4702/5674). I have been unable to find other instances of the phrase *hole and fast* although examples of similar collocations abound, especially *hole and fere, hole and sound* (see MED *hol(e, adj.*(2), 4.(a)).

1415/2461 Adam's age: the usual answer, based on Genesis 5: 5, is 930 years; see Cross and Hill, p. 73, commentary on *SS* 12.

1416/2462 ff. The account of Adam's death and of Seth's part in fetching the seeds is derived from the Gospel of Nicodemus. (For the most recent edition in English see *New Testament Apocrypha*, revised edn., ed. Wilhelm Schneemelcher, English translation ed. R. McL. Wilson, i, *Gospels and Related Writings* (Cambridge, 1991), 'The Gospel of Nicodemus. Acts of Pilate and Christ's Descent into Hell', pp. 522–3, 'Christ's Descent into Hell', 3.19). For similar accounts in ME see *The Middle English Harrowing of Hell and Gospel of Nicodemus*, ed. William Henry Hulme, EETS ES 100 (1907), MSS G and H 1251–80; *Cursor Mundi*, ed. R. Morris, i, EETS 57 (1874), 1237–432; *Mandeville's Travels* (Hamelius, i, 7/13–33).

1418/2464 *His oone soone/His sone Seeth*: not named in F—'j de ses filz'.

1426/2472 *thedyr/to þe ȝates*: 'a la porte de Paradis'—L closer.

1446/2492 *day is/deth is hennes*: 'li iors de Dieu est M ans'—B correct.

1447/2493 Not in F.

1448/2494 *yelde the goste/ȝelde vp þe goost*: proverbial: Whiting, G55.

1456/2502 B 'from which Adam turned away because of Eve, his mate' (see Glossary, *from*); L 'which Adam lost for the sake of (*or* because of) Eve, his mate'. Neither version quite follows F ('Les ix c ans senefient por ce qu'il fist desobedience enuers Dieu, si despita la compagnie des ix ordres d'angles'), but B *lete* is closer to *despita* than L *loste*.

1457–60/2503–6 On the trees that grew from the three 'kirnels' see *Mandeville's Travels* (Hamelius, i, 7/13–33 and the accompanying note in ii, 27).

1462/2508 'Vm et vC ans'—B correct.

1463–84/2509–30 Q. 18, why death is so named: cf. *Elucidarium* ii. 96 (apparently derived from Isidore's *Etymologiae* XI. ii. 31–2).

1466–8/2512–14 Proverbial: see 1321–2/2365–6 n.

1467/2513 The 'bitter bite' is a nice attempt to reproduce the pun on *morst/mort* in F ('Adans morst la poume . . . et por ce fumes nos tot mort'), which is itself derived from the Latin of the *Elucidarium*: 'Ab amaritudine vel a morsu pomi vetiti, unde mors est orta'.

1473–6/2519–22 Proverbial: Whiting, L244 Life is often lost soonest when it is held dearest (one example only).

1479–80/2525–6 Spiritual death is not mentioned in F, which has instead a third kind of physical death, 'celle qui est naturelle si come des uiels homes', continuing the progression from childhood to old age.

1485–520/2531–66 Q. 19, the deaths of good men and wicked: cf. *Elucidarium* ii. 101–2.

1485–6/2531–2 'Li rois demande se il annuist as homes de quel mort il murent, ou de subite ou d'autre': 'The king asks whether it does men any harm how they die—from a sudden death or otherwise'. But *Sendeth/Sendiþ* (in the question and in the first line of the answer) suggest that the translator took *annuist* or its equivalent in his source MS as a form of *anvoyer/envoyer*.

1508/2554 'tel maniere de mort ne lor annuie pas'—B *dereth* here correctly translates *annuie*; L *dredeth* may be *pr. 3 sg.*, 'frightens, causes fear', with *deeþ* as subject, or *imp. pl.* (polite form) with *deeþ* as object, 'do not fear such a death'.

1518–20/2564–6 Difficult syntax in both B and L and a wealth of variant readings in the other English MSS, none closely tied to F. B *hym bye* perhaps means 'pay the penalty for themselves' (MED *bien*, *v.*, 7.(a), but with no refl.

examples). The general sense in both B and L is that, however a wicked man dies, his death is an evil one for him. F continues with a section (not in the English) on the ten commandments and the new law with which they will be replaced.

1523–30/2569–76 The departure of the soul at death: based on *Elucidarium* iii. 12, which deals specifically with the souls of the wicked.

1528/2574 Not in F, but L *greet crye and greet ȝelle* and TSP *dyne* may derive ultimately from *Elucidarium* 'cum maximo strepitu'.

1535–46/2581–94 The departure of the souls of the just: cf. *Elucidarium* iii. 1.

L2582 *Yliued*: either 'lived' or 'believed'. B *Trowed* and F 'ciaus qui auront iustement tenu sa foi et sa creaunce' support the latter, but the use of *wey* in L2584 where B1538 has *feyth* suggest that it was taken as 'lived'.

L2589–90 Not in F, but the individual *keper* appears in F2 as 'l'ange qui la garde' and in *Elucidarium*.

1563–70/2611–18 See 1523–30/2569–76 n.

1571–768/2619–816 Questions 21–9 follow Q. 46 in F2.

1594–602/2642–50 The comparison of the body–soul relationship to that of a horse and its rider (perhaps ultimately indebted to Plato's *Phaedrus* 247–8, 253–6) is not uncommon in ME literature; cf. *Þe Desputisoun Bitwen Þe Bodi and Þe Soule*, ed. Wilhelm Linow, Erlanger Beiträge zur englischen Philologie, 1 (1889; repr. Amsterdam, 1970), Auchinleck and Laud MSS, stanzas 29, 35, 38, where the emphasis, however, is rather on the body's headstrongness than on the soul's control. See further Sr. Mary Ursula Vogel, *Some Aspects of the Horse and Rider Analogy in the Debate of the Body and Soul* (Washington, 1948), and Beryl Rowland, 'The Horse and Rider Figure in Chaucer's Works', *University of Toronto Quarterly* 35 (1966), 246–59.

B1594 *high*: not in F.

1624/2672 Proverbial: Whiting, T233 As swift as (any, a) Thought (contr. F 'isneille conme le vent').

1626/2674 Not in F, which describes the soul's weightlessness.

B1633–4 No equivalent for 1633 in F; *Ioye other payne* of 1634 is presumably based loosely on the comment that, after receiving the 'uestiment de poine et de dolor' the soul 'est menee ou en enfer ou en l'espurgeou[r]'.

1635,7/2681,3 *lord(e)*: equivalent to F *segur* 'sure, safe', the body's safety being contrasted with the soul's peril. The translator evidently misread *segur* (or followed a MS in which it had been miscopied) as *segnor*, and continued the idea of lordship in 1638/2684—a line which, by attributing leadership to the body, reverses the sense of the horse and rider image of 1594–602/2642–50.

1642/2688 *theyre wey/a perilous weie*: 'i chemin pereilleus'—L correct (also TSP).

1646/2692 *ony/many*: 'se aucuns nos asaut'—B correct.

1649/2695 *hardely/sory*: 'seurement'—B closer. It seems probable that L *sory* is an error for *surely*, which would be closer still; as it stands (given the preceding context) it must be an adj. qualifying *coward* in the sense 'worthless, contemptible' (MED *sori*, *adj*., 3.(b)) or an adv. with the corresponding sense (not previously recorded).

1660/2706 *falleth of the/comeþ of me*: 'deuenra de moi'—L correct (cf. TSP), but B is plausible in the context.

1664/2710 *and not he*: an alteration of the emphasis on their joint suffering in F—'en la fin couient qu'il soit emsamble a moi en toutes mes peines'.

1667–84/2713–30 Q. 25, where the soul is situated in the body: for a discussion of similar subject matter in other dialogues see Cross and Hill, pp. 105–7 and 147, commentary on *SS* 41 and *AR* 23.

1669/2715 *and euerywhere/for euermore*: 'par tout le cors dedenz et de fors'—B closer.

1676/2722 *hyde/skyn*: translating *poil* 'body hair', which gives the better sense.

1677/2723 'L'ame n'abite point en ces leus': the appearance of 'life' in both B and L suggests that *lame* in the translator's exemplar was read as *la uie*, an easy error with minims.

1680/2726 'por ce que lor racine touche au sanc'—L *toucheþ* correct (also SP).

1705/2751 *nature*: 'norreture' (i.e., 'nourishment'), suggesting that *nature* is an error for earlier *norture*.

1706/2752 Proverbial: Whiting, F233 Like a Fish out of water (*varied*).

1708/2754 *How/Whi*: 'coment'—B correct.

1709–24/2755–72 Whether or not life can be lengthened: cf. *Elucidarium* ii. 79

1710/2756 There is no equivalent for this line in F, for which the equivalent of 1709–12/2755–60 reads 'Par molt de manieras: les vns muerent car il ont complis le terme que Dieus lor a done'. B1710 is anomalous and difficult to interpret: *here* may be the adv. 'here' or the possessive pron. 'their'; *hyes* might be an unusual form of *his* (cf. TS) if *hem* in 1711 is read as *him*—'when his days here that God ordained for him are finished'; or as pr. pl. of *hyen* (MED *hien*, *v*., 1.(d)) if *and* is supplied in 1711—'when their days that God ordained for them hasten towards their end [and] are finished'; or as a (previously unrecorded) pl. of the noun from this verb, in the rare sense 'activity, business' (MED *hi(e*, *n*.(2), (d), one example only, queried)—'when their days' activities that God ordained . . .'; or an aspirated form of *ye* 'eye' in the phrase *daies ye* 'day's eye, sun' (MED *eie*, *n*.(1), 5b.(b))—'when their suns (i.e., their days on earth) that God ordained . . .'. None of these suggestions carries much conviction.

1713–16/2761–4 For a lengthier treatment of excess in food and drink see Q. 78, 3103/3991 ff.

1717–20/2765–8 Proverbial?—Whiting, *D68.5 One may shorten one's Days (life) but not lengthen them (cf. 9407–8/10643–4).

1726/2774 *to his lykenesse/to heuen blis*: 'a sa samblance'—B correct (cf. also 1734/2782).

1731/2779 *oon of þe persoones þre*: specified in F as 'l'umaunte de Dieu'.

1763/2811 *þat may vs save/and we knave*: 'Il est seignor . . . et nos somes serf'—L correct.

1769–86/2817–34 Q. 30, what becomes of man's blood when he dies: the answer, which is syntactically difficult in F, is not really simplified by the compressed treatment of the English. F makes an analogy between the relationship of the water to the earth, the blood to the body, and the soul to the body and the blood: 'car autresi [c]ome l'aigue aboiure la terre et la maintent, ansi le sanc aboiure le cors et le sostient, et l'ame maintent le cors et le sanc par sa chalor, car celle chalor chaufe le sanc et le fait esmuere par le cors' (cf. 1773–8/2821–6). Thus the subject of *mayntenes/mainteneþ* (1777/2825)—*God* in L, om. in the other MSS (unless *blode* in 1778 is the subject: 'the blood maintains what is in man's body')—should correctly be *the soul* (cf. 1809–10/2857–8). And when the soul departs in F, it takes away not the blood (as in 1780/2828) but the heat—'sa chalor la quele esmuer et fait uiure le sanc et le cors'—which makes better sense of 1781/2829 and averts the contradiction of 1785/2833 (how can the body drink the blood if the blood has already been taken away by the soul?). So *blode/blood* in 1780/2828 looks like an error for *hete* (perhaps by dittography from 1778/2826), and one that occurred early enough in the transmission of the English MSS to have become fixed in both schools. Cf. also 1809–11/2857–9.

1806/2854 *Whanne he hathe loste/Or he lese*: 'quant li cors pert'—B closer.

1829/2879 *complexio(u)n*: i.e., as spelled out in the answer, the physical constitution and the character resulting from it, as determined by the varying proportions of the four 'primary qualities' of ancient physiology (cold, hot, dry, and moist) and of the four 'elements' associated with them (earth, air, fire, and water). For a succinct history of the doctrines of the four qualities and elements and of their development into that of the four bodily 'humours' (blood, phlegm, choler, and melancholy) see Raymond Klibansky, Erwin Panofsky, and Fritz Saxl, *Saturn and Melancholy* (London, 1954), pp. 3–15.

1834–8/2884–8 For an almost identical treatment of man's composition see *Cursor Mundi*, i, 517–20 (Fairfax version). For a different treatment see *SS*, questions 8 and 9: Cross and Hill, p. 26, detailed commentary (with annotated bibliography) 67–70.

1842/2892 *sonde*: 'sending'. This makes sense, but is almost certainly an error for *onde* 'breath' (translating 'l'alaine de Dieu'—see next note) through faulty word division of *Goddis onde*; cf. 2001/3049, where the soul is explicitly stated in B to have come from *Goddis brethe* and L again has *Goddes sonde*. S has the correct reading; P *honde* is probably an aspirated form of *onde* (cf. L8060).

1843–4/2893–4 *hot of kynde of the ayre*: this shortcuts and alters the sense of F, which states that the air is cold, but that the soul has heat from God's breath: 'L'ame, qui est faite de l'air, si est froide . . . La chalor, qui est de l'alaine [et est ame F2] de la nature de la chalour, si est chaude. Car alaine si est ij choses, chalor et air, et celle chalor qui est ame de l'alaine de Dieu, si habite au sanc'. There is no equivalent for 1843/2893 in F.

1849–66/2899–916 Q. 34, when souls were created: cf. *Elucidarium* ii. 34. The same question, differently answered, appears as no. 287 (8345–58/9545–58).

1866/2916 *and his biddyng/at þe biginning*: 'del commencement dou monde'—L correct.

1867–82/2917–32 Q. 35, the fate of people who know nothing of God: cf. *Elucidarium* ii. 33.

1878/2928 *therfore/sore*: 'durement'—L correct.

1888/2938 *the deuel/þe deuel tisement*: 'le deauble et son engin'—L closer; *deuel* in L, if not an error for *deueles*, is possibly a reduced form of the early genitive plural in *-e* (from OE *-a*).

1896/2946 Followed in F by the question 'Por quoi est appellee la mors "mors"?'—at first sight a repeat of Q. 18 (1463/2509 ff.), but answered differently.

1914/2964 'et nostre uentres, qui tout consume'—B correct.

1918/2968 Proverbial: Whiting, T547 (cf. 4966/5948).

1926/2976 'et son commandement font'—L correct (also P).

1927–8/2977–80 'ne lor demande autre que ceste petite chose, que il facent le bien et il laissent le mal'—L expands, but *short comaundement* (LP) neatly renders 'ceste petite chose'.

L2983 *haue in mynde*: the MS reading, *haue mynde*, is defensible if *mynde* can be taken as pp. ('those who have heeded his service'), but omission of *in* through scribal error seems more likely.

1937/2989 Not (as L seems to imply) 'will they [the same people] continue to believe afterwards?' but (as B makes clear) 'will the people who come afterwards believe?' Cf. 1949/3001.

1942/2994 *fer(re)/diuers(e)*: 'de diuers langaiges'—L correct (also P); B doubtless through misreading of initial long *s* (cf. S *sere*) as *f*.

1946/2998 *ay oon/it* 'a tous tout j'—B correct.

1953/3005 *lighter/liþer*: 'plus legier'—suggesting that L *liþer* is a variant spelling of *lighter* (see MED *light, adj.*(2)) rather than the different word *liþer* 'evil'.

1962/3014 Not in F.

B1967–70 Slightly expanded from F: 'Ensement seront toutes les nascions qui croiront ou Filz de Dieu et en son comandement sęra plus pres de lui'.

1976/3024 *charite*: this repeats the sense of *loue* from the preceding line. F has *souffrance* 'long-suffering' (correctly reproduced in B1982 where L3030 sticks to *charite*).

1977–8/3025–6 Proverbial: Whiting, D274 (cf. the positive example at 3831–2/4771–2).

1981–2/3029–30 The equivalent passage in F refers to privations undertaken by the faithful, for which they will be rewarded hereafter.

1988/3036 *alode/al od*: the passage in F equivalent to 1987/3035 ff. reads: 'Quar qui a bone amor en soi meismes et es autres choses de bien . . . a l'amor de Dieu o luj'; but the English order is closer to F2: 'Car qui a bonne amour en Dieu a bonne amour en soi meismes et es autres choses de bien'. If *amo(u)r en soi meismes* means 'self-love' (and the phrase following, *es* [i.e., *en les*] *autres choses de bien*, which presumably continues the same construction, indicates that 'love *of* himself' is a likelier interpretation than 'love *within* himself'), then the implication of the French (irrespective of the word order) is that self-love is allied to the love of God. This may be roughly the sense intended in L if *od* is a separate word (cf. G *alle odde*): 'Whoever has good love in God [i.e. loves God well], love of himself is not dissimilar' (see MED, s.v. *odde, adj.*, 3., where this example is quoted). But a contrary sense is equally possible: 'Whoever loves God well does not love only himself' (see MED, *odde, adv.*, (b), 'singly'; OED, *Odd, a.* and *adv.*, 5.). The implication here that self-love is superseded by love for God differs from the French but is closer to the possible senses of *alode*. Neither of the two tentative meanings for *alod* given in MED ('? miserable, in a wretched condition; ? scattered, widespread') makes much sense for B *alode*; but the sense 'wasted, dissipated' (cf. O Icel. *af-loa, af-loga*) suggested by C. T. Onions in 'Middle English *Alod, Olod*', *Medium Ævum*, 1 (1932), 206–8, and 2 (1933), 73, and on which the second of the meanings in MED is based, makes excellent sense ('Whoever loves God well does not waste love on himself'), though it is directly contrary to the meaning in the French. There is the additional possibility that *alode* is a form of the pp. of *al(l)owen* either in the sense 'commended, approved' or in the sense 'allowed' (MED *allouen, v.*, 1. or 3.): 'self-love is not commended [*or* permitted] for anyone who loves God well'; but the spelling without *-u-* or *-w-* makes this doubtful.

1990/3038 *charite*: again for 'souffrance' as in 1976/3024.

1992/3040 Not in F. B must mean 'In the end he [God] will repay it'. In L the sense is apparently 'In the end he [the man who has patience etc.] will go to

God'; see OED *Yield*, *v.*, †19., described as *refl.*, but the quotation from the *Romaunt of the Rose* 4904 ('He . . . yalte [him] into somme couente') in fact provides an example of *yield* used intransitively in this sense, as in L, the reflexive pronoun being an editorial insertion.

1993–4/3041–2 'La quele est la plus segure chose qui soit et la plus benoite et la plus digne et la plus belle?': *segure* in F is contrasted with *pereilleuse* in the next question; in the English the twin concepts of safety and blessedness are combined in the one word *blisfullest*.

1998/3046 Proverbial: Whiting, S881 As bright as (the, any) Sun (*varied*) (cf. 2514/3394, 8141–2/9285–6, B10091, 10569/11907).

2001/3049 *brethe/sonde*: 'l'alaine de Dieu'—B correct; L again (cf. 1842/2892) evidently an error for *onde* (though *sonde* makes good enough sense); P *honde* again presumably an aspirated form of *onde*, especially in the context of the breathing or blowing in the following line.

2009–10/3057–8 'car il la benei et benei toutes les choses por li seruir'—in B *man his* is evidently the expanded form of the gen. sg. *mannes* (cf. *Adam his* B9903) ('God gave the soul everything to promote man's well-being' or 'to earn man's adoration'); in L *his* is more probably to be construed with *blessing* ('God gave his blessing to all things to serve man').

2021/3069 *perilose/perilous*: that the sense is not 'fraught with danger' but 'in danger' (see Glossary; Burton, 'Drudgery', pp. 23–4) is clearly indicated by the *perell(es)* of 2023/3071, which the soul will be unable to escape; cf. 6805/7869. The equivalent sentence in F reads: 'Dou peril elle est tous iors en grant paour d'auoir plus grant mal qu'elle n'a et si sera tormentee a la compaignie au diauble de sa maleicon'. Since there is no other mention of peril in the answer it must be assumed that this is also the sense intended in the superlative form used in the question (2013/3061).

2032/3080 *punyshed is/haþ idone amys*: 'toutes auront ioie de son mal'—B likelier.

B2033–200 Questions 43–9: not in L.

B2033–4 Q. 43: 'Les bones ames auront duel *dou mal* des mauaises armes?' 'Will good souls grieve *for the suffering* of evil souls?' (Italicized phrases om. in B.)

B2071 Proverbial?—Whiting, *W234.5 It is better to be Whole than sick.

B2082 'j roiaume a garder et a go[u]uerner'—B *gete* is perhaps an error for *ȝeme*, as in SP (cf. *kepe* B2083).

B2102 The answer ends about halfway through the equivalent answer in F, which goes on to discuss the higher expectations God will have of generations not yet born, particularly those coming after the birth of Christ.

B2107 *God*: 'li filz de Dieu'—P *Goddis Sone* correct. B is perhaps influenced by

Ps. 47: 5 (Vulgate 46: 6, 'Ascendit Deus in iubilo'), which (in the form 'Ascendit Deus in jubilatione') is the Offertory verse for the Mass of Ascension Day.

B2126 *woo*: the context suggests that *woo* is synonymous with *synne*, i.e., that it has the sense of *wough* (OE *woh* 'evil') rather than that of *woe* (OE *wa* 'misery'). The two words were used with virtually the same sense in the idiom 'to do or work someone woe/wough' (OED *Woe*, A.†6., and †*Wough*, *sb.*[2], 2.) and may have been falling together in late ME, in both sense and pronunciation; see the quotations from *Rowland and Otuel* and Child's *Ballads* in OED, s.v. †*Wough*, *sb.*[2], 2.a. (a) and (b).

B2133 *Goddis Soone hymselfe*: it is not God's Son himself that does the commanding in F, but 'Le prince des ministres dou Fil de Diex', i.e., Peter.

B2136 *stone of stones*: 'peres des peres'. If the name refers not to Peter but to one chosen by him, it may be that *pere* is not *pierre* but *père*, 'father of fathers'.

B2145–60 Cf. *Les Prophecies de Merlin*, ed. Lucy Allen Paton, i (New York, 1926), 106–7, describing the growth in wealth and power of an order at first propertyless.

B2146 *douues*: 'colones' F, 'religions' F2. The *colones* of F might be columns (architectural or military) or doves (as in BSP, the only three English MSS containing this question). The reading *doves* is supported by two of the later French MSS in the British Library, Add. 16563 and Harley 4417, which have *columbes*; I suspect, however, that the sense intended was architectural columns, i.e., pillars of the faith (cf. 2157–60), perhaps also with military overtones in the context of the destruction of *mistrowthe* and *wronge* (2148,58). The reference is evidently to SS Francis and Dominic, who founded, respectively, the Orders of Friars Minor and Preachers (see next two notes).

B2149 *mendere*: 'les maindres [*glossed above as* menors]' F, 'meneurs' F2. The English may be a direct adoption of OF *me(i)ndre* 'lesser', hence 'Minor' (not previously recorded), but makes equally good sense in the context as *mender*, i.e., 'one who corrects [mends] what is wrong; a guide in moral matters' (MED *mendere*, *n.*, (a)).

B2150 *amonaster*: 'amonesteors [*glossed above as* prescheors]' F, 'preecheurs' F2. Written as two words (*A monaster*) in B, but the form in F, supported by various French MSS in the British Library (e.g., Harley 1121 and 4361, Egerton 751), as well as by S and G, and the lack of an article with *mendere* in the preceding line, suggest that the initial *a* has been carelessly separated (as often happens) and that one word, *amonaster*, is intended. MED records the verb *amonesten* 'to urge . . . exhort . . . warn'; OED has one example of the noun *monestere* (s.v. *Monish*, *v.*); but neither has any record of the noun *amonester* [a. OF *amonesteor* 'celui qui avertit, qui conseille, conseiller, qui donne des avis, qui fait des remontrances' (Godefroy)], i.e., 'an admonisher, adviser, or preacher', synonymous with *mendere* if that is from the verb *to mend*.

B2151 *be bolde*: 'et seront mult par le monde'—suggesting perhaps that *be* is a scribal addition and that *bolde* was intended as the verb meaning 'grow strong, flourish' (MED *bolden*, *v*., 3.).

B2161 *no gode*: 'bien ne mal'—cf. 2163 'no goode ne euyll dedes'.

B2164 Proverbial: Whiting, B142.

B2177–200 Q. 49, the exercise of authority: cf. *Les Prophecies de Merlin*, ed. Paton, i, 214.

B2182–4 Proverbial: Whiting, F232 The great Fish eat the small (*varied*) (cf. 2743–4/3627–8).

B2189–94 Cf. 6583–8/7629–34 (where the prophet-king is wrongly named as Solomon) and see 6557/7603 n and 8701–14/9907–20 n.

2209–16/3089–96 The anacoluthon of 2213/3093 ff. (not in F) makes the syntax rather jerky. The sense in B may be 'If there are any wicked ones, of either sex, who are in a wretched condition because of their own sin [don't waste help on them]—some evil-minded people return ill for good: [coins] put in a torn purse are lost' (see next note). In L3091–2 *wickednesse/ wrecchidnesse* appear to be erroneously reversed but the MS reading makes sense if *wrecchidnesse* describes their moral rather than their financial condition: 'If there are any who have succumbed to sin through their own vileness . . . .' [See OED *Wretchedness*, 2.]

2215–16/3095–6 Proverbial?—Whiting, *P444.5 That which is put in a torn Purse is lost.

2217–20/3097–100 Proverbial: Whiting, M311 What profit to a blind Man of a bright sunbeam (lantern)? (two examples only).

2223–4/3103–4 Proverbial?—Whiting, *S281.5 It is lorn (*wasted*) to show goodness to a Shrew.

2225–46/3105–26 Q. 51, what is nobility?: cf. the old hag's pillow-lecture on true nobility in the Wife of Bath's tale, *CT* III (D) 1109–76; see Christine Ryan Hilary's notes on these lines in *The Riverside Chaucer*.

2227–30/3107–10 Proverbial: Whiting, G43 Gentilesse is old richesse.

2231–2/3111–12: 'et celui qui a plus de pooir si est plus gentils'—B closer, and proverbial?—Whiting, *D262.5 Who has to Dispend is considered gentle. The sense in L appears to be that it is the duty of the man of noble birth to defend his country from the attacks of any who would maliciously destroy it (and him); cf. *Piers Plowman* B. i. 94–6. See also 9745–6/11017–18 n.

2241–4/3121–4 Proverbial: Whiting, G46 He may be called a Gentleman who can (*knows*) virtue and fair having (*manners*) (one example only).

2245–6/3125–6 Proverbial: Whiting, A37 (cf. 3493–4/4393–4, L4674).

2250/3130 *colde*: kilthe T. For other examples of this word, which occurs several times in *Sidrak*, in various MSS, but is not recorded in any dictionary, see Glossary.

2254/3134 Not in F.

2255/3135 *troub(e)led*: renders F *nublet* 'cloudy, overcast'.

2258/3138 *eyre/erthe*: 'terre'—L correct (also TP).

2261/3141 *by oony throwe/by any þrowe*: T *vmbithrowe* 'at times' (see OED, s.v. †*Umbe*, *prep*. and *adv*., A. 4.) suggests that *throwe* is from OE *þrag* 'time' (OED †*Throw*, *sb.*[1]), giving the phrase the meaning 'at any time' or (as in MED, s.v. *throu*, *n*.(1), 3.(a), where this example is quoted) 'under any circumstance'. But this is a poor translation of F 'par nul signe', and the answer, with its emphasis on what good and evil people look like (2263,66,72/3143,46,52), implies in the question the sense 'Is there any visible means by which one can tell the good from the wicked?' *Show*, in the sense 'external aspect' (OED *Show*, *sb.*[1], 2., 1555–) would fit perfectly in both context and rhyme, but this is perhaps insufficient ground for assuming a scribal error of *thr-/þr-* for *sh-*. The likelihood must be that we have here either (a) an early example of OED *Throw*, *sb.*[2], 1. 'a twist, a turn; . . . the fact or condition of being twisted; . . . a warp, etc.' (*a*1585), synonymous with *cast* in *a cast of the eye* 'a slight squint' (OED *Cast*, *sb*., 33., 1505–), i.e., 'Is there any shifty look by which one can tell the bad from the good?' (see Burton, 'Drudgery', pp. 24–5) or (b) (as suggested to me by Dr Frank Schaer) an example of the sense 'trick, crafty means' as in the phrase *by hook and by throw* 'by hook or crook' (EDD *Throw*, *v*., 30.(1)).

2274/3154 *laughyng/leighing*: 'si rient desmesureement' suggests that 'laughing' is to be preferred to 'lying' as the sense in L.

2288/3168 *before . . . dawe/tofore . . . dawe*: 'deuant a la venue des iaans', i.e., 'before the coming of the giants'; cf. Gen. 6: 4.

2290/3170 *a tour(e)*: glossed as Babel in F.

L3171–2 The unexplained *he . . . his body* must be taken as alluding forwards to the king of 3173.

B2292 *bifore*: no sense recorded in OED or MED quite fits the context. The idea is rather of height (as in F 'de haut') than of anteriority or superiority (as in MED *bifore(n*, *adv*., 1a., 2.).

2299–320/3179–200 Q. 55, why God made man suffer hunger: cf. *Elucidarium* ii. 78.

2316/3196 ff. Gluttony is a moralistic addition in the English; the emphasis in the French is on the recovery of what has been lost, 'car par la paine et par le traual le puet il recourer' (cf. 2306–9/3186–9).

2321–2/3201–2 Q. 56: 'Coment meurent les riches ausi leugerament com les pouurres?'—B closer with *Lightly*, but in both L and B the thrust of the question 'How is it that. . . ?' is changed to 'Is it so that. . . ?'

2325–8/3205–8 Proverbial: Whiting, N179 Now (this) now (that) (several quotations dealing with richness and poverty).

2335–8/3215–18 'Mais le poure a plus fort complection que riche por le trauail qu'il endure'. B2338 is closer to F but syntactically very awkward, the antecedent of *That dothe* being (one must assume) *þe poore* of 2335 rather than *þe riche* of the line immediately preceding, and the precise meaning of *here trauel and here dede* being uncertain—[the poor] who work *here*? or, who do their (own) work? or, who do their (the rich men's) work? L3218 avoids these problems by its departure from F.

2339–42/3219–22 Proverbial: Whiting, R111 The Rich shall die as well as the poor.

2351–4/3231–4 I.e., the rich should be judged strictly because their punishment serves as a warning to all men, poor as well as rich; whereas the rich take no notice when a poor man is condemned to death (so that there is less point in being severe on the poor). This interpretation assumes that *hem drede* in B2352 is reflexive; that *dede* in 2353/3233 means 'death' rather than 'deed'; and that the English here reproduces fairly accurately the gist of the French: 'de la iustice au riche le poure a grant paor et pense en soi meismes et dist, "Quant la iustice a este tel au puissant, que sera ele a mo[i] qui sui poure home?" Et le riche dira en soi meismes, "La iustice a este au poure: a moi ne porra elle estre en tel maniere iugie"; et por ce doit on plus forte iustice faire au riche que a poure'. [1st occurrence of *la iustice* emended against F2; F has *iustice la*.]

2360/3240 Followed in F by a question omitted from the English: should a man be merciful to his enemy?

2369–74/3249–54 Proverbial?—Whiting, *T188.5 To be more glad for a lost Thing found than for all one's other goods (Luke 15: 3–32).

2375–86/3255–66 Quite different from both F and F2: F launches into a lengthy allegorical shipwreck story in which the good are saved; F2 has a much shorter section, about the same length as the English, with the emphasis on free will and man's responsibility for his own fate.

2387–414/3267–94 Q. 59, on the mechanics of childbirth: the whole question and answer appear remarkably garbled in the English versions; see the discussion in Burton, 'Reproduction', pp. 289–91. The full text in F is as follows: '"Coment l'enfes puet issir de la fame qui est plains des os en son cors?" Sydrac respont: "La uertu de Dieu et son pooir est plus grans que ce et ensi com il a pooir de metre j cors dedins l'autre, il a bien pooir de faire le issir a sa volente, ou uif ou mort. La fame, quant elle veut fillier, toutes ses ioi[n]tes s'eslargent l'un de l'autre, saue le menton, par la uertu de Dieu. La dont le enfes ist par la force de Dieu fait com une figure de paste, et ensi tost com il flaire l'air de cest sicle, par la uertu de Dieu, les os li endurissent et deuienent ansi come nous somes, et la fame se clot sans nulle bleceure. Ensemens que se l'on tirast son doit en j escuele plaine de miel, deuant son doit au tirer s'ouriroit et desrieres se cloiroit comme se il ne fust onques riens thouchie. Ensement se clot la fame apres l'enfant ou point come se elle n'eust mie este ouerte ne n'eust fillie."'

From this it is evident that *loue* in 2387/3267 is an error for *bone* (translating *os* in the question), with *b* for *l* and *u* for *n* (both easily made slips), and that this error occurred early enough in the transmission of the English MSS to have become established in both schools. Since, however, 'the loving child' makes sense of a kind, the reading *loue* has been allowed to stand. But to whom does the phrase *ful(l) of loue/bone* refer—the child or the mother? The order in F, 'la fame qui est plains des os', implies the latter; yet the translator has attached it to the child. I now think (retracting the opinion given in 'Reproduction', p. 289) that this was a misunderstanding on the translator's part: the point of the question in the French cannot be that it is difficult for a bony child to get out of its mother's body, since the baby is described as being made 'com une figure de paste', whose bones do not harden until they come into contact with the air (cf. 2402–6/3282–6). Rather, the point must be that it is difficult for the baby to come out of the hard-boned mother without being damaged in the process.

2399/3279 *the chine before/þe þe chin bifore*: there are several difficulties here. (i) Is *chin(e)* 'chine (backbone)' or 'chin'? F *menton* suggests the latter, and that must surely be the case in L; but the rare form in B with *-ine* (as opposed to *-in* or *-inne*) leaves a lingering suspicion that the B scribe read it as *chine*. (ii) The repetition of *þe* in L looks at first sight like a scribal error, but makes sense if the first *þe* is a relative particle: 'each one save that (one) before the chin'. (iii) The meaning of *before/bifore* is uncertain. 'In front of' adds little in the context; there is no equivalent in F, which reads simply 'saue le menton'. F2 has 'iusques au menton', i.e., 'up to the chin', and it may be some such reading that is rendered by *before.* Nevertheless the meaning of 2397–9/3277–9 remains unclear.

2401/3281 *lykenesse . . . that ware/sykenesse . . . bi ware*: 'li enfes ist . . . com une figure de paste'—L *sykenesse* is manifestly an error for *lykenesse* and 'beware' must be a consequent rationalization. The mention of death in the English versions is inexplicable, unless it descends from earlier *dough* (translating *paste*).

2410–12/3290–2 There appears to be a couplet missing after *drowe/drowh.* The sense in F (see the quotation under 2387–414/3267–94 n) is: 'If a man drew his finger *through a bowl full of honey*, [*the honey*] would open [give way] in front of his finger and close behind it' (italicized words om. in BL). The omission may be due to an early error in the transmission of the English MSS or may already have occurred in the translator's French exemplar through loss of the words 'en j escuele plaine de miel deuant' between the two occurrences of *son doit.*

2417/3297 ff. The seven chambers of the womb: cf. William of Conches, *De philosophia mundi* iv. 10.

2427/3307 *ho(o)te of kinde*: for a discussion of the connection between the sexual appetite and the preponderance of the quality of heat in the bodily constitution see Burton, 'Reproduction', pp. 295–301.

2431–2/3311–12 The syntax differs in B and L. In B *theragayn* appears linked to the following *that*, the collocation serving as a conjunction meaning 'when, as soon as, immediately after' (cf. MED *ayen(es, conj.*, (a), several quotations with following *that*). In L *þeraȝein* appears linked rather to the preceding *open* (cf. MED *ayen, prep.*, 1.(d), and *ayen(e)s, prep.*, 1.(d)), implying that the chambers of the womb open to receive the man's sperm. In their suggestion that the chambers open as a result of copulation the English MSS are close to F2: 'se elle est de chaude complexion et desirrant l'ome, j ou ij ou iij ou toutes les chambres sa ouurent quant l'ome gist a luj' (although the present tense *gist* may imply that the opening is simultaneous with rather than subsequent to the sexual act). In F the opening precedes copulation and appears to be caused by the desire for it: 's'elle est . . . desirant l'ome, j o ij ou iij des chambres s'ueurent, et quant l'ome s'acoste a elle et la semence chiet et elle se clot sur elle, elle se prent'.

2439/3319 *efte/ofte*: 'autrefois'—B correct.

2441/3321 *lette here/latter*: 'ou le secont ior, plus non'—L correct. B will make sense if there is a change of subject from *she* (2438) to *day* (2441)—'or (if) the second day does not prevent her'—or if *lette here* can be taken as a reflexive form of *letten* (not elsewhere recorded)—'or (if) on the second day she does not desist'.

2447/3327 *sunderly/wonderly*: 'tant demorra l'un a naistre apres l'autre com il a este apres lui engendre'—B correct (also H).

2449/3329 *at euery tyme/þat same time*: 'chascune foiz'—B correct.

2454/3334 *atempre/of oone tempre*: 'de bone tempre'—B closer unless *oone* in L has the sense 'constant, even' rather than 'the same'.

2455–82/3335–62 For a discussion of this passage see Burton, 'Reproduction', pp. 286–8.

2462/3342 *koet/hote*: 'si chaude et si ardens'. B *koet* may be an error for *hote*, but makes sense as an unusual spelling of *kete* 'fierce'.

2469/3349 *of oon tempure/of tempure*: 'se l'ome est tempres et elle est tempree et de uolente, elle prent, car lor semence est de bone tempre'; cf. 2454/3334 n.

2473–4/3353–4 'si il assemblent ioiousement et alegrement'—B (as emended) closer.

2483–8/3363–8 Derived ultimately (it would seem) from Pliny's comments on the effect of a thought passing suddenly through the mind of one of the parents at the time of conception, *Nat. Hist.* VII. xii. 52.

2491–2/3371–2 Proverbial: Whiting, L152 Lealty is the fairest thing (one example only).

2493–6/3373–6 'car qui est loiaux a Dieu, il est liaux a soi meismes et a la gent'—somewhat embroidered in both English versions, but L is reasonably close (and is supported in 3374 by TSP). B2494 *lever then other thre* seems wide of the mark but not without meaning: 'The loyal person is dearer than three other people [i.e., is three times as dear]—to God, to himself, and to his fellow Christian'.

2513–14/3393–4 Proverbial: see 1998/3046 n.

2521–2/3401–2 Proverbial?—Whiting, *E135.5 Envy is the worst thing.

2526/3406 *vnclad/vngladde*: 'de la grace de Dieu despoilliez' (applied to Adam, not to the rebellious angels). B is of course correct (cf. 1209/2249, where the image is spelled out in full, 'unclad of clothing of grace'), but L's error, *ungladde of* 'dissatisfied with' (also in TP), makes sense in the context of envy.

2531–2/3411–12 Proverbial?—Whiting, *C490.5 Covetise is the daughter of envy.

2533–6/3413–18 'et par enuie et couitise mult i perdront lors cors et la grace qui Dieus lor aura done'. There is no equivalent for 2534/3414 or L3415–16; the hanging of 2535/3417 is a free rendering of 'perdront lors cors'. B2536 appears incomplete, as if a couplet has been lost containing the infinitive presumably intended to follow *might*; the same problem occurs in TS, but has been avoided in P by the rewriting of 2535–6.

2537–60/3419–42 There is no equivalent in F for this section on the tree of envy. The French deals instead with three cities that will be destroyed, through fire, flood, and the sword respectively, 'par couoitise de mal faire'.

2541–4/3423–6 Proverbial: Whiting, P389 Pride is the root of all evils (*varied*).

2551–2/3433–4 Proverbial: Whiting, M68 An envious Man waxes lean.

2560/3442 The English MSS differ in the ordering of their questions after this line: in LH question 74 (the long section on the world's inhabitants) now follows; in the type II MSS question 63 is placed here. This edition follows the type II MSS, which keep to the order of the French.

2568/3450 *withoute ende/biþoght (shal be)*: 'et croire . . . que il n'ot onques commencement ne fin n'aura et touz iors fu et tous sera'—B correct. L makes sense if *biþoght shal be* is taken as parallel to *bileue* with *he* of 3446 (i.e., man) as subject: 'A man may easily be faithful if he . . . believes steadfastly and keeps in mind that God [*he* 3449] has always existed [*was euere* 3450]' (see Glossary, *biþoght*).

2576/3458 *charite*: this again replaces *souffrance* in F; cf. 1976/3024 n.

2581–2/3463–4 A free rendering of 'entre les anges deuant Dieu face a face que ia fin n'aura'.

2598–779/3480–663 Page missing in F; French readings given from F2.

2624–8/3506–10 'l'enfant que elle aura par droite force et par droiture conuient que il soit leigneus (tigneus F3) ou mesel, car l'enfant se nourrist en ces meismes flures'; i.e., it is inevitable that a child conceived during menstruation will be diseased, because of the qualities of the blood (see 2621/3503) on which it is nourished. This clarifies some difficulties in the English: *of right nature*, erroneously glossed in MED, s.v. *natur(e*, *n.*, 2.(a), as 'probably', in fact has much stronger force; it translates *par droite force et par droiture*, and must have the sense 'naturally', i.e., both 'in accordance with natural law, in the natural course of things' and 'as a matter of course, consequently' (see MED, *naturalli*, *adv.*, 1.(a) & (c), 3.(b), and cf. 2758/3642). The *nature* of 2626/3508 must be, from the context of skin-disease, the child's (physical) condition rather than its character. B2622–8 may be translated (taking the *hit* of 2626 as redundant, repeating *nature*, and that of the next line as meaning the child): 'If a man lies by her then and by chance begets a child, that child shall in the natural course of things be affected either with scall or leprosy, the condition which it gets in the woman, from the blood on which it is exclusively nourished [*lit.* which makes it all], being so terrible'. L3508–10 is more difficult; the sense is perhaps (with a new, explanatory, sentence beginning in 3508): 'Their condition is so terrible because what is shed in a woman—a blood—forms their constitution'; but this is somewhat strained. Both English versions ignore the comment in F2 that the menstrual blood is not necessarily hot and dry and therefore need not have an ill effect ('Et se les flures sont de bonne complexion en la fame, l'enfant n'a garde de ce'), and supply instead the couplet on *menstruum* (2629–30/3511–12), for which there is no equivalent in F2 or F3.

2645/3527 ff. The examples of post-creation animals differ somewhat in the French and the English: F2 includes mules, dung-worms, frogs (from the flesh of wild ducks), ? lizards ('prouuenciaus'), 'et mult d'autres choses que trop seroient a nomer'; it omits lice and parasitic worms.

2670/3552 *how/who*: 'qui'—L correct.

2677/3559 *sustinaunce . . . taketh/sustineth and taketh*: 'la terre le soustient et le garde'. Both English versions ignore the second clause. In L *taketh* (unless it is intr., meaning 'takes back') is left hanging rather awkwardly without an object, and this leads to the suspicion that an object noun such as *kepe* has been lost in transmission after *and* ('and takes care'); if *taketh* is trans., L as it stands may have roughly the same sense as B, with the object understood: 'the earth sustains and gives (? nourishment)'.

2678/3560 *makeþ/maketh*: 'esueille', i.e., *lit.* 'wakes', hence 'stirs'. The English readings (common to all MSS containing this answer) evidently derive from an archetypal copying error, *m-* for *w-*, influenced no doubt by *makeþ/makiþ* in the following line.

2680/3562 'le soleil l'eschaufe et le croist'—B makes explicit the part played by the fourth element (fire), but omits any mention of the sun.

2687–704/3569–86 Q. 68, how animals become mad: the treatment in the

English is very different from that in the French. The full text in F2 is as follows: 'Le roy demande: "Les bestes comment s'enragent?" Sydrach respont: "A xxj [xxvii F3] iour de la lune de mars [iullet F3] apert vne estoile deuers orient. En cel iour et en celle nuit les bestes qui la voient ou son ombre en l'yaue, elles enragent [et puis mordent celles qui ne sont mie esragiees, si enragent *om.* F3]. Ensement s'il mordent aucune persone, elle en esrage ou persone ou beste. Gar soi de la pissace au rat s'il puet eschaper de la mort."'

It will be seen that the French deals chiefly with the contracting of rabies and its transmission through animal bites or rat's urine; in the English this is turned into a discussion of the extent to which animals may be said to have a rational faculty and the way in which it may be lost. In L there is no indication that the madness might be rabies and no discussion of its transmission. The last couplet of the answer in B deals with transmission, but this is obscured at first sight by the inconsistent use of pronouns: since *hit* in 2700 refers to the star and *he* is used in 2702 of the animal that sees it, it would be consistent to take the *hit* of 2703 as referring again to the star. This would necessitate taking *bote* figuratively (see OED *Bite*, *v.*, 13.): 'And if it [the star or its reflection] impressed itself on the mind of a man or animal, that man or animal would instantly become frantic'. Comparison with the French, however, indicates that the *hit* of 2703 is identical with the *he* of 2702, and that *bote* is literal: 'And if it [the mad animal] should bite a man or [another] animal, the bitten one would immediately go mad'.

2696–7/3578–9 *xxvi(i)j . . . Iune*: midsummer day in the English replaces the vernal equinox in F2.

2712/3594 'et le vent le refroident touz iours et la tiennent fresche', i.e., it is the wind (not mentioned in the English) that cools and refreshes him. A different account of the eagle's rejuvenation (by which the translator's version may have been partly influenced) is given in the bestiaries; see White, p. 105; *The Middle English* Physiologus, ed. Hanneke Wirtjes, EETS 299 (1991), pp. 4–5.

2715/3597 In F2 the snake is said to live longer than the eagle.

2723–4/3605–6 F3 speaks of this growth as occurring every year; F2 every hundred years: 'chascun C anz li naist vne goute en la teste du grant d'une lentille ou plus'.

2726/3608 *fyre/firy*: a mistranslation of *fier* 'fierce' as, or a conscious decision to replace it with, 'fiery'.

2731–48/3613–32 Q. 70, does God feed everything he created? The answer has a different emphasis in the French, that God gave all his creatures the knowledge of what to eat in order to preserve their lives.

2736/3618 *sonde/sond*: 'sand' in B; 'sending, i.e., ordinance' in L; not in F2.

2743–4/3627–8 Proverbial: see B2182–4 n.

2747–8/3631–2 Proverbial: Whiting, G227 God never sends mouth but he sends meat.

2749–82/3633–68 Q. 71, do animals have souls? Expanded in the English to take account of the arguments of those who claim that animals do have souls (e.g., in 2765–8/3649–52, 2773–4/3657–8, which have no equivalent in F2 or F3).

2755/3639 The L version of this line is quoted in MED, s.v. *skil*, *n.*, 3.(c), with *of skile* taken as an adverbial phrase qualifying the verb *clepid*, in the sense 'rightly, appropriately, fittingly': 'it is rightly called [the] soul because God gave it to man'. The context in B suggests a different interpretation, however, with *of skyll* as an adjectival phrase qualifying the noun *soule*: 'it is called the rational soul that God gave only to man'.

2779/3663 The text of F resumes at this point. Readings from the French hereafter are from F unless otherwise stated.

2783–810/3669–96 Q. 72, men's lifespan and physical size in the time of Christ: related to *Elucidarium* iii. 36, but there the question concerns the time of Antichrist, the answer is much briefer, and physical size is dealt with only in the concluding sentence.

2785–8/3671–4 'Autretel come nos somes plus grans de persone et de cors que aus ne seront, ensement auons nos plus grant uie d'iaus': the translator has altered the correlative construction *autretel come . . . ensement* ('*Just as* we are bigger than them . . . *so* we live longer') in his rendering ('They will be just like us physically, but not so big').

2793/3679 *plente*: apparently a misreading of *planet* in an earlier English MS or (more probably, in view of the words that follow in the English) in the French original; cf. F 'Et la planeta qui ores gouerne le monde est plus forte que celle qui gouernera adonques'.

2797/3683 *wynde*: not mentioned in F, which has *aigues* 'waters'.

2813–14/3699–700 Proverbial: Whiting, G198 Be not inquisitive of God's privity (*varied*) (cf. 5661–2/6651–2).

2826/3712 He who is in God's confidence: presumably intended to include the prophets, specifically mentioned in F as knowing part of God's mysteries: 'il ne sauront pas tout . . . mais tant seulement . . . ce qu'il lor enuoiera par son saint esperit'.

2837/3723 *derkely/mekely*: 'oscurement'—B correct; L makes sense but is presumably an error for *merkely* (cf. T).

2851–2/3739–40 'Il estaubli les vii planetes a gouerner le monde et son pooir le gouuerne'—B correct.

2855/3743 ff. Q. 74: on the placement of this question see 2560/3442 n.

2856/3744 *Oute of the erthe/þan on erthe*: 'outre la terre en mer'—B closer.

2857/3745 *in the see*: F adds 'au leuant'.

2858/3746 The number of islands is given as 1402 in the English, 1302 in F, and 312 in F2; cf. Al Battani's 1370 (see Thouvenin, p. 248).

2860/3748 *not ne shall/neuere shal*: the addition of a negative in the English reverses the sense of the French—'et les autres s'abiteront'.

2861–8/3749–56 These little people 'of heighte but handfulles thre' are presumably to be identified with the Trispithami (i.e., 'three spans') of Pliny's *Natural History* VII. ii. 26, although Pliny gives no details of their hair, their beards, their language, or the size of their animals.

2869–74/3757–62 These diminutive, amphibious fish-eaters are presumably to be identified with the Hictisas of the *Epistola Alexandri* (Rypins, 91/18–24), the Homodubii of *De rebus* (Rypins, 102/17–19), the unnamed amphibians of Vincent's *Spec. nat.* xxxi. 128, and/or the Ichthyophagi of Vincent's *Spec. hist.* i. 86 and iv. 55, who recur in *Mandeville's Travels* (Hamelius, i, 198/16–20; see the notes in ii, 143). But the ichthyophagi in *Sidrak* lack the hairiness and the height of their counterparts in the *Epistola Alexandri* and *De rebus* (where, far from being pygmies, they are said to be nine feet and six feet tall respectively); they are not said to hide underwater at the approach of strangers (as in the *Epistola Alexandri* and Vincent's *Spec. nat.*) or to eat their fish roasted on stones in the heat of the sun (as in Vincent's *Spec. hist.*); and in none of these accounts is it specified (as in *Sidrak*) that their habitat changes between day and night.

2871/3759 *spanne*: in F the word *paume* is used of both the preceding group and this one, whereas the English makes a distinction between a (four-inch) *handful* (2863/3751) and a (nine-inch) *span*.

2875–80/3763–8 The one-eyed people are presumably the fabulous Cyclopes, perennially popular in encyclopaedic and romantic literature: see Pliny, *Nat. Hist*. VII. ii. 9, VII. lvi. 198; *Image du monde* ii. 2 (Caxton's *Mirrour* ii. 5, p. 72); Isidore, *Etymologiae* XI. iii. 16, XIV. vi. 33; Vincent, *Spec. nat.* xxxi. 126 and 127, *Spec. hist*. i. 92; cf. also *Mandeville's Travels* (Hamelius, i, 133/29–32; notes, ii, 109). The present treatment is remarkable in making no comment on the size of the Cyclopes (in contrast to the usual statement that they were giants); and I know of no other treatment in which they are said to be afraid of humans (if that is the correct interpretation—but see next note).

2878/3766 *drede(n)*: since this can mean both 'fear' (MED *dreden*, *v*., 2.(a)) and 'frighten' (6.(a), a sense it has in *Sidrak* at L9246), there is some doubt as to who is afraid of whom. The apparent sense in both B and L (as in F—'si nous doutent trop qui auons ii ielz en la teste') is that the Cyclopes are afraid of two-eyed people. The P reading, *drevyn*, however, suggests that in some English MSS the sense was taken as 'frighten'.

2881–4/3769–72 The sheep-tailed people may perhaps bear some distant relationship to the hairy-tailed people of Pliny's *Natural History* VII. ii. 30—'et alibi cauda villosa homines nasci pernicitatis eximiae'—though the reference there to extreme speed does not accord well with the present reference to sheep.

2884/3772 *ffysshe/flesshe*: 'pooissons'—B correct, L presumably a copying error. After this section F has a brief description (omitted in the English) of a people with a spike of bone projecting from their coccyx, such that they are unable to sit down in places where there is no crevice in which to put the spike.

2885–90/3773–8 The legendary war between the Pygmies (here obviously intended, though they are not named) and the cranes, popularized by Homer (*Iliad* iii. 6), was a favourite topic of medieval enyclopaedists. In Pliny's *Nat. Hist*. VII. ii. 26 the Pygmies are placed in the same region as the Trispithami (see 2861–8/3749–56 n). They recur briefly in Vincent's *Spec. nat.* xxxi. 127 and 128, and at greater length in the *Image du monde* ii. 2 (Caxton's *Mirrour* ii. 5, pp. 70–1) and *Mandeville's Travels* (Hamelius, i, 138/14–24). Pliny says that they raid the cranes' nests during springtime to eat the eggs and chicks, and that their houses are built from mud, feathers, and egg-shells; in the *Image* they are said to have horns and to live only to the age of seven.

2888/3776 *foule/folke*: 'ousiaux'—B correct, L an obvious copying error.

2890/3778 *Take they/Takeþ hem*: 'Les gens les vainque[n]t'—B follows F in making the people victors over the birds; in L the situation is reversed. The same difference of opinion as to who beats and eats whom is found between the Insular version of *Mandeville's Travels* (printed from MS Harley 4383 by G. F. Warner under the title *The Buke of John Maundevill*, Roxburghe Club, 1889), which agrees with L, and the Cotton version (MS Cotton Titus C.xvi, first printed in 1725, the version of which Hamelius gives a diplomatic text), which agrees with B and F. See Hamelius, ii, 112–13 (i, 138/24 n).

2891–4/3779–82 I have not been able to find a source for these fireproof birds. They may perhaps bear some relation either to the Phoenix (which is re-born from the ashes of the fire in which it is consumed) or to the Eagle (which, in the bestiaries—though not in *Sidrak* (see 2712/3594 n)—flies close to the sun then dives into a stream to rejuvenate itself).

2895–6/3783–4 These dog-faced people (occurring also at 271–4/307–10) are presumably the same as (or derived from) either the dog-headed mountain tribe of Pliny's *Nat. Hist.* VII. ii. 23 or the dog-headed apes of VII. ii. 31 (themselves perhaps derived from the dog-headed people of western Libya in Herodotus's *Histories* iv. 191). They are mentioned frequently in medieval writings, e.g., in Isidore's *Etymologiae* XI. iii. 15 and XII. ii. 32; Vincent's *Spec. nat.* xxxi. 126 and 128, and *Spec. hist*. i. 92 and 93; the *Epistola Alexandri* and *De rebus* (Rypins, 91/25–6 and 102/13–16); John of Hildesheim's *Historia Trium Regum*, ch. 32; *Mandeville's Travels* (Hamelius, i, 130/14 ff.; see the note in ii, 108 for other occurrences). In several of these accounts they are named Cynocephali (variously spelled), and said to converse by means of barking or belching noises.

2897–920/3785–808 Cf. the account of suicide for religious motives (taken from Odoric) in *Mandeville's Travels* (Hamelius, i, 117/8–118/13). The method in the *Travels* is different (knives—as in the episode at 2945/3833 ff.—instead of fire), but there are similarities, such as the gathering of friends (who are not, however, expected to commit suicide themselves) and the making of the ashes into relics.

2905–6/3793–4 'Puis font alumer le feu tout entour le seignor de la semonce, qui se veult sacrifier'—indicating that this is a fertility rite. In B2906 *sure*, though it makes sense, is doubtless an error for *shire* (as in TS), influenced by the spelling of *fuyre* in the preceding line.

2921–44/3809–32 Thouvenin has noted two parallels for the horrific suicide custom described in these lines (pp. 242–9). In the first, written by Abou-Zeyd-Hassan in 878 (in continuation of a geographical treatise begun by the Arab trader, Soleyman, in 851), there is a description of self-decapitation by a mountain tribesman in India. This is strikingly similar to the description in *Sidrak* in that the severed head is left hanging by the hair from a tree, but the motive in each case is different: in *Sidrak* it is religious; in the description of Abou-Zeyd-Hassan it is a demonstration of personal courage, and a challenge to members of another tribe to show their courage in a similar way (see Edouard Charton, *Voyageurs Anciens et Modernes*, ii (Paris, 1855), 141–3; Thouvenin, pp. 243–5). The second parallel occurs in Ibn Battuta's description of the suicide of one of the Sultan of Java's slaves, as a demonstration of his love for his master. Here the motive is closer to that in *Sidrak* although the method, lacking the tree and the suspended head, is not so similar (see *Voyages d'Ibn Batoutah*, texte arabe, accompagné d'une traduction par C. Defremery et le Dr. B. R. Sanguinetti, iv (Paris, 1922), 246–8; Thouvenin, pp. 245–7).

2939/3827 *And salted/And þenne*: 'et salent le cors'—B correct.

2940–1/3828–9 *graue*: in F the body is not buried but placed on a seat near the idol; the inscription is written on the seat (or possibly on the mummified body or even the idol): ' . . . et laissient en j siege pres de celle ydolle . . . et escrivent sur lui coment il a este sacrifies'.

2945–78/3833–66 I have found no parallel for this method of suicide.

2979–84/3867–72 Vincent records that the Scythians bury surviving lovers alive with the bones of their dead partners (*Spec. nat.* xxxi. 129), and *Mandeville's Travels* (Hamelius, i, 129/7–10) contains an exact parallel for the burial alive of a widow with her dead husband, taken from Odoric (see Hamelius, ii,107), though it lacks the account of the reciprocal arrangement if the wife dies before her husband. Accounts of sutteeism, in which the widow is burned on her husband's funeral pyre as opposed to being buried alive with his body, appear in Vincent (*Spec. nat.* xxxi. 131 and 132; *Spec. hist.* i. 89 and 90), in *Mandeville's Travels*

(Hamelius, i, 114/3–17) and in Ibn Battuta's account of north-western India: see *The Travels of Ibn Battuta A.D. 1325–1354*, trans. H. A. R. Gibb, iii (Hakluyt Society, 2nd ser. 141, Cambridge, 1971), 614.

2985–6/3873–4 Eaters of dogs and cats: cf. the account of the Tartars in *Mandeville's Travels* (Hamelius, i, 82/26–7; for sources see ii, 80). B *for dente* is equivalent to the desire in F to eat 'riches viandes et par grant dignete'; this is followed in F by instructions on feeding the dogs and cats before killing them, and by hints on how to cook them.

2987–92/3875–80 The custom of providing a surrogate bridegroom for the wedding night is treated briefly by Vincent (*Spec. hist*. i. 88) and more fully in *Mandeville's Travels* (Hamelius, i, 190/12–191/1), where an explanation is offered as to why it was considered dangerous 'to have the maydenhode of a woman'. (See further the comments in Hamelius, ii, 137–8.)

2993–6/3881–4 A similar account of men's refusal to marry through lack of faith in women's constancy is found (taken from Jacques de Vitry's *History of Jerusalem*) in the *Image du monde* ii. 2 (Caxton's *Mirrour* ii. 8, p. 86).

2993/3881 *wel(l) (y)fedde*: not in F.

2997–3018/3885–906 *Londe Femenyne/Lond Feminin* or Amazonia (cf. 275–6/311–12): another popular topic in medieval encyclopaedias and travelogues, appearing briefly, for example, in Pliny's *Nat. Hist*. VII. lvi. 201 (where we are told only that the battle-axe was invented by Penthesilea the Amazon) and *Mandeville's Travels* (Hamelius, i, 95/20–3); also (with a much fuller treatment, in which we are told that the Amazons consort with the men of the neighbouring country once every year as opposed to the four times a year specified in *Sidrak*) in the *Image du monde* ii. 2 (Caxton's *Mirrour* ii. 8, p. 84), Isidore's *Etymologiae* IX. ii. 64, Jacques de Vitry's *History of Jerusalem* 92, and Vincent's *Spec. nat*. xxxi. 124.

3000–2/3888–90 'Ne nul home qui ait passe v ans ne puet viure plus haut de v iors en celle terre'; i.e., in B 'No male child over the age of five can live there for *more than* [*Ouer*] five days'; in L ' . . . for *another* [*Ouþer*] five days [? after his fifth birthday]'. If *hymselue/himself to welde* (*lit*. 'to look after himself') is more than a rhyming tag, it perhaps carries the implication that at the age of five a boy ought to be able to fend for himself.

3014/3902 The English here omits a short passage dealing with the wars constantly waged between the men and the women except during the four coupling seasons.

3024/3912 The king is named in F as Alexander.

3025–8/3913–16 'qui la plus grant partie dou monde gouernera et la plus grant partie d'iaus confondera'. The sense of 3025/3913 is not entirely clear: *seke* may be 'try to obtain' i.e., 'seek to conquer' (*gouernera*) or 'pursue with hostile intention; attack; persecute' (*confondera*); see MED *sechen*, *v*., 6. and 8. *Mynde* is most probably 'will, purpose, intention' (MED *mind(e*, *n.*(1), 7.); thus '. . . who will seek to conquer [*or* persecute] the world according to his plan'.

3029–56/3917–44 Q. 75, what determines the colour of a person's skin: the treatment in the English is markedly different from that in the French, as shown below.

3033–8/3921–6 The first cause in the English, *kynde*, is treated in two parts, the first of which, the combined influence of the parents when they are of the same colour, has no equivalent in the French.

3039–44/3927–32 The second part of the first cause in the English equates with the first cause in the French: 'se le pere est brun et il engendre de grant uolente, par droite nature couient que il soit de celle meismes colour dou pere; et se la fame recoit la semence [de grant uolente F2] et la volente del pere n'i est pas, par droite nature couient que il soit a la samblance a la mere'. The determining factor in the French is the strength of the father's desire; only in the absence of that does the mother's desire influence the child's physical heredity. In the English the emphasis is more even: the child's physical heredity is determined by whichever of the parents feels the stronger desire and passes that on to the seed.

3044/3932 *shap(p) and ble(e)*: taken together in the English, but separated in the French, where the mother, notwithstanding the sentence quoted in the last note, is said to govern the physique (*facon*: *shap(p)*) and the father the colour (*color*: *ble(e)*): 'Et si l'ome et la fame sont ensamble de grant volente et se prendent carnelement, lor enfant de la color sera semblable au pere, car de tous ses membres et ners et vaines il descent et par droite nature couient qu'il soit de telle meismes color; et de la facon sera de la mere, car la mere recoit sans nulle facon et en son cors prent il facon et couient que de la facon soit samblant d'elle'.

3045–50/3933–8 The second distinct cause in the English, the quality of the diet, has no equivalent in the French. Similarly the second cause in the French, the effect of a mother's hot 'complexion' on the foetus, is without equivalent in the English: 'L'autre maniere: se la fame est de chaude complexion, l'enfant s'art en son ventre et deuient brun'.

3051–6/3939–44 The third cause, climatic conditions, is slightly expanded in the English to include the effect of cold (whereas F deals only with heat).

3057/3945 *per company(e)*: not in F. The phrase is glossed as 'in accompaniment' in MED s.v. *compaignie*, *n.*, 3.(d); in both examples (*CT* I (A) 4167 and *Confessio Amantis*, vii. 3752) it is used of voices singing or shouting together. This can hardly be the sense here, which is rather 'in addition [to the other questions]'; alternatively it may be a variant of *for compaignie* 'out of (i.e., for the sake of) friendship' (see MED, sense 5, quotation from *Troilus and Criseyde* iii. 396).

3058/3946 *felony(e)*: in view of its association with melancholy both here and later (3171/4069) and the addition on the second occasion of wrath, it seems probable that *felony(e)* is to be taken as 'rage' rather than as 'deceit' or 'wickedness' (MED *felonie*, *n.*, 4. rather than 1. or 2; cf. Greimas, *felonie*, *n. f.*, 3. 'Fureur, colère'), the more so since wickedness is treated separately later (Q. 93, 3599/4505 ff.).

3059/3947 ff. On the doctrine of the four humours see Klibansky et al., *Saturn and Melancholy*, pp. 3–15, and, on melancholy as a temperament, pp. 97–123.

3065–70/3953–8 'et celle oscurte respont a la cruelte [ceruelle F2] et la cruel[t]e [cruelle F, ceruelle F2] rebondist [respont F2] as ielz et as membres et les gordist, et par droite force couient qu'il soit fel et melancolious'. It is clear from this that *brayn panne/herne panne* of 3066/3954 is derived from a MS with the reading *ceruelle* as opposed to *cruelte*; that *answhers/answeriþ* (3065/3953) translates *respont*; and that the numbness of the eyes and limbs in the French is assigned to the brain in the English (3068/3956). In the English as it stands *answers* must have a sense implying motion or transfer from heart to brain (similar to but not quite identical with MED *answeren*, *v.*, 7.), yielding the meaning: 'And that darkness then rises into the brainpan; and when the brains are darkened in this way, they lose a large part of their rational faculty and become enraged at once'.

3085/3973 *greses/greet is*: 'Quant les bestes sont preignes'—L closer unless B *greses* means 'becomes fat [pregnant]' rather than 'grazes' (see Glossary).

3103–36/3991–4030 Q. 78, on the evils of overeating and overdrinking: cf., for sayings on the evils of excess in general, Whiting, E168 and M451–63; also *The Owl and the Nightingale*, ed. J. W. H. Atkins (Cambridge, 1922), note on lines 351–2. On the consequences of overdrinking in particular cf. *OE Dicts* 60 (Cox, p. 12) and *The Proverbs of Alfred* 15 (Arngart, ii, 98–100).

3105/3993 *nede is/he sholde*: 'plus qu'il ne doiuent'—L correct (also TSP); B repeated from question.

3112/4000 Proverbial: Whiting, B134 (cf. 3127–8/4015–16).

3119–26/4007–14 Not in F.

3133–4/4021–6 'et par droite nature l'omme le doit miex faire que la beste qui est mute et sans nulle science'; after *beste* F2 adds 'et se l'ome le fet il est plus a blasmer que la beste'. It is not clear whether L is expanded independently or whether the expansion is related to the extra clauses in F2 (which may be missing in F through haplography).

3139–40/4033–4 Proverbial: Whiting, T387; cf. W635. See further Cross and Hill, pp. 103–4, commentary on *SS* 37 and *AR* 43.

3147–8/4041–2 Proverbial: Whiting, T371; see also Q. 296, esp. 8525–6/9727–8.

3149–50/4043–4 'la langue n'e[st] pas miel, mais elle fait auoir honor et bien'—B *honoure* closer.

3151–2/4045–6 Proverbial: Whiting, T384; see also Q. 347, esp. 9547–8/10791–2.

3171/4069 *felony(e)*: see 3058/3946 n.

3175/4073 'et regratier le hautement': *in all sake/of his grace and might* correspond to 'hautement', though neither accurately translates it. The idiom *in all sake* (not previously recorded) appears to be a positive equivalent, with the sense 'with every good reason', of the legal idiom *without sake* (*sine causa*) 'without good reason' (OED *Sake*, *sb.*, 2.).

3182/4082 *Maym and sekenesse/Flesshe . . . skyn*: 'meshaing des membres et maladies de lor cors'—B correct.

3191–246/4091–150 Q. 82, 'Qui vaut mieuz, l'amor de sa fame o sa haine?' The wording of the question in the English presents two problems: (i) What is the meaning of *bate*? (ii) Are women here the active party or the passive? The second difficulty is resolved in the answer, where women are treated as the recipients rather than the givers of love and of hate (3193/4093 ff., 3203/4103 ff.). As to the first, there are several possible interpretations for *bate*, none wholly satisfactory: (i) 'discord' (MED *bate*, *n.*(1), (a), from *debate*, as at L4842), which makes sense and presents no etymological problems but says more or less the opposite of the French; (ii) 'enticement' (MED *bait*, *n.*, 2.), which makes sense but assumes an unrecorded spelling (without *i* or *y*) and does not closely translate the French; (iii) 'advantage, benefit' (MED *bote*, *n.*(1), 1.(a)), which comes close to the sense in F, but assumes an unrecorded spelling (with *a* for OE long *o*—but cf. the spelling *beeat* recorded for north Yorkshire in EDD, s.v. *Boot*, *sb.*[2]). DOST records a related noun, *Bat*, *Bait (bayt)*, *n.*[3] [MDu *baet*, *bate* 'profit, advantage'], with the sense 'a small amount given gratis to a buyer, esp. in the phrase *to ba(i)t*, "to boot, extra"'. Perhaps the best solution, both in the current instance and at B3932, is to take *bate* either as a form of *bote* influenced by the cognate word in MDu or as a previously unrecorded occurrence in English of the MDu word in its original sense.

3195–8/4095–8 'Car de la bone fame li hons ne puet auoir fors bien et honor et essaucement de bon los'—B3195 closer than L4095, L4098 than B3198.

3207–10/4107–10 'De la compaignie de male fame l'om ne puet auoir que honte et deshonor et damage et peril et uergoigne entre la gent'—B closer.

3212/4112 *cocatryce/coketrice*: on the etymology of the word see (i) OED, s.v. *Cockatrice*, where a lengthy note offers an explanation of the confusion reigning among ichneumon, enhydris, hydrus, cocatris, crocodile, and basilisk; (ii) P. Ansell Robin, *Animal Lore in English Literature* (London, 1932), pp. 181–8, where, in an appendix devoted to 'The Cockatrice and the "New English Dictionary"', the author comments in detail on (i), pointing out a number of errors; (iii) White, p. 169, note 1, which offers a neat summary of the whole problem.

3212–46/4112–50 The crocodile was commonly used in medieval writings as a symbol of hypocrisy, of death, and of hell: see George C. Druce, 'The Symbolism of the Crocodile in the Middle Ages', *The Archaeological Journal*, 66 (2nd ser. 16, 1909), 311–38, and Beryl Rowland, *Animals with Human Faces: A Guide to Animal Symbolism* (London, 1973), pp. 55–8. Its relationship with the bird that cleans its teeth gave rise to two conflicting traditions in literature and art: the first, derived from Herodotus (who named the bird the trochilus), stressed the friendship of the two creatures, the second, as here, the enmity of one for the other. (For further details see Burton, 'Crocodile'.) A remarkably close parallel to the account in *Sidrak* (perhaps based on a source common to them both), but with the genders of the beasts reversed, is found in Leo Africanus's *History and Description of Africa*, trans. John Pory (1600), ed. Robert Brown, 3 vols. (Hakluyt Society, *Works*, 1st ser. 94, 1896; repr. New York, n.d.) iii, 951–2: 'As we sailed farther we saw great numbers of crocodiles vpon the bankes of Islands in the midst of Nilus lie beaking them in the sunne with their iawes wide open, whereinto certaine little birdes about the bignes of a thrush entring, came flying foorth againe presently after. The occasion whereof was tolde me to be this: The crocodiles by reason of their continuall deuouring of beasts and fishes, haue certaine peeces of flesh sticking fast betweene their forked teeth, which flesh being putrefied, breedeth a kind of wormes wherewith they are cruelly tormented. Wherefore the saide birds flying about, and seeing the wormes, enter into the crocodiles iawes, to satisfie their hunger therewith. But the crocodile perceiuing himselfe freed from the wormes of his teeth, offereth to shut his mouth, and to deuour the little birde that did him so good a turne, but being hindred from his vngratefull attempt by a pricke which groweth vpon the birds head, he is constrained to open his iawes and to let her depart.' Naturalists are to this day divided on the question of whether there is indeed a bird that acts as the crocodile's toothpick: see Hugh B. Cott, 'Scientific results of an inquiry into the ecology and economic status of the Nile Crocodile (*Crocodilus niloticus*) in Uganda and Northern Rhodesia', *Transactions of the Zoological Society of London*, 29 part 4 (1961), 211–356, esp. 313–16 'Commensal birds', and Richard Meinertzhagen, *Pirates and Predators: The Piratical and Predatory Habits of Birds* (Edinburgh and London, 1959), pp. 224–5.

3223–4/4123–4 'Sur ce vient j oiseil qui Dieus a estaubli por ses dens monder de uermes'—B closer.

3225–9/4125–32 'Cel oiseil a vne broche en sa teste a guise d'aguile et il entre en la boche dou coquatrix et maniue les uers.' From this it would appear (i) that the *mouth(e)* of 3225/4125, which might belong, in the English, to either of the beasts, is correctly the bird's; (ii) that what the bird is supposed to have on its head is a spike or prick (*broche*), but that the translator (or his exemplar) read *bo(u)che* for *broche* (although G, in the first of these lines, somehow preserves the intended sense: 'A prycke on his hed is dyght/Shapen as an edyl ryght'); (iii) that the equivalent of *an ele ys/a rounde hole* is *aguile*, which may represent *aiguille* 'needle' (from which G *an edyl* may be descended, through incorrect word division), or *anguille* 'eel' (as, at first sight, in B), or *a(i)guillon* 'prick'. The last possibility is suggested to me by Dr Frank Schaer, who points out that B *ele* and L *hole* may both be reflexes of OE *æl* (MnE *awl*): this has a wide variety of forms in ME, including ones with *e-* and *h-*; it can mean 'a spike'; it sometimes translates French *aguillon* (see MED *al*, *n.*, senses (a) and (c), quotations from Lydgate's *Pilgrimage*); and it is used of the Green Woodpecker in the combination *awl-bird* (see OED).

3247–8/4151–2 Q. 83: 'Quant l'ome est ioius et alegre [alegiez F2], il oit aucune parole qui ne li plait, coment se corrouce?' How has *ioius et alegre* 'joyful and light-hearted' become 'in health and youth, healthy and young'? Presumably the translator read (or his MS had) a form of *iouens* 'young' for *ioi(e)us*, followed by *alegiez* 'calm, unpressured' (as in F2) for *alegre.*

3250/4154 ff. The passage that follows is apparently an adaptation of the popular image of the 'body politic', a version of which is well known to students of Shakespeare from Menenius's 'pretty tale' of the Belly in *Coriolanus* I. i. There are extended treatments of this theme in ME in *The descryuyng of Mannes Membres* in MS Digby 102 (see *Twenty-six Political and other Poems*, Ed. J. Kail, EETS 124 (1904), 64–9) and in Lydgate's *Fall of Princes* ii. 806–917 (ed. H. Bergen, EETS ES 121 (1924)), both of which passages are discussed by V. J. Scattergood, *Politics and Poetry in the Fifteenth Century* (London, 1972), pp. 268–70. The present passage is similar to these in some respects, e.g., in the comparison of the hands or arms to knights (3259/4163); its approach, however, is different, in that this is an attempt to describe the physical body in terms of the political, not (as is usually the case) the reverse. Perhaps as a consequence of this approach some elements common in other treatments (e.g., the place of the clergy) are omitted here. For comments on the antiquity of the analogy and for a variety of analogues from various literatures, see the edition of *Coriolanus* by H. H. Furness Jr. in *A New Variorum Edition of Shakespeare* (Philadelphia, 1928), Appendix, pp. 645–9; also Kenneth Muir, 'Menenius's Fable', *Notes and Queries* 198 (1953), 240–2.

3253–4/4157–8 'Et quanque li cuers fait li cors fait' F; English closer to F2, 'et quan que il plest au cuer il plest au cors'.

3255/4159 *eyen are gyderes/men beth gouernours*: 'Les ielz sont guior dou cuer'—B correct.

3257–8/4161–2 Not in F.

3259/4163 'Les mains sont cheualiers et desfendeurs du cuer' F2; not in F.

B3261–2 'la ceruelle si est chastelains et baillis et a tout en garde dou cuer'.

3269/4171 *men/membris*: 'tous ses homes'—B correct; similarly in 3274,8/4176,80.

3279–88/4181–90 'Ce li cuers est fors et saiges et porueus et aimme son chastelain et ses homes et ne uorroit lor damages, il resoit toute la charge et la blame et le corrous sur soi et si ferme et dur, et ses homes resposent, ses anemis sont desconfis'—B generally closer, esp. in 3281–2 ('and will attend to his men and will not promote their harm'), where L4183–4 makes nonsense of the passage ('and his members will say to him that they will promote their harm'). There is no equivalent in F for 3288/4190.

3289/4191 *vayn/fein*: 'se le cuer est foible et vain'. In F *vain* is evidently used synonymously with *foible* in the sense 'weak, exhausted' (see Greimas, s.v. I. *vain*, *adj*., 1.). In B the complete phrase *foible et vain* is reproduced and it must therefore be assumed that *vayn* means 'weak', as in F, although this physical sense has not previously been recorded in English. L *fein* may be the same (OED records *feyne* as a fifteenth-century form of *vain*); but there is also the possibility that the scribe has intended it as a form of *feint* ('faint'), which fits the context and which is elsewhere paired with *feeble* in alliterative collocations in ME (see MED *feint*, *adj*., 3.(b) and (c), quotations from *The Middle English Stanzaic Versions of the Life of St. Anne* and *The Nine Lessons of the Dirige*).

3290–2/4192–4 'ses anemis reflambent et le hastent et il n'a pooir de souffrir les assaus de ses aduersaires'—B closer.

3296/4198 'si resoit le seignor le damage'. Both English versions have *herte* for *seignor*. B *lettes be þe herte* may be 'lingers around the heart' (MED *letten*, *v*., 11.(f)), with *skaþe* as subject and *be* as a preposition, or perhaps 'the heart allows (the damage) to be', with *herte* as subject and *be* as infinitive.

3297–8/4199–200 Proverbial?—Whiting, *S88.5 What is Scathe to the body is scathe to the heart. The couplet alters the sense of F 'car se cuers soffroit, li cors [les mains F2] ne feroit nul mal', i.e., 'if the heart can endure [the attacks of its enemies], the body will do no evil'.

3301–4/4203–6 'L'ome et la fame se doiuent entramer solonc Dieu por ce qu'i[l] les a fais compains et d'une chose'—B is correct in making *God* the subject in 3303–4, but there is no equivalent in F for the puzzling word *cele* in 3302. There seem to be two possibilities, neither very convincing: (i) a previously unrecorded spelling of MED *chele*, *n*. 'chill', perhaps a late survival of the Old Anglian form; (ii) a noun, not elsewhere recorded, from MED *celen*, *v*.(2) 'to hide or conceal (oneself)', hence 'concealment' (cf. *celenesse*, *n*.).

3313/4215 *beaute/leute*: the qualities are listed in a different order in F, but include *loiaute*; the reading in B is presumably a scribal error with *b-* for *l-*.

3316/4218 *guyde/wynneþ and saue*: there is no direct equivalent in F, which simply continues the list of acceptable reasons for a man to love his wife: '. . . et por ses dons [? equivalent to *vertues*, L4216] et por son bon seruice et por son sens'. In B the wife has been transformed from servant to guide and saviour; in L she either redeems (OED *Win*, *v.*[1], †8.) and saves her husband *or* esteems (OED *Ween*, *v.*, 5.) and cherishes him (cf. OED *Save*, *v.*, 9., not with a person as object in any of the examples). The notion of service in F is better preserved in the latter interpretation, but is rather strained; it seems more probable that the translator has replaced it with the idea that the (sinful) husband may be saved by the virtuous wife, as in Whiting, M129 A lither (*bad*) Man shall be saved through goodness of a woman (one example only), and vice versa.

3325–52/4227–54 Q. 85, the origin of fat: cf. the treatment of this subject in the *Secreta Secretorum*. In the *Secreta*, however, the emphasis is rather on states or actions that contribute to obesity than on the physiological process by which phlegm is converted to fat: 'Thes fattyth & moistes þe body, Rist, sture ['apparently intended to translate *saturitas*, satiety'—Glossary] ettyng of swete meites, & drinkyng of swete mylke, & hote wynes & mad swete, & sleipyng aftyr eityng vpon soft beddes & wele sauorand . . .' (*Secreta*, p. 75).

3327/4229 *ffleumes/flewmes* (i.e., 'secretions of phlegm'): see 1829/2879 n.

3342,4/4244,6 *colours*: given the proximity of 'yellow and black', *colours* appears at first sight to have the current sense 'colours'. But in the present context of a contest for supremacy amongst the bodily humours (3333–4/4235–6) the sense required (although this spelling has not previously been recorded) must be 'cholers' (which are dry) in opposition to 'phlegms' (which are moist). Thus the 'yellow choler' of 3342/4244 (as in 7392/8478) will be yellow bile (or, as it is more usually called, simply 'choler'), and the 'black choler' (as in 7390/8476) will be black bile (i.e., 'melancholy')—two of the four primary humours (see Klibansky et al., *Saturn and Melancholy*, p. 10). That thinness is to be expected in a person in whom choler predominates (as in 3347–8/4249–50) is widely known from Chaucer's portrait of the Reeve in the General Prologue, *CT* I (A) 587 ff.); see Douglas Gray's comments in *The Riverside Chaucer*, pp. 821–2.

3352/4254 *grete skabbe/swelling*: 'une roigne seche et menue'—B closer.

3359/4261 *shryues/shameþ*: 'se uergoinge'—L correct.

B3376–7 I.e., ? 'No other unhappiness (apart from leaving her) is any help to a man against a woman who is determined to be wicked.'

3382/4284 Proverbial?—Whiting, *D200.5 Let the Devil and a wicked woman alone.

3390/4292 Not in F.

3397–406/4299–308 On the indebtedness of *The Quare of Jelusy* to this passage see Introduction, pp. xxxiv–xxxv.

3410/4312 *bate*: this raises problems similar to those in Q. 82, discussed under 3191–246/4091–150 n above. The noun in L is relatively straightforward, having the primary sense 'discord' (the phrase *do bate* meaning 'cause trouble'); the verb in B is more doubtful. The preceding lines suggest for B3410 a sense such as 'and think that it cannot help him', the verb in this case being related to the third possible sense of the noun discussed in 3191–246/4091–150 n; but this is etymologically difficult. The lines that follow, however, dealing with the throwing off of a burden, suggest a different word, MED *baten*, *v*.(1) (an aphetic form of *abaten*, the form in P), sense 2.(b), 'cast down', the sense of 3409–10 being that he must put such thoughts out of his mind and determine that he will not let them get him down.

3422/4324 *whyle/wille*: 'il . . . pert son tens'—B correct. B also proverbial?—Whiting, *W221.5 To tine (*lose*, *waste*) one's While (*time*).

3423–8/4325–30 Proverbial: Whiting, W320 To fight against the Wind (one example only).

3429–30/4331–2 Q. 88, how to treat one's friend: the wording in F, 'Doit hom amer son bon amis?', does not solve the ambiguities in the English. B *ende* may be 'death' *or* 'purpose', thus: 'Ought a man to love his friend and try to keep him [as a friend] until his death?' *or* 'Ought a man to love his friend but try to keep him for his own ends?' L *holde in hende* likewise has two possible but conflicting interpretations: (i) 'attend on, look after' (MED *hond(e*, *n*., 2.(c), quotation from *Cursor Mundi*, 2432); (ii) 'keep in suspense, flatter, temporize with' (MED *holden*, *v*.(1), 15.(b); *hond(e*, *n*., 1c.(c)), thus: 'Ought a man to love his friend and look after him?' *or* 'Ought a man to [pretend to] love his friend but to deceive him by flattery?' Since false friends of the flattering and self-serving kind are discussed in the answer (3439–52/4341–52), the second possibility in each case cannot be ruled out; nevertheless the first seems more probable since (i) the question appears to join rather than to contrast the loving and the holding; (ii) the answer begins with true friendship and the sort of attention that friends ought to pay to one another; (iii) *holde in hende* appears unambiguously in the sense 'attend on' later in the text (9186/10412) in the context of friendship.

B3449–50 Proverbial: Whiting, L563 He Loves little that hates for nought.

3451–2/4351–2 Proverbial?—Whiting, *L565.5 He that Loves me for mine and not for me . . .

3453–8/4353–8 On speaking home to one's friends see Whiting, F664, F628, W692.

3471–2/4371–2 Proverbial: Whiting, W664 This World is but a vanity.

3473/4373 *pore/to*: 'si couient que les poures se trauaillent'—B correct.

3474/4374 *riche*: the ambiguity in the English (is this a verb—'the poor must work with their bodies and grow rich in their hearts'—or a noun—'the poor must work with their bodies and the rich [must work] in their hearts'?) is settled in favour of the latter by reference to the French, which indicates also that the two couplets following refer to the rich: 'les poures se trauaillent de lor cors et les riches de lor cuers: de pensees trauaillent et aucunes foiz de lor cors, et selonc Dieu, au grant profit durable lequel nos perdimes par Adam. Ansi couient le riche trauallier come le poure'. The play on *cors/cuers* is lost in the English, which gives the impression, moreover, that it is proper for the rich to concentrate on multiplying their wordly wealth (3475–6/4375–6); whereas in F it is clear that they should be laying up for themselves treasure (*profit durable*) in heaven.

3477–8/4377–8 Proverbial: Whiting, E84 Look at (think on) the End (ending) (*varied*).

3479–84/4379–84 The English versions here omit an illustrative story about two travellers, the first of whom came to a bad end after five increasingly easy days, the second of whom was crowned king on the sixth day after five days of increasingly bad treatment; the moral, however, is retained.

3493–4/4393–4 Proverbial: see 2245–6/3125–6 n.

3495/4395 *his/Goddis liknesse*: 'le poure est nez d'Adam et d'Eue come lui et a sa samblance'—B correct.

3496–7/4396–7 Proverbial: Whiting, G334 Good is but a lent loan (cf. 5743–4/6733–4).

3500–1/4401–2 Proverbial: Whiting, D96 Death is certain but not the time (*varied*) (cf. 6449–56/7487–500).

3502–4/4403–6 Proverbial: Whiting, N167 One can lead Nothing from this life more than he brought (*varied*) (cf. 3591–4/4493–8, 5745–8/6735–8, 9047–8/10271–2); based on Job 1: 21 and/or 1 Tim. 6: 7.

3505–7/4407–9 Proverbial: Whiting, M59 Do, Man, for yourself while you have space (*varied*).

3508–10/4410–12 Proverbial?—Whiting, *W669.5 What one leaves behind (at death) is the World's and not one's own. This conclusion replaces the advice in F that alms should be given without pride: 'quant il le fait, il le doit faire humlement, sans nul orgueil et sans nul uantement et sans nulle reproche'.

3516/4418 *speke at/eke in mesure*: 'et parler a mesure et a raison'—B correct.

3525–6/4427–8 'ja soit ce que il soit grans sires'—no basis in F for L4428.

3527–30/4429–32 Proverbial?—Whiting, *M537.5 The Mightier one is the meeker one should be.

3535/4437 *telle his skyll/tale*: translating F 'sa raison dire', i.e., 'say what is on his mind'; see Greimas, s.v. *raison*, *n.f.*, 7.

3539/4441 *a reso(u)n shewe/showe*: i.e., 'propound an argument', an exact equivalent of F 'mostre sa raison'; see MED *resoun*, *n.*(2), 8.(b), several quotations with *show* (confirming the argument in Burton, 'Idioms', p. 124).

3543–6/4445–8 The English takes it for granted that wisdom will be wasted amongst fools; the French advises giving courtesy a try before sinking to the level of the company: 'quant l'ome est entre fols il se puet contenir sagement et cortoisement en son pren et en son honor. Il le doit faire se il uoit que damages ne l'aueingne; et si il uoit que sa cortoisie ne son sens ne li ua[u]t noiant, il se doit contenir folement com il font . . . .'

3547–8/4449–50 Proverbial?—Whiting, *W386.5 Wisdom is thick (*incomprehensible*) amongst fools (*varied*). In B3548 *expresse* is apparently an adverb relating *lewdenesse* to *wisdom*: 'Just as folly is [considered] only foolishness among wise men, in the same way wisdom is plainly [considered foolishness] among fools'; but this is awkward. The sense in L4450 (noted in MED, s.v. *thik(ke*, *adj*., 7.(g), as a proverb 'with uncertain meaning') seems to be 'In the same way wisdom is impenetrable [i.e., is not understood] among fools' (see sense 2.(b) in MED).

3549–98/4451–504 Q. 92, the attitude of society to the rich and to the poor: the whole passage is stuffed with proverbial wisdom indicative of social attitudes; see Whiting, M180, M265, M272, M274, M503, M769, N167, P297, R107, R108, R110, R115, R121, for all of which there are approximate equivalents here. For further discussion see Burton, 'Proverbs', pp. 333–6.

3579–88/4481–90 The comparison with the merchant (om. in F2) is preceded in F by a passage (om. in both the English and F2) comparing a rich man to an earthenware vessel decorated with precious stones: the vessel has merely borrowed the stones; it doesn't own them. The merchant passage is replaced in F2 by a short concluding section which perhaps bears some relation to the reference in L4499 (not in B) to good deeds as the only currency recognized in the next world: 'et pour ce disons nous qui deuient poures, il uaut mains que li poures qui deuient riches en cest monde; et en l'autre siecle chascun vaut selonc ses oeuures'.

3591–4/4493–8 Proverbial, see 3502–4/4403–6 n.

3599–600/4505–6 'La mauaise maniere et costume, de quoi auient?'—B *maner* . . . *custom* correct.

3613–17/4519–23 Not in F2.

3635/4541 *dyluvie/chaunge*: 'et quant ce vint au deluge'—B correct.

3641–2/4547–8 Q. 95 'Ciaus qui jurent lor Dieu quel qui soit, font il mal?'—B correct.

3647–8/4553–5 'car il ne le tienent mie por mauais, ains croient que il soit bons'—B closer.

3651/4557 Proverbial: Whiting, D206 To dread someone (*etc.*) like the Devil (miscellaneous quotations).

3652/4558 Proverbial?—Whiting, *H361.5 Worse than a Heretic.

3658/4564 'il pechent durement'—B correct (as emended).

3670/4576 *gett/going*: 'ni aler en mal leu'—L correct, unless *gett* is a form of *gate* 'going', as in PT.

3675/4581 Proverbial?—Whiting, *E194.5 That is Evil is good to flee; cf. P10.

3687/4593 *downes/dewis*: 'la belle rousee'—L correct (also TP).

3691–2/4597–8 Proverbial?—Whiting, *F187.5 He who goes (*walks*) on the Fire burns his feet; cf. F193.

3696–854/4602–794 Pages missing in F; French readings from F2.

3707–10/4617–20 Proverbial: Whiting, F442 It behooves that he be a Fool that loves the fellowred (*company*) of fools (two examples only); cf. C395.

3709–10/4619–20 'se il ne consentissent leur mal il ne leur feroient pas compaignie' F2—B closer.

3712/4623 Proverbial?—Whiting, *F206.5 To go (*walk*) upon the Fire.

3715–16/4627–8 Q. 98: 'Qui vaut miex, richesces ou heneurs?' F2 & F3—the English versions substitute poverty for honour.

3718–19/4630–1 *summe/some . . . whoso*: the unspecific wording obscures the contrast in F2 between bodily riches and spiritual honour and the suggestion that it is only the rich who may have both: 'Richesce est corporel et honeur est espirituel: le riche puet auoir l'un et l'autre'.

3723–8/4635–40 Proverbial: Whiting, M265 A poor Man is not set by, a rich man shall be worshipped (*varied*); also cross refs.

3731–4/4643–4 'et cil vaut miex selonc le profit corporel que il soit riches vilains que poures honeures' F2—completely rewritten in L; B is a reasonably close translation: 'Therefore as far as bodily welfare is concerned it is more delightful that men say, "He is a rich churl," than to be poor and honoured'.

L4659–60 Proverbial?—Whiting, *G203.5 God chastises those whom he loves (Job 5: 17, Prov. 3: 12, Heb. 12: 6, Rev. 3: 19).

3735–6/4661–2 Q. 99: 'Doit home porter honeur en iustice au poure comme au riche?' F2—rewritten in L, omitting the legal context; the type II MSS are unanimous in having *don(e)* in the first line, which makes no sense. If the *-n-* is emended to *-m-*, we have *ne(ye)/nyyh dom(e)* 'nigh judgement', i.e., 'in a court of law' or 'involved in a lawsuit', which closely reproduces the French. B's *neȝbor* in 3739 is perhaps a corruption of this (cf. T *nyghg doon*, F2 'si doit porter honeur [repeated] au poure comme au riche en jugement').

L4667 *Not*: L and H share the error of *And* for *Not*; the latter is required by 4669–70.

3748/4674 A problematic line in all the English MSS, with no direct equivalent in F2, which at this point reads: 'et faire aussi bonne raison du riche au poure comme du poure au riche'. The issue is avoided in L by substitution of a proverb (see 2245–6/3125–6n); B can make a kind of sense with *bleliche* as a form of *blethliche* 'willingly': 'A judge should not be more sluggish to hear a poor man's case than a rich man's and [should not hear a rich man] more willingly than a poor man', but this is very forced. T's reading is perhaps the most plausible (if *bebriche* is taken as two words): 'And (should) always be helpful to the poor man'.

3749–50/4675–6 Proverbial?—Whiting, *D342.5 Doom should be dealt evenly; cf. D345, G216. *yf men wolde*, i.e., 'if people wish it [fair judgement] for themselves'; cf. L4683–4.

L4677–84 Perhaps elaborated from the brief statement 'Dieu . . . tout juge loiaument a la mort, le riche comme le poure, que nus n'en puet eschaper' F2.

L4683–4 Proverbial: Whiting, M467 (Matt. 7: 2, etc.).

3753–6/4687–90 Proverbial: Whiting, M473 Meat savors better to the hungry than to the full.

3759–66/4693–704 Proverbial: Whiting, M53 A covetous Man never has enough (*varied*) (cf. 3829–30/4769–70, 8581–2/9783–4).

3763–4/4697–8 Proverbial?—Whiting, *M287.5 The full Man is better at ease than the hungry; cf. F697 and cross refs.

3774–6/4714–16 Proverbial: cf. 3753–6/4687–90 n; also Whiting W137 and cross refs.

3779–88/4719–28 Proverbial: Whiting, A244 An Avaunter (*boaster*) and a liar are all one; cf. also P351 and cross refs.

3789–92/4729–32 Proverbial: Whiting, B417 To make great Boast and do little.

3795/4735 Proverbial: Whiting, T526. The English dramatizes the French comment that boasters will be held 'pour plus uil que il ne sont' F2.

3797–801/4737–41 Proverbial: Whiting, P351 To Praise oneself is wrong (*varied*) (Prov. 27: 2).

3803–4/4743–4 Proverbial?—Whiting, *T522.5 He who rooses (praises) himself shall be crowned with a horse Turd. This couplet replaces a section in F2 on the bestiality of those who boast about their sinning.

3808/4748 *of nature hote/hoot*: cf. *ho(o)te of kinde*, 2427/3307 n.

3808–9/4748–9 Proverbial: Whiting, H560 As vile as a Hound (*etc.*) (miscellaneous quotations).

3810–18/4750–8 A close translation of the text of the shorter French versions, as represented (in the absence of these pages in F) by F3: 'Et de leur chalour quant il s'assamblent il reflambent et sesprendent comme ij pieces de fer qui boullent et l'en met l'une suz l'autre et fiert l'en desuz, et elles se prendent par la chaleur; autretel sont li chien.' The last section of the answer in F2 offers, in place of the simile of the two pieces of iron, (i) a demonstration of the truth of the assertion that it is the dogs' heat that causes them to become so firmly bonded: 'quant il sent pris, getez yaue froide seur eulz et en l'eure se refroideront et se deliuerront'; (ii) a second reason for their bonding: 'pour le tour que le malle fet quant il descent de desuz la femelle, car son membre s'entorteille en li et ne puet si tost partir de li'.

3819–40/4759–80 Q. 103, on (not) coveting one's neighbour's wife or goods: a discourse on the ninth and tenth commandments (Exodus 20: 17).

3821–8/4761–8 Proverbial?—Whiting, *M52.5 A covetous Man is the devil's gripe (*claw*) (see next note).

3826/4766 *the devels grype/þe deuelis gripe*: 'gracieus au diable' F2. The equivalent for *gracieus* in the French MSS varies greatly. Of the 34 MSS in which I have been able to check this reading (see appendix 3), only 3 (including F2) have a form of *gracieus*; 17 (including F3) have *grafion(s)* or related readings; 9 have *garcons* or related readings; one has *ficz* and one *sers* (both of which I take to be synonyms for *garcons*); two have forms with *grif-*; and one I cannot read. The English is presumably from *grafion(s)*, which I take to be a form of *grafe*: see Greimas, s.v. *grape*, *grafe*, *n.f.*, 1. 'Grappin, crochet, griffe', i.e., 'grapnel, hook, claw'. This would make *grype/gripe* 'a device for clasping or gripping' (MED *grip(e*, *n.*(1), (d), one example only, queried) or better still 'a claw' (OED *Gripe*, *sb.*[1], 7.a., 1578–; the same word as in MED, in later use). Thus covetous men are the devil's claws, which he uses to rake in whatever he can get hold of (3827–8/4767–8, rendering 'si voudroit tout tirer a lui'). Another possibility (suggested by Christopher Bright) is that *grype* is 'a furrow, ditch, or drain', specifically 'a sewer' (OED *Grip*, *sb.*[2], 1., first quotation, from Aldhelm's *Glosses*: '*Grypan*, cloacæ, latrinæ'): in this case the covetous would share the habitation of the nest of friars in the Prologue to Chaucer's Summoner's tale, i.e., in (or in the path of) the devil's arse (*CT* III (D) 1689–91). A third possibility, that *grype* is in fact 'griffin' (MED *grip(e*, *n.*(3)—cf. the two French MSS with forms in *grif-*), giving us a covetous man as the devil's pet monster, trained to bring in his spoils, cannot be entirely ruled out; but it is, perhaps, rather fanciful.

3829–30/4769–70 Proverbial: see 3759–66/4693–704 n.

3831–2/4771–2 Proverbial: Whiting, D274 (Luke 6: 31; cf. the negative example at 1977–8/3025–6).

3833–40/4773–80 Not in F2, but included in F3.

3839–40/4779–80 Proverbial in sentiment: Whiting, G271 To take such as God sends (*varied*).

3841–2/4781–2 Q. 104: 'Puet nus eschaper a la mort pour nule richesce ou pour nule force ou pour fouir ou pour escondire?' F2.

3843–54/4783–94 This section on the four elements replaces the opening lines of the answer in F2 to the effect that one can no more escape death than one can live without air.

3855/4795 The text of F resumes at this point. Readings from the French hereafter are from F unless otherwise stated.

L4795–800 Proverbial?—Whiting, *D88.5 Death cleaves to a man like one of his own limbs.

3858–60/4798–800 'ains la porte sur soi com j de ses membres et plus, car bien li porroit on tallier j membre ou ij et deseurer dou cors, et la mort iamais de lui ne se part'—B *kyn(ne)* for *lym* is an error not shared by any other type II MS, but one that makes sense; L reverses the sense in 4800 in the assertion that limbs cannot be cut off (contrast Matt. 18: 8, Mark 9: 45).

3861–4/4801–4 'tout l'auoir dou monde ne toute la force ne le porroient rachater vne quarte d'oure a uiure plus se a Dieu ne uenoit a plaisir': *poore* in B3861 is more probably a form of *power* (as in T) than of *poverty* (as in S); B3864 is closer to F than is L4804.

3865–70/4805–12 Proverbial: Whiting, D97 Death is common to all (*varied*) (cf. 6031–4/7035–8, 9965–7,75–6/11251–5,63–4). B's catalogue is closer to F; L is slightly expanded.

3869–70/4811–12 Proverbial: Whiting, E22 Earth must to earth (*varied*).

3871–92/4813–46 Q. 105, on answering fools: an elaboration of the proverb *Contra verbosos noli contendere verbis* (written in the margin against L4815–16). For similar sayings in ME see Whiting, F391, 425, 443, and 450; and, for further examples of the last ('strive not with fools'), Atkins's note on *The Owl and the Nightingale*, 295–7.

3872/4814 *doone/speken*: 'ceulz qui folement parollent' F2—L correct (also T).

3878–82/4820–24 'et on ne set por cuj il dient; mais se il lor respondent, tost saurout que por eaus a este le dit'; i.e., if you answer a fool, it will be seen that your own withers have been wrung by what he said. B *of whom* (3878) is correct; both English versions replace the notion of giving oneself away with that of provoking further outbursts. L *eggen* (4824) appears to be active for passive: 'They (the fools) are provoked to say more'.

3879–80,89–90/4821–2,31–2 Proverbial?—Whiting, *F391.5 Answer a Fool with silence.

3886/4828 *confourme . . . grete/multiplie . . . þrete*: 'et plus afferment et mainti[e]nent lour folie'—B closer.

3889–92/4831–46 'Et le taisir uaut miex que li respondres a tel gent, se damage n'i est'—B closer; L much expanded.

L4833–4 Proverbial: Whiting, S91 Be never too bold to chide against a Scold (*varied*).

L4835–8 Proverbial: Whiting, W640 Word slays more than sword.

3893/4847 ff. Q. 106, the most difficult (or important) branch of learning. The opening section of the answer in F (equivalent to 3895–905/4849–61) reads: 'Le plus grief art qui soit, ce est la letra et le plus soutil et le plus parfont et le plus honore, et si est seignor et maistres des autres ars et ne s'apelle art que pour ceus qui de lui gaignent lor uie de lor mains. L'escripture est le plus grief et le plus trauailleus et plus anuious art qui soit'. It appears that *grief (grevous)* is understood in two senses: (i) 'serious, profound, important', in which sense it qualifies *letra (clergie)*; (ii) 'difficult, burdensome', in which sense it qualifies (or, in the English, looks forward to) *escripture (writing)*. Thus much the French and English have in common. But whereas in the English *clergie* ('letters, scholarship, the liberal arts in general') is clearly distinguished from its sub-branch, *writing*, this distinction is less clear in the French, where, indeed, it is possible that *letra* and *escripture* are synonymous. Such would seem to be the implication of the comment in F that *letra* is called an art 'only for those who gain their living from it *with their hands*', a comment rendered differently in the English versions both from each other and from the French. The equivalent couplet in L (4853–4) is self-explanatory though rhetorical: 'Scholarship is called art because it is art through and through'. B3899–900 is more difficult—*artes* may belong to either of two verbs *to art*, which give conflicting senses: (i) 'scholarship is called art because it gives instruction in every aspect of the arts' (OED †*Art*, *v.*[2], *Obs.*, 1., one example only, *trans.*, 1660): this is apparently the sense in TS, with no stop at the end of 3900, and with with *herer* ('listener', i.e., student) as the object of *artes*; (ii) if *hit* of 3899 were attached to *wrightyng* (3905) rather than to *clergy* (3896), the sense would more probably be (with a nice pun on *art*: *ar(c)tare*) 'writing is called an art because it *confines* [the writer] to one position' (OED †*Art*, *v.*[1], *Obs.*, 1.; MED *arten*, *v.*, 1.(a)). The distinction between *clergie* and *writing* in the English versions as they now stand would seem to rule out (ii) since *hit* must refer in B to *clergy*; nevertheless the apparent identity of *letra* and *escripture* in F, and the comments that follow on the hardships of the writer's lot, make it likely that this was originally the sense intended.

3901/4855 *herer/moste hye*: apparently rendering 'si est seignor et maistres des outres ars', for which L is a reasonable approximation. In B the sense may be similar ('it is higher in learning'), but the lack of a second half to the comparison makes this awkward. Alternatively *herer* in B may be a noun (as it appears to be in TS); the sense may then be (figuratively) 'it is an ear into knowledge' (MED *herer(e*, *n.*, (c), and *ere*, *n.*(1), 4a.), i.e., a way of gaining knowledge; but this is a long way from the French.

3906–10/4862–6 Cf. Hoccleve's well-known comments on the wearisomeness of writing as an occupation, *The Regement of Princes* 988–1022; see *Hoccleve's Works: The Regement of Princes and fourteen minor poems*, ed. F. J. Furnivall, EETS ES 72 (1897), 36–7.

3914/4870 *cannot live/kunne not lyue*: 'et ne s'osent aisier'. If the infin. in the English is 'live', the sense intended is presumably 'and cannot live at ease', some adverb such as *ethe* being understood or implied. The word may, however, be a form of 'leave' (Glossary *leue, v.*[1]), with the sense 'leave off, stop' (cf. L4871, 3931/4887).

3915/4871 *ease hem/sesep*: 'ne s'osent aisier' repeated from the question—B correct.

3915–18/4871–4 Proverbial in sentiment: Whiting, C492 Covetise never rests; cf. L5.

3917/4873 *thraldom/trauaile*: 'il uiuent en seruitute'—B correct.

3919–22/4875–8 Proverbial?—Whiting, *O55.5 Others enjoy the wealth amassed by the covetous (*varied*) (see also 8583–4/9785–6); cf. S543, H327.

3929/4885 *nought/nede*: 'qui n'ont de quoi'—B correct.

3930–8/4886–96 Not in F.

3931–4/4887–90 Proverbial?—Whiting, *M53.5 A covetous Man will never be fat; cf. E28 and cross refs.

3935–6/4891–2 Proverbial?—Whiting, *M675.5 The More a man wins (*gets*) the greater his care.

B3937–8 Proverbial: Whiting, T441 After Travail is need of rest (one example only) (cf. 5673–6/6663–6).

3953–4/4911–12 This one couplet summarizes the second half of the answer in F, dealing with those who, being steeped in the madness of sin, hurt others as well as themselves.

3960/4918 *parte is/departip*: 'quant l'un se part de l'autre'—L correct; B makes sense but should presumably read *partis*.

3964/4922 Proverbial: Whiting, L252.

3977/4935 *allway/away*: 'cel meismes cors deuient noiant'—L closer (also ATSP).

3980/4938 F continues with a short section (not in the English or F2) on the parting of the body and soul when they have done well rather than 'feb(e)ly' (3973/4931).

3981–4/4939–42 Q. 110: 'Qui doit on plus douter [cremir F2]—le uiel home ou le jone?' 'Hons doit douter [cremir F2] l'un et l'autre, ce est a entendre les fols.' In both question and answer *douter/cremir* ('fear') is rendered by *Holde to/wip* 'associate with, have as a friend' (? through confusion of *cremir* with *tenir*); the emphasis remains similar, however, through the addition of a negative in 3983/4941.

3986/4943 *lerned to do amys/be lerned amys*: 'mal enseignies'—L correct.

3991–2/4949–50 Not in F.

3992/4950 *A shorte reed(e)*: the context requires the sense 'a hasty plan of action, a bad plan'. This, however, is contrary to the proverb 'short rede good rede' (Whiting, R68).

3993–6/4951–4 Proverbial: Whiting, F452 There is no Fool to the old fool.

3997–8/4955–6 'car il a eu li seu tens et veut auoir l'autrui tens'—B closer.

4003–4/4961–2 Proverbial?—Whiting, *F440.5 He is a Fool that would cook meat in the heat of the sun.

4007–18/4965–76 Q. 111, variations in rainfall governed by the movements of the planets: see OED *Planet*, *sb.*[1], 1.c. 'to rain by (*or* in) planets'.

4017–18/4975–6 Proverbial: Whiting, G277 Where God wills there it rains.

4018/4976 After this line the English versions omit a section in F on the ill effects of drought.

4033–4/4991–2 'Et chascun vj iors le feroit ensement iusques a xxv iors'—B correct in the first instance; both B and L wrong in the second.

4037/4995 'et au complissement de xxv iors'—L correct as regards the number; both B and L wrong in having a number of times as opposed to a number of days.

4065–6/5025–6 Not in F.

4076/5036 *bothe*: alters the sense of 'either' in F—'s'elle n'estoit brehaingne ou li hons'.

4101–2/5061–2 'il fist faire celle cite por cest oignement faire'—TP correct.

4108/5068 'chascuns ne le conoistra ne auoir ne le porra'—B closer.

4113/5073 T alone among the English MSS has the same number of herbs as in F & F2 (372).

4115/5075 *with/white*: 'la graisse des dragons blancs'—L correct.

4117/5077 *euer aftyr/ouer a fire*: 'sur le feu'—L correct (also TA).

4124/5084 *herbis and rotis/herbe rootes*: 'des racines des herbes precieuses'—L correct (also TAP).

4130/5090 *Betwene/Bitwene*: alters the sense of 'various possibilities' in F—'pou brun ou pou uermel ou pou blanc'; *blewe*: for F *blanc*, similarly in 4135/5095.

4139–42/5099–102 This sentence forms part of a section in F explaining how the quality of the ointment may be tested: 'et qui metroit j pou en sa paume et le froteroit bien fort de son doit *et apres mette l'autre part de la main a ses narines, se il sent l'odor, il est precius et fins et bons, par sa dignite* ist de l'autre part de la main'. The italicized clauses, om. in the English, may have been lost through eyeskip (*doigt/dignite*).

4147–72/5107–32 Q. 113, why man was not made incapable of sin: cf. *Elucidarium* i. 73; *Image du monde* i. 4 (Caxton's *Mirrour* i. 4, pp. 14–15). A different answer is given in Wyntoun, C5275–82/W5301–8.

4157–62/5117–22 Proverbial?—Whiting, *M490.5 Meed (*reward*) is reserved for those who choose the good (*varied*) (cf. 7093–100/8163–72, 7601–6/8703–8).

4179–82/5139–44 Proverbial: Whiting, C296 The higher one Climbs the deeper his fall (*varied*).

L5140 *to honge hemself hem*: the sense (if this is not an error for *wold hong self hem* as in H) must be 'and aim to hang themselves on it' (see Glossary, *hem*, ? *v.*).

4183–4/5145–6 Proverbial: Whiting, E128, one example only: 'To mekyll not thow auntermete'.

4185–8/5147–50 Proverbial?—Whiting, *P105.5 Entermete (*have dealings*) with your peers.

4203–4/5165–6 Proverbial: Whiting, P377 To spurn against the Prick (*varied*). This couplet in the English combines two images from the French: that of a leaf being beaten against a rock and that of a sheep breaking its knees in water.

4205–18/5167–82 Q. 115, man created to take the place of the fallen angels: cf. *Elucidarium* i. 57.

4208–10/5170–2 'Por raemplir les sieges dou ciel qui sont vvit des mauais angels qui chairent por lor ergueil'—L closer with *wicked aungellis*; B correct with *pride*.

4220/5184 *olde is/holdiþ*: 'coment se tient'—L correct.

4225–32/5189–96 The first part of the answer in the English gives the two-dimensional view of the world, with the four elements positioned according to their supposed weight: earth at the bottom, water resting on it, fire (not mentioned in F) and air above, all kept in place by God's power. The three-dimensional view of 4233/5197 ff. is then superimposed rather uncomfortably upon this, the resulting confusion being nicely demonstrated by BA *vndermooste* and P *nethirmust* (4239), where TS and the type I MSS have *innemest*, and by the difficulty of finding an appropriate place for hell (see 4239–48/5203–12 n).

4233–48/5197–212 The world likened to an egg: for other occurrences of this simile in medieval encyclopaedias see Q. 116 in Table 2 (Introduction, p. xliii).

4239–48/5203–12 The equivalent passage in F reads: 'Le jaune de l'uef, si est la terre qui est auironnee [dou] blanc. La semence qui est entre le jaune de l'uef, si sont la gent en terre ansi com la semence est ou jaune. Ce est la forme dou monde. Mais il est ausi reont com vne pome qui n'[a] ni chief ne coe.' It will be seen that hell in the English replaces the people of the world in the French and that this causes problems: although the 'pit' in the middle of the hard-boiled egg provides an ingenious equivalent for the abyss of hell, this fits ill with the two-dimensional description of the world given above, since hell's traditional position (lowest) is occupied by the earth, and since fire has been located, with air, as the highest of the four elements, and cannot therefore be assigned to hell (whether hell is lowest or at the centre). In B4246 *pitte* (*put* TP) might be either the noun 'pit' or pp. of the verb 'put'.

4249–50/5213–14 Q. 117, antipodeans: for analogues see Table 2 (Introduction, p. xliii). The question in F reads: 'A il autre gent soute nos qui la clarte del siecle uoient?' The point of *soute nos* ('under us'), which follows logically from the final comment of the previous answer in F (that the world is as round as an apple), is lost by the English rendering, 'other than us'; it reappears, however, at the beginning of the answer, and is there correctly rendered in the English (4253–4/5217–18). Much of the subsequent detail of the French answer is, however, omitted in the English.

4271–4/5235–8 F makes clear what is perhaps only implied in the English—that summer in one part of the world occurs at the same time as winter in another: 'Et quant il est en vn lieu dou monde yuer, en autre lieu si est estes; et quant il est este la, si est autre part yuer. Et tout ce est por la raison au soleil qui prent autre chemin par la uolente de Dieu' (cf. 6309–38/7345–74 n).

4278/5242 *rounde as a bal(le)*: proverbial: Whiting, B24 (cf. 4735/5711, 5142/6126). F has 'come vne pome'—repeated from Q. 116 (see 4239–48/5203–12 n).

4290–2/5254–6 The general sense appears to be 'he should never be so quick as to go through it in only a thousand days'.

4315–16/5279–80 Proverbial: Whiting, F431 (one example only).

4317/5281 *God/it*: 'ansi est de Dieu'—B correct.

4321–532/5285–498 Questions 120–31: for comparable treatments of these meteorological subjects in other medieval encyclopaedias see Tables 2 and 3 (Introduction, pp. xliii–xlv).

4329–34/5293–8 Not in F.

4371–82/5335–46 Q. 122, the origin of hail: the question in F (as in most comparable treatments) includes snow as well as hail.

4387–92/5351–6 These lines bear little relation to F, which at the equivalent point speaks of snowing.

4397–430/5361–94 Q. 124, the origin of thunder: the question in F (as in most comparable treatments) deals also with lightning. The English answer bears little relation to F, which makes no mention of vapours of any kind rising from the earth or of the wheat/silver comparison (4423/5387 ff.).

4405–12/5369–76 The sense appears to be: 'when the vapours have [nearly B] reached the highest point in the air, [where B] the winds are brisk, the hot dry vapour may rise more quickly; and when the wet [hot B] vapour comes there, it attracts wind vigorously because of [? for the sake of] the moisture, and grows cold for that reason and stinks amazingly [seems wonderful B]'. Of the several variants for *thynkeþ/stinking* in the last line S *þickened* is perhaps the most plausible.

4431–44/5395–408 Q. 125, the origin of wind: again the English answer has barely any relation to the French, which makes no mention of vapours but deals with winds coming from 'the sea that surrounds the earth'.

4465–72/5429–36 The sea in general in F is rendered by 'one sea in the middle of the world' in the English (4465/5429); the notion of that one sea salting all the others (4470–1/5434–5) replaces the account in F of a number of bitter and salty mountains in the sea that salt the water at the bottom, which then rises and turns the rest of the water salty.

B4473 *Whether*: possibly an error (cf. variants), but since *whether* is synonymous with *if* in various other uses, there seems no reason why it should not here have conditional sense.

4489/5455 *the kynde of brymston/þe brimston*: 'la nature dou souffre'—B correct.

4499/5465 *by the see*: not in F.

4508/5474 F concludes with a sentence on the medicinal properties of sulphur.

4509–18/5475–84 Q. 130, the origin of lightning: see Tables 2 and 3 (Introduction, pp. xliii–xlv). The English omits a section of several lines dealing with the sending of lightning as a punishment for sin.

4511/5477 Clouds running together in the English replace winds meeting in F (? *uens* 'winds' read as *nues* 'clouds').

4519–32/5485–98 Q. 131: follows Q. 126 in F.

4538/5504 *sleight about(e) as a bal(l)*: MED, s.v. *slight*, *adj*., (a), glosses *sleight* here as 'flat, smooth' (cf. TS), but a ball cannot be flat. Since, moreover, the antecedent of *sleight* in the English is *hil(le) ne roche* (whereas in F it is the world), and since the answer goes on to say that hills and rocks were formed from the agglomeration of stones that had been washed together during the flood, the sense of *sleight* in BL would appear rather to be 'small' or 'slender': before the flood there were no stones bigger than a ball. The comparison with a ball derives evidently not from a reading such as F, 'li mons estoit plain come j paume' ('the world was as flat as the palm of a hand'—cf. 4284/5248), but from an F2–type, 'comme vne pome'.

4568/5534 There follows in F a question asking what part of the world the flood came from.

4571–4/5537–40 Gen. 9: 8–17.

4576,7/5542,3 *stroke/scourge*: 'il lor enuoira son flaes qui les flaellera'—L closer (also TSP).

4620/5588 Not in F.

4625–6/5593–4 No direct equivalent in F. L *bitwene* must be adverbial ('at times'), B *betwene* prepositional ('in, in the midst of', taking *erthe* as a collective noun for 'grains of earth').

4630/5598 *weste (in) Inde*: not in F; but the answer concludes with the mention (om. in the English) of a river in India 'qui tire vn or paillole'.

4635–6/5603–4 Q. 136: 'Les perles et les esclarboucles, dont uienent?' The name *carbuncle* (L *carbunculus* 'small coal') was applied to various precious stones of a red or fiery colour and in the Middle Ages to a mythical gem said to emit light in the dark (see OED, s.v. *Carbuncle*).

4637/5605 *Nigre/Tigre*: 'la Mer Noire'—B correct.

4650/5620 *netes bledres/netis bladdris*: evidently an early version of an oxygen tank—'si cue[u]rent lor chieres de vessies de buef por noer soz aigue por la grant demore qu'il font'.

4651/5621 The black clothing (?) replaces black incense which the divers rub on in F.

B4662 Proverbial: Whiting, H592 To stink like the (a, any) Hound (*varied*). F has 'elles poent come charoingne'.

4669/5641 *fare(n) amys*: lit. 'fare ill', which, in the present context, appears to mean 'are disgusting'. F has 'ne ualent noiant' ('are worthless').

4679–81/5651–3 'la grazille qui descent . . . a xiij iors de la lune de delier [? belier]'.

4685–6/5657–8 Not in F.

4702/5674 *ho(o)le and faste*: see L2452 n. F adds 'celle meismes terre a autre aigue qui la sostient' (cf. Q. 116).

4713–14/5685–6 Not in F.

B4716 A veritable crux. Neither *swales* nor *geles* can be identified with confidence; *ayen* might be 'again' or 'against'; F has something quite different: 'si troueroit la creuaure de la terre par laquel la Mer Bete passe et part de l'une contree a l'autre'. MED has two verbs *gelen*, (1) 'to linger', (2) 'to congeal'; OED has *sweal*, *swale*, *v.*, 'to consume with fire', and there are several other verbs *swale*, *swail*, *sweal*, *sweil*, etc. in OED and EDD; but none of these makes much sense in the present context. If *swales* can be accepted as an odd form of *swallows* (cf. LHA and perhaps T) and *geles* as a form of *yells* with palatal *g-* for *y-* (OED *Yell*, *v.*, 1.†d. 'to protrude (the tongue) in uttering a yell'), we have an intelligible statement: 'the open earth, which swallows the sea and vomits it noisily up again, would be an obstacle'; but this is distinctly fanciful. Moreover, this identification of *geles* is very dubious: initial /j/ in B is almost always spelt *y-*; the spelling with single medial *-l-* is unusual; the one example of *yell* in this sense in OED is followed by *out*.

4718–26/5694–702 Not in F.

4727–44/5703–22 Q. 139: the interest in the French is in whether it is possible for a man to get close enough to the point at which the sky revolves to see what is happening. Having first dismissed the possibility of getting there by sailing for ten years and more (cf. 4732,41/5708,18), since one would merely be going from east to west and back again (cf. the comments in the English on the roundness of the world, taken over from Q. 116), the French adds that if a man were created tall enough to get within 2,000 leagues of the turning point, the fear of what he saw would kill him.

4735/5711 *rounde as a bal(le)*: proverbial: see 4278/5242 n.

4766–9/5744–7 Proverbial: Whiting, N179 Now (this) now (that) (quotations comparing life to a bird's flight); cf. Bede's *Ecclesiastical History* ii. 13.

L5748 Proverbial: Whiting, L243 Life is like a flower, *etc.*

4770–2/5750–2 Proverbial: Whiting, T355 To-day well, to-morrow all amiss, *etc.* These lines replace an extended exemplum in F (om. in F2) concerning a poor man on whom wealth is heaped from a rich man's treasury.

L5752 Proverbial: Whiting, F328; cf. 1 Pet. 1: 24.

4773/5753 *a thousand yere*: 'tant com le monde durera'.

4777–8/5757–8 Cf. Ps. 84: 10.

4779–80/5759–60 The final couplet of the answer replaces a sentence in F on the extent to which the pains of hell exceed all earthly pain.

4799/5779 *in fre pryson*: F speaks of the outer layers or borders of hell, 'es orles d'enfer ou il n'auront fors tenebras'.

4808–10/5790–2 The opening of the devil's speech: 'Por quoi ne uos defendistes vos de nos quant vos esties au siecle et auies pooir de defendre uos de nos? Et . . . uos amiez le delit del monde et consentistes nostre volunte'—L closer (also TP).

4813–14/5795–6 Not in F.

4815–52/5797–834 Q. 142, good works vs. chastity: an extended treatment of the proverbial idea that 'virginity without the love of God is like a lamp without oil'; see Whiting, M21.

4825–7/5807–9 'ou por foiblesce ou por viellesce ou por froide nature'—B closer.

4842–9/5824–31 Not in F.

4853–72/5835–54 Q. 143, earthquakes: for comparable treatments in other medieval encyclopaedias see Tables 2 and 3 (Introduction, pp. xliii–xlv). In both the French and the English earthquakes are said to be caused by the explosion of air trapped underground; but whereas that air is driven underground from above in the English (4855–62/5837–44), in F it arises from the motion of underground water: 'Les crolles vienent de l'aigue qui durement cort souz [sur F2] terre et fait grans ondes et gete grans vens de lor encontreir'. The confusion between *souz* and *sur* in the French MSS is perhaps a clue to the English rendering.

4873–914/5855–96 Q. 144, eclipses of the moon and sun: for comparable treatments in other medieval encyclopaedias see Tables 2 and 3 (Introduction, pp. xliii–xlv).

4875–88/5857–70 Eclipses of the moon: the details of full moon, south and north are not in F.

4898/5880 *Lyne of eclips/Line of þe clips*: not named in F. The MS reading of LH, *Lune of þe clips*, is quoted in MED, s.v. *luna*, *n.*, (a) 'The moon', presumably (although this is not stated) as an inverted form of 'eclipse of the moon'. The MS reading must, however, be a scribal error: the context requires the sense 'the ecliptic line' (see OED *Ecliptic*, *a.* and *sb.*, A.†b. and B.1. '. . . so called because eclipses can happen only when the moon is on or very near this line'); for other examples of the specific phrases *line of (the) eclipse*, *ecliptik line*, and *line ecliptik* see MED *line*, *n.*(1), 7.(a).

4905–14/5887–96 The equivalent passage in F comes at the beginning, not at the end of the question. The English draws a distinction between 'natural' eclipses (4905/5887) and the three that, presumably because they may be ascribed to divine intervention, are contrary to nature (4908/5890); the French, however, claims of the latter, 'Ces trois choses sont naturals'.

4915–32/5897–914 Q. 145, falling stars: for analogues see Table 2 (Introduction, p. xliii). The treatment in the English is quite different from that in the French. F enumerates three things that look like stars and are not: (i) winds; (ii) moisture rising from the earth; (iii) the rebel angels being chased into hell, pursued by fire and the good angels.

4916/5898 *whens come/where bicome*: 'ou vont'—L correct (also TS).

4933–52/5915–34 Q. 146, the three heavens: cf. *Elucidarium* i. 11.

4946–7/5928–9 Not in F.

4953–66/5935–48 Q. 147, the distance between earth and heaven: cf. *Image du monde* i. 14 (Caxton's *Mirrour* i. 20, p. 59).

B4954 *for to neven*: not in F. A phrase of uncertain meaning, glossed in MED, s.v. *nevenen*, *v.*, 1.(f), as '? namely, to wit'. The present context requires rather the sense 'to be precise', a sense that seems appropriate for some of the examples quoted in MED, particularly those involving numerals (cf. 7648/8750 n).

4958/5940 *a C stones/a þowsand pounde*: 'c homes'.

4961/5943 *vij yeere*: both F and the *Image* give the time taken for the stone to fall as a hundred years.

4966/5948 Proverbial: see 1918/2968 n.

4967–86/5949–66, Q. 148, the effect of the movement of the heavens: cf. *Image du monde* iii. 6 (Caxton's *Mirrour* iii. 8, pp. 144–5).

4987–8/5967–8 Q. 149: 'De quel uertu sont les planetes et les estoiles et de quel grandesse?'—B closer.

4991–6/5971–6 These lines replace a sentence in F dealing with the planetary government of all earthly phenomena and creatures.

5007–10/5987–90 'Ciaus qui sont nes en ceste planete, quant elle commence a baissier, il abaissent de lor pooir; et quant elle regne, il regnet en richesse et en bien'; i.e., the fortunes of those born under the influence of Saturn (the *he* of 5008/5988 and the first *he* of 5010/5990) are closely tied to its situation—down when it is in the descendant, up when it is in the ascendant.

5018/5998 Not in F.

5030–1/6010–11 'Et si est planete de guerre et de bataille et de sanc et de murtre'—B closer.

5035–8/6015–18 'Celui qui est nes en celle planete en j an et en xxiiij [xxxiij F2] iors se puet changier son fait et ses volentes'. The English manuscripts here differ widely (see variants for B5036), but since the French is concerned unambiguously with the time taken for a person born under this planet *to change* his deed(s) and wishes, it seems most likely that B *beete* [MS *be ete*] and the other type II readings descend ultimately from a form of MED *beten*, *v*.(2) [OE *betan*] 'to mend, remedy'. If that is so, B reproduces quite closely the sense of F: 'Whoever is born in that planet may change his actions and his will within a year and thirty-four days'. The sense in L, where *skete* (6016) must be an adverb qualifying *goo* (6018), is quite different: 'Whoever is born in that planet is able, within a year and thirty-four days, to go his way competently and quickly' (i.e., ? children born under the warlike planet, Mars, develop quickly and learn to walk within about thirteen months). Cf. 5078/6062, where the same problem occurs, with equally divergent results.

5049–50/6032–4 'chascun an se puet changier son fait ou ses uolentes ou ses pensees'—B closer.

5052/6036 *he hym abesse/his woning he ches*: 'et se baisse en . . . Libra'—B closer.

5056/6040 'de vain cuer sera et de foible'—B closer.

5057/6041 F gives the number of days as 340 (as in B), F2 as 324.

5068/6052 F gives the number of days as 17 (as in B), F2 as 27.

5070/6054 F gives the number of days as 104.

5072/6056 After this line F adds: 'et elle regne en j signe qui a nom Geminj et s'abaisse en j autre qui a nom Piscis'.

5074/6058 'planete d'aigue et de viage et de ligieresse'. F *viage* 'length of life' [cf. F2 *uouages* 'making vows'] is equivalent to *wey/weie* in the English, which presumably translates a word taken to mean 'voyage'; cf. F3 'planete digne de voiage et de legierete'.

5078/6062 *beete/hete*: 'changier'; see 5035–8/6015–18 n.

5082/6066 After this line F has a long section dealing with the varying influence of the planets according to the exact moment of birth and with the illumining quality of the stars.

5083–6/6067–70 'et n'i a nulle des vij planetes qui ne soit plus grande que tout le monde sau[f] Uenus et Mercurius et Luna'—B close; L clearly erroneous.

5087–126/6071–110 Q. 150, waters (mainly magical): cf. *Image du monde* ii. 11 (Caxton's *Mirrour* ii. 21, pp. 111–13); see Introduction, p. xlii.

5095–6/6079–80 'Il i a fontainnes qui chascune semmainne changet et sordent iiij foiz et les iij se tienent coies'—B closer.

5100–2/6084–6 The stream running by night and frozen by day is the reverse of F: 'un flun . . . de nuit engele et li ior corrant'.

5108/6092 *vryne/vertue*: 'orine'—B correct.

5109–26/6093–110 In addition to the springs described here F lists a number of others (found in the *Image du monde*) with a variety of properties such as the capacity to heal, to make fertile, to dye, to blind, and to kill.

5111–12/6095–6 'si rendent memoire as oblionces'.

5115–16/6099–100 Not in F; in F2.

5119/6103 *makeþ solas*: 'quant on fait aucun solas entor elle de son d'estrument'. The specifying of musical entertainment in F, together with the musical context of a number of the examples quoted in OED s.v. *Solace n.* and *v.*, suggests that *make(n) solas* may here have the specific sense 'play music' (not given in MED or OED) rather than the general sense 'enjoy oneself, provide entertainment'.

5130/6114 *Becte/þe See Betee*: Hamilton points out (p. 318) that this is a translation of the term *mare concretum* in the *De imagine mundi* i. 36. For a bibliography of writings on this fabulous sea see J. L. Lowes, 'The Dry Sea and the Carrenare', *Modern Philology* 3 (1905), 43, note 5.

5141–74/6125–62 Q. 152, the earth's roundness: for analogues see Table 2 (Introduction, p. xliv).

5142/6126 Proverbial: see 4278/5242 n.

5149–50/6133–6 Not in F.

5151–74/6137–62 The second and third reasons for the roundness of the world in F bear no relation to the English: 'l'autre por sa gloire et por soustenir toutes choses et faire uiure toutes choses; l'autre par le tour dou firmament qui ne fine de torner entour le monde que iamais ne finera de faire son tour ensi com Dieus l'[a] estaubli'.

5177–80/6165–8 Not in F.

5201–2/6191–2 Proverbial?—Whiting, *G231.5 God's mercy is the most (*great-est*) thing (cf. 6211–20/7245–54).

5207–10/6197–200 These lines combine two proverbs: Whiting, M507 Mercy passes all thing(s), and W58 As mickle as Water in the sea (*varied*) (cf., again, 6211–20/7245–54).

5231–2/6221–2 Not in F.

5236/6226 F adds, at the end of the answer: 'nequedant nos ne disons mie de l'aigue qui soustient la terre'.

5237–56/6227–46 Q. 156. For an English prose version of this question see Introduction, p. lxxxix.

5237–8/6227–8 'Porroit l'ome nombrer l'araine de la terre et les goutes de la mer?'—B correct; the form of the question in L evidently arises from the mistaking of *grete*, *n.* 'grit, grain(s) of earth' for *grete*, *adj.* 'great', with hairs introduced from the answer or corrupted from *erthe*.

5240/6230 *and wel mo(o)re*: 'et fust toute terre ferme'.

5242/6232 Here and in 5249/6239 a thousand in the English replaces a thousand thousand in F.

5246/6236 *sixti*: replaces 1,080 in F.

5259–66/6249–56 'Se toutes les aigues fussent terre ferme et l'une et l'autre fuissent habites durement de gens et tous ciaux qui sont tant com li mondes durera et autrement, les estoiles sont plus'.

5281–5/6271–5 Not in F.

5287–8/6277–8 The sense in B is apparently that each order lost one legion's worth of angels; in L it is perhaps that the total number of fallen angels amounted to one complete order. F says merely that 'de ces ix ordres tresbucherent vne partie par lor orgueil'.

B5290 *halffeden*: possibly a scribal error, but cf. the contraction of *theirselves* and *thyself* to *thesen*, esp. in northern and north-midland dialects. See EDD, s.vv. *theirsen(s*, *thysen*.

5296/6286 F concludes by commenting that the empty seats will be filled only by those who deserve them.

5299/6289 'les bestes sont mult plus que les gens'—B closer.

5299–304/6289–94 The numbers are much greater in F—1 person: over 100 animals (excluding vermin): over 1,000 birds: 100,000 fish.

5305–14/6295–304 Treated as a separate answer in F, in reply to the question, 'Why did God not make other creatures besides men, animals, birds, and fish?' The answer begins with an enumeration (om. from the English) of the four elements and complexions of which man is made.

5306/6296 'et au bestes fist cors de chalor'—B correct.

5317–20/6307–10 Proverbial?—Whiting, *H301.5 Where the Heart is is the most delightful place.

5334/6324 *for to daye/of the day*: 'et ua de iors'—L correct.

5344/6334 Proverbial?—Whiting, *T72.5 To stalk (*skulk*, *slink*) like a Thief.

5347–8/6337–8 Proverbial: Whiting, S177 To be aghast of one's Shadow (*varied*).

5352/6342 *Vauacours*: for recent discussions of the word 'vavasour' see R. T. Lenaghan's note to line 360 of the *General Prologue* to the *Canterbury Tales* in *The Riverside Chaucer*; see further J. M. Manly's *Some New Light on Chaucer* (New York, 1926), pp. 165–6 (suggesting that the word was more common in the North Midlands, especially in Lincolnshire, than in the South). Chaucer calls his Franklin 'a worthy vavasour' without any very obvious irony (though the word *worthy*, as frequently noted, is often used ironically in the *General Prologue*); in the present context, however, the word is quite clearly used as a term of mock-respect or abuse. Its equivalent in F, 'bobanciers', i.e., men 'plein(s) d'orgueil, arrogant(s), présomptueux' (Godefroy)—cf. S 'Bostoures'—, together with the quotations in OED from Bird (1642) and Sheringham (1660), to the effect that vavasours were 'men of great dignity', may suggest that they were also men given to making too much of their dignity.

5359/6349 *cowardyse/couetise*: 'Sachies ciaus sont uil et coart'—B closer.

5363/6353 *moste proueste/more prowesse*: 'la plus grand proesce'—L closer.

5365–8/6355–8 'Proesce de uile n'est mie apellee proesce; ains est musardie et folie et seurtance de la gent'. B *misardrie* is most probably a variant of *musardry* 'sloth, idleness' and therefore reproduces F exactly; the scribe of L appears not to have recognized the word and to have substituted for it an adj. formed from *mis-* + *hardy*; see *misardrie* and *mishardie* in the Glossary.

5366/6356 Proverbial: Whiting, B92 (cf. 9230/10456).

5385/6375 'Primier il doute de faire mal'.

5387–8/6377–8 'La terce doute la honte'.

5389–90/6379–80 'La quarte doute le sieu a perdre et por ce ne veut esmouoir'—indicating that *loos* is 'loss' rather than 'reputation'.

5403–4/6393–4 'L'om ne doit reprocher l'autre de nulle chose'—L closer; TS closest.

5409–10/6399–400 Not in F. Proverbial: Whiting, F506 Fortune and her wheel (*varied*).

5417–18/6407–8 'Et por ce ne doit reprochier li hons nului car nus ne set ce qui auendra de lui'.

5437–8/6427–8 Proverbial: Whiting N20, Well is him that has a good Name.

B5437 *þou . . . ille betyde*: since *betide* is normally impersonal (as in L), it is not elsewhere recorded with a 2nd-person subject. For a use similar to that in B, with the sense 'fare ill' (but with a 3rd-person subject), see MED, s.v. *bitiden*, *v.*, 4.(b), one example only.

5449–50/6439–40 Proverbial?—Whiting, *D129.5 A good Deed deserves meed (*reward*); cf. T533.

5453–6/6443–6 Q. 166: L makes this an anti-feminist question, 'Can a man refuse a woman who is pursuing him . . .?' In B the emphasis is quite the opposite: 'Can a man restrain himself from [taking advantage of] women who are under his control . . .?' The notion of responsibility towards one's underlings is absent in F, but the emphasis on male self-restraint is the same: 'Se puet home tenir de luxure quant il est de uolunte dou faire?'

5479–80/6469–70 Proverbial?—Whiting, *F192.5 The more one puts on a Fire the hotter it burns.

5498/6488 'il passe liegierement'.

5499–501/6489–91 Proverbial: Whiting, L265 To vanish away as Light that is burned out (one example only).

5502/6492 F continues for several lines on the theme of the spiritual perils and the transitoriness of fleshly pleasure.

5512/6502 *keleth/lesep*: 'ce delit iamais ne fenisse'.

5532/6522 F adds: 'et apres son fillier de xl iors, et quant la fame est en ses flours il ne se doit acoster a elle tant que porte l'afaire'.

5537–9/6527–9 Proverbial: Whiting, B133 To be like Beasts in lechery (*varied*).

5540–2/6530–2 The concluding lines in F state that this way of life is contrary to the will of God and leads to perdition of the soul.

5557–64/6547–54 Proverbial in sentiment, though not entered in Whiting; cf. 'The better part of valour is discretion' (*I Henry IV*, V. iv. 120).

5573–6/6563–6 Not in F.

5593–4/6583–4 The concluding couplet replaces a description in F of the physical composition of the tongue ('faite de char viue et roiaux sur toutz les autres membres dou cors') and of the teeth ('de ners glaces samblans as os').

5596/6586 'et coment fu fait?'

5609,12/6599,602 Blindness is not mentioned in F.

5613–14/6603–4 Not in F.

5615–20/6605–10 Cf. the comment in the Bestiary on Adam's naming of the animals: 'Adam did not award the names according to the Latin tongue, nor the Greek one, nor according to any other barbarous speech, but in that language which was current to everybody before the Flood: that is to say, Hebrew' (White, pp. 70–1).

5619/6609 *the lernying/Ebrew*: 'et son langaige est ebru'—L correct.

5621–4/6611–14 Proverbial: Whiting, T465 Such Tree such fruit (*varied*) (cf. 9944/11230).

5627–30/6617–20 The final two couplets give only the conclusion of an extended exemplum in F (similar to the experiment of Psammetichus recounted in Herodotus's *Histories* ii. 2) dealing with a child who, after being kept in isolation until he was old enough to speak, spoke Hebrew. W. G. Waddell, in his edition of Herodotus, ii (London: Methuen, 1939) remarks that the experiment 'is said to have been repeated by Frederick II of Germany and by James IV of Scotland . . . and to have proved that Hebrew was the natural language in such circumstances' (p. 118).

5631–50/6621–40 Q. 173, white clouds and black clouds: cf. *Image du monde* ii. 15 (Caxton's *Mirrour* ii. 25, pp. 117–18). The treatment in the French and the English is different: the reasons for whiteness in F are (i) that the cloud stands vertically (as opposed to lying horizontally) in the air, and (ii) that such clouds are thin ('soutiles et vaines') and therefore easily pierced by light and heat or cold; the reasons for blackness are the reverse. In the English (i) is replaced by the relative proximity of the cloud to the earth (5648/6638), and (ii) is similar to F with the thickness of the cloud explained in terms of its moisture content. After this question F contains another, om. in the English, on the origin of fair-weather clouds.

5653–6/6643–6 'Nul angle et nul archangel ne nulle creature que Dieus fist et fera ne porra mie sauoir nulle chose de la uolunte de Dieu ne de la cogitation Dieu': presumably either the negatives in L6645 are erroneous, or *þat* is an error for *But*.

5661–2/6651–2 Proverbial: see 2813–14/3699–700 n.

5673–6/6663–6 Proverbial: see B3937–8 n.

5683–4/6673–4 Not in F. Proverbial?—Whiting, *M469.5 After Meat (*food*) and drink rest is best.

5685–90/6675–80 Proverbial: Whiting, M755 Mouth and heart do not agree (*varied*). Cf. *Hamlet* III. iii. 97–8: 'My words fly up, my thoughts remain below./ Words without thoughts never to heaven go'.

5693–4/6683–4 Q. 176: 'Les ieus qui larment [souuent larment F2], de quoi auient il?' The question does not concern tears of joy, as may at first sight appear from the English: the sense of *blithely/bleþely* must be 'readily' rather than 'happily'. The notion of frequency (as in the wording of the question in F2) recurs in the English at 5705/6695.

5699/6689 *makeþ/mekeþ*: the MS reading is in fact the same (*makeþ*) in both cases, but whereas this makes no sense in L (which has accordingly been emended, following H), it is acceptable in B: 'The heart makes water and sends it to the eyes'.

5710/6700 *felnesse/heuynesse*: 'Les ieus qui lermer ne puent, sachez ce lor uient de la grant duresce et de la grant felonie dou cuer'—B closer.

5713–14/6703–4 The concluding couplet replaces a comment in F to the effect that the bodily humours can on occasion induce a hard-hearted person to have a good thought.

5720/6710 'quant son plaisir sera'—B closer.

5727–8/6717–18 'Apres hom doit amer ses biensfaitors'.

L6733–4 Proverbial: see 3496–7/4396–7 n. B *love* evidently derives from a misreading of *lone* as *loue*.

5745–8/6735–8 Proverbial: see 3502–4/4403–6 n.

B5748 *vs*: required by the shift from 3rd to 1st person in B; all other MSS keep to 3rd person.

5751/6741 *leveth/leneþ*: the L reading might equally be *leueþ*, but the sense is the same in either case, 'gives, lends' (MED *leven*, *v*.(1), 5.(c), *leven*, *v*.(3), (a), or *lenen*, *v*.(3), 2.); cf. L8858.

5755–60/6745–50 This replaces the concluding section in F on the theme that acts of charity in this life will be richly rewarded in the next.

5762/6752 'metre soi devant les riches'—L correct (also HT).

5771–2/6761–2 Not in F.

5773–80/6763–70 The emphasis in F is not that a poor man may win more honour than a rich man, but that one should act like a valiant man irrespective of one's relative wealth.

5797–802/6787–94 The notion of man's food doing or not doing him good according to his frame of mind is developed from the emphasis in F on its being 'drois et loiaux' to eat with a good heart and will.

B5804 *in the strete*: not in F.

5820/6816 Taken, perhaps, from either of two points in F: (i) that whoever offers the first greeting 'a l'onor'; (ii) that one should respond to a greeting courteously, 'car le salu est loenge de Dieu'.

5823–52/6819–50 Q. 182, how to bring up one's children: the emphasis in the English on the importance of teaching one's children a craft is developed from one brief comment in F, 'tu les dois . . . aprendre lor art dont il se puissent aidier se mestier lor est'. The importance of disciplining one's children through stern treatment, dealt with in the second half of the answer in the English, is more strongly stressed in the French. The ultimate source is presumably Ecclus. 30: 1–13.

5825–30/6821–6 Cf. *OE Dicts* 18 (Cox, p. 7) 'Gif ðu bearn hæbbe, lær þa cræftas, þæt hi mægen be þon libban; uncuð hu him æt æhtum gesæle. Cræft bið bætere þonne æht' (cf. 5835–8/6827–30 n).

5831–4/6827–30 Proverbial: Whiting, C614 Cunning is no burden (cf. 6593–604/7639–51).

5835–8/6831–4 Proverbial: Whiting, C522 Craft is better than wealth (one example only). Cf. also *OE Dicts* 56 (Cox, p. 12) 'Liorna a hwæthugu; ðeah ðe þine gesælða forlætan, ne forlætt þe no þin cræft'.

5839–42/6835–8 On not spoiling one's children cf. Whiting, C200 and C214–16; also Y1 and cross refs.

5843–50/6839–46 Proverbial: Whiting, P251 A green Plant may be plied with a man's fingers (*varied*); cf. W35 and cross refs.

5849–50/6845–6 On the education of the young with an eye to their future cf. Whiting, C200 (again) and C210; see also next note.

5851–2/6847–50 Proverbial: Whiting, Y32 What Youth does age shows (*varied*).

5859–60/6857–8 Not in F, where children are relegated even further into the background than in the English.

5862–3/6860–1 *of his body . . . his fe(e)re*: this gives the gist of the French, omitting the explanation that Eve was made not from Adam's foot or his head but from his right side, 'par quoi elle fust parelle de lui a toutes choses et que il fust sires et elle dame'.

5873–4/6871–2 Proverbial?—Whiting, *W238.5 A good Wife is the solace (joy) of one's life.

5874/6872 *solas/ioye*: 'se tu pers ta bone moillier tu pers tu meismes et t'amenuisses de ton auoir et de t'onor et de ton salu'. F stresses further that man should have only one wife in his life (as God gave Adam only Eve), although later ages will condone a man's or a woman's remarrying 'por la fragilite de la foible char' if the first spouse dies.

5887/6885 *names/maners*: 'lor nons'—B correct.

5905–10/6903–8 'la seconde por la fo[i]ble semence de quoi li enfens a este formes': this is rendered antifeminist in the English by the claim that it is the poorness of the nourishment in the mother's womb, rather than the weakness of the sperm, that causes the death of the foetus.

5916/6914 *Of the childe . . . þe wight/þe peine of childinge*: 'por la foiblesce des rains qui sont foibles [et] ne puent estre [om. F2] assosfrir le pois de l'enfant'—B correct; see further Burton, 'Reproduction', pp. 292–3.

5917–18/6915–18 The syntax of the couplet in B suggests that *modre* must mean 'womb', as does the first *mere* in the equivalent passage in F (immediately following that quoted in the previous note): 'si remue la mere qui est ou ventre de la mere la on l'enfant se norrist et au remuer se uerse et la fame s'eure et l'enfant chiet fors'. In L, on the other hand, *modir* has evidently been understood as 'mother', and an extra explanatory couplet inserted.

5919–20/6919–20 Not in F.

5933–4/6933–4 Proverbial: Whiting, F557 As good is the Foul as the fair in the dark.

5935/6935 *wateres/watris*: 'iels' F, 'eulz' F2, 'oeufz' V. The sense in F and F2 is uncertain; that in V is 'eggs'. The English appears to derive from a form of *eaux*, 'waters'.

5956/6960 Proverbial: Whiting, L508 Love has no lack (*varied*) (cf. 8608/9810).

5978/6982 Not in F. Proverbial: Whiting, N77 He that has a good Neighbor has a good morrow; cf. Q. 295, 8503/9705 ff.

5981–4/6985–8 This reverses the sense in F: 'Non pas, kar quant tu ueus faire aucun bien et tu le fais delaieument, tu le fais bien; et a ce tu ne dois trop tarder'.

5983/6987 Proverbial?—Whiting, *D130.6 A good Deed shall have no respite.

5984/6988 Proverbial: Whiting, G76 He that gives a gift by time (*early*) his thank is the more (*varied*); cf. a1450, 'he that dose betyme, he dose twyse'.

5990/6994 Proverbial?—Whiting, *H158.5 Evil Haste is all unspeed (*unprofitable labour*); cf. H166.

5999/7004 *for goode/for God*: 'en Dieu'—L correct.

6001–2/7005–6 This couplet replaces an injunction in F to pray that all men should be converted to faith in God.

6006,8/7010,12 Not in F, which enjoins love for love and hate for hate, but does not press this conclusion of an eye for an eye and a tooth for a tooth.

6010/7014 The English versions differ widely, and there is no equivalent in F. In L *shall he* would be a more appropriate antecedent than *shalt þou* for *not be daungerous*.

6017–26/7021–30 The gist of the equivalent passage in F is that one's enemy will not let one into his house except to do one harm.

6025/7029 Proverbial: Whiting, S830.

6026/7030 I.e., ? 'there could be no greater loss' (than loving where one is hated).

6027–8/7031–2 Q. 190: The wording in B (see Glossary, *comune*, *oon(e)*) closely reproduces F: 'Toute la gent, sont il comunal en ciest siecle ?' There is no basis for L *of wille one*.

6029–34/7033–8 Proverbial: see 3865–70/4805–12 n. Expanded from the brief statement (in answer to the question 'Are all men equal/alike?'), 'Oil, de naissance et de mort en ciest siecle'. There is thus no basis for L *comoun hate . . . debate*; whereas B *cominalte*, equivalent to the direct 'yes' in F, must have the sense 'sameness, uniformity, having in common', a noun parallel to the adj. *comune* in the question, and contrasting with *diuersite* 'difference' in 6036. This sense has not previously been recorded, but cf. MED *communalte*, *n.*, 4.(a), *in* ~ 'as common property'.

6035–50/7039–56 The remainder of this answer is an embellished version of the French, but omits some details of the Judgement.

6051–82/7057–98 Q. 191: the English paraphrases rather loosely and re-orders the material, so that the explanation (that the riches in question are spiritual, not bodily), which is held back in F until the rewards and punishments have been detailed, appears much earlier. It begins at the fourth couplet of the answer in B (6061–2); in L it is stressed three times within the first eight lines (7063,5,8).

L7068 *vnkynde*: possibly 'hostile' or 'undutiful' (OED *Unkind*, *a.*, †5. or †3.†b.); but 'ill disposed (to)' is contextually more satisfactory. This sense is not in OED, but cf. *Kind*, *a.*, 5.†b. (1664–90).

6068–70/7080–2 A difficult passage. The equivalent in F reads: 'Quant le riche s'en ira en l'autre siecle, les angle de Dieu uendro[n]t encontre lui a grant ioie et a grant feste et si le feront molt grant honor'. B *worshipp hym* paraphrases the last clause, whereas there is no basis for the claim in L7081–2 that a sinless soul is worthier than angels; but none of the English versions reproduces the idea of angels welcoming the clean soul with joy and celebration. The nearest is perhaps S (see variants for B6068), meaning 'angels will all be serviceable to him' (i.e., 'will serve him'); in the MS of B *abeliche* is written as one word, presumably the adv. from the adj. *able* (see MED *abelli(che*, *adv.* 'competently; fittingly'), but in that case either the verb it qualifies has been erroneously omitted from 6068 or else it must be construed (rather awkwardly) with *worshipp* in the following line: 'Angels will honour him fittingly'. On balance it seems the best of a poor set of choices to read *a be liche* as three words, *liche* being either a noun or an adjective ('angels will always be his fellows' or 'will always be like him'): the sense would then be similar to that in L7080, although this is less appropriate to the context in B than to that in L.

6083–4/7099–102 Q. 192, whether parents and children are to be held responsible for one another's sins: cf. *Elucidarium* ii. 45. F reads 'Portera en l'autre [siecle] le pere la charge dou filh ou le filz la charge dou pere', to which B is closer than the expanded form of the question in L.

6101–6/7119–24 The different syntax in L and B does not affect the meaning, which in each case is that the father is not held responsible for his son's deeds, except for those that he might have prevented through proper discipline. The construction in L7121–4 is awkward, but intelligible: 'What he might have prevented him from doing . . . he is necessarily held responsible for—his son's misdeed(s)'. F adds that father and son have a mutual responsibility to point out each other's errors.

6112/7130 *wo(o)*: see B2126 n.

6131–2/7149–50 Not in F.

6135–8/7153–6 Proverbial?—Whiting, *S306.5 Sight is verier (*more trustworthy*) than hearing; *S306.6 Sight will hurt more than hearing. The wording in L (and T) is closer to that in F: 'Ciaus qui uoient de lor ielz . . . cil deiuent auoir mult grant dolor au cuer et as ielz'; cf. 6157–8/7175–6: 'ce est plus grans dolors de ce que l'en voit que de ce que l'en oit'.

6144/7162 Not in F. Proverbial: Whiting, E216 (cf. 6803–4/7867–8).

6159–60/7177–8 Q. 195: 'A il en cest siecle nulle gent qui maniuent autre gent?'—the practice described as 'contrary to nature' in B and L is specified in F (and T) as cannibalism.

6185–92/7219–26 *A baratour*: dealt with last of the three in F, not first. The primary sense of *barat* in OF is 'fraud, deceit, cheating' (see Greimas, s.v. *barat, n.m.*), and the equivalent passage in F suggests that this was the sense intended. This sense is recorded in Middle English (see MED *baratour, n.*, 3. 'deceiver, cheat', one example only), but it is clear from 6186–8/7220–2 that the translator has used the word in its more usual ME sense, 'one who incites to, or engages in, contention or riot; . . . brawler, wrangler' (MED, sense 1).

6196/7230 *beden for full woo/geten wiþ trauaille and wo*: the sense in B is either 'what he has bargained for woefully' (taking *woo* as adv.) or (taking it as noun) 'what he has given great misery for'; but in either case the thrust is the same: that it is a sin to take from one's neighbour that which he has himself bought dearly. L7230,2 preserve the pun on *trauaille* ((i) work (ii) hardship) that is lost in B: '. . . qui tout le treuail d'autrui et le met en trauail et en angius[s]e et en souffraite'.

6201–8/7235–42 Murder: treated first of the three in F.

6208/7242 Hereafter F adds a section on sodomy, describing it as a greater vice than any of the other three.

6209–34/7243–68 Q. 197, the extent of God's mercy: cf. *Les Prophecies de Merlin*, ed. Paton, i, 203. The wording of the question in F stresses God's mercy whereas the English asks if God forgives cheerfully: 'Dieus, qui est pitieus et merciables, pardone il a touz les pechies?'

6211–20/7245–54 Doubly proverbial: see 5207–10/6197–200 n.

6215,20,28/7249,54,62 Not in F.

6221–2/7255–6 *al(l) þe synne . . . begynne*: F specifies as the sins the killing of one's father, mother, and children, and 100,000 others.

6229–32/7263–6 Proverbial: see 1051–2/2053–4 n. There is no equivalent in F for *lesseþ/langriþ* (6229/7263). L *langriþ* is difficult: if not an error, it is perhaps synonymous with *angreþ/angris* in HTS, with *his synne* as subject and *þat* as object, i.e., 'he whom his sin does not vex' (see MED *langouren, v.*, (c) '? to torment (sb.), vex, cause to suffer', one quotation only, containing three queried readings). But this is awkward since *he þat* is the subject of *wole not blynne* in the next line so that *þat* has to serve as object in one clause and subject in the next.

6233–4/7267–8 F ends with reassurances to the repentant rather than menaces to the impenitent or half-hearted.

6236/7270 *som(m)e*: not in F, which has simply 'Por quoi se trauaille l'ome en cest monde?'

6241–6,53–4,57–8/7275–80,87–8,91–2 These lines summarize an extended section in F on the superior virtue of giving alms to that of leaving a fortune to one's children and, in general, of caring for the soul rather than for the body.

6248–56/7281–90 Proverbial?—Whiting, *A132.5 Behold the ways of the Ant (mire) and learn wisdom (*varied*) (Prov. 6: 6–8); cf. also Wirtjes, *The Middle English* Physiologus, lines 153–87; Matt. 6: 19–20.

6259–70/7293–306 Q. 199: treated differently in the French and the English. The question in F reads 'Qui est la plus oscure chose qui soit?'; the answer deals first with man's ability to assume an outwardly fair appearance, hiding the evil within, and then proceeds (as if in answer to Q. 53) to a discussion of how the bad may be distinguished from the good by their covetousness. The sense in which *oscure* is treated in F is evidently 'difficult to understand, deceptive'; the translator, however, has taken it in the sense 'dark', and has composed his own reply.

6271–308/7307–44 Q. 200: paraphrased and shortened from F, making comparison difficult.

6272/7308 *of(f) his will(e)*: not in F, which has 'en cest siecle'.

6284/7320 *(was he/it was) at his chesyng*: the idiom in L, with 'it' followed by the possessive pronoun, presents no difficulty—'it was at his choice', i.e., 'up to him'. That in B, with both nominative and genitive of the pronoun ('one is at one's choosing', i.e., 'free to choose'), is not recorded in MED, but cf. OED *Choice*, *sb*., 2.b., 1568–.

6293–8/7329–34 Not in F.

6305–6/7341–2 For other examples of the rhyme *wirke/irke* see MED *irk(e, adj*., 1.(b).

6308/7344 The answer continues at length in F, discussing the relationship between body and soul, the motivation for doing good, etc.

6309–38/7345–74 Q. 201, night and day: cf. *Image du monde* iii. 1 (Caxton's *Mirrour* iii. 1 and 3, pp. 130–4). The chief differences between the English and the French are (i) the account of the creation, which in F remains fairly close to Genesis; (ii) the insistence in F on its being always day in one part of the world when it is night in another: 'quant li iors faut a nos il enlumine autre gens au monde et l'o[s]curte quant elle lor faut vient a nos'—a point perhaps implied, but not explicitly stated, in 6320/7356 (cf. Q. 117, 4271–4/5235–8 n).

6331–6/7367–72 Not in F.

6339–40/7375–6 Q. 202: 'Coment se tient le soleil et la lune et les estoiles en ciel?' In the answer (as with Q. 116) the English stresses the binding power of God's will (6341–6,63–6/7377–82,99–402) where F concentrates on the physical laws of interdependence governing the planets and the firmament(s), referring only in passing to 'la force de Dieu' by which everything is held in place.

6347–8/7383–4 Awkwardly worded in L: if the indefinite article in 7384 is not an erroneous addition, the sense is perhaps 'every planet has its (firmament)—a sphere in which its course lies'. In place of these seven spheres F2 and F3 have three, F four: 'Nequedant ne son mie toutes en vn firmament, ains sont en iiii [iij F3] firmamens, les vnes plus haut des autres; et pour le tour dou firmament les vnes vont encontre les autres' F; ' . . . en ij firmamentz et el tiers est Diex . . .' F2.

6349–50/7385–6 Not in F.

6353–8/7389–94 In F the lowest of the firmaments completes two revolutions for every one completed by the highest.

6359–62/7395–8 The equivalent passage in F, placed nearer the beginning of the question, speaks of the interconnection between each planet and its firmament: 'Li uns nasqui[t] de l'autre en telle maniere com le n[o]n del marain naist en l'arbre. . . .'

6366/7402 Not in F, which concludes with a discussion of the apparent size of the stars (the furthest ones being in fact bigger than the nearest, but seeming smaller because of the distance).

6369–86/7405–22 Q. 203, how to measure time. For discussions of the development of time-measurement through the ages see Carlo M. Cipolla, *Clocks and Culture 1300-1700* (London, 1967); David S. Landes, *Revolution in Time: Clocks and the Making of the Modern World* (Cambridge, Mass., 1983); J. D. North, 'Monasticism and the First Mechanical Clocks', in *The Study of Time II: Proceedings of the Second Conference of the International Society for the Study of Time, Lake Yamanaka–Japan* (Berlin, 1975), pp. 381–96; G. J. Whitrow, *Time in History: the evolution of our general awareness of time and temporal perspective* (Oxford, 1988). (I am indebted to Christopher Bright for these references, and for the argument that follows.) Before the invention of the mechanical clock in the late thirteenth century, time was generally measured by means of a clepsydra, i.e., a water-clock (see Landes, p. 62 ff. and figures 2–3, following p. 236; North, p. 382 ff.). The day was traditionally divided into 'day' and 'night': 'day', from sunrise to sunset, had 12 hours; 'night', from sunset to sunrise, had 12 hours. These ancient 'temporal' hours were used by the Church to establish the times of early and late Offices. Only at the equinoxes were day and night equal, or the 24 hours equal. The water-clock could be adjusted for the changing seasons, by means of tables or variable calibrations; the invention of mechanical clocks gave rise to a new measurement, 'mean time', whereby all hours were equal throughout the year, as if it were always the equinox. The references to sunrise and sunset in *Sidrak* (6371–4/7407–10) suggest that the author of the French original was thinking in terms of 'temporal' rather than 'mean' hours, as would be likely if the original was composed late in the thirteenth century (see Introduction, p. xxiv), before mechanical clocks were widely known. But the misunderstanding of *l'escandal* and the suppression of the reference to water in the English (see 6379–80/7415–16 n) suggest that for the translator (or for the writer of his exemplar), coming some time later, water-clocks were no longer known.

6378/7414 The duration of each 'point' is further defined in F as either the time taken to extend the arm and bring it back to the body again or the time taken to count 'one, two' and no more.

6379–80/7415–16: 'et ce pois prouer par l'escandal [dou] soleil et de l'aigue et de mult d'autres manieres', i.e., 'this can be proved by measurement of the sun and water and in many other ways'. The translator (or the writer of his exemplar) has evidently read *l'escandal* as *la chandel*, perhaps in the knowledge that candles had at one time been used to measure time, e.g., by King Alfred and by King Louis IX (see Whitrow, p. 82; Cipolla, p. 119, note 2). It is, however, presumably a form of *l'eschandil* (= Mn French *étalon*, *mesure*; see Greimas, s.v. *eschandillier*, *v.*).

6383–6/7419–22 These lines replace an extended discussion in F of the differing duration of daylight in summer and winter.

6390–2/7426–8 Not in F.

6395–404/7431–40 The analogy in F is with the upper and lower stones of a mill.

6403–4/7439–40 F adds that its slight movement (with the tilting of the firmament) can cause those navigating by it to lose their way; although this movement seems only a hand's breadth from our distance it is in fact more than a thousand leagues.

6413–16/7449–52 Not in F. The four people are presumably Adam, Eve, Cain, and Abel.

6434/7470 F includes after this line a question on why the world is called *monde*.

6439/7475 Not in F.

L7483–4 'Uos les arderies et ne uos empeseroit ne tant ne quant de lor mal'—L correct (cf. T); B omission erroneous.

6449–56/7487–500 Proverbial: see 3500–1/4401–2 n. This sententious matter replaces the concluding section in F, which deals with God's satisfaction at destroying the world's sins in the flood and his willingness to destroy them again by other means.

6457–8/7501–2 Q. 207: 'Liquels est le plus digne ior dou monde?'

6466–7/7512–13 Not in F.

6468–72/7514–18 'Le septime iorn il benei toutes choses et saintefia l'ome et le fist reposer de toutes euures'.

6478/7524 Not in F.

6485/7531 *moder of/made for*: '"Por quoi fu fait le dormir?" "Por le repos dou cuer et la force dou cors et des membres"'—L closer (also T).

6499–506/7545–52 Not in F; an expansion of the proverbial idea, Sleep is the nourice (*nurse*) of digestion (Whiting, S377).

6503/7549 *kynde*: the context suggests the sense 'the good or valuable part' in contrast to the useless part of 6505/7551. This ameliorative refinement of the basic sense, 'essential character' (MED, 1.(a)), is not recorded in MED or OED.

6513–14/7559–60 Not in F.

6524/7570 After this line the English omits a brief section in F on unhealthy and uninhabitable places.

6528/7574 *chambir mirthe/swyue*: the last two letters in L have been erased, presumably by a prudish reader (cf. the attempts to erase *floures* in L8870,2), but that the letters erased were *-ue* or *-ve* (as in T) is confirmed by the F reading, 'gesir a fame'. H *swymme* may just possibly be a synonym for *swive* not previously recorded (OED and MED have no specifically sexual sense for the word *swim*, but its primary meaning, 'to move in water', and the primary meaning of OE *swifan*, 'to move in a course, sweep', are sufficiently similar to suggest the possibility of their developing similar extended senses); more probably, however, it is either a straightforward copying error (the three minims of *-iu-* in the assumed exemplar being taken as *-m-*) or a conscious attempt on the scribe's part to 'improve' the meaning. B *chambir mirthe* ('bedroom pleasure'), a euphemism more delicate than G *sporge the raynes* ('empty the loins'), is not elsewhere recorded; it is, however, almost exactly paralleled by *chamber glee* in Sprutok's premature obituary for Chantecleir in Henryson's fable of 'The Cock and the Fox', 518–19: 'Off chalmerglew, Pertok, full weill ȝe knaw/Waistit he wes, off nature cauld and dry' (*The Poems of Robert Henryson*, ed. Denton Fox, Oxford, 1981). On scribal bashfulness about terms of sexual reference see Thomas W. Ross, 'Taboo-Words in Fifteenth-Century English,' in *Fifteenth Century Studies: Recent Essays*, ed. Robert F. Yeager (Hamden, CT, 1984), pp. 137–60; on the semantic development of *mirth* see Burton, *Words*, pp. 54–7.

6532/7578 Not in F.

6535–56/7581–602 The answer in F accords more or less with the standard division of medieval society into three groups (clergy to pray, warriors to fight, and peasants to work), with the addition of a fourth (merchants to trade). See further the note following.

6539–42/7585–8 The first group in F are teachers (lay as well as ecclesiastic): 'Primiers sont cil que les sciences mostrent et enseignent les biens as gens et la creance de Dieu ommipotent en tel maniere com il se doiuent maintenir en ce siecle'. It appears (assuming that the original English translation was accurate) that the word *craft* was used here (to render *sciences*) in the sense 'a formal body of teachings, a branch of learning' (MED *craft*, *n*.(1), 5.), and that *men of crafte* (or the phrase from which this descends) designated those who imparted learning of such a kind—as still implied in B6542. But the commoner ME meanings of *craft* ('a trade or occupation') and *man of craft* ('craftsman or artisan'—MED, 6.(a) and (b)) have come into the English (B6540–1) side by side with the original sense; in L, indeed, they have almost entirely replaced the original sense, only the ghost of which remains in 7588.

B6540 *dafte*: the context, in which *konnyng* ('knowledge, training') is being offered to those who lack it, requires a neutral sense, 'untaught, ignorant' (with no pejorative overtones), synonymous with the primary sense of *uncunning*. For a fuller discussion see Burton, '*Daftness*'.

6546–8/7592–4 Not in F.

6557/7603 *hyer/best*: 'Qui est plus haut, li rois ou la iustice'—B closer. The answer in F is much briefer: 'La iustice est assez plus haute car la iustice puet iugier le roi par droit et par raison. Et la iustice est le roi [*add* et plus que roy F2]. Car rois veut dire honor dou siecle et puissance; iustice veut dire loaute et digne seignorie et commandement de Dieu. Naistra vn rois prophete qui dira par la bouche de Dieu, "Benoit soient cil qui feront loial iustice et la mantendront a touz iors"' (cf. Ps. 105: 3; see 8701–14/9907–20 n).

6559–60/7605–6 Proverbial: Whiting, K42 (A King) is above his laws. Since, however, the sole example there concurs with the sentiment in *Sidrak*, the form of the proverb given as the heading ought more properly to be negative: '(A King) is not above his laws'.

6583–8/7629–34 Cf. B2189–94 n, 6557/7603 n, and 8701–14/9907–20 n.

6589–608/7635–60 Q. 212, transportable goods: F is again much shorter.

6593–604/7639–51 An expansion of a proverbial sentiment: see 5831–4/6827–30 n.

6601–2/7647–8 Proverbial: Whiting, C615.

B6605 *here vnto*: The sense appears to be 'and not be dependent upon any of his [family, friends, etc.]', translating F 'ne li fera auoir besoing d'autrui home'. This use of *heren* is not elsewhere recorded, but cf. *heren to (into)* 'be subject to' (MED *heren*, *v*., 6.(d)).

6606–8/7654–60 Not in F.

B6608 Proverbial?—Whiting, *W417.5 Wit and wisdom is world's aught (*wealth*).

6612/7664 *as þey did beffore/truly and lel*: 'come dauant'—B correct.

L7668 *by suche þre*: no equivalent in F.

6629–30/7681–2 Not in F.

6634/7686 *his lykynge*: not 'his [the gardener's] favour' but 'its [the tree's] health', with *(h)it* from the preceding line being the subject of *take(þ)*. Similarly in F: 'l'arbres en pou de iors reuient a soi et commence a reuerdir et deuient si bon et se bel comme deuant'.

L7696 *tofore*: if this is not simply an error for *for* (as in B), the sense must be 'in the presence of' (MED *tofore(n, prep.*, 3.(a), OED †*Tofore, prep.*, 1.b.), hence, by implication, 'because of'. This example is quoted in MED, s.v. *tofore(n, prep.*, 5.(a), with the sense 'earlier than, before the time of', giving the sense 'How can a man love a woman before seeing her (or vice versa)?' That this cannot be right, however, is shown by the answer, which deals with the manner in which men and women fall in love *as a result of* seeing one another.

6650,1,5/7702,3,7 *brayn/eeris*: L *eeris* is patently an error for *he(e)rnis* 'brains' (ad. ON *hjarni*; cf. *harnys* T, *ceruelle* F), but makes a kind of sense, involving aural as well as visual attraction. The same mistake occurs at L7806,7,31,61,63, and 8082. The error may have arisen through miscopying, via *heris* (i.e., *ears* with inorganic *h-*), as suggested in Burton, 'Reproduction', p. 294; or, since *hernes* exists in ME with the sense 'ears' (ad. ON *heyrn*—see G. V. Smithers, 'A Note on *Havelok the Dane*, l. 1,917', *Review of English Studies*, 13 (1937), 458–62), through a scribe's taking the exemplar's form of *hernes* in the sense 'ears' as opposed to the sense 'brains'.

6659/7711 *fowle lokyng/foule likyng*: 'cels cuer remue [f]olement et rent celle folie a l[a] ceruelle et la ceruelle respont as ielz derechief et les fait folement reg[a]rdier a celle creature; et se delite en celle pensee, et par cel delit couient que il aint'—both 'looking' and 'desire' could derive from this passage, but in both English versions the idea of foulness or sin replaces the idea of folly in F. Cf. Gower's rendering of the Actaeon–Diana story (*Confessio Amantis* i. 333–84) for a ME treatment of 'foul looking'.

6672/7724–32 Not in F.

6673/7733 Not in F.

6691/7751 *Shal(l) any grace come*: F adds 'en l'autre siecle', contrasted with 'cest siecle' (equivalent to *here* in the first line of the question).

6693–6,99–700,703–4/7753–6,59–60,63–4 Not in F.

L7768 *stedfaste as stoone*: proverbial: Whiting, S770.

6709–10/7773–4 *light/lijf*: 'toutz iors est en sa gloire' (referring to the sun)—B closer.

6711–12/7775–6 Proverbial: Whiting, W642 Words (Speech, Saws) and deeds (works) (*varied*) (cf. 10239–40/11541–2).

6713–17/7777–81 Proverbial?—Whiting, *C22.5 A Candle lights others and wastes (*consumes*) itself; cf. 6834–6/7904–6.

6718/7782 *noo grace worthy*: a dilution of the comment in F that they will have double punishment in the next world.

6721–5/7785–9 'et puet doner bone part a chascun et prendre bone part ausi por lui, et il prent mauaise et laisse la bone'—B6721–2 'and see to it that everyone, including himself, has a good part' is closer than L7785–6; F suggests that the sense of 6725/7789 is 'or if he takes the bad part and leaves the good'.

6727–8/7791–2 Proverbial: Whiting, E185 He that does Evil tharf (*need*) not expect well (*varied*).

6728/7792 F contains after this line a question on the causes of hatred.

6731–6/7795–800 'La pensee que li hons pense, elle ist de science et la science ist dou pur coraige car si li cuers est purs il pense toutes chouses soutilment de ce qu'il veut et de ce qu'il ne ueut ou en bien ou en mal'. B *connyng* 'knowledge' retains the sense of *science* (which is lost in L *comynyng* 'conversation'); *art(e)* in 6734/7798 likewise renders *science*; *ymageneþ* (6736/7800) apparently derives indirectly from *soutilment* 'ingeniously, discerningly' since the verb *so(u)tillier* can have the sense 'to imagine'.

6742–3/7806–7 *braynes/eeres*: again, as at 6650/7702 ff., L *eeres* is evidently an error for *he(e)rnes* 'brains', cf. F 'et por la purte de lor sanc esclarissent lor ceruelle et celle ceruelle rent par son esclerissement moistor au coraige'; again L speaks of a communicative system involving ears (aided perhaps by the *comynyng* of 7796), heart, and eyes.

6756/7820 F concludes with a discussion, om. in the English, of those who make ill or insufficient use of their powers of thought.

6757–8/7821–2 Q. 218: 'Por quoi chaient les gens de mauaise maledie?'—B wording closer. *Wikkid evill/yuel*, translating *mauaise maledie*, is evidently some form of epileptic fit, the common term for which in ME is *falling evil*. *Wicked evil* is not entered in OED or MED, but is equivalent to *foul evil*, of which one example is quoted in MED, s.v. *ivel*, *n.*, 5.(b) (*3 KCol.(1)* 10/15), translating *epilentico*.

6761/7825 *colours*: i.e., 'cholers', not 'colours'; see 3342,4/4244,6 n.

6765–6/7829–30 'et se . . . les perilleuses vainquent et seignorent les autres, ce est a dire, les humors noires, il seignorent le cors; a la foi li cue[u]rent le cuer et le flambent la ceruelle'; i.e., F specifies that the ill humours are black and that when they have the upper hand they torment the heart.

6767/7831 *brayne/eeris*: see 6650,1,5/7702,3,7 n.

6772/7836 F continues the first cause with an account of the kinds of bad dream suffered by the victim when in a fit.

6781/7845 *fully/vgly*: 'de mult laide figure'—L closer; B presumably from 'foully' as in S.

6782/7846 F adds that the second type of attack occurs only to those who consent to the devil's will.

6783,8/7847,52 *fantasyes, fantesye/feintise*: 'si est de la fallance dou cuer'—L correct.

6789–812/7853–76 Q. 219, the body's most 'perilous' organ: the answer is strangely disoriented in LH, with *eeris*, *eeres* (7861,3) once again plainly an error for *he(e)rnes* (cf. 6650,1,5/7702,3,7 n, 6742–3/7806–7 n), and *eere* in 7869 substituted for *eye* (understood in B6805); thus the type I manuscripts maintain their insistence on the connection between eye, ear, and heart, and add to it (in 7869 ff.) a tenuous parallel between eye and ear. The word *perilous*, *perleous* is used, along with its comparative (*per(i)louser*) and superlative degrees (*perilousest*, *perelous(es)t*), in two different senses in this question and answer: (i) 'dangerous' in the usual current sense, 'fraught with danger, causing or occasioning danger'. This is the sense in 6792/7856, as indicated in 6795–6/7859–60, where it is also clear that the danger is occasioned to both body and soul (in spite of the use of L7856 in MED, s.v. *perilous*, *adj*., 3.(a), to demonstrate the specific sense 'spiritually dangerous, perilous to the soul'). (ii) 'In danger, vulnerable, susceptible to injury', the sense required in 6805/7869, as indicated by the following line, with its resonance (for post-Renaissance readers) of the opening of *Samson Agonistes* (93–5). This latter sense is not recorded in OED or MED, although it is paralleled by OED *Dangerous*, *a*., 4. 'In danger, as from illness; dangerously ill' (earliest example from Beaumont and Fletcher, *a*1616); and other words such as *suspicious* and *fearful* exhibit the same capacity to mean both 'feeling suspicion' and 'open to suspicion', 'fearing' and 'feared'. In the first line of the question and in the final line of the answer it must be assumed that both senses of *perilous* discussed here are intended.

6797–800/7861–4 The part played by the brain is on this occasion omitted in F, which has the eyes reporting directly to the heart.

6803–4/7867–8 Proverbial: see 6144/7162 n.

6807–10/7871–4 Pride, anger, covetousness, and the other sins are additions in the English.

6813–36/7877–906 Q. 220, the 'safest' and most dangerous occupation: this question, like the last and like Q. 2 (with their plays respectively on *perilous* and *visible*), reveals the author's fondness for wordplay involving contrarieties contained within unities. In this instance the play centres on the notion that the cleric's occupation affords safety to others by showing them the path to salvation (6815–19,21–30/7879–85,87–98) and danger to the clerics themselves if they fail to follow their own teaching (6820,31–6/7886,99–906).

6821–2/7887–8 Proverbial?—Whiting, *L261.5 To be a Light to the world (as the eyes are to the body) (Matt. 5: 14–16, 6: 22–3, Luke 11: 34–6, etc.).

6830/7900 After this line the English omits a brief passage on the superiority of preaching to other professions.

6834–6/7904–6 Proverbial?—see 6713–17/7777–81 n.

6837–58/7907–32 Q. 221, the origin of 'jollity': in L, through the influence of the *priue lym* in 7922, the words *iolyf*, *iolyfnesse*, *iolifte*, and *ielouste* (7907,9,27,31) take on specifically sexual connotations (see Glossary). These connotations (although possible in both French and English) are absent in B as they are in F, where there is no indication that the question deals with anything other than good cheer and merriment.

6842/7912 *yonge blode*: contrast 'le uiel sanc qui est en lui de la iuuenture lequel aporte dou ventre de sa mere o lui.'

6845–6/7915–20 Food and drink occur only in the final sentence of the answer in F, where too much of them is said to stir the heart.

6848/7922 *euery lym/priue lym*: 'par tout le cors'—B correct.

6852/7926 The English here omits a passage discussing the damage occurring to the reputation from open merriment.

6869–70/7943–4 Not in F.

6871–6/7945–50 This claim that the sperm count is reduced by frequent acts of intercourse has been confirmed by recent research into infertility: see Burton, 'Reproduction', p. 288, note 6; cf. 2455–8/3335–8.

6877–88/7951–62 The concluding section on the seven chambers of the womb (cf. Q. 60, 2415/3295 ff.) replaces the concluding section in F, which deals with (i) the superior potency of sperm after an eight days' abstinence; (ii) a method of rendering men and women infertile by drawing blood from a particular forked vein in the leg.

6888/7962 After this question F contains a question on how a woman who has difficulty conceiving may become pregnant.

6889–910/7963–88 Q. 223, the manufacture of semen: cf. Isidore, *Etymologiae* xi. 139; William of Conches, *De philosophia mundi* iv. 8; Vincent, *Spec. nat.* xxxi. 10.

6892,98–9/7966,72–3 *yche/euery lym . . . euery (a) lith*: in F the blood is sweated 'de la grant chalor et volente des iiij complexions au cors' and heats up 'dou uermoil en blanc'—*chalor* corresponding to B *hete* (6895) not L *herte* (7969), *blanc* to B *white* (6899) not L *swiftly* (7973).

6903–10/7977–88 F gives four reasons for the issue of semen, the first two of which are taken together in the English (6895/7969) in the discussion of the manufacture of semen and its issue during intercourse: (i) the man's will or desire; (ii) the heat arising from this desire; (iii) 'le frotement de l'ome a la fame', corresponding to B *playyng* (6903), L *frotyng* (7977). F *frotement* 'friction' presumably refers to the action of sexual intercourse (which, in contrast to the treatment in the English, has not previously been mentioned); but since, in the English, intercourse itself has already been treated (6894/7968) and we are here dealing explicitly with 'a second cause' (6903/7977), it is evident that *playyng* and *frotyng* must be understood in the specific sense of masturbation or sexual play other than intercourse, as is confirmed in L by the tut-tutting of 7980; (iv) 'd'empleure ou de repos de cors'—as in B6905–6 rather than L7981–4, with its emphasis on excess; F adds that for this fourth reason women 'se corrumpent en dormant' like men.

6913/7991 *(ouer) all thyng*: 'plus de lui'—B closer.

6914–16/7992–4 The prescribed loving order in F is (i) God, (ii) oneself, (iii) one's good wife, (iv) one's children, (v) one's friends and all people.

6923–6/8001–4 'car tu ne dois autrui tollir . . . por tes enfans enrichir': *leue* 'desist (from)' is clearly the required reading (as in S) in place of the shared error *loue* in BL.

6928/8006 *herken/reckne*: 'sachies'.

6931–2/8009–10 Equivalent to F's comment that it is not worth damning oneself even for 100,000 children.

6938/8016 *þerwith moo/as þou hast do*: 'come tu as fait'—L correct.

6940/8018 'puent valoir et se profitent au cors?'

6946/8024 *Iij oures of/þe houres and*: 'les hores et les poins en quoi il les doit aourer'—L closer (also T).

B6957–66 Q. 226, the 'wighttest' animal and that which is 'most of savour': a veritable hornet's nest of possibilities in both French and English, complicated in the latter by the initial impression that only one animal is intended, displaying both qualities, whereas in F it becomes clear early in the answer that two animals are meant, one for each quality. The question and the first part of the answer in F read as follows: 'La quele est la plus ysnele beste et la plus flairant qui soit?' 'Chiens est la plus isnele beste qui soit et la plus conoisant et la plus loiaul qui soit car nulle beste ne puet si tost corre ne tant troter com chiens. De la flairor, fromis est la plus flairant beste et uermine qui soit, a la raison de sa petitesse et la plus saige.' *Wighttest*, in the derived sense 'swiftest' (OED *Wight*, *a*., 3.), correctly renders *la plus ysnele*, but since the answer deals with intelligence as well as with speed (the dog is 'la plus conoisant . . . beste', the ant 'la plus saige'), *wittiest* in 6959 (and in the Table of Contents in L1489, where the question is entered although it fails to reappear in the body of the text) is a plausible reading. For *most of savour* there are at least four possible interpretations discussed below in ascending order of probability. (i) 'Sweetest smelling', a possible meaning of *smellyngeste* (6963) and of F *flairant* (for which 'odorant' is one of Godefroy's glosses), but most unlikely, since neither dogs nor ants are noted for the sweetness of their smell. (ii) 'Smelliest', since Godefroy offers 'puant' as an alternative gloss for *flairant*, and since, according to OED, the name *pismire* (as in T) is given to ants because of 'the urinous smell of an anthill'; but the answer in F does not address itself to malodour. (iii) 'Possessing the most highly developed understanding' (MED *savour*, *n*., 7.), which makes good sense as a doublet for *wittiest*, which takes account of *conoisant* and *saige*, and which is acceptable for T's reading at 6963, but not for B's *smellyngeste þynge*. Moreover, the question 'which animals have most understanding?' is asked later (Q. 380), and although dogs appear in the answer, ants do not. (iv) 'Possessing the acutest sense of smell', which must appeal to common sense as the aptest meaning. The answer in F concludes with a section dealing—in the manner of the bestiaries (see Wirtjes, *The Middle English* Physiologus, 153–87)—with man's need to store up treasure in the next world by doing God's will in this, in the same way as ants store up food for the winter by sniffing it out from all quarters in the summer: 'nos deuons . . . faire ensi com la formie . . . qui flaire sa vie . . . de toutes pars'. The concluding couplet in the English, which has no direct equivalent in F, is highly problematic. If the argument above is correct, the sense ought to be that the ant is better able than any other animal to pick up the scent of whatever it is after (MED *savouren*, *v*., 5.); but to extract this meaning requires two emendations (as made) to what looks like a rather garbled text.

B6962 *kyndelokere*: 'la plus loiaul'—suggesting that 'obedient' (MED *kind(e*, *adj*., 4.(a)) is perhaps more suitable to the context than the vaguer 'pleasing' (MED *kindeli*, *adj*., 5.(a)).

6984/8052 *of/and of (grasse)*: 'de la suor et de la chalor de l'erbe'—B correct. F adds 'et de la moistor de la terre'.

6992/8060 *breth/hond (drawe ne can)*: that B *brest* is an error for *breth* (by dittography from the preceding line) and that L *hond* is not 'hand, arm' (as in Nichols, 'Medical Lore', p. 170) but an aspirated form of *ond(e)* 'breath' (as in T; cf. L1503 & 8145, 10385) is indicated by F 'que alener ne porroit'.

6998/8066 'il seroit deli[u]res de cel encombrement et de cel mal'—L closer.

6999,7010/8067,78 *white spot(te)/wight ispotted, spotte in the eyȝe*: 'le blanc en l'oil'—B closer.

7005/8073 *rosted leke*: 'hanserot', i.e., sarcocolla (a type of gum).

7008/8076 *farced/sarce*: 'passeroit'—L correct.

7009/8077 *twyse or tryse/two sponful or þre*: 'ij foiz ou iij'—B correct.

7010/8078 F adds that the spot will disappear in 20 days.

7014/8082 *brayn/eeris*: 'ceruelle'—B correct; L again an error for *he(e)rnis* (see 6650,1,5/7702,3,7 n).

7015–18/8083–6 Proverbial: Whiting, F305 As flitting (*etc.*) as Flowers (miscellaneous quotations).

7018/8086 'il s'encline et s'enbaisse et se norist'.

7028–30/8096–8 Proverbial?—Whiting, *A169.5 To fall like a ripe Apple. Since the kind of fruit is not specified in F, *appul(l)* perhaps has here the general sense 'any kind of fruit growing on a tree' (MED *appel*, *n.* 1.(a)).

7034–6/8102–4 'et ce est par la menuisance de son sanc et por la foiblesce de ses rains et de ses membres'.

7041–4/8109–12 'Se Dieus eust fait vn home si grant come tout le monde'. The remainder of this answer in the English is much condensed.

7061–6/8129–36 'Le monde fust este com vn grant abismes de tenebres ausi noiant come chose qui ne fu onques'.

7068–74/8138–44 This conclusion in the English is quite different from that in F, which continues on the theme that God's glory can be neither increased nor decreased by his creatures.

7089/8159 *þat may not wonde/to vnderstonde*: 'pardurabla'—B closer.

7091–2/8161–2 Not in F.

7093–100/8163–72 Proverbial?—see 4157–62/5117–22 n. This second reason is quite different from that in F, which says merely that men have body and soul whereas angels have only spirit.

7107–8/8179–80 Not in F.

7109–20/8181–94 Q. 233, heavenly paradise: cf. *Les Prophecies de Merlin*, ed. Paton, i, 74.

7118–19/8190–1 The order in F is 'sens . . . science . . . sancte . . . biaute . . . force . . . lioute', corresponding to *wit(te)*, *connyng/cunnyng*, *he(e)le*, *feyrehede* (for *fawnesse* L, cf. *feirenes* H), *strengthe/strengþe*, *lewtee* (as in TS, for which *be(a)ute* appears to be an error independently made in both B and L). F has no equivalent for *richesse.*

7120/8192–4 Not in F. After this question F contains one on the origins of joy and anger.

7125–6/8199–200 Not in F.

7128/8202 The English here omits a list of things which are said not to compare with man in beauty.

7145/8219 *he*: i.e., the devil—'cil qui aimme le pechie aimme le dyauble et le dyaubles ne l'aimme mie ains le het et le met ou feu'.

7152–4/8226–8 Not in F.

7155–6/8229–30 Q. 236: 'Lesquels sont le plus dignes paroles et erbes et pierres dou monde?'—B correct.

7164–6/8238–40 Not in F.

7183–212/8259–88 Q. 237, the invisibility of the new moon: cf. *Image du monde* iii. 1–2 (Caxton's *Mirrour* iii. 2 and 4, pp. 133–7).

7185–94/8261–70 'La lune fait son tour ausi bien au Leuant com au Ponent, car a celle hore qu'elle fait son tour a celui point est elle nouelle, ansi de ior come de nuit'.

7195–202/8271–8 Not in F (but see 7212/8288 n).

7205–6/8281–2 Not in F. Proverbial?—Whiting, *L260.5 The lesser Light is not seen for the greater.

7212/8288 In place of this concluding line F has 'et quant elle est nouelle au Ponent et le iour dure, la nuit ne se puet veoir por le tour que li firmament fait et lendemain se uoit' (? equivalent in part to 7195–202/8271–8).

7215–18/8291–4 Proverbial?—Whiting, *C452.5 Counsel ought to be told to God alone. In 7215/8291 B *tolde* is closer to F than L *holde*: 'on doit descourir son secret . . . a Dieu qui tout set'; but *holde* gives adequate sense: 'secret(s) should be kept (exclusively) for . . . God'. F adds that telling one's secrets to God includes telling them to his ministers, i.e., to 'ceus qui seront en son leu en terre apres la venue dou urai prophete'.

7219–24/8295–300 Not in F. Proverbial: Whiting, F635 A Friend may become a foe (*varied*).

7225/8301 'Car se tu le descoueures a ton ami'—B correct.

L8307–8 Proverbial?—Whiting, *M367.5 That which is told to Many may not long be kept privy.

7232/8310 Proverbial?—Whiting, *T381.5 To lie hot on the Tongue.

7234/8312 F adds, because a secret is your slave as long as it's yours, but you are its slave once you've told it.

7247–50/8327–30 'garde a cui tu les descouerras que il soit tel home que reprochier ne te puisse par courrous que tu li faces', i.e., '. . . to a man who won't find fault with you no matter how angry you may make him'.

7251–80/8331–62 Q. 239, the best women for sexual pleasure: see the discussion in Burton, 'Reproduction', pp. 295–6.

7259–60/8339–40 'quant li airs est frois et rent sa froidour en terre'—L closer (also TA); however, it is not clear whether the referent of *his* in 8340 is *þe eyr* or *winter* in the preceding line (as the F reading suggests) or whether it is *man* in 8342. The latter seems possible in view of the ancient belief that the relative proportions of the four bodily humours changed according to the seasons (see 7401–32/8487–518): 'Now the quantity of phlegm in the body increases in winter because it is that bodily substance most in keeping with the winter, seeing that it is the coldest. . . . During the summer, the blood is still strong but the bile gradually increases' (John Chadwick and W. N. Mann, *The Medical Works of Hippocrates* (Oxford, 1950), pp. 206–7; see further Klibansky et al., *Saturn and Melancholy*, pp. 9–10). It is evidently this belief that lies behind the advice given in 7259–72/8339–54 that in winter a man should take a woman of hot constitution to offset his cold (7265–6/8345–6) and in summer a woman of cold constitution (*colde of kynde*) to offset his heat (7271–2/8351–4).

7268/8348 'et rent sa chalour en terre'.

7273–80/8355–62 This passage reflects the ancient belief that the relative proportions of the four humours in the body changed also according to one's age (see Klibansky, pp. 10–11).

7276/8358 *moyste guttes*: 'entrailles musies (froides F2)'.

7280/8362 The last line replaces the concluding comment in F, 'et autretel de l'ome a la fame'. This question is followed in F by one discussing variations in skin colour after sleeping.

7285–6/8367–8 *þat . . . holde*: not in F.

7288/8370 *Alle þe colours/colres*: 'les autres coles'.

7289/8371–2 *brenne/haue . . . welde*: 'il sormontent les autres coles'—L closer.

7295–6/8379–80 'et le font trambler en guise d'un lampement qui de l'air vient'.

7297–324/8381–408 Q. 241, the physics of sight: cf. *De philosophia mundi* iv. 26.

7303–13/8387–97 Not in F.

7317,18/8401,2 *braynes/beam*: 'la ceruelle'—B correct.

7325–6/8409–10 Q. 242: 'Por quel raison puet parler vn seul por plusors et dire "nos"?'—B correct.

7335–8/8419–22 Not in F.

7339–40/8423–4 'Ce sont iij en j et por ceste raison les saiges quant il parlent si dient "nos"'—B closer.

7341–2/8425–6 Q. 243: 'La mer se puet amenuisier?' L *yvenquisshed* (presumably 'exhausted') here replaces the more accurate *ymenvsed* (cf. T *amenyshid*) in the Table of Contents L1528.

7353–4/8439–40 'la terre touz iors souspire l'aigue d'abisme et la gette en la mier'.

7360/8446 After this line the English omits a question on bedwetting and infertility.

7369–74/8455–60 The 'matter' versus 'shape and life' argument is a recasting of the equivalent passsage in F, in which the woman is treated as the receptacle in whose womb the man's seed grows, on the analogy of a tree-seed planted in the earth: 'l'arbre est son pere, la terre est sa mere qui le garda et le nori, et sans l'un et sans l'autre ne puet estre: mais plus se nomme de l'arbre dont il a este que de la terre on il a este plante'. The English treatment appears to be derived ultimately from Aristotle's doctrine that the male supplies the 'form' and the female the 'matter' of the embryo. See *Aristotle: Generation of Animals*, with an English translation by A. L. Peck, Loeb Classical Library, London, 1943, rev. 1953, 729 a 11: 'The male provides the "form" and the "principle of the movement," the female provides the body, in other words, the material.' See further Peck's discussion in the preface to his translation, pp. xi–xv.

7387/8473 *colours*: i.e., *cholers*, but the meaning here cannot be 'cholers' in the usual sense since neither blood nor phlegm is a kind of choler; it might be 'colours', given the black, white, and yellow of 7390–2/8476–8 (cf. 3342,4/4244,6 n), but this is doubtful, since the colour of the blood is not mentioned in 7389/8475; the only satisfactory sense here is 'humours': 'A man has four humours deriving from the four complexions: blood, melancholy, phlegm, choler'. This use of *colours* (i.e., *cholers*) in the general sense 'humours', which has not previously been noted in English, is borrowed directly from the French: 'Il i a iiij manieres de coles au cors de iiij complexions: primier sanc, secont coles noires, li tiers fleumes blans, le quart coles jaunes'. (For this general sense of *cole* in OF, not recorded by Godefroy, see Greimas, s.v. I. *cole*, *colre*, *n. f.* ou *m.*, 2.). The situation is confused in both French and English by the occurrence of the specific immediately after the general sense: in 7390,2/8476,8 *colour* is specifically 'black choler' ('coles noires', melancholy) and 'yellow choler' ('coles jaunes', choler).

7400/8486 F here contains a passage describing in detail the effects of an excess of each of the humours in turn, together with antidotes. The rest of the answer thereafter is omitted from F2.

7401–32/8487–518 Seasonal changes in the humour predominating: see 7259–60/8339–40 n.

7407–8/8493–4 Here and in specifying the duration of each subsequent quarter (7415–16,23–24,31–2/8501–2,9–10,17–18) F states that the time lasts from the 24th of the first month named to the 24th of the third month following.

7409,18,26/8495,504,12 The comments characterizing each season are omitted in F.

7439/8525 *That*/*Fatt*: L *Fatt* has no equivalent in F and (though understandable in the context) is evidently an error for *þat*, correlative with *þat* in 8527.

7455–6/8541–2 Proverbial?—Whiting, *S296.5 The Sick may not suffer what the whole may. F adds that if it were not for the weakness of the sick man's stomach one would give him 'la char de buef et dou bufle qui a grant sustance de force en elle' (cf. 7445–8/8531–4).

7456/8542 The English here omits a question asking why a man is hungry in the morning after an evening meal but full if he has not eaten the night before.

7457–82/8543–76 Q. 247, digestion: cf. *De philosophia mundi* iv. 19.

7474/8562 *vnto/norissheþ*: 'La tierce va au cors et as membres et au sanc'—B closer.

L8568–70 Proverbial: Whiting, M459 Measure is medicine (*varied*) (cf. 9210–11/10436–7).

7477/8571 *brayn/brenne*: not 'ash' (as in Nichols, 'Medical Lore', p. 172) but 'bran', translating F *fumier* 'dung'.

7485/8579 I.e., 'by consuming a large quantity of bread or liquid' ('par englotir aigue ou maschier pain'). L *ytake* is written in the manuscript with the initial *y* detached (as is the usual practice with past participles with initial *y*- in L), giving rise to the misreading *licoury* 'liquorice' in Nichols, 'Medical Lore', p. 169.

7492/8586 F adds: if the bone goes down with the piece of meat, swallow the thread as well; if not, proceed as in 7493–6/8587–90. This method of extracting a bone may sound far-fetched, but Dr J. D. Fotheringham of Kensington Gardens, South Australia, has been kind enough to draw my attention to an instance of its continued use in this century: 'About twenty years ago, one evening, a girl of about 14 years of age was brought to me by her father, who stated she had a bone stuck in her throat. The girl was holding the end of about 3 inches of black cotton which was coming from her mouth. The story was that the family was having roast rabbit for the evening meal & it was a common practice for the legs of the rabbit to be tied together with cotton before being cooked. I feel she must have been pretty ravenous to have swallowed a piece of bone still tied to the cotton. I gave the cotton a few tentative tugs without being able to dislodge the bone, & feeling that the cotton was too good a life line to ignore, I got the girl to hold it again while I telephoned a colleague who specialized in Ear, Nose & Throat problems. His suggestion was to tie another two feet of cotton on to the piece she was holding, then give her something soft, such as a little bread moistened in milk, to swallow. As she did this I was to pay out the cotton & hope that the bone (as it went further down) would turn endways instead of across her gullet, & I should then be able to haul it up. The manœuvre worked beautifully & immediately after the first swallow I was able to retrieve a piece of rabbit leg bone at least an inch & a half long. Apart from a slight soreness in her throat, the girl appeared to have no after effects, but how on earth she managed to swallow such a large piece of bone without biting on it or even feeling it in her mouth, I will never know' (private communication, 27 June 1990).

7501/8595 *speryng/shitting of þe body*: 'por le reflambement dou cors dentre'—picked up a little later in 7507/8601 *And it lye/ligge hote*.

7516/8610–12 The brief conclusion in F draws attention again to the effect of heat: 'les humors et l'ordure se chaufent, si puent'.

7524/8620–2 F explains 'car toute saleure si est de nature d'aigue'.

7436/8634 The English here omits a question asking whether women have testicles.

7546/8644 *wode(s)*: not in F. The sense is possibly 'rage' (OED †Wood, *v.*[1]), but since such vehemence is out of character for toads, we more probably have here a previously unrecorded form of the present tense of *wade* (OE *wadan*), formed on the pt. stem *wod*, in the original (and less colourful) sense, 'go, move' (agreeing with A *stere*).

7553–4/8651–2 'Nequedant *trop de* vermes au cors font mal grant' (italics added).

7561–2/8659–60 *sowyng . . . weuyng*: B keeps to the order in F; L has it reversed. (Similarly in 7575–80/8673–82 below.)

7571/8669 No direct equivalent in F. L *fyre* appears otiose, but can make sense: 'just as iron cuts the wood like fire'. B *stereth* 'controls' (MED *steren*, *v.*(1), 2.) makes a kind of sense but is more probably an error (shared by all type II MSS containing this question) for *shereth* 'cuts'.

7585–606/8687–708 Q. 253: follows Q. 254 in F.

7601–6/8703–8 Proverbial?—see 4157–62/5117–22 n. The English emphasizes reward for the doing of good deeds, the French rather for the abandoning of worldly delight and joy.

7607–8/8709–10 Q. 254: 'Porroit l'om vaintre la volente dou siecle?'—B closer.

7621/8723 Proverbial?—Whiting, *G152.5 To kindle like a Gleed.

7628/8730 Followed in F by a discussion of the mental and physical suffering which results from acquiescing in one's 'folle pensee' rather than resisting it.

7631–2/8733–4 Not in F.

7637–8/8739–40 'aucunes gens naistront'—when this will occur is not stated in F.

7639/8741 *in here tyme/lawes*: 'par lor soutillance' (cf. TAS *sawes*).

7644/8746 *they shull/some (reken . . . amis(se))*: 'de ce falliront il'—B correct.

7648/8750 I.e., 'but that [the thousand years between Lucifer and Adam] is not to be counted as one of those [the seven generations of the world]'. This precise sense of the verbs *nempne* and *nevene*, synonymous with *reken(e)* in the preceding line (MED *rekenen*, *v.*, 4.(a) 'To include (sb. or sth. in a certain group or class)') or with *count* as in F 'ne doiuent estre contes' (MED *counten*, *v.*, 1.(b) 'to reckon (sth.) among, include (sth.) in'), has not previously been recorded; it is, however, a natural semantic development for words with the primary sense 'to name' (cf. B4954 n).

7655–6/8757–8 Not in F.

7659–60/8761–2 'le nes est au cors ausi come le soleil au ciel'—L correct (also A).

7665–8/8767–70 The emphasis in F is rather different: loss of the nose makes one ugly, but loss of a hand is more damaging.

7666/8768 *Eye or/Heer*: 'vn des ieus'—B closer.

7677/8779 *(withoute) hym/wynd*: 'Et nulle chose sans Dieu ne puet uiure'—B correct.

7685–6/8787–8 Not in F.

7687–8/8789–90 Q. 258: 'Le feu coment se voit et ne se sent ne ne se puet prendre ne tenir?'—B closer.

7689–92/8791–4 'Le feu l'om prent, il a aucune substance, mais li drois feus si est la flama'—this explains 'wood and turf' as the fire one can hold, which has a certain substance but is not the true fire; however, it gives no help with the word *glewme* in L8794. The latter is perhaps a noun, a survival of OE *gleomu* 'splendour', known only from line 33 of *The Ruin*; *so glewme* would then mean 'like a radiance'. More probably, however, in view of B *glowe*, it is a form of the rare verb *glomen* 'to glow' (one example only in MED, although OED has several examples of the adjective from this verb under *Glooming, ppl. a.*[2]), re-spelled to give a visual rhyme with *lewme*.

7694/8796 *his kynde*: F adds 'et si est espirituel'.

7700/8802 Followed in F by a question asking which are better able to abstain from sex, those who have experienced it or those who have not.

7701–2/8803–4 Q. 259: 'Por quoi se dist "pucel" et por quoi "uirge" et qui est plus digne des ij?' The answer in F applies to both men and women; the English restricts it to women.

7707/8809 *seen/seem*: equivalent to *ieux* in F, which keeps to nouns where the English changes to verbs—B closer; L doubtless an error for *see in*, but *seem* in the sense 'think' cannot be entirely ruled out, although it repeats *þoght* from the preceding line.

7711/8813 *for drede/fro dede*: 'qui n'est corrumpu de son cors'—L closer. The heavenly reward of the following line occurs later in F, but there is no mention of dread.

7717–20/8819–24 An expansion of the statement with which the answer opens in F: 'Uirge est asses plus digne que pucel'.

7721–50/8825–54 Q. 260, men's and women's sexual capacities compared: cf. the discussion in Vincent, *Spec. nat.* xxxi. 5. Here the question is, 'Cum autem mulier naturaliter frigida sit & humida, vnde potest accidere quod viro feruentior in libidine?' Vincent (citing William of Conches) responds by comparing women's lust with wet wood, which is more difficult to ignite than dry wood, but burns for longer and with greater heat. He adds that whereas sexual pleasure is single in men, arising solely from the ejaculation of semen, in women it is double, arising both from the ejaculation of seminal fluid and from the (cold) womb's pleasure at receiving the (hot) semen. For further discussion of this question, dealing particularly with the ancient belief that a woman's constitution is colder than a man's (7726–8/8830–2) and with the connection between the predominance of heat or cold in the body's constitution and the presence or absence of sexual passion, see Burton, 'Reproduction', pp. 296–301; for problems of definition raised by *hot* and *cold* (passim) and by *note* (7738/8842) see also 'Drudgery', pp. 27–8.

7721–4/8825–8 'Qui puet plus souffrir de luxure, l'ome ou la fame?' 'La fame se puet mieux souffrir de ce fait que l'ome': the English gives quite the reverse of the meaning in F, which asks 'Who is better able to abstain from lechery, man or woman?' and answers 'Woman can better abstain from this act than man'.

7729–32/8833–6 'l'om est de plus chaude complexion que la fame et celle volente est plus souent a l'ome que a la fame'—B closer; L appears to reverse the situation, making women the desirers, but there is some justification for this later in F in the comment that 'la fame est plus chaude de volonte et de corraige en ce fait que l'ome'. Neither English version quite reproduces this direct antithesis, that men have the hotter constitution, women the hotter desire.

7737–50/8841–54 F gives two reasons for the greater intensity of woman's pleasure as compared with man's (only the second of which is reproduced in the English): (i) she reaches orgasm (*se corront*) much less frequently than man, (ii) she does so much more slowly than man; but what she lacks in speed and frequency, she makes up for in intensity—'la fame a plus chaude volente et plus se delite en [c]e fait que l'ome, car elle art plus en ce fait que l'ome por ce qu'ele ne se puet corrumpre si tost ne se souent'. (This rendering of *se corrumpre* as 'to reach orgasm' corrects the error of Burton, 'Reproduction', p. 297, where it is taken in the moral sense 'to be corrupted'.)

7742/8846 *gete*: see Glossary, *gete v.*[3] The rhyme suggests derivation from OE *geotan* 'to pour'; the French suggests derivation from F *jeter* 'to throw' ('celle volente li est passe com le feu qui art et l'ome li gette de l'aigue desus').

7751–70/8855–74 Q. 261, the nourishment of the foetus: cf. *De philosophia mundi* iv. 16.

7754/8858 Not in F. L *leneþ* might equally be read *leueþ*, which could be (i) 'lives', as in B (in which case *feding* is a pr. p.), or (ii) 'gives or grants' (in which case *feding* is a vbl. n.—'God . . . gives it food'). The rhyme with *mainteneth*, however, makes *leneþ* the best reading, yielding the sense 'lends', i.e., 'gives or grants', just as for (ii) (cf. 5751/6741 n); and doubtless B *lyveth* is descended from the reading *leneþ* in an earlier MS.

7755–8/8859–62 'mais sa norreture si est dou sanc que il boit par le buel dou nombril'—'its food comes from the blood that it drinks through the umbilical cord [lit. the gut of the navel]'.

L8864 *deuyed*: not *denied* (as in Nichols, 'Procreation', p. 177) but a form of *defied* 'digested' (MED *defien*, *v.*(2)) with voiced medial fricative. F does not speak explicitly of digestion, but says that the child lives from the food, water, and air the mother takes in, which come to it through her blood.

7765–6/8869–70 I.e., 'That blood is the source of her menstrual discharge'.

7773–4/8877–8 F specifies sexual misconduct: 'Se ta fame ou ta fille ou ta cousine fet aucune folie de son cors. . . .'

7782/8886 *discrye/discouere*: 'descoures'—L closer.

7783/8887 *rule/repreue*: 'elle sera ahonte', i.e., 'she will have shame heaped on her'—L closer; the sense in B must be 'all and sundry will be able to lord it over her'.

7785–8/8889–92 A replacement (along the lines of questions 86 and 353) of the concluding section in F, which first continues the sentiment of 7777–8/8881–2 and 7782–4/8886–8 by saying that if you spit skywards you can expect to get a wet face, then goes on to warn against meddling in the affairs of women who are not your relatives.

7788/8892 Proverbial?—Whiting, *R194.5 Let not (your wife) have too long a Rope.

7791–816/8895–922 'Tu ne dois mie jelousier ta mollier en nulle guise dou monde, car si ta mollier est bone fame et loaul et tu la jalouses, tu la fais deuenir mauaise fame'. The expansion in the English replaces a passage in F declaring that a good woman is more to be prized, loved, and honoured than a good man, as a crane is more to be prized than a falcon.

7800–4/8906–10 Proverbial?—Whiting, *J22.5 Jealousy makes a wicked wife of a good one.

7805–10/8911–16 Expanded from 'Et se tu jalouses la mauaise fame, elle fera pis en ton despit'.

7813–14/8919–20 The equivalent passage in F warns against reproaching one's wife for her past folly, for fear of relighting old fires. The wording in L presents two difficulties: (i) the meaning of *Priuely*; (ii) the referent of *his* (the dead husband? the wife's *wille*?). If the sense intended is the same as that in B, *Priuely* may be an error for *Priued of* 'without' (MED *priven*, *v.*, (b)): 'then she may perform her wicked will without his [or its] reproaches'; but this seems unlikely, since a wife of this temper would hardly feel herself 'deprived' by the lack of such rebukes. If *Priuely* is an acceptable reading and if *his rebuking* can be taken in apposition to *hir wicked wille* in the sense 'what he [the husband] rebuked her for', the meaning might be 'then she may, without being seen, perform what he rebuked her for—her wicked will'. Neither interpretation carries much conviction.

7815–16/8921–2 The English replaces F's concluding comment that the reverse applies (i.e., that women should not be jealous of their husbands) with a further comment on the man's situation; cf. 7280/8362 n. F follows with a second question on jealousy, advising a man how to behave when he is certain of his wife's indiscretions, but warning him against acting on suspicion alone.

7821–2/8927–8 'seroit trop se tu creusses ce que tu penses de toi meismes'—B closer; L *often vile* has no basis in F.

7839–40/8945–6 'les humors . . . le fait aucune foiz pensier de sa nature ou bien ou mal'—L closer; there is no equivalent for *lesyng.*

7843–60/8949–66 Q. 265, on going grey: cf. William of Conches, *Dialogus de substantiis physicis* (Strasburg, 1567), pp. 273–4.

7847/8953 *here/oþer (birthe)*: 'au point que il est nes'—B correct; L doubtless an error for *þer* 'their'.

7851–2/8957–8 'qui est de la nature de l'aigue. Car l'aigue par nature est blanche et si reuerdist toute chose'.

7854/8960 *grayhered/greyhored*: 'tost chanus', i.e., 'soon white-haired'.

7855/8961 The sense in both B and L is 'some will go grey sooner than others' (see Glossary, s.v. *er(e)*, *rathe*), translating '(. . . deuenent tost chanus) et les vns plus que les autres'.

7859/8965 Whereas B speaks of greyness occurring later for those born [when the moon is] in mid-sign (as part of the progression: soon, later, latest), and L merely reiterates that those born then will go grey, F claims that those born then will become whiter than the others, 'plus chanus que les autres'.

7860/8966 *laste/most*: 'Cil qui sont nes en l'issue de la lune en cel signe tardent plus d'estre chanus que les autres'—B correct.

7861–90/8967–96 Q. 266, on baldness: cf. *Dialogus de substantiis physicis*, p. 273.

7865–70/8971–6 I.e., when the planet governing at that time is conjunct with the sun in Leo.

7887/8993 *latter . . . ere*: 'les vns plus que les autre'—i.e., it is a question in F of the degree of baldness, not of the time at which one goes bald (cf. 7859/8965 n).

7889–90/8995–6 'si come l'antree et l'issue et la demourance de la planete'—B closer.

7891–2/8997–8 'Coment se partent les xij signes as vij planetes et de quel complexion et nature sont?' F's source for this question and answer is Albumasar's *Introductorium in astronomiam* vii. 9 (see Introduction, p. xlvi).

7897,906,8/9003,12,14 The English versions have erroneously reversed the positions of Scorpio and Capricorn, which should correctly be placed (as they are in F and Albumasar) under Mars and Saturn respectively.

7913/9023 *hote/colde*: 'Libra qui est froit et sec'—L correct.

7920/9030 *wonte to be/haue she*: 'Si a j signe, Cancer'—L correct.

7922/9032 Not in F.

7923–6/9033–6 'Quant la planete qui governe le monde passe par les signes et la persone soit ne en quel signe qui soit, celle persone sera de la complexion des signes et de la nature a la planete selonc l'ore et le point'. This is clearer than the cryptic conclusion of the English. The separation of *kynde* into (i) *complexion*, i.e., in this context, physical constitution (hot, cold, moist, or dry), (ii) *nature*, i.e., temperament or character, repeating the wording of the question in F, makes the roles of the planets and the signs more distinct: one's physical constitution will be governed by the 'complexion' of the sign under which one is born, one's character by the planet that rules that sign.

7926/9036 Followed in F by a question on the engendering and birth of heirs to kings and lords.

7927–8/9037–8 'Coment vont les biens en ciel en haut deuant Dieu et le mal en bas en enfer deuant le diauble?'—B closer. The bulk of the answer to this question in F (om. in F2 and in the English) is taken up with an analogy between the reception given by townspeople to a robber-murderer on the one hand and to a man who had saved another from drowning on the other and the reception given to bad and good souls in the next world.

7929/9039 *after his dede*: more probably 'according to his deeds' than 'after his death' since the latter occurs in the next line, explicitly in L, by implication in B.

7931–5/9041–5 Expanded from 'cil qui le bien fait'.

7936–42/9046–52 The guardian angel in the English replaces simply 'les angels' in F.

7951–2/9061–2 Not in F.

7953–78/9063–88 Q. 269, guardian angels: cf. *Les Prophecies de Merlin*, ed. Paton, i, 86.

7955/9065 *Ye/Sire*: 'Oil'—B correct; *moore/sore*: 'durement'—L correct (also TS). In the remainder of the answer F emphasizes the angel's guardianship rather than his teaching (7961–2/9071–2), personalizes the *wykked eggyng* (7963/9073) in the form of a robber attempting to steal the angel's charge, and speaks of the angel's shame if he fails to retain his charge (7967/9077).

7977–8/9087–8 Not in F.

8023,5/9133,5 *he*: B correct; L om. in error—'Cel prodome desirre toz iors la uenue dou seignor. . . . Ciaux d'enfer ne volroient iamais la uenue dou vray prophete'.

8043/9155 Followed in F by a brief comment explaining that before the coming of the Son of God no souls are in fact in paradise, but all are in one of two hells—his friends in the upper, his enemies in the lower: upon his coming they will be dispatched to paradise, to purgatory, or to hell proper (cf. 8089–94/9201–6).

8045–6/9157–8 Proverbial?—Whiting, *O34.5 Better One care in hell/prison than two outside.

8057–8/9169–70 'Car nul esperist ne peut auoir nul delit ne nule ioie en chose corporele'—B closer.

8061–2/9173–4 F designates the soul, fire, and wind as 'spiritual' because they cannot be taken and held (cf. questions 257–8); hence souls must go to spiritual glory with the angels or to hell 'en la flame dou tranchant feu qui est meismes espirituel'.

8063–4/9175–6 Q. 273: 'L'arme est greue chose ou liegiere, ou soutille ou graille, ou blanche ou noire?' The second pair of alternatives, 'transparent or opaque', accords better with 8071–6/9183–8 than does the translator's 'great or small' (although the latter fits well enough with 8069–70/9181–2); 'white or black' is closer to 8077–80/9189–92 than the English 'dark or bright'.

8065–8/9177–80 F has 100,000,000 spirits (the numbers in this answer, as elsewhere, being far greater in the French) hanging from a hair stretched between two walls or two trees without its breaking.

8068/9180 *swhifte of thought*: not in F. The A reading (*as* for *of*) is proverbial (Whiting, T233).

8069/9181 *Vnder*: a nice alteration to accompany the translator's 'great or small'—F has 'sur', and continues with the idea of weight.

8077–80/9189–92 The English omits the French simile for a (good) spirit (as white as snow), substituting its own for a bad spirit (as black as pitch: Whiting, P233; cf. L10176).

8082/9194 *downward*: i.e., 'en abisme d'enfer'.

8093/9205 *Holly/Swifly*: 'tous'—B closer.

8094/9206 '(en enfer) en celui de haut et en celui de bas'—see 8043/9155 n.

L9213–18 Not in F.

8103–8/9219–26 Developed from F's brief comment that after the death of God's Son 'les bons qui font profist a Dieu isnelepas qu'il se desirront de lor cors si s'en [ir]ont en paradis celestial'. The English insistence that 'nevertheless . . . they go via purgatory' (8107–8/9225–6) contrasts with F's claim that only those who are not worthy to go 'droit en ciel' proceed via purgatory, and indeed contradicts its own equivalent claim that there are some who go directly to heaven (8106/9224).

L9227–52 An insertion without basis in F (apart from 9241).

8115/9259 *two(o)*: F adds 'uirge et uirgine'.

8117–18/9261–2 Reduced from the equivalent passage in F, which follows that on the Virgin Mary, and describes more explicitly (without naming him) the assumption of John: 'L'autre sera la uirge a qui le vrai prophete commandera la virge sa mere quant il sera mis en croiz; cil se metra touz uis au monument et une nue de par Dieu l'enportera droit au ciel et en son leu mettra manne'. (See John 19: 26–7.) Christopher Bright points out that although the assumption of John (based on John 21: 20–3) is not official Church doctrine (and is not described in the English), its popularity in legend is evidenced by its depiction on a boss in the cloisters of Norwich Cathedral, reproduced in Edward G. Tasker's *Encyclopedia of Medieval Church Art*, ed. John Beaumont (London, 1993), representation 5.20, p. 101.

8122/9266 'si digne ueiseil cui le filz de Dieu portera en soi'—B closer.

8124/9268 F adds that the earth is not worthy to contain a body deemed worthy of containing within it the Son of God.

8125–8/9269–72 Q. 276: 'Nostre sires Dieu met les vns en ciel et les autres en enfer; por quoi donc fera il le iugement et a qui venra iugie[r]?' The point of the question as thus worded is clear enough: if souls are judged upon the death of the body (as stated in Q. 274) why is a second judgement needed? Who is left to be judged? This is obscured in both English schools by the rhyme-word *queme*: only slightly in L, where the emphasis is directed towards those who will be pleased at the second judgement; rather oddly in B, through the reversal of *queme* and *deme*, so that *dome* is personified as an entity whom God gratifies by judging people. The answer is treated very differently in the French and the English. The latter emphasizes the re-unification of body and soul for and following the judgement, so that joys or pains felt previously only by the soul will thereafter be felt by both; the former dwells on the fulfilling of joy or pain at the judgement through the self-recognition of the judged.

8141–2/9285–6 Proverbial: see 1998/3046 n; not in F.

L9299–300 Proverbial: Whiting, D278 Do well and have well.

8153–70/9301–18 Q. 277, the fate of children who die young: cf. *Elucidarium* ii. 42–3. The question in F reads simply 'Les petis enfans seront il dampnes?'

8156/9304 This line carries over from the previous answer in F the idea of self-recognition at the judgement. The argument is that since children do not know the difference between good and evil (8159/9307), they cannot recognize their wrongdoing and will therefore not be damned. The English is, however, unable to reproduce the play on *conoistre* and *reconoistre* with which this is made clear in F: 'chascuns sera dampnes selonc sa *reconoissance*; ce est a entendre des petis enfans qui encor riens ne seuent, ne le bien ne le mal ne *conoissent*, tels gens ne seront mie dampnez au iugement dou fil de Dieu' (my italics).

8163–70/9311–18 The English follows neither F nor F2, but is closer in spirit to F: 'Se il deuoient uenir a la creance dou filh de Dieu, se seroient il en tenebras', i.e., children who would have come to the faith (had they lived) will be 'in darkness' (which accords with the answer to Q. 279). To this the English has added death before birth, loss of joy, lack of pain (see Q. 279), or indeed of any kind of feeling; and has embellished *tenebras* by turning it into 'a dark hole' (for B *luffre*, for which I take MS *luttre* to be an error, see Glossary). F2 is different, claiming that children who would *not* have come to the faith will be 'in darkness', and adding the possibility that some will be 'in glory': 'et selonc la creance en quoi il morront seront les vns en tenebres et les autres en gloire'.

8171–90/9319–60 Q. 278: only loosely based on the French. Both English versions reduce the emphasis in F on Adam and Eve's part in opening the road to hell; L adds three characteristically admonitory passages, on heaven (9335–40), hell (9343–50), and purgatory (9353–8). Nevertheless the English versions both retain the basic premisses: that there are two 'cities' in the next world, heaven and hell; that all souls (after Adam's sin) go to hell (cf. 8089–94/9201–6) and will remain there until Christ's death (by which he will rescue Adam and his friends); that thereafter they will proceed by one of three routes, directly to heaven, to heaven via purgatory, or (back) to hell (cf. 8095–106/9207–24, 9241). The wording of the couplet 8183–4/9331–2 confuses the English somewhat by seeming to imply that there are *three* 'cities' ('Then men will find three routes, each one [leading] to a different city'), i.e., that purgatory is considered a third city; this difficulty does not, however, arise in the French, where there are clearly only two cities but three ways of getting to them (two to heaven and one to hell).

L9330 *ynome*: possibly pp. if *hath* has been omitted in error (cf. B), but since L contains other infinitives in *y*- (e.g. *yse(e)* 6162, 8280) and MED has inf. forms of *nimen* with *-o-*, there seems no reason not to accept *ynome* as a legitimate inf. form.

8199–200/9369–70 Cf. 8167–8/9315–16.

L9371–2 Proverbial?—Whiting, *G236.5 God sends meal as men have hunger (cf. G227).

8201/9377 Q. 280: preceded in F by a question on the fate of those who (will) have done much good and little evil, a question distinguished by the unusual prefatory comment, 'Cest chapistre est encontre toutes les nations qui dient qu'il n'est point d'espurgeor'. The answer reiterates and expands much of the material in the preceding few questions: from Adam to the death of Christ all souls will go to hell, the good to the upper hell, the bad to the lower (cf. 8089–94/9201–6); Christ will rescue those from the higher, but those in the lower will never get out; before going to heaven the good must be washed of their vices (however tiny) in purgatory.

8203–4/9379–80 The second half of the question reads in F 'et les homes se fuissent assambles o les fames charnelment en paradis?' This is answered in the English, in spite of the rewording of the question, in lines 8213–18/9389–96 (based on *Elucidarium* i. 74–5 and 79–80).

8211/9387 *on heuene hye to shyne/oone of heuene hyne*: 'come angle'—L correct.

8227/9405 *Tyll/But oone*: 'en Paradis n'ot que i sol pechie, celui que Adam fist'—L closer.

8231–2/9409–10 Not in F.

8242,6/9420,4 Not in F.

8252/9430 For the appropriateness of thirty as the age at which Adam was created see Cross and Hill, pp. 70–2, commentary on *SS* 10.

8253–6/9431–4 Q. 283: both English versions get the question wrong. B has heaven and hell reversed (8254–5); L has hell twice; neither includes the proposition that after the day of judgement there will be no time to be cleansed in purgatory (since purgatory will cease to exist). Cf. F 'Cil qui morront quant le filz de Dieu venra iugier le monde et n'auront deserui la poine d'enfer, ne ne seront dignes d'aler en paradis et n'auront espace de lauer lor uices en feu d'espurgeor, seront il quites por ce ou que auenra d'iaus?'

8270/9448 *dedes/daies*: 'tous les iors'—L correct.

8278/9456 Not in F.

L9459 *Bodily*: a legitimate form for *Body*—see Glossary.

8281/9459 *bright*: not in F. The context requires the sense 'keen-sighted' (MED *bright*, *adj*., 4.(a)).

8292/9470 Not in F.

8293–4/9471–2 Q. 285: 'Qui fu avant, le cors o l'arme, et coment est envoie au cors?'

8296–300/9474–8 Developed from F's comment that God 'ordena et estaubli' all things which were to be 'dou comencement dou monde'.

8301–8/9479–86 The English account, that the man's 'seed' shapes the (woman's) 'matter' (see 7369–74/8455–60 n) and that the planets give shape to each organ, is a little different from that in F, in which the planets shape the seed itself (although not markedly different if *esclate* is taken in the sense 'offspring'): 'Quant home engendre en la fame, celle esclate la forme par la volente de Dieu les vij planetes'.

8309–10/9487–8 I.e., Saturn shapes it into something like a piece of flesh: 'Premieras Saturno le fait prendre et deuenir come vne piece de char'.

L9490 *remedie*: i.e., 'make good (by completing what is so far incomplete)'. The sense is a (previously unrecorded) variation of the word's normal current sense 'to cure (a disease); to put right . . . rectify, make good [sc. something . . . which is wrong rather than incomplete]' (OED *Remedy*, *v*., 2.). This example is cited in MED, s.v. *remedien*, *v*., (b), although none of the definitions given quite fits this use.

8315/9503–8 'Mercurius li forme la langue et le membre et les coilles' (F and F2), ' . . . la langue et le vit et les coulles' F3: thus *membris* are evidently 'sexual organs', which is clear enough in L but concealed in B. Both English versions substitute 'sight' for 'tongue': it is possible that the translator's exemplar had a form of *vit* 'penis' (cf. F3), and that this was mistaken for a word derived from *voire* (Latin *videre*).

8316/9511 *hyde/skyn*: 'le poil', i.e., not skin itself but body-hair.

8317/9513 *These/þe sunne*: the sun, surprisingly, is not mentioned in F or F2, but the earlier mention of the seven planets (see 8301–8/9479–86 n) indicates that it was probably there in the original, so that L (supported by HA) is more likely to be right in this instance than B.

8338–44/9538–44 'Et qui volroit soutilment esgardier si troueroit que l'arme fu auant del cors por celle meismes raison qu'elle est de l'alainne de Dieu n'ost onques comencement ne fin n'aura et por ce ne puet elle morir'. This confirms B8339–40 and clarifies B8327–8: the body is made before the soul is put into it, but the soul exists before the body begins to be made (see further 8357–8/9557–8 n below). L *no blinke* is puzzling; indeed, whatever was written in the MS from which LH derive evidently puzzled the scribe of H so much that he left it out altogether, leaving the line without a rhyme word. If *blinke* is taken as a variant of *blench* 'trick', the line can make a kind of sense: 'For it existed by then (i.e., before that), no trick' (i.e., 'I'm not having you on'); but this suggestion is somewhat desperate.

8345/9545 *at(t) onys/oone for ay*: F specifies 'dou commencement dou monde'.

8351–6/9551–6 'Et quant le cors est forme au uentre de sa mere [l'ame est cree de Dieu ens en l'heure et entre en cel corps ou ventre de la mere] en tel maniere qu'elle ne puet estre ueable, et endementiers qu'elle est en cel cors se remue et s'esmuet' (bracketed clauses not in F or F2—but evidently in the translator's source—supplied from F3). It is apparent from this that L *hap* (9552), although it makes sense of a kind, is an error for *shap*, as in B (cf. *quant le cors est forme*); similarly that *in the wyff* (B8356), translating *au uentre de sa mere*, is correct, as against *ful ryf* (L9556).

8357–8/9557–8 Not in F. The couplet provides a further clarification of the body/soul priority issue: souls antedate the body in so far as they exist without beginning or end in God's breath; nevertheless the individual soul is not 'made'—i.e., has no separate identity—until the body is ready to receive it.

8359–60/9559–60 Q. 288: 'De quel part entre l'arme ou cors *de la fame et coment puet estre ij armes en j ventre*'. By omitting the words here italicized the English fails to make it clear that the question concerns the entry of a child's soul into the *mother's* body (thus failing to indicate the precise pairing of this question with the next). The question of twins is not considered in the English.

8367–72/9567–72 Expanded from the brief statement, 'l'arme . . . naist dedens cel cors par la nature que Deus li a donee ausi come le grain naist dedens le fruit'.

8373–96/9573–96 Q. 289: discussed in Burton, 'Reproduction', pp. 301–2.

8383/9583 *nought by sawes/faire and wel*: 'de ce poez veoir apertement'—L marginally closer.

L9584 *is tel*: MS *it tel* appears meaningless. I take *tel* as a form of *tyll* 'to' and *it* as an error for *is*: 'a woman that the death is to' will mean 'a woman whom death is upon'.

8385–90/9585–90 This account of the process of dying differs from that in the French, which speaks of a progressive *drying* as the soul retreats from the extremities (feet and hands): 'Primier li muerent les piez et les mains et se sechent pour l'arme qui se retrait enuers la bouche' (F2—F text garbled, but agrees on feet, hands, and drying). The popular belief in the process described in the English, a progressive cooling of the body from the feet upwards, is well demonstrated more than a century later from Mistress Quickly's description of the death of Falstaff: 'So a bade me lay more clothes on his feet. I put my hand into the bed and felt them, and they were as cold as any stone. Then I felt to his knees, and so up'ard and up'ard, and all was as cold as any stone' (*Henry V*, II. iii. 21–5). For other descriptions of the onset of death in ME (many mentioning the cooling of the feet) see R. H. Robbins, 'Signs of Death in Middle English', *Mediaeval Studies*, 32 (1970), 282–98; also under *Death—signs of* in the indexes to *The Index of Middle English Verse* and its *Supplement*.

B8390 *it neste*: there are several possibilities: if *neste* is an adv., then either *gooþ* has been omitted (cf. L) or *it* is an error for *is* (cf. A); but if the B reading is correct as it stands, *neste* must be a verb, an unusual form of the pr. 3 sg. of *neighen* 'to draw close to', or of a related verb formed on the superlative of *neigh*, meaning 'to go next'.

8395–6/9595–6 This couplet agrees with the earlier statement in F that 'nulle arme dou monde n'ist que de la boche' (cf. 8381–2/9581–2), but not with the contradictory concluding statement, 's'arme ist de sa bouche et puis de tout le cors de la fame, non pas de sa bouche tant solement, mais de tout son cors comunalment come le soleil se retrait de la uerriere'.

8397–8/9597–8 Q. 290: 'Dieux fist les choses et les nomma il et aprist les ars a la gent?'

8400/9600 In F God gives Adam 'sens et sauoir'.

8403–4/9603–4 In F Adam taught all creatures 'les ars et les mestiers qui estre deuoient por la uie de l'ome'.

8423/9623 *wexing*: i.e., 'size' ('having grown' rather than 'growing'), a sense not given in OED but a logical semantic development. Cf. F: 'Les gens sont grans et petis por l'ore et por le point en quoi il sont nes'.

8427/9627 *planete of þat yeere*: again used as shorthand for 'the planet that governs the world at that time'—'La planete qui gouernera le monde de quelque tens que il soit' (cf. 7865/8971). Similarly for 8437/9637 F has 'por la raison de la planete qui goruernoit le monde'.

8436/9636 Followed in F by the comment (prepared for in the English in 8425–6/9625–6) that a child born of a big mother is likely to be big.

8442/9642 F links the progressive diminution in size of worldly things to the thousand-year cycle of governing planets. This answer is followed in F by the question 'Lequel est le meillor art qui soit?', to which the answer is 'la letre'. Cf. Q. 106 (see 3893/4847 ff.n).

8448/9648 *somwhile/on som wise*: 'de mult de manieres'—L closer.

8467–8/9669–70 Q. 293: not 'who are the easiest people to cheer up [i.e., *to remove* from misery]?' but 'who are the most contented people (and the most) *free from* misery?', translating F 'Lesquels sont cil qui sont [plus] aaise que nulles gens dou monde?' For this sense of *easy* (not in MED, but close in sense to 'peaceable, calm', s.v. *esi*, *adj.*, 3.(a)) see DOST *Esy*, *Esie*, *a.*, 1. 'At ease; free from trouble'.

8469/9671 That *men* is the subject and *God* the object, as implied by the lines following, is confirmed by F: 'cil qui a Dieu s'apoient'.

8478/9680 F adds that it is impossible to have dealings with other people (except 'en tous biens') without becoming corrupted.

8485–502/9687–704 Q. 294, children born of wicked parents: cf. *Elucidarium* ii. 44. 'Father *and* mother' are 'father *or* mother' in F, in both question and answer, except in the passage equivalent to 8495–6/9697–8, which reads 'se il sont nes de bon pere et de bone mere'.

8497–500/9699–702 'et se il . . . en Dieu ne ueulent croire, ne son commandement faire, sachiez il lor nuist come il nuit au forment quant il est ars et puis semme'. There is no basis for *his frendes boght* (L9700); *enmure* (B8498) may derive ultimately from *ennuire* (cf. 'il lor nuist') but makes adequate sense as a form of *immure* in the sense 'imprison' (see Glossary).

8503/9705 Preceded in F by the two questions on delight (298–9 in this edition).

8503–4/9705–6 Q. 295: 'Doit l'om aidier a son ami ou a son uisin?' On the desirability of being helpful to one's neighbours see Whiting, N74 and 80; cf. 5978/6982.

8523–4/9725–6 Proverbial: Whiting, T315 There is a Time to speak and a time to hold still.

8525–6/9727–8 Proverbial: see 3147–8/4041–2 n. F says that to say one word is sometimes worth a thousand, and that *not* to say a word may sometimes be worth two thousand.

8528/9730 The emphasis in F is rather on the harm that may be done to others than on that which may arise for oneself.

8529–32/9731–4 Proverbial: Whiting, A59 Advise well before you speak (one example only); cf. Whiting, S575, 591, T366–7.

8534/9736 Proverbial: Whiting, T442 (cf. 10017–18/11309–10).

8540/9742 *cranes/crowes*: 'l'ome doit auoir col de grue lonc et noe'—B is, of course, correct, since a crow does not have a long neck; moreover, crows and ravens were renowned in medieval literature for their loquacity, not for their discretion (as in the Manciple's tale—see the comments of Robinson and of Scattergood in, respectively, *The Works of Geoffrey Chaucer*, pp. 762–3, and *The Riverside Chaucer*, pp. 952–3—and Gower's *Confessio Amantis* iii. 768–817). In F the neck is 'knotted' (*noe*) rather than many-jointed.

8543–4/9745–6 Doubtless intended to bring to mind the saying 'one may not call his word again' (Whiting, W605).

8544/9746 Followed in F by a discussion of the inadvisability of seeking the company of fools.

8554/9756 *sadder*: i.e., 'more serious', translating *plus pesant* ('weightier'), applied in F to the blood as well as the brains of the old.

8557–66/9759–68 This passage replaces an extended simile in F comparing an old man to a strong and firmly rooted tree and a young man to a sapling at the mercy of the wind. The first couplet in the English (8557–8/9759–60) may be proverbial—Whiting, *M256.5 The older a Man is the more time of lore (*learning*) he has had.

8564/9766 *by fer/to fer*: B gives the most appropriate sense, 'an old man ought to be wiser by far than any young man'; L *to fer* appears to mean 'as a companion' (cf. 7144/8218), yielding the sense 'an old man ought to be a wiser companion than a young', but this is somewhat forced.

8565–6/9767–8 This couplet in LH is clearly corrupt: since the preceding lines have shown that old men are superior in wisdom to young, it is nonsense to end by saying that the old can be overcome or outrun but the young cannot. The sense required (continuing the idea of an old man's superior wisdom) is (as in BA): 'The old may be outrun, but not outwitted', a common proverb in ME (see Whiting, O29), probably best known to present-day readers from Chaucer's use of it in the Knight's tale, *CT* I (A) 2449, in the form 'Men may the olde atrenne, and noght atrede' (also *Troilus and Criseyde* iv. 1456, with *wise* for *olde*). The wording in BA is unusual in two ways: (i) it uses the form *ofre(e)de*, which seems to have been found hitherto only in the earliest (and pithiest) recorded version (*c*1250), *The Proverbs of Alfred* 605–6: 'For þe helder mon me mai of-riden,/ Betere þenne of-reden' (Arngart, ii, 131); (ii) it uses different prefixes (*ouer-* and *of-*) for *renne* and *reede*, which reduces the neatness of the saying.

8567–612/9769–814 These two questions are placed earlier in F, following Q. 294.

8571/9773 F has children where the English has bodily ease.

8573–4/9775–6 F adds that even in poverty one may take delight in *some* things—'ou de uenir ou de faire ou de uoir'—provided that one is healthy.

8577–80/9779–82 In F the pleasure comes from the giving rather than from the kudos, 'car le prodome et li vaillant se delitent de presenter et de doner'.

8581–2/9783–4 Proverbial: see 3759–66/4693–704 n.

8583–4/9785–6 Proverbial?—See 3919–22/4875–8 n.

8585–92/9787–94 The passage on spiritual delight is not in F, which concludes instead with pragmatic advice to the generous man not to give so liberally as to be taken for a fool.

8593–4/9795–6 Q. 299: 'Lequele est la plus delitable uiste dou monde?'—B closer.

8604/9806 'en ce que tu desires a ueoir et a ce que tu aimmes'—B correct.

8608/9810 Not in F. Proverbial: see 5956/6960 n.

8613–14/9815–16 Q. 300: 'Por quoi fist Dieus a l'ome chiuaux et poil en son cors?'—i.e., head and body hair.

8620/9822 Not in F.

8626/9828 *alle þe lymes*: F makes it clear that it is specifically the sexual organs that are meant.

8630/9832 *noon other/anoþer*: B correct, Adam and Eve being jointly treated in F from 8625/9827 onwards.

B8632 *yatt*: a rare northern form of the pt. of *eten*, recorded for the Westmorland dialect in EDD, s.v. *eat*, v., 2 (1790); cf. *yete* B1321P. For a discussion of the development of prosthetic *y* before OE *eo* and *ea* (though not, as in the present instance, before *æ*), particularly in northern place-names, see A. H. Smith, 'The Place-Names Jervaulx, Ure and York', *Anglia*, 48 (1924), 291–6.

8636/9838 *Token of deth*: the French again puns on *mort* and *mordre* when speaking of Adam's bite (cf. 1467/2513 n): 'La pome que Adam mania fu celle que nos ueons qui porte les entreseignes dou mor[t] car elle estoit douce et sauorie, et quant Adam la mordi elle deuint aigre en sa bouche' (*mort* from F2 and V; F in fact has *mors* 'bite', an easy error in the context of apple-eating—but 'death' must be correct, part of the 'woo and sorow' (8641/9843) betokened by the bitterness).

8640/9842 *froo/had solace*: 'fu despollie de grace et de gloire'—B closer, with *solace* ('delight' or possibly 'glory') for F *gloire*. (Though not elsewhere recorded for *solace*, the sense 'glory' is found for the synonymous *joie*; see MED, s.v. *joi(e*, *n*., 5.(b).) L is evidently an error, but makes sense with *solace* as 'consolation', alluding to the doctrine of the fortunate fall, according to which Adam's sin was ultimately beneficial in bringing mankind greater happiness (through salvation) than the happiness of innocence; cf. *Piers Plowman* B. v. 490–2: '*O felix culpa! o necessarium peccatum ade! etc.*/For thourgh that synne thi sone sent was to this erthe,/And bicam man of a mayde mankind to save'. For a discussion of the origins of this doctrine and of its use by medieval and renaissance writers, culminating in Milton's use of it in book xii of *Paradise Lost* (462–78), see Arthur O. Lovejoy, 'Milton and the Paradox of the Fortunate Fall', *ELH*, 4 (1937), 161–79.

8667–72/9871–6 Much shortened from F, which explains the significance of each of the disabilities: dumbness to signify Eve's misuse of her tongue in having talked Adam into disobeying God; deafness—the ears that listened to the devil rather than God; blindness—the eyes that looked with longing on what God had forbidden; lameness—the feet that carried the hands that touched what God had forbidden. This is followed in F by a discussion of the part played by the signs Scorpio, Taurus, Aquarius, and Virgo in the production of (respectively) deafness and dumbness, blindness, lameness, and simple-mindedness or madness.

8672/9876 Followed in F by a question asking why God does not allow stillborn children to be born alive in order that they may come to the faith.

8682/9886 Not in F.

8695–6/9901–2 I.e., 'And free himself from sin through penance because of his alms-giving' (*louse*/*loos* being the adj. 'loose, free', not the noun 'reputation')—'l'aumosne les puet faire conuertir a Dieu et laissier lor pechiez se por Dieu la done'.

8696/9902 Followed in F by the question 'Doit l'om amer la seignorie?'

8697–724/9903–30 Q. 304, judges and executioners: cf. *Elucidarium* ii. 81–2. The English combines two separate questions in F: (i) Does justice (or a judge) sin in passing judgement on the wicked and does the person who inflicts the punishment sin? (Answered in the English in lines 8701–18/9907–24.) (ii) Do judges sin when (specifically) they condemn a person to torture or to death?

8701–14/9907–20 Only loosely based on F, in which the gist of the equivalent passage is that a judge would sin in *not* passing judgement on the wicked. In support of this position F repeats the 'beatitude' quoted in questions 49 and 211, based on Ps. 106: 3 (Vulgate 105: 3, 'beati qui custodiunt iudicium et faciunt iustitiam in omni tempore') (cf. B2193–4, 6557/7603 n, and 6583–8/7629–34).

8717–18/9923–4 'cil . . . ne pechent ne tant ne quant, ains lauent lor mains au sanc dou pechie'—B correct in 8718. F adds that those who are unjustly punished in this world will have the punishment deducted from that to come in the next.

8719–24/9925–30 F now answers (ii) (see 8697–724/9903–30 n) differently from the English, and as if answering a question on true and false judges: there is no sin in condemning a man to death if the judgement is 'a droit et a raison', but those who judge falsely will themselves be condemned to eternal torture in the next world.

8725–46/9931–50 Q. 305: cf. *Elucidarium* ii. 60. The answer in F is very brief, but the English retains the root idea, that congenital simpletons will be saved whereas those who reject God knowingly will be damned.

8726/9932 *And do(ne) evill/ille*: 'et n'ont sens de conuertir a Dieu'.

8747–66/9951–70 Q. 306, why/how children are quick to learn: 'Coment aprennent les enfanz plus que les viex' F2—L closer (*Coment* is omitted in F, presumably in error). Cf. *Elucidarium* ii. 84; see also Whiting, C219 'Seely child is soon learned' (where the implied contrast, however, is between good and bad children rather than between youth and age). The English answer expands the French, keeping the same general outline but altering the emphasis somewhat, so that the minds of the old appear preoccupied and cluttered, whereas in F they are 'wiser' than children and therefore less in need of learning.

8767–86/9971–90 Q. 307, guardian angels: cf. *Elucidarium* ii. 88–9 and *Les Prophecies de Merlin*, ed. Paton, i, 86. The English combines two separate questions in F: (i) Do angels keep guard over souls? (ii) How do angels know everything? The angel's role as the originator of man's good deeds is put more strongly in the English (8773–4/9977–8), and F makes no mention of man's freedom of choice (8777–80/9981–4) or of the inevitability of his choosing evil if left to himself (8785–6/9989–90; cf. Q. 200, 6307–8/7343–4).

8770/9974 Not in F.

8775–6/9979–80 F speaks of the devils who rejoice in our sins and mourn when we do good.

8781–4/9985–8 Cf. Q. 269, 7977–8/9087–8.

8787–802/9991–10004 Q. 308: cf. *Elucidarium* ii. 91. The English conflates two questions in F: (i) Are angels at all times on earth amongst men? (ii) How do angels appear to men?

8790/9994 *see/sette*: the equivalent passage in F has 'La . . . en ciel . . . gardent il les creatures'. L *sette* 'ordain' (MED *setten*, *v.*, 18.(a)) is perhaps taken over from Q. 307, 'En chascune gent . . . sont les angles qui gardent et gouernent et ordinent les droitures et les leus [loys F2] et le mours des homes'; B *see*, which appears at first sight to be an alteration of the sense in F along the lines of Q. 2—'angels can see everything but they can't be seen (cf. 959–62/1939–42)—may in fact be an accurate rendering of the first *gardent*—'angels keep watch over all things [MED *sen*, *v.*, 23.(a)] but cannot (themselves) be seen by bodily creatures'—in a couplet punning on the senses of *see*.

8791–2, 97–802/9995–6, 10001–4 Cf. Q. 284, 8281–92/9459–70.

8795–6/9999–10000 Proverbial?—Whiting, *T232.5 As smart(ly) as any Thought.

8797–800/10001–4 'si prendent cors de l'air par quoi les homes les puent ueoir et oir et entendre'—B closer.

B8801–2 I.e., presumably, 'But if that body did not create a false impression (i.e., the illusion of a body) [MED *lien*, *v*.(2), 1a.(d)], no bodily eye might see it'. F concludes by describing the great joy experienced by anyone who does see an angel.

8803–20/10005–24 Q. 309, devils as tempters: cf. *Elucidarium* ii. 92. The question in F reads: 'Sont les dyaubles agaiteours de tout ice que les gens font?'—B closer.

8808/10012 *walkyng*: ? an error for *workyng*; cf. F 'menistres que ia ne feront autre chose que les ames deceuoir'.

8820/10024 F adds that another tempter will be sent to replace the devil who failed.

8821–40/10025–44 Q. 310, purgatory: cf. *Elucidarium* iii. 8 and *Les Prophecies de Merlin*, ed. Paton, i, 74. The question in F reads: 'Quel est le leus qui est appellez espurgeor?'—L closer (unless the original read *feus* for *leus*).

8824/10028 F specifies that the pains will consist of very great heat and cold and many other sorts of pain, adding that the smallest pain in purgatory will exceed the greatest imaginable pain in this world.

8841–52/10045–56 Q. 311, how many souls will go to heaven: cf. *Elucidarium* iii. 11. There is a discrepancy between the English and the French answers: the English reply is 'as many as the angels that *fell from* heaven', the French (and that of the *Elucidarium*) 'as many as the angels that *remained* in heaven'. The English answer is supported by earlier references to the filling of the seats vacated by the fallen angels (e.g., 4207–9/5169–71); the French makes sense only if the number of fallen angels is *the same as* the number that remained, but that is not what is stated in the answer to Q. 158, 5275–96/6265–86.

8845–52/10049–56 Not in F. Repeated (more or less) from Q. 158 (see preceding note).

8853–98/10057–108 Q. 312, the miseries of hell: cf. *Image du monde* ii. 8, (Caxton's *Mirrour* ii. 18, pp. 105–9). The English is much shorter than F, which begins with descriptions of (i) the seizure of the soul by devils and (ii) the pains of upper hell, before proceeding to the pains of lower hell (8860/10064 ff.).

8856–7/10060–1 The two hells: cf. *Elucidarium* iii. 13.

8860/10064 ff. The nine pains of lower hell: cf. *Elucidarium* iii. 14–15. The English versions agree with the French on the first eight pains (both omitting a number of details and L adding others) but differ from the French on the ninth (see 8887–8/10097–8 n).

8875/10081 'La quinte poine si sont bateors qui batent'—B closer.

8876/10082–3 Proverbial: Whiting, S408 To beat as the Smith does with the hammer (one example only).

L10087 *derkenesse . . . palpable*: ultimately from Exod. 10: 21 (see OED, s.v. *Palpable*, *a.*, 1).

8884–5/10094–5 *drago(u)ns . . . And . . . addres*: 'dyables et . . . dragons'.

8887–8/10097–8 The ninth pain in both the French and the *Elucidarium* is a chain of fire with which the body is eternally bound.

8892/10102 Followed in F by a detailed account of the appropriateness of each of the pains as punishment for a particular sin, an enumeration of the kinds of sinner to be found there, and a contrasting description of the situations of those in heaven and those in hell.

8893–8/10103–8 F indicates that the good will remain in the upper hell (where they suffer no pain) and the evil in the lower until the time of the Son of God (cf. 8089–94/9201–6).

8899–914/10109–24 Q. 313, the state of knowledge of good and bad souls after death: cf. *Elucidarium* iii. 24–5. The question reads in F: 'Cil qui sont en enfer et cil qui seront apres le vrai prophete, poent il conoistre ne sauoir nulle chose?'

8902/10112 *werkes*: substituted for F's 'names, lineage, and merits of the good, and why each of the damned was damned'.

8907–8/10117–18 Not in F.

8910/10120 Not 'for those who did (them) good' in F but 'for those whom they loved in this world for the love of God'.

8912/10122 Not 'the good deeds that *we* do' in F but 'their good deeds and the pains that *they* have suffered for his love'.

8913–14/10123–4 Not in F.

8915–40/10125–56 Q. 314, do good souls go straight to perfect joy? Cf. *Elucidarium* iii. 27.

8917–19, 29–31/10127–9, 39–41 The English allows more joy to the soul while it awaits the body than does the French, where the souls are 'en grant content[i]on, car il n'ont pas tout lor compaingnons'.

8940/10150 *perfite/endeles care*: 'dolor sans fin'—L correct.

L10151–6 Not in F.

8941–58/10157–76 Q. 315, can the souls of the dead appear to the living? Cf. *Elucidarium* iii. 30.

8948/10164 *fol/stille*: no direct equivalent in F, but L reproduces the general sense of 'ciaus qui sont en enfer ne se puent demostrer a nul home uif'. B *fol* can be strained into a kind of sense, either as an adjective (MED *fol*, *adj.*, 1.(a) 'ignorant'), i.e., those in hell must remain there, ignorant of the doings of their friends on earth, or as a form of the adverb *ful* 'completely', i.e., those in hell must remain there absolutely forever; but it seems more probable that *fol* is an error for *stil* (cf. A and L).

8949/10165 *be leue/bi leeue*: written as one word in both MSS, as if the imperative of *bileven* 'believe', which makes sense only with difficulty. The interpretation adopted here takes *le(e)ue* as the noun 'permission': 'Those who are in purgatory, by leave (that) the good angel may give them, (they) may show themselves to their friends'.

L10176 Proverbial: see 8077–80/9189–92 n.

8959–72/10177–94 Q. 316, the origin of dreams: cf. *Elucidarium* iii. 32; *De philosophia mundi* iv. 22.

8962/10180 *þyng/somþing*: 'aucune chose qui est a uenir'.

8967/10185 *wofull/wole ful*: 'a la foiz d'empleure dou cors'—L correct. F adds also the opposite reason—too much fasting.

8969/10187 *alday/oon deie*: 'a la [foiz] de chose que l'ome voit . . . ou de ce que l'om pense de iors ou de nuit'—B closer.

8973/10195 Preceded in F by a question asking whether God forgives all man's sins committed in this world (cf. Q. 197). The answer in the present instance is that all sins can be forgiven except two: despair of God's mercy, and killing without subsequent repentance.

8980/10202 *in her(e) seso(u)n*: the English implies that the trees would produce fruit later, at the appropriate time, whereas F indicates that some trees bore the appropriate seasonal fruit at the time they were created, and adds that those that did not bear fruit at that time bore flowers.

8987–92/10209–14 'En ij iors de la lune que Adam primier nomma Guarigap [Gualengap F3] fu il fait, et ce fu le uendredi la primiere lune et mois que fu nommee en l'an, mais le ior meismes Adam la uit et elle estoit de iij iors', i.e., ? 'Two days after the moon, which he first named Guarigap [was made], Adam was made, and that was the Friday of the first moon and month named in the year; but Adam saw it on the same day, and it was three days old'. The name *Guarigap* (about which I have been unable to find out anything, in any of its forms) does not appear in F2 or V. They read: 'Le secont iour de la lune que Adam nouma premierement primes' F2; ' . . . premierement prime lune' V.

8995–6/10217–18 'mais depuis Noe en son temps estaubli les lunes et les tens et les mois en autre nom', i.e., Noah afterwards set out the names of the lunar months, the seasons, and the solar months, and changed their names (and, F adds, others will afterwards change their names again).

8997/10219 F adds that Adam died on a Friday also.

8998/10220 *on lyf/to ship*: in F the flood began, and Noah was born and died, on a Friday.

9003–12/10225–36 Q. 319: F asks who *made* the first wine. The question 'who planted the first vineyard?' (based on Genesis 9: 20) is common in dialogue literature; see Cross and Hill, p. 113, commentary on *SS* 46 and *AR* 17. In F's answer no one from Adam to the flood ate meat (fish are not mentioned) or drank anything at all; thereafter the physical constitution of people and other things changed. Then they began to eat meat and drink wine, which the angel showed Noah how to make.

9013/10237 Preceded in F by a question asking whether Adam found fruit to sustain himself when ejected from Paradise.

9022/10246 F adds that the trees bore fruit instantaneously ('en l'ore') for Noah and his household.

9029–30/10253–4 'en vn leu qui est apeles Ermenie la Grant', i.e., Greater Armenia. The translator has taken *Ermenie* as the name of a mountain, as in Gen. 8: 4 ('upon the mountains of Ararat').

9034/10258 *The trees*: not saplings carried on the ark, as seems to be the sense at first blush, but 'the pieces of wood of which the ark was made' [OED *Tree*, *sb*., 3.], as in F—'L' arche . . . fu route . . . et le fust demora en terre et devindrent fiers grans arbres'.

9037–40/10261–4 The concluding passage in F describes the trees as everlasting memorials of the flood, to remind men of God's hatred of sin. This is replaced in the English with what is evidently (9037/10261) a reference to the rainbow, a reminder of God's promise not to repeat the flood.

9043–52/10267–76 Proverbial?—Whiting, *S802.5 We are Strange(rs) in this world (*varied*) (cf. 9579–83/10823–31). This passage reflects the traditional notion of the God-fearing person as a *peregrinus* (i.e., 'an alien') on earth, whose life here is a *peregrinatio* ('sojourn as an alien') before a return to the true home, heaven. The importance of the idea in English literature can be gauged from the multiplicity of quotations in OED, from the earliest times up to George Eliot, s.v. *Pilgrim*, *sb*., 3. and *Pilgrimage*, *sb*., 1.c. ('the course of mortal life figured as a journey or a "sojourn in the flesh", esp. as a journey to a future state of rest or blessedness'). For a discussion of sources and analogues see G. V. Smithers, 'The Meaning of *The Seafarer* and *The Wanderer*', *Medium Ævum*, 26 (1957), 137–53 (esp. 145 ff.).

9047–8/10271–2 Proverbial, see 3502–4/4403–6 n.

9049/10273 Proverbial: Whiting, T351 To-day alive, to-morrow dead (*varied*).

9057/10281 *a f(f)re(e) blo(o)d(e)*: substituted for 'the purity and sweat of the heart' in F.

9061–4/10285–8 Proverbial: Whiting, M510 Whoso will have Mercy must be merciful.

9067–8/10291–4 'le cuer en nulle guise por trauail qu'il ait ne sue mais a l'ore qu'il a pitie', i.e., no other form of suffering except pity makes the heart sweat—B closer; no basis for L's expansion.

9073–4/10299–300 Q. 324: 'Le delit et le repos font bien ou mal?' The answers are put differently in the French and the English (F takes the line that no one can serve two masters: to desire delight is to serve the devil) but the general import is the same.

9123/10349 ff. On lack of 'mesure' see 3103–36/3991–4030 n.

L10350 *faire and softe*: proverbial: Whiting, F17.

9127–34/10353–60 Proverbial: Whiting, W360 Wine does wit (wisdom) away (*varied*).

9132/10358 *hordom/harme* . . . : 'et tuent la gent et les derobent ou se laissent tuer et font meslees et batailles de boire le vin'—L perhaps closer.

9140/10366 Followed in F by a question asking whether it is right to take delight in any game.

9141–62/10367–88 Q. 327, how to control one's temper. This question, a discursive treatment of the theme, 'Though one is chafed, let it cool' (Whiting, C126, one example only), provides a nice demonstration both of the connection between physiological state and frame of mind (cf. Q. 260, 7721–50/8825–54 n) and of the impossibility of distinguishing between closely related senses in such contexts (see Burton, 'Drudgery', pp. 26–7). Ostensibly (to the present-day reader) the question deals with a man in a bad mood who is spoiling for a fight, and tells him how to get back into a good mood; but that his mood has a physiological basis is indicated by the overheating of his blood (9152/10378). In such a context the literal and transferred senses of words that may have both must be simultaneously present: *tempre hym* (9145/10371) is both 'restore the proper balance of qualities in himself' and 'restrain himself' (OED *Temper*, *v.*, †5. and 8.†b, both current from as early as *c*1000; MED *tempren*, *v.*, 3.(c) and 4.(b)); *attempre* and *in good tempre* (9162/10388) are both 'well-balanced physiologically' and 'in a good mood' (MED *temper(e*, *n.*, 2.(e)); *vnbolne* (B9161) is both 'unswell' (translating F 'celle arseure laquele il a emfle le cuer et le ventre se desemflera par la bouche') and 'calm down'. The language in F exhibits the same duality but with greater emphasis on the physiological basis than appears in the English: 'Quant hons est ardant de tensier ou de batallier. . . . Se de tout ce ne se puet refroider', and, in the passage quoted above, *arseure*, *emfle*, *se desemflera*.

9151/10377 'si doit pensier aillors'—L correct.

9155–6/10381–2 Not in F.

L10385 *hond*: not 'hand', even though the context is suggestive of shadow-boxing, but 'breath' as in B9159, with reference to *chyde/flighte* (9157/10383); cf. 6992/8060 n and F 'par la bouche'.

9162/10388 Followed in F by two questions om. from the English: Is it wrong to boast of one's sin? (cf. Q. 101). Is it possible for an evil man to have great knowledge?

9173–4/10399–400 Proverbial: Whiting, L140 As light as Leaf on (a) tree.

9183–204/10409–30 Q. 329, on visiting one's friend: the English omits two points from F—(i) treat your friend as you would wish him to treat you; (ii) let him know in advance when you're coming;—but it retains and elaborates the emphasis on moderation in paying visits.

9204/10430 Followed in F by two questions om. from the English: Should you show any displeasure when your friend visits you? How is it that a man can sometimes beat three or four others in battle single-handed and at another time be defeated himself by a single adversary?

9207–9/10433–5 'Toutes les choses qui Dieux fist por mangier, elles sont saines'—B9209 correct.

9210–11/10436–7 Proverbial: see L8568–70 n; see also Acts 10: 9 ff and 11: 1–9.

9211/10437 *in mesure*: not in F. The idea is evidently carried over in the English from Q. 329. On the virtues of moderation, a perennially popular topic with sawsayers, see Whiting, M438–48, 451–64, 466, E115–16, 119–21, with numerous cross references.

B9212 *kyn*: the sense required, as for L *kynde*, is 'natural or physical constitution' (MED *kinde*, *n*., 3.(a)). This sense is not elsewhere recorded for *kin*, but since the two words share several other meanings ('race, kindred, parentage, type', etc.), it seems reasonable to assume that this is another shared meaning rather than that *kyn* is an error for *kynde.*

9213–14/10439–40 I.e., no food is sick-making unless the body is sick to begin with: 'la chose qui est enferme n'est que de l'enfermete dou cors et dou temporel'.

9223–6/10449–52 Proverbial?—Whiting, *F448.5 An old Fool rooses (*boasts*) of his youth.

9224/10450 *clothyng/glading*: not in F. *Clothing* can hardly be right; perhaps an error for *doting*?

9230/10456 Proverbial: see 5366/6356 n.

9232–4/10458–60 Proverbial?—Whiting, *M288.5 There was never an old Man who was not wight (*valiant*) while he was young.

9240–2/10466–8 Not in F, which has a lacuna at this point, or F2, where the second boaster speaks of the things he has seen and done and the countries where he has been.

9243–4/10469–70 In F2 for every one who believes him ten laugh at him.

9245–56/10471–86 Much altered; the French has '[la tierce maniere est de fol

F2] riches qui contera ses folies et ses bordes, et cil qui l'oient si le chufflent et li otroient quanqu'il dist por sa richesse, car par auenture il ont mistier de lui'.

L10476 Proverbial?—Whiting, *L157.5 More than half Leasing (*lies*).

9254/10484 Proverbial: Whiting, H624 To make one a Houve of glass (*varied*).

9267–72/10499–501 'car quant le firmament fait son mouement et le soloil prent son autre tor si fait este a nos et yuer a autre gens au monde; et quant il fait son autre tor si fait este a ciaus et yuer a nos'—B correct; omission in L evidently caused by eye-skip (B9269,73 *somer here*, *somer be here all clere* combined in L10501 *somer here clere*).

9276/10504 *water/winter*: not in F, but L is presumably correct (repeating the sense of 9263–6/10495–8), B an error influenced by the thought of the moisture from which clouds are formed (cf. Q. 173). The question is followed in F by another, om. from the English, discussing the deceptively small appearance of clouds.

9278/10506 *vnkonnyng/vnweldesome*: 'Coment les enfans sont come bestes qui n'entendent noiant'—B correct.

9295,302/10523,30 *brayne . . . matere/state . . . matere*: F has *esclate* in both instances, making a contrast between Adam and Eve, who came from God's breath ('il ne furent mie de l'esclate, tant solement de l'alaine de Dieu') and therefore had instant understanding (as in L10527, reproducing 'en l'orre entendi toutes'), and their descendants, who are born by physical reproduction ('d'esclate de pere et de mere') and therefore lack understanding at birth, being 'd'esclate de foible nature et complexion' (cf. 9295/10523). So L *state* (10523) is evidently used in the general sense 'condition', a condition that is explained in the lines following.

9304/10532–6 Not in F. Followed in F by a question asking for an explanation of different sizes of penis.

9307/10539 *pure/pouere*: 'le sens vient dou pur coraige et dou pur sanc et de la pure ceruelle'—B correct.

L10545 *wiþoute y3e*: i.e., 'with [or without] *one* eye'—'cil qui ne uoit d'un oil ne puet mie veoir si clerement come cil qui voit de ij'.

9315/10549 *it drynkeþ tille/tul*: since *it* (i.e., the blood) is the subject of *makeþ* in the following line, it must also be the subject of *drynkeþ*; this requires that *drynkeþ* have the sense 'penetrate, soak' (MED *drinken*, *v*., 4.(b)), with *tille/tul* ('to, into') as a variant (previously unrecorded) of *in*, thus '(if the blood is dark) it soaks into the heart and brain'. There is no exact equivalent for *drynkeþ tille* in F (where part of the sentence is omitted in error) or in F2, but the general sense accords well enough with the latter: 'Se . . . tu as oscur sanc et pesant, saces il aueugle le cuer et la ceruelle'.

9318/10552 *derke/merke*: Not in F; apparently carried over from *oscur* in the preceding sentence (see last note).

9321/10555 Preceded in the French by the third possibility: 'et [se tu as pur sanc et pure ceruelle et] oscur cuer, il destorbe les autres ij' (F defective; bracketed words supplied from F2).

9322/10556 Followed in F by three questions om. from the English: on the origin of thoughts about things that never happened; on sighs; on breathing.

9325–34/10559–68 'L'esternu vient de ij choses. La primiere de vent et de la froidure de la teste, car il se serre dedens les vaines de la teste et s'entrelie et ist dou plus pres souspiral que il trueue et se sont les narines'.

9338/10572 *veynes*: 'narines'.

9349–52/10583–6 Not in F. The rest of the answer (9353–64/10587–98) is much shortened in the English.

9365–6/10599–600 Proverbial: Whiting, R15 A little Rain lays a great wind (*varied*). The answer to the question is differently treated in the French and the English. In F the rain blocks the lower winds like a blanket, allowing only the higher winds to pass.

9377–90/10613–26 Q. 338, the reproduction of birds: very differently treated in the French, where *nature* denotes the reproductive organs: the question asks why *female* birds do not have a *nature* ('genitalia') like other animals; the answer is that if they did, their bodies would fill with air 'par lor nature', thus rendering them unable to fly. The English gives a more rational account of the reproductive capacity of birds (see MED *natur(e, n.*, 2.(b)), last quotation, where, however, *foules* is misquoted as *soules*), arguing that to reproduce viviparously would render the gravid female too heavy to fly.

9393–6/10629–32 'Le fondement d'une tour est plus fort que la cime': assuming that the English reproduces the French more or less accurately, *grounde* and *croppe* are used in architectural rather than agricultural senses (see Glossary). Thus B 'the foundation of everything, rightly, is stronger than the top placed above it' (MED *casten, v.*, 14.(a)); L '. . . than the top (which is) moved about by the wind' (*casten*, 17.(a)).

9397–404/10633–40 The sense in B (as emended) is clear enough: a thing that sets others in motion is stronger than one that is set in motion (by another thing); wind is only air that has been set in motion by water, so water is stronger than wind. F is less detailed: 'tous les vens dou monde vienent de l'aigue, e par ceste raison l'aigue est plus fort elemens que le vent'. L10634–6 make little sense as they stand.

9404/10640 Followed in F by two questions om. from the English: how a man has an erection; why some children take longer than others to be born.

9406/10642 *ouerlongly/so grevously*: 'demore plus a morir que vn autre'—B slightly closer. *Ouerlongly*, though written as two words in BAS, appears to be a compound (not previously recorded; cf. MED *overlong(e, adv.* 'for too long a time' and *longli, adv.* 'for a long time').

9407–8/10643–4 Proverbial?—see 1717–20/2765–8 n.

9409–10, 17–20/10645–6, 53–6 These lines are a reduction of F's three 'points' of a man's life (conception, birth, death) as foreordained by God, though F makes no mention of the 'planet' of 9420/10656.

9430–42/10666–78 In F each of the four things (*pao(u)r* 'drede', *tristesce* 'mournyng', *poine* 'p(a)yne', *do(u)lor* 'sor(o)we') is illustrated in grisly detail.

9442/10678 Followed in F by a question asking why children are born more hungry than intelligent (cf. Q. 333).

9443–58/10679–94 Q. 342, how (best) to live in this world. The answer in F has three prongs: how to live; how to die; how to be resurrected. Of these the English concentrates on the first, omits the second, and makes only passing reference to the third (9447,58/10683,94).

9459–84/10695–726 Q. 343, how much to fear one's enemy: the English answer is developed fairly freely from the French, which advises in general terms being neither too fearful nor too bold, but being bold or fearful as the occasion demands.

9461–3/10697–9 Proverbial?—Whiting, *E94.5 Dread not your Enemy too much.

9469–70/10707–8 Proverbial?—Whiting, *O62.5 He that is Overcome today may overcome tomorrow (*varied*) (cf. L11065–8). The reading in LH (and A) is of course wrong, the inclusion of *be* in the second line yielding the sad sense that today's victim will be beaten again tomorrow (cf. F 'tels est hui vaincus qui demain uainquera'); B makes sense only after emendation.

9482/10720 Proverbial?—Whiting, *F461.5 Foolhardiness is folly.

9484/10726 Followed in F by a question asking whether one should jest with one's friend.

9485–504/10727–46 Q. 344, how to behave towards one's enemy: another fairly free treatment of the French, but retaining the basic premiss, that it is better to show one's foe a bold face than a cringing back (illustrated in F by a description of a dog at bay).

9487/10729 *Uigorously/Irously*: 'uiguereusement et fierement'—B closer.

9509–16/10751–8 Proverbial: Whiting, M769 As Much as one has (so) men will love (? praise) him.

9517–20/10759–62 A parallel and counterbalance in F to the lines on bodily worth: 'Espirituelment cil qui plus ont en Dieu plus valent'.

9521–4/10763–6 Not in F, which offers instead (but along similar lines) a spiritual interpretation of the maxim attributed to the 'vrai prophete fiz de Dieu': 'autant com tu as autant vauras'.

9524/10766 Followed in F by three questions om. from the English: whether the rich or the poor are more at ease in this world; who are the richest people in the world; who are the most honoured people in the world.

9527–42/10769–84 Proverbial: Whiting, P245 He that is in a sure Place is a fool to go from it; T132 It is not sicker (*safe*) to leave one good Thing till one sees a better.

9531/10773 *renne/remeve*: 'ne te remuer'—L correct.

9533–6/10775–8 F uses two proverbs to put across a similar idea: 'qui tout couoite tout pert et tant grate chieuere que mal gist'.

9537–40/10779–82 Proverbial?—Whiting, *B521.5 To ween the Bread is baked before the corn is cut (cf. to count one's chickens before they are hatched).

9538/10780 *Baken brede/White breed*: 'le pain tout fait'—B closer.

9542/10784 Followed in F by a question asking whether one should believe whatever advice one is given.

9543–4/10785–6 Q. 347: 'Doit l'om amer mesdisans?'—B closer.

9545/10787–8 'qui mesdisans aimme'—B correct.

9547–8/10791–2 Proverbial: see 3151–2/4045–6 n; B *heres* is evidently an error.

9562/10806 Followed in F by a question asking if one should be angry with someone who behaves surlily towards one.

9575–86/10819–34 Man's temporary sojourn (as a foreigner) in this world: cf. 9043–52/10267–76 n. The English gives a free rendering of the French, retaining the same general sense.

9577–8/10821–2 Not in F.

9579–83/10823–31 Proverbial?—See 9043–52/10267–76 n. In 9579/10823 *a stounde* is possibly 'an hour', as in modern German (MED, sense 5.(d)), possibly the usual English sense 'a short time, a moment'. In the equivalent passage F compares 100,000 years of this world to 'une hore' of the next, but since *hore* likewise can mean 'instant' or 'hour', the uncertainty remains.

9589–90/10841–2 Q. 349, sleight versus strength: 'Que vaut miaux, force ou engin?' The refrain of the French is that ingenuity is better for the body, strength for the soul. The English, ignoring the body/soul opposition (and addressing itself only to bodily matters), reproduces the proverbial wisdom that forms the subsidiary argument in F, that sleight will succeed where strength has failed (see next note).

9595–602/10847–56 Proverbial: Whiting, S833 No Strength (power) may (help) against rede (*counsel*, wisdom) (*varied*); cf. W418, L381.

9603–4/10857–8 Q. 350: 'Se aucuns demande raison de l'autre, le doit il maintenant respondre?' The context in F is one of disputation: *demander raison* is to ask for a statement in support of a position; and the language of disputation is continued in the answer—by replying quickly and correctly 'aura il vaincue la querelle'. None of this is reproduced in the English, where *skill(e)* appears to be synonymous with the neutral *questioun* of L10878, and where the topic under discussion is simply how quickly to answer when one is asked a question (see Burton, 'Idioms', pp. 124–5). This interpretation differs slightly from that offered in MED, s.v. *skil*, *n.*, 4.(b), where the present example of *asken a skil* is glossed as 'ask for an explanation'.

9614/10868 *stille as ony stoone*: proverbial: Whiting S772.

9621–2/10875–8 These lines replace the longer concluding section in F, which discusses the desirability of studying to increase one's knowledge (and hence the esteem in which one is held by others).

9634/10890 The line involves a nice pun on two senses of *pay*, (i) 'satisfy', (ii) 'pay': he ought at least to pay (satisfy) you with words, even if he can't pay you with money.

9638/10894 Proverbial?—Whiting, *B468.5 Well shall Borrow that well will quit (*repay*).

9639/10895 Preceded in F by a question asking why peoples of the West are wiser than others.

9639–40/10895–6 Q. 352: The question asked in F is, which of the two is better *for a woman*, 'le beu cors ou la belle chiere'? The answer, however, speaks of 'home et fame' without distinction. In the English 'man' is perhaps, therefore, intended in its general sense, 'person (of either sex)', although 'stourne' in B9651 may suggest specifically a male.

9646/10902 *heleþ/helpiþ*: 'couers de sa uesteure'—B correct.

9665–8/10925–8 'Car tout le charge ne le blasme n'est que de la fame car nul home dou monde ne porroit efforcier fame s'il ne la tuoit', i.e., the fault is entirely the woman's since no man in the world can force a woman unless he kills her. L's version of the first couplet of these four lines is closer to F; the first line of the second couplet looks corrupt in both B and L. L10927 makes sense only as emended (i.e., by the omission of *wiþ*), with *til* as a preposition, thus 'No man can do so to her unless she wishes it'; *But if* in B9667 is syntactically inexplicable; *tille* may be 'entice, win over' (MED *tillen*, *v.*(3); OED †*Till*, *v.*[3], 1.), thus 'No man may win [her] over to it more than she wishes it herself', but in view of F *efforcier* the sense is perhaps 'get by effort' (MED *tillen*, *v.*(1), 4.(b); OED *Till*, *v.*[1], †2.), i.e., in this context, 'overcome by force'.

9673–80/10933–40 Not in F, which concludes with a long passage advising a man to control his anger and to consider that it's not the end of the world if his wife has been unfaithful.

B9679 *all*: possibly an error for a form of *although* (cf. A); possibly a use of *all* as a conjunction with this sense. The latter, however, is elsewhere recorded only with inverted order and a verb in the subjunctive in the clause it introduces (see MED *al*, *adv.* & *conj.*, 5).

9680/10940 Proverbial: Whiting, I16 To suffer a less Ill to let (*prevent*) a more mischief (*varied*).

9681/10941 Preceded in F by a question asking whether a man should concern himself about the deeds of others.

9681–2/10941–2 Q. 354: 'Doit l'om blasmier Dieu de corrous ne de perde qu'il li auiengne?'

9695–704/10955–66 Proverbial: Whiting, G250 Help yourself and God will help.

9704/10965 *He*/*It*: 'Dieux li aideroit'—B correct.

9705/10977 Preceded in F by a question asking from whom one may have more praise and honour—the poor or the rich.

9705–6/10977–8 Q. 355: 'Doit l'om seruir a toute gent?' The French gives a two-pronged answer: you should help both the poor (for God, for your reputation, and to have honour from the poor man) and the rich (which may one day lead to your being liberally rewarded). In the English the second prong is reduced to the brief mention of payment in 9709–10/10981–2; the first is greatly expanded in the promise of eternal reward given in 9711–18/10983–90.

9707–8/10979–80 Proverbial?—Whiting, *S162.5 Serve every man as best you can.

9713–16/10985–8 Proverbial?—Whiting, *D130.5 A good Deed shall be yolden (*repaid*).

9718/10990 Proverbial: Whiting, O40, one example only, 'ane may come and quyte all' (cf. L), from *Sir Eglamour of Artois*. For another example, with *pay* (as in B), see the edition of *Sir Eglamour* by F. E. Richardson, EETS 256 (1965), C664.

9721–2/10993–4 Q. 356: 'Laquele est la plus sauorose chose qui soit?' L *sauourest* is thus more accurate than *soueriest*, which occurs in the Table of Contents, L1771. The English answer is freely developed from the French, but omits the analogy between sleep and the wind, which can be felt but not seen (cf. Q. 257).

9735–6/11007–8 Cf. Whiting, S377 Sleep is the nourice of digestion.

9737–42/11009–14 F explicitly excludes fish from the general need for sleep (cf. Q. 376; see 10089–94/11385–90 n).

9745–6/11017–18 Q. 357: 'Les rois et les seingnors, de quel maniere doiuent il estre de lor cors?' F divides the answer into four qualities, giving a short commentary on each: (i) loyalty 'de lor cors et de lor paroles et de lor iugemens' (cf. 9747–50/11019–22); (ii) wisdom, foresight, courtesy (cf. 9751–2/11023–4);

(iii) generosity (cf. 9761,3/11033,5, in the latter of which *merciable* presumably has the sense 'generous, charitable'—MED, sense (d)); (iv) severity in judgement against malefactors (cf. 9753–8/11025–30). The English places greater emphasis on responsibility to God (9755–8,65–8/11027–30,37–8), the French on responsibility to society. For similar sentiments on the obligations of knights see *The Proverbs of Alfred* 5 (Arngart, ii. 78–81); cf. also 2231–2/3111–12 n.

9748/11020 Proverbial: Whiting S709.

9769–94/11039–68 Q. 358: 'Les rois doiuent alier en bataille?' Cf. the *Secreta*, ed. Steele, p. 110. The *Secreta* covers much ground in addition to that treated in *Sidrak*, including methods of frightening or deceiving the enemy and the best times (astrologically) for engaging in battle.

9771/11041 ff. The answer in F begins with a repetition of much of the ground already covered in Q. 169. The English cuts short the repetition but otherwise follows much the same lines.

9773–4/11043–4 Not in F.

9785/11055 *the laste/best ende*: Proverbial?—Whiting, *E73.5 The best (last) End. F reads 'il doiuent . . . demorer au derain', i.e., 'at the rear'. MED records *first ende* in the specific sense 'head or spearhead (of an army)' (one example only) and *last ende* in the general sense 'the final or concluding part (of anything)' (see *ende*, *n*.(1), 24., (4) and (5)(a)), but I find no record elsewhere of the phrases *last end* and *best end* denoting specifically (as here) the rearguard of an army.

9789–94/11059–64 Proverbial: Whiting F141. The point in F is that if a battle is lost but the king escapes, he may raise another army and win the next battle; but if the king himself is lost, all is lost.

L11065–8 Proverbial?—See 9469–70/10707–8 n.

L11068 *retorne*: the sense is perhaps the standard sense of a coming back to a given condition (MED *return*, *n*., (a), where this example is cited), in this instance a return to fortune. But the context, with its balance between *rebuke* and *retorne*, suggests rather the specific sense 'return battle', not previously recorded, but cf. the combinations *return buffet*, *match*, etc. (OED, sense 19., 1772–) and the use of *return* alone to signify a return thrust, stroke, etc. (OED, 12.b., 1705–).

9807–8/11081–2 F states instead that good blood in a strong body does not cause sweating and does nothing but good.

9809–10/11083–4 Q. 360: 'Laquel est la meillor des colors que l'om puisse uestir?'—B closer. L *men to sen*: cf. Table 1780 *for to be seen*.

9812–13/11086–7 F has four colours, adding blue to red, white, and green.

9816/11090 'est . . . puissant sour tous les autres colors'.

9817/11091 *menske/mirþe*: 'si done . . . grant confort et grant proesce de coraige et grant honor au cor'—B a little closer.

9821/11095 *mylde*: associated with blue in F. White 'fait auoir . . . dou coraige et amoros et si le fait bien a la ceruelle'. *somme/him*: 'celui qui le ueste'—L closer.

9829–30/11103–4 The concluding couplet replaces F's discussion of blue, which is said to make the wearer 'humble et debonaire et de bone foi et de bone creance'.

9831/11105 Not in F.

9843–4/11119–20 Q. 362: 'Qui est la plus grace chose qui soit?', i.e., 'What is the *fattest* thing there is?' It is not clear whether 'fairest' in 9844–5/11120–1 arises from a copying error (G alone reads *fattest* in these lines) or from the translator's having taken *grace* as *gracieuse*. The answer in F is very brief: 'La plus grace chose qui soit si est la terre qui nos rent le fruit par la volente de Dieu. Car ausi come l'aigue est la plus uert chose qui soit au monde, ansi est la terre la plus grace chose dou monde'.

9861–4/11137–40 Not in F.

9869–70/11145–6 'Et si j pecheour a sa mort auoit esperance que la misericorde de Dieu est si grans qu'elle li perdonroit . . .'—B closer.

9872/11148 F adds that hope comes from repentance.

9874/11150 *a man/his frende . . . dieth*: 'les mors'—B closer.

9875–6/11151–2 Not in F.

9882/11158 F adds that one should rejoice at such a man's death, since he is sure of eternal life. The English does not fully reproduce the paradox on which the French answer is built: that one should rejoice at the death of the good and grieve at the death of the bad.

9889–90/11165–6 Q. 365 'Vint onques nus del autre siecle et conta de paradis et d'enfer?'—B a little closer.

9891–911/11167–87 Much the same as F, except that F speaks consistently of those who have written (and those who will write) 'le comandement de Dieu', through which is revealed the joy of heaven and the pain of hell.

B9903 *Adam his*: i.e., Adam's ('Abel fiz d'Adam').

9912/11188 The final blessing in F is for the prophets, not for their followers. The sense in L is apparently 'It is well for the man who can hate one of them [i.e., hell]'.

9913–14/11199–200 Q. 366: the question in F continues, '. . . and when he gets up; and which way shall he face?'

9919–26/11205–12 Christopher Bright suggests that this prayer is a conflation of several parts of the late-night Office of Compline (the last of the day). The first couplet is the Responsory at Compline in the Roman order, 'In manus tuas Domine commendo spiritum meum', ultimately from Ps. 31: 6 (Vulgate 30: 6).

The third (9923–4/11209–10) has much in common with the (invariable) hymn at Compline, 'Te lucis ante terminum', verse 2, lines 3–4: 'Hostemque nostrum comprime, Ne polluantur corpora'. The final couplet is the antiphon before and after the Psalms of the Office: 'Miserere mihi Domine, et exaudi orationem meam' (Ps. 4: 1, second part).

9928/11214 F adds that one should say the same prayer when one gets up, and that one should face the East, from which God's grace comes.

9929/11215 Preceded in F by a question asking (i) whether it is possible for a man with only one testicle to father children, (ii) why one testicle is large and one small.

9929–30/11215–16 Q. 367, the impotence of the young: cf. *De philosophia mundi* iv. 9. The question in F is why girls of ten or less cannot conceive, and why boys cannot father children.

9937–40/11223–6 Not in F.

9941–4/11227–30 F adds an analogy between a young person and a young tree: the tree bears no fruit when young, and when it does bear fruit, the first crop is neither so big nor so tasty as later crops.

9944/11230 Proverbial: see 5621–4/6611–14 n.

9946/11232 Followed in F by a question asking whether devils suffer any pain in the other world.

9952/11238 ' . . . et la plus aspre et la plus ardent'—B closer.

9961/11247 *on and on/in oone*: F explains that the battle against the devil is both spiritual and physical whereas other battles are only physical.

9962/11248 Followed in F by two questions om. in the English: Should one fear all people? Why is iron attracted to the pole star?

9965–7/11251–5 Proverbial: see 3865–70/4805–12 n.

9967–8/11255–6 Proverbial: Whiting, D101 Death takes high and low (*varied*).

9975–6/11263–4 Proverbial: see 3865–70/4805–12 n (again).

9981–2/11269–70 Not in F. The seven chambers in the English are presumably introduced from Q. 60, 2417–21/3297–301.

9983–4/11271–2 The foetus is described in F as being bent over, with the knees forward of the feet; cf. Pliny, *Nat. Hist.* X. lxxxiv. 183, where the foetus is said to lie curled up in a ball, with the nostrils placed between the knees.

L11272 *hire*: i.e., 'their', with reference to babies in general: 'lor poins clos devant lor eaus'.

9992/11280 Followed in F by a question asking whether one can forget joy or grief.

9993–10010/11281–302 Q. 371: the answer in F begins 'Se tu as raison a mostrer ou en iustice ou en autre part'; in the English, however, the omission of *ou en autre part* in the answer and the specifying of an explicitly legal context in the question (*domysmen* B9994, *iugges þat in doom sete* L11284) produce legal senses throughout. Thus *men of discrecio(u)n* (9996/11286) are 'judges'; *tell one's tale* (L11282,95, 9999/11289, 10008/11300), *show one's reason* (9995/11285), *show* or *lere one's skill* (B9993, L11293), and *tell one's thing* (B10005) are synonymous phrases with the sense 'state one's case, plead one's cause'. (See Burton, 'Idioms', 122–3.)

9999/11289 *shortly/wisely*: 'briement'—B correct.

10003/11293 *wissly by skill/shortly þi skile*: 'sagement'—B closer.

10005–6/11295–8 'Se tu la dis de grant coraige, tu ne pues esperdre ne uergoignier'—B closer.

10010/11302 'ja soit ce que il aient le droit'.

10011–12/11303–4 Q. 372: 'Doit l'om mostrer son sens entre simple gent?' The form of the question in F, and in B's word-for-word rendering of *mostrer son sens* ('shewe his witt'—also in 10023/11315 with *it* for *witt*), suggests some such sense as 'display his intelligence'. But if *to tell one's wit* (L11303) is the same as *to show* it, and if, as the context suggests, both are the same as *to show one's thought* (10027/11319), all three phrases must mean rather 'reveal one's thought [by speaking it]': all three are then synonymous with *to show one's mind* (OED *Show*, *v.*, 22.†f., *c*1520–), although none of the three is recorded as a set expression.

10015/11307 *lereth/hereþ*: 'Cels qui . . . volront [*add* monstrer F2] a j beste lire et escrire'—B correct.

B10015–16 Proverbial?—Whiting, *S970.5 To teach a Swine to read and write; cf. Whiting, P89 (Matt. 7: 6).

10017–18/11309–10 Proverbial: Whiting, T329 and 442 (cf. 8534/9736 n).

10027–8/11319–20 Proverbial?—Whiting, *T237.5 Show your Thought to a wise man, not to a fool.

10033–4/11325–6 F indicates that there was *one* vine left after the flood: from this Noah made the forty cuttings, which he planted at the rate of two a day over twenty days (as in L).

10043/11335 *nightis colde*: 'la froidor de la lune'.

10051–2/11343–8 'Langaige n'est que a home'—B closer.

10062/11358 Not in F; probably based on Gen. 1: 26.

10066/11362 Proverbial?—Whiting *D70.5 Dead and dim.

10067/11363 *in nede*: i.e., in purgatory—'au feu de l'espurgeor'; but neither (F adds) is of any use to the soul condemned to the fire of hell.

10069–74/11365–70 Proverbial?—Whiting, *L70.5 A Lantern before (*in front*) is worth two behind.

10073/11369 *þogh . . . twoo/þou . . . tho*: B is perhaps closer to F's comment that the good one does oneself in this world is worth a hundred times more than what others do for one (cf. 10075–8/11371–4).

10075–8/11371–4 Proverbial?—Whiting, *D129.6 A good Deed done in life is worth two (on one's behalf) done afterwards.

10079–86/11375–82 This conclusion, denying the value of posthumous charity, replaces that in F, which allows that the prayers of the living may alleviate the pain of those in purgatory.

10086/11382 Followed in F by five questions om. from the English: Who is the wisest man in the world? What is the tastiest meat? Can any soul in the world know what happens in the whole world in one day? How did the tiniest creatures increase after the flood? Why do the young have clearer sight than the old?

10089–94/11385–90 Expanded from F's blunt statement: 'Non pas, les poissons ne dorment mie en l'aiguez'. The claim that fish do not sleep contradicts the major classical authorities (and Vincent, who follows them): see Aristotle, *Historia Animalium* 536 b 32 – 537 a 31; Pliny, *Nat. Hist.* IX. vi. 18; Vincent, *Spec. nat.* xvii. 8.

B10091 Proverbial: see 1998/3046 n.

L11387 Proverbial?—Whiting, *B547.5 As bright as Brim (*water*).

10096/11392 'pres as roches ou au fons de laigue entre ij aigues'.

10100/11396 F adds that there is one kind of fish that leaves the water, breathes the air, and sleeps by banks.

10101/11397 Preceded in F by four questions, two on fish, one each on animals and birds.

10103–6/11399–402 Proverbial: Whiting, C351 A Cock were a fair fowl were he not often seen (*varied*).

10114/11410 *makeþ striffe*: the cock's belligerence is not linked with jealousy in F, but is treated separately, as a ground of comparison with man: 'Coc fait batailles et assaillent l'un l'autre ausi com j hons fait l'autre'.

10124/11422 Not in F.

10126/11424 *most(e) helpand(e)*: 'la plus ardant [aidant F2]'.

10129–32/11427–30 Not in F, which remarks instead that a horse can go as fast laden as any other beast unladen.

10133–4/11431–2 In place of this reworking of the first couplet of the answer F says that horses should be loved, esteemed, and honoured above all other animals.

10134/11432 Followed in F by a question asking which is the worthiest bird in the world.

10137–52/11437–52 The best horses: cf. 'The Propertyes of a good horse' in Wyer's *Certayne Questyons of Kynge Bocthus* (see Introduction, p. lxxxviii):

> A Good horse shuld have xv propertyes & condicions. That is to wete, thre of a Man, thre of a Woman, thre of a foxe, thre of an Hare & thre of an Asse. ¶Of a man bolde proude and hardye. ¶Of a woman fayre brested, fayre of heer, and easy to lepe vpon; ¶Of a foxe a fayre tayle shorte eeres, with a good trotte. ¶Of an hare a great eye, a dry heed, & well rennynge. ¶Of an Asse a bygge chyn, a ffat legge & a good houe. ¶Wel trauayled women nor wel trauailed horse, were neuer good.

Such accounts, involving a comparison between the characteristics of horses and those of other quadrupeds and of women, are common in several languages, and a number survive in English (e.g., in BL MSS Cotton Galba E.ix, f. 113v, and Lansdowne 762, f. 16; Trin. Coll. Camb. MS O.9.38, f. 49); see the articles by William H. Hulme, *Modern Philology*, 6 (1908), 129–32; George L. Hamilton, *Modern Philology*, 6 (1909), 440; Carleton Brown, *Modern Language Notes*, 27 (1912), 125. The account in F, with its twelve points, is the earliest known example (see Hamilton's review of Langlois, p. 318), but lacks the comparisons with other animals and with women.

10137/11437 'Il a biaux chiuaux asses par le monde'—B closer.

10146/11446 *ribbes*: 'sengle' F, 'crine' F2 (i.e., hairs).

10148/11448 *Hede*: 'et corte coe, non pas le poil mais la propriete de la char et de l'os'; i.e., 'and a short tail, not the hair [cf. 10146/11446] but the quality of the flesh and bone'.

10150/11450 *nekke/breest*: 'pis' F, 'piez' F2 (i.e., feet).

10152/11452 Followed in F by three questions om. from the English, on the most blessed and the most cursed animals, and on why big trees can bear small fruit and small trees big fruit.

10158–60/11458–60 Cf. 'cestes sont les plus conoissans bestes dou monde, car ce est la nature que Dieux lor a done—d'entendre aucune chose de l'ome'.

10162/11463 *iiij/foure*: 'ceste iij bestes'—the error evidently occurred early in the transmission of the English and is found in all the MSS containing this question (BALH), though not in G.

10164/11466 F indicates that through their understanding they feared lest the flood might return.

10165/11467 Preceded in F by 32 questions om. from the English: one each on birds and snakes, 28 on medical matters (cures for nosebleeds, stomach-aches, worms, etc.), two on biblical genealogies.

10165–212/11467–514 Qq. 381–2, signs accompanying Christ's birth: cf. *Elucidarium* i. 132–4.

10173/11475 'j grant cerne . . . qui sera a or propre' F; 'j grant cercle . . . qui sera a semblance de pourpre d'or' F2. The AS readings are close to F2; there is no support in the French MSS for B or L.

10177/11479 *chyueuache/tribute*: 'del siecle sera pris cheuage'. The word *chyueuache* (capitalized in B) is not elsewhere recorded; it is perhaps an error for or a form of *chyvyage*, i.e., *chevage* (lit. 'head-tax'), as in F, with intrusive medial *-v-*, possibly influenced by *chevisaunce* (MED, *n.*, 6.). The alternative spelling *chyueuacle* in B10201, together with the capitalization, may suggest a lack of familiarity with this form on the part of the scribe. (The equivalent passage in the *Elucidarium* has 'universus orbis ad censum est descriptus': the reference is evidently to the census-cum-taxation described in Luke 2: 1–5.)

10178/11480 F adds after this line a further sign: that more than thirty men (cf. *Elucidarium* 'Numerus ad triginta *milia* hominum') will be killed on the day of the Son of God's birth, 'car le fil de Dieu refuseront'.

10181–2/11483–4 'les oisiaux et les bestes et les poissons s'esioiront'.

10193–4/11495–6 The star in F signifies good men—'and for this reason it will appear very bright, for the Lord will be born'. *Godhed(e)* is signified by the golden ring around the sun (see next note).

10195–6/11497–8 'Le cercle d'or entor le soloil senefiera la soe deite qui enluminara la soe sainte foy, car sa foy sera ausi pure et clere et nette come le soloil'.

10199–200/11501–2 The fountain of oil in F signifies 'mercy which will flow from the Virgin'.

10201–2/11503–4 The people written down in the 'cheuaige' in F (see 10177/11479 n) signify those who will carry out God's commandments and who will (thus) belong to the celestial court. This is followed by an explanation of the deaths of those who will not acknowledge the Son of God (see 10178/11480 n): since they do not wish him to be king, they will be killed.

10207–8/11509–10 'Les bestes et les oisiaux et les poyssons auront ioie porce qu'il sentiront l'umilite dou creatour que il deigne et s'umilia naistre de uirge sur terre et saintefier la'—not entirely clear, but the source of the creatures' joy must be God's sanctification either of the earth or of the Virgin; in F2 it must be the latter, since *sur terre* is omitted.

10212/11514 F adds 'et redoublera lor poine'.

10213–28/11515–30 Q. 383, Christ's knowledge and power as a child: cf. *Elucidarium* i. 130–1.

10224/11526 F adds 'et selonc la soe poeste porra faire toutes choses'.

10229–58/11531–60 Q. 384, where Christ will live as a child: the English answer is shorter than that in F, chiefly through omission or abbreviation of the explanations of the symbolic action described.

10237–58/11539–60 Christ's teaching and baptism: cf. *Elucidarium* i. 137–9.

10239–40/11541–2 Proverbial: see 6711–12/7775–6 n.

10259–74/11561–76 Q. 385, Christ's beauty: cf. *Elucidarium* i. 140.

10265–6/11567–8 Not in F.

10269–70/11571–2 Proverbial: Whiting, S910 As bright as the Sunlight (two examples only).

10271–2/11573–4 Proverbial: Whiting, S437 As white as (any, the) Snow (cf. 10568/11906).

10273–4/11575–6 F concludes instead with the statement that in stature Christ will be 'de haute persone'.

10277–8/11579–80 Christ's death for obedience: cf. *Elucidarium* i. 142.

10279–84/11581–6 Why Christ died on a tree (cross): cf. *Elucidarium* i. 148.

10279–80/11581–2 'car il sera obedient iusques a la mort de la croiz'—B closer.

10282/11584 *þe tre þerebeforn*: i.e., the tree of knowledge in Eden.

10292/11594 The answer in F continues for several lines, explaining why Christ's death is greater than sin.

10295–300/11597–602 By whom Christ will be killed: cf. *Elucidarium* i. 158. The English (esp. L) is fiercely anti-semitic, F less specifically so: 'une gent de ceus a cui Dieus enuoira les x commandemens si feront conseil por lui occirre, et autres gent l'occirront'. The *knightes* in 10300/11602 (F *autres gent*) are called *pagani* in the *Elucidarium.*

10301–3/11603–5 Christ in hell: cf. *Elucidarium* i. 161; see also 10521–6/11847–58 n. F gives fuller details of the length of time between Christ's death and resurrection (40 hours: two nights and a day), together with an explanation of their symbolic significance.

10305–30/11607–46 Christ on earth after the Resurrection: cf. *Elucidarium* i. 166, 170; treated as a separate question in F: 'Que deuenra apres sa resurrection?'

10305/11607 *paradys*: i.e., the earthly paradise—'el terrien paradis' (*Elucidarium*: *in terreno paradiso*), together with Enoch and Elijah and all those who will rise after his Resurrection (as explained in F, following the *Elucidarium*).

10307/11609 *bodyly*: not in the *Elucidarium*; F indicates that the body will be 'a clothing of air' (cf. the earlier comments on angels' appearing to men, 8285–92/9463–70 and 8797–802/10001–4).

10308–30/11610–46 *Ten sithes/times*: twelve times in F and the *Elucidarium.* The accounts differ somewhat as to who saw Jesus when, as indicated in the table on the next page. (Parentheses indicate that the name is not given, although the person is identifiable from the context or named in a gloss; biblical references are supplied in square brackets.)

Christ's Post-Resurrection Appearances (10308–30/11610–46)

	Elucidarium	F	English
1	Joseph of Arimathea	(Joseph of Arimathea)	(Joseph of Arimathea)
2	(Mary) his mother	(Mary) his mother	(Mary) his mother
3	Mary Magdalene [Mark 16: 9; John 20: 14–18]	(Mary Magdalene) [Mark 16: 9; John 20: 14–18]	Mary Magdalene [Mark 16: 9; John 20: 14–18]
4	The two (Marys) returning from the sepulchre [Matt. 28: 9–10]	One of his disciples	The three Marys [Mark 16: 1–8]
5	James	James	Peter [1 Cor. 15: 5]
6	Peter [1 Cor. 15: 5]	The (Emmaus) pair [Luke 24: 13–32]	The (Emmaus) pair [Luke 24: 13–32]
7	The (Emmaus) pair [Luke 24: 13–32]	(Peter) 'prince de ses ministres' [1 Cor. 15: 5]	All the disciples [John 20: 19–23]
8	All the disciples [John 20: 19–23]	All the disciples [John 20: 19–23]	(Thomas) [John 20: 26–9]
9	Thomas [John 20: 26–9]	(Thomas) [John 20: 26–9]	On a 'ful digne hil' (Galilee) [Matt. 28: 16–17]
10	'Ad mare Tiberiadis' [John 21: 1–14]	'A un digne mont' (Galilee) [Matt. 28: 16–17]	To his disciples on his Ascension [Mark 16: 19; Luke 24: 50–1; Acts 1: 4–12]
11	On Mount Galilee [Matt. 28: 16–17]	'A une mer' (Tabarie) [John 21: 1–14]	
12	'Recumbentibus undecim' [Mark 16: 14; Luke 24: 33–49]	'La ou il trouera le pueple (Juif) ensamble'	

10312/11614 Not in F.

L11622–6 Based on Luke 24: 28–9.

10325–6/11631–6 Based on John 20: 26–9.

10325,8/11631,40,41 *day*: 'foiz'.

10331–42/11647–58 Q. 388, The Ascension: cf. *Elucidarium* i. 172–3; based on Mark 16: 19; Luke 24: 50–1; Acts 1: 4–12.

10332/11648 See Vincent J. DiMarco's note on *CT* I (A) 2779 in *The Riverside Chaucer* for comment on this 'regular formula in both ME and OF poetry'.

10336/11652 *byfore his ca(a)re*: 'dauant sa passion'. Neither OED nor MED has examples of *care* used specifically of Christ's passion, although it is a natural specialization of the general sense 'the pain of death' (MED *care*, *n.*(1), 2.(a)).

10341/11657 *his(e) disciples twoo*: in fact three—Peter, James, and John (the brother of James) (Matt. 17: 1 ff.; Luke 9: 28 ff.).

10342/11658 F continues with an explanation as to why the Ascension did not take place immediately after the Resurrection.

10359–60/11675–6 'et cil qui seront degettes de sa maison'. If B *outfous* is an accurate translation of F *degettes* 'thrown out', it is perhaps to be taken as two words, *fous* being an apocopated form of the *pp.* of *fusen* in the sense 'banished' (MED *fusen*, *v.*, 1.(b)), i.e., 'excommunicated'. On the other hand it may be a late survival of OE *ut-fus* (*Beowulf* 33a; see also MED *outefouse*, *adj.*, one example only), with the sense 'eager to stay out or be dissociated from' rather than 'eager to go out', as in the two other examples.

10363–92/11679–708 Q. 390: the answer is greatly abbreviated in the English, chiefly by the omission of two lengthy passages dealing respectively with (i) why the consecrated bread should be considered as containing blood as well as flesh (cf. 10381–6/11697–702); (ii) the sorts of people who are or are not fit to receive the sacrament.

10393–402/11709–18 Bad priests and the Eucharist: cf. *Elucidarium* i. 190.

10403–12/11719–28 Those who take the Eucharist unworthily: cf. *Elucidarium* i. 195.

10410/11726 F adds that unworthy communicants (beginning with Judas) will be entered by the devil in place of Christ when they eat the bread.

10413–16/11729–32 Proverbial: Whiting, S891 The Sun never tines (*loses*) its fairness though it shines on the muck-heap (*varied*).

10417–40/11733–58 Q. 392, extra reward or punishment for priests: cf. *Elucidarium* ii. 19.

10422/11738 I.e., the honour and dignity of being a priest.

10425–6/11741–2 Not in F.

10436–8/11754–6 Not in F.

B10436 *ynne sowe*: possibly an error for *hem showe* as in LHS, but the agricultural context justifies *sowe*, used here figuratively in the sense 'disseminate or spread' (OED *Sow*, *v.*[1], 6.). In that case *ynne sowe* is perhaps to be taken as one word, the rare compound *insow* (one example only in OED, in a northern text, *c*1340). The equivalent passage in F speaks not of setting an example but of guarding one's lambs so that the wolf cannot get them (cf. 10435/11753).

10441–2/11759–60 Q. 393: 'Pour quoi uoudront [deuront F2] il touz iorz faire le cors dou vrai prophete?'—B *Why* correct; L *bone* correct according to F2 and the beginning of the answer, 'Il le doiuent faire . . . .'

10445–6/11763–4 'por lui tant soulement et por s'espouse [*add* et pour soy F2] et por le pueple', i.e., ? 'for the sake of God and of the Church [and of himself] and of the people'. F adds that some treacherous priests do so for wealth and honour.

10447–8,51–2,56/11765–6,69–70,74 Not in F.

10462/11780 Not in F. The sense, presumably, is that the sacrament itself (like the apple) does not harm the taker: any harm is caused by the taker's attitude.

10463–4/11781–8 Not in F, which says rather that sinners may receive the sacrament provided that they do so 'de bon cuer et de grant foi'.

10465–74/11789–98 Q. 394, sin is nothing: cf. *Elucidarium* ii. 2.

10466/11790 Not in F.

10470/11794 'et toutes les fist bones' supports S *good his* rather than *Goddis*.

10474/11798 F adds that sin comes from man, encouraged by the devil; it continues with a brief discussion of the grievousness of sin.

10479–84/11803–8 Based on Matt. 27: 45, 51–3.

10481–2/11805–6 Not in F.

10483/11807 *Goode/Dede*: 'les mors'—L closer (also TS). B may derive from Matt. 27: 52, 'corpora sanctorum'; cf. 10521–6/11847–58 n.

10485/11809 The astronomer is glossed in F as 'Saint Dauis' (David) or 'Saint Danis'.

10489–90/11813–14 Q. 396: 'Quel uertus fera le fiz de Dieu en terre?' I.e., What miracles will he work?

10499–500/11823–4 As the text stands L11823 must be construed with the preceding lines, but B10499 (with *fyre* in the sense 'fever') follows the gist of F, which lists a number of Christ's healings: of leprosy, fever, possession by the devil, paralysis, etc.

10501–4/11825–8 The feeding of the five thousand: Matt. 14: 13–21; Mark 6: 30–44; Luke 9: 10–17; John 6: 1–14.

10505–6/11829–30 Peter's walking on the sea: Matt. 14: 28–32.

10506/11830 *Sauff/Se him*: 'si deliurera le prince de ses ministres'—B correct.

10507–8/11831–2 The calming of the storm: Matt. 8: 23–7; Mark 4: 35–41; Luke 8: 22–5. The sense of *to lythe* is evidently 'to die down' (MED *lithen*, *v*.(2), 3., normally used of soreness abating or people behaving gently; not elsewhere used of the wind) rather than 'go' or 'listen' (MED *lithen*, *v*.(1) and *v*.(3)).

10509–10/11833–4 As in 10499–500/11824, the English summarizes a number of specific miracles in F. For the healing of the blind and/or the lame see Matt. 9: 27–31; 12: 22; 15: 29–31; 20: 29–34; 21: 14; Mark 8: 22–6; 10: 46–53; Luke 18: 35–43; John 9: 1–11.

10511–14/11835–8 The unnamed 'sinner' who washed Christ's feet with her tears and dried them with her hair (usually identified with Mary Magdalene): see Luke 7: 36–50.

10513/11837 Not in F.

10514/11838 Three further healings follow in F.

10515–16/11839–42 The raising of Lazarus: John 11: 1–44.

10516/11842 Two further healings follow in F.

10517–20/11843–6 The restoration of (Malchus's) ear: Luke 22: 49–51; cf. John 18: 10–12.

10521–6/11847–58 Expanded from F's brief 'et resuscitera mult de cors des bons qui mort seront auant sa resurrection et si deliurera ceaus d'enfer' to include the harrowing of hell (based on 'Christ's Descent into Hell' in the Gospel of Nicodemus). For further comment see the introduction to Hulme's edition of *The Middle English Harrowing of Hell and Gospel of Nicodemus* (see 1416/2462 n).

10527/11859 Preceded in F by a question asking what will become of the apostles after Christ's Ascension.

10535–48/11867–84 Not in F, which lists instead a number of individual miracles performed by various of the apostles. These are summarized in the concluding four lines of the English answer, 10545–8/11881–4 (cf. 10509–10/11833–4 n). The legend of Simon Magus's attempted flight (not mentioned in Acts 8: 9–24) is discussed in some detail in Charles T. P. Grierson's article on Simon Magus in Hastings, *Dictionary of the Bible*.

L11872 I.e., 'Where he [the wicked man] wished to make an attempt to fly'. This use of *see to* has not previously been recorded, but cf. *look to* (MED *loken*, *v*.(2), 6a.(b) 'to seek (to do or have sth.), endeavor'), an idiom not recorded in OED but coming back into fashion in colloquial MnE, as (for example) in the language of cricket commentators (' . . . looking to clip that one off his toes for a single').

10548/11884 Followed in F by two questions om. from the English: Will the world's population be greater in the time of Christ? How big will heaven and hell have to be to hold all their occupants?

10558/11896 Followed in F by a question asking which is greater, God's grace or his anger.

10559–60/11897–8 Q. 399: the question in F asks whether those who live eternally in heaven will not get old or bored and whether those in hell will not eventually be eaten away by their constant pain. The second part of the question and answer is omitted from the English.

10565–6/11903–4 Proverbial?—Whiting, *C194.5 As light (*happy*) as a Child.

10567/11905 *hoole as f(f)isshe*: proverbial: Whiting, F228; cf. F 'alegres come oisiaux volans'.

10568/11906 Both similes are proverbial: for the first see Whiting W294, for the second (not in F) 10271–2/11573–4 n.

10569/11907 Proverbial: see 1998/3046 n.

10570–2/11908–10 'et sages come angles et honores come rois et loiaus come la mort et sains come feu'—L correct in 11910; 10571/11909 proverbial?—Whiting, *D84.5 As true [F 'loiaus'] as Death.

10573/11911 *A thousand yeere*: 100,000 in F.

10581/11919 'jamais n'auront nulle merci ne repos'—B correct.

10596/11936 F adds that those on earth need the prayers of those in heaven (but not vice versa).

10597–610/11937–54 Q. 401, nakedness in heaven: cf. *Elucidarium* iii. 81.

10600/11940 'et de couoitise' (pride and lechery not mentioned in F).

10610/11954 After this answer the English omits a long section in the French, containing two detailed questions on foretelling the future by astronomical means, a lapidary of 24 stones (see Introduction, pp. xlix–l), a herbal of 49 herbs, and one question asking which is the worthiest place in the world. Bodleian MS Digby 194 (see Introduction, p. lxxxvii) contains an English prose translation of the two questions on foretelling the future (the beginning of the first is missing) and of the lapidary section. An edition of the lapidary section has recently been completed: 'An Unpublished Middle English Lapidary from Bodleian MS. Digby 194: A Diplomatic Transcript with an Introduction, Glossary and Notes', ed. Trudy Brown, English Honours thesis, University of Adelaide, 1988.

10615–18/11959–62 Expanded from 'Esperituelment et corporelment les iugera'.

10627–30/11971–4 This passage on Antichrist replaces the second part of the answer in F, which explains that only one sort of people will be judged at that time—believers who have failed to carry out God's commandments (the good having been judged to eternal glory, misbelievers to eternal pain, since the beginning of the world).

10630/11974 Followed in F by five questions om. in the English, purporting to foretell various historical events.

10631–84/11975–88 Q. 403, Antichrist: cf. *Elucidarium* iii. 33–5. The question in F reads simply 'Le faux prophete dont vendra et dont naistra?' Antichrist (mentioned in the New Testament only in 1 John 2: 18–22; 4: 3; 2 John 7) is discussed in detail by Shailer Mathews in Hastings, *Dictionary of the Bible*.

10639–40/11983–8 Not in F.

B10667–72 Not in F.

B10678 *an hille*: glossed as 'Monte Tabor' in F.

B10679 *swholow* (*folow* TS): 'il vorra vaincre les iustes homes'.

B10683–4 Not in F, which concludes with a commentary on the shortness of the days and the smallness of the people in the time of Antichrist. Another question follows in F, asking what will happen after the death of Antichrist.

10685–6/11989–90 Q. 404: 'Par quel ior resusciteront elles?'

10689–90/11993–4 Not in F.

10691–4/11995–8 F states merely that the heavens will be full of good people who will have died after the death of Christ.

10697–8/12001–2 Not in F. Another question follows in F, asking whether unborn babies will be resurrected.

10699–706/12003–4 Q. 405, at what time of day the Last Judgement will occur (answer om. in L): cf. *Elucidarium* iii. 50.

10707–20/12005–24 Q. 406, how Christ will come to the Last Judgement: cf. *Elucidarium* iii. 51.

10712/12010 'sa corone et des autres conoisances'.

10716/12014 Not in F.

10717/12015 *the orderes/nyne ordris*: 'les ordres'—B correct.

10719–20/12023–4 Not in F, which concludes with an account of fire, cold, and tempest fighting for God against malefactors, and follows with a question asking where the Judgement will take place.

10721–8/12025–38 Q. 407, whether the Cross will be present at the Judgement: cf. *Elucidarium* iii. 55. This question follows Q. 408 in F and F2.

10725–6/12029–30 Proverbial: Whiting, S882 As clear as (the, any, summer) Sun.

10726/12030 F adds that the Cross's likeness will carry out the Judgement because of the injuries suffered by the Cross.

10729–36/12039–72 Q. 408, in what form Christ will appear at the Last Judgement: cf. *Elucidarium* iii. 54.

10732/12042 *Disfigure hym/By figure*: both are allusions to the Transfiguration—'en icelle forme come . . . quant se transfigurara' (Matt. 17: 1–9; Mark 9: 2–10; Luke 9: 28–36); the sense in B is 'transfigure himself', in L 'in transfigured form'. Neither the verb nor the noun has previously been noted in precisely this sense, although both are logical specializations of more general senses (see MED *disfiguren*, *v.*, 2.; *figure*, *n.*, 2.).

10734/12044 Not in F; proverbial: Whiting, S899.

10737–48/12073–86 Q. 409, by whom the Judgement will be witnessed: cf. *Elucidarium* iii. 60. The form of the question corresponds to F Q. 600, '[Les ministres] dou filz de Dieu seront il au jugement?', but the answer corresponds more closely to the answer to F Q. 602, 'Qui seront cil qui [s]eront jugies et qui iugeront?', where several groups are described, glossed interlineally as prophets, martyrs, priests, virgins, and monks. In the *Elucidarium* the question is 'Qui sunt qui judicant?' and the answer 'Apostoli, martyres, monachi, virgines'.

10746/12084 Not in F.

10749–70/12087–108 Q. 410: the English combines two separate questions in F. (i) 'Coment sera fait le iugement?' (Q. 601): the summary answer to this in the English (10751–2/12089–90) omits the details given in F of the angels sorting the good from the bad like bran from wheat. (ii) 'Liquel seront cil qui seront iugies?' (Q. 603, cf. Q. 602, cited above, where this part of the question was left unanswered): the answer to the latter question deals chiefly, in both French and English, with the words in which the Judgement will be delivered to the saved and to the damned.

10753–62/12091–100 Christ's words to those who will be saved: cf. *Elucidarium* iii. 62, based on Matt. 25: 34–6.

10762/12100 'Venetz . . . si receuez le regne qui uos est appareilliez'—B closer.

10763–8/12101–6 Christ's words to those who will be damned: cf. *Elucidarium* iii. 68, based on Matt. 25: 41–3. In F a briefer version of this speech forms part of the answer to Q. 605 ('Liquel seront sauf et cil qui seront dampnes?'), the rest of which is om. from the English.

10770/12108 Followed in F by two questions om. from the English: Will any perish without the Judgement? Who will be saved and who damned? (See preceding note.)

10771–92/12109–34 Q. 411: The gist of F is that the good (who are enumerated) will see in themselves the good that they and their fellows have done and will be filled with joy at having avoided evil; the evil will see in themselves what they ought to have avoided and will be filled with grief to no avail.

10793–810/12135–54 Q. 412, what will happen after the Judgement: cf. *Elucidarium* iii. 74.

10805–10/12147–54 Not in F.

10811–26/12155–72 Q. 413, what will become of the earth after the Judgement: cf. *Elucidarium* iii. 77–8. The English gives only the framework of a much more detailed answer in F.

10818/12162 *a newe/an ende*: 'li element seront purgies et si remaindront et Dieux les muera et seront mues'—B closer.

10821–4/12165–8 Fire and air are not specifically mentioned in F; water will become clearer than crystal; earth will be covered with flowers in place of thorns and thistles.

10827/12173 Preceded in F by two questions om. from the English: What sort of body will the (resurrected) good have? Will they be naked or clothed? (answered in almost the same wording as Q. 401).

10827–8/12173–4 Q. 414: 'Porront il faire ce que il uorront sans licence?' L *leue* may be 'remain' or 'live', *v.*, but B *leue*, *n.*, 'permission', is closer.

10833–4/12179–80 Instant transport of the souls of the good: Diane Speed kindly draws my attention to parallels in *Ancrene Wisse*, *Sawles Warde*, and the *Ayenbyte of Inwyt*, deriving from (? Anselm's) *De custodia interioris hominis* or Hugh of St Victor's *De anima*: 'Alle þeo in heouene schule beon ase swifte as is nu monnes þoght. as is þe sunne gleam þe smit from est in to west. as þe ehe openeð' (*Ancrene Wisse*, ed. J. R. R. Tolkien, EETS 249, 1962, pp. 50–1, quoted in Whiting, s.v. T233); 'Ha beoð alle se lihte ant se swifte ase sunne gleam þat scheot fram est into west as tin ehlid tuineð ant opneð. for hwer se eauer þe gast wile þer is te bodi ananriht wiðute lettinge' (*Sawles Warde*, Cotton text, lines 337–9, in Wilson, p. 37); 'Zuyfte hy byeþ, uor huer þet þe gost wyle by: uor zoþe þer is þet body' (*Ayenbyte*, lines 181–2, in Wilson, p. 39); 'Veloces sunt, quia ubicunque esse vult spiritus, ibi est etiam corpus' (*De anima*, lines 149–50, in Wilson, p. 39). Some comparisons involving the swiftness of the sun are recorded under Whiting, S884; *Sidrak*'s 'anon as thought' perhaps merits its own entry—Whiting, *T229.5.

10839–52/12185–98 Q. 415, the recollections of the souls of the good: cf. *Elucidarium* iii. 85–6. The question, in both F and the *Elucidarium*, is not 'Will they remember their wickedness?' but 'Will they remember the sufferings they endured in the body?'; the answer, nevertheless, speaks of their having conquered the vices of this world, as in 10844/12190.

10851–2/12197–8 Not in F. One last question follows in F, 'What joy will they (the saved) have?', enabling Sidrak's answers in F to end in a crescendo of joy, in contrast to the note of gloom in this final couplet of the last answer of the English.

10854/12202 'car tu m'as mostre le chemin de la ioie pardurable dou ciel'.

10871–2/12221–2 'et uindrent a l'entree dou roy Garaab'—B closer.

10874/12224 Not in F.

10892/12244 'et sot bien que ses ydoles et lor force ne valoient noiant contre le pooir dou roy Boctus'.

10901–3/12255–7 'se il ueut croire en Dieu dou ciel et de tout le monde'.

10909–10/12271–2 '. . . se conuerti a Dieu'.

10911/12273 *many lande*: 'li roys Boctus . . . conuerti toutes ses contrees et molt de terres et de prouinces par le conseil de son maistre Sydrac'.

10916/12278 *ydoles*: F adds 'desquels enfers est plains et sera touz iors'.

10918–22/12280–6 The concluding prayer in F is that we may take in and put into practice the teaching of the book 'to the honour of the body and the profit of the soul'.

APPENDIX 1: LINGUISTIC PROFILES

These LPs are constructed from sequential profiles (see *LALME*, i, General Introduction, §2.2.2) compiled by Dr Sabina Flanagan using the questionnaire published in *LALME* (i, 552–3). With the exception of D (in which these questions are missing) the LPs cover questions 113–33 inclusive (equivalent to 4147–580/5107–546), or as many of those lines as are present in each manuscript; that for D covers the legible pages of the fragment (equivalent to B8336–444 and 8661–775). Items for both north and south are included; rhyme words are excluded.

B: Bodleian Library, Laud Misc. 559
Analysis from ff. 61r.19–67r.22

THE:	the (þe)
THOSE:	þo, tho
IT:	hit ((it))
THEY:	they ((þey))
THEM:	hem, them ((þem))
THEIR:	here, her*e* ((theyre))
SUCH:	suche
WHICH:	whiche
EACH:	ichon (echon, iche)
MANY:	many-
MAN:	man ((man-, mann-))
ANY:	any
ARE:	ben ((are, be))
WERE:	were
IS:	is
ART:	art
WAS:	was
SHALL *sg*:	shall ((shal-))
SHOULD *sg*:	sholde, shulde
pl:	sholde (shulde)
WILL *sg*:	woll ((wol))
pl:	woll
WOULD *sg*:	wolde
TO+*sb* +*c*:	to (vnto, -to)
+*v*:	to
TO+*inf* +*c*:	to
+*h*:	to
+*v*:	to
FROM:	fro, from, froo
AFTER:	after, after-, (aft*er*)
THEN:	thenne, thanne, þenne ((then, tanne))
THAN:	þanne, þenne
THOUGH:	þow
IF:	if ((yf, ȝif))
AS:	as
AS+AS:	as+as
AGAINST:	ayens (ayenst, a-gayn)
AGAIN:	ayen, ageyn
YET:	ȝit
WH-:	wh-
NOT:	not ((nought))
NOR:	ne
A, O:	oo ((o))
WORLD:	worlde ((world))
THINK:	þynk-
WORK *sb*:	werk-, werk
vb:	worche

THERE:	there (ther-) ((ther*e*, þere, þ*er*-, þ*er*))
WHERE:	where-, where ((wher-))
MIGHT *vb*:	might (miȝt)
THROUGH:	thorogh (thorow, þroghe, þorough)
WHEN:	whanne ((whenne, whan, when))
Sb pl:	-es ((-is, -s, -ys, -))
Pres part:	-yng
Vbl sb:	-yng
Pres 3sg:	-eþ (-eth) ((-ith, -yth, -es, -ys, ?-yn))
Pres pl:	-e ((-en, -eþ, -eth, -))
Weak pt:	-ed, -de
Str pt pl:	-e (-)
Weak ppl:	-ed (-de) ((-te, -id))
Str ppl:	-en (-e) ((-yn, -))
ABOUT *adv*:	aboute
ABOVE *adv*:	above (a-bove)
AFTERWARDS:	afterwarde
AIR:	ayre ((eyre, heyre))
ALL:	all, al- ((alle, al, -all))
AMONG *pr*:	amonge ((a-monge, amongis))
AWAY:	a-way
BEFORE *adv-t*:	be-for, bifore-
BEGAN-TO:	beganne-to
BEHOVES:	behoves, behoueth
BETWEEN *pr*:	betwene, bytwen
BOTH:	bothe
BURN:	brenn-
BUT:	but
BY:	by
CALL:	clepe
ppl:	-called
CAME *sg*:	came
CAST:	caste
ppl:	caste
DAY:	day
pl:	dayes
DIE:	dye
DO *3sg*:	dothe (doothe)
pt-sg:	-did
DOWN:	downe (down)
EARTH:	erthe
EITHER+OR:	owther+other
FAR:	ferre
sup:	furtheste
FILL:	-fill-
FIRE:	fyre (fire)
FIRST:	first (furste)
wk-adj:	furste
FOWL:	foule
pl:	foules (fowles)
FRUIT:	frute
GIVE:	gev-
GO *3sg*:	gothe
GOOD:	goode ((gode, goode-, gode-))
sb:	gode
HAVE:	have, haue
3sg:	hathe
pl:	have
pt-sg:	had
pt-pl:	had
HEAD:	hede
HEAVEN:	heven, heuen
HELL:	helle
HIGH:	hye
HIGHT:	hight
HILL:	hill, hill-
HIM:	hym ((hym-))
HOW:	how ((hough))
I:	I
KIND *etc*:	kynd-
LESS:	las
LIE *vb*:	ly-
LITTLE:	litill, litell, lytyll, lytell
LOW:	lowe
MAY:	may
pl:	may
MY +*h*:	myn
NEVER:	neuer
NIGH:	nygh
NO MORE:	no more
NOW:	now ((nowe))
OLD:	olde

ONE *adj*:	oon, oo	THY +*h*:	thyn
pron:	oon, ichon, echon	THOUSAND:	thousand
OR:	or (other)	TOGETHER:	to-geder ((to-gedre,
OTHER:	other ((oþer, othyr))		to-gedyr))
indef:	-other, -nother	UNTIL:	to, till
OUR:	oure, ooure	UPON:	vppon (vpon)
OUT:	oute (owte) ((-oute))	WAY:	way (-way)
OWN *adj*:	owne	WELL *adv*:	wel
POOR:	poore (pore)	WENT *pl*:	wente
PRIDE *etc*:	pride, hyde	WHAT:	what
RUN:	renn-	WHENCE:	whens
SAY:	say	WHETHER:	whether
pt-sg:	sayde	WHITHER:	whedyr, wheder
ppl:	-sayde	WHO:	who (whoo)
SEE:	se (see)	WHY:	why
SELF:	-self	WITHOUT *pr*:	w^{t}oute
SILVER:	siluer	WORSE:	wors
SIN *sb*:	synne	WORSHIP *vb*:	worship-
vb:	synne, synn-	YEAR:	yeere
SOME:	som (somme, sum)	-ALD:	-old
	((some, su*m*,	-AND:	-and, -ond
	summe, su*mm*e))	-ANG:	-ong (-ang)
SORROW *sb*:	sorow	-ANK:	-ank
STEAD:	sted-	-ER:	-er
SUN:	sonne	-EST *sup*:	-este
THEE:	the	-LY:	-ly
THOU:	þ^{u} ((þow))	-NESS:	-nesse

L: British Library, Lansdowne 793
Analysis from ff. 75v.15–82r.12

THE:	þe ((the))	IS:	is ((ys))
THOSE:	þo	ART:	art
IT:	it	WAS:	was
THEY:	þei	SHALL *sg*:	shal
THEM:	hem	*pl*:	shullen
THEIR:	her ((here))	SHOULD *sg*:	shulde ((schulde))
SUCH:	suche	*pl*:	shulde
EACH:	eche, eu*er*ich,	WILL *sg*:	wole
	eu*er*ichone	WOULD *sg*:	wolde
MANY:	many	TO+*sb* +*c*:	to ((-to, til))
MAN:	man ((man-, mann-))	+*v*:	to
ANY:	any	TO+*inf* +*c*:	to ((-to))
ARE:	ben (beþ) ((beeþ, be))	+*h*:	to
WERE:	weren, were	+*v*:	to

FROM:	from, fro
AFTER:	aftir, aftir-, after
THEN:	þan, þanne, þa*n*ne, þa*n*ne ((tho, þoo))
THAN:	þan
THOUGH:	þogh
IF:	if
AS:	as
AS+AS:	as+as, also+as
AGAINST:	aȝeinst, aȝenst
AGAIN:	aȝein
YET:	ȝit
LENGTH *sb*:	lengþe
WH-:	wh- ((w-))
NOT:	not
NOR:	ne
A, O:	o (oo)
WORLD:	world, worlde
THINK:	þink-
WORK *sb*:	werk-
vb:	wirche
THERE:	þere, þ*er*e, þ*er*- (þer) ((þer-, ther))
WHERE:	wher- (where) ((-where))
MIGHT *vb*:	might, mighte
THROUGH:	þorgh
WHEN:	whan (wha*n*ne, wh*an*ne) ((whanne))
Sb pl:	-es ((-is, -s))
Pres part:	-inge, -i*n*ge, -ing, -yng
Vbl sb:	-yng, -ing, -ing-
Pres 3sg:	-eþ ((-iþ, -ith))
Pres pl:	-en (-e, -eþ)
Weak pt:	-ed ((-id, -de, -te))
Str pt pl:	-, -e
Weak ppl:	-ed (-id, -de) ((-d, -te))
Str ppl:	-en, -e ((-))
ABOUT *adv*:	aboute
ABOVE *adv*:	aboue
AFTERWARDS:	aftirwarde
AIR:	eir ((air, eyr, aire, heir))

ALL:	al- (al, alle) ((-al))
AMONG *pr*:	amonge, among
AWAY:	awey
BEFORE *adv-t*:	tofore, bifore-
BEGAN-TO:	bigan-to
BEHOVES:	bihoueþ
BENEATH *adv*:	byneþe
BETWEEN *pr*:	bitwene
BOTH:	boþe, bothe
BURN:	brenn-
BUT:	but
BY:	by
CALL:	calle
ppl:	cleped
CAME *sg*:	come
CAST:	caste
ppl:	-caste
DAY *pl*:	daies
DIE:	deie
DO *3sg*:	doth (dooþ)
pt-sg:	-dide
DOWN:	dou*n* ((doun))
EARTH:	erthe (erþe)
FAR:	fer
sup:	ferþest
FILL:	-fill-
FIRE:	fire (fyre)
FIRST:	first
wk-adj:	firste
FOUR:	foure
FOWL:	foule
pl:	foules
FRUIT:	fruite
GIVE:	ȝeu-
GO *3sg*:	gooth
GOOD:	good
sb:	good
HAVE:	haue
3sg:	haþ
pl:	haue (han)
pt-sg:	had
pt-pl:	hadde
HEAD:	heed
HEAVEN:	heuene
HELL:	helle

HIGH:	hie
sup:	hiest, -hiest
HILL:	hil, hill-
HIM:	him ((hi*m*))
HOW:	hou
I:	I
KIND *etc*:	kind-
LESS:	lesse
LIE *vb*:	ligg-
LITTLE:	litel
LOW:	lowe
MAY:	may
pl:	mowen
MY +*h*:	myn
NE+HAVE:	nadde
NEVER:	neu*ere* (neuer)
NIGH:	nyhe
NO MORE:	no more
NOW:	now
ONE *adj*:	oone, oo
pron:	oon, -ichone
OR:	or ((ouþ*er*))
OTHER:	oþ*er* (oþ*ere*, oþer, other) ((oþere, oþir))
indef:	-oþ*er* (-oþer)
OUR:	oure
OUT:	out
OWN *adj*:	owne
POOR:	pou*ere*
RUN:	renn- ((re*n*n-))
SAY:	seie
pt-sg:	seide
ppl:	-seid
SEE:	se (see)
SELF:	self
SILVER:	siluer
SIN *sb*:	synne
vb:	synne, -synn-,
SOME:	som-, some ((so*m*-, so*m*me))
SORROW *sb*:	sorowe
STEAD:	sted-
SUN:	su*n*ne (sonne) ((sunne))
THEE:	þe
THOU:	þou
THY +*c*:	þi
+*h*:	thine
THOUSAND:	þousand
TOGETHER:	to-gidre
UNTIL:	til, til-þat
UPON:	vpon ((-vpon))
WAY:	-weie (weie, -wey, way)
WELL *adv*:	wel (wele)
WENT *pl*:	ȝede
WHAT:	what
WHENCE:	whens (whe*n*nes)
WHETHER:	wheþ*er* (weþ*er*)
WHITHER:	whidre
WHO:	who
WHY:	whi
WITHOUT *pr*:	wiþouten, wiþ-oute*n*
WORSE:	werse
WORSHIP *vb*:	worship-
YEAR:	ȝere
-ALD:	-old
-AND:	-ond ((-and))
-ANG:	-ong ((-ang))
-ER:	-er (-ir)
-EST *sup*:	-est
-LY:	-ly
-NESS:	-nesse

A: London, Society of Antiquaries 252
Analysis from ff. 23r.32–28v.34

THE:	the ((þe, þ^{e}, te))
THOSE:	þ^{o}, tho
IT:	itt
THEY:	they (þey)
THEM:	hem
THEIR:	her
SUCH:	such ((such-))
WHICH:	which

EACH:	ech, echon
MANY:	many
MAN:	man
ANY:	any
ARE:	be (ar) ((ben, bene))
WERE:	were
IS:	is
ART:	artt
WAS:	was
SHALL *sg*:	shall
pl:	shall
SHOULD *sg*:	should
pl:	should
WILL *sg*:	will
WOULD *sg*:	wold
TO+*sb* +*c*:	to ((vnto))
+*v*:	to
TO+*inf* +*c*:	to
+*h*:	to
FROM:	fro
AFTER:	aft*er*
THEN:	than (þan, þen)
THAN:	þan
THOUGH:	þough
IF:	if
AS:	as
AS+AS:	as+as, also+as
AGAINST:	ayens, ayen
AGAIN:	ayen
YET:	yitt
LENGTH *sb*:	length
WH-:	wh-
NOT:	nott
NOR:	ne
A, O:	o ((oo))
WORLD:	world
THINK:	þenk-
WORK *sb*:	werk-
vb:	werke
THERE:	þ*er* (ther) ((þ*er*-))
WHERE:	wher, wher- ((-wher))
MIGHT *vb*:	myȝtt
THROUGH:	þrough
WHEN:	whan
Sb pl:	-is (-s) ((-es, -ys))

Pres part:	-yng
Vbl sb:	-yng
Pres 3sg:	-ith (-yth) ((-eth, -is))
Pres pl:	-e (-) ((-yth))
Weak pt:	-yd, -de (-id)
Str pt pl:	–
Weak ppl:	-id (-yd) ((-ed, -de, -te, -t, -d))
Str ppl:	- (-en, -e) ((-yn))
ABOUT *adv*:	aboute
ABOVE *adv*:	aboue
AIR:	aier
ALL:	all, al-
AMONG *pr*:	amonge
BEFORE *adv-t*:	beffore-
BEHOVES:	behovis, behovith
BETWEEN *pr*:	betwix, betwene
BOTH:	both
BURN:	brenn-
ppl:	brentt
BUT:	butt
BY:	by
CALL:	clepe
ppl:	callid
CAME *sg*:	came
CAST:	cast
ppl:	caste
DAY *pl*:	daies
DIE:	dye
DO *3sg*:	doth
DOWN:	down
EARTH:	erth
EITHER+OR:	oþ*er*+or
FAR:	ferre
sup:	ferþest
FILL:	-fill-
FIRE:	fire
FIRST:	first
FOWL:	foule
pl:	foulis
FRUIT:	frute
GO *3sg*:	goth
GOOD:	good ((good-))
sb:	good

HAVE:	haue ((have))
3sg:	hath
pl:	haue ((hath))
pt-sg:	had
HEAD:	hede
HEAVEN:	heven
HELL:	hell
HIGH:	hye
sup:	hyest, -hiest
HIGHT:	hiȝtt
HILL:	hill
pl:	hillis
HIM:	hy*m* (hym)
HOW:	how
I:	I
KIND *etc*:	kynde, kynde-
LESS:	lasse
LIE *vb*:	ligg-
LITTLE:	litill
LOW:	lowe
MAY:	may
pl:	may
MY +*h*:	my
NEVER:	neu*er*
NIGH:	nye
NOW:	now
ONE *adj*:	oo
pron:	oon, suchon
OR:	or ((oþ*er*))
OTHER:	oþ*er* ((other))
indef:	-oþ*er*
OUR:	oure
OUT:	oute ((-oute))
OWN *adj*:	owne
POOR:	pore, poore, poor*e*
PRIDE *etc*:	p*ri*de, hide
RUN:	renn-
SAY *pt-sg*:	seide
SEE:	se
SELF:	self
SILVER:	silu*er*
SIN *sb*:	syn
vb:	syn, synn-
SOME:	some- (some)
SORROW *sb*:	sorowe
STEAD:	sted-
SUN:	sonne
THEE:	the
THOU:	*þou*
THY +*h*:	thyn
TOGETHER:	to-gedre
UNTIL:	to, till
UPON:	vppon
WAY:	-wey (wey)
WELL *adv*:	wele
WENT *pl*:	yede
WHAT:	whatt, what
WHENCE:	whens
WHETHER:	wheþ*er*
WHITHER:	whedre
WHO:	who
WHOSE:	whois
WHY:	why
WITHOUT *pr*:	w^{t}-oute
WORSE:	wors
WORSHIP *vb*:	worship-
YEAR:	yere
-ALD:	-old
-AND:	-ond ((-and))
-ANG:	-ong
-ER:	-*er* (er)
-EST *sup*:	-est
-LY:	-ly
-NESS:	-nes

D: Northamptonshire Record Office, Brudenell (Deene) I.v.101
Analysis from ff. 1r.a1–2v.b57 (omitting 1v and 2r)

THE:	þe
THESE:	þese
THOSE:	þo
HER:	here
IT:	it
THEY:	þey
THEM:	hem
THEIR:	here (þ*er*)

WHICH:	wilk
EACH:	ilk-a (eche)
MANY:	many
MAN:	man ((-man, ma*n*n-, man*n*-))
ANY:	ony
MUCH:	mokil, mikil, mochel, moche
ARE:	are ((be))
WERE:	were (ware)
IS:	is
WAS:	was
SHALL *sg*:	schal
pl:	schulle, schal
SHOULD *sg*:	scholde
pl:	scholde, schulde
WILL *sg*:	wile
TO+*sb* +*c*:	to (-to) ((vnto, til))
+*h*:	vntil
+*v*:	til
TO+*inf* +*c*:	to ((-to))
+*h*:	to
FROM:	fro
AFTER:	after
THEN:	þan*n*e
THAN:	þan*n*e, þan
THOUGH:	þouȝ
IF:	ȝif ((ȝyf))
AS:	als (as)
AS+AS:	as+os
ERE *conj*:	or, er
YET:	ȝit
WHILE:	whiles, whiles þat, wile
STRENGTH:	stren*ng*þe
WH-:	wh- (w-) ((h-))
NOT:	nouȝt
NOR:	ne
A, O:	o
WORLD:	world
THINK:	þynk-, þenk-
WORK *vb*:	work-
THERE:	þ*er*- ((þer, þ*er*))
WHERE:	where, wher, wher-
MIGHT *vb*:	myȝt

THROUGH:	þoruȝ
WHEN:	wanne, whanne ((whann*e*))
Sb pl:	-es (-is) ((-*es*))
Pres part:	-ande
Vbl sb:	-yng, -ynge
Pres 3sg:	-es ((-is, -eþ))
Pres pl:	-es, -e
Weak pt:	-ed
Str pt pl:	-e
Weak ppl:	-ed, -d
Str ppl:	-en (-e)
ABOVE *adv*:	abouen
AFTERWARDS:	afterward
AIR:	eyr*e* (eyre) ((her*e*))
ALL:	al- (alle) ((al, all))
BEGAN-TO:	be-gan-to
BEHOVES:	by-houes
pt:	by-houede
BETWEEN *pr*:	betwene
BOTH:	boþe
BUT:	but
BY:	by, be
CAME *pl*:	cam
CAN:	can
DEATH:	deþ, ded
DIE:	deye, deie
DO *3sg*:	dos
pt-sg:	dede
pt-pl:	dede
EVIL:	euele (evel)
FATHER:	fader
FILL:	-fille
FIRST:	ferst
FOUR:	foure
FRUIT:	frut
GIVE:	gyue
pt-sg:	gaf
ppl:	gyuen
GO *3sg*:	gos
GOOD:	gode
HAVE:	haue
3sg:	has, haues
pl:	haue (han, has)
pt-sg:	hadde

HEAVEN:	heuene
HIM:	hym
I:	y
KIND *etc*:	kynd-
LESS:	lesse (lasse, less-)
LIFE:	lyf
LITTLE:	litil
LIVE *vb*:	lyue
MAKES *contr*:	mas
MAY:	may ((mowe))
MOTHER *pl*:	modres
NAME *sb*:	names *pl*
NEITHER+NOR:	noþ*er*+ne
NEVER:	neu*ere*
NOW:	now
OLD:	old (olde)
OR:	ore ((or))
OTHER:	oþ*ere* (oþer)
OUR:	oure
OUT:	out ((oute))
OWN *adj*:	own*ne*
POOR:	poure
SELF:	selue
SIN *sb*:	syn*ne*
vb:	syn*n*-
SOME:	some ((som, su*m*, sum-))
SON:	son-
SOUL:	soule ((soul-))
STEAD:	sted-
THEE:	þe
THOU:	þou
TOGETHER:	to-gidre
UNTIL:	vntil
UPON:	vp-on
WELL *adv*:	wel
WHAT:	wat (what)
WHETHER:	wheþer, wheþ*er*
WHO:	who, ho
WHY:	why
WITEN *pt-sg*:	wiste
WITHOUT:	wiþ-oute
YOUNG:	ȝonge
-ALD:	-old
-AND:	-ond
-ANG:	-ong
-ANK:	-ank
-ER:	-ere
-HOOD:	-hed
-LY:	-lik (-ly)

H: British Library, Harley 4294
Analysis from ff. 16r.34–20r.37

THE:	þe (the) ((te))
THOSE:	þoo
IT:	it
THEY:	þei ((thei))
THEM:	hem
THEIR:	her ((heere))
SUCH:	suche, such
EACH:	eche, eu*ery*ch, eu*ery*chone
MANY:	many-
MAN:	man ((man-, mann-))
ANY:	any
ARE:	ben (be) ((beþ))
WERE:	were
IS:	is
ART:	art
WAS:	was
SHALL *sg*:	schal ((shal))
pl:	shul, shull
SHOULD *sg*:	schuld ((schulde, schold, shuld))
pl:	schuld, schold, shold
WILL *sg*:	wol (woll)
WOULD *sg*:	wolde (wold)
TO+*sb* +*c*:	to
+*v*:	to
TO+*inf* +*c*:	to
+*h*:	to
+*v*:	to
FROM:	fro, from
AFTER:	after, after-
THEN:	þan ((þo))

THAN:	þan
THOUGH:	þouȝ
IF:	if
AS:	as
AS+AS:	as+as, als+as, also+as
AGAINST:	ayenst, aȝen, aȝenst
AGAIN:	aȝen
YET:	ȝet
LENGTH *sb*:	lengþe
WH-:	wh-
NOT:	nat
NOR:	ne
A, O:	o ((oo))
WORLD:	worlde ((world))
THINK:	þink-
WORK *sb*:	werk-
vb:	worke
THERE:	*þer* (þer) ((*þer-*))
WHERE:	wher, wher- (-wher)
MIGHT *vb*:	myȝt
THROUGH:	þurgh
WHEN:	whan ((whanne))
Sb pl:	-eȝ (-s) ((-es))
Pres part:	-yng (-ing, -eng)
Vbl sb:	-yng ((-ynge))
Pres 3sg:	-eþ ((-eth, -iþ, -ith, -yth))
Pres pl:	-eþ, -e (-)
Weak pt:	-ed ((-id, -de, -d, -t))
Str pt pl:	-e, -
Weak ppl:	-ed ((-id, -de, -d, -t))
Str ppl:	-e (-en) ((-))
ABOUT *adv*:	aboute
ABOVE *adv*:	a-boue, aboue
AFTERWARDS:	afterward
AIR:	eyre
ALL:	all, al- ((alle, al))
AMONG *pr*:	amonge
AWAY:	awey
BEFORE *adv-t*:	to-fore, bifore
BEGAN-TO:	bigan-to
BEHOVES:	bihoueþ
BENEATH *adv*:	byneþe

BETWEEN *pr*:	bitwene
BOTH:	boþe
BURN:	brenn-
BUT:	but
BY:	by
CALL:	call
ppl:	cleped
CAME *sg*:	cam
CAST:	caste
ppl:	cast
DAY *pl*:	daieȝ
DIE:	die
DO *3sg*:	doþe
pt-sg:	-dide
DOWN:	doun ((dou*n*))
EARTH:	erþe (erthe)
FAR:	ferre
sup:	ferthest
FILL:	-fill-
FIRE:	fire
FIRST:	first
wk-adj:	first
FOUR:	foure
FOWL:	fowle
pl:	fouleȝ, foules
FRUIT:	frute
GIVE:	ȝeu-
GO *3sg*:	goth
GOOD:	goode ((goode-, good-))
sb:	goode
HAVE:	haue
3sg:	haþ ((haþe, hath))
pl:	haue
pt-sg:	had
pt-pl:	had
HEAD:	heede
HEAVEN:	heuen
HELL:	helle
HIGH:	hye
sup:	hiest
HILL:	hille
HIM:	hym
HOW:	how
I:	I

KIND *etc*:	kynde-
LESS:	lesse
LIE *vb*:	lie-, ligg-
LITTLE:	litle
LOW:	low, lowe
MAY:	may
pl:	mow
MY +*h*:	my
NEVER:	neu*er*
NIGH:	nyȝ
NO MORE:	nomore
NOW:	now
ONE *adj*:	oo
pron:	one
OR:	or ((ou*þer*))
OTHER:	o*þer* ((oþer, other))
indef:	-o*þer*
OUR:	oure
OUT:	out, oute
OWN *adj*:	owne
POOR:	poure
RUN:	renn-
SAY:	seie
pt-sg:	seid
ppl:	-seid
SEE:	see (se)
SELF:	self
SILVER:	siluer
SIN *sb*:	synne (syn)
vb:	synn-
SOME:	some ((some-, som-))
SORROW *sb*:	sorow
STEAD:	sted-
SUN:	sune
THEE:	þe
THOU:	þou ((þow))
THY +*c*:	þi
+*h*:	þine
THOUSAND:	þousand
TOGETHER:	to-gidre
UNTIL:	til
UPON:	vpon
WAY:	wey, -wey
WELL *adv*:	well, wel
WENT *pl*:	ȝede
WHAT:	what
WHENCE:	whens (whennes)
WHETHER:	whe*þer*
WHITHER:	whider
WHO:	who
WHY:	whi
WITHOUT *pr*:	wiþouten, wiþ-outen
WORSE:	wors
WORSHIP *vb*:	worschip-
YEAR:	ȝere
-ALD:	-old ((-oold))
-AND:	-and, -ond
-ANG:	-ong ((-ang))
-ER:	-re, -er
-LY:	-ly
-NESS:	-nes

P: Princeton, Princeton University Library, Robert H. Taylor Collection, Taylor Medieval MS no. 3. Analysis from ff. 25r.a11–27v.a38

THE:	the ((þ^{e}))
THOSE:	tho
IT:	hit
THEY:	they
THEM:	hem, ham, hym
SUCH:	suche
WHICH:	whiche
EACH:	ylke, ylke-a, ylkon, ilcon
MANY:	many
MAN:	man ((man-, mann-, -man))
MUCH:	moche
ARE:	are (arne, be)
WERE:	were
IS:	is
ART:	art
WAS:	was
SHALL *sg*:	shall
SHOULD *sg*:	shulde (shuld)

pl:	shulde, shuld
WILL *sg*:	wull ((woll, wol))
WOULD *sg*:	wolde
TO+*sb* +*c*:	to ((into, vnto, vntill))
+*v*:	to
TO+*inf* +*c*:	to
+*h*:	to
+*v*:	to
FROM:	fro, from ((ffro))
AFTER:	aftir
THEN:	then (than)
THAN:	than
THOUGH:	though
IF:	yf
AS:	as
AS+AS:	also+as (as+as)
AGAINST:	ageyne, ayenst
AGAIN:	ageyne, ageyn
YET:	ȝit
LENGTH *sb*:	lenthe
WH-:	wh- ((h-, w-))
NOT:	not
NOR:	ne
A, O:	o
WORLD:	worlde, world
THINK:	thynk
WORK *sb*:	werk-
vb:	wyrke, wirke
THERE:	ther ((there))
WHERE:	where ((-were))
MIGHT *vb*:	myght
THROUGH:	thorow
WHEN:	whan ((when))
Sb pl:	-is (-es) ((-ys))
Pres part:	-ing, -and (-ande)
Vbl sb:	-yng
Pres 3sg:	-ith, -yth ((-is, -ys, -yt, -))
Pres pl:	-e ((-en, -ith, -yth, -))
Weak pt:	-id (-de) ((-ed, -yd))
Str pt pl:	-e (-)
Weak ppl:	-id (-t) ((-ed, -yd, -de, -te))
Str ppl:	-e, -yn ((-))
ABOUT *adv*:	abowte, aboute
ABOVE *adv*:	aboue (abouyn)
AIR:	eyre
ALL:	all, al-
AMONG *pr*:	among
AWAY:	awey
BEFORE *adv-t*:	be-fore, by-fore
BEGAN TO:	by-gan to
BEHOVES:	behouyth
BETWEEN *pr*:	be-twyxte
BOTH:	bothe
BUT:	but ((butte))
BY:	by, be
CALL:	calle
ppl:	callid
CAME *sg*:	came
pl:	come
CAST:	cast
ppl:	caste
DAY *pl*:	dayes
DIE:	dey
DO *3sg*:	dothe
pt-sg:	-dide
DOWN:	downe
EARTH:	erthe
EITHER:	eyther
FAR:	fer
sup:	ferthest, furthest
FILL:	-fill-
FIRE:	fyre
FIRST:	furst
FOUR:	foure
FOWL *pl*:	foulis
FRUIT:	fruyte
GIVE *pt-sg*:	yaf
GO *3sg*:	gos
GOOD:	gode (gode-)
sb:	gode
HAVE:	haue
3sg:	hathe
pl:	haue
pt-sg:	had
pt-pl:	had
HEAD:	hede

HEAVEN:	hevyn, heuen
HELL:	helle
HIGH:	hye
sup:	hyest
HILL:	hille
pl:	hillis
HIM:	hym
HOW:	how
I:	I, y
KIND *etc*:	kynde, kynde-
LESS:	lasse
LIE *vb*:	ly-, lygg-
LITTLE:	litill (lytill)
LOW:	low (low-)
MAY:	may
pl:	may
MY +*h*:	myn
NEVER:	neu*er*
NO MORE:	no more
NOW:	now
ONE *adj*:	a, one
pron:	one (ilcon, ylkon)
OR:	or (othir) ((other))
OTHER:	other ((nother))
indef:	a-nother
OUR:	oure
OUT:	oute ((-owte))
OWN *adj*:	owne
POOR:	pore
PRIDE *etc*:	pride, pryde
RUN:	renn-
SAY *pt-sg*:	seyde
SEE:	sein, seyn
SELF:	selfe
SILVER:	siluer
SIN *sb*:	synne
vb:	synne
SOME:	su*m* ((som, su*m*-, so*m*-, som-))
SORROW *sb*:	sorow
SOUL *pl*:	soulis
STEAD:	sted-
SUN:	sonne ((so*n*ne, sonn-))
THEE:	the
THOU:	thou
THY +*h*:	thyne
TOGETHER:	to-gedir
UNTIL:	till, tyll, on-tylle, vntill, un-til
UPON:	apon ((vpon))
WAY:	wey
WELL *adv*:	well
WENT *pl*:	yede
WHAT:	what
WHETHER:	whethir (whedir)
WHO:	ho (who)
WITHOUT *pr*:	with-oute
WORSE:	wors
WORSHIP *vb*:	worshipp-
YOU *nom*:	ye
acc:	you
YEAR:	yere
-ALD:	-old
-AND:	-ond ((-and))
-ANG:	-ong (-ang)
-ER:	er (-ir)
-EST *sup*:	-est
-LY:	-ly
-NESS:	-nes ((-nesse))

S: British Library, Sloane 2232
Analysis from ff. 56r.20–63r.22

THE:	the (y^{e})
THOSE:	thoo
IT:	it, hit
THEY:	yai ((thai, thei, they))
THEM:	hem
THEIR:	her
SUCH:	siche (sich)
WHICH:	whiche
EACH:	ichone ((iche))
MANY:	many
MAN:	man (-man) ((man*n*, ma*n*n-))

ANY:	any
MUCH:	mykel
ARE:	ar ((er))
WERE:	were
IS:	is
ART:	art-
WAS:	was
SHALL *sg*:	shal (shall, shal-)
pl:	shal
SHOULD *sg*:	shulde
pl:	shulde
WILL *sg*:	will ((wole))
WOULD *sg*:	walde (wolde)
TO+*sb* +*c*:	to, vnto ((vntil, vntyll))
+*h*:	til
+*v*:	to
TO+*inf* +*c*:	to
+*h*:	to
+*v*:	to
FROM:	fro
AFTER:	after (aftir-)
THEN:	yen ((then))
THAN:	yen (then)
IF:	ʒif
AS:	as ((als))
AS+AS:	als+as (as+as)
AGAINST:	agayns, agayne
AGAIN:	agayne
YET:	ʒitt
LENGTH *sb*:	lengye
WH-:	wh-
NOT:	not
NOR:	ne
A, O:	o (oo) ((a))
WORLD:	warlde, worlde
THINK:	yi*n*nke
WORK *sb*:	werk-
vb:	wirke
THERE:	y*e*re (y*er*, y*er*-) ((yer, yer-, ther, there))
WHERE:	wher (wher-) ((where, -where, whe-))
MIGHT *vb*:	myʒt
THROUGH:	yurʒ
WHEN:	when ((whe*n*))
Sb pl:	-es ((-s, -*es*))
Pres part:	-ande (-an*n*de, -ynge)
Vbl sb:	-ynge
Pres 3sg:	-es ((-ey, -s))
Pres pl:	-e (-) ((-es, -ey))
Weak pt:	-ed (-t) ((-de, -ede))
Str pt pl:	- ((-e))
Weak ppl:	-ed (-de) ((-t, -yd, -ede, -))
Str ppl:	-en ((-en*n*, -n*n*e))
ABOUT *adv*:	aboute (abowten)
ABOVE *adv*:	aboue*n*n
AFTERWARDS:	aftirwarde
AIR:	ayre (aier, aire, ayer)
ALL:	all, al- ((al, -all))
AMONG *pr*:	amonge, amon*n*ge (amange, aman*n*ge)
AWAY:	away
BEFORE *adv-t*:	bifor
BEGAN-TO:	bigan-to
BEHOVES:	bihoues
BETWEEN *pr*:	bitwixe
BOTH:	boith, boye
BURN:	bre*n*n-
ppl:	brent
BUT:	bot
BY:	by
CALL:	call
ppl:	called
CAME *sg*:	com*m*
pl:	-cam
CAST:	cast
ppl:	cast
DAY:	day
pl:	daies
DIE:	dye
DO *3sg*:	dos
pt-sg:	-dyde
DOWN:	dou*n* ((dou*n*e))
EARTH:	erye
EITHER+OR:	ouy*er*+or
FAR:	fer

sup:	farest, feryest
FILL:	-fill-, -fyll-
FIRE:	fyre (fuyre)
FIRST:	first (fyrst)
FOUR:	foure
FRUIT:	fruyt
GO *3sg*:	goes
GOOD:	good (good-)
HAVE:	haue
3sg:	hais
pl:	haue
pt-sg:	hade (hadde)
HEAD:	hede
HEAVEN:	heuen
HELL:	hell
HIGH:	hye
sup:	hyest
HILL:	hyll- (hyll, hille)
HIM:	hym ((hi*m*))
HOW:	how
I:	I
KIND *etc*:	kynde, kynde-
LESS:	lesse
LIE *vb*:	ly-
LITTLE:	litell (litel)
LOW:	lowe
MAY:	may
pl:	may
MY +*h*:	myn
NEVER:	neuer (neu*er*)
NIGH:	negh
NO MORE:	nomore
NOW:	now
ONE *adj*:	oon*n*, oon*ne*
pron:	-one, -on*ne*, oon*n*
OR:	or
OTHER:	oy*er*, other ((oyer))
indef:	-noy*er*, -nother
OUR:	oure, our
OUT:	out ((oute))
OWN *adj*:	awne
POOR:	pore (poor)
PRIDE *etc*:	pride, hyde
RUN:	re*n*n-
SAY: *pt-sg*:	saide
ppl:	-saide
SEE:	see
SELF:	self
SILVER:	silu*er*
SIN *sb*:	syn*ne*, syn*n*
vb:	synn-
SOME:	som- (som*m*) ((some, som*me*, su*m*-, sum-))
SORROW *sb*:	sorow
STEAD:	stedd-
SUN:	son*ne* ((son*n*, sun*ne*, su*n*n-))
THEE:	yee, the
THOU:	y^{u} (you, -ow)
THY +*h*:	thyn
TOGETHER:	to-gedir (togedir, to-geder)
UNTIL:	til, vntyll
UPON:	vppon (vppon*n*)
WAY:	way
WELL *adv*:	wele
WENT *pl*:	yode
WHAT:	what
WHENCE:	whe*n*nes (whennes, wheyen)
WHETHER:	whey*er*
WHITHER:	whider
WHO:	who-
WHOSE:	whos
WHY:	why
WITHOUT *pr*:	withouten
WORSE:	wers
WORSHIP *vb*:	worship-
YEAR:	ȝere
-ALD:	-old ((-ald))
-AND:	-and, -an*n*d
-ANG:	-ang, -ong
-ER:	-er, *-er-*, -ere
-EST *sup*:	-est
-LY:	-ly
-NESS:	-nes, -nesse (-ness)

T: Cambridge, Trinity College O.5.6
Analysis from ff. 18r.b22–20r.b48

THE:	the
THOSE:	thoo
IT:	it ((hit, hitt))
THEY:	thei
THEM:	them (hem)
THEIR:	ther (hur) ((his))
SUCH:	soche ((swilke))
WHICH:	whiche, whilke
EACH:	ilke, ilkone (ilkon, ilke a)
MANY:	many-
MAN:	man ((man-, mann-))
ANY:	ony
MUCH:	mekel
ARE:	ben ((be, bene))
WERE:	were
IS:	is
ART:	arte
WAS:	was
SHALL *sg*:	shall ((shal-))
pl:	shal
SHOULD *sg*:	shulde
pl:	shulde
WILL *sg*:	wole, wol (wil)
WOULD *sg*:	wolde
TO+*sb* +*c*:	to (vnto) ((vntill))
+*v*:	to
TO+*inf* +*c*:	to
+*h*:	to
+*v*:	to
FROM:	from (froo, fro)
AFTER:	after, (after-)
THEN:	thanne (than) ((thoo))
THAN:	than
THOUGH:	though
IF:	if ((yf))
AS:	as
AS+AS:	as+as (also+as)
AGAINST:	ayenst (ageynst, ayein)

AGAIN:	ageyn, ageyne
WHILE:	-while
WH-:	wh-
NOT:	not ((nought))
NOR:	ne
A, O:	o ((oo))
WORLD:	worlde
THINK:	thynk-
WORK *sb*:	werk-
vb:	worke
THERE:	there, ther- (ther, ther*e*)
WHERE:	wher- ((where, wher*e*, -where))
MIGHT *vb*:	myght
THROUGH:	thorugh ((thorough))
WHEN:	whanne ((whan))
Sb pl:	-es ((-s, -is, -))
Pres part:	-ynge
Vbl sb:	-ynge ((-inge))
Pres 3sg:	-eth (-ith) ((-yth, -es))
Pres pl:	-e ((-en, -, -ith, -yth))
Weak pt:	-ed ((-de, -d, -te))
Str pt pl:	-e (-)
Weak ppl:	-ed ((-de, -d, -te))
Str ppl:	-en (-e) ((-ne, -))
ABOUT *adv*:	aboute
ABOVE *adv*:	aboue
AFTERWARDS:	afterwarde
AIR:	eyr*e* (eyre) ((her*e*))
ALL:	alle, al- ((all, alle-))
AMONG *pr*:	amonge
AWAY:	awey
BEFORE *adv-t*:	before-
BEGAN-TO:	began-to
BEHOVES:	behoueth
BETWEEN *pr*:	betwene
BOTH:	bothe

BURN *ppl*:	brente
BUT:	but ((butt))
BY:	bi (by) ((bye))
CALL:	calle
ppl:	called
CAME *sg*:	come
pl:	cam
CAST:	caste
ppl:	caste
DAY *pl*:	dayes
DIE:	deye
DO *3sg*:	dothe (doth)
pt-sg:	-did
DOWN:	downe (down)
EARTH:	erthe ((erth))
EITHER+OR:	other+other
FAR:	fer
sup:	ferdeste, fertheste
FILL:	-fill-
FIRE:	fire
FIRST:	furste
FOUR:	foure
FOWL:	fowle
pl:	foules (fowles)
FRUIT:	frute
GO *3sg*:	goth
GOOD:	good, good-
sb:	good
HAVE:	haue
3sg:	hath, hathe
pl:	haue
pt-sg:	had, hadde
pt-pl:	hadde
HEAD:	hede
HEAVEN:	heven
HELL:	helle
HIGH:	high
sup:	highest, higheste
HIGHT:	hight-
HILL:	hille
pl:	hilles
HIM:	hym
HOW:	how
I:	I
KIND *etc*:	kynde, kynde-
LESS:	lesse
LIE *vb*:	ligg-
LITTLE:	litill (litell, lytel)
LOW:	lowe
MAY:	may ((maye))
pl:	may
MY +*h*:	my
NE+BE:	nis
NEVER:	neu*er* (neuer)
NIGH:	nygh
NO MORE:	nomore
NOW:	now
ONE *pron*:	on, ilkone
OR:	or ((other))
OTHER:	other ((oþ*er*, odur, othur))
indef:	-nother, -nodur
OUR:	owre (owr-)
OUT:	owte ((owt-))
OWN *adj*:	owne
POOR:	pore (poore)
PRIDE *etc*:	p*ri*de, hide
RUN:	renn-
SAY *pt-sg*:	seide
ppl:	-seid
SEE:	see (ysee)
SELF:	selfe
SILVER:	siluer
SIN *sb*:	synne
vb:	synn-
SOME:	som- (some-) ((somme, som*me*, some, som))
SORROW *sb*:	sorow
STEAD:	sted-
SUN:	sonne ((sonne-))
THEE:	the
THOU:	thou ((thow))
THY +*h*:	thyne
THOUSAND:	thosande
TOGETHER:	to-ged*er* (to-geder)
UNTIL:	vntill (to, til)
UPON:	vpon
WAY:	weye (-wey, -wey-)
WELL *adv*:	wel, well

WENT *pl*: yede
WHAT: what
WHENCE: whens
WHETHER: whether
WHITHER: whether
WHO: who (who-)
WHY: whi
WITHOUT: w^{t}-owten
WORSE: worse
WORSHIP *vb*: worshipp-
YEAR: yer*e*
-ALD: -old
-AND: -ond (-and)
-ANG: -ong ((-ang))
-ER: -er
-EST *sup*: -est
-LY: -ly
-NESS: -nes

APPENDIX 2: THE BASE MANUSCRIPTS AND CHANCERY ENGLISH

A SUMMARY COMPARISON OF PREFERENCES

Information for B and L is taken from the same sections as those used in appendix 1; that for Chancery documents is taken from the *Chancery Anthology* (see the section on orthography, pp. 26–51, and the glossary of forms, pp. 305–403). Only forms of which there are several occurrences in B and L are included. The number of occurrences of each form in B and L is given in parentheses; numbers followed by 'rh' indicate the number of occurrences in rhyme.

Chancery	B	L
again: -g- forms preferred	agayn (2), ayen (1)	aȝein (2)
against: -y- forms preferred	ayens (2), ayenst (1)	aȝeinst (2), aȝenst (1)
and	and (170), & (6)	and (138), & (52)
are: be- forms preferred	ben (14), be (3+2rh), are (3)	ben (12), beþ (4), beeþ (1), be (3rh), are (2rh)
definite article: the	the (140), þe (53)	þe (182), the (10)
indefinite article: a, an +*v*	a (26), an +*v* (1)	a (34), an +*v* (1)
-an-/-aun-: -aun- preferred (commaund, etc.)	-aun- (4)	-aun- (5)
but	but (24)	but (22)
-d-/-th-: -d- preferred (gader, whider, etc.)	-d- (15+2rh), -th- (7)	-d- (12+2rh), -þ- (6)
-e-/-ea-: -e- preferred (erthe, ese, etc.)	-e- (48+11rh), -ee- (5+6rh), -i- (3), -ea- (1)	-e- (45+12rh), -ee- (10+6rh)
-ein-, -ain-: vein, rain, etc.	-eyn- (11), -ayn- (5)	-ein- (15+1rh), -eyn- (1)
-er/-ir/-yr: -er preferred (father, nother, etc.)	-er(e) (75+10rh), -yr (4+2rh), -ir (1)	-er(e) (67+1rh), -ir (7)
-gh-: high, knight, etc.	-gh- (21+26rh), – (14+19rh), -ȝ- (1)	-gh- (26+20rh), – (7+21rh), -h- (2), -ȝ- (1)
if, yf	if (4), ȝif (1), yf (1)	if (7)

Chancery	B	L
Negation: *auxiliary* + not + *verb* preferred	*auxiliary* + not + *verb* (8); *verb* + not (3); ne + *neg* (3); ne *alone* (2)	*auxiliary* + not + *verb* (7); *verb* + not (4); ne + *neg* (3); ne *alone* (3)
not	not (7+1rh), nought (1+3rh), noght (1rh)	not (8), noght (5rh)
noun pl: -es preferred	-es (45+4rh), -is (5), -ys (1), -s (1)	-es (39+2rh), -is (8+1rh), -s (4+1rh)
noun poss: -es preferred	-es (5), -is (1), -ys (1)	-es (5), -is (2)
-ond-, -and-	-and- (3+5rh), -ond- (3+2rh)	-ond- (8+3rh), -and- (1+4rh)
poor: no preferred form	poore (2), pore (1), pouer (1)	pouere (4)
pron: I; me; my(n)	I (8+1rh); me (6+1rh); myn +*h* (1)	I (9+1rh); me (6+2rh); myn +*h* (1)
pron: ye; you; your(e) (*sg*)	þou (4), þow (1); the (1+1rh)	þou (5); þe (3), the (2rh); þi (1), thine +*h* (1)
pron: he; him; his	he (40+2rh); hym (11); his (26)	he (35+1rh); him (13); his (22), hise *pl* (2)
pron: it, hit	hit (49+1rh), it (5)	it (70)
pron: we; us; our(e)	we (3), wee (1); vs (6); oure (2), ooure (1)	we (6+1rh); vs (7); oure (3), oures (1)
pron: they; them; *poss* h- *or* th-	they (33), þey (4); hem (5), them (4), þem (1); *poss* here (3), theyre (1)	þei (31), þeie (1rh); hem (10); *poss* her (7)
shal(l)	shall (9+1rh), shal (1)	shal (10+1rh)
sholde (shulde)	sholde (12), shulde (7)	shulde (18), schulde (1)
such(e)	suche (6)	suche (6)
Vb inf: –	–/-e (39+40rh); -(e)n (1)	–/-e (45+46rh)
Vb pr3sg: -eth	-eþ (24+1rh), -eth (20), -th(e) (9), -ith (7), -yth (5), -es (5+4rh), -is (1rh), -ys (1)	-eþ (50+2rh), -eth (3), -þ (9), -th(e) (2), -iþ (6), -es (2rh), -is (1rh)
Vb prpl: –	–/-e (18+19rh), -en (2), -eþ (3), -eth (2+1rh), -ith (1), -yth (1)	–/-e (10+24rh), -en (15), -eþ (6), -iþ (1), -ith (1)
Vb prp: -ing *or* -yng	-yng (6+1rh)	-inge (4), -ing (2), -yng (1)
Vb wk pt, *pp*: -ed	-ed (16), -id (2)	-ed (11), -id (4)

Chancery	B	L
Vb strong pp: – *or* -en	–/-e (4), -en (5), -n (2+1rh), -yn (1)	–/-e (6+3rh), -en (4), -n (1rh)
Vb y-pp: – *or* y-	– (40), i- (1)	– (33), y- (7), i- (5)
wold(e)	wolde (5)	wolde (5+1rh)

APPENDIX 3: *THE DEVELS GRYPE* (3826/4766)

EQUIVALENTS IN SELECTED FRENCH MANUSCRIPTS

1. *grafion* and related readings (17)

garfion au dyable: Bibliothèque Nationale, Paris, fr. 762
graffaux [?] au deable: Bibliothèque Nationale, Paris, fr. 1161
graffion au deable: Bibliothèque Interuniversitaire de Montpellier, Section Médecine, 149
graffions au deable: Bibliothèque Nationale, Paris, fr. 1159
g*ra*ffions dou dyable: British Library, London, Harley 4361
graffiour au diable: British Library, London, Harley 4417
grafion au deauble: Bibliothèque Royale Albert Ier, Brussels, 11110 [F3]
grafion au diable: Bibliothèque de la ville de Lyon, 948
grafions al dyable: British Library, London, Add. 16563
grafions au deable: British Library, London, Add. 17914
grafions au deable: British Library, London, Egerton 751
grafions au deable: Vatican Library, Rome, Vat. Lat. 5272
grafions au deables: Bibliotecca Riccardiana, Florence, Ricc. 2758
grafions au deauble: Ville de Marseille, Bibliothèque Municipale, 733
grafions au diable: Bodleian Library, Oxford, Bodley 461 (*formerly* 2451)
g*ra*fions au dyable: Vatican Library, Rome, Reg. Lat. 1141
grafuns a diable: Lambeth Palace Library, London, 298

2. *garcons* and related readings (9)

garco*n*s au deable: Bibliothèque Nationale, Paris, n.a.fr. 10063
garcons au deauble: Bodleian Library, Oxford, e Museo 34
garrons au deable: Bibliothèque Municipale, Rennes, 2435 (*formerly* 593)
graco*n*ns [? graco*u*ns] al diable: Trinity College, Dublin, B.5.1 (209)
garsons au deable: Cambridge University Library, Gg.i.1 (54)
les garcȝons au deable: British Library, London, Harley 4486
les garsonns [? garsouns] al deable: Royal Library, Copenhagen, Ny kgl. Saml. 2919
les garsouns [?] au Diable: Bibliotecca Medicea Laurenziana, Florence, Ashburnham 118
les garȝouns al diable: British Library, London, Harley 1121

3. *gracieus* and related readings (3)

gracieus au diable: Bibliothèque Nationale, Paris, fr. 24395 [F2]
gracieux au dyable: Vatican Library, Rome, Reg. Lat. 1255
gracieuz au deable: Bibliothèque Nationale, Paris, fr. 1157

4. Readings synonymous with *garcons* (2)

les ficz al deable: Bibliothèque Nationale, Paris, n.a.fr. 10231
sers au deable: British Library, London, Royal 16 F.v

5. Readings with *grif-* (2)

griffonz au deable: Bibliothèque Nationale, Paris, n.a.fr. 12444
g*ri*fion au dyable: Bibliothèque Sainte-Geneviève, Paris, 2202

6. Uncertain (1)

guatirut [?] au diable: Bibliothèque Nationale, Paris, fr. 19816

GLOSSARY

The glossary includes only (i) words that might cause difficulty to present-day readers (because they are obsolete, obsolescent, or very rare; because the senses in which they are used are not one of their normal modern senses; or because their spellings or inflexional forms make them hard to recognize), and (ii) words that are of lexicographical interest even if their meaning is obvious (e.g. **rooundehede, rowndehede**). Common words used in easily recognizable forms or contexts are excluded, as are words that might otherwise cause difficulty if the equivalent form on the facing page did not make their identity clear. The inclusion of a word in the glossary does not imply that the word is not used elsewhere in the text in its usual modern sense(s).

Since the aim is to elucidate meanings, not to provide a grammatical concordance, no attempt is made to list the standard inflexions that will cause no difficulty (genitive and plural of nouns in *-s/-es/-is/-ys*, present plural of verbs in *-e/-eth/-en*, imperative and subjunctive forms of verbs, present participle of verbs in *-ing/-yng*, past tense and past participle of weak verbs in *-ed/-id/-t*, etc.). References given under the head word may be to any of such forms and are not necessarily to the singular of the noun or the infinitive of the verb. But past tense and past participle of strong verbs are usually given, as are other forms that might cause difficulty, e.g. in preterite-present verbs (see **wite**). All important orthographical variants (as opposed to grammatical inflexions) of the head word are given, with line references for each form. Alternations between *i/y*, *ȝ/y*, *þ/th*, and *u/v*, and presence or absence of final *-e*, are regarded as insignificant and are not separately recorded.

Normally only one or two references (usually to the earliest occurrences) are given for each entry, whether to orthographical variants of the head word, inflexional forms, or different senses. For entries that incorporate alternative spellings, one reference is given for each of the spellings covered (e.g. **be(e)re**). For words occurring at the same point in both base texts line references are given in the form 15/23, where 15 is the line number in B and 23 the line number in L (see **spere**). For a word occurring in only one of the base texts at any given point line references are given in the form B4126 or L12 (see **aplight, asoiled**). For a word occurring in the Table of Contents in P (printed following B924) references are given in the form P575 (see **quytly**). For a word occurring in a variant but not in either of the base texts at that point the reference is given in the form B712TP (i.e., the word occurs in T and P and may be found in the variants for B at line 712; see **bidafte**); such words are not included, however, unless they are of lexicographical interest. A line number in italics indicates that the word in question results from an emendation (e.g. **berde** *pt. sg. impers.*). A lower case 'n' after the line number refers the reader to the Commentary for a note on the line or passage in which the word occurs (e.g. **artes**).

Etymologies and references to the standard historical dictionaries are given only for rare words or those of which the meaning is doubtful. Most such words have been listed and/or discussed in one of the lexicographical articles listed under Abbreviations and Short Titles (see pp. xii–xiii). Some of the information in these has been (or will be) superseded by subsequently published fascicles of MED. (At the time of revision of the glossary the latest fascicle of MED available was T8, finishing with *treisoun*, *n.*, 3.(b).)

In the alphabetical arrangement *þ* is listed with *th* and *ȝ* with *y* or after *g*, as appropriate; vocalic *y* is listed with *i*; consonantal *i* is listed in the place of modern *j*; *u* and *v* are placed with *u* when representing a vowel and with *v* when representing a consonant. Standard abbreviations are used for parts of speech. Words enclosed in brackets and preceded by 'F' are the equivalents in MS fr. 1160 for the word being glossed (see **blis(se)**).

a *adv.* ay, always B6068 n.

abesse, abbesses, abbesseþ *pr. 3 sg. refl.* wanes (*lit.* humbles himself/herself) B5052, 5082/6066.

abide *v.* remain L2013, 2740; *perell(e)* ~ face danger 1639/2685; experience 7426/8512; **abood(e)** *pt. sg., pl.* remained L297, 9606; awaited 8021/9131.

accordyd *pt. (subj.) sg.*, ~ *to* should agree to B380.

achaufe *v.* warm B8452.

acombris *pr. 3 sg.* encumbers, overburdens B3123.

acordaunce *n.* compatibility 2435/3315.

addre, edder *n.* snake, serpent (not necessarily an adder) 2715/3597.

adoo *n.*, *make* ~ take trouble, make a fuss 9253/10483. [MED *ado, n.*, 2.(b), no examples with *make*; OED *Ado, sb.*, 3., earliest example with *make* 1535.]

adrad(de) *ppl. adj.* afraid 6786/7850, L10742.

aduenture *see* **aventure**.

advoutry, avoutrie *n.* adultery 1296/2336.

aferde *ppl. adj.* afraid 9491/10733.

affiaunce *n.* confidence, trust L4361.

affye *pr. pl.* trust 3471/4371.

aflete *adj.* in a state of overflow B5227. [OED *Afloat*, 3. (1591–).]

aflight *ppl. adj.* afraid, disturbed L10194.

a(f)fter, aftir *prep.* & *conj.* according to, as 79/87, 4267/5231; in conformity with 3320/4222; like, in the pattern of 3637/4543; for, in order to get 3822/4762; ~ *oon/one see* **oon(e)**.

agoon *pp.* gone, passed L121, 9256.

aȝeinbie *v.* redeem L11591.

aȝein(e), aȝen, aȝayn, ayeen, aye(y)n, agayn(e), agein(e) *adv.* & *prep.* again, back 132/146, 267/302; (back) to L298; in opposition to, against L782, B1926, 7046/8114; in, exposed to B3221, L4987; towards, in the direction of L4129; in return 3320/4222, B7140; ~ *kynde* contrary to nature 2647/3529, 6160/7178; ~ *to see* to look at B5464. [*See also* **ayen went**.]

aȝeinseie, ayensay, ayensey *v.* refuse to obey B61; retract B785; deny, disclaim 8157/9305; contradict 10026/11318.

aȝeins(t), aȝenst, ayenst(e), ayens, ageyns *prep.* & *conj.* against 473/513; shortly before 1551/2599; in contrast to, in comparison with 1606/2654, 6270/7306; with respect to L3374, 2572/3454; in, exposed to L4121; facing toward, opposite 7870/8976.

ahendere ? near her B2637P. [? MED *a-*, *pref.* (2), 1.(a) + *hende*, *adv.*, (a) + *her*, *pron.*]

ay *adv.*, *with* ~ always B9333. [Phrase not recorded in MED or OED.]

aye *see* **awe**.

ayen went *pp.* returned *B9908*.

air *n.* heir L11568.

ayre *n.*[1] *see* **eir**.

ayre *n.*[2] vigour, violence B4513.

aywhere *adv.* everywhere B4632.

akele *v.* cool off, go down L8324.

alday, allday(e) (*one word or two*) *adv.* always 2385/3265; all day 3221/4121; frequently 3641/4547.

alder-, aldir- *see* **alþer**.

aledeþ *pr. pl.* alleviate, relieve B5706. [MED *alleggen, v.*(2); this spelling not recorded.]

algate(s) *adv.* at all events, anyway L4106, 5760.

aliche *adv.* alike, equally B2326, 4797.

all ? *conj.* although B9679 n.

allowed *pp.* esteemed, commended L4463.

almesdede, almessedede *n.* good deeds L2796; (act of) alms-giving B3485; charitable act performed as satisfaction for sin 4841/5823; **almysdedys** *pl.* B8674.

almesse *n.* good deeds B1748, 2162; (act of) alms-giving L11376.

alode ? *ppl. adj.* ? wasted B1988 n.

alonly *adv.* merely, no more than L11724.

aloute *v.* bow, bend L8942.

alowe *adv.* below L6639.

als, also(o), as *adv.* so (*introducing a wish or request*) L551; *preceding adverbs, as an intensive* L301, 571/617; in this way, thus 1401/2447; in the same way, similarly 6827/7895, 8929/10139; as well, also B7575, L10174; ~ . . . *as* as . . . as 1035/2037, B6130; *as* . . . ~ as . . . so B1773,7; ~ *as* in the same way as, just as 4447/5411, L10223; ~ *wel(l)* as well 5416/6406.

alskete *adv.* immediately B10456. [*See* **skete**; not elsewhere recorded as one word but cf. similar compounds such as *alsone*, *a(l)stite*.]

alþer-, alter-, alder-, aldir- *gen. pl. of* **al**, *prefixed to the superl. of adjs. & advs.* very, of all: ~ *wysest* very wisest, most learned B502; ~ *mo(o)st(e)* greatest of all B619, most of all 824/892, greatest imaginable 1000/1980; ~ *higheste*, ~ *hiest* at the highest possible point *4405*/5369; ~ *next(e)* nearest (of all) to, right next to 4923/5905; ~ *best* in the best way of all 8484/9686; ~ *ffirst*, ~ *ferst* very first 9003/10225; ~ *last* last of all L11465; *in her* ~ *sight* in the sight of them all L11644.

al weldande *ppl. adj.* almighty L938.

amend(e) *v.*, ~ *mode*, ~ *chere* cheer up B184, 8834/10038; reform, convert 574/620; improve, change for the better 944/1920, 9422/10658; make amends for L2115; save, redeem 1354/2398; relieve, cure 1430/2476; *refl.* 1882/2932; ~ *manere* mend one's ways 8514/9716; ~ *of* turn away from 4575/5541.

amendement(e) *n.* improvement, betterment L4654; *do(o)* ~ make amends 7951/9061; *come to* ~ reform, be converted to Christian living 10362/11678.

amendis *n. pl.*, ~ *to ȝelde* make amends L2361.

amys, amisse *adv.*, *do* ~, ~ *do* do wrong, commit sin 3641/4547, 3824/4764; *fare(n)* ~ are disgusting 4669/5641 n.

amonaster *n.* admonisher, preacher B2150 n. [Not previously recorded.]

among(e) *adv.* at the same time 1544/2592; in addition 3541/4443; from time to time, now and then B3938; all the while 5841/6837.

amorwe *adv.* in the morning L6803.

amounteth *pr. 3 sg.* mounts, rises B4348.

ampte *see* **empte**.

and *conj.* if B551, L789, 2018/3066.

aneniste *prep.* concerning, as regards B2069.

angerith, angreþ *pr. 3 sg.* afflicts, grieves 3957/4915; **angred** *pt. 3 sg. intr.* was angry B356; *trans.* afflicted, harmed 1585/2633.

anyþing, onythyng *adv.* in any way, at all 9728/11000.

annoyen *pr. pl.* disturb, trouble L10193.

anoye, ennuy *n.* discomfort *7553*/8651; uneasiness L10704.

ano(o)n *adv.* at once 41/49; ~ *right* straightaway 433/471; ~ *as* as quickly as, as soon as 10834/*12180*.

anowe *see* **inow(h)**.

answhers, answeriþ *pr. 3 sg.* ? goes, proceeds 3065/3953 n.

apayde, apaied *pp.* satisfied, contented B3840, 8475.

aperceyue *v.* perceive B7359; **aperceyuant** *pr. p.*, ~ *is* perceives B5557.

apertly *adv.* plainly, clearly L562, 590.

aplight *adv.* in truth B4126.

aquyte *v.*, ~ *yoow yooure mede* give you your reward B86; reward, repay B139.

ar *see* **er**.

arees *n.* attack, assault L10718. [Not elsewhere recorded; cf. MED *aresen*, *v.*(1), to rush.]

areise *v.* raise, lift up L2020.

arered *pp.* set up, maintained L3162.

arighte ? *v. intr.* act rightly *or* ? *adv.* rightly L2082.

arowe *adv.* in order, in succession L2002.

artes *pr. 3 sg.* ? instructs in the arts *or* ? confines in one position B3900 n.

as *see* **als**.

asay *n.* test, trial, *for* ~ as a test case B4609.

asayland *pr. p.* assailing, attacking B3292.

asawte, asaute *n.* assault 3292/4194.

asemble *n.* sexual intercourse B2476.

askes *n. pl.* ashes L3807.

askyng *see* **axyng**.

aslake *v.* abate, subside B8954.

asoiled *pp.* answered, solved L12.

assaye *v.* test, try L5575.

assemble *pr. (subj.) pl.* couple (sexually) 2477/3357, 3040/3928.

assent(e), asente *n.* consent 685/743; sentiment, persuasion 1047/2049, 3709/4619; *of oon(e)* ~ of one mind, in complete agreement 1200/2240; will, intention, *in his* ~ willingly 8667/9871.

astertt *v. refl.* escape B1167A. [Cf. OED *Astart*, *v.*, 4.; MED *asterten*, *v.*, 4.; no refl. examples.]

astyte *see* **tite**.

astromien *n.* astronomer, astrologer L5059, B10485; **astronomyes, astromyes** *pl.* L51, 117.

astromyour, -er, astronomyere, astronomer *n.* astronomer, astrologer B2105, 4099, L229, 11809; *pl. 4086*/5046.

ateynte *pp.* convicted B2196.

atente *n.* intention, aim L3516.

at(t)empre *adj.* temperate, moderate, well-balanced (physiologically) B2454, 2465; (hence) even-tempered, mild in mood B9162 n.

atwynne *adv.* in two, in separate parts; *depart* ~, *parte* ~ separate (*v.*) L700, 6918; apart, asunder 4252/5216, L12023.

atwo(o) *adv.* in two L3822; *breke* ~ break to pieces B787; *deparat* ~, *parte* ~ separate (*v.*) 9424/10660.

aught *n.*[1] *see* **o(u)ght** *n.*

aught *n.*[2] goods, wealth B6608.

avayle *n.* benefit, advantage, profit B3480.

avaunce, avaunse *v.* help, encourage 2206/3086, B3462.

avaunteþ *pr. 3 sg. refl.* boasts L4267.

auenterously, auenturously *adv.* by chance 4304/5268.

aventure, adventure *n.* fortune 5409/6399; mishap 8670/9874; *foule* ~ ill fortune, vile mishap 1501/2547.

avise *imp. sg.* consider, take thought L9732; *refl.* B8530; **avysed** *pp.*, *be* ~ take counsel 5549/6539.

avokate, avokett *n.* advocate, pleader 3257/4161.

avoutrie *see* **advoutry**.

awaiten *pr. (subj.) pl.* keep watch L10006.

awe, aye, eye *n.* fear 5561/6551; *seete, sett* ~ *(vn)to* overawed 6104/7122; ~ *þat he shall set hem to* fear with which he will fill them B10646; *had/stood of me* ~ had reverence for me, stood in awe of me B10754, B10754TS. [See etymological note s.v. *Awe*, *sb.*, 4.a. in OED.]

axe *v.* ask 918/1000; *pt.* L123, 921/1003; ask for, require (of someone) 9624/10880.

axel tre *n.* axis B6398, 6401.

axer *n.* asker, questioner 9609/10863.

axyng, axinge, askyng *vbl. n.* request, petition, prayer 414/452, 9926/11212; question 2561/3443.

aye(y)n; ayens(te); ayensay, ayensey *see* **aȝein(e); aȝeins(t); aȝeinseie**.

baales *see* **bale**.

bad(de) *pt. sg., pl.* asked, prayed (for) 580/626, 8743/9947.

badde *adj.* wicked, inferior, inadequate 697/755, 3598/4504.

ba(y)lye *n.* charge, keeping 196/220.

bailleff, baily *n.* bailiff, sheriff's officer 5395/6385.

baisshid *pt. pl.* frightened L890.

bale *n.* disaster, evil 4478/5442; misery, pain L11881; **baales** *pl.* B10545.

ballid, balled *adj.* bald 7862,4/8968,70.

bandes, -is *n. pl.* bonds 7098/8168.

baratour *n.* brawler, wrangler 6184/7218 [*see* 6185–92/7219–26 n].

barn(e)tem *n.* progeny 4097/5057.

bate *n.*[1] contention, strife, discord ? 3191/4091 n, L4842; *do* ~ cause trouble L4312.

bate *n.*[2] ? advantage, profit *or* ? lure, enticement ? 3191/4091 n, B3932.

bate *v.* ? cast down B3410 n.

be *prep. see* **by**.

becleue *v.* cling to B6122. [Not previously recorded.]

become, bicome *v.*, *where* ~ what becomes of, where goes 1769/2817; *where* ~ *þei* where do they come from L5898.

bedde gonge *n.* going to bed B5812. [OED *Bed*, *sb.*, 19., one example only, *a*1300; MED *bed*, *n.*(1), 1c.(g), same example, queried.]

bed(e), beede *n.* request, prayer B2974, 2976/3864, B9960.

bede *v.* offer: *forth(e)* ~ *(refl.)* offer oneself (in challenge) 5396/6386, 5776/6766; **bedde** *pt. pl.* 10756/12094; **beden** *pp.* bargained (for), given money (for) B6196 n.

bedene, bidene *adv.* together, one and all 687/745, 2917/3805; completely L2388, 8829/10033; indeed 10053/11349. ['Only in N & NM texts' (MED, s.v. *bidene*); 'often used without any appreciable force, as a rime word, or to fill up the measure' (OED, s.v. *Bedene*).]

beede *see* **bed(e)** *n.*

be(e)re *n.* bier 3592/4494, B10551.

be(e)te *see* **bete** *n.* & *v.*

befalle, bifalle *v.*, ~ *to* become B7467 [MED *bifallen*, *v.*, 1.(c), one example only, without *to*]; ~ *to be* happen to be L8553.

before *see* **bifore**.

began(e), bigan *see* **begynne**.

begile, **bigile** *v.* lead astray 374/412, 10920/12282; get the better of 1371/2415; deceive L4563, 7821/8927; cheat, defraud 4831/5813.

begynne *v.* perform, perpetrate 1262/2302; **began(e)**, **bigan** *pt. sg. used as auxil. with infin. to form pt.*, ~ *to spille* ruined, caused to be damned B8246; *to make* ~ made 8293/9471; *to seye* ~ said 10380/11696.

begynnes *n. pl.* beginning(s) B8410.

begone *see* **welbegone**.

behight, **behiȝten** *see* **byhote**.

behof(f)e, **bihoue** *n.*, *to/for mannes* ~ for man's sake, benefit or use, in man's interest 1160/2200, B3453, 9016.

beholde *v.* comprehend B8554.

behoveþ, **bihoueþ** *pr. 3 sg.*, *pl.* need, require 10140/11440; are necessary 10141/11441.

b(e)ye, **bigge** *v.* atone for, pay (the penalty) for 6046/7052; redeem B10289; *refl.*, *hym* ~ ? pay the penalty for themselves B1518 n; **bo(u)ght** *pt. sg.*, *pl.* redeemed B1355, L7280; earned, acquired L9700; **boght** *pp.* redeemed L2399.

beleve *see* **bileve** *n.* & *v.*

bene, **beane** *n.* bean; *not avayle a* ~ not help a bit 734/792; *worth(e) a* ~ of any value at all 5366/6356, 9230/10456.

beneme *see* **byneme**.

berde *n.* beard; *in his* ~ to his face, in front of him 9492/10734.

berde *pt. sg. impers.* (it) behoved *B10434*.

bere *n. see* **beere**.

bere *v.* bear (in various senses): have, possess 83/91; hold up, support L945; carry, take 1569/2617; *refl.* conduct oneself, behave 2242/3122, 5560/6550; *pris(e)* ~ win praise 4051/5011; bear (responsibility for) 4838/5820; wear 5472/6462; **ba(a)r(e)** *pt. sg.*, *pl.* gave birth to 7381/8467; bore (fruit) 9022/10246; endured, lived 9047/10271; **bo(o)re**, **ybor(n)e**, **born(e)** *pp.* born 675/733, 873/949, B5262; held up 4325/5289; carried off, taken prisoner 9783/11053.

beryng(e) *vbl. n.* birth 1403/2449; conduct 4842/5824; pregnancy 9383/10619.

besely, **besily** *adv.* diligently B105, L7586; attentively B1093; busily, ceaselessly L2795.

besynesse *n.* diligence; *doo thi* ~ exert yourself L10837.

bestad, **bistadde** *pp.* beset, afflicted (with) B2169, L10468.

beste *superl. adj.*, *with þe* ~ in the best way B49.

beswike *pr. pl.* deceive, delude L7903.

bet, **bett(e)** *comp. adv.* better L6978, 8152/9298.

betake, **bitake** *v.* deliver, entrust 7957/9067; *refl.* deliver oneself, turn (to) L748; **bitook** *pt. sg.* L238; *refl.* L7094; **bitake** *pp. refl.* L836.

betaught *see* **beteche**.

bete, **bit** *n.* bite 1467/2513.

bete, **beete** *v.* ? change, improve B5036 n; remedy B8456; atone for L10108; kindle, increase B10632; **beten** *pp.* atoned for B1559.

beteche *v.* commend L11206; **betaught** *pt. sg.* entrusted B2088.

bethought *see* **biþoght**.

betide *v.* happen 1593/2641; befall, afflict 1640/2686; fare B5437 n; ~ *of* become of 10811–12/12155–6; **betidde**, **bitidde** *pp.* 5912/6910.

betyll, **betill(e)** *n.* mallet, hammer 803,9/871,7.

betime; **bett(e)** *see* **bitime**; **bet**.

betwene, **bitwene** *prep.* among 969/1949; ? in B4625 n.

bewreye *v.* betray, give away 5960/6964.

by, **bi**, **be** *prep.* about, concerning 369/407, L3010; beside 1644/2690; according to L3041; as for, as regards 3579/4481; to, up to 6972/8040; through, in 7882/8988, 9387/10623; for (the duration of) B10301; in B10338.

by and by *adv. phrase* one and all, completely L116; in sequence, in orderly fashion 4229/5193.

bicome *see* **become**.

bidafte *pp.*, *Hathe made you alle* ~ has completely outwitted you, has made an utter fool of you B712TP. [MED *bidaffed*, *ppl.*, one example only.]

bye; **bifalle** *see* **b(e)ye**; **befalle**.

bifore, **before** *adv.* ? in height, from top to bottom B2292 n; *prep.* ? up to 2399/3279 n.

bigge *see* **b(e)ye**.

byggere *comp. adj.* stronger B2797. [Chiefly NM & N—MED.]

biglye *adv.* loudly, boastfully B9225. [OED *Bigly, adv.*, 2., 1532–; sense not in MED.]

biȝate *n.* benefit, advantage B4779.

biheting *vbl. n.* promise(s) L4275.

bihinde *adv.*, *be* ~ be badly (worse) off, at a disadvantage L10775.

byhote *v.* promise L11047; **behight** *pt. sg.* L2041, **behiȝten** *pl.* L157; **bihote, behight** *pp.* L5537, 7203.

bihoue *n.*; **bihoveþ** *see* **behof(f)e; behoveþ.**

bikenneþ *pr. 3 sg.* consigns L3802.

bileue, beleve *n.* belief, faith L716, 770, 905/987.

bileue, byleve, beleave, beleven *v.* remain, continue B784, 1158/2198, 1411/2457; **bilefte, belefte** *pp.* left off, abandoned L7670; left *8238*/9416; continued, lived B8406.

byneme, beneme *v.* take away (from), deprive (of) 6910/7988, L11514; **bynymeþ, binemeth** *pr. 3 sg.* L7362, 8278.

bynne *adv.* within B6265.

bireue *v.* deprive (of) L11592, 11844; **birefte** *pt. pl.* L8442; **birefte** *pp.* taken away L2862.

byse *v. refl.* take care B3528.

bisnewe *ppl. adj.* covered with snow L11574.

bistadde; bit; bitake, bitook *see* **bestad; bete** *n.*; **betake.**

biþoght, bethought *pp.*, ~ *shal be* will have in mind L3450 n [MED *bithinken, v.*, 7.(a)]; *wel* ~ well disposed 6303/7339.

bitidde *see* **betide.**

bitime, betime *adv.* in good time, early enough L5760, 11922.

bitwene *adv.* at times L5593.

bitwene *prep.*, *see* **betwene.**

blame *n.* censure, ill repute, disgrace 575/621, 3209/4109; wrongdoing, sin L10007.

blame *v.* reprove, chide, scold 3367/4269, 7777/8881.

ble(e) *n.* complexion, skin colour 3044/3932; appearance, face 5947/6951.

bleliche *see* **bleþeli.**

blenke *v. refl.* escape L4079. [MED *blenchen, v.*, 3.(a), no refl. examples.]

blente *ppl. adj.* blind(ed) 710/768.

blessyng *vbl. n.* well-being 2010/3058 n. [MED *blessinge, ger.*, 3.(a).]

bleþeli, blethly, bleliche, blythely *adv.* gladly, willingly 919/1001, 2989/3877, B3748 n; readily 5694/6684 n; **blithe-loker** *comp.* B10004.

blinke *n.* ? trick L9540 n. [MED *blench, n.*, 1.(b).]

blynne *v.* stop, cease 32/40, 288/324.

blis(se) *n.* glory [F *gloire*] 7067/8137, 10602/11942; well-being, prosperity [F *bien*] B9570.

bliþe, blythe *adj.* happy L125, 717; handsome, beautiful 2264/3144; mild, gentle 2481/3361.

blythely, blitheloker *see* **bleþeli.**

blyve *adj.* happy B659.

blyve *adv.* quickly, immediately 267/301, 777/843.

bo *num.* both L682.

body *n.* command B4589; **bodyes** *pl.* B1068 n.

bodily *n.* body L9459. [*Body* + *lich* (OE *lic* 'body'); see MED *bodi, n.*, 1.(a).]

bodily, bodely *adj.* physical, material 951/1927, 3717/4629.

bodyly *adv.* in the body 10307/11609 n.

boght *see* **b(e)ye.**

boldeloker *comp. adv.* more boldly L6386.

bolneþ *pr. 3 sg.* swells B7237.

bonde, bone; bo(o)re, born(e) *see* **boun; bere.**

bo(o)ne *n.* request, prayer 581/627, 2971/3859.

boote *v.* cure, relieve L11881.

bonte *see* **bo(u)nte.**

borde *n.* edge, rim B6973; *pl.* B6972. [DOST *Bord(e, Boird, n.*, 2., one example only, 1421.]

bost(e) *n.*, ~ *can shake* know how to boast or show off 3439/4341. [OED *Boast, sb.*, 4., one example only, 1509.]

bostow *imp. sg.* + *pers. pron.*, *ne* ~ *owte* do not boast B6010T. [*Boast out* not recorded as phrase in OED or MED.]

bote *n.* remedy B10545.

bote, boot *pt. sg.* bit, took a bite of 1217/2257, 1467/2513; *subj.* should bite B2703 n.

botenyd *pp.* atoned for B1559P. [Sense not recorded in OED s.v. †*Boten, botne, v.* or MED s.v. *botnen, v.*, but cf. *beten v.*(2), 2.(a).]

bought *see* **b(e)ye**.
boun, bone, bonde *pp*. bound (in duty), obliged L1853, 11759; bound (in feudal obligation) L4647.
bo(u)nte *n*. goodness, virtue 249/279, B2056; knightly prowess, valour 3789/4729.
bowe *v*. bend 4339/5303.
braye *pr. sg. subj.* (*or imp.*) pound, crush 7007/8075.
brayn, brenne *n*. bran 7477/8571 n.
brayn panne *n*. cranium B3066.
brast, brasteth *see* **briste**.
brede *n*. breadth 270/306, 4046/5006.
brede *v*. originate, exist 7537/8635; develop, grow 8370/9570; **bred, bredde** *pp*. brought forth, produced L5471, 7540/8638.
breme *adv*. strongly, gaily B8603.
brenne *n*. see **brayn**.
brent(e) *pp*. aroused 7720/8823. [MED *brennen*, *v*., 5a.(c).]
brerdes *n. pl.* brim, lip L8040,1.
brestes, bresteþ *see* **briste**.
bryche *adj.*[1] useful, helpful, serviceable B3568, 3865, *10761*.
bryche *adj.*[2] humble B2326SP. [MED *briche*, *adj.*(2), one example only.]
bright *adj*. morally pure, glorious, beautiful 1402/2448; keen-sighted 8281/9459; fair, healthy B8316; *adv*. ? completely, tightly B1395 [cf. MED *brighte*, *adv*., 3.(a) 'distinctly, clearly'].
brymme *n*. (body of) water 9697/10957, L11387. [Chiefly Northern in ME—MED.]
brimston(e), bristen *n*. brimstone, sulphur 4487/5453; *quicke* ~ native or virgin sulphur *4497*/5463. [? *bristen* an error or a form contracted from ON *brennistein* as opposed to OE *brynstan*.]
brynkes *n. pl.* banks (of a stream) 2717/3599.
briste *v. trans.* & *intr.* burst, spring out or up, send forth L5392; **brasteth, brestes, bresteþ** *pr. 3 sg.* B4044, 4428, L5425; **brast** *pt. sg.* L5004; **brosten** *pp*. B756.
bristen *see* **brimston(e)**.
browne, broun(e) *adj*. dark-complexioned 7261,3/8341,3.
brutil *adj*. frail *or* bestial L2653. [MED *brotel* or *brutal*.]
bugle *n*. wild ox 7446/8532.
but(t) *conj*. unless B424, 545/587; ~ *if* unless L462, 979/1959.
buxom, buxum *adj*. obedient 10158/11458.

ca(a)re *n*. distress, hardship 883/959; sin, wickedness 2500/3380; *make* ~ make lamentation 9875/11151; *his* ~ his (Christ's) passion 10336/11652 n.
ca(a)s, ca(a)se *n*. situation, predicament 243/273; event, deed 746/806; misfortune 9242/10468; *by/in* ~ perhaps B2487, 3596; *in some/euery* ~ in some/all circumstances L2590, 4502.
cacche *v*. receive, suffer L7893; **caghte** *pp*. acquired L7656.
caytyfhede *n*. baseness B5368.
caytifnesse *n*. baseness L6358.
called *pp*. received, welcomed B3555.
campyons *n. pl.* champions B2157.
can, canne *see* **kunne**.
carayne, care(i)n *n*. carcass 264/294, 1610/2658.
care *see* **ca(a)re**.
cark(e) *n*. trouble, difficulty 3620/4526.
carle *n*. fellow, churl B3733.
cas(e) *see* **ca(a)s**.
cast(e) *n*. throw (in wrestling) 9958/11244.
cast(e) *v*. throw, cast 837/906; consider B3533; throw (in wrestling) 9472/10710; speak, utter L7774; **caste** *pr. subj. sg.* plan B5981; consider 9154/10380; **cast(e)** *pt. sg.* 556/600, *pl.* 764/830; ~ **abakke** *pt. sg.* defeated B408; **keste** *pt. pl.* L390; **keste, ycast(e), cast(e)** *pp*. 34/42, 4416/5380, 4501/5467; placed B9395; moved L10631 n.
castel(l) *n*. (walled) village 10319/11621.
catel, catayll *n*. goods, property 2327/3207, 3565/4467.
cele *n*. ? chill *or* ? concealment B3302 n.
cerge *n*. wax candle B2218.
chaaste, chast(e) *adj*. morally pure, innocent L1196, 3664,76/4570,82. [MED *chaste*, *adj*., 2.(a).]
chaastnesse *n*. moral purity L4571.
chambir mirthe *n*. (euphemism for) sexual intercourse (*lit*. 'bedroom pleasure') B6528 n.
chapmen *n. pl.* merchants B6550, 6554/7600.

charbok(e)les, charbocles *n. pl.* carbuncles L5603, 4663/5635.
charge *n.* responsibility, blame 3283/4185; burden(s), expense(s) 3434/4336.
charge *v.* blame, hold responsible (for) 6087/7105; burden (with sin) 6110/7128; (over-)burden *7454*/8540.
charite *n.*, *pur/for* ~ as an act of kindness B10897, *(simply as an intensive)* L12286.
chast(e) *see* **chaaste**.
chast(e)ly *adv.* virtuously 2269/3149.
chastylene *n.* castellan, governor of the castle B3261.
chastyse, chatise *v.* discipline, punish 3353/4255; reprove 3360/4262, 9669/10929.
chastite *n.* moral purity B3665.
chaufis, chaufeþ *pr. 3 sg.* warms 2258/3138.
chees *see* **chese**.
cherachies *n. pl.* hierarchies L2017.
chere *n.* air, disposition, manner L57, 214/241; *make grete* ~ behave friendlily towards B3440; *make evill/yuel* ~ mourn 9873/11149; *make* ~ *as* behave as if L11623.
cherised *pp.* (to be) cherished, held dear L4094.
cherle *see* **churle**.
chese *v.* choose 4315/5279; **ches(e), chees** *pt. sg.* 501/541; picked L2631; **chosen, chees, ches(e)** *pt. pl.* 705/763, 7403/8490.
chesyng *vbl. n.*, *at his* ~ free to choose (B), up to him (L) 6284/7320 n.
cheueteyn *n.* commander, leader B5548; **cheueteins** *pl.* L6538.
childyng *vbl. n.* childbirth 2413/3293.
chin(e) *n.* chin *or* ? chine, backbone 2399/3279 n.
chynnes *n. pl.* cracks, fissures L5841.
chyueuache, -cle *n.* ? chevage, i.e., head-tax B10177 n, 10201.
churle, cherle *n.*, ~ *of blode/(bi) kynde of blood* churl by descent, person of low birth 3570/4472; **chorles, cherles** *pl.* 2234/3114; bondsmen L4647.
clappe *n.* tale, idle talk L8306.
clarified *pt. sg.* separated, sorted out 7071/8141.
claryte, cleer(e)te; cleere *see* **clerte; clere**.
clene *adj.* pure, sinless L950, 1366/2410; ~ *of* free from, innocent of 9868/11144.
clene *adv.* completely 2918/3806, B3853.
clenly *adv.* completely, utterly 4295/5259; neatly, elegantly L6955.
clensyng(e) stede *n.* place of (spiritual) purification, purgatory 8098/9210.
clepe *v.* call L46; call on, pray to B398; pray L605; name B663, L2331; **(y)clepid** *pp.* L2231; saluted, greeted L4457.
clere, cleere *adj.* clear, clean 599/653, 6732/7796; readily understood L715; bright L2022; beautiful L2621.
clerely *adv.* completely B6078.
clergy, clergie *n.* (book-)learning, scholarship 3896/4850 n; *connyng/kunnyng of* ~ knowledge of science, knowledge gained through study 4019/4977.
clerke *n.* scholar, learned person L14, 135/155, L239; cleric, preacher 6815/7879.
clerte, cleer(e)te, claryte *n.* clarity, light, brightness B561, 647/703, 653/709, 1910/2960.
cleue *v.*[1], ~ *by/to* cleave to, stick to 3857/4797, L7140; **cleuen** *pr. pl.* stick together B9275.
cleue *v.*[2] cleave, crack; **cleueth** *pr. 3 sg.* L5356H; **cleue** *pp.* B4392.
cliftes *n. pl.* clefts, fissures B4859.
cling *v.* shrivel up, wither L4910.
clips(e) *n.* eclipse L5857, B4889; *pl.* L5855, B4875; *line of þe* ~ the ecliptic line *L5880* n.
closeth, closiþ *pr. 3 sg.* encloses 4236/5200.
clothe, clooþ *n.* garment, clothing 1630,2/2678,80.
cloute *n.* cloth, rag 4028/4986.
cocatryce, cokadryce, cokatrice, coketrice *n.* crocodile 3212/4112 n, 3228/4128.
colde *see* **co(o)lde**.
col(l)e *n.* charcoal, cinders 7003/8071.
colours, colres *n. pl.* cholers 3342/4244 n, 6761/7825, 7288/8370; humours 7387/8473 n.
comaundid *pt. sg.* ordained, commanded to be made B3623.
combred, ycombred *pp.*, ~ *inne* engulfed in, weighed down by L2328, 6774/7838.
combrement *n.* evil influence, sinfulness B7105.
come *n.* coming 9201/10427.
come *v.*, ~ *þerto/hem to/þertyll/þeretil*

acquire it/them 223,6/251,4; ~ *vpon* arrive B6337 [cf. MED *comen*, *v.*, 10.(a), ~ *up*]; **come** *pt. sg.*, *pl.* came 108/122, L185, 285; **comen** *pt. pl.* L54, 146.

comen *adj. see* **comune**.

comenly, comounly *adv.* in common, unanimously 1937/2989, L7032.

comforte *v.* encourage 5559/6549, 9777/11047; **confortes, comfortiþ** *pr. 3 sg.* strengthens, invigorates 1825/2875.

cominalte *n.* sameness, uniformity, having in common B6029 n. [Sense not previously recorded.]

commynge *vbl. n.* entrance B23TP. [Sense not previously recorded but cf. **incomyng**.]

commodite *n.* commodiousness, capaciousness, conveniency B5151. [OED *Commodity* †1. (sense not in MED) and *Commodiousness*, b., 1576–.]

comonynge, comynyng *vbl. n.* (euphemism for) sexual intercourse B3037; social intercourse, conversation L7796.

company(e) *n.*, *per* ~ in addition *or* for friendship's sake 3057/3945 n.

comparisouned *pp.* made to resemble B8617. [MED *comparisounen*, *v.*, 3.; OED †*Comparison*, *v. Obs.*, 3.a. *trans.*; one example only.]

complexio(u)n, compleccioun *n.* constitution, general nature, character (resulting from the varying proportions of the four 'primary qualities' and of the four 'elements' in substances, and of the four 'humours' in persons) 1829/2879 n, 5931/6931.

compotent *adj.* satisfied L4653. [This sense not elsewhere recorded.]

comune, comen *adj.* alike, uniform B6028, 6042T. [MED *commun(e*, *adj.*, 10.(c), one example only.]

conceyve, conseyue *v.* comprehend, take in 10001/11291.

concludid *pt. sg.* confuted L776.

confortablest *superl. adj.* pleasantest, most reassuring L9795.

confortes *see* **comforte**.

confourme *v.* support, confirm B3886.

confusion, confucioun *n.* shame, disgrace, humiliation 8879/10089.

conne; **connyng** *see* **kunne**; **kunnyng(e)**.

conta(c)ke, contekke, contecte, contekte, countecke *n.* contention, strife P272/L1440, *6188*/7222, 6412/7448.

conte(y)ne *v. refl.* conduct onself B3511, L4447.

contynaunce *n.*, *make* ~ *as* behave as if L11623.

contre see **co(u)ntre**.

conuersacio(u)n *n.* conduct, manner of living 10355/11671.

co(o)lde *adj.*, ~ *of kynde* cold by nature, dominated by the primary quality of 'cold' 5122/6106, 5175/6163; ~ *of kynde*, ~ *in/of nature* of cold constitution, (hence) sexually cold 6869/7943, 7727/8831.

co(o)st *n.* place, region L3111, 4718, B10230.

corage *n.* disposition, inclination 5071/6055; heart, spirit 6738,44/7802,8; lust L8353.

core *n.* ? body [OF *cors*], ? heart [L *cor*, OF *coeur*] B5728.

coude *see* **kunne**.

counsayll, counseil(e), cownsell, counceile, councell *n.*, *man of* ~ adviser 465/505; advice 469/509; discussion, council, advisory body 3561/4463; *clepe/call to* ~ call into consultation, ask advice (of) L4479, 4194/5156; secret(s), private matter(s) 7213/8289; plan, scheme L11375, 10297/11599.

counseilled *pt. sg. refl.* took counsel as to B10894.

countering *pr. p.* fighting, arguing L4838.

co(u)ntre *n.* realm 5002/5982.

couth(e) *see* **kunne**.

cove(y)tous, coue(i)tise, couaytyse *n.* covetousness 1285/2325, 2574/3456, 3649/4555, 3916/4872.

coveytous *adj. as n.* covetous man, miser B8581.

couien *n.* character B9133.

cowde, cowth(e) *see* **kunne**.

crafte *n.*, *men of* ~ craftsmen *or* ? teachers B6539 n.

crafti men *n. pl.* craftsmen L7585 n, 8653.

crave *v.* demand (as one's right) 181/203; beg, ask for 1052/2054; ask (a question) L10878.

creaunce *n.* belief 8164/9312.

crepe *v.* contract, close up 2412/3292, B4328 [DOST *crepe*, *v.*, 2.b., 1525–]; **cropen** *pp.* 2408/3288; crept 760/824;

in to pouerte is ~ has sunk into poverty L4651.

cry(e) *n.* announcement, proclamation 177/199.

crye *v.*, *dyd (to)* ~ had announced, proclaimed 169/191; ~ *mercy (to)* beg mercy (of) 1553/2601, 2365/3245; ~ *on* pray to 9699/10959.

cristaline *n.*, *heuenly* ~ crystalline heaven L2024.

crokid, croked *ppl. adj.* crippled, deformed 8663/9867; *as n.* 10510/11834.

crope *n.* rump, hindquarters B10150.

cropen *see* **crepe**.

cropoun *n.* rump, hindquarters L11450.

croppe *n.* top 9395/10631. [DOST *Crop*, *n.*, 1.; OED *Crop*, *sb.*, 6. *Sc.*, 1513–; general sense not in MED.]

culuer *n.* dove L300.

cunne; **cunnyng** *see* **kunne**; **kunnyng(e)**.

cure *n.* care, heed 7138/8212.

dafte *adj.* untaught B6540 n.

day(e) *v.* die B3148, 5334, L11134; **dee** *pr. pl.* B1006.

dale *n.* pit, gulf 7062/8131.

dar(e) *see* **þar**.

daungerous *adj.* haughty, hard to please L7014.

daunte *imp. sg.* soothe, fondle B5839. [MED *daunten*, *v.*, 3.(a), three examples only.]

dawe *n. pl.* days 2288/3168.

dawes *pr. 3 sg.* dawns 5978/6982.

debonerly *adv.* courteously 3738/4664.

declyn *v.* turn away, desist (from) L4062.

dede *n.*[1] work B2338; *daies* ~ daily work L3218; actions, doings 3785/4725; ~ *of kynde* sexual intercourse 5934/6934; (euphemism for) sexual intercourse L8813; ~ *doyng* (euphemism for) sexual intercourse 7716/8818.

ded(e), deed(e) *n.*[2] death 497/537, 1465/2511, 2353/3233 n, 6190/7224, 9975/11263.

dede *v. see* **do**.

ded(e)ly, deedly *adj.* mortal: causing death L9350, 8471/9673; subject to death 8333,42/9533,42.

deduyte *n.* enjoyment, pleasure B9356.

dee; **deel(l)**; **deere, deerith** *see* **day(e)**; **del(e)** *n.*; **dere** *n.* & *v.*

defaute *n.* lack B2173, 3776/4716; fault, responsibility B2176; ~ *of steryng/swymmyng* failure to bestir oneself/swim 9701/10961; **defautis** *pl.* sins, wrongdoings L7102.

defended *pt. sg.* forbade B10460; **defendid** *pp.* forbidden L11778.

defye *v.* digest 6502/7548; **defied, deuyed** *pp.* 3122/4010, L8864 n.

degree *n.*, *in her* ~ according to their rank or position in society L2096.

de(i)nt(e) *n.*, ~ *of* regard or affection for, delight in 4319/5283; *for* ~ as a delicacy B2986.

del(e), de(e)l(l) *n.* part, portion L7252, B7544; *ilke/ech(e)/ich(e) (a)* ~ every bit, entirely B235, 988, 4685/5657, B5328, 6122/7140; everything B935; *no(o)* ~ not a bit, not at all 3012/3900, 5996/7000; *neuer(e) a* ~ never a bit, not at all 1683/2729; *a grete/greet* ~, *a good* ~ a great/good deal, a large amount 3068/3956, 5220/6210.

dele, deele *v.* distribute, divide, mete out 6719/7783, L9371; separate B10719; ~ *with(all)* have dealings with 3355/4257; (euphemism for) have sexual intercourse with L3514, 7258/8338; **de(e)led, delid, dalt, delte** *pp.* 2596/3478, 3750/4676, 7465/8551.

delectab(e)le, delictable *adj.* delightful B8600, 8601/9803; **delectab(e)lest(e), delectablist, delictablest** *superl.* L6306, 5319/6309, B8593,5.

delicatly *adv.* luxuriously L9343.

delyng *vbl. n.* distribution, apportioning 6723/7787.

delyuy, deluuye *see* **dyluvie**.

deme *n.* lawsuit B3744. [MED *deme*, *n.*(2), one example only, in sense 'judgment, verdict'.]

deme *v.* judge B2187,97, 2351/3231.

demene *v.* control, bring up B5823.

demyng(e) *vbl. n.* conjecture, opinion L8902,9.

dene *n.* din, noise B894.

dente *see* **de(i)nte**.

depart(e) *v. trans.* divide, separate L120, 700; *intr.* part company, be separated L4918, 3962/4920; be divided, distributed 7458,81/8544,75.

departing *vbl. n.* separation L4924, 3980/4938; division into parts 4691/5663.

dere, deere *n.* harm, injury L2576, 4837/5819.

dere *adj.* excellent, honoured 9972/11260; ~ *with* esteemed, beloved by 10423/11739; *holden* ~ held in high esteem 684/742, 9512/10754.

dere *adv.* dearly, tenderly 5827,64/6823,62.

dere, dore *v.* harm, injure 732/790, 9354/10588; hurt, cause pain L7153; **deres, derris, deerith** *pr. 3 sg.* 6430/7466, L7479; **dered, derde** *pt. sg. 1423*/2469; **dered** *pp.* hindered B10882.

descryue *see* **discryve**.

desiryng *vbl. n.* wish B286.

desirus *adj.*, ~ *to* dear to, beloved by L112. [Cf. OED *Desirous, a.*, †5.; MED *desirous, adj.*, 2.(d); not recorded as phr. ~ *to*.]

despite, dispite *n.* scornful treatment, insult, injury L548, 4616, 6019/7023; *þought* ~ intended to injure or humiliate 757/821.

despitously, dispitously *adv.* vilely, outrageously 6782/7846.

deuyed *see* **defye**.

devysed, deuised *pt. sg.* designed, built 10878/12228.

dewith, deweþ *pr. pl.* water 285/321.

dight(e), dite *v.* build 76/84, 155/177; prepare, get ready B332, 4627/5595; make, create 2295/3175, 7560/8658; anoint L4991; cultivate 6625/7677; **dight(e)** *pt. sg.* 1145/2185, L2226; planted 10035/11327; **dight(e), diȝt, idight(e)** *pp.* 950/1926, B1186, 1741/2789, 10358/11674; dressed, equipped 5951/6955; built B10416.

digne *adj.* appropriate 4676/5648; worthy, excellent 10327/11637; **dygnyere, digner** *comp.* B1999, 7701; **dyngnyest, digniest(e), dignest(e)** *superl.* B1994, 2012, 4144, 6459,73.

dignely *adv.* worthily, fittingly B7165.

dyll *adj.* slow B3745.

dyluvie, dyluuy, deluuye, delyuy *n.* flood B3635, 4569, 4910, 8412.

dyngnyest *see* **digne**.

dynt *n.* stroke, blow B3816.

discomforte *imp. sg. refl.* be distressed 827/895.

discouere *pr. subj. sg.* expose, betray L8886.

discrecio(u)n *n.*, *men of* ~ judges 9996/11286 n.

discrye *pr. subj. sg.* denounce B7782.

discryve, descryue *v.* describe 660/718, 10274/11576.

dise(a)se *n.* suffering, sickness B1430; discomfort, hardship L4881.

disfigure *v. refl.* transfigure B10732 n.

disgested *pp.* digested *B7760*.

dispende *v.* spend, dispose of B2231.

distempred *pp.* disturbed, unbalanced L4023.

distresse *n.*, *bi* ~ violently L4517.

distroyer(e) *n.* waster, squanderer 5965/6969. [Sense not in MED s.v. *destroier(e, n.*, but cf. *destroien, v.*, 9.(a).]

dite *see* **dight(e)**.

diuersite *n.* difference, dissimilarity, disparity 6036/*7040* n.

do, done, doo *v.* put L930, 2392/3272; live [MED *don, v.*(1), 10.] *or (active for passive)* be put B7681; ~ *of* doff B3554; causal: ~ + *'that' clause*, ~ + *infin.* have something done, cause something to be done or to happen B497, L6824; ~ *þerto* add to it 7004/8072; **doth(e), doith, done** *pr. pl.* cause to B285; put 2215/3095; make B5706; **dyd, did(e), dede** *pt. sg.* B31, 51/59, B135, L191; **don(e), doon(e), do(o), ido(on)** *pp.* finished 331/367; put 871,7/947,53; satisfied L4704; *have* ~ have done with it! L592; ~ *owte* taken out, removed 2938/3826; ~ *for* ruined, destroyed B5902 [OED *Do, v.*, 38.b., 1752–].

dole, doill *n.* grief, lamentation L972, 9879/11155.

dolour *n.* grief, sorrow B2034.

dombe, dome *adj. see* **do(u)mbe**.

dome, doom(e) *n.* judgement B2194, 2200, L11284; lawsuit L4670; *do* ~ administer justice L7133, 6588/7634; the Last Judgement 8127,32/9271,6.

domisman, domesman *n.* judge 8697/9903; **domesmen, domysmen** *pl.* 8701/9907, B9994.

done, doo, doon(e); dore *see* **do**; **dere** *v.*

do(u)mbe, do(w)me, dumbe *adj.* lacking intelligence B3133, 8725/9931; dumb, mute 5609/6599, 8650/9852, 10203/11505.

dounward *adj.* inclined downward L9194. [OED *Downward*, C.1, 1552–; adj. use not in MED.]

douue, dowue *n.* dove B266, B2146,9.

dowte, doute *n.* danger 6547/7593.

drad(de) *pp.* feared, respected B3562; afraid B9490,3.

drastes *see* **drestes**.

drawe *v. intr. or refl.* come (to), go (to), approach 3220/4120; *trans.* draw, pull, drag, attract 7366/8452; *do hym* ~ have him drawn, torn to pieces B497; **drow(e), drow(g)h, drough** *pt. sg.* 127/141, 554/597, 1297/2337, 1451/2497; *pl.* 703/761; **drawe(n), ydrawe** *pp.* L3845, 4856/5838.

drecche *pr. subj. sg.* injure, oppress, trouble L11210.

drede *n.* doubt, uncertainty 7384/8470.

drede *v.* frighten L9246; *refl.* fear B10210.

dredeful *adj.* in dread, fearful L4938.

dredy *adj.* in dread, fearful B3980.

dredynge *ppl. adj.* in dread, fearful B3980TS. [Not previously recorded as *adj.*]

drenchyd *pt. sg.* drowned 8412/9612; **drenchid** *pp.* 1499/2545.

drerefully *adv.* drearily, dolefully B178P. [Not previously recorded.]

dresse *v.* prepare, knock into shape L10083; **dressid** *pt. sg. refl.* took up a position L599.

drestes, drastes *n. pl.* dregs 4227/5191.

drevyn *pr. pl.* disturb, frighten B2878P. [MED *dreven*, *v.*(2), –*a*1325; OED †*Dreve*, *v.*[1], –*c*1400.]

drewes *n. pl.* drops L7917.

drie, dry *n.* drought, dryness 4392/5356.

drie *adj.*[1] dried up, withered *or* apathetic, empty, lifeless 10248,55/11550,7.

drye *adj.*[2] large, heavy B5647.

drynkeþ *pr. 3 sg.*, ~ *tille/tul* ? soaks into 9315/10549 n.

dryve *v. intr.* last B2812. [Cf. MED *driven*, *v.*, 10.(c), ~ *lif/daies/the world*, *trans. only*; DOST *Drive*, *Dryve*, *v.*, 7.d. 'Of time, etc.: To pass *over*' (two examples, both with *over*).]

drow(e), drow(g)h, drough *see* **drawe**.

dunne *adj.* dull, dark L2006.

dure *v. trans.* endure, bear L2548; *intr.* last, live L2654, 1744/2792.

dwellith *pr. 3 sg.*, ~ *withall*/~ *wiþ* attends 5724/6714.

easely, esily *adv.* comfortably, in luxury 7598/8700.

eche[1], **eche a, iche** *adj.* & *pron.* (each and) every L5134, 7513; ~ *del(e)* every bit, entirely B235, 988; ~ *tyde* every time, invariably B6672, L11436.

eche[2] *see* **ylke**.

echon(e), echoon(e), ich(e)on, ychone *pron.* each one, every single one 1059/2061, B2422, 2749/3633, B4591, 5023/6003.

edder *see* **addre**.

e(e)lde *n.* old age L2462; age 3001/3889, L9417.

e(e)lde *adj.* old L1646; as *n. pl.* (the) old L9767; **eldre** *comp.* L9759.

eer *see* **er(e)**.

eere *adv.* ever; *oute . . . þey may not* ~ they may never get out B4866.

eerne *see* **eron**.

eft(e), effte *adv.* again L413, 761/827 L1034, B6611.

eftesoonis *adv.* (soon) afterwards, again B2199.

egge(n) *pr. pl.* provoke, egg on 3882/4824; **eggist** *pr. 2 sg.* L8914.

egging *vbl. n.* incitement, temptation 7963/9073.

egre *adj.*, *with* ~ *mood* impetuously, angrily L406.

ey *n.* egg *B4234*.

eye *see* **awe**.

eir, eyr(e), ay(e)re, heir *n.* air 363/401, L2887, 3623, B2685; *þykkest/þikke* ~ 1049/2051, *wykked/wicked* ~ (most) dense or impenetrable air 2662/3544.

eke *v.* increase L11848, 9570/10814; *pp.* 8146/9290.

eke *adv.* also L481, B567.

elde, eldre *see* **e(e)lde** *n.* & *adj.*

ele *n.* ? eel *or* ? awl, spike B3226 n.

empeire *v.* impair, damage 10413/11729; **enpeyred, empeired** *pp.* 945/1921, 10415/11731.

emprise *n.* prowess, renown, nobility, power, intent L4810.

empte, ampte *n.* ant 1162/2202, B1169.

encensid *pt. pl.* burned incense before 416/454.

enchaufe *v.* warm, heat L9652; **encha(u)feþ, enchawfeþ** *pr. 3 sg.*, *pl.* L3951, 4052, 9654; become sexually aroused B7745; *pp.* L8849.

encheso(u)n *n.* purpose L6350; cause L7224, 7631/8733.

encomberauns, encombraunce *n.* temptation, ensnarement 9922/11208.

encombirment *n.* temptation, ensnarement L8177.

encombreþ *pr. 3 sg.* overburdens L4011; **encomb(e)red** *pp.* congested 6991/8059.

encreese *n.* profit L4888.

ende *n.* division: *the laste/best* ~ the rearguard 9785/11055 n; district: *þis contre* ~ this part of the country B10866.

endeles *adv.* perpetually L10088.

enfebelisshyng *pr. p.* growing feebler B1700.

engend(e)red, engendrid *pp.* begotten (by physical procreation) 8332,43/9532,43.

engendring *vbl. n.* (physical) procreation L9530; lineage L9616.

engend(r)ure, engenderewre *n.* sexual intercourse, offspring L3925; act of begetting B6876; (physical) procreation B8330; lineage B8416; *make* ~ copulate 3810/4750; reproduce viviparously 9378/10614; produce offspring 9934/11220.

engyne *n.* ingenuity 157/179; trickery, evil intention B800.

enhablen *pr. pl. refl.* make themselves fit L2137.

enlumine *v.* illuminate L1998.

enmure *v.* imprison B8498 n. [OED *Immure*, *v.*, 2., 1588–.]

ennuy *see* **anoye**.

enough, enowgh; enpeyred *see* **inow(h); empeire**.

enpeiryng *vbl. n.* impairing L2454.

ensample, ensampell *n.* example, illustration L715, 4423/5387.

entent(e) *n.*, *to his* ~ for his purpose, at his pleasure B46; *in good(e)* ~ with good will, cheerfully 8479/9681; frame of mind, attitude 9885/11161.

enteryng *vbl. n.*, ~ *of* entrance to B69.

entermete, entirmete(n) *v. (usu. refl.)* have dealings with, concern oneself (with), meddle (with) 4186,91/5148,53.

entermetyng, entirmetyng, intermettyng *vbl. n.*, *have* ~ *ageyns/ayenst/aȝeinst* have dealings with P63, 4173/5133.

entre(e) *n.*, *wikked* ~ dangerous or difficult access 64/72; ~ *of* entrance to L77; beginning 7856/8962.

envyes, envious *adj. as n.* envious person 2551/3433.

erande *n.* message L4169.

er *conj.*[1] or B9413.

er, ere, eer, ar, or(e) *conj.*[2] before B380, L1905, 1517/2563, *B4933*, 7855; *adv.* before, earlier 4436/5400, L6876, 7887/8993; *prep.* sooner than, in preference to B10116.

erbis *see* **(h)erbe**.

eron, eerne *n.* eagle 2707,9/3589,91.

erred, yerrid *pp.* wandered, strayed 1538/2584.

erst(e) *adv.* at first, formerly B534, L4495.

erthedyn *n.* earthquake 817/*885*, B4854.

erthe gre(e)te *n.* grit, grains of earth, sand B5228,37, 5235PTS. [Not entered as a special combination in OED or MED.]

erthe slym(e) *n.* slime of the earth, mud 5305/6295, 8616/9818.

esiest *superl. adj.* calmest, most contented or at ease 8467,83/9669,85 n.

esily *see* **easely**.

espaire *n.* hope *B1050*.

ethe *adj.* easy B5833, 6806/7870.

etyng *vbl. n.* food B3156. [Sense queried in MED, s.v. *eting(e*, *ger.*, 2.]

euel, evell, evill *see* **yuel**.

even, euen(e), heuen *adv.* fully, completely, exactly, indeed 11/19, 1129/2167, 3837/4777, B6214; equally, evenly 2595/3477; *adj.* equal 4282/5246; ~ *and odde* everything B507.

euen Cristen *n.* fellow Christian 2496/3376.

euenhede *n.* equality (of distribution) L3485.

euennesse *n.* equality (of distribution) B2603.

euerich(e) *pron.* & *adj.* each (one) L1913, 2845/3733; ~ *a* every B4993.

euerychon(e), euerychoon(e) *pron.* every one, one and all L12, 42/50, L160, 1943/2995.

eueridel(e), euerydell *n.* everything, all L273, 1911; *adv.* entirely, fully, utterly L265, 246/276, 1701/2747.

exaltacion, exalacioun *n.* fume, vapour 4415/5379; *pl.* *4401*/5365.

excusacio(u)n *n.* excuse 3863/4803.

expresse *adv.* plainly, certainly B3548n; explicitly (stated) L5586.
extre *n.* axis L7434,7.
exust *adj.* burnt or dried up B4505. [OED, 1657–; not in MED.]

faare *see* **fare** *v.*
faccion, **facioun** *n.* form, shape 7316/8400.
Fader *n. gen.* Father's L12143.
fain(e), **fawe**, **fein** *adj.* glad, happy L154, 924, 2381/3261, 6006/7010; eager, willing 6016/7020.
fayn(e) *adv.* gladly, eagerly, willingly B3262, 9729/11001.
fair(e), **fare** *adj.* beautiful, handsome L303, 5462/6452; bright, shining L703; just, apposite L715; courteous, civil 3361/4263; pure, untainted 7505/8599; morally good 7826/8932; **fairest**, **fayreste**, **ffeirest** *superl.* most beautiful 7121,3/8195,7; *haue þe* ~ have the best 9794/11064; *see also* **foule**.
faire *adv.* courteously, graciously, kindly L272, 6407; plainly B694; brightly B5500; ~ *and wel* safely, happily L7663; slowly, completely L9586; ~ *and softe* gently, mildly L10350.
fair(e)hed(e), **feyrehede** *n.* beauty, splendour L2170, B7118, 8400/9600.
fayrenesse, **fairnesse** *n.* beauty B1132, 3312/4214.
faiterie *n.* deception L7156.
falle *v.* become, come to be 3096/3984; belong, be appropriate 4628/5596; develop 4665/5637; happen 9274/10502; ~ *of* happen to, become of B1660, L9434; ~ *to/vnto* fall to one's lot 1874/2924; become 2406/3286; **fel(le)** *pt. sg.*, *pl.* happened L10, 13; **(i)falle** *pp.* happened L223, 392.
falses, **falsith** *pr. 3 sg.* is false to 3653/4559.
fame *n.* reputation, (good) name 7780/8884.
fantasies *n. pl.* whims, caprices L7772.
farced *pt. sg. (subj.)* spiced, seasoned B7008. [MED *farsen*, *v.*, 1.(b).]
fare *n.* behaviour, circumstances, fortune 7815/8921.
fare *adj. see* **fair(e)**.
fare, **faare**, **fere** *v.* happen 1655/2701; go, travel B191, 1916/2966, 10335/11651; conduct oneself 479/519; get on, fare 2341/3221, 3415/4317; appear, seem 2802/3688, L4836; proceed, continue 4933/5915; ~ *by* behave towards, treat 2375/3255; ~ *as* behave as if, pretend 5561/6551; **ferd(e)** *pt. sg.* happened, went on 30/38, 631/687.
fast(e) *adj.* inseparable, joined 4695/5667; *ho(o)l(e) and* ~ unimpaired L2452n, undivided 4702/5674; **faster** *comp.* more tightly joined B3805.
fast(e) *adv.* firmly, tightly L163, 3860/4800; earnestly, devoutly 416/454, L599; vigorously 716/774, 841/909; quickly *or* vigorously L858, B1476; invariably, on a fixed course 995/1977; steadfastly 1271/2311; ~ *by* thereabouts L5872.
fasten, **festen** *v.* join L4205; ~ *on* attack, get a hold on 800/868; **feste** *pt. sg.* joined B3303; **fest(e)**, **faste** *pp.* fixed L2522, 5317/6307.
fast(e)ned, **fast(e)nyng(e)** *see* **festes**.
fastly *adv.* vigorously, quickly B8449.
fathed, **fattheed** *n.* fatness L4230; fertility L11124,5.
fatnesse *n.* fertility B9848,9.
fawe *see* **fain(e)**.
fawnesse *n.* happiness L8190.
fe *see* **fe(e)**.
feble, **ffeble** *adj.* wretched, unhappy 5400/6390.
febled *pp.* enfeebled L11902.
febolere, **febloker** *comp. adv.* more feebly 2802/3688.
feding *vbl. n.* food L8858n.
fe(e), **ffee** *n.* heritable estate 2229/3109; payment, wages 3149/4043, 3761/4695.
fe(e)le, **ffeele** *adj.* many B1464, 2730/3612, 10499/11823; *as n.* B6720.
feele *v. see* **fele**.
feend, **fende** *n.* the devil L5786, 6297/7333.
feere *see* **fer(e)** *n.*[1]
fe(e)rs, **fiers**, **fires** *adj.* exalted, noble 4185/5147; impetuous B9141; strong 9215/10441; valiant, strong L11014, 9760/11032.
fein *adj.*[1] *see* **fain(e)**.
fein *adj.*[2] ? weak *or* faint L4191n.
feintise *n.* exhaustion, weakness L5809, 7847.

feyrehede *see* **fair(e)hed(e)**.
fekyll *adj.* changeable, fleeting B1605.
fel, ffell, felle *n.* skin P439/1607, 8203/9379.
fel, fell(e) *adj.* wicked, evil L827, 1235/2275; terrible, grievous 2626/3508; fierce, cruel, harsh L4682, 8870/10074.
felaship(e), ffelowshipp *n.* (euphemism for) sexual intercourse L3893; fellowship, company B3341, L10806.
felaundir *n.* fellowship, company B3341P. [Not elsewhere recorded; ? error.]
feld(e) *n.*, *in* ~ in the open, in the wild 10117/11415; *in towne(s) and (in) ~s/fildes* everywhere 4356/5320.
fele *adj. see* **fe(e)le**.
fele, feele *v.* experience, be aware of 986/1968; smell 4493/5459; touch 8061/9173; experience, taste 8461/9663; ? breathe [F *flairassent*] 10097/11393; *to* ~ if put to the test 7271/8351.
felyng *vbl. n.* consciousness 984/1966.
fel(le); fell(e) *see* **falle** *v.*; **fel** *n.* & *adj.*
felnesse, fellenesse *n.* guile, ferocity 2482/3362, 5704/6694; harshness L6907.
felony(e) *n.* violent anger, rage 3058,60/3946,8 n, 3171/4069.
felowhede *n.* fellowship, company B9562. [Not elsewhere recorded.]
felowred(e) *n.* fellowship, company 1662/2708; (euphemism for) sexual intercourse B3005.
fende; ferd(e) *see* **feend; fare**.
fer(e), feere *n.*[1] spouse, mate 159/181; equal, peer 1023/2021, L2402; companion 7981/9091; *to* ~ as a companion 7144/8218, ? L9766 n.
fere *n.*[2] company; *in* ~ together L146, 825.
ferforthe, ferforþ *adv.* far, much 3873/4815.
fers *see* **fe(e)rs**.
ferthirforthe *comp. adv.* to a greater extent [than is necessary] B3873P. [OED †*Furtherforth, adv.*, *a*1541–.]
fest(e), festen *see* **fasten**.
festes, festneþ *pr. 3 sg.* becomes established 3041/3929; **fast(e)nyng(e)** *pr. p.* joining 3812/4752, L8662; **fastned** *pp.* healed, cured L4134 [MED *fastnen, v.*, 6a.(b)]; joined L4745.
fette *v.* bring, fetch 333/369, 595/649; **fet(t), fette** *pt. sg.*, *pl.* 725/783, 10033/11325; **fett(e), yfet** *pp.* 122/136; *is* ~ is brought, i.e., comes B4011.
fewand *pr. p.* becoming fewer L11892. [Not elsewhere recorded.]
ffeble; ffee; ffeele; ffel; ffelowshipp; fflitte; ffnesyng; fforbere; fforlore; ffoule; ffre; ffulfille *see* **feble; fe(e); fe(e)le; fel** *n.*; **felaship(e); flitt(e); fnesing(e); forbere; forlese; foule; fre(e); fulfill(e)**.
fyaunce *n.* trust B3461.
fiers *see* **fe(e)rs**.
figure *n.* appearance, likeness 6204/7238; essential constitution 10818/12162 [MED *figure, n.*, 12.]; *by* ~ in transfigured form L12042.
fildes *see* **feld(e)**.
fyle *n.* worthless person 7377/8463, B8497.
fille *v.* fulfil, satisfy L10976.
filþ(e)hede *n.* filth L6456, 11549.
fyn *adv.*, *wel and* ~ satisfactorily, thoroughly L4061.
fynde *v.* encounter, become involved with 2620/3502; supply, provide with 2675/3557, 6934/8012, 7724/8828; experience, suffer B7846; **fond(e)** *pt. sg.* devised, composed 5606/6596.
fyn(e) *n.* end 158/180, 1957/3009.
fyre *n.* fever, inflammation B10499.
fires *see* **fe(e)rs**.
fitt *n.* time, period L6010.
flakeþ *pr. 3 sg.* falls like flakes L3509. [MED *flaken, v.*, (a).]
flaterie *n.* delusion B6138. [OED *Flattery*, 2., two examples only, *c*1600, 1604.]
flebleloker *comp. adv.* more feebly B2802S. [Not elsewhere recorded.]
fle(e) *v.* avoid, shun 3171/4069, 3205,6/4105,6; ~ *to be* avoid being L4621; fly L4127, 5946, 9382/10618; put to flight, drive out 9959/11245; **fleyng, fleande** *pr. p.* flying L915, B10540.
fleyng *vbl. n.* flight, ability to fly 4344/5308, 9384/10620.
fleme *v.* drive out 6818/7884.
flessh(e), fleisshe, ffleysh *n.* meat 1253/2293, 7437,9/8523,5.
flessh(e)ly *adj.* physical 5538/6528; composed of flesh B10385.
flessh(e)ly, fleisshely *adv.*, *knowe* ~ have carnal knowledge of 2450/3330, 5527/6517.

flet(t)e *v.* swim 4982/5962.

flewme *n.* phlegm (one of the four bodily 'humours') 7391/8477; **ffleumes, flewmes** *pl.* secretions of phlegm or mucus 3327,9/4229,31.

flyes *n. pl.* fleas 2661/3543.

flighte *pr. subj. sg.* argue, wrangle L10383.

flitt(e), fflitte *v.* leave B5770; depart, deviate 8720/9926; change, shift about 9172/10398.

flode, flood *n.* sea, river, water 4976/5958; stream 5097,9/6081,3.

flodegange, flode goyng *n.* flooding, movement or path of floodwater B4549TSP. [Not previously recorded.]

floures, flouris *n. pl.* menstrual discharge 2620,1/3502,3.

fnese(n) *v.* sneeze 9324/10558.

fnesing(e), f(f)nesyng *vbl. n.* sneezing P560/1730, 9324,5/10558,9.

fol ? *adj.* ignorant *or* ? *adv.* entirely, absolutely B8948 n.

foles *see* **fo(o)les**.

foly *adj.* foolish and/or sinful L4835,9; foolish B5367P.

foly(e), folie *n.* harm, damage 3207/4107, 3887/4829; sinfulness 3398/4300, 3420/4322, 10514/11838; *do(o)* ~ commit adultery 7802/8908.

folily *adv.* foolishly L4447, 3877/4819; rashly L10722; rashly *or* sinfully L11770.

folk(e) *n.* followers, army 5559/6549, 9775/11045.

folowind *vbl. n.* pursuit, i.e. sleeping with women L3338H. [MED *folwen*, *v.*, 6.(d).]

folte *n.* fool L4944.

fond(e) *v.*[1] seek 44/52; try L323, 3430/4332; *to* ~ if put to the test or examined 1841/2891.

fond(e)[2] *see* **fynde**.

fondyng *vbl. n.* temptation B7095, L11783.

fo(o)les *n. pl.* wrongdoers, sinners 8702/9908.

foon *n. pl.* foes L4189.

fo(o)t(e) ho(o)t(e), fote hete *adv.* forthwith, in haste 1218/2258, B2704, 4444, 10057/11353.

for *conj.* in order that 1153/2193, 3790/4730.

forbere, fforbere *v.* do without 5573/6563, 9348/10582; **forborn(e), forbore** *pp.* 7178/8254, 7570/8668; left 9587/10835.

forby *prep.* past B4888.

fordere *pr. subj. sg.* harm seriously B5574. [Not elsewhere recorded.]

fordo(o), ffordo *v.* do away with, destroy 251/281, B788, 6107/7125; make atonement for 4840/5822; **fordidde, fordid(e)** *pt. sg.* B718, 4547/5513; **fordo, fordone, fordoon** *pp.* *250*/280, L856, B8222.

forein *n.* privy, latrine L747 n. [MED *forein*, *n.*, 3., –c1430.]

foretellest *pr. 2 sg.* have just mentioned B4750. [MED *for(e-tellen*, *v.*, (b).]

forfareth *pr. 3 sg.* is lost B5906.

forgeues *see* **foryeveþ**.

forgyndryd *pp.* produced, made B3637P. [Sense not recorded in MED, s.v. *forgendren*, *v.*, or OED, s.v. †*Forgender*, *v.*]

forgo(o) *v.* lose 3068/3956, 5875/6873; leave 9586/10834.

forȝeueþ; forȝilde *see* **foryeveþ; foryelde**.

forlese *v.* give up, relinquish B293; waste B4832; **forlesys, forleses, forlesiþ, forleseþ, forloseth** *pr. 3 sg.* loses completely P16/1184, B1705, 9792; wastes 10017/11309; **forlees, forloste** *pt. sg.* forfeited, abandoned L2632, 5130, B9293; **forlese, forlost** *pt. (subj.) sg.* lost completely L5802, *B4306*; **f(f)orlore, forlorn(e), forloren** *pp.* lost completely 676/734, 766/832; damned B904, 1323, L2285.

forlete *pr. subj. sg.* abandon, reject B7964.

forme fader *n.* first father, progenitor L9834.

forsake *v.* ? reject 773/839 n; discard, get rid of L8610; desist from 8471/9673; renounce 8473/9675; **forsoke** *pt. sg.* discarded, lost 1914/2964.

forshent *pp.* put to shame, destroyed L529.

forthanne *conj.*, *noght* ~ nevertheless *B9195*.

forthcam *pt. sg.* came to life 7082/8152. [Sense not in MED or OED, but cf. MED *comen*, *v.*, 7.(b).]

forthy, forþi, forthe *adv.* & *conj.* on that account, therefore, accordingly B1365, 4505, L2717, 2448/3328.

forþinke *v.* regret, repent of L7198;

forþoght(e) *pt. sg.* L2375, (*impers.*) L546; **forthought** *pp.* B1331.
forwhi *adv.* because B985; therefore B3891; for which reason B7748; ~ *þat* provided that B4762.
foryelde, forȝilde *pr. subj. sg.* reward, bless 10853/12201.
foryeveþ, forȝeueþ, forgeues *pr. 3 sg.* grants, permits 3310/4212, 6506/7552.
fot(e) ho(o)t(e), fote hete *see* **fo(o)t(e) ho(o)t(e).**
foule, ffoule *adj.*, *the ~ and the fayre* the ugly and the beautiful, i.e. everyone 3846/4786; ~ *or fair(e)* evil or good 9421/10657.
foule *adv.* foully, treacherously L768; sorely B10891.
foulyng *vbl. n.* debauchery B2458.
founde *pr. pl.* go away, die B9580.
f(o)undement *n.* foundation 10878/12228.
fous *adv.* eagerly B6010T. [Recorded only as *adj.* in OED and MED; cf. *fuse*, *adv.*, one example only in Bosworth-Toller.]
fre(e), ffre *adj.* noble 874/950, 1390/2436, 9057/10281.
fre(e) *adv.* freely, 'without strings' 8777/9981.
fresshes, freshis *pr. 3 sg. intr.* becomes refreshed, i.e., rejuvenated B2714 [MED *freshen*, *v.*, (a); several *refl.* examples, none *intr.*]; ? becomes lively or fast-flowing [OED *Fresh*, *v.*, 2., 1599–] *or* ? error for *fresis*, i.e., freezes B5101P.
frete *v.* eat L3969; tear with the teeth, chew L7186; **frett, fre(e)te** *pt. sg.* wore away, eroded 4552,61/5518,27.
from *prep.* because of B1456. [OED *From*, *prep.*, 14., 1611–.]
frothed, frote *pt. (subj.) sg.* rubbed 4140/5100.
frotyng *vbl. n.* sexual play, masturbation L7977n.
fulfill(e), ffulfille *v.* finish 80/88, 466/506; ~ *to do(one)* succeed in doing 1123–4/2161–2 [not elsewhere recorded with following infin.]; fill L2030, 1154/2194; fill up, make complete B1020, L2443, 8245/9423; cause to continue (to the end) 2849/3737 [cf. MED *fulfillen*, *v.*, 7.(a); only in passive non-causative constructions]; **fulfillyd, fulfilled** *pp.* satisfied, filled to satiety L4696; ~ *of* satisfied with B90.
ful(l) *adv.* very L137, 607/663.
fully *adv.* copiously 7485/8579.
fundement *see* **f(o)undement.**

game *n.*, ~ *and gle(e)* amusement and merrymaking 2008/3056; pleasure B2047; love-making L9392.
game *v.* sport, make merry 9436/10672.
gan, ganne *see* **gynneþ.**
gang(e) *v.* go 2460/3340; live L3689; go away, depart L3697.
gast(e) *n. see* **go(o)st.**
gaste *v.* be terrified B5348.
gate *n.* road, path 3204/4104; course, journey 4267/5231.
geder comyng *vbl. n.* coming together, copulation B2473. [Not elsewhere recorded.]
geer *n.* (changeful) mood, (passing) fancy B7839. [OED †*Gere*, *Obs.*]
geles *pr. 3 sg.* ? ejects, vomits B4716n.
gelesie, gelosy(e), ielesie, ielo(u)sie n. jealousy 3383,5/4285,7; devotion (to), zeal (for) 3387/4289; distrust, sexual jealousy 3397,401/4299,303.
gelose, gelous(e), ielous *adj.* jealous 3384/4286; eager, zealous 3391/4293; solicitous 3393/4295.
generacio(u)n *n.* descendants 1903/2953.
gentyll *adj.* noble, of high birth B2232; **gentelere, gentiler** *comp.* 3596/4502.
gentilman *n.* man of noble birth 2236/3116; man of high moral character (irrespective of birth) 2240,4/3120,4.
gentillesse; gentilnesse; gentrye *n.* nobility L1100; 2226/3106; B2227.
gete *v.*[1] watch over, protect B2082. [MED *geten*, *v.*(2), (a).]
gete *v.*[2] father 9929/11215; **gat(e)** *pt. sg.* 7380/8466.
gete *v.*[3] pour [unrecorded form (with *g*- for *ȝ*-) of OED *Yet*, *v.*, 1. (OE *geotan*)] *or* throw [antedating of OED *Jet*, *v.*[2], 3., 1659– (F *jeter*)] 7742/8846n.
gett *n.* custom, manner [OF *jet*] *or* gains [from *get*, *v.*] *or* ? going [a form of *gate*] B3670n.
gieþ *pr. 3 sg.* keeps, preserves L8564.
gyle *n.* deceit, trickery 7375/8461; *doo* ~ deceive, be false to 7378/8464.
gyle *v.* beguile B3657.

gynnes *n. pl.* wiles, traps L868.

gynneþ *pr. pl.* begin L3284; **gan, ganne, gunne** *pt. sg., pl.* did (+ *infin. to form past tense*) L120, 563/609, 1033/2035, L11658.

gise, guyse *n.* affair, business L3416; form 4631/5599.

glade *v.* gladden, make joyful L940.

glading *vbl. n.* merry-making L10450.

glasyn, glasen *see* **hoffe**.

gleand, glowynge *pr. p.*, ~ *on* making merry about [OE *gleowian*] *or* inflamed with emotion against [OE *glowan*] 3278/4180.

glede *n.* coal, spark 7621/8723.

gle(e) *n.* entertainment, festivity (*see* **game** *n.*) 2008/3056; (state of) prosperity B2130 [OED *Glee, sb.*, 3.†c., two examples only, 1579, 1588].

glem *n.* gleam, ray of light L9245.

gleman *n.* entertainer, jester 9559/10803.

glewme ? *v.* ? glow L8794 n. [OED *Gloom, v.*², *Obs.*; MED *glomen, v.*]

glide *v.* shine 7191/8267; pass (by) B9456; **glode, glood** *pt. sg.* passed, glided B4930; shone L5912.

glyde *pp.* ? mixed B2596P. [? MED *gleuen, v.*(2).]

gliste *v.* slip, miss a beat B5348TS. [? Error for or by analogy to OED *Gliff, v.*, †1., MED *gliffen, v.*, 1.(a) or 3.]

glowynge *see* **gleand**.

gobet *n.* poisonous pellet B726,30.

goyng(e) *vbl. n.* motion, ability to move or walk 1600/2648; demeanour, conduct 2275/3155, L4576; course, orbit 6348,52/7384,8, 8657/9859.

go(o) *v.* walk 3691/4597, B10510; **goand, goyng(e)** *pr. p.* 5339/6329, 10506/11830; **ye(e)de, ȝede** *pt. sg.* went 327/363, 1247/2287; **yede(n), ȝede(n)** *pl.* 123/137, 131/145.

good(e) *n.* goods, wealth 2206/3086, 2233/3113.

go(o)st, goste, gast(e) *n.* spirit 569/615, 1448/2494, 1556/2604; *þe wykked/wicked* ~ the devil 10917/12279.

go(o)stly, go(o)stely *adj.* spiritual 400/438, 952/1928, B966, L1945, B1292.

go(o)stly *adv.* in spirit 5999/7004; as spirits 8289/9467.

goter *n.* gutter, channel 1689/2735.

gouernayle *n.* control, regulation B4012.

grame *n.* punishment L4679.

grasse *n.* herb B98.

graue *v.* bury 2940/3828; **graven, (y)grauen** *pp.* 879/955, 2978/3866.

gravell, grauel *n. coll.* grains of earth 5213,19/6203,9; *sg.* 5222/6212. [Not elsewhere recorded as a countable noun.]

gre(e)ce, grese *n.* fat, grease 3337,48/4239,50.

greet(e) *see* **grete** *adj.* & *n.*

grefly *adv.* grievously B7276.

greyhored, -id *adj.* grown grey, hoary L8949,52,64.

grene *adj.* green: inexperienced 9281/10509; immature 9935/11221; fresh, alive, vigorous 10255/11557.

grese *see* **gre(e)ce**.

greses *pr. 3 sg.* grazes [MED *grasen, v.*] *or possibly* becomes fat (i.e., pregnant) [MED *gresen, v.*; no intr. examples] B3085 n.

grete *n.*¹ grit, grains of earth or sand B6212; **gretis** *pl.* L6205. [See also **erthe gre(e)te**.]

grete *n.*² weeping B10511.

grete, greet *adj.* great: pregnant L3973, 9386/10622; big, powerful 7041/8109; coarse 7445/8531; **grettest** *superl.* coarsest 7541/8639.

gretnesse *n.* size, power 7048/8116.

grevaunce *n.* hardship, misery L646; *withowte* ~ without difficulty 1138/2176.

greue *v.* harm 737/795; oppress L889; *refl.* be anxious 87/95, be disturbed (by) 6452/7494; *intr.* cause trouble 1285/2325; feel pain, be uncomfortable B3188; hurt, upset L7484; anger L9063; irritate, inconvenience 9198/10424.

grevous *adj.* sorrowful, bitter L4776; difficult *and/or* serious, important 3894/4848 n.

grym *n.* fierceness, anger L4414.

grym *adj.* serious, grave 6083/7102; fiercely angry L12071.

gryp *n.* ? ditch [MED *grip(e, n.*(2)] *or* ? a form of *grit* [*see* **erthe gre(e)te**] B5228P.

grype *n.* claw *or* device for gripping 3826/4766 n.

gris, gryse *n.* grass 2866/3754, L3974.

grise *v.* quake, shudder (with fear) B10683.

grom(e) *n.* poor man, man of low station B3736; squire 10716/12014.

grope *v.* feel with the hands 10323,6/ 11629,33.
grounde *n.* bottom 4644,5/5613,15; foundation 4696/5668, 9393/10629.
grucching *vbl. n.* grumbling L4657.
guyse; gunne *see* **gise; gynneþ.**

ȝ- *see* **y-.**

haftes, heftes *n. pl.* handles 2926,30/ 3814,18.
halde *see* **holde.**
half(e) *adj.* half: ~ *thridde yeere/þe þridde ~ ȝere* two and a half years 5005/5985. [OED *Half, a.*, †2. 'scarcely found after 1300'; MED *half, adj.*, 3., –*c*1475.]
halffeden *see* **haluendel.**
halowes *n. pl.* saints B8832.
halpe *pt. sg.* helped 4806/5787; **holpen** *pp.* 9704/10964.
hals *n.* neck L9742, 10145/11445.
haluendel, halffeden *n.* half 5290/ 6280 n.
hande *see* **honde.**
handelyng *vbl. n.* possession, power *or* dealing(s), treatment B3670. [MED *hondling(e), ger.*, 2., 3.(c); OED *Handling, vbl. sb.*, 2. *fig.*, 1530–.]
handfulles *n. pl.* hand-breadths (i.e., measurements of four inches) 2863/3751. [MED *hondful, n.*, (b); cf. *hands* in measuring the height of horses.]
hankyng *vbl. n.* ? ensnarement in sin [MED *hanken, v.*, 1.(b)] *or* ? longing, desire(s) [OED *Hank, v.*, †6., 1589–] B3670P. [? Read as **haukyng,** q.v.]
hap, happe *n.* chance 5898/6896; lot, fortune L9552 n.
happe *v.* chance, happen 4182/5144.
hapte *adj.* apt, inclined L3156. [Forms with *h-* not elsewhere recorded.]
hard(e) *adv.* securely, fully 5027/6007; vigorously 7875/8981; with difficulty, scarcely B8756.
harde *v. refl.* pluck up courage, become resolute 3285/4187.
hardely, hardily *adv.* without hesitation, at once 920/1002; assuredly B5583; without fear, securely 9927/11213.
hardy herted, harde hertid *adj.* intrepid, fearless 2017/3065.
harlotrie *n. (fig.)* rubbish, nonsense L860. [This *fig.* sense (cf. OED *Rubbish, n.*, 2.b., 1612–) not previously recorded. For the equivalent literal sense cf. MED *harlotri(e, n.*, 3.; OED *Harlotry, sb.*, †2.]
hastifly *adv.* quickly L10564.
hastiloker *comp. adv.* more quickly L5372.
hat(e), hatte; hatter, hattest *see* **hote** *v.*; **hot(e)** *adj.*
haukyng *vbl. n.* hawking, selling, salesmanship B3670P. [? Read as **hankyng,** q.v.]
haunte *v.* frequent with (for sexual purposes), have (sexual) intercourse with 2456/3336, 9658/10918; frequent (the company of) 3703/4611.
havand, hauande *ppl. adj.* having, wealthy 3588/4490.
havyng *vbl. n.* possessions 9249/10475.
he *pron. pl.* they B3080; **hym** *acc.* them B4585.
heale *see* **hele** *n.* & *v.*
hedely *adv.* rashly, impetuously B10452.
hedews *adj.* hideous, deafening B815.
hedwarde, heuedward *adv.*, *to þe ~* towards the head 7876/8982.
heele; heest; heftes; heir *see* **hele** *n.* & *v.*; **hest(e); haftes; eir.**
held *v.* pour L8042.
helde *see* **holde.**
hele, heele, heale *n.* healing, cure 1436,45/ 2482,91; (good) health B2050S, 2051, 3184/4084, 3247/4151; preservation, safety 4595/5561.
hele, heele, heale *v.* conceal 7218,36/ 8294,8314; cover B8219,20.
helyng *vbl. n.* covering B1608.
hem ? *v.* ? aim L5140. [MED *amen, v.*, 4.; for aspirated form see 5.(b), quots. from Lydg. *TB* & *ST*.]
hende *adj.* gracious B1140 n; near, at hand 1417/2463; courteous, well-bred 5436/ 6426; obedient B9758.
hende *adv.* near B7103; diligently L8175.
hende *n. see* **honde, holde.**
(h)erbe *n.* plant L8246; *pl.* 278,85/314,21.
herbere *n.* garden B2558.
herberewith *pr. 3 sg.* takes lodging B9582; **herborowed** *pp.* lodged, put up L10829.
herde *pt. sg.* answered, granted B581 n.
herde, hierde *n.* shepherd 10433/11751.
here *n.* ear L2135.
here *comp. adj.* higher B6978.

here *v.*, ~ *vnto* ? be dependent upon B6605 n.
herer ? *comp. adj.* higher *or* ? *n.* hearer, i.e., ear B3901 n.
herne panne *n.* brainpan, cranium L3954.
hernes *n. pl.* brains L3955, 4910.
herte *n.* desire; *ayen/aȝeinst* ~ unwillingly 5800/6790.
herte *v.* encourage, embolden B5568.
hertily *adv.* fervently, violently L2128, 4319.
hest(e), heest *n.* command 1260/2300, L2313, 2613.
hesterly *adv.* in the east L3579.
hete *adj. see* **hot(e)** *adj.*
hete *v.* become inflamed L6062; **hett(e)** *pt. sg.* heated 2252/3132.
hetyng *vbl. n.* promise B3373.
heuedward *see* **hedwarde**.
heuely *adv.* sadly, angrily B178.
heuen *adj. see* **even**.
heuy *v.* become heavy 4363/5327.
heuynesse *n.* grievance, vexation L11297.
hye *adj.*, *the* ~ *wey* (by) the direct route B8106.
hy(e) *adv. see* **high**.
hy(e) *v.* hurry B814; *refl.* hurry oneself, go quickly L882, 5760; hasten towards the end B1710.
hierde *see* **herde**.
high, hy(e) *adv.* loudly B661; *an/on* ~ loudly 805/873.
hight(e) *see* **hote** *v.*
hille *v.* cover L9397,8.
hillyng *vbl. n.* covering L2656.
hym *see* **he**.
hyndrid *pp.*, ~ *his name* damaged his reputation B10680.
hyne *n. coll.* servants, inhabitants (of): *helle* ~ B1527, 2044; *heuene* ~ L9387.
his *poss. pron. gen.* used after nouns in place of the gen. inflexion: *man* ~ man's B2010 n; *Adam* ~ Adam's B9903. [MED *his*, *pron.*(1), 6.; OED *His*, *poss. pron.*, 4.]
his *pr. 3 sg.* is B6893, 10591.
hode *n.* hood: *do of her* ~ doff their hoods B3554.
hoffe, howue *n.* 'the quilted skull-cap worn under a helmet' [OED]: *make him a glasyn/glasen* ~ delude him 9254/10484. [OED †*Houve*, *hoove*, *Obs.* or *Sc.*; MED *houve*, *n.*, (c).]
holde *adj.* helpful B4620T. [MED *hold*, *adj.*, 2.(b), one example only, sense queried.]
holde, halde, helde *v.* behave *(refl.)* 3837/4777; regard, consider 3840/4780, 5436/6426; continue, remain unchanged L5184; support, maintain 5680/6670; ~ *hym to his ende* keep him until his death *or* for his own purposes B3430 n; ~ *in hende* attend on, look after L4332 n, 9186/*10412*; ~ *(vn)to/wiþ* associate with, have as a friend 3981,3/4939,41 n; ~ *of* maintain allegiance to 10206/11508 [OED *Hold*, *v.*, 21., earliest example with *of* 1549]; **hold(e), holden** *pp.* regarded, considered B2059, 2129, 2239/3119; obliged, under an obligation (to) 5715/6705, 6911/7989; ~ *to* kept (exclusively) for L8291; ~ *dere* held in high esteem 9512/10754.
hole *n.*[1] ? awl, spike L4126 n.
hole *n.*[2] hole (used contemptuously of the world) B6058. [OED *Hole*, *sb.*, 2.c., 1616–.]
hole *adj. see* **ho(o)le**.
holi, hol(l)y *adv.* wholly, entirely 3550/4452, B5531; in a body (i.e., one and all) B8093.
holpen *see* **halpe**.
homeloker *comp. adv.* more privately 8924/10134.
hond *see* **o(o)nde**.
honde, hande *n.* hand: *to his* ~ to his presence, to him L508; *in* ~ in (his) control, possession, or care 652/708; *vnder* ~ in (his) possession 3587/4489; **hende** *pl.* hands 3442/4344; *holde in* ~ *see* **holde**.
honest(e) *adj.* honourable, upright 5534,40/6524,30; sumptuous 8922/10132.
honestly *adv.* reverently 4126/5086; decently, elegantly B5951.
ho(o)le, hool *adj.* whole: unharmed 744/804; intact, unimpaired B1406; upright, morally healthy B2053; undivided, in one piece 4699/5671; healthy 6525/7571, 7456/8542; healed 10520/11846; *phrases*: ~ *and fast(e)* unimpaired L2452 n; undivided *4702*/5674; ~ *as fisshe* healthy as a fish *10567*/11905.
hoot(e) *see* **hot(e)** *n.* & *adj.*

hope *n.* confidence, belief, expectation 5551/6541; ~ *of* apprehension or anxiety concerning L11634 [MED *hope*, *n.*(1), 1.(e)].
hope *v.* think, believe B5221, 10549/11885; expect, presume 5377/6367; *to* ~ to be believed L6211.
hordom *n.* fornication, whoring B9132.
hospring *see* **ospryng(e)**.
hote, hoot *n.* heat L5408, 8625.
hot(e), hoot(e), hete *adj.* hot B4271; eager, zealous 3883/4825; ~ *of kynde*, ~ *of nature*, ~ *kyndely*, *of* ~ *complexio(u)n* hot by nature, having a character or physical constitution dominated by the primary quality of 'heat', hence lustful 2427/3307n, 2619/3501, 3808/4748; constitutionally hot 7872,81/8978,97; **hatter, hotter(e)** *comp.* hotter 3053/3941, 7873/8979; ~ *of kynde* of hotter constitution, hence more eager to learn 8749/9953; **hattest** *superl.* of hottest constitution, hence most easily aroused 7726/8830.
hote, hight(e) *v.* be called L5365, 6584/7630; promise B9777; **hat(e), hatte, hight(e), hiȝt, hite** *pr. 3 sg.* is called 259/289, L2078, 5014,16,17/5994,6,7, 7417/8503, 7911/9021; **hight(e), hiȝten** *pr. pl.* are called 1079/2081, 7901/9007; **hyght** *pt. sg.* was called 7/15; promised B1039, 1422/2468; *pl.* promised B137; **hight** *pp.* promised B4571.
hound(e) *n.* dog 10157/11457; *pl.* 274/310, 790/858; *hell ~s* hellhounds, agents of hell L432.
houe, houve *v.* float 4640,2/5608,10; remain (suspended), hang 4881/5863, 4901/5883; wait (in readiness) L11055.
houeþ *pr. 3 sg.* needs, ought B6953.
howue *see* **hoffe**.
humour *n.* humour (one of the four fluids—blood, phlegm, choler, and melancholy—said to form and nourish the body and to determine the constitution and character) L7825; **humo(u)rs, humers, humerous** *pl.* 3059,61/3947,9n, 3165/4059, 8965/10183.
hurile *v.* strive, contend L5165. [MED *hurlen*, *v.*, 2b.(b); spelling *hurril* recorded in DOST.]
hurtle *v.* dash, strike B4204.

ybe(r)nus *n.* ebony 7006/8074. [Neither spelling previously recorded.]
iblowe *pp.* blown up L5620.
ybor(n)e; ycast(e); iche; ich(e)on, ychone; ycombred; idight(e); ye(n), iye; yerrid; ifalle *see* **bere; cast(e)** *v.*; **eche, ylke; echon(e); combred; dight(e); yȝe; erred; falle**.
yfere *adv.* together L55.
yfet *see* **fette**.
yfostrid *pp.* nourished L8637.
yȝe, ye, iye *n.* eye L2312, 2968, 8387; **yȝen, yen** *pl.* L600, 8558.
iije; ylad; ylassyd *see* **þre; lede; lesseþ**.
iliche, ylike *adv.* alike, equally L712, 3221, 3240, B10802.
ylke, iche, eche *adj.* same B173, 1802, 6203, 7969; **ilke (a)** every B4072, L6827; ~ *dele* everything B935.
ymageneþ, ymagineth *pr. 3 sg.* ponders 6736/7800.
ymagerye *n.* idolatry 324/360.
ymengid *see* **menge**.
ymenvsed, ymynusched *pp.* diminished L1528, 8426H.
imerked *see* **marked**.
ymped *pp.* grafted 5626/6616.
ympyng *vbl. n.* grafting 5627/6617.
incomyng *vbl. n.* entrance 23/31; coming in 7889/8995.
inlyke *adv.* alike, equally B2360.
ynome *v.* accept, undergo L9330n.
inow(h), enowe, enough, enowgh, ynogh, ynow(e), anowe *n.* a sufficiency, enough 3130/4018, 6880/7954; plenty, a great deal 5446/6436, 9891/11167; *adj.* great, plentiful, an abundance of L142, 1304/2344, 1452/2498; *intensifying adv.* very 349/385, 704/762, 1116/2154.
intermettyng *see* **entermetyng**.
intill *prep.* in, during B10307. [OED *Intill*, *prep.*, 2.; only *Sc.*]
into *prep.* up to, until L4545.
inwardly *adv.* fervently 572/618.
irayn *n.* spider B1169; **irennes** *pl.* L2209.
ire *n.* vigour, violence L5479.
yrke *adj.*, ~ *of* averse to 6306/7342.
irously *adv.* fiercely L10729.
yse(ine), ise(y)n, yseyh, yseye; ishape; yshitt(e) *see* **se** *v.*[2]; **shape; shitteþ**.
ysibbe *adj.* related to L8469.
islayn, yslawe *see* **sle(e)**.

issu, issew(e) *n.* going out 7889/8995; way out B8396, 9940/11226.

ytrowed *see* **trowe**.

yuel, euel, evell, evill *n.* sickness 1423/2469, 4040/4998; *wikkid* ~ ? epilepsy, fits 6758/7821 n [cf. *foul* ~; MED *ivel*, *n.*, 5.(b)]; *adj.* harmful, deadly 4583/5549; difficult B8456; sad 9873/11149 (*see* **chere**); *adv.* with difficulty, scarcely, not at all L8656, 9956/11242.

yvengid *see* **vengiþ**.

yvenquisshed *pp.* exhausted, brought to an end L8426. [Cf. OED *Vanquish*, *v.*, 3.]

ywaxe *see* **waxe**.

ywet *pp.* steeped in water L6217.

iwycched *pp.* bewitched B246.

ywys, ywis(se) *adv.* indeed, certainly 55/63, 245/275, 4263/5227.

iwite *v.* know L3701.

iangelyng *vbl. n.* prating, ranting 3890/4832.

ianglers *n. pl.* idle talkers, praters L4833.

ielesie, ielo(u)sie; ielous *see* **gelesie; gelose**.

ielouste *n.* sexual desire L7909 n. [This sense not elsewhere recorded.]

ieste *n.* tale B5.

iolyf(f), ioli(j)f *adj.* playful, frisky *or* foolish, wanton 3990/4948, 4001/4959; lusty, vigorous 4746T/5724, 4756/5734; lusty *or* lecherous L7907 n; cheerful, happy B6837, 9738/11010.

ioly(f)nesse *n.* playfulness, sport, revelry L4953, 3999/4957; sexual desire L7931 n.

ioli(f)te, iolyte *n.* playfulness, sport, revelry B3995; happiness, joy B6839,53,7; sexual desire L7927 n.

iorneys, iorneies *n. pl.* days' travel (distances of about twenty miles) 270/306. [MED *journei*, *n.*, 5b.(a).]

iues, iuys *n.* juice 4032/4990.

iustefye *v.* execute (judgements) B1088.

iustly *adv.* closely, tightly L4928.

keende *see* **kynde** *adj.*

kele *v.* cool 3164,7/4058,65; i.e., assuage 5491/6481, be assuaged B7243; i.e., satisfy 7272/8352.

kelth(e) *see* **kilthe**.

kene *adj.* angry, cruel 167/189; fierce 4513/5479; strong, pressing 5476/6466; bold, fearless L6544.

ken(ne) *v.* teach L860, 7586; look at L3602; know, understand 3328/4230, L7660; come to know 6980/8048; **kende** *pt. sg.* showed 1418/2464; *pp.* ~ *for* acknowledged to be B2232.

kepe *n.*, *take* ~ pay attention (to) B924, L3894; pay attention (to), take care (of) B6631.

kepe *v.* govern, exercise a predominating influence over 2843,6/3731,4, L5972; *refl.* behave 3414/4316, 3523/4425; ~ *þat* see to it that 6568/7614.

keste; kid(e), kidde *see* **cast(e)** *v.*; **kythe**.

kilthe, kelth(e) *n.* cold B2250,6T, 2718P, 4368AP, 8444D; *pl.* B2718T. [Not elsewhere recorded.]

kyn *n.* physical constitution B9212 n; **(s)kynnes, skynnys** *gen. sg.*, *many* ~ many kinds of (*lit.* of many kinds) B1184, L3212, 4708/5680 [OE *maniges cynnes*]; *what* ~ what kind of (*lit.* of what kind) P485/1653, L9833.

kynd(e) *n.* essential character, natural constitution 1007/1989, 1106/2144, 1359,67/2403,11: *in his* ~ in accordance with its natural constitution 2436/3316, 2706/3588; *of* ~ in character or constitution 4137/5097; *co(o)lde of* ~, *hot(e) of* ~ *see* **co(o)lde, hot(e)**; the universe, creation 1133/2171; progeny, species 1153/2193, 1389,99/2435,45; nature, the natural order: *agayn/aȝeinst* ~ contrary to nature 2647/3529, 4908/5890, 6160/7178; *of noo* ~ */not of* ~ unnatural 4000/4958; *of/bi* ~ naturally 4722/5698; good or valuable part 6503/7549 n; sexual function: *do (one's)* ~ copulate 3805/4745, 6894/7968; *in her(e)* ~ when copulating 3818/4758; *dede of* ~ copulation 5934/6934; semen, fluid secreted (by either sex) during intercourse 6890,1/7964,5, L8838,51; kindred, relatives 8506S/9708: *alle of* ~ all related to one another L3204; reproductive capacity 9379/10615.

kynde, keende *adj.* unadulterated: *a right* ~ *fo(o)le* an utter fool 3996/4954; ~ *to* well-disposed, eager to L6424 [cf. OED *Kind*, *a.*, 5.c., with noun or pron. obj., not infin.]; natural B6499; constant, true

L9706, 11588; affectionate, gracious L10422; **kyndest** *superl.* most natural B4905.

kynd(e)ly *adj.* natural L7545, 9797/11071; *adv.* lovingly *or* by nature 1885/2935; by nature 2320/3200, L3949; by a natural process 8329/9529; *hote* ~, *see* **hot(e)** *adj.*; **kyndelokere** *comp. adj.* more pleasing, well disposed, or obedient (to or towards) B6962 n.

kythe *v.* make known: reveal 2263/3143 (*refl.*), B2713; show 2384/3264, 2482/3362; do, perform B3822P; **kid(e), kidde, ykyd** *pp.* known, felt 650/706; revealed B4914; foretold L5896; commanded L6717; shown L9376.

knave *n.* servant B1072, L2811; boy child 3010/3898; good-for-nothing 3586/4488.

knowe *v.* have intercourse (with) 1241/2281, 2439/3319; acknowledge 6227/7261.

knowing *vbl. n.* sexual intercourse L2430.

knowlechyng *vbl. n.* sexual intercourse B1384; understanding, knowledge 2691/3573, 2829/3715.

koet *adj.* ? fierce, violent, strong B2462 n. [MED *ket(e, adj.*]

kunnande *see* **kunnyng** *ppl. adj.*

kunne, cunne, conne *v.* know: ~ *grete maistry of* be well versed in B2127; know how to, be able to 4003/4961; study, have mastery of 6953/8031; **can(ne), kunne** *pr. 3. sg.* is able to do B538; knows, understands 1488/2534; can L4130; knows how to 9451/10687; **conne, konne, can(ne), kunne(n)** *pr. pl.* can, are able to 475/515, 641/697; know 1111/2149; know how to 1747/2795; are versed in 6827/7895; **kunne, conne** *pr. subj. sg.* can 4873T/5856; **kowdest** *pt. 2 sg.* L8726; **coude, cowde, cowth(e), koude** *pt. sg.* 171/193, 672/730; ~ *no(o) good(e)* did not know what was right, was unwise 1275/2315; **cowde, couth, kowden** *pt. pl.* 706/764, 7586/8688; **couþe** *pt. subj. sg.* L8519; **couth(e), cowthe, kouth** *pp.* 2780/3664, 4720/5696.

kunnyng, connyng, kunnande *ppl. adj.* learned, experienced L240; wise, sensible B1066; knowledgeable 6749/7813; *be ~ of* be cognizant of L10514.

kunnyng(e), kunynge, cunnyng, connyng, konnyng *vbl. n.* knowledge: *do oure* ~ do our utmost L96; understanding, learning, intelligence, wisdom 1108/2146, 3155/4049, 4019/4977 (*see* **clergy**), 7119/8191; cleverness, cunning 3862/4802; a branch of learning, a science or art 3893,5/4847,9, 7569/8667; ability, skill, competence (in a profession or trade) 5833/6829, B6541.

ladde *see* **lede**.

layde, leid(e) *pt. sg.*, ~ *answ(h)ere on* gave answer to 533/573; *pp.*, *lak(k)e þat is ~ on* fault that is found with 5404/6394; calmed, allayed 5485/6475.

lay(e) *n.* (religious) law, faith B3389,92, 9878/11154.

lak(ke) *n.* failing, fault, blemish: *leie ~ on*, *make* ~ find fault with 5404/6394, 6174/7194; *loue haþ no* ~ love is blind 5956/6960, 8608/9810.

lame *adj.*, ~ *of* wanting in L7063.

langed *see* **longe** *v.*[1]

langriþ *pr. 3 sg.*, *he þat ~ not his synne* ? he whom his sin does not vex L7263 n. [MED *langouren, v.*, (c).]

large *adj.* generous 5735,8/6725,8; broad, wide 10143/11443; **largest(e)** *superl.* most generous 5733/6723.

larges(se) *n.* generosity 5739/6729.

largeþ *pr. pl.* enlarge L3278.

lasky *v.* grow weaker L3695. [MED *lasken, v.*; this spelling not recorded.]

lassande; **lasse** *see* **lesseþ**; **lesse**.

lasshe *v.*, ~ *to* ? fall to pieces (*fig.*), i.e., lose control, become weak [cf. MED *lashen, v.*, 2.(c)] *or* weaken [MED *lessen, v.*, 1.(b), *see* **lesseþ**] B2805P.

laste *v.* remain, continue B1406, 4702/5674, B10652.

lat(e) *v. see* **lete, lett(e)** *v.*

late *adv.* lately, recently 9246/10472; **latter, liter** *comp. adj.* & *adv.* later L3321, B2446, 2663/3545, *4849*/5831.

lawe *n.* (religious) law, faith 420/458, 701/759; custom, practice 7365/8451; teaching L8741; *with* ~ rightfully B10122; *þe furste* ~ the Mosaic or Jewish law B10664.

lawly *adv.* lawfully *or* thoroughly B4271. [MED *laueliche, adv.*, (a) *or* (b).]

leame *n.* lightning P96.

le(a)ute, lewte *n.* loyalty, fidelity 2491,3/3371,3, 2579/3461.

lec(c)herie *n.*, *vse* ~, *do* ~ commit fornication L4573, 5455/6445.

lechecrafte *n.* medicine, medical treatment 8691/9897.

lede *v.* take, carry 328/364, 1799/2847; accompany 1661/2707; manage, control 3360/4262, 9146/10372; **ledde, ladde, ylad** *pp.* taken 4106/5066; afflicted B9242.

leef, leve, l(i)eue, lef(f)e, leiff *adj.* dear L112, 252/282, B341, 857/927; *had(de)* ~ held dear B913, 9191/10417; willing, eager 5343/6333; **leuer(e)** *comp.* B2494 n; *me were* ~ I would rather 81/89, 4776/5756; **levest, leuest(e)** *superl.* dearest 680/738; most willing, gladdest 5318/6308.

leely *adv.* lawfully, truly B3737.

leere; leese; leest; leet; leeue; left(e); leid(e) *see* **lere; lese** *v.*[1]; **leste; lete; leue** *v.*[2]; **leue** *v.*[1]; **layde**.

leighing *vbl. n.* laughing [OE *hl(i)ehhan*] *or* lying [OE *leogan*] L3154 n.

leke, lyke *n.* leek 7005/8073.

lel *adv.* faithfully L7664.

lele *adj.* faithful B2562.

leme, lewme *n.* beam, ray of light 7191/8267; flame L8793.

lemes *see* **lim**.

lende, lened *v.* alight L2455; remain, stay 3073/3961, L11626, 12057.

lene *v.* lend, give 201/227, 219/247, L6741 n, 8858 n; **lent(e)** *pt. sg.* 1141/2181; *pp.* 3678/4584.

lengthe *v.*, ~ *a day/hise daies* prolong (his) life 1718/2766, L10644.

lepen *see* **lopyn**.

lepes, -is *n. pl.* baskets 10503/11827.

lere, leere *v.* learn B4, L8, 916/998; teach 1536/2582; tell L3423, 10003/11293.

leryng *vbl. n.* teaching B2773.

les *n.* falsehood; *withouten* ~ to tell the truth L2883.

lese, leese *v.*[1] lose, be deprived of 1498/2544, 2020/3068, 5874/6872; **lost(e), les** *pt. sg.* 1278/2318, L2502, B4170; **lorn(e), ylorne, (y)lore** *pp.* damned L982, B1245; wasted 2215/3095, 2223/3103; lost L3249, 9784/11054.

lese *v.*[2] loose, set free 10426/11742.

lesyng *vbl. n.*[1] loss 9681/10941.

lesyng, lesinge *vbl. n.*[2] lie, falsehood 1737/2785, 3572/4474; *lye a* ~ *on* tell a lie about 6171/7191.

lesse, lasse *comp. adj.* & *adv.* smaller 2886/3774, 7206/8282; ~ *and/ne more, more and* ~ smaller and greater, i.e., one and all 531/571, 1505/2551; *more ne* ~ exactly L5198.

lesseþ *pr. 3 sg.* reduces, lessens B6229; **lassande** *pr. p.* becoming weaker or smaller B8442; **ylassyd, lassid** *pp.* diminished B7342,4.

leste, leest *superl. adj.* smallest, most insignificant 2668/3550, L11856.

lesues *n. pl.* pastures B3086.

lete, lat(e) *v.*, ~ *be* desist from B1928, 2573/3455; ~ *allone* avoid, leave alone L4284; ~ *out* let out, allow to go 3409/4311; cause (to do or to be done) L3456, 5161/6147; desist from 3370/4272, 3885/4827, B3931; allow: *he to hym noo toth do* ~ he lets no tooth into him, does not literally bite him B6176; **let(e), leet, lat** *pt. sg.*, *pl.* caused (to be done) L234, 332/368, 2924/3812; left (i.e., placed) B1017; left, turned away from B1456, 6287/7323; let, allowed to L2294, 9159/10385; considered: ~ *light/li3te of* thought little of 3574/4476, B3578.

lett(e), lete *n.* obstruction, hindrance: *without* ~ without fail, truly 2515/3395; *haue do hym* ~ have prevented him B6103.

lett(e), let, lat *v.* obstruct, hinder, prevent 1719/2767, 4698T/5670, 6206/7240; stop, prevent (from doing) 5380/6370; desist (from) L4276, 9623/10879, ? *refl.* B2441 n; **lettes, letteþ** *pr. 3 sg.* ? lingers B3296 n; turns away from, leaves B10583; **let(t), let(t)e** *pt. sg.* stopped, desisted 4562/5528; prevented 4714P/5686; **lett(e)** *pp.* prevented L7121; obstructed 6568/7614.

lettyng, letting(e) *vbl. n.* hindrance, impediment, prevention, delay 1258/2298, 2452/3332, 4720/5696.

leute *see* **le(a)ute**.

leue, ? live, ? lyue *v.*[1] remain B528, 10504; abandon, give up L850, 2114, 4511; desist (from) L2980, 4048, ? 3914/4870 n, 8523/9725; ignore L10908; **leveþ, liveþ** *pr. 3. sg.* gives, lends

B5751; gives up 7596/8698; **lef(f)te** *pt. pl.* desisted from 7588/8690; **left(e)** *pp.* stayed B9202; lost 10786/12124.

leue, leeue, lyue, live *v.*[2], ~ *(on/vpon)* believe (in) L159, 802, 851, B997, L8155, 10022/11314.

leve *v.*[3] live B4603, 6936; **leuand** *pr. p.* B10385; **leued, levid** *pp.* B8209, 9878.

leve *v.*[4], *pr. subj. sg.* grant, allow B194, 10925.

leve *adj.*, **leuer(e), leuest(e)** *see* **leef.**

leven, leuene *n.* flash of lightning, thunderbolt 750/810; **leeuens** *pl.* L5464.

lewdenesse *n.* foolishness B3547.

lewed, lewid, lewde *adj.* ignorant, untaught 693/751; ~ *men and clerke* the uneducated and the educated, people of all kinds B10662.

lewme; lewte *see* **leme; le(a)ute.**

lich, lyke *adj.*, ~ *to* the same as, equal to 2762/3646.

liche ? *n.* peer, fellow 6068/7080 n.

liche *adv.* like L4126, 6634; alike, equally L12144.

licour(e) *n.* liquid 7485/8579.

lye *v.*[1] lie, i.e., convey a false impression B8801 n.

lye *v.*[2]; **lyflode** *see* **ligge; lyvelode.**

ligge, ligh, lye *v.* lie L568, 2990/3878; ~ *on* be burdensome to 9194/10420 [MED *lien, v.*(1), 9.]; **ligging(e), liggande** *pr. p.* L5318, 5230/6220.

light, liȝte *adv.* quickly, easily 1722/2770, 2539/3421.

light(e), liȝte *adj.* light in spirit, cheerful 628/684; free of pain, fit 744/804; of small account: *lete/sette* ~ *of* thought little of 3574/4476, B3578; energetic, active 6508/7554; morally lax, shallow 6673/7733; light-headed, shallow 8555/9757; **lighter(e), liþer** *comp.* easier, less troublesome 1953/3005 n, B4845; more willing, eager, or active 6494/7540; more cheerful L7016.

light(e) *v.* alight, descend L1952, B1366, 1383/2429; **light** *pp.* 586/632.

lighter *comp. adv.* more quickly B6961.

lightly, liȝtly *adv.* quickly, easily 1811,27/2859,77; casually, without good reason 9165,7/10391,3.

lightlier *comp. adj.* easier, less troublesome L5827.

lijs *see* **lysse.**

likame *n.* body B8216.

lyke *n.* & *adj. see* **leke** *n.*; **lich** *adj.*

lyke *v. impers.* please, suit, be agreeable to 190/212, 3253,4/4157,8; *whan hem liketh best/whan him likeþ best* when they are (he is) at their (his) happiest 1475/2521.

lykely *adj.* like, similar B4932.

likened *pp.*, ~ *to* comparable to, made like L9819.

lykyng(e) *vbl. n.* desire L7711, 6804/7868; ~ *to*, ~ *of* desire for 2428/3308, 7715/8817; pleasure 6748/7812, 6801/7865; *do(o)th(e) my* ~ carries out my wishes 5445/6435; good health, well-being 6634/7686 n, 10566/11904, 10768/12106. [*See also* **well lykyng** *vbl. n.*]

lykyng *ppl. adj.*[1] like, comparable B1738. [MED *liken, v.*(2), (b), two examples only.]

lykyng *ppl. adj.*[2] *see* **wel lykyng** *ppl. adj.*

lym(e), lim *n.*, *þe develis (owne)* ~ the devil's limb, an agent of the devil 390/428; part or organ of the body 4996/5976; **lym(m)es, lemes** *pl.* 1848/2898, B1858, 3075/3963.

lyne n., ~ *of eclips/* ~ *of þe clips* the ecliptic line 4898/*5880*n.

lysse, lijs *n. pl.* lice 2655/3537.

lisse *v.* relieve L3390.

list *n.*[1] desire, will; *do ȝoure* ~ do what you want L100.

list(e) *n.*[2] trick, piece of cunning 9471/10709. [Not elsewhere recorded as a countable noun.]

list(e) *v.* like, desire L2011, 3189; please B2309; **list, lyste** *pt. sg.* chose, was pleased L2020; *hym* ~ (*impers.*) he wanted B450, (*subj.*) he would wish or prefer L9156.

lite *adj.* little; *sette bi him ful* ~ used to think very little of him L4480.

liter *see* **late** *adv.*

lith, litthe *n.* joint, limb B2407, 4993/5973; *out of* ~ out of joint L5142.

liþe *adj.* happy L3354. [Sense not in OED; one example only of this sense in MED.]

lythe *v.* die down 10507/11831 n.

liþer *see* **light(e)** *adj.*

lyve *n.* (*dat.*) life: *o(o)n* ~ alive 5259/6249, L11575.

lyue, live; liveþ *see* **leue** *v.*[1 & 2]
lyvelode, lyflode *n.* livelihood 3592/4494, 6541/7587.
lofte *n.* air: *on* ~ in the air, aloft 2928/3816, 4325/5289.
loke *v.* look: ~ *after* pay attention to B3006. [MED *loken, v.*(2), 8a.(d).]
loken *pp.* locked, imprisoned B1288, 1364/2408.
lomes *n. pl.* tools 3636/4542. [*See also* **werke lomes**.]
londe *n.* land: *in* ~ in the world, anywhere 1876/2926, B3180.
longe *n.* length B4280.
longe *adj.* tall 2871/3759.
longe *v.*[1] belong B18, L26, 2882/3770; be fitting, appropriate L6945, 11389; **langed, longed** *pt. sg.* belonged 4301/5265.
longe *v.*[2], ~ *his dayes* prolong his life B9408.
lo(o)re *n.* lore: learning B104; teaching 911/993; religious doctrine, creed 1156/2196; admonition, advice 9671/10931.
loos *n.*[1] loss, i.e., defeat or death 5389/6379.
loos(e), lose, loes *n.*[2] (good) reputation 3198/4098, 3699/4605, 4056/5016.
lopyn, lepen *pt. pl.* leapt 761/827. [*See also* **owtelopen**.]
lore, lorn(e) *see* **lese** *v.*[1]
loselrie *n.* profligacy, debauchery L4357.
losen *pp.* ? celebrated, made famous B1330 n. [MED *losen, v.*(1), (b).]
losyngerye *n.* flattery *or* debauchery B3457.
loth(e) *adj.* hostile L210; averse L4624; hateful 3835/4775.
loþe *v.* loathe L11188.
lothliche, loþely, lothly *adj.* ugly 5948/6952, 6987/8055; hateful, loathesome L9347.
lourdeins *n. pl.* sluggards, ugly people L3152.
louryng *ppl. adj.* scowling, sullen-looking B2272.
louse, loos *adj.* loose: *make hym* ~ free himself 8695/9901.
loute, lowte *v.* show reverence L680; submit, be obedient L7042; bow, bend B7836; *(active for passive)* be worshipped B10912.
love *v.* *(active for passive)* be praised B10912.
louely *adv.* lovingly 3303/4205.
lowde, loude *adv.*, ~ *and/or styll(e)* under all circumstances, at all times L100, 3245/4149, 9707/10979; ~ *or stylle* under any circumstances, ever 10587/11927; *be it(t)* ~, *be it(t) stylle* under all circumstances 1067/2069.
lowe *n.* flame L4946, B7691.
lowse *v.*, ~ *oute of* release from B2510.
lowte *see* **loute**.
luffre *n.* hole (in the roof), chimney-like hole *B8168*n. [MED *lover(e, n.*(1), 1.(a).]
lust *n.* pleasure, liking B1011; appetite, desire L9345.
luste *v.*[1] listen B3909.
luste *v.*[2], *pt. sg.* wished, chose B6290; *hym* ~, *pt. (subj.) sg.* he would wish or prefer B8044.

mache *n.* equal B4201.
may *n.* maiden, virgin L2455.
may *v. see* **mow(e)**.
maidenhede, maydenheed, maydynhode *n.* maidenhead, -hood, i.e., celibacy L2414 n; i.e., purity in act alone (as opposed to purity in thought as well as act: contr. **virginite**) [MED *maidenhede, n.*, 2.(c)] 7702/8804.
maym *n.* maiming, disfigurement B3182.
mayn(e), main *n.* strength, power 310/346, 6876/7950.
mayne *see* **meyne**.
ma(i)ster *n.* master: ruler, commander L68; expert, scholar 48/56, 123/137; teacher 10869/12219.
maysterlyng *n.* overlord B2294.
ma(i)streþ *pr. 3 sg.* is master of, governs 6496/7542; **maister** *pr. subj. sg.* get the upper hand over 7397/8483; **maistiryng** *pr. p.* reigning over L3174.
maystry, maistrie *n.* upper hand 435/473; accomplishment, feat: ~*s to make* to perform miracles B1039; skill, knowledge: *kunne grete* ~ be well versed in B2127; *worche al her* ~ bring all their skill to bear L5048; efficacy, power 4041/4999; predominance, dominion 7422/8508.
make *n.* mate 1456/2502; mate *or* match, equal L4123.

makeþ, -iþ *pr. 3 sg.* causes 4264/5228, 5123/6107; **maked, made** *pt. sg.* caused B4274; ~ + *infin.* caused to be done, had done L379, 420; **made** *pp.*, ~ *vp* built L12234.

malapert *adj.* impudent, presumptuous B4189.

malencoly(e), malencolie, malacoly, malancolye *n.* black bile (one of the four humours) or an excess of it 3059/3947 n; ill-temper, depression 3172,90/4070,90, 9688/10948.

mamettys, -es *see* **mawmet(t)is.**

manere *n.* appearance 5093/6077.

mansleing *n.* homicide L2337, 7452.

marchid *pt. sg.*, ~ *to* bordered on, adjoined L18.

marke, merke *adj.* dark B3064, L10552.

marked, imerked *pp.* darkened 3067/3955.

masteres; mastreþ *see* **ma(i)ster; ma(i)streþ.**

matrice *n.* womb 2419/3299.

mawmet(t)is, mamettys, mamettes, maumetis, maumetes *n. pl.* idols 328/364, B394, L878, 918, 1106.

me *pron.* one L3192, B7728.

mea(y)ne *see* **meyne.**

mede *n.* reward, payment 86/94, 140/161; *to* ~ as a punishment 4060/5020, as a reward B4791; merit 10697/12001.

medelyng *vbl. n.* conflict, fighting B6186.

medyl erthe *see* **midlerd(e).**

medle *n.* conflict, fighting L7220.

medle, medele *imp. sg.*, ~ *the nothynge þat amonge/~ þe noþing þereamong* have nothing whatever to do with it 8512/9714; **medled** *pp.* (*adj.*) mixed L12132.

meyne, mea(y)ne, mayne *n.* retinue, company, household L98, 332, 679/737, B2160, 5957/6961; people L3758.

meke *v.* subdue B70, 5390; *refl.* humble oneself L4815; *intr.* become gentle or merciful *L6689.*

mekel(l) *see* **miche.**

membris *n. pl.* sexual organs B6900, 8315/9504.

men *n. pl.* people 6414/7450.

mende *v.*, ~ *ȝour mood* cheer you up L206.

mendere *n.* (moral) guide, corrector *or* Friar Minor B2149 n. [MED *mendere, n.*]

mene *v.*[1] talk about 688/746; express, describe B9900.

mene *v.*[2] complain of L4264.

menge, mynge *v.* be stirred up, disturbed 4332/5296; mix, blend 7513,29/8607,27; **menged** *pt. sg. (subj.)* B4032; **ymengid, menged** *pp.* L4990, B6313.

menyng *vbl. n.* remembrance; *haþ* ~ *of* remembers L2535.

menske *n.* honour *or* beauty B9817. [MED *mensk(e, n.*, 1., 4.]

menstruum *n.* menstrual blood 2629/3511.

mentenande *pr. p.* maintaining B1810.

merciable *adj.* generous, charitable 9763/11035 n.

meriest(e) *superl. adj.* pleasantest, most delightful 7426/8512.

merkenes, merk(e)nesse *n.* darkness 3065/3953, L12203.

merþe *see* **mirþe.**

merueilously *adv.* in astonishment L10478.

mesell, mis(s)el *adj.* leprous 2625/3507; *n.* leper 4020,1/4978,9.

meselry, meselrie, miselrie *n.* leprosy 2616,17/3498,9, 4020/4978.

mesurab(e)ly *adv.* in moderation L4024, 9135/10361.

mesure *n.* moderation, temperance: *out(e) of* ~, *over* ~ without moderation, excessive(ly) 2274/3154, L7983; *in* ~, *at* ~ discreetly, prudently 3516/4418, 3927/4883; amount, (hence) treatment L4683.

mesureþ *pr. 3 sg.* observes moderation in L8570.

mete *n.* food 1714/2762, 3156,7/4050,1; meal, supper [MED *mete, n.*(1), 3.(a)] 10351/11667.

mete *v.* allot, mete out L4683; requite, (hence) redeem B8898; **moten** *pp.* meted out L4684.

metes, -is *n. pl.* positions, points 4089/5049. [MED *mete, n.*(2), (c).]

metyng *vbl. n.* meeting: *And he come in thy* ~ if you happen to meet him 9626/10882.

meve *v.* move L801, 2659; ~ *in man(n)is thought/þoght* bring to man's mind 2317/3197; move on a regular course, revolve 4013/4971,3.

meuyng, meving *vbl. n.* prompting, inclination 6669/7721.

miche, moch(e), mooche, mekel(l), mochill, michel *n.* much, a great deal B3, L26; *adj.* much: great L8, 8/16; abundant B2172; large 2786/3672, 7037/8105; *adv.* a great deal, greatly, considerably 239/269, 748/808, 2795/3681.

michelnesse, mochilnesse *n.* quantity 4872/5854.

midlerd(e), myddilerde, mydelerde, medyl erthe *n.* the earth L2910, 2557/3439, 3844/4784.

might(e), myȝt *n.* might: strength, power 8/16, 1312/2352; *of ~es/~is moost(e)* of greatest power L2, 9919/11205; ability, capacity 75/83; *do oure ~* do our utmost 95/105; *at his ~* to the best of his ability 9916/11202; special virtue (of a plant) 1185/2225; influence (of a planet) 5013/5993; special efficacy 10357/11673.

mighty *adj.*, *~ therto* able to do it 4726/5702.

mylne stoones *n. pl.* millstones L8251.

mylte, milt *n.* spleen 7476/8566.

mynde *n.* mention, B254; *makeþ ~* makes mention (of) L284; *have in ~* give heed to 699/757, 1931/*2983* n; *after his ~, by ~* according to his wish or purpose L3571, 3025/3913 n.

mynde *adj.*, *aboute his ~ . . . to* is concerned to B6893.

mynde *adv.* carefully, attentively B4138, 5149. [Not elsewhere recorded as *adv.*, but cf. MED *mind(e, adj.*, (b), and *mindeli, adv.*]

myne *n.* deposit, lode 4621/5589.

mynge *see* **menge**.

mynne *adv.* less: *more ne ~* exactly 2862/3750H; *adj.*, *more or ~* larger or smaller L9625.

mynne *v.* tell, mention L2733; *it hem ~* it comes to their mind, they remember it L9357 [MED *minnen, v.*(1), 1.(a)].

myre *n.* ant B6964,5; **myres** *pl.* B1162S, **myren** B1169P [no weak pl. recorded in MED or OED].

mirþe, merþe *n.* entertainment L4044; rejoicing L9213; eternal bliss, the joys of heaven L9334, 11855; happiness L10706; beauty, attractiveness, a pleasing look L11091; *see also* **chambir mirthe**.

mys, misse *n.* sin, wrong, wrongdoing L2104, 8876; *withoute(n) ~* undoubtedly, certainly 4621/5589, 6259/7293; *of ~* falsely L7737.

mys *adj.* wrong L6962; *adv.* wrongly B6384; *doo ~* done wrongly, sinfully L989; *goo ~* go astray L4602; *seith ~* speaks falsely L10464.

mys, mysse *v.* lack, lose L2048 (*he gan it ~* he lost it), 10562/11900; come to an end, burn out [MED *missen, v.*(1), 2.(c)] 1818/2868; fail, make a mistake L7418; be lacking B6382, 7389/8475; do without 7667/8769, B10124.

misardrie *n.* indolence or baseness B5368. [Not elsewhere recorded.]

misborn, misbore *pp. refl.* misbehaved, behaved outrageously 8624/9826.

misdo(o) *v. intr.* do evil or wrong 2348/3228, 4784/5764; *trans.* do wrong to, injure 3459/4359, 9125/10351; **mysdede** *pt. pl.* 8247/9425; **misdo, misdon(e), misdoone** *pp.* 473/513, 678/736, 3357/4259.

miseese *n.* discomfort B3925.

misel; miselrie *see* **mesell; meselry**.

mysfame *n.* bad reputation B7377A. [OED *Misfame, sb.*, one example only; not in MED.]

misgilte *n.* sin, wrongdoing L2115.

misgoo *v.* go wrong, go astray B8782, 10074/11370.

mishardie *adj.* cowardly L6358.

mislikeþ *pr. 3 sg.* grows sickly 6626/7678. [MED *misliken, v.*(1), 3.]

mislikyng *vbl. n.* neglect L7679. [MED *misliking(e, ger.*, 2.(b).]

mysplesing *vbl. n.*, *doth ~ to* displeases L4721. [MED *misplesing, ger.*]

misse *see* **mys** *n.* & *v.*

myssey, misseie *v.* speak evil to or of 9125/10351.

missel *see* **mesell**.

mysspayyng *vbl. n.*, *were ~ vnto* would be displeasing to *B3781*.

myster, mistour *n.* need 3116/4004, 5198/6188.

misteres *n. pl.* occupations, crafts B7581.

mistrowthe *n.* lack of faith, idolatry B2148.

myswene *v.* suppose wrongly L791.

miswro(u)ght *pp.* done wrong 3363/4265.

mo *see* **mo(o)**.

moch(e), mochill, mooche; mochilnesse *see* **miche; michelnesse**.

mode *see* **mood(e)**.
modre *n.* womb B5917 n.
moght *see* **mow(e)**.
moystyng *vbl. n.* watering, wetting 9358/10592.
molde *n.*[1], *sette on a* ~ cast in a mould B335.
molde *n.*[2] cast metal L371. [MED *mold(e, n.*(1), 1a.(c).]
mone *n.*[1] month L5646.
mone *n.*[2] *see* **mo(o)ne**.
mone *v.* rebuke B3362.
mo(o) *adj.* more: more than one, many B2390; a greater number (of), greater in number 2415/3295, L6287; more in addition to that/those mentioned 1162/2202, 2421/3301; besides B3834; *withoute/wiþouten* ~ only, no more than 4292/5256.
mood(e), mode *n.* frame of mind, disposition, mien 368/406, L655,6; mind, heart 5551/6541; *amende yoowre ~/mende ȝour* ~ cheer you up 184/206; *turne/torne his* ~ change his (state of) mind, behaviour 3702/4610.
mo(o)ne *n.* complaint, lament 674/732, 7240/8318.
mo(o)re *comp. adj.* & *adv.* greater B1319, 1639/2685; larger 8422/9622; *lasse ne ~/lesse and ~, ~ and lesse/lasse, ~ ne lesse*, *see* **lesse**.
moost; moote *see* **most(e); mote**.
morne *v.* lament L780, 10628/11972.
mornyng, mournyng *vbl. n.* grief, sorrow L4916, 6513/7559, 9428,31/10664,7.
morning, mournyng, mornand *ppl. adj.* mournful, sorrowful B3958, 10184/11486, 10312/11614.
moste *v. see* **mote**.
most(e), moost *superl. adj.* greatest B2294, 3912, 5200,2/6190,2.
motand *pr. p.*, *in deme* ~ pleading, arguing a lawsuit B3744.
mote, moote, moste *v.* must L323, 1986, 6664; can 7680/8782.
mow(e), may *v.* be able to L5, 231, 279/315, B8291; be capable of 7721,3/8825,7; **moght** *pt. sg.* might *B6123*.
mvk, muk(ke), mouke *n.* excrement (animal or human) 2659/3541, 7497/8591.
multiplie *pr. 3 sg.* grows L9489.
murier *comp. adv.* more cheerfully L10137.

nad(de) *pt. sg.* had not L819, 3194.
naisshe; nam(e) *see* **ne(i)sshe; nom(e)**.
nam(e)ly *adv.* especially, particularly 3975/4933; particularly *or* namely B10664.
nas; nasestrelles; nasshe *see* **nys; noseþrilles; ne(i)sshe**.
nature *n.* (physical) condition 2626/3508 n; *of/by right* ~ naturally, in the natural course of things 2624/3506 n, 2758/3642; *of ~ hote/hoot, co(o)lde of* ~, *see* **hot(e)** *adj.*, **co(o)lde**; semen, fluid secreted (by either sex) during intercourse B7734,47, 9938/11224; sexual need L8354 [DOST *Nature, n.*, 3.b]; reproductive capacity 9377/10613 n.
ne *prep.* nigh: ~ *dome* ? involved in a lawsuit *B3735*n.
nede *n.* need, necessity: urgent business B543; *at ~, att a* ~ of necessity B1653, 2613/3495; when in need or difficulty 9590/1758; *have* ~ are in want 3486/4386, L4885; *in* ~ in time of need, in straitened circumstances 5832/6828; *at his* ~ when he needed it L10986.
nede *adj.* necessary 3103/3991, 3721/4633; *adv.* necessarily 6105/7123; *mo(s)te ~, must(e)* ~ must of necessity 1597/2645, L2699, 6949/8027; *the behoves/þe bihoueþ* ~ it behoves you of necessity (to do), you cannot help (doing) 4161/5121; *behoueth/bihoueþ* ~ it is necessary or inevitable 4279/5243.
ned(e)ly *adv.* necessarily, of necessity 1325/2369, L2742.
nedelyng(e) *adv.* necessarily, of necessity B5891, 7344T.
ne(e)se *n.* granddaughter, niece, or other female relative 7774/8878.
ne(e)st *adv.* next L9590, 11449.
neet(e) *n.* cattle 2659/3541, 7446/8532; **netes, netis** *gen. sg. or pl.* 4650/5620.
neighhit *pr. 3 sg.* draws near to B6374.
ne(i)sshe, na(i)sshe *adj.* nesh: liquid, flowing 1836S/2886; timid, faint-hearted 2614/3496; soft (in texture) 3630/4536, 4655/5625; tender, kind 9058/10282.
neiþer *see* **nether**.
nempne, nemen *v.* name, mention L474,

4144/5104; *here names* . . . ~ give a list of their names, enumerate them B4998; name, mention, enumerate B6213; *for to* ~ to be counted, included, named as one of those B7648 n.

ner(e), nerrer *comp. adj.* closer (to) B7091, 7374/8460.

nere; nese; nesshe; nest *see* **nys; ne(e)se; ne(i)sshe; ne(e)st.**

neste ? *pr. 3 sg.* goes next or nearest B8390 n.

netes, -is *see* **neet(e).**

nether, nother, neiþer *adj.* lower 8857,8/10061,2, L10104; **netherest** *superl.* B8894.

neven(e) *v.* express, describe 630/686, 6220/7254, L11176; tell, reveal L3699; *for to* ~ to be precise B4954Tn; *her names* . . . ~ give a list of their names, enumerate them L5978; name, mention, enumerate L7247; *forto* ~ to be counted, included, named as one of those L8750 n; call, name 9982/11270.

newe *adv.* anew, afresh 31/39, 4592/5558.

newes, -is, -iþ *pr. 3 sg. trans.* renews 2719/3601; *intr.* renews itself, becomes new again 6143/7161; **newed** *pt. sg. trans.* repeated 8409/9609.

nyce *see* **nise.**

nil(e), nole *v.* will not L70, 552, 4870, 10968; **nolde** *pt. sg., pl.* L298, 983.

nys *pr. 3 sg.* is not, is (with redundant negative) L713, 2125; **nas** *pt. sg.* (with present meaning) L6388; **nere** *pt. pl.* were (with redundant negative) L920; *pt. subj. sg.* were it not that B4980; were it not for L11109; *if sleep* ~ if it were not for sleep L7556.

nise, nyce *adj.* wild [MED *nice, adj.*, 1.(c), two examples only] *or* strange, uncommon [OED *Nice, a.*, †3.] B3616; foolish L5152; *adv., as* ~ foolishly, unsuspectingly *or* cautiously, gingerly B3227 [cf. OED *Nice, a.*, 16. and *Nicely, adv.*, 1. & 4.d.].

nysehede *n.* folly *or* fastidiousness *or* suspiciousness B7803. [These senses not elsewhere recorded.]

noble *adj.* gracious, friendly 7940/9050.

noght(e), noȝt *see* **no(u)ght.**

noise *n.* report, rumour L164; reputation L977 n.

nolde, nole *see* **nil(e).**

nom(e), nam(e) *pt. sg., pl.* took 242/272, 1450/2496; took upon himself/themselves, adopted 1359/2403; *intr. or refl.* betook himself/themselves, went L341, B1177; received, experienced, underwent L9201, 10039/11331; **nom(e), no(o)men, ynome** *pp.* taken B1312, L11192; undergone B8182; taken by death, killed *8193*/9363, 9409/10645.

nonys, no(o)nes *n., for þe* ~ expressly, on purpose 6675/7735; for a while 7036/8104; very, indeed (or a meaningless tag) 7174/8250.

no(o) *conj.* nor B4660; *nouther* . . . ~ neither . . . nor B8745.

noon *adv.*, ~ *right* straight away *B9607*.

no(o)te *n.* action, goings-on 7487/8581; (euphemism for) sexual activity 7738/8842; use, benefit, advantage L10240.

noote *v.* perceive *or* mention L11016.

norissh(e), noresshe *v.* teach, train 2772/3656; promote, encourage 3282/4184, 9080/10306; bring up 10637/11981; **noryshed** *pp.* nursed, brought up B1394.

norture, nortour *n.* (good) breeding, manners 2243/3123; food, nourishment B2676, *3346*/4248, B5907.

noseþrilles, nasestrelles *n. pl.* nostrils 9332/10566, 10150/11450.

not *pr. 3 sg.* does not know L4402, 7164.

note; nother *see* **no(o)te; nether, no(u)ther.**

noþyng(e), noothyng *adv.* not at all, in no way 732/790, 1343/2387, B1673.

no(u)ght, noghte, noȝt, nouȝtt *adj.* worthless 3566/4468, 9496/10738; immoral, evil L7195, 7612/8714; *adv.* not (at all) 321/357, 464/504, 5591/6581, B7038.

nought ffor þanne *conj.* nevertheless *B10225*.

noumbre *n.* ? reflection *or* ? number B618 n, 695/753.

no(u)ther, nowther *conj.* nor L458; ~ . . . *ne*, ~ . . . *nor*, ~ . . . *and* neither . . . nor L179, 318, 1378/2424, B4710, 9376.

o *see* **o(o).**

oblege *pr. pl.* pledge B235.

obreide *v.* cite as a cause for reproach B5403.

od ? *adj.* ? dissimilar *or* ? *adv.* ? only, singly L3036 n.

ofdred *pt. sg. refl.* was afraid of B9610.

of(f) *prep.* through, by means of 1370/2414; from, out of L11636, B10718.

ofreede *v.* outwit B8566 n.

oght *adj.* worth something L4468.

oght *n.*, *adv. see* **o(u)ght, ought(e)**.

ombre *see* **vmbere**.

on *prep.* in L35,6, 642/698; ~ *day*/~ *night* by day/by night B27,8.

onde; one; onythyng; only *see* **o(o)nde; oon(e); anyþing; o(o)nly**.

ontake *v.* penetrate, extend to B1794 [sense not in OED s.v. *on-take*, or MED s.v. *ontaken, v*]; ~ *to* manage to, succeed in B185 [MED *ontaken, v.*, (a), two examples only, *c*1300, *c*1325, neither with following infin.].

onwoo *adj.* free from pain or misery B2276T. [Not previously recorded, but cf. OED *Woe*, C. *adj.*, and *Unwoeful, a.*]

o(o) *num.* one B400, 866, L652, 721.

o(o)nde, hond *n.* breath L1503, 8145, 2769/3653, L8060, 10385; *greet* ~ bad breath L8357.

oon(e), one *num.* one L11, 337/373, B598; alone, on his own B2849; the same, equal 10068/11364; *adj. as adv.*, *euer* ~ always the same, unchangingly B6708; ~ *and* ~ one after another L10096; *by ther* ~ by themselves B673; *by* ~ *and* ~ one by one 922/1004; *yoour* ~ one of you B5870; *in* ~ the same, unchanging L11247; *a(f)fter* ~ the same 1944/2996, alike, of the same quality, in the same way B6028, 10138/11438.

o(o)nly *adj.* alone, with no one or nothing else 7049/8117.

oonly *adv.* pre-eminently B6487; solely 7054/8122; alone, singly B10330.

oore *n.* mercy, favour 418/456, B2366; *holde in* ~ honour, hold in esteem B5878.

oost *see* **oste**.

opynyon, opinioun *n.* belief, faith 720/778.

opynly, opunly *adv.* plainly, clearly B522,48, 8788/9992.

ordein(e) *v.* decree L532; create L2012, 2226; foreordain 1326,7/2370,1; prepare 9076/10302; arrange (in battle formation) 9775/11045; arrange *or* build 10886/12236; appoint, ordain B10396.

ordred *pp.* appointed, ordained L11712.

or(e) *see* **er(e)**.

oriso(u)n *n.* prayer 437/475, 577/623.

ospryng(e), hospring *n.* offspring, progeny 7083/8153, 8207/9383.

oste, (h)oost *n.* company 705/763; army 5543/6533.

oþer *pron.* & *adj.* second B266, 1283, L316, 1905/2955.

other *conj.* or B1634, 4500; ~ . . .~, ~ . . . *or* either . . . or 5412/6402.

otherwhile, oþerwhyle *adv.* sometimes B2325, 3062.

o(u)ght, aught *n.* anything 1485/2531, 1509/2555.

o(u)ght, ouȝtt *adv.*[1] to any extent, at all 3777/4717, 5522/6512; somewhat B8454 [MED *ought, adv.*, 4.(a), two examples only, ? *c*1200, *c*1325].

ought(e), oght *adv.*[2] out B5287, 8208, L5386.

oughwhore *see* **owhere**.

outecaste *pp.* rejected 9872/11148.

out(e)rage, owterage *n.* intemperance, excess 1713/2761, 6520/7566; harm, injury 9212/10438; presumption, foolhardiness 9292/10520.

out(e)rage *adj.* excessive, extreme 8455/9655.

outfous ? *pp.* excommunicated or ? *adj.* eager to stay out B10359 n.

ouþer *adj.* another L3890.

ouþer, owther *conj.* or L4029, 4774; ~ . . . *or*, ~ . . . *other* either . . . or 2625/3507, B4294, L10498.

outray(e) *v.* break away, get out of order 5564/6554.

outlopen; outwynne *see* **owtelopen; owtewynne**.

ouer *adj.* upper L10061.

oueral(l), ouereal *adv.* everywhere 982/1964, 1008/1990; pre-eminently, in general 1631/2679.

ouerbrought *pp.* passed, brought to an end B4034. [See OED *Over-* 17.; sense not in MED s.v. *overbringen, v.*, or OED s.v. †*Overbring, v.*]

ouercaste *pp.* thwarted B536.

ouercome *pr. subj. sg.* exceed, be greater than 2599/3481.

ouergo(o) *v.* exceed, be greater than 2605/

3487; rise above, cover 6970/8038; pass away 7221/8297; pass by, leave 9344/10578; **ouergan** *pp.* overcome, appeased L4712.

ouerledde *pp.* defeated (in argument), humiliated B3561.

ouerlongly *adv.* for an excessively long time B9406 n.

ouermeste *superl. adj.* uppermost 2958/3846.

ouerrenne *v.* outrun B8565.

ouersee, ouerese *v.* survey 5550/6540; **ouerseen, oueresen** *pp.* consulted, considered 93/103.

ouersett, oueresitt *v.* disregard 1266/2306; overcome B9144.

ouerwhere *adv.* ? everywhere *or* ? furiously B4361. [? A form of *owhere* or of *overthwert.*]

oweþ *pr. 3 sg.*, ~ *him, he* ~ it behoves him, he ought L6720,2; **owest** *pr. 2 sg.* L6869.

owhere, owhore, oughwhore, owghwore *adv.* anywhere L118, 292, B3531, 5761/6751, L7480.

owtelopen, outlopen *pp.* leapt out *or* thrown out 759/823.

owtetake *v.* remove B4308.

owtewynne, outwynne *v.* get out, escape 4864/5846.

pa(a)s *n.*, *makyth here* ~/*makeþ her* ~ makes her way, proceeds 4887/5869.

pay *n.*, *to Goddes/Goddis* ~ to God's satisfaction or liking 5528/6518.

paie *v.* satisfy, content, please L4780, 8900, 9634/10890 n.

payne, peyne *v.* afflict L8374; punish 10798/12140; *refl.* take pains 7625/8727, B9602; *intr.* suffer (pain, distress) 9411/10647, B9406; **peyned** *pp.* punished (with suffering) B4798, L10084. [Cf. **pyne.**]

payre, pair *v.* impair, make worse 9422/10658; **peired** *pp.* injured L4822.

pak *n.* plot, conspiracy 204/230. [OED †*Pack*, *sb.*² *Obs.*, 1571–; this example glossed in MED, s.v. *pak(e*, *n.*, 1.(a), as 'bundle or package'.]

parcas *see* **perca(a)s.**

parcel *n.* part L10726.

parchemyn *n.*, *in* ~ (something) written on parchment, a document 10016/11308.

parfite(e), perf(f)ite *adj.* perfect, complete 8916/10126; *of elde/age* ~ of full age, adult 7593/8695.

parlement(e), parliament(e) *n.* council 62/70; *kepte/made a* ~ held an assembly 482/522.

parte *n.* party, faction L12138; *a* ~ a little, partly B3459.

parteyninge *pr. p.* connected L8861.

party, partie *n.* part *588*/634, L966, 6954/8032.

partie *adv.* a little; partly L4359.

partith *pr. 3 sg.*, ~ *vp* departs B6338T. [*Part up* not recorded as a phrase in MED or OED.]

pas *see* **pa(a)s.**

pastro(u)ns *n. pl.* pasterns 10148/11448.

pate *n.*, *be my* ~ by my head B3449.

pauper(e) *n.* paper 8066,7/9178,9.

pavyl(y)on, paviloun *n.* tent, canopy 332/368, 354/390.

peere *n.* equal B1358.

peyne *see* **payne.**

peynture *n.* painting 8864/10068.

peired, peiryng; pelid *see* **payre; pil(l)e.**

perauenture, peraunter *adv.* perhaps, by chance B3148, 5408/6398, L11066.

perca(a)s, parcas *adv.* perhaps, by chance L3367, 4824/5806, 6878/7952.

perell, perille *n.* spiritual peril, sin 8717/9923.

perf(f)ite *see* **parfite(e).**

perilose, perilous, perleous *adj.* in danger, vulnerable, susceptible to injury 2021/3069 n, 6805/7869 [cf. OED *Dangerous*, *a.*, 4., *a*1616–]; **perilouser** *comp.* more perilous, i.e., *both* more likely to lead to injury *and* more susceptible to injury 6812/7876; **pereloust, perelousest, perilousest** *superl.* most vulnerable 2013/3061; most likely to lead to injury 6792/7856; *both senses* 6789/7853. [*See* 6789–812/7853–76 n.]

perre *n.* precious stones, jewellery 339/375.

piete *n.* pity B4834, 5712.

pyk, picke *n.* pitch, tar 8080/9192, L10176.

pil(l)e *v.* peel 4035/4993; **pelid** *pp.* mangy B4662.

pyne *v. intr.* suffer (pain, distress) B528, L10642; *refl.* take pains L10854; *pp.*

trans. punished L5778; afflicted L11298. [Cf. **payne**.]

pinefully *adv.* painfully, with great suffering L500.

pintil(e) *n.* penis L7976, 9503.

pismyres *n. pl.* ants L2209.

play, pley *n.* music 1543/2591; amusement, sport, pleasure 1666/2712; sexual enjoyment 7723/8827.

play(e) *v.* have fun 9436/10672.

playyng(e), pleienge *vbl. n.* (euphemism for) sexual intercourse 6868/7942; sexual play B6903n.

playn, plein *adj.* flat, level 4283/5247; calm, smooth L5692.

playne, pleyne *v.* complain 9440/10676; *refl.* 9635/10891.

plee *n.* litigation B10007.

plesaunce *n.*, *of* ~ pleasing L1996.

plesure *n.*, *to* ~ to my satisfaction B5440.

pletande *pr. p.* pleading (a lawsuit) L4670.

pleting *vbl. n.* litigation L11299.

plight *n.* undertaking L9930.

plight *v.* assure L5086, B8724.

poynt(e) *n.* measurement of time: (one minute) 5246,8/6236,8; (unspecified) 6368/7404; (three and one third seconds) 6378/7414n; *a* ~ *of the day* daybreak 6372/7408; *a* ~ *of his might(e)* a small part of his power 7055/8123; *in good(e)* ~ in good or proper condition 3076/3964; *in many* ~*s* in many respects 8539/9741.

poore *n.* power B3861. [Recorded with query in OED as a 16th-century spelling; MED, s.v. *pouer(e, n.*, records *pore* but no form with *-oo-*.]

poorly, porely *see* **pouerly**.

possith *pr. pl.* drive L5325.

pous *n.* pulse L4022.

pouste, powste, postee *n.* power, strength 515/555, 584/630, 4746T/5724; Powers (name of the third order of angels) 1069/2071.

pouerly, porely, poorly *adv.* in a state of poverty 9047/10271, 9567/10811.

pouert(e) *n.* poverty 3716/4628, 3751/4685.

preest *see* **prest(e)**.

preyse *v. refl.* boast B9239,49.

present *n.* presence L12227.

present *adv.* there, at once L54.

presente(n) *pr. pl.* describe, bring to the notice of 8911/10121.

prest(e), preest *adj.* eager L57; prepared, made available 9139/10365.

preve, prove *v.* make trial of B20; test, prove 6380/7416, 8383/9583; turn out to be 8685/9889; declare, assert L11420.

preving *vbl. n.*, *in* ~ *of* as evidence/verification of L813.

prime *n.* time of the new moon 8994/10216; *half(e)* ~, *halfway/halfwey* ~ halfway between 'prime' (sunrise) and 'high prime' (9 a.m.) 4262/5226, 4354/5318.

pris(e), pryce *n.* reputation, renown 8579/9781; *bere þe* ~ gain the pre-eminence, surpass all others 4051/5011, 10847/12193.

priue, pryve *adj.* private, secret L2112, 8307; discreet, close-mouthed L3704; ~ *with God* in God's confidence B2818, 2826/3712; ~ *lym* sexual organ L7922; concealed, secluded L12064.

priuely *adv.* quietly, silently 9661/10921.

priuete, prevyte, pryuyte, priveyte *n.* private thought(s) 1120/2158, *B1096*; divine mystery 2813,39/3700,25; private part(s) 4070/5030; plot, conspiracy L5172; secret act 7235/8313.

procureth *pr. 3 sg.* induces, persuades B9676; gets possession of L10936.

prof(f)ite, profet, profight *n.* advantage, benefit 7251/8331, B7253; *his* ~ *do(o)* get something of advantage to him 3463/4363, 4178/5138.

properly, -urly, -orly *adv.* in itself, intrinsically 645/701; *his owne* ~ his very own, truly his 3418/4320.

propurte, properte *n.* nature, character L11414; quality, characteristic 10140/11440.

proueste *superl. adj.* bravest B5363.

prow(e) *n.*, *to* ~ beneficial B2798; advantage, benefit 3446/4348; *do his* ~ do anything of advantage to him 3468/4368.

purchase, purchace *v.* earn, acquire 6938/8016.

purfoile *? ppl. adj.* ? shimmering B10173. [? Apocopated form of *purfiled* 'trimmed with fur' used figuratively; for spelling with *-o-* cf. MED *purfil(e, n.*]

purueide *pt. sg.* saw to, arranged, provided L28.

putteþ *pr. 3 sg.* pushes, drives, i.e., blows 4352/5316.

quarte, qwarte, querte *n.* (good) health 5580/6570, L8569.

quede, qwede, queed *adj.* bad, evil 6436/7472, 8091/9203, L9252.

queed, qwethe *n.* evil; *do(o) hym* ~ harm him 4058/5018.

queintly, qweyntly *adv.* cunningly 4831/5813.

queke *see* **quik(e)**.

queme, qweme *v.* (act so as to) please, gratify 5824/6820; B7152, 8127; soothe, calm 5973/6977; please (by judging favourably) L9272.

querte *n. see* **quarte**.

querte *adj.* healthy L7728.

quik(e), qwyk(ke), quicke, queke *adj.* alive 2982/3870, 3647/4554; *as n., þe* ~ the living 2359/3239; *see also* **brimston(e)**.

quite *adj.* free L5736; *adv.* completely B1657.

quite, quyt(t)e *v.*, ~ *ȝou ȝoure mede* give you your reward L94, 161; repay 9638/10894 n, 9715/10987; pay L10990; **quit, qwytte** *pp.* released 9411/10647.

quytly *adv.* utterly P575.

qwarte; qwede; qweyntly; qweme; qwethe; qwyk(k)e *see* **quarte; quede; queintly; queme; queed; quik(e)**.

rafte *see* **reue**.

rage *adj.* mad, raging L3570.

rageous(e) *adj.* mad, raging B2688, 2702,4.

rayed *ppl. adj.* arrayed, clothed B5951.

raynes *see* **reines**.

raste *pr. pl.* rest, lie *4696*/5668.

rathe *adv.* soon, quickly 3298/4200, 8541/9743; **rather** *comp.* sooner (expressing preference) 379/417; earlier 1112/2150, L8961.

realte *n.* royalty L11089.

reason *see* **resoun**.

rebuke *n.* (shameful) check, setback L11066.

recche, recke; reckne, recon *see* **rekke; reken(e)**.

recovered *pp.* captured, got hold of B3288. [OED *Recover, v.*[1], †6.; MED *recoveren, v.*(2), 8.]

rede, reed(e) *n.* counsel, advice, scheme, plan 393/431, 498/538; course of action 6189/7223; *a shorte* ~ a hasty plan of action 3992/4950 n.

rede *adj.* red, i.e., red-haired B15 [*see* 15/23 n].

rede, reede *v.* read L293, 269/305; counsel, advise 376/414, 2208/3088; *so God þe* ~ God protect you L2713.

redeles *adj.* at a loss, without counsel or plan 537/577.

redely, redily *adv.* clearly or assuredly 9426/10662.

redy *adv.* already L8868.

rees *n.* run; *takiþ his* ~ rushes, makes his way rapidly L5995.

refowse *v.* refuse, i.e., drive away B6010.

refresshing *pr. p.* relieving L942 n.

refte *see* **reue**.

refuit *n.*, *of his* ~ from his comforter (i.e., God) *or* as a means of comfort (i.e., sustenance) L10590. [MED *refut(e, n.*, (d) or (e).]

regalte *n.* royalty B9815.

reines, raynes *n. pl.* loins 5911/6909, 6874/7948; back 7035/8103.

reynt *pp.* arraigned B2195.

reysed *pp.* set up, established B2281.

reioieth *pr. 3 sg. refl.* rejoices, is happy B8057.

reke *n.* smoke B4044; steam, vapour 4400/5364.

reken(e), reckne, recon *v.* reckon: name, list, enumerate L3044, 7332/8416; count, calculate 2695/3577, 6383/7419; think, consider *L8006*n; tell, recount 7042/8110; ~ *to* compare with L8126 [sense not in OED, but cf. *Reckon, v.*, 5.b.; MED *rekenen, v.*, 4.(b)]; ~ *rightly* judge correctly 7330/8414; class as 7647/8749.

rekeþ *pr. 3 sg.* goes quickly B7291.

rekke, recche, recke *v.* care, take heed 1660/2706, L4347,89; *impers., (hym)* ~ it concerns (him) B3445,89; **ro(u)ght** *pt. sg., pl.* L304, 10763/12101; **roghte** *pp.* L8138.

rele(e)f *n.* left-overs L4701, 10504/11828.

relese *n.*, ~ *of* freedom, deliverance from B3072, L12134.

remedie *pr. subj. sg.* make good, i.e., complete L9490 n.

remeve *v. trans.*, ~ *his see* move house

B9526; *intr.* move house L10773; *refl.* go away L10830.

reneyed, **renneied** *pp.* renounced 682/740.

renne *v.* run 1691,9/2737,45; **ronne(n)** *pp.* 1692/2738.

repreef *n.*, *do him* ~ scorn or censure him L4616; shame, disgrace, censure L9722.

repreue *v.* condemn, accuse L2113, 8887; reprove L9717.

rerid *pp.* disturbed, terrified [MED *reren, v.*(1), 6.(a)] *or* put to flight [OED †*Rere, v.*[1], *Obs. rare*] L4190.

resonably *adv.* fairly, moderately L3542; in accordance with reason, justly L5235.

resoun, **re(a)son** *n.* reasoning, argument 708,19/766,77; *by* ~, *in* ~ in accordance with reason 1291/2331, L4436; *shewe/showe a* ~ propound an argument 3539/4441 n; *can/kunne* ~ have the power of reason, be intelligent 8153/9301; *shewe his* ~ state his case, plead his suit 9995/11285 n.

respite *n.* delay (in action) 5983/6987.

respite *pr. subj. sg.* save, grant a respite (from harm) to L7894.

retorne *n.* return (to fortune) *or* return battle L11068 n.

reue *v.* deprive, take away 3346/4248, 4886/5868; **reuueþ**, **roueþ**, **rewith** *pr. 3 sg.* B4903, 6205, 9083; **refte** *pt. sg.* 1305/2345; **rafte**, **reft(e)** *pp.* 712/770, 1686/2732.

reuerence *n.*, *bere/do him* ~ show him respect or veneration 10120/11418.

reuerteth *pr. 3 sg.* revives B6851.

reward(e) *n.*, *hathe* ~ *vnto/haþ* ~ *to* pays attention to, has concern for 5536/6526.

rewes, **-is** *pr. 3 sg.* rues 6144/7162 n.

rewith *see* **reue**.

ric(c)hesse *n.* wealth B2120, 2228/3108; *pl.* riches 3717/4629.

riche, **rike** *n.* kingdom B10762, 10801/12143.

ryf(e) *adj.* fierce 5369/6359.

ryf(f), **rijf** *adv.* in large numbers 2716/3598; promptly, readily B6859, L9556.

right *n.*, *with* ~ in truth, unquestionably 7056/8124.

right *adj.*, *þe* ~ *weie* (by) the direct route L9224.

right(e), **riȝt** *adv.* very L125, 175; precisely L172; orthodoxly L983; *(a)noon* ~ straightaway 433/471, *9607*/10861; quite, outright L814; ~ *noght* not at all L865; in the proper way, duly 1396/2442; ~ *as* just as L2451, 2883/3771; straight, directly L5366 (*cf.* **vpright**).

rightly *adv.* straight, directly B7470.

rightwis(e), **rightewis(e)**, **riȝtwise**, **rightwos(se)**, **rightwous** *adj.* righteous L985, 955/1936, 1339/2384, 8901/10111.

rightwisly, **rightwosly** *adv.* righteously L2100, 2357/3237.

rightwisnesse *n.* righteousness 1506/2552, L9371.

rigous *adj.* stern B5554T. [Listed as an error s.v. *rigorous, adj.* in MED, but cf. 1st quotation.]

rijf; **rike** *see* **ryff** *adv*; **riche**.

rise *v. intr.* happen, come about L4897; come from 9710/10982; *trans.* raise to life B10516.

rode; **roght(e)** *see* **ro(o)de**; **rekke**.

rome *adj.* spacious L107.

ronne(n) *see* **renne**.

roo *n.* repose, peace B2276.

ro(o)de *n.* cross 4795/5775, 8092/9204.

roos *n.*[1] fall: *takeþ his* ~ falls B5015. [OED †*Rous, sb., Sc. Obs.*[-1], 'A heavy fall or crash', 1535; not in MED.]

roos, **ro(u)se** *n.*[2] boast B3777,91, L6747, 10452.

rothe *n.* advice B9912.

rought *see* **rekke**.

rooundehede, **rowndehede** *n.* roundness *B5170*, B5170P. [One example only in MED, s.v. *roundhed*; this sense not in OED.]

rouse *see* **roos** *n.*[2], **rowse** *v.*

route *n.* band, troop L11852.

roueþ *see* **reue**.

rowse, **rouse** *v.* boast B3779,85.

rude *adj.* barbarous, violent L23.

sad(de) *adj.* serious *or* steadfast L914; steadfast, constant 914/996; settled, firmly established 3775/4715; sated, weary 9192/10418; **sadder** *comp.* more serious 8554/9756 n; fuller, more sated 8755/9959.

sad(de)nesse *n.* sobriety 6858/7932; seriousness or constancy 9170/10396.

sadly *adv.* fully L4134.

saf; **sayyng** *see* **saue** *prep.*; **seieng**.

sake *n.*, *in all* ~ ? with every good reason B3175 n.
sarce *pr. subj. sg.* sieve L8076.
sauff; **sauffe**; **sauffly** *see* **saue** *v.*; **saue** *prep.*; **sauely**.
saunzfaile, saun faile *adv.* without fail L4808; i.e., without stopping L5718.
saue *adj.* saved L12020.
saue, sauff *v.* ? cherish 3316/4218 n; save B10506.
saue, saf, sauffe *prep.* save, except 2399/3279, L4405, 4548/5514.
saue(i)n *n.* savin(e) (a species of juniper, *Juniperus sabina*, the dried tips of which were used as a drug) 4032/4990. [OED *Savin*, *savine*; MED *savin(e.*]
sauely, sauffly *adv.* safely L10683, 9789/11059.
savour(e) *n.* smell 4494/5460, 7512/8606; *most of* ~ ? having the best sense of smell P322/1490, B6958 n; delight, pleasure B9724A.
sauoure *adj.* delicious, pleasant, delightful L10996; **saveroust, sauour(i)est** *superl.* 9721/10993, 9744/11016.
sauourith, -eth *pr. 3 sg.* ? picks up the scent of B6966 n; pleases 9728/11000; **sauoured, sauered** *pp.* felt, experienced 2403/3283.
sawe *n.* words, what is said 419/457, 768/834, B2155, L4292; saying, proverb 5977/6981, 6023/7027; discourse 6577/7623.
scalle; **scalled** *see* **skall(e)**; **skalled**.
scante *adj.* deficient L10596.
scarbod *n.* (dung) beetle L3541.
scathe; **schede**; **se** *n. see* **skathe**; **shede**; **se(e)**.
se *v.*[1] say L6137.
se, se(e)n, yse(e), so(o) *v.*[2] see L138, B492, L6162, 6265/7300, L8130, 8280, B9496; appear L8678, 11084; ? keep watch over B8790 n; endeavour, make an attempt L11872 n; ~ *vntill* be solicitous about B3281; ~ *vppon* look at B10836; **sethe** *pr. 3 sg.* sees B2172; **see** *pr. subj. sg.* keep watch B7794; **sey, sye** *pt. sg.* saw L879, B4590; **sen(e), sey, seyen, seyn(e), sayn, isen, yse(n), yseine, iseyn, yseyh, yseye** *pp.* seen B627, L921, 958/1938, L1942, 1252/2292, B6156, 6803/7867, 7206/8280, 7324/8408, B7670.
season; **seche** *see* **seso(u)n**; **seke**.
secrete *n.* secret thought, i.e., divine mysteries L3711.
se(e) *n.* seat, abode 1086/2098, 4945/5927; *remeve his* ~ move house B9526.
see *see* **se** *v.*[2]
seem *pr. subj. sg.* ? think, imagine L8809 n. [MED *semen*, *v.*(2), 9.(a).]
seete *see* **sette**.
seeth, sethe *v.* boil, stew 2683/3565, 4003/4961; digest, be digested 7462/8548; **sothen, soden** *pp.* boiled 2686/3568, 4241/5205; digested 7463/8549.
seie *pr. pl.* call, name L6057.
seieng, seyyng, sayyng *vbl. n.* words 381/419; words *or* manner of speech 3880/4822.
seigniorye *n.* sovereignty *B7430*.
seilande *pr. p.* assailing, attacking L4194.
seis *pr. 3 sg.* or *pl.* cease(s) B9953.
seke, seche *v.* seek to conquer or persecute, harass 3025/3913 n; search (through), explore *B5149*, 5736; seek L10775.
sek(e)ly *adj.* sick-making 9213/10439. [OED *Sickly*, *a.*, 5., 1604–; MED *sikli*, *adj.*, (a), 'of food: ? not conducive to health'.]
seker, sekereste, sekyr; **sekerly** *see* **siker** *adj.* & *adv.*; **sikerly**.
selde(n) *adv.* seldom B2276, L5658.
sely *adj.* pitiful B271.
selue *adj. see* **silf**.
seluen *pron.* itself B8053.
semb(e)lant, sembland, semelaunt *n.* air, face, appearance 2475/3355H, L6558; *make faire* ~ behave friendlily L4342; *with (a) fayre* ~ with a favourable or friendly air 3515/4417.
semble *n.* sexual intercourse L3356H. [Sense not in MED or OED but cf. MED *as(s)emble*, *n.*, 3.(b).]
semely *adj.* seemly, becoming 9639,42/10895,8; **semeliest** *superl.* most suitable L11435.
semeth *pr. 3 sg. impers.* (it) is apparent 10557/11895.
seming *vbl. n.*, *to my/þi* ~ as it seems to me/you, in my/your opinion L2344, 7603.
sen *see* **se** *v.*[2]
sendyng *vbl. n.*, *of yooure/ȝoure* ~ for your having sent, for your message 239/269.

sentid *pt. pl.* assented L539.
sere *adj.* various B3094, 5931/6931.
serue *v.*[1] care for, tend 1966/3018; *to ~ man his blessyng* ? to promote man's well-being 2010/3058n. [OED *Serve*, *v.*[1], 21., *a*1568–.]
serue *v.*[2], *to ~ man his blessyng* ? to earn man's adoration 2010/3058n; **serued, -id** *pp.* merited, deserved L5116, 8254,61/9432,9. [MED *serven*, *v.*(2).]
seruice, seruise *n.* payment 9709/10981.
seso(u)n, season *n.*, *of noo ~* out of season B4659; *of no ~ Of hir time* unseasoned, not fully seasoned L5629–30; due time 7396/8482, 8980/10202.
seth, sethen(s), seþþe; sethe *see* **sith(e)**; **se** *v.*[2], **seeth**
sette *v.* ordain, prescribe, establish L9994n; **set, sett(e), seete** *pp.* set: *~ awe (vn)to, see* **awe**; *~ þerto* added to those, besides B9906; planted 10034/11326.
shade *n.* reflection L3583. [MED *shade*, *n.*, (e), sole example in this sense.]
shake *v.*, *bost(e) can ~*, *see* **bost(e)**.
shame *n.* shame, digrace, injury: *do(o) ~*, *werche ~* inflict injury and/or dishonour on 423/461, 7778/8882, L10008; *speke ~ (to), say/seie ~ to* insult, say shameful things (to or about) L7197, 10802, 7775/8879; *þynk, þought ~ of* be(en) ashamed of 8214/9391, 10603/11943–4; embarrassment L11952.
shame *v. intr.*, *refl.*, or *impers.* be ashamed or embarrassed 1205,8/2245,8, 4169/5129.
shanke *n.* (lower) leg: 'the tarsus of a bird' 10110/11406; 'of a horse, that part [of the foreleg] between the so-called knee and the fetlock' 10145/11445. [OED *Shank*, *sb.*, 1.c.]
shape *v.* shape, fashion, form 1861/2911, L5975; cause, bring about L4109; **shope** *pt. sg.* fashioned B3633; **(i)shape, shapen, shapyn** *pp.* created L2902; fashioned L4539, B4995, 9645/10901.
shapnesse *n.* shape, likeness B2885, 5163/6149. [MED *shapnesse*, *n.*, (b), sole example in this sense.]
sharnbod *n.* dung beetle B2659.
shede, schede *v. intr.* part L2567, 8097/9209.
shende *v.* confound, put to shame 1146/2186; destroy, ruin L3112, B2130; damn 4806/5787; disgrace by publicly reproaching 7771/8875; **shente** *pt. sg.* confounded B847; **shent(e)** *pp.* destroyed L493; confounded L917; disgraced, damned 8646/9848.
shere *see* **shire**.
shete, shote *v.* shoot, dart 3241/4145, 3330/4232; *~ on* rush on, attack 5544/6534.
shewyng *vbl. n.* display; *by his ~* through the sight of it 6408/7444.
shire, shere *adj.* bright, fine, shining 4133/5093, 4925/5906; *adv.* brightly L8792.
shitteþ *pr. 3 sg.* or *pl.* shut(s) L5844; **shitte, yshitt(e), shute** *pp.* L2441, 4864/5846, L11524, 11675.
shitting *vbl. n.* enclosing L8595.
shold *pt. sg.* or *pl.*, *þerto ~* was/were part of it or proper to it 10885/12235 [MED *shulen*, *v.*(1), 2.(a) or (b); OED *Shall*, †26.; no examples after *a*1400]; **isholde** *pt. sg.* would B6976 [form not recorded in MED or OED].
shope *see* **shape**.
shorn(e) *pp.* circumcised 10186/11488.
shorte *adj.* hasty, ill-considered 3992/4950n (*see* **rede**).
shorte *v.* shorten 7812/8918, 9407/10643.
shote *see* **shete**.
shour *n.* pang, throe L7498; conflict, battle L11064.
shoues *pr. pl.* shove, push B4860.
shrewe *n.* evildoer, villain 2224/3104, L4622,6; *þat ~* the devil B10920.
shrewidnesse *n.* wickednesss L4624.
shriue *pp.* shriven L12116.
sibbe *adj.* related to B7383.
sybred *n.* kinship, consanguinity 3006/3894.
syde *adj.* ample, extensive 7358/8444.
sye *see* **se** *v.*[2]
sight *n.* ability to see B460n [*see* **tyne**]; appearance 2266/3146, L3176; (dream) vision 3950/4908; good appearance 7662/8764; *in (þe) most(e) ~* most conspicuous 7668/8770.
siked *pt. sg.* sighed L2489.
siker, sekyr *adj.* safe, sure 1492/2538; safe B2268; **sikerer** *comp.* more certain L7487; **sikerest, sekereste** *superl.*

safest, i.e., affording the most safety 6813,19/7877,85 n.

siker, **seker** *adv.* safely, securely 6546/7592.

sikerly, **sikerliche**, **sekerly** *adv.* assuredly 1590/2638, L3206, 2380/3260; without harm, safely 3689/4595.

silf, **selue** *adj.* & *pron.* very, (it)self L701; same L8641, 10375/11691.

sympell *adj.* feeble B7064.

sise *n.* decision, reward L211. [MED *sise*, *n.*(1), (e), one of only two examples cited.]

sith(e), **sithen(s)**, **sithyn**, **siþþe**, **seth**, **sethen(s)**, **seþþe** *adv.* & *conj.* then, next, afterwards B288, 309/345, B840, 1015,16, 1580/2628, B1585, 6477/7523; since 1385/2431, B1518, 1612, L2368, 4660/5630, 6289/7325, 7053/8121, 7829/8935; when, after B2103.

sythes, **siþes** *n. pl.* times B2714, 6682/7742; *ofte(n)* ~ often L1718, 10410.

skall(e), **scalle** *n.* scall: 'a scaly or scabby disease of the skin, *esp.* of the scalp' 2616,17/3498,9. [OED *Scall.*]

skalled, **scalled** *adj.* affected with scall, scabby 2625/3507.

skathe, **scathe** *n.* harm, damage B3209, 3282/4184; *take* ~, *cacche* ~ suffer injury 3297/4199, L7893.

skete, **skeet** *adv.* quickly, easily L6016 n; *also* ~ [cf. **alskete**] immediately L11774.

skies *n. pl.* clouds L2006.

skylfully *adv.* reasonably, with good reason 6234/7268, 6420/7456.

skyll(e), **skil(e)**, **skel(e)** *n.* reason: cause 260/290, 1953/3005, 3045/3933, 3319/4221, 7026/8094; intelligence B1091; case, argument, 3541/4443; cause, lawsuit 3746/4672; what is right or reasonable B3606, 8049/9161, 10024/11316; discretion, choice 8779/9983; *phrases*: *with* ~, *bi* ~ with precision, accurately, correctly B221, 4083/5043, 9620/10874; *of* ~, *with* ~, *by/be* ~ reasonably, rightly, properly B2098, 5854/6852, B8386, 10003; *with* ~ within reason 5421/6411 [not in MED or OED, but cf. last]; *þat is* ~ that is reasonable or right B1002 [OED, †2.†b.]; *soule of* ~ the rational soul or principle 2755/3639 n; *after* ~ in accordance with what is reasonable 3185/4085 [OED, 2.†c.(a); phrase not in MED]; *telle his* ~ say his piece, say what is on his mind B3535 n [OED, †3.b., –*c*1425; cf. MED, 5.(b)]; *ouer(e)* ~ unreasonably, contrary to what is right or reasonable 4184/5146; *axe a* ~ ask a question 9603/10857 n; *shewe his* ~ state his case B9993 n; *þi* ~ *hem lere* state your case to them L11293 n.

skynnes *see* **kyn**.

sklaunder, **slaundre** *v.* reveal unfavourable truth about B7777, 7779/8883.

skorne *pr. subj. sg.*, ~ *for* behave contemptuously towards B9495.

slayne *see* **sle(e)**.

slaking *vbl. n.* going out L2839.

slak(k)e *v. trans.* release 1690/2736; *lete* ~ cause to be loosened, let go of B2961; put out (a fire) L6091, 6472; put an end to L6710; *intr.* die down, go out L2835,49,69, 5483, 7695/8797; slacken, be released L3849; ~ *of* shirk, be slack at 3481/4381; be relieved B3765; subside, decrease in volume 4555/5521, 7344/8428; abate, cool, decrease in intensity 7735/8839, L8848,54; abate *or* cease L10170 [see next]; come to an end, cease L9334, 10817/12161.

slaundre *see* **sklaunder**.

sleckeþ, **slekkyth** *pr. 3 sg. trans.* puts out (a fire), cools (heat) B10246,53; **slek** *pr. subj. pl.* B5482; **sleckyng** *pr. p. intr.* B7741 [*intr.* not elsewhere recorded]; **slekkede** *pp.* B1787S.

sle(e), **slo(o)** *v.* slay, kill B168, 775,9/841,5; **slow(h)**, **slough**, **slowe** *pt. sg.* L190, 350,3/386,9, 1298/2338; **slain(e)**, **islayn**, **yslawe** *pp.* L814, 1236,9/2276,9, 6124/7142.

sleight *adj.* small, slender *or* ? smooth 4538/5504 n. [MED *slight*, *adj.*, (d) or (a); OED *Slight*, *a.*, 2. or 1.]

sleight(e), **sleyte**, **sleiþe** *n.* cunning *or* dexterity P588/1758, 9590/10842, 9598,601/10850,3.

slek *see* **sleckeþ**.

sleken *v. trans.* put out (a fire) B5107; **sleknes**, **slekneth**, **slekeneþ** *pr. 3 sg. intr.* dies down, goes out B4517; abates, cools B7750; *trans.* quenches B10249; **slekned**, **sleknyd** *pp. trans.* or *intr.* put out *or* gone out B1791; *trans.* cooled L8845; abated, cooled B7744.

sliked *pp.* made smooth, i.e., assuaged [*fig.*

use of MED *sliken*, *v.*(1)] *or* cooled [error for or unrecorded form of **slekked**, *see* **sleckeþ**] L8845H.

slym(e), slim *n.* mud, slime 567/613; **erthe** ~ slime of the earth, mud 5305/6295, 8616/9818.

slo(o), slough, slowe, slow(h) *see* **sle(e)**.

smake *v. intr.*, ~ *as* taste like or of B5938 [cf. MED *smaken*, *v.*, (c), ~ *of*, one example only]; stink B7516.

smal, small(e) *adj.* fine, thin 7490/8584; *adv.* slowly: ~ *and* ~ little by little 1691/2737. [MED *smal(e*, *adv.*, 2., sole example of this idiom.]

smale *adj.* consisting of tiny particles B5231.

smeke *n.* smoke L482, 4399/5363.

smel *n.* taste, smack L6938. [Cf. MED *smel*, *n.*, 4.(b), 'the sense of taste', one example only.]

smelle *v.*, ~ *of* feel, experience L9370, 11194.

smellyngeste *ppl. adj. superl.* having the best sense of smell B6963. [MED *smellen*, *v.*, 3.(a), sole example; OED *Smelling*, *ppl. a.*, 2. *rare*, two examples only, 1598, 1607.]

smert(e) *adj.* impudent, forward 2275/3155; active *or* painful L3949; active, prompt 3256/4160; *adv.* quickly, vigorously, forcibly 2278/3158, B3061, 3295/4197.

smerte *v.* smart, suffer L4373, 6992; *impers.* cause to suffer B5988.

smertly *adv.* promptly, forcibly L29, 422/460; **smertloker** *comp.* sooner, more readily L10652.

smyte(n) *v. trans.*, *intr.*, & *refl.*, ~ *in(to)* fall into 3069/3957, B5968, 6752/7816; strike 3238/4142; ~ *vpon* (of air) blow on L5627, 7021/8089; ~ *on* (of the sun) shine on 4884/5866; attack, come to blows 5547/6537; ~ *on* (of humans) attack, rain blows on 9673/10933; **smoot, smote** *pt. 1 & 3 sg.* struck 751/811, 847/917; ~ *togedir/togidre* beat together 893/971; **smeten** *pp.*, ~ *vpon* blown on B4657.

snell *adv.* quickly B1704.

so; soden; sofereth *see* **se** *v.*[2], **so(o)**; **seeth**; **suffreþ**.

softe *adv.* gently, mildly 9124/10350.

softe *v.* soften, be softened B5706.

solace, solas *n.* pleasure, delight B2040, 5329/6319; ? glory B8640 n; *make* ~ rejoice, make merry 2950/3838 *or* ? play music 5119/6103 n; *takeþ (vn)to* ~ is delighted by 9560/10804; *had* ~ was consoled L9842 n; *do(o)* ~ bring comfort, alleviate distress 10530/11862.

solempny, solempnely *adv.* solemnly 10350/11666.

somdel(e), somdeele, somedell, sumdele (*one word or two*) *n.* some, some part 154/176, 3434/4336, 4139/5099; *adv.* somewhat, to some extent B458, 795/863, B910, 4494/5460.

somme *n.* sum, magnitude 6220/7254.

somtide *adv.* sometimes L2203. [Not in MED or OED.]

sond(e) *n.*[1] (God's) dispensation: sending, message 1064/2066, L2070, 3618; *error for* **onde** breath 1842/2892 n, L3049; envoy, messenger L4162.

sond(e) *n.*[2] sand B2736 n, 3630/4536, 4552/5518.

sonderly *see* **sunderly**.

sone, soon(e) *adv.* at once, (very) soon L131,7, 230/258, L872; *as/so* ~ at once 8263/9441; *conj.* as soon as B6371; **sonner** *comp.*, *þe* ~ forthwith L2114; the more easily L10408; more readily 8694/9900; **sonnest** *superl.* most quickly 414/452.

sonnerysyng *vbl. n.*, *vnder þe* ~ anywhere in the world *or* in the east B56 n.

so(o) *see* **se** *v.*[2]

so(o) þat *conj.* provided that 206/232, 9211/10437.

so(o)re *adv.* intensely, grievously, dreadfully 356/394, 753/817, L2229; extremely L807; severely, strictly 2351/3231; vigorously, with great force 3238/4142; laboriously 6025/7029; eagerly, with great desire 7619/8721; earnestly B10389.

sooth(e) *see* **soth(e)**.

sore *n.* sickness, suffering L2476.

sory *adj.* worthless, contemptible ? *or adv.* contemptibly L2695 n; upset, angry 3274/4176; wretched L8306.

soteleste, sotillest *superl. adj.* subtlest, most abstruse 3897/4851.

sotely, sotilly *adv.* subtly, i.e., carefully *or* secretly 4069/5029.

so þat *see* **so(o) þat**.

soth(e), sooth(e) *n.* (the) truth 701/759, 781/847; *adj.* true L648, B5757; *adv.* truthfully 9238/10464 (? *or n.*).

soth(e)ly *adv.* truly, indeed B1671, 1847, 10473/11797.

sothen; **soun** *see* **seeth**; **sown(e)**.

soupe *v.* sup, dine 10368/11684.

souerinest *superl. adj.* most excellent L1771.

sowe *v.*, *ynne* ~ ? disseminate, inculcate B10436 n.

sowking *vbl. n.* sucking L7917.

sown(e), soun *n.* sound B5601, 5603/6593.

spanne *n.* span (distance from thumb tip to tip of little finger with fingers spread, about nine inches) 2871/3759.

spare *v.* avoid (using) L10737; ~ *to* forbear, omit to 9757/11029.

spech(e) *n.* language 2868/3756, 5610/6600.

spede *n.*, *(with) good(e)* ~ quickly 7491/8585; success, fortune L10974.

spede *v. trans.* assist, cause to prosper L4, 1059, B1667; *intr.* succeed, prosper 247/277, 464/504; *refl.* hasten L351; **sped(d)e** *pt. sg.* succeeded 8819/10023; **spedde** *pt. sg., pl., refl.* hastened 297/333, 4073/5033.

spekyng *vbl. n.* faculty of speech, language 10047/11339.

spelle *v.* declare, tell L2134.

spere, speere, spyre *n.* sphere L1999, 4923/5905, 6348/7384.

spere *v. trans.* shut out 15/23; **spereth** *pr. 3 sg. intr.* closes B5922; **sper(e)d, sperid** *pp.* enclosed B1395, 1859/2909; shut off B2422; imprisoned L5357.

speryng *vbl. n.* enclosing B7501.

spiers *n. pl.* spies B8803.

spyll(e) *v. trans.* & *intr.* perish, be destroyed 1274/2314, B2035, 5904/6902; destroy, kill 3027/3915, 3236/4140; *lasse to* ~ less damaging B8521; **spilt(e)** *pp.* damned L2116, 7100; wasted 7475/8565.

spyllyng *vbl. n.* shedding (of blood) 5031/6011.

spyre *see* **spere** *n.*

spore *n.* spur 10110/11406.

spousall *n.*, *his right* ~ *brak* broke his true marriage vow B1295.

spoused *pp.* married B3970.

spryng *n.* offspring, race, stock 9944/11230.

spronge *pt. sg.* spread L151,64.

stable *adj.* firm 9764/11036.

stabled *pt. sg.* established, ordained permanently L9857, 10218; **stab(e)led** *pp.* 6342/7378.

stables(s)hed *pt. sg.* established, ordained permanently B8655, 8996.

stagis, -es *n. pl.* floors, storeys 2292/3172.

stak *see* **steke**.

stalworth(e) *adj.* strong, powerful B2186, L5981; resolute 6239/7273; brave 9227/10453; **stalworthere, stalworthier** *comp.* stronger 2789/3675; **stalworthest** *superl.* strongest, most powerful B5001.

stant, standeþ, stondeþ *pr. 3 sg.* stands, i.e., is situated L2003,12; ~ *(vn)to* inclines to, hankers after 10832/12178.

stark(e), sterke *adj.* strong, potent B726; hard, rigid 3619/4525; *adv.* strongly, firmly B2282; **sterker** *comp. adv.* more severely B2346 [this sense not recorded for the *adv.* in MED or OED, but cf. MED *stark, adj.*, 2.(d)].

stat(e) *n.* condition: *best(e) of* ~ in best condition, in (his) prime 5026/6006.

stature *n.* bodily form 6203/7237.

stauncheþ *pr. 3 sg. refl.* ceases, is allayed L10612.

stede *n.* place 334/370, 1178/2218; space 1626/2674; *in (the)* ~ *of* instead of 1950/3002, 8622/9824.

steye *see* **stye**.

steke *v.* stick: *out of lith* ~ dislocate L5142; **stak** *pt. sg. refl.* put, plunged (himself) B1296.

steken *v.*, *do hit* ~ fix it, cause it to be fixed B2949. [MED *steken, v.*, 3.(b); OED *Steek, v.*[2], 2.]

stepes *pr. 3 sg.* steeps, soaks B7523.

stere, stire *v. trans.* & *intr.* move, stir, set in motion B1611, 2404/3284, 2604/3486; ? control B7571 n; **stering, sterand, stirand** *pr. p.* 6854/7928, 8965/10183.

steryng, stirynge *vbl. n.* movement in a fixed course, orbit 6351/7387; motion, stirring 6400/7436.

sterke, sterker; **sterne** *see* **stark(e)**; **stourne**.

sterning *pr. p.* steering, i.e., travelling in a set course L7431.

sterten *see* **stirte**.
sterveþ *pr. 3 sg.* dies L10790.
steuene *n.* voice L5935.
sty *n.* path 3613/4519; *by þe way and/be weie and* ~ everywhere 6824/7890.
stye, steye *v.* ascend, rise B2107, 4408/5372, 4965/5947; **stiȝen** *pr. pl.* L5366.
stiff *adj.* thick *or* strong B4438.
styfly *adv.* stoutly, resolutely B305; tenaciously 1815/2863.
stiȝen *see* **stye**.
styll(e) *adj.* silent 4200/5162; *holde hym* ~ restrain himself from acting 5457/6447; *adv.* constantly, always 2546/3428; privately 5967/6971; *see also* **lowde**.
stilliche *adv.* quietly, secretly L341.
stynte *v.* forbear (to), refrain (from) 9501/10743.
stirand, stire; stirynge *see* **stere**; **steryng**.
stirte, sterten *v.* jump 5379/6369; **stirte** *pt. sg.* L523.
styth *n.* anvil 3622/4528.
stocke *n.* anvil P24.
stondeþ *see* **stant**.
stoppith *pr. 3 sg.* becomes obstructed 9345/10579. [MED *stoppen*, *v.*, 3.(c), sole example in this sense.]
storne *n.* guidance [MED *stern(e*, *n.*(2), (c), one example only] *or* government, hence power [OED *Stern*, *sb.*[3], †1.†c. *fig.*, 1577–] B722T.
stoughte *see* **stoute**.
stounde *n.* time: instant B752; *in þat* ~ at that time, then L812,15; short time (? hour) 9579/10823 n; *no* ~ never L11916; *in every* ~ always, in every case 6588/7634.
stoure *n.* conflict, battle B9794.
stourne, sterne *adj.* stern: strict, severe B2178; bold, resolute B9651, L11032.
stout(e), stoughte, stowte *adj.* stout: rebellious, defiant L484, B2502; firm, resolute B2178,85, 9754/11026 [OED *Stout*, *a.*, †4., 1568–; sense not in MED]; strong, i.e., healthy 4770/5750; brave, valiant 5358/6348; stately L7041; strong, i.e., powerfully built 9499/10741.
straite, streite *adj.* narrow 9939/11225.
strange *see* **strong(e)**.
straunge *adj.* foreign, alien B480, 9046,52/10270,6; *as n. or adv.*, *came/cometh* ~ *(vn)to* came/comes as a stranger or outsider to 9042/10266, B9236; *see also* **strong(e)**.
streynyng *ppl. adj.* distressing, afflicting B8867.
streite *see* **straite**.
strekes, strykeþ *pr. 3 sg. refl.* ? exerts himself B3873 [sense not in MED, s.v. *streken*, *v.*(1), but cf. *strecchen*, *v.*, 1.(b)]; extends B5232.
strenger(e), -est *see* **strong(e)**.
strengþe *v.* strengthen L994, 11783.
strykeþ *see* **strekes**.
stroyeth *pr. 3 sg.* destroys B4048.
stroke *n.*, *with lytill* ~ without much fighting B5570. [Cf. *withouten (ani)* ~, MED *strok(e*, *n.*, 1.(d).]
strong(e), stra(u)nge *adj.* strong: arduous B3937; fit, strong 6508/7554; fierce, hotly contested 10846/12192; **strenger(e)** *comp.* fiercer 9949,62/11235,48; **strengest** *superl.* fiercest, most difficult B9948.
subieccious *adj.* subject B1092P. [Not previously recorded.]
suche *dem. pron.*, ~ *a thousand/Ml* a thousand times larger (longer) 5239,42/6229,32; ~ *ten(ne)*, ~ *iije/þre*, ~ *two(o)* ten times (three times, twice) as many (much) 5300/6290, 9630/10886, 10078/11374.
sueþ *pr. 3 sg.* follows (logically) L2177.
suff(e)raunce *n.* pain B1982; permission, leave L6901.
sufferyng, suffring *vbl. n.* permissiveness 6100/7118.
suffreþ, sofereth *pr. 3 sg.* allows L6902, 6096/7114; **suffrid, sofered** *pt. sg.* 6105/7123.
sumdele *see* **somdel(e)**.
sunderly, sonderly *adv.* separately 2447/3327H.
supportoures *n. pl.* props, supports B3258. [OED *Supporter*, 3., 1595–; sense not in MED.]
supposeth *pr. 3. sg.* implies B9815. [OED *Suppose*, *v.*, 10., 1660–; sense not in MED.]
surest *superl. adj.* safest, most reliable L1823.
swayn, swein *n.* servant 8018/9128; knight's attendant, man of low degree 9967/11255.

swales *pr. 3 sg.* ? swallows B4716 n.
sweet; **swein** *see* **swhete** *n.* & *v.*; **swayn.**
swhete, sweet *n.* sweat, i.e., exertion, toil 1322/2366. [*See also* **swoot(e).**]
sw(h)ete *v.* sweat 6897/7971, 9066/10290.
sw(h)ynke, swink(e) *n.* toil, labour 1322/2366, 1468/2514, 6933/8011.
sw(h)ynke, swinke *v.* toil, labour B1747, 3015/3903, L7920.
swholow *v.* destroy B10679.
swhorn; **swhote** *see* **sworne**; **swoot(e).**
swikith *pr. 3 sg.* moves about B7461T [Bosworth-Toller *swican*, *v.*, I; sense not recorded in ME]; **swyke** *pr. pl.* deceive, delude B6833.
swiþe, swhythe *adv.* very, extremely L546; quickly, at once B856, L857; greatly, very much L4878; *als* ~, *as* ~ at once L926, 10508/11832.
swyue *v.* have sexual intercourse *L7574* n.
swoot(e), shwote, sw(h)ote, swhoote *n.* sweat, i.e., exertion, toil 1468/2514; sweat 2654/3536, 9797/11071, 9806/11080; moisture 6983/8051.
sworne, swhorn *pp.*, *had þei it ~/had þey hit* ~ even if they had sworn otherwise 7854/8960. [MED *sweren*, *v.*, 3b.; idiom not in OED.]

take *v.* give, hand over, entrust 208/234, 738/796, 2677/3559; understand 1455/2501, 4240,3/5204,7; come, go 9801/11075; **ta(a)s** *pr. 3 sg.* takes, receives 4888/5870; **takyng** *pr. p.* understanding, taking in 8753/9957, B8756; **toke, took** *pt. sg.* gave, entrusted 198/222, L2477; **take, (y)taken** *pp.* delivered oneself, turned (to) (*refl.*) B690, 770; apprehended L6479.
takynge *vbl. n.* understanding L9960.
talant, talent *n.* inclination P541, B5720.
tale *n.* statement, account 3563/4465, 10001/11291, L12265; *tel(le) (one's)* ~ say one's piece, say what one has to say L4437 n; state one's case L11282, 9999/11289.
tanne; **tas** *see* **thanne**; **take.**
teche *v.* tell B5; ~ *him vntil* direct him to L249; commend (to God) B9920.
teele; **teyne, teynt(e)**; **tel** *see* **till(e)** *v.*[1]; **tyne**; **tyll.**
telid *ppl. adj.* tailed B2883.
telle *v.* consider 8858/10062, 10490/11814; **tellis, telles** *pr. 3. sg.*, *pl.* speak of B5741; speak of *or* ? esteem (good) L6387; is/are told 7212/8288; **telled, told(e), ytolde** *pp.* considered L1075, B2152, 2259/3139; proclaimed, preached about B2131; counted B5237.
temperure *n.* (physiological) condition or adjustment; *in good* ~ well-balanced L4061.
tempre, tempure *n.* temper, i.e., the combination of elements and humours contributing to one's physiological and mental constitution: *of oon(e)* ~ of the same constitution (i.e., 'physically or constitutionally compatible', MED *tempre*, *n.*, (a), sense queried) *or* ? well-balanced (physiologically) L3334 n, B2469; *of (a)* ~ well-balanced (physiologically) L3345,9H; *in good* ~ well-balanced, (hence) in a good mood L10388 n.
tempre *v. refl.* restore one's correct physiological balance, (hence) restrain oneself 9145/10371 n.
tenderith, tendriþ *pr. 3 sg.* makes tender 9065/10289.
tendirhede, -heed, tenderhed(e) *n.* tenderness 7453/8539, 9072/10298.
tendith *pr. 3 sg.*, ~ *fro* leaves B1540. [MED *tenden*, *v.*(2), (b), and OED *Tend*, *v.*[2], 1.; all examples with sense of motion *towards.*]
tene *n.* anger, vexation, spite 168/190, 9681/10941; *done* ~ cause harm, trouble or vexation to L4844.
tene *v.*[1] *pr. subj. sg. refl.* ? take pains [sense not previously recorded, but cf. MED *tene*, *n.*(2), 5.(a)] *or* be vexed B3545; **teneþ** *pr. 3 sg. intr.* is vexed B7799; *impers.*, *hir/hem* ~ it vexes her/them L8905, B8819.
tene *v.*[2] *see* **tyne.**
tente *n.*, *take* ~ *vnto* take care to B6624.
tentiþ *pr. 3 sg.*, ~ *to* attends to L7680.
tha *rel. pron. sg.* that, which B2088 [not elsewhere recorded as *sg.*]; *pl.* who B2536; *conj.* that B2564.
þanke *n.*, *(vn)to* ~ with pleasure or satisfaction 391/429.
thanne, thenne, tanne *adv.* when B529, 1686; then B4213.
þar, there, dar(e) *v. impers.* (it) needs, there is need (for) L324, 1911/2961,

6599/7645; *intr.* need L2706, B4203; 7096/8166.

þat *rel. pron.* that which, what 1592/2640; those that B10525.

the *pers. pron. 3 pl. (unstressed form)* they B2526, L9102, ? L9618 (perhaps *def. art.*).

þe *rel. pron.* who L11188.

the *v.* thrive, prosper 8488/9690, 9566/10810.

thenke *see* **þinke**.

þenne *pron.* the other L9128. [Survival of OE *acc. sg. masc.*, *þone*, *þæne*, or ? contraction of *the one*.]

þenne *adv.*[1] thence L7975, B9991.

thenne *adv.*[2] *see* **thanne**.

þentysement *art.* + *n.* the enticement, i.e., the instigation or the alluring B10917.

therafter, þereafter *adv.* accordingly; *after* . . . ~ according as . . . so 9267–9/10499–501.

therageyn, -aȝein, -aȝain, -agayn, þereaȝein, -ayen *adv.* in response to it, to receive it L3311 n; (in impact) against it L5166; like it, in comparison with that 5835/6831, 9730/11002 [sense not in OED or MED, but cf. MED *ther-ayen*, *adv.*, 2.(b)]; against or in opposition to that 6947/8025, 9968/11256; ~ *that*, *conj.* when, as soon as B2431–2 n.

þerby(e) *adv.* besides, in addition 5632/6622.

þere *adv.* where 22/30, 367/405.

there *v. see* **þar**.

thereas *adv.* & *conj.* where B7516; ~ . . . *there* where . . . there B1673–4.

þerewhiles *adv.* during that time B10302.

þerfore *conj.*, ~ . . . *therfore* since . . . then B1109–11 n.

þertyll, -er(e)til *adv.* therto, to it 226/254, B3536, 5422/6412.

therto *adv.* in comparison with it 4145/5105; to or for which, whereto B10864.

þerwiþal(e), þerwithall *adv.* therwith, in addition to that L4438; by or with that 5639/6629; (in company) with them L11046.

þewes, *n. pl.* qualities, habits L4806; bodily powers, strength L7918.

þicke, thycke, þikke *adj.* heavy B2255; dense, impenetrable L2051, 4450 n; ? evil P105 [OED *Thick*, *a.*, 3., *fig.*, 1884–, 'excessive in some disagreeable quality'; no equivalent sense in MED]; abundant (? *adv.* frequently) L4303, 8895; **þykkest** *superl.* densest, most impenetrable B1049.

þicke, thik, thyk(k)e *adv.* quickly B3611; frequently, in rapid succession, 'thick and fast' 3656/4562, L10420,6; thickly, densely, in crowds L5366, 5795, 6762/7826, 9275/10503.

þykkyng, þikkinge *pr. p.* thickening 4359/5323.

þilke *dem. adj.* & *pron.* that (same) L951; *pl.* those L3166, 11733.

þyng, thynge *n.*, *his* ~ his substance, what he has 5446/6436; cause, suit: *tell thy* ~ state your case, plead your cause B10005 [OED *Thing*, *sb.*[1], †2.; idiom not recorded].

þinke, thenke *v. impers.* seem 470/510, 4176/5136, B10574; *intr.* B4412; **þoght(e), þought** *pt. sg. impers.* L150, 1035/2037, 1417/2463. [OE *þyncan* & *þencan*, not distinguished.]

thynne *adv.* thinly 7296/8380.

tho; þogh *see* **tho(o); though**.

thoght *conj.* though B5460.

þole *v.* suffer: allow L2164; endure B1620, L4196.

tho(o) *demonstr. adj.* & *pron.* the B5673; *pl.* those B285, 317, 380/418.

tho(o) *adv.* & *conj.* then L45, 133, B121, L10229.

thore, þo(o)re *adv.* there B457,67, 812/880.

þoroghsought *pp.* examined throughout B10929.

thoroughowte *prep.* through, by means of B911.

thorowshined, þorghshyned *pp.* shone through, pierced by light 5639/6629. [Sole example in MED; OED †*Throughshine*, *v.*, *intr. only*, 1506–.]

though, þogh *conj.* if B6292, L8765.

þrawe *see* **throwe**.

þre, iije *num.*, *suche* ~ three times as much 9630/10886; ~ *so* three times as L12166.

threstis *pr. 3 sg.* presses, squeezes B4427; **threst** *pp.* thrust B143.

þrete *v.* hold forth as a threat L4828.

thridde, *half* ~ *yeere*/*þe* ~ *half ȝere see* **half(e)**.

þriste *pr. subj. sg.* press(es), squeeze(s) L5391; **þurst** *pp.* thrust L165.

throng *pt. sg.* pressed, drove L5516.

throwe, þrawe, threwe *n.*[1] time, while 2707/3589; *in/wiþinne a* ~ in a short time, immediately 587/633, L644, 718/776; *som(me)* ~ sometimes, at certain times 2900/3788; at any time 3540/4442.

throwe *n.*[2] ? shifty look *or* ? trick, crafty means 2261/3141 n.

þrowes *n. pl.* throes, pangs L2563.

þurst *see* **þriste**.

tyde *n.* time 4037/4995, 6252/7286; *in som* ~ (at) some time B1163; *euery* ~, *in eche* ~ always, invariably 3523/4425, L11436.

tydyng, tiþing *n.* news 120/134.

tiele *see* **till(e)** *v.*[1].

tyll, til(e), tille, tel, tul *prep.* to B284, 299, L1760, 2108, 2163; *þat þe deth is* ~ ? whom death is upon *L9584* n; *drynkeþ* ~ ? soaks into 9315/10549 n; *conj.* while B6493, 6854.

till(e), tylle, teele, tiele *v.*[1] earn by labour B3015; *fig.* cultivate (spiritually) B3499, 6254/7288; tend and cultivate 6625/7677.

tille *v.*[2] ? entice, win over B9667 n.

tine *n.* short time L597.

tyne, te(y)ne *v.* lose: waste B3422, 10018/11310; fail to attain L4324; be deprived of 9434/10670; **teynt(e)** *pp.* lost B451,89; caused the loss of: *nere* ~ *all his sight* ? kept him in almost total darkness B460 n.

tisement *n.* enticement L12279; *þe deuel* ~ the devil's temptation L2938.

tising *vbl. n.* enticement, temptation L11784.

tite, tytte *adv.* quickly, soon L2703, 10125; *as* ~ *(one word or two)*, *(al)so* ~ at once, immediately L580, 758/822, 1208/2248, 3365/4267.

tiþing *see* **tydyng**.

to *num.* two L4968, 9124.

to *adv.* too 664/722, B841 n, L2076; ~ *and* ~ more and more L4703.

tobrast(e) *pt. sg.*, *pl. intr.* shattered, broke to pieces 816/884; **tobroste** *pp.* L820.

tobreke *v. trans.* break to pieces L875; break 10544/11880.

tobrent(e) *pt. sg.* burnt up 848/918.

tocomyng *pr. p.* coming to L10668. [OED †*To-come*, *v. Obs.*, 2., two examples only.]

tocomyng *vbl. n.* future B9432. [OED †*To-coming*, one example only, 1556; this sense not in MED s.v. *tocoming(e, ger.*]

todrawe *v.* draw, i.e., cause to be drawn, torn to pieces L537.

tofore, toforn *prep.* before: beyond, more than B1083; ? because of L7696 n; into the presence of L10684; *adv.* previously, earlier L572,4, 2360, B2446; beforehand, to begin with L4379, 10721; forward, in front L4668.

tokenyng(e) *vbl. n.* a sign 413/451, L11489; *in* ~ as a sign 10175/11477, B10187.

told(e) *see* **telle**.

tome *v. trans.* tire *or refl.* become tired B9201. [OED *Talm*, *v.*; MED *talmen*, *v.*; *intr.* in both; no spellings with *-o-*.]

ton *pron.* one B2484.

tord(e), toord *n.* turd 3795/4735, 3804/4744.

tornyng(e) *see* **turnyng**.

toþer *pron.* second L2323; second, other L2961.

totorne *ppl. adj.* badly torn 2216/3096.

toun(e), towne *n.* town, village: *in* ~ in the world, anywhere 3029/3917; *in many a* ~ widely L4226; *withoute ~s* by byways L4521.

towcheþ *pr. 3 sg.* deals with, pertains to B3272.

travayl(l)e, trauail(l)e, traueil(e), trauel *n.* work, labour, trouble 536/576, 2305,8,9/3185,8,9, 3611/4517, 10825/12169.

trauail(l)e, traue(i)l *v. intr.* labour, toil 1170/2210, 3473,9/4373,9; writhe with pain, thrash about 6770/7834; *trans.* afflict, torment 6782/7846; put to work, exert 8450/9650.

trauailled *ppl. adj.* wearied, harassed L4516.

tre(e) *n.* (piece of) wood 2910/3798, 7006/8074, 7572/8670; the Cross 8840/10044, 9000/10222; **treen, trees** *pl.* pieces of wood L8669, 9034/10258.

treso(u)n *n.* betrayal, treachery 474/514, 2524/3404.

tresour(e) *n.* treasure-chest 1345/2389,

10221/11523. [OED *Treasure*, *sb.*, †3., *Obs. rare.*]

tr(e)uly *adj.* true, i.e., honest, upright 6933/8011. [Not in OED as *adj.*]

treuthe; **trewed** *see* **trowthe**; **trowe**.

triacle *n.* salve, ointment 4145/5105.

troub(e)led, trowbeled *ppl. adj.* stormy, turbulent 2255/3135; disordered B7066.

trouble, trowble *adj.* stormy, turbulent 4136/5096; confused, cloudy, turbid L8136.

trouble *v.* oppress L11976.

trowe, troue *v.* believe, think, trust B633,7, 768, 9243; **trewed, (y)trowed, trowid, trowod** *pp.* B323,5 664/722, 681/739, B697.

trowthe, tr(o)uthe, treuthe *n.* truth: belief, faith 1939/2991, 2279/3159, B6950; loyalty, fidelity B2506,7; righteous conduct: ~ *doth(e)* behaves in a godly way 3199/4099.

truly; **tul** *see* **tr(e)uly**; **tyll**.

turnement *n.* torment B8209, 8818.

turnyng, tornyng(e) *n.*, ~ *of the firmament*, ~ *(aboute) of the sky* revolution of the sky 4730/5706, 6391/7427, 8656/9858; *his abowte* ~ its revolving B4974; change of heart or behaviour 6228/7262.

twynne *n.*, *on* ~ apart B10719.

twyn(ne) *v. trans.* separate B644; divide (up) 5245/6235; *intr.* (de)part L2417.

vmbere, ombre *n.* reflection B695P, 2701; **vmbris** *pl.* B618P. [OED *Umber*, *sb.*[1], 1.†c., one example only, *c*1407.]

vmwhyle, vnwhile *adv.* sometimes B7822, 9799.

vnbolne *v.* calm down, cool off B9161. [No *fig.* uses in OED.]

vnbore *pp.* unborn L3325.

vnbroyde *pr. subj. pl.* upbraid [OED *Umbraid*, *v. Obs.*; this spelling not previously recorded] *or* disentangle (*fig.*), 'sort out' [OED *Unbroid*, *v. Obs.*[-1], one example only, 1586] B3369.

vnbuxom *adj.* disobedient L3382.

vnclad(de) *ppl. adj.* stripped 1209/2249, B2526.

vnconnyng, vnkonnyng, vnkunnyng(e) *ppl. adj.* ignorant, unskilful, helpless B9278, 9287/10515; *vbl. n.* ignorance 9690/10950.

vnderstonde *v.* indicate, make clear B1736 [cf. OED *Understand*, *v.*, 5.†e., one example only, 1617]; *to* ~ indeed L8159, 8344 [cf. OED *Understand*, *v.*, 5.†d., one example only, 1579].

vndertake *v.* perceive, understand B5963.

vndirnym *v.* perceive, understand L6967. [OED †*Undernim*, *v. Obs.*, 1.a., –*c*1400.]

vndo(o) *v. trans.* explain 204/230; destroy B4296, 4579; *intr.* open 2411/3291, 10524/11850.

vngladde *adj.*, ~ *of* dissatisfied with L3406 n.

vngo *v.* open, part B4328. [Sense not in OED.]

vnhende *adj.* ? immoral B9952S. [Sense not in OED, but cf. MED *hend(e*, *adj.*, 2.(b); cf. next.]

vn(h)ynde ? *n.* a trouble [OED †*Unhend*, 2.b., *sb.*, one example only, 1377] *or* ? *adj.* unhelpful [sense not in OED, but cf. MED *hend(e*, *adj.*, 3.(b)] L5098.

vnkynde, vnkende *adj.* undutiful L2092, 9242; ? ill disposed (to) L7068 n.

vnkonnyng, vnkunnyng(e) *see* **vnconnyng**.

vnnethes, vnneþe *adv.* hardly, scarcely 445/485, 4127/5087.

vnrent *ppl. adj.* unbroken, in one piece L5705. [OED *Unrent*, *a.*, 1596–.]

vnsauerly *adj.* unsavoury, i.e., morally objectionable L7207H. [See OED *Savourly*, *a.*, negative not elsewhere recorded; cf. next.]

vnsavoury *adj.* morally objectionable L7207. [OED, *Unsavoury*, *a.*, 4.]

unshorn(e) *ppl. adj.* uncut 9540/10782. [OED *Unshorn*, *ppl. a.*, 1.c., 1573–.]

vnskyllfully *adv.* without good reason B3324.

vnspede *n.* wasted effort 5990/6994. [OED †*Unspeed*, *Obs.*, 3., one example only, *a*1300.]

vntyll, vntill(e), vntil(e) *prep.* to B212, L249, 335, 1954/3006, 7510/8604; *conj.* while B4901.

vnto *adv.* besides, in addition L316 [*adv.* usage not in OED; cf. *Unto*, *prep.*, 17.; *Thereto*, *adv.*, 3.]; *prep.* until B1206; *conj.* in order to B1202; until B1346; while B10038 [sense not in OED, but cf. *Till*, *conj.*, †2.].

vnweldesome *adj.* helpless, unable to look

after oneself L10506. [This sense not in OED.]

vnwhile *see* **vmwhyle**.

vnwynne *n.* distress, sorrow B9467.

vnwro(u)ght *ppl. adj.* not created 946/1922; not committed L7873.

vnyolden, vnȝolde *pp.* unpaid, unrewarded 9712/10984.

vp *prep.* upon L2505.

vpbraide, -breide *v.* cite as a cause for reproach 5402/6392.

vpbroide *v.* upbraid B5414, 7806. [Spellings in *-oi-* not recorded in OED.]

vpbroydyng *vbl. n.* reproof B7814.

vpmade *pp.* built B10884. [OED *Upmake*, *v. Sc.*, 2., one example only, 1507.]

vpon *adj.* open B2407. [OED †*Upon*, obs. var. of *open*, *a.*, two examples only.]

vp(p)on *prep.* in 646,58/702,14.

vpright *adv.* straight upwards B4402 (*and perhaps* L5366). [OED *Upright*, *adv.*, 2., 1590–.]

vprist(e) *n.* resurrection 6479/7525.

vpstie *v.* (*one word or two*) ascend, rise B4436TASP. [OED *Upsty*, *v.*, –*c*1400.]

vptakyng *vbl. n.* ascension (into heaven) 8273/9451. [This specific sense not in OED.]

vpwende *v.* ascend B8275 (*and perhaps* L9453). [Not in OED, but cf. *Upgo*, *v.*]

vsage *n.* habit 10060/11356.

vse *v.* be accustomed (to) B1087, L10786; enforce L2099; eat 3157/4051; utter *or* be accustomed to L4292; engage in, practise L4574 (*see* **lec(c)herie, vilonye**); *as men ~n wonte to do* as is the usual custom L11840.

vtterly *adv.* thoroughly *or* indeed L7169; for a certainty B10324.

vayn *adj.* weak, exhausted B3289n.

vanite *n.* emptiness, lightness (of the head) 6769/7833. [OED *Vanity*, †5., *Obs. rare*, three examples only.]

vauacours *n. pl.* vavasours, i.e., feudal tenants 'ranking immediately below a baron' [OED]; used as a term of mock respect or abuse 5352/6342n. [No spellings with *-c-* in OED.]

ve(e)r *n.* spring 7417/8503.

velonye *see* **vilony(e)**.

venger *n.* avenger L9917.

vengiþ *pr. 3 sg.* avenges L9924; **(y)vengid** *pp.* L89, 97, 535.

verreie, verre(y), verr(a)y *adj.* true, very: genuine, properly so called 370/408, L819; faithful L596; used emphatically to insist that the noun 'possesses all the essential qualities of the thing specified', veritable L784 [OED *Very*, *a.*, 3.]; rightful, legitimate 1293/2333; **verier** *comp.* more reliable B6135.

vertu(e) *n.* power L946, 984, 10490,1/11814,15.

vertues *adj.* virtuous L2083.

viker *n.* vicar, representative L11742.

vilanye *see* **vilony(e)**.

vyle *n.* vile person B3658. [OED *Vile*, †C. *sb.*, three examples only.]

vileyn, vylen *adj.* base, villainous B2022, L4564.

vileynsly; vilenye *see* **vilonesly; vilonye**.

vilens *adj.* base, villainous L3070.

vilonesly, vileynsly *adv.* rudely, churlishly 9631/10887.

vilony(e), -any(e), -enye, velonye *n.* disgrace, ignominy 3146/4040, 6172/7192; wickedness 3668/4574; *a mannes ~* an act bringing a man discredit 9193/10419; a disgraceful thing [OED *Villainy*, *sb.*, †3.†b.] *or* ? a wretched condition [OED †7.†b., one example only, 1570] 9481/10719; *speke ~* speak evil, use obscene language L10802; *hym turne to/torne þe to ~* disgrace him/you 9616/10870.

virginite *n.* virginity, i.e., purity in thought and act (as opposed to purity in act alone; *contr.* **maidenhede**) 7703,9/8805,11.

vys *n.* face L10912.

visage *n.*, *make good ~* put on a brave or cheerful face 5560/6550.

visebyll, visible *adj.* able to see, all-seeing 959/1939n. [See 961/1941; sense not in OED.]

voide *v.* drive, clear (away) L2006; nullify L11634.

wacche *n.* wakefulness, (keeping) vigil L4909.

wage *v. refl.* look after oneself B9284. [Sense not in OED, but cf. *Wage*, *v.*,

11., *trans.*, 'To wield (a weapon, etc.)', *rare*, 1836–; also *Wield*, *v.*, †4.†b.]

way *see* **wey**.

wake *v. trans.* keep watch over, hold a wake over 2966/3854; *intr.* stay awake, keep vigil B3951.

wan *see* **wyn(ne)**.

wanand *pr. p.* waning, i.e., decreasing in number B10553. [OED *Wane*, *v.*, 1.†b., two examples only, –*c*1380.]

wand(e); **wan(n)e** *see* **want(e)**; **wyn(ne)**.

want(e), **wand(e)**, **wonde** *v. intr.* be lacking 1911/2961; fail B7089, 7937/9047; *trans.* go without, lack 7665/8767, 9361/10595; **wantand** *pr. p.* lacking L11891; **wantid**, **wand(e)** *pt. sg. trans.* 7393/8479; *impers.*, *him* ~ he lacked *5578*/6568, L10818.

warderobe *n.* privy B10416.

war(e) *adj.* aware, cognizant 7382/8468; *be/bi* ~ take note 870/944; beware L3281; *adv.* prudently, warily B191P [not previously recorded as *adv.*].

wary *v.* curse B2028.

waryed *ppl. adj.* accursed B2014,25.

waryson, **warisoun** *n.* reward 8016/9126.

warne *v.* tell, inform 199/224, 583/629.

warned *see* **wernyd**.

warpyng *vbl. n.* bending, ? i.e., beating 4331/5295.

wasteþ *pr. 3 sg.* consumes, evaporates B4369; *refl.* or *intr.* consumes itself, burns itself out 6717/7781 [OED *Waste*, *v.*, 3., no *refl.* uses; or 12., *intr.*]; **wastid** *pp.* consumed, evaporated L5333.

wastnesse *n.* uninhabited region(s) B4709.

waxe, **wex(e)** *v.* grow L313, B987, L2294; **waxand**, **waxeng** *pr. p.* B3552; increasing B10556; **waxe** *pt. sg.* L45; **wexe** *pt. pl.* 9020/10244; **woxen**, **waxen**, **ywax** *pp.* B277, L4454, 4411/5375.

waxyng, **wexing(e)**, **waxonge** *vbl. n.* growth, increase B2680, 8318/9514; size 8423/9623 n; *hathe/haþ/haue* ~ grows 4990/5970, L10535; *(i)come to* ~ grown up, reached adulthood [sense not in OED] 9932/11218.

wede *n. coll.* clothing L5771, 5949/6953.

wey, **weie**, **way** *n.* way, i.e., travel 5074/6058; *go þe* ~ follow the road, travel L4520; *by þe* ~ on his journey L5250; *in the* ~ in public, so as to be observed 7776/8880; *the hye ~/þe right* ~ (by) the direct route 8106/9224; *no ~s*, *(by) no* ~ by no means, not at all L11130, 11944, 12148.

weyke *n.* wick 1817,21/2867,71.

weilaway *n.* lamentation L4936.

weyue *v.* refuse L7072H.

welbegone, **wel begoon** *ppl. adj.* well-contented, cheerful 9738/11010. [OED †*Well begone*, *ppl. adj. Obs.*, 1., *c*1381.]

weldande *see* **al weldande**.

welde, **wolde** *n.*, *in* ~, *to* ~ (with)in one's power, control, or possession 1318/2362, B4618, L8292, 7289/8372; *hadde furste in* ~ first had B8145.

welde *v. refl.* look after oneself 3002/3890, L10512.

wel(e), **well** *n.* well-being, happiness, prosperity *1620*/2668, L9300, 8170/9318.

wel(e) *adv.* well: *do* ~ act virtuously L9299; *doth(e) ille/yuel or* ~ acts sinfully or virtuously 1616/2664; *doste/doost hem woo or* ~ treat them well or badly 1684/2730.

welle *n.* spring 5092/6076, 5103/6087.

welle *v.* boil 4118/5078; **welleþ** *pr. 3 sg.*, ~ *vpon* (*fig.*) wells up or boils L10154; **wellyng** *pr. p.* melting, beginning to melt 3814/4754.

wel lykyng *ppl. adj.* healthy, in good condition 6622/7674.

well lykyng *vbl. n.* good health, well-being B6627. [This sense not in OED; earliest use in sense 'favourable regard' s.v. †*Well-liking*, *vbl. sb. Obs.*, 1571.]

well nere; **welny** *advs.* very nearly; well-nigh 133/147.

weloweþ *pr. 3 sg.* withers L5752, 7679.

wem *n.* disfigurement, defect L6391; scar, injury L7200.

wemmyd, **-ed** *pp.* sullied, defiled 1404/2450.

wemmyng *vbl. n.* impairing B1408. [OED †*Wemming*, *vbl. sb. Obs.*, –*c*1375.]

wende *v.* go L41, 963, 899/977; **wente** *pt. sg.* changed B1782. [See also next.]

wene *v.* think, suppose B733, 1344, 1955/3007; ? **wynneþ** *pr. 3 sg.* thinks highly of, esteems L4218 n; **wende** *pt. pl.*, ~ *haue slain* counted on having killed L814.

wenyng *vbl. n.*, *att thy/to þi* ~ in your opinion 9722/10994.

wer *comp. adj.* worse 8070/9182.

were *n.*[1] *see* **wer(r)e**.

were *n.*[2], *withouten* ~ without doubt, unquestionably L110, 2063; *in (a)* ~ in doubt, uncertain 6457/7501.

were *v.*[1] protect, defend 731/789, 1647/2693; *refl.* 1167/2207.

were *v.*[2] have (as part of the body) B5928 [OED *Wear, v.*[1], 6., 1513–]; wear 9810,21/11084,95.

werere, werrier *n.* wearer 9817/11091. [? Form with *-i-* influenced by *werriour* 'warrior'.]

werihede *n.* weariness 6469/7515. [Not elsewhere recorded.]

werk(e), work(e) *n.* work: doings, business 74/82, 154/176; building (-work) 129/143; creation 930/1906; deed, act 3196/4096; conduct, behaviour 5050,9/6033,43; *pl.* deeds, acts 136/156, 4171/5131; occupation L444.

werke *v. see* **worche**.

werke dedes *n. pl.* deeds, acts B8902S. [Not in OED.]

werke lomes *n. pl.* implements for manual work 7567/8665. [OED *Work-loom, Sc. & north.*]

wernyd, warned *pp.* refused 6234/7268.

wer(r)e, warre *n.* war, hostility 16/24, 331/367.

werres, -is *pr. 3 sg.* makes war 6429/7465.

werrier *see* **werere**.

wete *see* **wite** *v.*[1], **wit(t)**.

weued *pp.* gone, passed B9327, L10561. [OED †*Weve, v.*[1], 1.b., –*c*1400.]

wexe, wexis; wexing(e) *see* **waxe; waxyng**.

whedyr *adv.* whence B4383. [Sense not in OED s.v. *Whither* or *Whether.*]

wher(e)fore *adv.*, *done/doon* ~ earned, deserved B7592, 10428.

wherto *adv. interrog.* for what purpose? 8127/9271.

wheþer *pron.* which of the two 609/665, L2635, B2049S; no matter which of the two L8878; *conj.*, ~ *that* ? if B4473n; (as interrog. particle introducing a direct question) is it so that? 7075/8145, 8171/9319; ~ . . . *or* ('introducing a disjunctive direct question, expressing a doubt between alternatives' [OED]) is this so or is that so? 7298–9/8382–3.

whethuroute *adv. interrog.* whereabouts B1667T. [OED †*Whither-out, adv.*, 3 examples only, this sense recorded for *rel.*, not *interrog.*]

why *adv.* for which reason B7096, 7749. [OED *Why, adv.*, 5.†b., one example only.]

whyle *n.* time; *his* ~ *he tynes* he wastes his time or effort B3422.

whill *conj.* until B3120.

white *adj.*[1] fair-skinned 5945/6949, 7269,74/8349,56.

white *adj.*[2] *see* **wight**.

wycche, wic(c)he, wych *n.* wizard, sorcerer 419/457, 681/739, 711/769.

wicke; wicked *see* **wyk(e); wikked**.

wyf(f) *n.* woman 1192/2232, 1378/2424.

wight *n.*[1] person, human being ('often implying some contempt or commiseration' [OED *Wight, sb. arch.*, 2.]) 2346/3226, 5952/6956; living being, human or supernatural (including God) L7489.

wight *n.*[2] weight B5916.

wight, white *adj.* valiant 9227/10453; **wighttest** *superl.* fastest moving, most fleet of foot B6957n.

wyk(e), wicke *adj.* wicked, evil L4304, 3648/4553; poor, vile L4449; baleful, horrid L10088; *as n.* wickedness, evil B3612, L7326; *coll.* wicked ones B2034, 4814/5796.

wikked, -id, wicked *adj.* dangerous, difficult 64/72, 5333/6323; foul, contaminated 2662/3544; poor, low-quality 5909/6907; ~ *evill/yuel see* **yuel**.

wilfully *adv.* willingly 6132/7150.

will(e), wil, woll *n.* inclination, desire L2058, 2431/3311, 5456,8,76/6446,8,66; good will 1122/2160; pleasure, delight L4324 [OED *Will, sb.*[1], 4., –*a*1310]; *phrases*: *at (one's)* ~ according to one's wishes, as one will L939, 2162, 4105; at one's command or disposal 1001,4/1981,4, 1153/2193, 3426/4328; *(vn) to (one's)* ~ to one's liking or satisfaction, as one will 1078/2080, L6430; *after her owne* ~ as they pleased L2614 [OED, 13., –*a*1300]; *of (one's)* ~ of one's own free will 4163/5123; of one's own accord, voluntarily 6272/7308; according to one's wishes, as one will L10051; *to* ~ at will, as they pleased B9020; of his own accord, voluntarily

9081/10307; *in* ~ *to* of a mind to, intending to 9149/10375.
willy *adj.* eager L10367.
willynge *vbl. n.* wish L322.
wilned *pt. sg.* wished L2036.
wyn *see* **wyn(ne)** *v.*
wynd(e) *n.* wind or air 7669,71/8771,3; air L8779, 7682/8784.
wynde *v.* wrap L4405, 9511.
wyne *n.* vine(s) *or* a vineyard B10032.
wynne *n.*[1] joy ? B8520.
wynne *n.*[2] wealth 3756/4690; good, benefit ? B8520, 8691/9897.
wyn(ne) *v.* obtain 287/323, B2051; fight [OED *Win*, *v.*[1], †1., –*c*1220] *or* gain the victory 486/526; *ayen* ~ redeem B1363; make (a) profit 1747/2795, 3913/4869; ? convert, redeem L4218 n; beget 5876/6874; *off/out of* . . . ~ remove from 7483/8577 [*see also* **owtewynne**]; **wan(ne)** *pt. sg.* earned 6163/7181; acquired 6601/7647; **wane, wonne** *pp.* earned, merited B5760; redeemed 10283/11585.
wynneþ; wirche, wirke; wis *see* **wene, wyn(ne)** *v.*; **worche; wys(e)** *adj.*, **wis(se)** *v.*
wysdom *n.* wise saying or teaching *B10019.*
wise *n.* manner, way(s) L212, 194/218, 1003/1983; *as aungell/aungels* ~ like angels (F 'en guise d'un angle') 8243/9421.
wys(e), wijs, wysse *adj.* wise: learned, expert 406/444; sensible, prudent 496/536, 3279/4181; (all-)knowing 1759/2807; conscious, aware, informed 7382/8468, 8008/9118; **wisest** *superl.* most learned L542, 706/764.
wis(se) *v.* direct, instruct L850; control, rule 3353/4255; make known to, inform L4860; guide, lead 6793/7857, L11752.
wissly *adv.* surely, confidently B10003.
wist(e); wit *see* **wite** *v.*[1]; **wit(t).**
wite *n.* offence, wrong L547. [OED *Wite*, *sb.*[2], †3., –*c*1412.]
wite, wete *v.*[1] know 237/267, 475/515; **wote, woot(e)** *pr. 1 & 3 sg.* L256, 972, 1118,19/2156,7; **wo(o)st, woste** *pr. 2 sg.* 866/936, B9534; **wote, woot, wite(n), witeþ, wete** *pr. pl.* 688/746, 1134/2172, L2356, 1868/2918; **wote, woot(e), wete, wite** *pr. subj. sg.* 4483/5449, 8510/9712, 9622/10876; **wote** *pr. subj. pl.* 1104/2142; **wyst, wist(e)** *pt. sg.* 179/201, 449/489; **wiste** *pt. subj. sg.* L10776; **wyste, wist(e)** *pp.* 2313/3193, 5972/6976.
wite *v.*[2] blame: ~ *a child on him* foist on him paternity for a child 7379/8465.
with *n. see* **with(þe).**
with *prep.* by 7947/9057, 8815/10019.
withall, wiþal *prep.* with B2110, 2859/3747.
withcalle *v.* call back 8543/9745. [OED *With-*, two examples of *withcall*: 1901 'recall to mind', 1904 'call back'.]
withholde *v.* retain (in the memory) L9756, 8556/9758; prevent 9341/10575.
withoute *prep.* outside L4521.
wiþseith *pr. 3. sg.* refuses to perform L69.
with(þe) *n.* withe, flexible twig (or branch of twigs) for tying 5848/6844.
wit(t), witte, wete *n.* wit: reason, sanity 451/493, 676/734; intelligence, rational faculty 1265/2305, 2687/3569, 2946/3834; *after/bi þi* ~ in your opinion 1993/3041, 2669/3551; *aftyr his* ~ according to its intelligence 2692/3574; knowledge, learning, discernment 2773,5/3657,9, 3603/4509; *moste/moost of* ~ most intellectually demanding 3897/4851; mind, thought, consciousness 5596/6586; one of the five 'wits' or senses 6152/7170, 7708/8810, 8668,9/9872,3; *in* ~ sane, of sound mind 8739,42/9943,6; *naturall/naturel* ~ native intelligence, 'native wit' 9306/10538; *(one's)* ~ *shewe/telle* ? reveal one's thought 10011–12,23/11303,15 n.
wytterly, wyttyrly *adv.* certainly, truly 571/617, 1777/2825, 10199/11501.
wittiest *superl. adj.* most intelligent L1489, B6959 n.
wo *see* **wo(o).**
wode, wood(e) *adj.* mad 133/147, 167/189, L3586; fierce B9742.
wodely *adv.* madly, passionately B3417.
wode(s) *pr. pl.* ? go, move 7546/8644 n.
woke *n.* week B5096.
wolde; woll *n. see* **welde** *n.*, **woll** *v.*; **will(e).**
woll, wole *pr. 3 sg.* intends, wishes 9875/11151; **wolde** *pt. sg.* wished (to) 22/30, 564/610; intended 3106/3994; **wolde(n)**

pt. pl. (with present or conditional meaning) (would) wish (to be) 8008,10/9118,20; (would) wish to/that L9148, 7038/9149.

woll *adv.* well, easily B5709.

wombe *n.* belly B1914, L4688, 4702.

wonde *see* **want(e)** *v.*, **wonte** *pp.*

wonderly *adj.* wonderful B4412.

wonderly, -like, wondirly, -le, -lyke *adv.* exceedingly B37, 2154, 2237/3117, 3268/4170; in a wonderful or marvellous manner 4506/5471.

wondre, wonder *n.* miracle 2390/3270, 4802/5782; a wonderful thing 4397/5361.

wondre *adj.* wondrous, i.e., strange, astonishing L307.

wondre, wonder *adv.* exceedingly, wonderfully L151, 296, 807, 914.

won(n)e, woon *n.* course of action, expedient 3381/4283; abundance: *good(e)* ~, *(ful) greet/grete* ~ abundantly, forcefully 4508/5474; a great quantity 5234/6224, 6076/7088, 8885/10095.

won(n)e, woone *adj.* wont, accustomed (to do) B623, 4679/5651, 7193/8269.

won(n)e, woon(e), woun *v.* live, remain, stay 229/257, 592/638, L2132, 2954.

won(n)yng, wonynge *n.* dwelling (-place) L411, 1674/2720; ~ *stede* dwelling-place 1668/2714, 8189/9359.

wonte *n.* custom: *as men vsen* ~ *to do* as is the usual custom L11840.

wonte, wonde *pp.* wont, accustomed (to) 9436/10672.

wo(o) *n.* wrongdoing, evil B2126 n, 6112/7130.

wo(o), woe *adj.* woeful L492, 504/544; ? *adv.* ? sorely, heavily B6196 n; *see also* **wel(e)** *adv.*

wood(e); woon(e); woost, woot(e) *see* **wode; won(n)e** *n.*, *adj.*, *v.*; **wite** *v.*[1]

woot(e), wote *adj.* wet L3972, 5236, 5407.

worche, worchyn, wirche, werke, wirke, worke *v.* work 26/34, 124/138; act, behave L2536, 1495/2541; cause, bring about 2533/3413, L10008, 9322/10556; shape, fashion 3620,32/4526,38; make, produce 4102/5062; do, perform 4199/5161; play (music) 5608/6598; write B10016; **wroght(e), wrought, wrouȝtt** *pt. sg.* created B322, 5651/6641; committed L2368, 2318/3198; **wroght(e), wroghten, wrought(en)** *pt. pl.* built B27, 35/43, 68/76, 105/119, 126/140; **(y)wro(u)ght** *pp.* 14/22, 109/123, L533; waged 6422/7458; depicted 8864/10068; used 9595/10847.

work(e) *n. see* **werk(e)**.

worme *n.* insect 1161/2201, L2208; tick, mite L3536, 2655,8/3537,40; general term for any creature that creeps, crawls, or slithers 2668/3550, 6988/8056, 7546/8644; intestinal worm 7537,9/8635,7.

worship(p), worshipe *n.* honour, credit, good name B3197, 3898/4852; *do(o)* ~ show respect or honour to 3202/4102, 5419/6409.

worship(p), wors(c)hepe, wors(c)hipe *v.* confer honour on 1933/2985; show respect or honour to B2155, 3727/4639, 5426/6416, 5721,3,6/6711,13,16.

worthe *pt. sg.*, ~ *vppon* mounted B10868.

worthy *adj.* valuable, excellent 4303/5267.

wote *see* **wite** *v.*[1], **woot(e)** *adj.*

woun; woxen; wray *see* **won(n)e** *v.*; **waxe; wrey**.

wrak(e) *n.* ruin, downfall L446; *do* ~ take vengeance 774/840; retributive punishment, vengeance 4577/5543.

wraþþes, -eth, wratheth, wreþþeth, wrothes *pr. 3 sg. intr.* becomes angry B3248; *refl.* becomes angry L4152, 6435/7471; *trans.* angers, makes angry 8709,22/9915,28.

wrecchidnesse *n.* baseness, vileness L3092 n.

wreche, wreke *n.* affliction, punishment L4185; destruction 4590/5556; *take* ~ take vengeance 5418/6408.

wrey, wreie, wray *v.* betray, expose (by revealing a secret) 7226/8302, 7782/8886.

wreke *see* **wreche**.

wreker *n.* avenger B8711.

wreþen, writhe *pp.* bent, twisted 5845/6841.

wrethful *adj.* angry, i.e., expressive of anger L9715. [OED †*Wrethful*, *a. Obs.*, 2., two examples only.]

wreþþeth *see* **wraþþes**.

wrie *v.* go wrong 4182/5144.

wright, write *n.* carpenter 7559,69/8657,67.

write *pp.* written L6794.
writhe; wroght(e), wroghten *see* **wreþen; worche.**
wroken *pp.* avenged 63/71, B81,9.
wrong(e) *adj.* crooked, out of alignment 3216/4116.
wroþ(e), wrooþ *adj.* (very) angry, incensed 30/38, 37/45, 526/566.
wrothe *adv.* angrily *or* sorrowfully B721. [OED †*Wrothe*, *adv. Obs.*, 1., *c*1430 *or* 3., two examples only, –*c*1275.]
wroþely; wrothes *see* **wroþly** *adv.*; **wraþþes.**
wroþfull *adj.* angry, i.e., expressive of anger B8513. [OED *Wrothful*, *a.*, 2., two examples only, 1535, 1562.]
wroþfully *adv.* angrily 3273/4175.
wrothly *adj.* angry, violent ? *or* sad [see next] B2478. [OED †*Wrothly*, *a. Obs.*, one example only, *a*1300.]
wroþly, wroþely *adv.* angrily *or* sorrowfully L779, 2477/3357H. [OED †*Wrothly*, *adv. Obs.*, 1., –*c*1470 *or* 3., one example only, *c*1374.]
wrought(en) *see* **worche.**

yafe, ȝaf *see* **yeue** *v.*
yare, ȝare *adj.* quick, brisk 4290/5254, 4406/5370; *adv.* without doubt, indeed B1833; quickly, immediately 3336/4238, 6766/7830.
yatt *pt. sg.* ate B8632 n.
ye *see* **ye(e).**
ȝedding *vbl. n.* saying, proverb L10459. [This sense not recorded in OED s.v. †*Yedding*, *vbl. sb.*, but cf. *Saying*, *vbl. sb.*[1], 2.b.; *Saw*, *sb.*[2], 4.]
yede(n), ȝede(n) *see* **go(o).**
ye(e), ȝe *adv.* yea, yes L3671, 2838/3724, B7591.
yeede; yeerde; yeere (*halfe thridde* ~); **yeftes** *see* **go(o); ȝerde** *n.*[1]; **half(e); ȝifte.**
yelde, ȝelde, ȝilde *v.* yield: reward, repay, B189, 1992, 3243/4147; give L211, 4355/5319; give back, restore L1986, 1306/2346; *amendis to* ~ make amends L2361; go, give oneself up L3040 n; ~ *þe breth* give up the breath, die L7488; generate, produce L8340, B7290; give forth, emit 7875/8981; **yelde, ȝelde** *pt. sg.*, ~ *(vp) the goste* gave up the spirit, died 1448/2494; **ȝolde(n), yolden** *pp.* repaid L7755, 10986; given *B9714*.
yeldyng, ȝelding, ȝilding *vbl. n.* munificence, liberality L1085, 1919/2969. [OED *Yielding*, *vbl. sb.*, 2., two examples only, –1382.]
yeme, ȝeme *v.* keep, maintain B2188; attend to, take care of *B3262*, 4064/5024; control, manage (i.e., bring up) L6819 [OED, †*Yeme*, *v. Obs.*, 3., –*c*1400]; take note of B7433; *refl.* look after himself 5974/6978, L8519 [no *refl.* examples in OED]; preserve B10688.
ȝerde, yeerde *n.*[1] yard, garden L3440, 6621/7673.
yerde, ȝerde *n.*[2] young shoot of a tree 4338,42/5302,6, 5844/6840.
ȝere, *þe þridde half* ~, *see* **half(e).**
yerne *adv.* quickly B4930.
ȝerne *v. trans.* yearn for L2103.
yeue *conj. see* **ȝif.**
yeue, ȝeue, yif, ȝif *v.* give, grant 91/101, 161/183, B2990, 3536/4438; ~ *nothyng of* care anything for, pay any attention to 3564/4466; **yave, yafe, ȝaf** *pt. sg.* 1007/1989, 1059/2061; *pt. pl. refl.* ~ *hem þerto* devoted themselves to that (activity) 6554/7600; **yo(o)ven, ȝoue(n), youe, ȝeue** *pp.* 1742/2790, B2042, 3181/4081, B8306, 10111/11407; repaid B6695.
yevyng, ȝeving *ppl. adj.* munificent 9761/11033.
ȝif, yeue *conj.* if 1335/2379, B2753.
ȝif, yif *v. see* **yeue** *v.*
ȝifte, yifte *n.* gift, bribe L4275, *6179*/7203; **ȝiftes, yeftes, yiftes** *pl.* L4782, 8572,8/9774,80, B10644.
ȝilde; ȝilding *see* **yelde; yeldyng.**
ȝynge, ȝing *n.* youth 3247/4151, L10460. [OED *Young*, *a.*, B. †3., rare, two examples only.]
(ȝ)ynge, yyng *adj.* young B3038, L2517, B9234.
ȝolde(n) *see* **yelde.**
yones *n. pl.* ? zones (with *y*- for *z*-) *or* ? error for *wones*, i.e., places, territories B4721T.
yo(o)ven, ȝoue(n), youe *see* **yeue** *v.*

INDEX TO THE QUESTIONS

The index is arranged alphabetically by topic but numerically within each heading. Some important adjectives are indexed as well as nouns (e.g. *rich and poor*, *better and best*). Single quotation marks enclose words used in their ME senses (e.g. '*fair*').